2
1

달러구트 꿈 백화점

독자 여러분께.

상상 속 여행을 함께해주신 덕분에 책 속의

이야기와 인물들이 생명을 얻을 수 있었습니다.

보내주신 사랑이 없었다면 이 책도 깨어나는 일

없이 꿈 속에만 머물렀을 테지요.

멋진 일러스트들이 다시 한번 여러분의 상상에

날개를 달아주길 바라며 이번 특별판을 만들었습니다.

오늘 밤도 달러구트 꿈 백화점에서 최고의 꿈을

찾으실 수 있기를!

정말 감사합니다.

이미예 드림

달러구트 꿈 백화점

이미예
장편소설

팩토리나인

작가의 말

✦

사람은 왜 꿈을 꿀까? 왜 인생의 3분의 1씩이나 잠을 자며 보내도록 만들어졌을까? 도무지 내 머릿속에서 나온 것 같지 않은 신비롭고 이상한 장면들, 자꾸만 꿈에 나오는 그 사람, 분명히 가본 적 없는 장소들. 어젯밤 꿈속에서 그토록 생생했던 일들이 정말 내 무의식이 만들어낸 환상에 불과할까? 나는 누구나 한 번쯤 스치듯 가져봤을 질문 더미를 애착 인형처럼 끌어안고 지냈다.

인류는 궁금한 것을 참지 못한 덕분에 놀랍도록 많은 것을 알아냈으나, 그것이 우리의 가려운 부분을 속 시원히 긁어낼 만큼 충분한 양일 리 없다. 아는 것이 많아질수록 호기심은 집요해지고 물음은 복잡해지며 대답은 간결하게 삶을 관통하길 바라게 될 뿐이다.

특히나 나의 경우, 잠과 꿈에 대한 분야에 대해서는 더욱 그랬다. 나는 궁리해봐야 도무지 알 수 없는 어제와 오늘 사이의 그 신비로운 틈새를, 기분 좋은 상상으로 채워 넣는 작업을 반복했다. 그리고 점점 상상이 현실과 사랑스럽게 밀착하는 것을 느끼면서 행복한 마음으로 이 이야기를 쓰기 시작했다.

잠들어야만 입장할 수 있는 상점가 마을. 그리고 잠든 이들을 사로잡는 흥미로운 장소들. 잠이 솔솔 오도록 도와주는 주전부리를 파는 푸드트럭, 옷을 훌렁훌렁 벗고 자는 손님들에게 정신없이 가운을 입혀주는 투덜이 녹틸루카들, 후미진 골목 끝에서 악몽을 만드는 막심의 제작소, 만년 설산의 오두막에서 일하며 거의 모습을 드러내지 않는 베일에 싸인 꿈 제작자, 태몽을 만드는 아가냅 코코, 하늘을 나는 꿈을 만드는 레프라혼 요정의 작업실까지.

그중에서도 잠든 손님들에게 가장 인기 있는 곳, 안 가본 사람은 있어도 한 번만 가본 사람은 없다는 '달러구트의 꿈 백화점'에서 벌어지는 이야기들을 차곡차곡 담았다. 층마다 특별한 장르의 꿈들을 구비하고 있는 곳, 저마다 개성 있게 포장된 꿈 상자들이 진열장을 빼곡히 채우고 있는 그곳이 여러분의 마음에 들길 바란다. 또한 이 이야기가 일상을 조금이나마 풍요롭게 밝혀 매일의 숙면과 좋은 꿈을 꾸는 데 작은 보탬이 된다면 더할 나위 없는 기쁨일 것이다.

이미예

차례

일러두기

1. 이 책은 《달러구트 꿈 백화점 1》(2020)과 《달러구트 꿈 백화점 2》(2021)를 바탕으로 편집 및 제작되었습니다.
2. 표지와 앞뒤 면지의 일러스트는 미국에서 출간된 《The Dallergut Dream Department Store》의 일러스트를 사용했으며, 따라서 이번 합본호를 중의적인 표현을 담아 '아메리칸 드림 에디션'으로 명명하였습니다.

프롤로그

✦

세 번째 제자의 유서 깊은 가게

습기를 잔뜩 먹어 붕 뜬 단발머리, 편안한 티셔츠 차림의 페니는 단골 카페의 2층 창가 자리에 앉아 있었다. 그녀는 바로 오늘 아침, '꿈 백화점'으로부터 '서류 심사를 통과했으니 다음 주에 면접을 보러 오라'는 연락을 받은 참이었다. 페니는 면접 때 나올 질문에 대비해 옆 골목의 서점에서 인터뷰 요령에 관한 책부터 관련 문제집까지 싹 쓸어와서 닥치는 대로 보고 있었다.

하지만 조금 전부터는 도통 집중할 수가 없었다. 옆 테이블에 앉은 손님이 테이블 밑으로 발을 까딱까딱대며 차를 마시고 있었는데, 그가 신고 있는 수면 양말이 어찌나 오색찬란한지 발을 까딱일 때마다 정신이 사나워졌기 때문이다.

도톰한 침실용 가운을 입고 있는 그 남자는 눈을 지그시 감고 차를 홀짝거리고 있었다. 그가 찻잔을 후후 불 때마다 상쾌한 숲 내음이 페니 쪽으로 불어왔다. 그는 아마도 피로 회복에 좋은 특제 허브티를 마시고 있는 것이 틀림없었다.

"으음, 아주 맛있는 차… 따뜻… 리필… 얼마…?"

남자는 잠꼬대처럼 몇 마디를 중얼거리더니 입맛을 쩝쩝 다시며 다시 발을 까딱댔다.

페니는 그의 수면 양말이 보이지 않도록 의자를 돌려 앉았다.

가게에는 그 남자 손님 외에도 잠옷 차림의 손님들이 꽤 있었다. 1층으로 통하는 계단 옆에 앉은 여자는 대여용 수면 가운을 입고 목덜미를 벅벅 긁고 있었다. 그녀는 갑갑한지 이따금 몸을 버둥거렸다.

페니가 사는 이 도시는, 먼 옛날부터 사람들에게 수면에 관련된 상품을 판매하면서 발달해왔다. 그리고 지금은 수많은 사람들이 몰려드는 대도시로 성장했다. 시민들은 잠옷 차림의 외부 손님들과 섞여 지내는 데 익숙했고, 이곳에서 태어나고 자란 페니도 마찬가지였다.

페니는 식은 커피를 한 모금 들이켰다. 쓰디쓴 커피가 목구멍을 타고 내려감과 동시에 어수선하던 주변 소음이 잦아들고 주위 공기가 차분하게 몸을 감싸는 느낌이 들었다. 추가 요금을 내고 '진정 시럽'을 두 스푼 더 넣어달라고 주문한 것은 현명한 선택이었다. 그녀는 테이블에 펼쳐놓은 문제지를 몸쪽으로 끌어당겼다. 그리고 방금까지 정답을 고민하던 문제를 다시 읽기 시작했다.

Q. 다음 중 1999년도 '올해의 꿈' 시상식에서 심사위원 만장일치로 그랑프리를 수상한 꿈과 그 제작자로 옳은 것을 고르시오.

a. 킥 슬럼버 – '태평양을 가로지르는 범고래가 되는 꿈'

b. 야스누즈 오트라 – '부모님으로 일주일간 살아보는 꿈'

c. 와와 슬립랜드 – '우주를 유영하며 지구를 바라보는 꿈'

d. 도제 – '역사 속 인물과 티타임을 가지는 꿈'

e. 아가냅 코코 – '난임 부부의 세쌍둥이 태몽'

페니는 볼펜 뒤꼭지를 잘근잘근 씹으며 고민에 빠졌다. 1999년도라면 꽤나 옛날이다. 킥 슬럼버나 와와 슬립랜드처럼 젊은 꿈 제작자는 정답이 아닐 것이다. 페니는 볼펜으로 두 개의 보기를 죽죽 그었다. 그렇다면 야스누즈 오트라가 만든 '부모님으로 일주일간 살아보는 꿈'은 어떨까? 페니의 기억이 맞는다면 그건 비교적 최근에 나온 작품이었다. 야스누즈 오트라의 꿈은 출시 전부터 대대적으로 광고를 하는 편인데, "더 이상 말 안 듣는 자녀에게 입 아프게 잔소리하지 마세요! 그냥 꿈에서 일주일간 부모님으로 살아보게 하세요!"라고 발랄하게 외치던 광고 모델의 모습이 똑똑히 머릿속에 남아 있었던 것이다.

페니는 나머지 두 가지 보기 중에 끝까지 답을 고민하다가, e. 아가냅 코코 – '난임 부부의 세쌍둥이 태몽'을 정답으로 체크했다. 그러고는 커피를 다시 한 모금 마시려고 손을 뻗었다.

그때 털이 북슬북슬한 동물의 앞발이 문제지 위에 턱하니 얹어졌다. 페니는 깜짝 놀라 하마터면 손등으로 커피잔을 칠 뻔했다.

"아니지, 이 문제의 정답은 a야."

커다란 앞발의 주인은 인사도 없이 말을 이어나갔다.

"1999년도는 킥 슬럼버의 데뷔 연도이자, 데뷔하자마자 그랑프리를 수상한 기념비적인 해거든. 난 그때 꼬박 6개월 동안 돈을 모아서 그의 꿈을 샀었어. 내 평생 그렇게 생생한 꿈은 처음이었지. 물을 가르는 지느러미의 감촉, 일렁이는 바닷속 풍경까지. 꿈에서 깼을 때 범고래로 태어나지 못한 것이 얼마나 억울하던지! 페니, 킥 슬럼버는 천재야. 그때 그의 나이가 몇 살이었는지 알아? 겨우 열세 살이었어!"

앞발의 주인은 마치 자기 일인 것처럼 자랑스럽게 말했다.

"아쌈, 너였구나. 난 또 누구라고."

페니는 손을 뻗어 커피잔을 멀리 치워버렸다.

"그런데, 내가 여기 있는 건 어떻게 알았어?"

"아까 네가 서점에서 책을 왕창 사서 나가는 걸 봤거든. 여기서 이러고 있을 줄 알았지, 넌 집에서는 공부 안 하잖아."

아쌈은 페니가 테이블 위에 쌓아놓은 책 더미를 살폈다.

"면접 준비하는 거야?"

"그건 또 어떻게 알았어? 나도 오늘 아침에 연락받았는데."

"이 골목에서 일어나는 일 중에 우리 녹틸루카들이 모르는 건 하나도 없지."

아쌈은 이 골목에서 일하는 녹틸루카 중 하나였다. 녹틸루카들은 잠든 손님들이 옷을 훌렁훌렁 벗고 다니지 않도록 항상 100벌이 넘는 수면용 가운을 짊어지고 손님들을 쫓아다니며 옷을 입히는 일을 했다. 그들은 몸에 비해 커다란 앞발과 옷을 여러 벌 걸고 다니기에 알맞은 기다란 발톱, 푸근한 생김새 때문에 이 일을 하기에 제격이었다. 정작 그들은 무성하게 자란 털들 덕분에 옷을 입을 필요가 없다는 점이 아이러니하긴 했지만, 페니는 벌거벗은 손님들도 잘 차려입은 사람보다는 똑같이 벌거벗고 다니는 털북숭이 동물들에게서 가운을 건네받는 편이 덜 불편할 거라고 생각했다.

“앉아도 되지? 오늘 많이 돌아다녔더니 발이 아파서 말이야.”

페니가 대답하기도 전에 아쌈은 맞은편 의자에 털썩 앉았다. 아쌈의 풍성한 꼬리가 뻥 뚫린 의자 등받이 뒤로 살랑거렸다.

“문제가 너무 어려워.”

페니는 틀린 문제를 다시 확인했다.

“아쌈, 넌 대체 몇 살이길래 이런 걸 다 알고 있는 거야?”

“녹틸루카한테 나이를 물어보는 건 실례야.”

아쌈이 새초롬하게 말했다.

“나도 왕년에 상점 쪽에 취직하려고 공부를 꽤 했었거든. 이쪽 일이 적성에 더 맞는 것 같아서 그만뒀지만 말야.”

아쌈이 어깨에 둘러멘 수면용 가운들을 쓰다듬으며 말했다.

“어쨌거나, 덜렁이 페니가 ‘달러구트의 꿈 백화점’에 면접을 보러 간다니! 오래 살고 볼 일이야.”

“전생에 쌓은 덕이 이제야 빛을 발하려나 봐.”

페니는 진심으로 서류 심사를 통과한 것이 기적이라고 생각했다.

‘달러구트의 꿈 백화점’은 젊은이들에게 아주 인기가 좋은 일자리였다. 높은 수준의 연봉, 이 도시의 랜드마크라고 해도 과언이 아닐 정도로 화려하고 고풍스러운 건물, 각종 인센티브 제도, 기념일에는 고가의 꿈을 무료로 제공하는 세심한 직원 복지까지. 일자리로서의 장점이 셀 수 없이 많았다. 하지만 그 어떤 것도, 달러구트와 함께 일할 수 있는 영광보다는 못 했다.

이곳 사람들은 모두 달러구트의 혈통과 그의 먼 조상에 대해 알고 있었다. 그 가문의 존재야말로 이 도시의 기원이기도 했다. 그와 함께 일하는 상상을 하는 것만으로도 페니는 마음이 벅차올라, 몸이 커다랗게 부풀어 오르는 것만 같았다.

"제발 합격했으면 좋겠어."

페니가 두 손을 꼭 맞잡았다.

"그런데 면접 준비는 이런 책으로만 하고 있는 거야?"

아쌈은 페니가 풀고 있던 문제지를 들고 이리저리 살펴보더니 다시 테이블 위에 내려놓았다.

"일단 외울 수 있는 건 다 외워둬야 할 것 같아서 말이야. 전설의 꿈 제작자 다섯 명에 관해 이야기해보라던가, 최근 10년 동안 가장 많이 팔린 꿈은 어떤 것인지, 또 시간대별로 어떤 손님들이 오는지 물어볼지도 몰라. 내가 일하기로 지원한 시간대에는 서호주, 그리고 아시아에서 오는 손님들이 많대. 난 시차나 날짜 변경선에 대해서도 공부했어. 넌 왜 손님들이 24시간 온종일 끊임없이 우리 도시를 방문하는지에 대해 알고 있니? 설명해줄까?"

페니는 의욕에 가득 차서 금방이라도 일장 연설을 쏟아낼 참이었다. 하지만 아쌈은 극구 사양하며 고개를 저었다.

"달러구트는 그런 시시한 건 묻지 않을 거야. 그런 건 지나가는 중학생들도 알아."

페니가 시무룩해하자 아쌈이 앞발을 뻗어 그녀의 어깨를 토닥였다.

"걱정 마, 페니. 난 오며 가며 그분에 대한 이야기를 많이 들었어. 이래 봬도 내가 꽤 마당발이거든. 이 골목에서 일한 지가 벌써 십수 년째니까 말이야."

아쌈은 페니가 또다시 나이를 캐묻기 전에 재빨리 말을 이어나갔다.

"달러구트는 꿈에 대해 알쏭달쏭한 이야기를 나누는 걸 좋아한대. 나도 잘은 모르겠지만 아마도 정답이 뚜렷한 질문을 하지는 않을 거야. 그래서 말인데, 사실 이걸 전해주려고 왔어."

아쌈은 어깨 위에 둘러메고 있던 대여용 수면 가운을 바닥에 몽땅 내려놓고 뭔가를 찾기 시작했다. 산더미 같은 가운을 헤집자, 작은 보따리가 튀어나왔다. 아쌈이 보따리를 풀자 이번에는 수면 양말들이 무더기로 쏟아져 나왔다.

"이건 아니야, 이건 수족냉증이 있는 손님들한테 신겨주려고 가지고 다니는 거고…. 옳지, 그래. 여기 있다!"

아쌈은 보따리 안에서 손바닥만 한 얇은 책자를 꺼내 들었다. 담청색의 두툼한 책표지에는 금박으로 고급스럽게 장식된 제목이 쓰여 있었다.

《시간의 신과 세 제자 이야기》

"이 책 정말 오랜만이다!"

페니는 단번에 그 책을 알아볼 수 있었다. 페니뿐만 아니라 이곳에서 자랐다면 누구나 그랬을 것이다. 그건 이 도시의 어린아이들에게는 필수 권장도서쯤 되는 유명한 책이었다.

"어쩌면 달러구트는 이 이야기와 관련된 질문을 할지도 몰라. 이야기에 대한 감상과 네 생각을 물을지도 모르지. 어릴 때 읽고 다시 읽은 적이 없다면 한번 꼼꼼히 읽어봐. 무엇보다 달러구트한테는 정말 중요한 이야기잖아?"

아쌈은 페니 쪽으로 당겨 앉으며 얼굴을 바싹 가까이 댔다.

"이건 비밀인데, 꿈 백화점에 일하는 직원들은 모두 달러구트에게 이 책을 한 권씩 선물 받았대."

"그게 정말이야?" 페니는 냉큼 아쌈에게서 책을 받아 들었다.

"정말이고말고! 직원들에게 책을 선물할 정도면 얼마나 중요하게 생각…. 이런! 이만 일하러 가야겠어."

페니를 보던 아쌈의 시선이 등 뒤의 테라스 쪽 창밖으로 옮겨갔다.

"방금 팬티만 입고 자는 사람이 돌아다니는 걸 본 것 같아." 아쌈이 밤색 코를 씰룩거렸다.

아쌈은 부랴부랴 널브러진 수면 가운을 챙겼다. 페니는 수면 양말을 보따리에 다시 집어넣는 것을 도왔다.

"그럼 면접 잘 보고 꼭 후기 들려줘, 페니."

아쌈은 자리에서 일어나는 중에도 눈을 떼지 못하고 계속해서 창밖을 보고 있었다.

"그래도 오늘은 팬티라도 입은 것 같아서 다행이네."

그가 중얼거렸다.

"고마워, 아쌈."

아쌈은 '별말씀을'이라고 말하듯 꼬리를 좌우로 둥글게 휘젓고는 이내 아래층으로 사라졌다.

페니는 아쌈이 남기고 간 책을 어루만졌다.

아쌈의 말은 일리가 있었다. 왜 이 책을 읽어볼 생각은 하지 못했을까? 이 이야기 속에는 이 넓은 상점가의 시작, 이 도시의 탄생, 그리고 달러구트와 꿈 백화점의 기원이 담겨 있다. 달러구트가 만약 역사를 중요시하는 사람이라면 아주 높은 확률로 해답은 이 책 속에 있을 것이다.

페니는 오답투성이 문제지를 미련 없이 접어서 가방 안에 넣어버렸다. 그리고 남은 커피를 몽땅 들이켰다. 그녀는 허리를 꼿꼿이 세우고 아쌈이 준 책을 펼쳐들었다.

시간의 신과 세 제자 이야기

아주 먼 옛날, 사람들의 시간을 다스리는 시간의 신이 살고 있었습니다. 여느 때처럼 느긋하게 점심을 먹던 시간의 신은, 문득 자신에게 남은 시간이 별로 없다는 것을 깨달았습니다. 시간의 신은 자신의 세 제자를 불러 모아 이 사실을 전했습니다.

씩씩하고 당돌한 첫째 제자는 앞으로 어떻게 해야 하는지 스승에게 물었습니다. 마음 여린 둘째는 스승과의 옛 기억을 떠올리며 조용히 눈물을 흘렸습니다. 그리고 마지막 셋째는 말없이 스승의 다음 말이 떨어지길 기다리고 있었습니다.

"셋째 제자여, 늘 신중하고 생각이 깊은 너에게 묻겠다. 시간을 셋으로 나누어 다스린다면 너는 과거와 현재, 그리고 미래 중 어느 조각을 가져가겠느냐?"

시간의 신이 묻자, 셋째는 잠시 고민하더니 첫째와 둘째가 선택하고 남은 것을 가져가겠노라 말했습니다.

지켜보던 당돌한 첫째는, 기회를 놓칠세라 자신이 미래를 가져가겠다고 말했습니다. 그리고 덧붙였습니다. "미래를 다스리기 위해 과거에 얽매이지 않게 해주십시오."

그는 과거에 연연하지 않고 재빨리 미래를 움켜쥐는 것이 가장 근사한 일이라고 늘 생각해왔습니다. 시간의 신은 첫째에게 미래를 건네주었고, 과거를 쉽게 잊어버리는 능력을 함께 주었습니다.

그러자 둘째도 조심스럽게 자신이 과거를 가져가겠다고 말했습니다. 둘째 제자는 지나간 기억들과 함께라면 아쉬움도 허무함도 없이 영원히 행복할 거라고 생각했습니다. 시간의 신은 둘째에게 과거를 건네주며, 무엇이든 오래 추억할 수 있는 능력을 함께 주었습니다.

이제 시간의 신은 과거와 미래에 비해 턱없이 작고 날카로운 현재의 조각을 손에 쥐고, 셋째에게 물었습니다.

"찰나의 현재를 잘 다스려주겠느냐?"

그러자 셋째가 대답했습니다.

"아닙니다. 현재는 모든 사람에게 공평하게 나누어주십시오."

시간의 신은 의아했습니다.

"너는 나에게 가르침을 받는 동안 어떤 시간도 특별하게 여기지 않았단 말이냐?"

스승이 다소 실망한 투로 묻자, 그제야 셋째가 어렵게 말을 꺼냈습니다.

"제가 사랑한 시간은 모두가 잠든 시간입니다. 잠들어 있는 동안에는 과거에 대한 미련도 없고, 미래에 대한 불안도 사라지기 때문입니다. 하지만 행복했던 과거를 추억하는 사람이 굳이 잠들었던 시간까지 포함하여 떠올리지 않고, 거창한 미래를 기약하는 사람이 잠들 시간을 고대하지 않으며, 하물며 잠들어 있는 사람이 자신의 현재가 깊이 잠들어 있음을 채 깨닫지 못하는데, 부족한 제가 어찌 이 딱한 시간을 다스려보겠다고 나설 수 있겠습니까?"

이야기를 들은 첫째 제자는 내심 그를 비웃었고, 둘째 제자는 조금 놀랐습니다. 그들은 잠든 시간을 쓸모없는 시간이라고 생각해왔기 때문입니다. 하지만 시간의 신은 기꺼이 셋째 제자에게 잠든 시간을 주겠노라 말했습니다.

"내가 너희의 시간에서 잠들었던 시간과 잠들 시간을 조각내어 셋째에게 주어도 되겠느냐?"

신이 묻자 첫째와 둘째가 망설이지 않고 대답했습니다.

"물론입니다."

이윽고 세 제자는 각자의 시간을 받아 들고 흩어졌습니다.

처음에 미래와 과거를 받은 첫째와 둘째는 신이 주신 능력에 아주 만족해 했습니다.

미래에 몰두하는 첫째 제자와 그의 추종자들은, 여태까지의 시시한 일들은 모두 잊고 고향을 떠나 더 넓은 땅에 터를 잡고 새로운 미래를 도모하려는 계획에 들떠 있었습니다.

과거를 소중히 여기는 둘째와 그의 추종자들도 퍽 기뻤습니다. 그들은 서로의 젊고 고운 얼굴과 함께 나눈 정다운 일들을 두고두고 기억할 수 있는 것에 감사했습니다.

하지만 얼마 지나지 않아 문제가 생겼습니다.

첫째가 미래만 생각하느라 몽땅 잊어버린 과거의 기억들은, 그 양이 어찌나 많았던지 그들이 사는 땅에 안개처럼 켜켜이 쌓이기 시작했습니다. 그들은 빽빽한 안개 속에서 친구와 가족도 알아보지 못했습니다. 사랑하는 사람들과의 추억이 사라지사 그들은 무엇을 위해 미래를 꿈꿔왔는지조차 기억하지 못하게 되었습니다. 먼 미래는커녕 한 치 앞도 볼 수 없는 사람이 되어버린 것입니다.

두 번째 제자 쪽 상황도 나을 것이 없었습니다. 그들은 좋았던 기억에만 갇혀 세월의 흐름과 예정된 이별, 그리고 서로의 죽음을 받아들이지 못했습니다. 마음 여린 그들의 눈물이 쉴 새 없이 땅 밑으로 흘러 커다란 동굴을 만들어냈고, 심약한 그들은 동굴 속에 꼭꼭 숨어버렸습니다.

이를 지켜보던 시간의 신은 모두가 잠들기를 조용히 기다렸다가, 달빛을 등지고 그들의 침실에 몰래 숨어들었습니다. 시간의 신은 날카로운 현재의 조각을 품에서 꺼내 단단히 쥐고, 잠든 그들의 머리맡에 드리워진 그림자를 뎅강 잘라냈습니다. 그러고는 한 손에는 잘라낸 그림자를, 한 손에는 빈 병을 들고 캄캄한 밖으로 나왔습니다.

신은 가장 먼저, 첫 번째 제자와 그 추종자들이 버린 안개처럼 뿌연 기억을 빈 병에 가득 담았습니다. 그다음에는 두 번째 제자와 그 추종자들이 흘린 눈물을 주워 품 안에 넣었습니다.

마지막으로, 아무도 몰래 세 번째 제자를 찾아갔습니다.

"이 밤중에 어쩐 일이십니까, 스승님?"

시간의 신은 말없이 셋째 제자의 탁자에 가지고 온 물건들을 하나씩 내려놓았습니다. 잠든 그림자와, 잊어버린 기억이 담긴 병, 그리고 동그란 눈물을.

스승의 의중을 어렴풋이 짐작한 셋째가 물었습니다.

"제가 어떻게 하면 이것으로 그들을 도울 수 있습니까?"

신은 대답 대신, 곤히 잠든 채 축 처져 있는 그림자를 손가락으로 집어 기억이 담긴 병 안에 쏙 집어넣었습니다. 그림자가 병 속에서 우왕좌왕하며 감은 눈을 뜨려고 애를 쓰자, 이번에는 눈물을 병 속에 떨어뜨렸습니다.

그러자 신기한 일이 벌어졌습니다. 눈물이 그림자의 눈이 되어 맺히더니, 그림자가 반짝 눈을 뜨고 병 안의 기억 속에서 살아 움직이기 시작한 것입니다.

시간의 신은 그림자와 기억이 담긴 병을 셋째에게 건네면서 말했습니다.

"사람들이 잠들어 있는 동안 그들의 그림자가 대신 깨어 있도록 해주어라."

지혜로운 셋째였지만, 스승의 말을 잘 이해할 수 없었습니다.

"사람들이 자고 있을 때도 생각하고 느끼게 하라는 말씀입니까? 어떻게 이것이 그들에게 도움이 될 수 있습니까?"

"그림자가 밤새 대신 경험한 모든 것들에 대한 기억은 둘째처럼 연약한 이들의 마음을 단단하게 만들어줄 것이다. 그리고 첫째처럼 경솔한 이들이 잊지 말았어야 할 것들은 이튿날 아침이면 다시 떠올릴 수 있게 도와줄 것이다."

이야기를 마친 시간의 신은 자신에게 주어진 시간이 비로소 끝나감을 느꼈습니다.

옅어져가는 그의 스승을 바라보며 셋째가 다급하게 외쳤습니다.

"가르침을 더 주십시오, 스승님. 이 모든 것을 사람들이 어떻게 이해하도록 가르쳐야 합니까? 저는 이것을 무어라고 불러야 할지조차 모르겠습니다."

시간의 신이 미소 지으며 대답했습니다.

"그들이 이해할 필요는 없다. 잘 모르는 편이 오히려 낫다. 그들 스스로 받아들이게 될 것이다."

"이름이라도 붙여주십시오. 기적이라고 불러야 합니까? 아니면 허상입니까?"

셋째는 간설하게 가르침을 구했습니다.

"'꿈'이라고 부르거라. 그들은 이제 너로 하여금 매일 밤 꿈을 꾸게 될 것이다."

마침내 시간의 신은 흔적도 없이 사라졌습니다.

책장을 덮은 페니는 묘한 기분에 휩싸였다. 이야기는 어릴 적 처음 읽었을 때처럼 낯설고 터무니없게 느껴졌다. 마치 동화 속 이야기 같았다. 하지만 이 세상에 믿지 않으면 이해할 수 없는 일들이 얼마나 많던가. 세상에 없다가도 태어나고, 조금 전까지 존재하다가도 죽음을 맞는 삶의 흐름을 결국은 받아들이게 되듯, 이 도시에 사는 모두는 이 이야기를 자연스럽게 받아들이고 있었다. 실제로 매일 밤 꿈을 꾸는 우리 모두, 먼 옛날 세 번째 제자가 세운 '꿈 백화점', 그리고 대대로 그의 가게를 물려받은 후손들과 지금의 달러구트까지 이 모든 것이 살아 있는 증거였던 것이다.

페니는 새삼 달러구트가 범접할 수 없는 신화적 인물처럼 느껴졌다. 그녀는 며칠 뒤의 면접에서, 그런 달러구트와 단둘이 이야기를 나누게 된다는 생각에 설렘 반, 긴장 반으로 아랫배가 싸늘해지는 것을 느끼며 몸을 가늘게 떨었다. 오늘은 이만 집으로 돌아가야 할 것 같았다.

책들을 잔뜩 짊어지고 집으로 돌아온 그녀는, 잠들 때까지 아쌈이 준 책을 손에서 놓지 않았다. 그리고 면접 당일까지 며칠 동안 읽고 또 읽었다. 이야기를 통째로 외울 때까지.

어느덧 달러구트와 약속한 면접 날이 다가왔다. 일찌감치 사거리의 꿈 백화점에 도착한 페니는, 1층 로비에서 달러구트의 사무실을 찾아 두리번거리고 있었다.

목 늘어난 티셔츠와 헐렁한 반바지를 잠옷으로 입은 사람들, 녹틸루카에게서 받은 대여용 가운을 입은 사람들이 로비에 마련된 상품 진열 코너를 돌아다니며 꿈 상품을 구경하고 있었다.

"킥 슬럼버의 신상품이군…. '갈라파고스의 코끼리거북이가 되는 꿈'이라…. 어디 보자, 까탈스러운 평론가들이 별점을 4.9점이나 줬군! '등껍질 안팎의 심연의 스펙터클함'이라니! 역시나 평론가들 한 줄 평은 전혀 도움이 안 된다니까."

별무늬가 잔뜩 박힌 수면 바지를 입은 손님이 '베스트 신상품' 코너에 서서 꿈상자를 들고 고심하고 있었다. 페니는 10분 안에 1층 어딘가에 있을 달러구트의 사무실로 곧장 가야 했는데, 아무리 봐도 오너의 사무실로 쓰일 법한 고급스러운 공간이 눈에 띄지 않았다. 페니는 직원에게 물어보려고 했으나, 프런트 데스크를 지키는 중년 여자 직원은 쉴 새 없이 어디론가 전화를 걸고 있었다. 리넨 치마를 두른 다른 직원들도 어찌나 바쁜지 페니 쪽으로는 눈길도 주지 않았다.

"엄마! 나 망한 것 같아! 순 뚱딴지같은 질문들뿐이었어. 난 최근 5년간의 꿈 트렌드와 업계 현황을 꼼꼼히 분석해왔는데 그런 내용은 하나도 묻지 않으셨어!"

격앙된 목소리로 전화 통화를 하며 지나가는 여자와 맞닥뜨린 것은 바로 그때였다. 먼저 면접을 보고 나온 지원자임이 틀림없었다. 페니는 최대한 입 모양을 크게 뻐끔거리며 필사적으로 여자에게 물었다.

"사.무.실.이. 어.디.예.요?"

여자는 무뚝뚝하게 손가락으로 휙 위쪽을 가리키더니 쌩하고 사람들 사이로 사라졌다. 여자가 가리킨 쪽에는 2층으로 올라가는 나무 계단이 있었다. 자세히 보니 계단 오른편의 반쯤 열려 있는 나무 문짝에 '면접 장소'라고 적힌 종이가 달랑거리며 붙어 있었다. 칠이 벗겨진 나무 문짝과 대충 손으로 써 붙인 종이 때문인지, 오래된 학교의 교실 문처럼 보였다.

문 앞에 선 페니는 긴장을 감추기 위해 호흡을 가다듬었다. 그리고 과연 이곳이 달러구트의 사무실이 맞는지 긴가민가한 상태로, 이미 열려 있는 문을 예의상 똑똑 두드렸다.

"오, 어서 들어오게."

힘 있게 울려 퍼지는 목소리가 사무실 안쪽에서 들려왔다. 목소리가 낯익었다. 방송 인터뷰나 라디오에서 가끔 들었던 목소리, 안에 있는 사람은 분명 달러구트였다.

"실례합니다."

사무실 내부는 밖에서 본 것보다 더 좁았다. 달러구트는 기다란 책상 뒤에서 오래된 프린터를 붙잡고 씨름하고 있었다.

"어서 오게, 미안하지만 잠깐만 기다려주겠나? 인쇄만 하려고 하면 용지가 자꾸 걸려서 말이지."

그는 정갈한 셔츠 차림이었고, 텔레비전이나 잡지에서 보던 것보다 훨씬 키가 크고 말라 보였다. 자연스럽게 헝클어진 반곱슬머리에는 흰머리가 반쯤 섞여 있었다.

달러구트는 페니의 지원 서류로 보이는 종이를 프린터에서 억지로 잡아 뺐다. 다 구겨지고 심지어 끝부분은 찢어져서 프린터 안에 여전히 남아 있는 게 분명했지만, 달러구트는 만족스러운 표정을 지었다.

"이제야 해결됐군."

페니가 가까이 다가오자 그는 주름지고 마른 손을 내밀어 악수를 청했다. 잔뜩 긴장한 페니가 손바닥의 땀을 대충 옷에 쓱쓱 닦고 달러구트의 손을 맞잡았다.

"안녕하세요, 달러구트 님. 저는 페니라고 합니다."

"반갑네, 페니 양. 만나기를 고대하고 있었다네."

허름한 창고 같은 사무실에 있음에도 불구하고, 달러구트의 외관에서는 기품이 흘러넘쳤다. 가까이에서 본 그의 흑갈색 눈동자는 나이가 무색하리만치 소년처럼 반짝였다. 페니는 눈을 너무 빤히 본 것 같아 급히 눈길을 돌렸다.

사무실 안에는 상자들이 가득했다. 전부 꿈 상자들인 것 같았다. 그중에는 그곳에 아주 오래 있었던 듯 습기를 먹어 눅눅해 보이는 것도 있었고, 얼마 되지 않은 듯 포장지 광택이 여전히 번쩍이는 것도 있었다.

페니의 시선을 다시 자신에게로 집중시키려는 듯, 달러구트가 철제 의자를 소리 내 끌어당겨 앉았다.

"자네도 거기 앉게."

달러구트가 페니 쪽에 있는 의자를 가리켰다.

"편히 앉도록 해. 그리고 이건… 내가 좋아하는 쿠키인데 하나 들게."

달러구트가 견과류가 잘게 박힌 먹음직스러운 쿠키를 건넸다.

"감사합니다."

쿠키를 한 입 베어 물자, 어깨의 긴장이 풀리고 주변 공기가 적당히 서늘해졌다. 그리고 이상하게도 낯선 사무실이 아주 익숙한 공간처럼 느껴졌다. 단골 카페에서 '진정 시럽'을 추가한 커피를 마셨을 때의 기분과 비슷했지만, 훨씬 효과가 좋았다. 달러구트가 건넨 쿠키에는 분명 특별한 힘이 있는 것 같았다.

"자네의 이름을 똑똑히 기억하고 있네."

달러구트가 말문을 열었다.

"지원 서류가 아주 인상 깊었거든. 특히 '아무리 좋아봐야 꿈은 꿈일 뿐이다'라고 쓴 구절이 압권이더군."

"네? 아, 그, 그건…."

페니는 별다른 스펙도 없는 지원 서류를 눈에 띄게 만들기 위해, 달러구트를 도발할 만한 구절을 넣었던 것이 지금 와서야 생각났다. 겁도 없이 이런 서류를 제출한 애송이의 얼굴을 보려고 부른 걸까? 별 볼 일 없는 자신의 서류가 통과되었을 때부터 이상하다고 생각했어야 했다.

페니는 재빨리 달러구트의 표정을 살폈다. 하지만 다행히도 달러구트의 표정은 '요놈 봐라' 하는 표정이 아니었다. 그는 정말로 페니를 흥미로운 듯 쳐다보고 있었다.

"인상 깊게 보셨다니 기뻐요."

페니가 그의 눈치를 살피며 조심스럽게 대답했다.

"그럼 본론으로 들어가볼까."

달러구트는 잠시 질문을 고민하는 듯 고개를 들고 왼쪽 천장을 응시했다. 페니는 침을 꼴깍 삼켰다.

"페니 양이 꿈에 대해 어떻게 생각하는지, 그 생각을 자유롭게 듣고 싶군."

달러구트가 대답하기 까다로운 질문을 던졌다.

페니는 숨을 깊게 들이마시고 면접 대비 책자에 쓰여 있던 모범답안을 기억해내려고 애썼다.

"그러니까… 꿈이란 현실에서 체험하지 못한 것들을 체험하고… 꿈은 불가능한 일의 대체재로서…."

대답을 이어가던 페니는 달러구트의 얼굴에 떠오른 실망한 기색을 놓치지 않았다. 앞선 지원자들이 그녀와 똑같은 대답을 했을지도 모른다는 생각이 머리를 스쳤다.

"지원 서류를 작성한 사람과는 전혀 다른 사람 같군."

달러구트는 페니를 보지도 않고 서류만 매만졌다.

페니는 방금 그 대답으로 탈락의 그림자가 머리 위에 드리워졌음을 직감했다. 어떻게든 분위기를 바꿔야만 했다.

"하지만, 현실에서 겪지 못할 일들을 체험한다고 하더라도 꿈은 절대 현실이 될 수 없어요!"

페니는 자신이 무슨 말을 하고 있는지도 몰랐다. 다만 남들과 다르게 대답해야 한다는 생각뿐이었다. 달러구트가 그것을 원한다는 느낌이 강하게 들었기 때문이었다. 그리고 만약 서류를 통과한 것이 달러구트가 말한 '꿈은 꿈일 뿐이다'라는 당돌한 한 구절 때문이라면, 일관성을 유지할 필요가 있었다.

"저는 아무리 좋은 꿈을 꾼들, 깨어나면 그뿐이라고 생각해요."

"어떤 이유에서인가?" 그의 표정은 사뭇 진지했다.

페니는 당황했다. 즉흥적으로 내놓은 대답에 그럴싸한 이유가 있을 리 없었다. 그녀는 실례라는 걸 알면서도 쿠키의 힘이라도 빌리기 위해 남은 쿠키를 입에 밀어 넣고 재빨리 씹어 삼켰다.

"특별한 뜻은 없어요. 손님들은 꿈을 꾸고 나면 대부분을 잊어버린다고 들었어요. 그래서 말 그대로 꿈은 꿈일 뿐이고 깨어나면 그뿐이라고 말씀드린 거죠. 하지만 그렇기 때문에 현실에 방해가 되지 않는 거라고 생각해요. 저는 그런 과하지 않은 점이 좋아요."

페니는 마른침을 삼켰다. 적막이 길어지는 것이 유리하지 않다고 판단했기 때문에 입에서 나오는 대로 대답하긴 했지만, 이 대답으로 면접의 맥이 뚝 끊겼음을 어렵지 않게 느낄 수 있었다.

"그렇군, 꿈에 대한 생각은 그게 전부인가?"

달러구트가 심드렁하게 물었다.

페니는 이왕 이렇게 된 거, 준비한 말이나 다 해버리기로 마음먹었다. 이 사무실을 나가면 이런 기회는 다시 오지 않을 것이다.

"사실 면접에 오기 전에 《시간의 신과 세 제자 이야기》를 여러 번 읽었어요. 이야기 속에서 세 번째 제자는 '잠든 시간'을 다스리겠다고 나섰죠. 다른 제자들은 전혀 관심 없던 그 시간 말이에요."

달러구트의 표정을 보아하니, 아쌈의 권유대로 《시간의 신과 세 제자 이야기》를 읽고 온 것은 탁월한 선택임이 틀림없었다. 그는 다시 처음의 흥미로운 시선으로 페니를 보고 있었다.

"저는 세 번째 제자의 선택이 잘 이해되지 않았어요. 첫 번째 제자가 다스리기로 한 미래에는 무슨 일이든 생길 수 있는 무한한 가능성이 있죠. 게다가 두 번째 제자가 다스리기로 한 과거에는 지금까지 겪어온 귀중한 경험들이 있고요. 미래에 대한 희망과 과거로부터의 배움. 이 두 가지는 현재를 살아가는 데 너무도 중요한 것들이에요."

달러구트가 보일 듯 말 듯 고개를 끄덕였다. 페니는 멈추지 않고 말했다.

"하지만 잠든 시간은 어떤가요? 잠들어 있는 동안에는 아무 일도 벌어지지 않죠. 그저 가만히 누워 시간을 보낼 뿐이에요. 말이 좋아 휴식이지, 실제로는 인생의 낭비라고 생각하는 사람도 있을 거예요. 인생을 통틀어 몇십 년을 누워지내는 셈이니까요! 하지만 말이죠, 시간의 신은 가장 총애하던 세 번째 제자에게 '잠든 시간'을 맡겼어요. 그리고 사람들이 자는 동안 꿈을 꾸게 하라고 했죠. 왜 그랬을까요?"

페니는 질문하는 척하면서 잠깐 뜸을 들이고 생각할 시간을 벌었다.

"저는 꿈에 대해 생각할 때마다 이 질문을 떠올려요. '사람은 왜 잠을 자고 꿈을 꾸는가?' 그건 바로, 모든 사람은 불완전하고 저마다의 방식으로 어리석기 때문이에요. 첫 번째 제자처럼 앞만 보고 사는 사람이든, 두 번째 제자처럼 과거에만 연연하는 사람이든, 누구나 정말로 중요한 것을 놓치기 쉽죠. 그렇기 때문에 시간의 신은 세 번째 제자에게 잠든 시간을 맡겨서 그들을 돕게 한 거예요. 왜, 푹 자는 것만으로도 어제의 근심이 눈 녹듯 사라지고, 오늘을 살아갈 힘이 생길 때가 있잖아요? 바로 그거예요. 꿈을 꾸지 않고 푹 자든, 여기 이 백화점에서 파는 좋은 꿈을 꾸든, 저마다 잠든 시간을 이용해서 어제를 정리하고 내일을 준비할 수 있게 만들어지는 거예요. 그렇게 생각하면 잠든 시간도 더는 쓸모없는 시간이 아니게 되죠."

페니는 책에서 본 내용을 그럴싸하게 포장해서 대답했다. 그녀는 오늘따라 말이 너무 술술 나와서 스스로도 감탄하고 있었다. 평소에 책을 많이 읽으라는 어른들 말씀이 틀린 말은 아니었다. 자신감을 얻은 페니는, 이쯤에서 그럴싸한 말을 덧붙여 인상적인 지원자가 되고 싶었다.

"제가 생각하기에… 잠, 그리고 꿈은… 숨 가쁘게 이어지는 직선 같은 삶에, 신께서 공들여 그려 넣은 쉼표인 것 같아요!"

페니는 뿌듯해하며 말을 마쳤다. 달러구트는 읽어내기 어려운 표정을 지었다. 페니는 조금 전의 멘트가 너무 작위적이었던 것 같아 입을 꾹 다물었다. 분위기가 좋을 때 적당히 했어야 했다.

사무실에 적막이 흘렀다. 문 하나를 두고 바깥은 여전히 손님으로 가득한데, 달러구트의 사무실은 동떨어진 공간처럼 조용하고 차분했다. 페니는 갑자기 목이 타는 것 같았다.

달러구트는 페니의 서류에 뭔가를 사각사각 끄적였다.

"잘 들었네, 페니 양. 꿈에 대해 깊이 고민한 흔적이 보이는군." 그는 서류에서 양손을 떼고 얼굴 앞으로 손깍지를 모아 쥐더니 페니의 눈을 똑바로 바라봤다.

"그럼 마지막으로 하나만 더 묻겠네. 자네도 알다시피 이 거리에는 우리 '꿈 백화점' 말고도 다른 꿈 상점들이 많이 있지. 다른 곳이 아닌 우리 상점에서 일하고 싶은 특별한 이유가 있다면 말해주게."

페니는 높은 급여가 마음에 든다고 말하려다가, 그건 초면에 지나친 솔직함이라는 생각이 들어 그만두었다. 페니는 머릿속으로 말을 골라가며 천천히 대답했다.

"자극적인 꿈을 파는 상점들이 우후죽순처럼 늘어나고 있어요. 달러구트 님께서도 일간지 〈꿈보다 해몽〉의 인터뷰에서 언급하셨죠. 몇몇 꿈 상점들은 충분히 잔 사람도 더 자게 만들고, 쾌락만을 쫓아 꿈을 사러 오게 만든다고요. 하지만 달러구트 님의 꿈 백화점은 그렇지 않다고 들었어요. 필요한 만큼만 꿈꾸게 하고, 늘 중요한 건 현실이라 강조하시죠. 시간의 신이 세 번째 제자에게 바란 것도 딱 그 정도일 거예요. 현실을 침범하지 않는 수준의 적당한 다스림. 그래서 여기에 지원했어요."

달러구트는 그제야 활짝 웃었다. 페니는 그가 웃을 때 10년은 더 젊어 보인다고 생각했다. 그의 흑갈색 눈동자가 새로운 직원을 찬찬히 눈에 담고 있었다.

"페니 양, 내일부터 출근할 수 있겠나?"

"물론이죠!"

적막하게만 느껴졌던 사무실에 비로소 바깥손님들의 웅성거리는 소음이 스며들고 있었다. 페니에게 첫 직장이 생기는 순간이었다.

1장

가게 대성황의 날

페니는 첫 출근길부터 헐레벌떡 뛰고 있었다. 콧등에 땀이 송골송골 맺혔다. 합격한 기념으로 가족들과 1차로 회포를 푼 데다가 이어서 새벽녘까지 친구들과 전화로 수다를 떠느라 늦잠을 자버린 것이다.

특히 아쌈은 자신이 건네준 책이 면접에서 얼마나 어떻게 도움이 됐는지 계속해서 듣고 싶어 했다.

"그래서 네가 그렇게 대답했더니 달러구트의 표정이 어떻게 바뀌었다고?"

"오, 신이시여. 내가 준 책이 결국 페니의 당락을 갈랐구나! 바로 '내가' 준 책 말이야."

페니는 거하게 한 턱 내기로 약속을 하고 나서야 겨우 전화를 끊을 수 있었다.

오늘따라 거리는 마을 주민들이며 잠든 손님들로 북새통이었다.

페니는 뛰느라 어깨를 부딪친 사람들에게 연신 미안하단 말을 남기며 인파 속을 헤치며 나아갔다. 꿈 백화점 바로 뒷골목까지 뛰어와서야 페니는 겨우 숨을 고를 수 있었다. 다행히 지각은 면할 것 같았다.

구운 과일의 그윽한 향기와 고소하게 우유 끓이는 냄새가 골목 전체에 가득했다. 페니는 일어나서 아무것도 먹지 못했기 때문에 과일 꼬치라도 하나 먹을 수 있을까 하고 기웃거렸지만, 줄이 너무 길었다.

"오늘따라 왜 이렇게 사람이 많아."

뒷골목의 푸드트럭 요리사는 구름떼같이 몰려든 손님들을 보고 혀를 내둘렀다. 그는 한 손으로는 그릴에서 구워낸 과일 꼬치를 뒤집고, 한 손으로는 커다란 솥에 들어 있는 국자를 휘휘 저었다. 솥 안에는 살짝 노르스름한 양파 우유가 펄펄 끓고 있었다. 따뜻할 때 마시면 누가 업어가도 모를 정도의 숙면을 취할 수 있다는 인기 메뉴였다.

푸드트럭 앞의 많은 사람들이 이미 머그잔에 담긴 양파 우유를 홀짝거리고 있었다. 나이가 지긋한 손님들은 노곤한 표정으로 만족스럽게 마시고 있는 반면에, 꼬마들 몇몇은 한 모금 마시더니 죽을상을 했다. 한 꼬마는 바닥에 우유를 일부러 질질 흘리고 있었다.

"바닥을 더럽히면 안 돼요!"

어디선가 나타난 녹틸루카가 털북숭이 앞발을 내저으며 페니와 꼬마들 사이를 가로막았다. 아쌈보다 덩치가 훨씬 작은 그 녹틸루카는, 투덜거리며 바닥에 흘린 우유를 닦기 시작했다. 페니는 양말이 젖을까 봐 얼른 자리를 피했다. 편하게 뛰기 위해서 오늘은 신발을 신지 않고 나왔던 것이다.

신발을 신지 않고 다니는 것은 별로 이상한 일이 아니었다. 잠든 손님들이 대부분 신발을 벗고 오기 때문에 길거리도 실내처럼 깨끗하게 관리하는 것이 당연했고, 언제부턴가 주민들도 잠깐 외출할 때는 양말만 신고 다니기 시작했다.

다만 대대로 신발을 만들어 팔던 레프라혼 요정들은 때아닌 위기를 맞았다. 사람들이 새 신발 대신 새 양말을 사는 빈도가 늘어나자 요정들의 신발 가게는 자연스럽게 매출이 떨어지게 됐던 것이다.

그때 레프라혼 요정들은 과감하게 꿈 제작 사업에 뛰어들어서 사업 영역을 넓히기 시작했다. 페니가 아쌈에게 들은 소식에 따르면, 사업을 확장한 뒤에 매출이 1,000퍼센트 이상 상승했다고 한다. 충분히 신빙성이 있었다. 레프라혼 요정들의 신발 가게는 원래 가겟세가 저렴한 변두리에 있었는데, 얼마 전에 사거리 중심가인 이곳으로 확장 이전을 했던 것이다.

페니는 꿈 백화점 바로 옆에 있는 레프라혼 요정들의 가게를 지나며 쇼윈도를 흘긋 보았다. 쇼윈도에는 커다란 안내문이 붙어 있었다. 안내문 말고도 덕지덕지 붙여놓은 상품 포스터들 때문에 가게 내부는 잘 보이지 않았다.

날개 달린 신발, 바람처럼 빠르게 달릴 수 있는 스케이트,
우아하게 헤엄칠 수 있는 특수 오리발이 필요하신 분은
가게 안으로 들어오세요!
레프라혼 요정만의 기술이 집약된 하늘을 나는 꿈,
빠르게 달리는 꿈, 헤엄치는 꿈을 구매하실 분은

바로 옆 '꿈 백화점'의 3층 코너를 방문해주세요!

"아빠, 날개 달린 신발 사주세요."

"저런 건 고장이 잘 나. 신발은 자고로 다른 기능 없이 밑창이 튼튼한 게 최고야."

"으앙… 바닥에 드러누워버릴 거야."

신발 가게 앞에서 실랑이하는 아빠와 딸을 지나, 페니는 드디어 오늘부터 일하게 될 꿈 백화점 앞에 섰다.

페니는 가방에서 단화를 꺼내 신고, 손바닥만 한 거울로 얼굴에 더러운 게 묻지는 않았는지 요리조리 살폈다. 오늘따라 차분한 단발머리, 작은 코에 서글서글하게 큰 눈. 인상은 이만하면 나쁘지 않다. 급하게 나오느라 블라우스 다림질을 깜빡한 것이 마음에 걸렸지만, 어쩔 도리가 없었다.

페니는 가게 안으로 첫발을 내딛자마자 어마어마한 인파의 손님들 틈에 섞여들었다. 로비 중앙의 프런트에서는 직원이 마이크에 대고 안내방송을 하고 있었다. 어제 정신없이 어디론가 전화를 걸고 있던 그 중년의 여자 직원이었다.

"외부 손님들께 다시 한번 안내 말씀드립니다. 외부 손님들 한정으로 요금은 전부 후불입니다! 직원에게 꿈을 받으셨으면 곧장 나가시면 됩니다. 거기 도지콤 남매! 너희는 돈부터 내고 가야지, 이리 와!"

주근깨투성이 어린 남매가 몰래 뒷문으로 빠져나가려다 터덜터

덜 프런트로 돌아오고 있었다.

페니는 달러구트의 사무실로 가야 하는 건지, 직원용 앞치마부터 갈아입어야 하는 건지 혼란스러웠다. 오도 가도 못하고 손님들 틈바구니에서 우물쭈물하고 있는데, 그때 누군가가 낚아채듯 페니의 옷자락을 잡고 프런트 안쪽으로 쑥 밀어 넣었다.

"반가워, 오늘부터 일하게 된 신입 맞지? 여기서 일하려면 정신 바짝 차려야 할 거야. 특히 오늘처럼 손님이 몰리는 날에는."

안내방송을 하던 중년의 여자 직원이 페니를 보고 방긋 웃으며 말했다.

"난 웨더, 1층의 매니저야. 직급 따윈 걸리적거리기만 할 뿐이니까 그냥 웨더 아주머니라고 불러도 좋아. 네 또래의 딸과 늦둥이 아들이 하나 있고, 여기서 일한 지는 30년이 넘었어. 이 정도면 내 소개로 충분하겠지?"

그녀는 인상이 밝은 데다 성격도 시원시원했다. 다만 지금은 많이 지쳐 보였다. 그녀의 붉은 곱슬머리는 힘없이 축 늘어져 있었고, 목소리에도 칼칼한 쇳소리가 섞여 나왔다.

"안녕하세요, 웨더 아주머니. 저는 이번에 신입으로 들어온 페니라고 해요. 저, 혹시… 뭐부터 해야 할까요?"

"그렇지 않아도 달러구트가 네가 오거든 안내해주라고 했어. 너도 알다시피 우리 백화점은 1층부터 5층까지 다른 장르의 꿈을 팔고 있어. 1층은 신경 쓸 것 없어, 나와 달러구트, 그리고 다른 시간대에 일하는 베테랑 직원들이 손님들을 상대하고 있거든. 1층에는 특별히 귀한 꿈들만 취급하기 때문에 신입은 잘 받지 않지. 일단 넌 2층부터 5층까지 돌아다니면서 그 층의 매니저들을 만나면 돼. 가서 층별 안내를 듣고, 몇 층에서 일하고 싶은지 알려주렴. 모든 층의 매니저들이 널 마음에 들어 하지 않는다면 다시 집으로 가야 할지도 모르지만."

페니가 잔뜩 긴장해서 눈을 거북이처럼 끔뻑거리자 웨더 아주머니가 손사래를 쳤다.

"농담이야."

아주머니는 더운지 입고 있던 재킷을 벗어 옆으로 휵 던졌다. 에어컨을 틀고 있는데도 셔츠가 땀으로 흠뻑 젖어 있었다.

"자, 어서 가봐. 난 손님들을 안내해야겠어. 오늘은 정말, 손님이 너무 많네."

페니는 프런트 밖으로 빠져나왔다. 프런트 쪽에 몰려든 손님들 때문에 웨더 아주머니의 모습은 금세 보이지 않게 되었다. 대신 아주머니의 쉰 목소리가 메아리처럼 울렸다.

"손님, '옛 친구를 만나는 꿈'은 어떠세요? 2층 추억 코너에 딱 하나 남았어요! 네? 어떤 친구가 나오냐고요? 그건 저도 모른답니다. 아마도 손님 기억 속에 있는 어릴 적 친구 중 한 명이 나올 거예요."

"'몰디브에서 3박 4일 휴가 보내는 꿈'은 들어오자마자 다 팔렸어요."

"손님, 그건 다른 손님께서 예약하신 꿈이에요. 포장 뜯으시면 안 돼요."

"척 데일의 '오감이 번쩍 야릇한 꿈' 시리즈는 아까 사춘기 손님들께서 우르르 몰려와서 다 사가셨어요."

"전 층 전량 매진 임박. 매진 임박입니다!"

페니는 아주머니의 처절한 목소리를 뒤로하고 엘리베이터 쪽으로 방향을 틀었다. 하지만 이미 줄 서 있는 손님들로 가득해서 엘리베이터를 타려면 한참을 기다려야 할 것 같았으므로, 페니는 달러구트의 사무실 쪽 계단을 이용하기로 마음먹었다. 달러구트에게 들러서 인사를 할까 잠깐 고민했지만, 사무실 문 앞에 '잠시 자리 비움'이라고 대충 끄적인 종이가 붙어 있었으므로 나중으로 미루기로 했다. 달러구트의 프린터는 아직 고장 나 있는 것 같았다.

나무 계단은 층고가 워낙 높아서 겨우 2층까지 올랐을 뿐인데 허벅지 근육이 저릿했다. 페니는 앞으로 일하는 동안 부지런히 계단으로 다니면 따로 운동할 필요는 없겠다고 생각했다.

2층은 한눈에 보기에도 먼지 하나 없이 깨끗했다. 단조로운 목재 인테리어에 똑같은 간격으로 배치된 펜 조명, 진열장이 놓인 간격도 자로 잰 듯 일정했다.

상품이 다 팔렸는지 진열장은 대부분 텅 비어 있었는데, 남은 상품들은 흐트러짐 없이 일정한 각도로 놓여 있고, 상자의 장식용 리본은 양쪽 매듭이 완전히 똑같은 크기로 묶여 있었다. 앞치마를 두른 직원들은 진열장 사이사이를 돌아다니며 손님들이 상품을 구경하고 제멋대로 내려놓을 때마다 불안한 듯 전전긍긍하고 있었다.

1층에는 아주 고가의 인기상품, 또는 한정판, 예약상품들만을 소량 취급하는 데 반해, 2층은 좀 더 보편적인 꿈들을 판매하고 있었다. 2층은 일명 '평범한 일상' 코너로, 소소한 여행이나 친구를 만나는 꿈, 또는 맛있는 음식을 먹는 꿈 등을 판매하는 곳이었다.

페니가 서 있는 계단 바로 앞쪽에는 '추억 코너'라는 팻말이 붙은 진열장이 있었다. 진열장 안에는 고급스러운 가죽으로 포장된 케이스에 '개봉 시 환불 불가'라고 적힌 꿈 몇 개만이 남아 있었다.

상품을 구경하던 손님이 지나가던 2층 직원을 불러 물었다.

"이 꿈은 뭐죠?"

"그건 어린 시절의 추억이에요. 좋아하는 추억들 중의 하나가 꿈에 나온답니다. 어떤 분이 꾸시는지에 따라서 내용은 조금씩 달라질 수 있어요. 제 경우에는 어머니 무릎을 베고 귀 청소를 받는 꿈이었죠. 어머니의 향기와 나른한 감각까지. 훌륭한 꿈이었습니다."

직원이 허공을 응시하며 꿈결 같은 표정을 지었다.

"그럼 이것 주세요. 여러 개 사도 되나요?"

"그럼요, 많은 손님께서 하룻밤에 두세 개씩은 가져가신답니다."

페니는 까치발을 들고 층 전체를 둘러봤다. 이 층의 매니저로 보이는 중년 남자가 모던한 침실처럼 꾸며진 구석의 코너에서 손님과 이야기를 나누고 있었다. 페니는 그들의 대화에 방해가 되지 않도록 조심조심 다가갔다.

매니저를 알아보는 것은 어렵지 않았다. 허리춤에 앞치마를 두르고 숫자 '2'가 각인된 은빛 브로치를 달고 있는 다른 직원들과 다르게, 한 남자만 고급 재킷을 차려입고 가슴에 브로치를 달고 있었기 때문이다. 그는 강단 있고 야무진 인상을 풍겼다.

"왜 못 사게 하는 거예요?"

매니저와 얘기를 나누던 젊은 남자 손님은 당황해서 따져 묻고 있었다.

“지금 잡생각이 많으신 것 같은데 꿈은 다음에 구입하시는 게 어떨까요? 꿈의 선명도가 떨어진답니다. 이럴 때는 그냥 숙면하시는 게 좋죠. 외람된 말씀이지만 제 경험상 손님의 경우에는 99퍼센트 꿈을 꾸는 도중에도 잡생각이 끼어들거든요. 전혀 다른 내용이 되어 버려요. 옆 골목에서 파는 양파 우유가 굉장히 고소하답니다. 숙면에도 도움이 되지요. 드시고 푹 주무시는 게 좋겠어요.”

남자 손님은 궁얼거리며 엘리베이터 쪽으로 가버렸다. 매니저로 보이는 남자는 손님이 놓고 간 꿈 상자를 집어서 손수건으로 살짝 문지르더니 각을 맞춰 진열장에 다시 올려놓았다.

“저기… 혹시 2층의 매니저님이세요?”

페니는 최대한 조심스럽게 그를 불렀다. 각 잡힌 바지 주름, 티끌 하나 묻지 않은 구두, 정성스럽게 손질한 콧수염, 짧아서 따로 손질할 필요가 없는데도 헤어젤을 발라 최대한 넘긴 헤어스타일이 다가가기 어려운 인상을 주었다.

“맞아, 내가 매니저인 ‘비고 마이어스’라네. 자네는 신입인가?”

“아, 네. 페니라고 해요. 어떻게 아셨어요?”

페니는 자기 얼굴에 ‘풋내기, 얼뜨기’라고 적혀 있기라도 한 걸까 싶어 손으로 볼을 감싸 쥐었다.

“보통 손님들이 나한테 먼저 말을 거는 경우는 없거든. 항상 다른 직원들한테만 말을 걸지. 사람들이 날더러 다가가기 힘든 인상이라고 하더군. 나야 뭐 상관은 없지만. 아무튼, 손님도 아니고 내가 아는 직원도 아니니 필시 새로 들어온 직원이겠거니 생각했지.”

마이어스 매니저는 팔짱을 끼고 깐깐한 표정으로 페니를 다시 보았다.

"아하, 그래. 층별 견학을 온 거로군. 그러고 보니 우리 주인장께서 미리 이야기하셨던 것 같기도 하고."

"네. 맞아요."

"좋아, 우리 층에 대해 궁금한 게 있나?"

페니는 리본 양쪽 매듭을 어떻게 저렇게 똑같은 크기로 묶을 수 있는지가 제일 궁금했지만, 꾹 참고 두 번째로 궁금했던 것을 물었다.

"방금 그 손님에게는 왜 꿈을 팔지 않으신 거죠?"

"좋은 질문이야."

마이어스는 팔짱을 풀고 상품 진열장을 어루만졌다.

"이 층에 있는 모든 꿈은 내가 하나하나 직접 검수해서 들여온 최상의 작품들이야. 난 이렇게 좋은 꿈들을 손님들이 멋대로 사가서는, '에이 개꿈이네.' 하고 불평하는 소리가 제일 듣기 싫어. 반드시 기억해둬. 아무한테나 팔면 꿈값을 못 받아."

페니는 외부에서 온 손님들로부터 후불로 꿈값을 받는다는 정도는 알고 있었지만, 자세한 것은 아직 몰랐으므로 알아듣는 척 고개만 끄덕였다.

"요즘 신입사원들은 자기소개서 나부랭이랑 달러구트 님과 간단한 면접만 치르고 들어온다지?"

마이어스가 혼잣말하듯 비아냥거렸다.

"네…. 뭐, 저도 마찬가지고요."

"그것참 황당하군. 난 2층 직원들을 뽑을 때 내 선에서 한 번 더 시험을 치를 생각이야. 꿈의 불확실성과 불연속적인 속성, 유연하고도 위태로운 이 상품들은 적당한 수준의 지식으로는 다룰 수 없지. 암, 그렇고말고. 난 대학에서도 '꿈의 영상연출학'과 '꿈의 뇌과학'을 복수전공했어. 학술 잡지에도 내 논문이 여럿 실렸지. 그리고 그 지식이 일하는 데 상당한 도움이 되고 있어. 웨더는 달러구트와 일한 시간이 길다는 이유로 1층의 매니저 자리를 꿰찼지만 말이야. 나는 오로지 실력으로 2층의 매니저 자리에 올랐다고. 이게 단순히 내가 운이 좋아서라고 생각하나?"

"아뇨. 정말 대단하세요."

페니는 마이어스가 낸 시험문제를 풀면서까지 2층의 직원이 되고 싶지는 않았다. 마이어스도 페니의 마음을 눈치챘는지 그녀에게서 한 발 물러나며 직원들에게 소리쳤다.

"자, 3열 진열장에 남은 물건은 1열로 옮기고! 신속하게 움직이자고."

"네!"

비고 마이어스의 한마디에 2층 직원들이 일사불란하게 움직였다. 그들의 리넨 앞치마는 방금 다린 듯 매끈했다. 페니는 괜히 블라우스의 구겨진 끝을 잡고 팽팽하게 만들려고 애쓰면서 3층으로 가는 계단으로 발길을 옮겼다.

3층은 2층보다 훨씬 경쾌한 분위기였다. 벽에 덕지덕지 붙어 있는 상품 포스터들은 색감이 절묘하게 어우러져서 트렌디한 벽지처럼 보였고, 스피커에서는 유행하는 노래가 흘러나왔다.

상품을 설명하는 직원들은 물론이고 꿈을 사러 온 손님들도 들떠 보였다. 직원 한 명은 연분홍색 하트 모티브가 주렁주렁 달린 화려한 꿈 상자를 손에 들고, 손님에게 열심히 꿈을 권하고 있었다.

"척 데일의 '야릇한 꿈 시리즈'는 늘 매진이에요. 대신 '키스 그루어'의 꿈은 어떠세요? 운이 좋으면 좋아하는 사람과 근사한 곳에서 데이트하는 꿈을 꿀지도 몰라요."

손님이 관심을 보이자 직원이 들릴 듯 말 듯 작은 목소리로 덧붙였다. "손님 컨디션에 따라 전혀 생뚱맞은 사람이 나올 수도 있다는 단점이 있지만요."

3층의 직원들은 자유분방했다. 앞치마도 각자의 입맛대로 리폼해서 입고 있었다. 레이스를 붙여서 공주풍 앞치마로 만든 사람도 있었고, 좋아하는 꿈 제작자의 사진이 프린트된 배지를 달아놓은 사람도 있었다. 진열장의 꼬마전구를 교체하고 있는 직원은, 앞치마에 커다란 주머니를 꿰매 달아 초코바를 불룩하게 넣고 다녔다.

페니는 아까부터 이 층의 매니저가 누구인지 눈으로 좇고 있었지만, 특별하게 다른 옷차림을 했다거나 경력이 오래되어 보이는 직원이 눈에 띄지 않았다. 페니는 평범한 리넨 앞치마를 입고 진열장을 닦고 있는 직원에게 다가갔다.

"실례지만 이 층의 매니저는 어느 분이죠? 전 신입사원이고, 층별 견학을 하러 왔어요."

"어머나, 신입사원! 매니저는 나예요! 내 이름은 모그베리. 3층의 매니저예요."

자신을 모그베리라고 소개한 여자는 다른 일반 직원들과 똑같은 차림으로 일하고 있었다. 그녀는 짧고 구불구불한 머리를 조여 묶고 있었는데, 잔머리가 사방으로 튀어나와 있었다.

페니는 꾸벅 인사를 했다. 모그베리는 매니저라고 하기에는 굉장히 어려 보였다. 양쪽 볼의 발그레한 홍조도 어려 보이는데 한몫하는 것 같았다.

"페니라고 합니다. 달러구트 님의 지시를 받고 3층을 견학하러 왔어요."

"얘기는 미리 들었어요. 3층에 온 걸 환영해요!"

모그베리가 생글생글 웃으며 반겼다.

"여긴 획기적이고 액티비티한 꿈들이 모여 있는 곳이죠. 오, 페니. 잠깐 실례할게요. 저기요 손님? 찾으시는 물건 있으세요?"

모그베리는 이야기를 하다 말고 근처를 맴돌고 있는 손님에게 말을 걸었다.

"꿈 취향을 말씀해주시면 제가 적당한 걸로 찾아드릴게요."

손님은 짧은 스포츠 반바지에 목둘레가 가슴팍까지 늘어난 러닝셔츠를 입고 있었는데, 중학교 2학년쯤 되어 보였다. 그는 조금 추운 듯 양쪽 팔을 연신 비벼댔다.

"전 주목받는 꿈을 꾸고 싶어요. 세상이 제 중심으로 돌아가는 내용이면 더 좋고요. 지난번에는 학교 축제에서 끝내주게 랩을 해서 전교생이 제 사인을 받고 싶어 하는 꿈을 꿨는데, 힙해지는 기분이었어요."

"남은 물건이 많지는 않은데…. 오, 여기 SF 영화 시리즈는 어떠세요? 요즘 히어로물이 많이 나오거든요. 꿈에서 새빨간 강철 영웅이

나 힘이 아주 센 초록 괴물이 될 수도 있죠. 셀린 글럭은 디테일에 신경을 많이 쓰는 꿈 제작자니까 몰입이 아주 잘될 거예요."

"그렇지 않아도 오늘 히어로 영화를 보고 왔는데! 좋아요! 하나 주세요."

모그베리는 또 한 건 했다는 듯 흡족하게 웃었다. 손님은 받아 든 상품을 옆구리에 끼고 다른 상품도 구경하기 위해 반대편으로 사라졌다.

페니는 손님이 사라진 방향을 쳐다보고 있다가, 문득 레프라혼 요정들의 신발가게를 지나며 읽었던 안내문을 떠올렸다.

"레프라혼 요정들의 '하늘을 나는 꿈'도 3층에 있다고 하던데, 다 팔렸나요?"

시종일관 밝았던 모그베리의 인상이 찌푸려졌다. 그녀는 입술을 뾰로통하게 내밀고 말했다.

"하늘을 나는 꿈이야 늘 매진이죠. 그런데 그거 알아요? 레프라혼 요정 놈들이 얼마나 영악한지! 난 말이에요, 원래 신발만 만들던 꼬맹이들이 꿈 사업에 갑자기 뛰어든다고 할 때부터 마음에 안 들었어요. 아니나 다를까, 가끔 두 발이 납덩이처럼 무거워져서 꼼짝도 못 하는 꿈을 박스에 섞어서 보낸다니까요? 그런 게 뭐 장사 수완이라나? 그렇게 해야 꿈값을 더 받을 수 있다고 하지 뭐예요? 내가 몇 마디 했더니 글쎄, 자기들만 날아다니는 꿈을 만들 수 있으니 물건 끊기고 싶지 않으면 참견하지 말라더군요. 나 원 참, 어이가 없어서!"

페니는 꿈값에 관한 공부를 미리 해두지 않은 것을 후회했다. 발이 무거워지는 꿈을 팔면 왜 꿈값을 더 받을 수 있다는 걸까? 페니는 당최 무슨 얘기인지 짐작하기 힘들었다. 서점에서 《후불로 치르는 꿈값의 경제학》이나 《꿈 팔아서 내 집 마련》 따위의 경제 서적을 보긴 했지만 좀처럼 읽을 엄두가 나질 않았었다. 페니는 셈이나 돈을 만지는 일에는 젬병이었다. 그녀는 모그베리에게 물어보고 싶었지만, 괜히 멍청해 보이는 인상을 주었다가는 어느 층에서도 일할 수 없게 될까 두려웠으므로 오늘은 참기로 했다.

"달러구트 님은 너무 물러터진 것 같아요. 난 레프라혼 요정들과의 계약을 해지해야 한다고 봐요!"

3층 매니저인 모그베리는 이야기를 하면 할수록 못마땅한지 점점 심하게 투덜댔다. 그녀가 흥분해서 침을 튀기며 말할 때마다 꼬불꼬불한 잔머리가 정수리 부근에서 용수철처럼 뿅뿅 튀어나오고 있었다. 이제 묶여 있는 머리보다 튀어나온 머리카락이 더 많을 지경이었다.

페니는 모그베리의 투덜거림이 점점 길고 지루해지자, 슬슬 4층으로 피신하기 위해 빠져나갈 틈을 살폈다. 때마침 모그베리가 지나가는 다른 직원을 붙잡고 레프라혼 요정들에 대한 험담을 늘어놓기 시작했으므로 페니는 자연스럽게 3층을 떠날 수 있었다.

페니는 내심 4층에 큰 기대를 걸고 있었다. 4층은 낮잠용 꿈을 판매하는 곳이었는데, 얕은 잠을 많이 자는 동물들이나 온종일 잠만 자는 아기 손님들이 많기로 유명했다. 즉, 귀여운 손님들에게 둘러싸여 일할 수 있다는 기대감을 주기에 충분했던 것이다.

페니는 설레는 마음으로 4층에 발을 내디뎠다. 역시나 귀엽고 앙증맞은 손님들이 간혹 보이긴 했지만, 다 큰 어른들이나 사나워 보이는 동물들도 꽤 있어 상상했던 아기자기한 분위기와는 거리가 멀었다. 4층은 다른 층보다 층고가 낮았다. 진열장들의 높이도 발목까지 겨우 올 정도로 낮은 것들이 많아서, 마치 돗자리를 잔뜩 펴놓고 물건을 판매하는 거대한 플리마켓에 온 것 같았다.

페니는 통로를 가로막은 채 드러누워 있는 나무늘보 손님과 나무늘보의 옆구리를 쿡쿡 찌르며 까르르 웃고 있는 아기 손님을 피해서 벽 쪽으로 섰다. 발밑의 판매대에는 '주인과 노는 꿈'이라는 팻말이 붙어 있었다. 털이 뭉텅뭉텅 빠진 늙은 개 한 마리가 바짝 엎드려서 코를 킁킁거리며 신중하게 꿈을 고르고 있었다. 페니는 손님에게 방해되지 않도록 옆으로 살짝 물러났다. 바로 그때.

"똑똑."

페니는 누군가가 자신의 등을 톡톡 치는 바람에 화들짝 놀랐다. 뒤를 돌아보자 점프슈트를 입고 머리를 풀어 헤친 장발의 남자가 페니를 쳐다보고 있었다.

"안녕. 네가 신입이지? 여기에 왔으면 나부터 찾아야지, 안 그래?" 남자가 능글맞은 투로 말했다.

"아, 안녕하세요. 페니라고 합니다. 구경을 조금 하느라…. 4층의 매니저이신가요?"

"물론, 나 스피도가 이곳의 매니저이고말고! 나 말고 또 누가 4층을 책임지겠어?"

4층의 매니저 스피도는 말이 굉장히 빨랐다.

"여기는 굉장히 바빠. 물량이 많이 나가거든."

"이 층에서 가장 중요한 게 뭔지 아니?"

스피도는 페니가 얼떨떨한 표정으로 가만히 있자 혼자서 대화를 이끌어나가기로 한 것 같았다.

이를 눈치챈 페니가 그의 질문에 예의상 궁금해 죽겠다는 표정을 짓자, 스피도가 왼손으로 긴 머리칼을 쓸어넘기면서 거만하게 턱을 45도로 치켜들었다. 턱에는 열 가닥도 안 되는 턱수염이 듬성듬성 나 있었다. 페니는 그의 표정을 자세히 보지 않기 위해 스피도의 가슴팍에 달린 브로치에 시선을 고정했다. 숫자 '4'가 각인된 은빛 브로치가 요란하게 번쩍거렸다.

"역시 모르는구나? 잘 들어둬. 낮잠용 꿈을 꾸고 손님들이 푹 자버리면 곤란해. 애들은 많이 자면 울고, 동물들은 정신없이 자다가 천적한테 습격당하기 십상이거든. 자신 없으면 그냥 팔지 마. 어차피 다른 층에서 매출은 책임져주니까."

4층 매니저인 스피도는 쉴 새 없이 거들먹거렸다. 그동안 잘난 체할 사람이 없어서 좀이 쑤셨던 모양이었다.

"나한테 개인적으로 궁금한 건 없니?"

"음, 그게…."

페니가 질문을 쥐어짜내려고 했지만, 스피도는 5초도 기다려주지 않았다.

"사람들은 내가 왜 점프슈트만 입고 다니는지 궁금해하던데! 너도 그걸 물어보려고 한 거지?"

페니는 자신도 모르게 '전혀 아닌데요'라는 표정을 짓고 말았다. 다행히 스피도는 신경 쓰지 않았다.

"난 아침에 상의랑 하의를 따로 입는 시간이 너무 아까워! 그 시간에 1분 더 자겠어. 아, 화장실 가는 게 불편하진 않은지 궁금하지? 요즘 옷이 잘 나오거든, 여기 이렇게…."

"괜찮아요, 매니저님. 충분히 알겠어요."

"그래? 그럼 이제 그만 가줄래? 스페인에서 낮잠 자는 사람들이 몰려들기 시작할 시간이거든."

스피도는 급하게 대화를 나누고 급하게 떠났다. 그는 이제 손님에게 바싹 달라붙어서 말을 걸고 있었다.

"손님, 안목이 탁월하시군요. 보고 계시는 '피로회복에 도움을 주는 꿈'은 이제 딱 두 개 남았어요. 낮잠용으로는 이만한 게 없죠. 어때요? 하나 드릴까요? 아니면 두 개?"

손님은 흠칫 놀라며 꿈을 내려놓고 다른 곳으로 종종걸음 쳐서 가버렸다. 스피도가 갑자기 불쑥 나타나 말을 걸어대는 통에 부담을 느낀 손님들이 빠르게 떠나고 있었지만, 정작 당사자는 전혀 개의치 않고 4층 전체를 휩쓸고 다녔다.

"어이, 페니. 아직 안 갔니?"

스피도가 눈 깜짝할 새에 또 한 번 페니 쪽으로 오더니 부담스럽게 귀에 대고 속삭였다.

페니는 4층에는 배정받지 않기를 바랐다.

페니는 조금씩 심란해지고 있었다. 물론 5층이 남아 있었지만, 5층은 1, 2, 3, 4층에서 팔다 남은 꿈을 할인해서 판매하는 층이었다. 페니는 5층의 근무 환경이 나머지 층보다 나을 거라는 기대는 접어두기로 했다. 5층에 도착하자마자 페니의 눈에 들어온 것은 어지럽게 걸려 있는 현수막이었다. 페니는 '유통기한 임박 상품 폭탄 세일!'이라고 적힌 낡은 현수막을 손으로 밀어내며 걸음을 옮겼다.

5층은 여느 층보다 많은 직원과 손님들로 북적이고 있었고, 중앙의 매대에는 한꺼번에 쏟아놓은 꿈 박스들이 나뒹굴고 있었다. 매대 위에는 안내 문구가 쓰인 쪽지들이 덕지덕지 붙어 있었다.

80% 할인!

단, 여기 있는 꿈들은 모두 흑백입니다.

컬러 제품으로 구매하실 분들은 다른 층의 직원에게 문의해주세요.

쪽지 밑에는 '#프라이빗 휴양지에서 랍스터 한 마리씩을 통째로 먹는 꿈', '#남쪽 섬 바닷가에서의 일몰'이라는 상품 태그가 붙은 상자들이 놓여 있었다. 페니는 흑백 화면 속 검은색 랍스터와 칙칙한 회색 바닷가를 떠올리며, 고개를 절레절레 흔들었다. 싼 게 비지떡이라는 말은 이런 경우에 쓰는 말일 것이다.

"손님 여러분, 이건 완전히 보물찾기나 다름없어요! 출고가가 50고든이 넘는 꿈부터, 전설의 꿈 제작자들이 만든 꿈까지 숨어 있으니 한번 찾아보세요! 몇 달 전에 예약하지 않으면 안 될 꿈들도 있답니다! 눈 크게 뜨고 찾아보세요!"

페니는 건너편 매대 위에 올라서서 과장된 몸짓을 하며 꿈을 팔고 있는 사람의 뒷모습을 지켜보고 있었다. 둥근 어깨, 통통한 몸집에 비해 날랜 동작…. 그러고 보니 왠지 뒷모습이 낯설지가 않았다.

"모태일!"

"페니! 오늘 온다던 신입사원이 페니, 너였어?"

페니가 이름을 부르자 모태일이 반갑게 아는 체를 했다.

모태일은 페니의 고등학교 동창이었는데, 그는 학교 전체에서 가장 소란스럽고 앞에 나서기 좋아하는 남학생이었다. 그리고 학교의 모든 선생님들의 성대모사를 기가 막히게 하는 것으로도 유명했다.

"혹시 네가 5층의 매니저…?"

"그럴 리가! 물론 그렇게 된다면 좋겠지만. 5층은 매니저가 따로 없어. 5층 직원들은 각자 재주껏 자유롭게 꿈을 팔고 있어. 나한테 아주 딱 맞는 곳이지."

모태일은 페니와 이야기를 나누는 도중에도 흥겹게 몸을 흔들며 발밑의 손님들에게 꿈을 권했다.

"자, 기분이다! 하나 사면, 하나 더! 제 월급에서 깎아서 서비스로 드립니다!"

"너 그래도 괜찮아?" 페니가 걱정스럽게 물었다.

"거짓말이야. 애초에 두 개 값으로 하나를 팔고 있거든."

모태일은 코듀로이 재킷을 벗어서 망토처럼 어깨에 걸치고 방방 뛰어다녔다. 그의 말처럼 5층의 근무환경은 그에게 안성맞춤인 것 같았다. 페니는 모태일처럼 매대 위에 올라가서 춤을 추며 꿈을 파는 자신의 모습을 잠깐 상상했다가, 이내 절망감에 휩싸였다.

"어이, 페니. 이것 봐, 오늘 좋은 꿈이 들어왔어."

모태일은 어느새 매대에서 내려와 페니 옆에 와 있었다. 그는 푸르스름한 반투명 포장지로 싸인 꿈을 들고 있었다.

"이건…?"

"맞아! 와와 슬립랜드의 작품이야. '티베트에서의 7일 여행'! 경치가 아주 끝내줄 거야. 물론 유통기한이 지난 거라 군데군데 흑백이겠지만 말이야. 슬립랜드가 만들어내는 경치는 실제보다 훨씬 멋지대. 너도 알지?"

"어떻게 이런 귀한 꿈이 안 팔리고 5층까지 온 거야?"

페니는 의아했다. 와와 슬립랜드는 전설의 꿈 제작자로 불리는 다섯 명의 꿈 제작자 중 한 명이었기 때문이다. 그녀의 꿈은 몇 달을 기다려도 손에 넣기 힘들었다.

"주문 제작으로 예약해놓고 제시간에 자러 오지 않은 손님이 있었던 거야. 시험 기간이라나 뭐라나, 밤을 꼴딱 새웠다지? 예약해놓고 가져가지 않은 꿈도 5층으로 오거든. 난 이걸 여기 숨겨뒀다 퇴근할 때 몰래 가져갈 거야."

모태일이 특유의 장난기 많은 표정을 짓더니 꿈 상자를 매대 아래쪽에 쏙 집어넣어 숨겨버렸다.

"물론 달러구트 님에게는 비밀이야! 난 여기 오래 다니고 싶거든." 모태일이 덧니를 드러내고 씨익 웃었다.

"페니, 5층에서 일하는 것도 진지하게 고려해봐. 여긴 자기가 판매한 수량만큼 인센티브도 받을 수 있거든!"

페니가 솔깃해서 눈을 동그랗게 뜨자, 모태일이 덧붙였다.

"대신 기본급이 엄청 낮아."

페니는 이제 달러구트를 만나기 위해 1층으로 다시 내려가야 했다. 그녀는 일부러 엘리베이터를 이용하지 않고 계단으로 천천히 내려갔다.

그리고 앞으로 어떤 층에서 일해야 할지 고민하기 시작했다. 5층에서 일하려면 길 한복판에서 노래 부르는 훈련을 하든지, 다시 태어나든지, 갖은 방법을 동원해서 성격부터 바꿔야 할 것 같았다. 4층에서 일하려면 스피도에게 적응하는 것이 가장 큰 과제가 될 것 같았고, 3층은 가장 무난하게 즐거워 보였지만 모그베리와 이야기할 때는 대화의 주제를 신중하게 골라야 할 것 같았다. 2층의 비고 마이어스와 일하기 위해서는, 그의 시험에 통과하기에 앞서 블라우스부터 제대로 다려 입고 다녀야 할 것이다. 마침 2층을 지나는 페니의 귓가에 비고 마이어스의 목소리가 들려왔다.

"2층 전 상품 매진! 매진입니다!"

페니는 어느 층에서 일해야 할지 정하지 못한 상태로 달러구트의 사무실 앞에 도착했다. '잠시 자리 비움'이 적혀 있던 종이는 이제 떼어내고 없었다.

페니가 노크하려고 보니 문이 살짝 열려 있었다. 그녀는 문틈으로 사무실 안을 살짝 들여다봤다. 달러구트는 혼자가 아니었다. 그는 1층 프런트에서 일하는 웨더 아주머니와 함께였다.

"달러구트, 우린 이제 너무 늙고 지쳤어요. 30년 전처럼 싸구려 도시락 하나만 먹어도 힘이 넘치던 시절은 진작에 지났어요. 1층 프런트에 새로운 직원을 더 구해야 해요. 당신과 나 둘이서 프런트 업무를 보는 건 너무 벅차요. 봐요, 오늘도 당신은 사무실에서 예약 건을 처리하고, 창고의 재고 상황을 살피느라 계속해서 자리를 비웠죠. 그덕에 나는 완전히 탈진 상태예요."

웨더 아주머니가 하소연했다.

"미안해요, 웨더. 하지만 프런트의 일이 얼마나 중요한지 당신도 알잖아요. 아무에게나 억지로 맡길 수는 없어요. 직원들 중에서 지원할 사람이 있는지 공고를 내볼 테니 조금만 참아줘요. 부담스러운 일이 많으니 누가 선뜻 나설지는 모르겠지만…. 그렇지! 혹시 2층의 비고 마이어스와 함께 일하는 건 어떻게 생각해요?"

"비고 마이어스요?" 웨더 아주머니가 되물었다.

"경력이며 지식이며 당신에게 큰 도움이 될 거예요."

달러구트가 상냥하게 말했다.

"오, 그는 제 밑에서 일하려고 하지 않을 거예요. 아예 1층의 매니저 자리를 넘겨준다면 또 모르지만요…. 응? 밖에 누구죠?"

웨더 아주머니는 등 뒤의 인기척을 느끼고 문 쪽을 돌아보고 있었다. 페니는 최대한 태연하게 사무실 안으로 들어갔다.

"두 분의 대화를 방해하려던 건 아니었어요. 전 그저 층별 견학을 끝냈다고 말씀드리려고…."

"오, 그렇군! 괜찮아, 이쪽으로 와서 같이 앉게."

달러구트가 페니를 반갑게 맞이했다. 그는 부드러운 카디건을 걸치고 의자에 기대어 있었다.

"자, 그래서 어느 층으로 지원하고 싶지?" 달러구트가 물었다.

웨더 아주머니도 페니의 선택에 관심을 가졌다.

"나라면 2층으로 가겠어. 비고 마이어스는 제법 까다롭지만, 그의 밑에서라면 배울 게 많을 거야."

페니는 조금 전, 구미가 당기는 일자리가 생겼다는 것을 누구보다 빨리 알게 된 참이었다. 이 기회를 놓칠 수는 없었다. 그녀는 잠시 뜸을 들이다가 똑 부러지게 대답했다.

"전 1층 프런트에서 일하고 싶어요."

달러구트와 웨더 아주머니는 생각보다 훨씬 흔쾌히 페니의 제안을 받아들였다. 웨더 아주머니는 내일 당장 부하직원이 생겨 자기 일을 덜어준다는 점을 만족스러워했다. 그리고 달러구트는 웨더가 긴 이야기 끝에 '그만두겠어요.'라든가 '사실 다른 가게로 옮기기로 했어요.'라는 식의 폭탄선언을 할까 봐 불안해하던 차에, 페니 덕분에 이야기가 깔끔하게 마무리되어 기쁜 것 같았다.

세 사람은 페니에게 간략하게 업무를 알려주기 위해 프런트로 나왔다. 프런트 안쪽에는 각 층 상황을 알려주는 모니터가 여러 대 구비되어 있고, 안내방송을 할 수 있는 마이크가 설치되어 있었다. 한쪽에는 손님들에게 나눠줄 상품 책자들이 쌓여 있었다.

"여기서 각 층에 재고가 얼마나 남았는지, 매출 현황은 어떤지, 꿈값 지불은 잘 되고 있는지 확인할 수 있어."

웨더 아주머니가 모니터에 어지러운 창 몇 개를 띄웠다.

"드림 페이 시스템즈 Ver 4.5! 가게 운영에 필요한 모든 기능이 들어 있는 통합 프로그램이야. 특히 꿈값 정산 시스템이 기가 막히게 잘 되어 있지. 이용료가 비싸지만 돈값을 한단다. 금고와 연동된 자동 정산 시스템을 이용하려면…. 남은 물건이 전체의 13퍼센트 미만으로 떨어지면 자동으로 알림이…."

페니는 급격히 집중력이 떨어졌다. 그녀는 웨더 아주머니의 얘기 중에 몇 마디만 겨우 알아듣고 있었다. 놀랍게도 옆에 멀뚱히 서 있는 달러구트도 페니와 같은 표정이었다.

"너도 달러구트랑 같은 과구나. 기계 얘기라면 질색을 하지.

그럼 오늘은 간단히 '눈꺼풀 저울'에 대해서 알려줄게."

"이제 나도 얘기를 좀 할 수 있겠구먼." 달러구트가 반색했다.

웨더 아주머니는 프런트 뒤편을 둥글게 감싸고 있는 벽 쪽으로 돌아섰다. 까마득하게 높은 벽면은, 자세히 보니 칸마다 물건이 들어 있는 거대한 수납장이었다.

각 칸에는 번호가 적혀 있는 조그마한 저울들이 들어 있었는데, 꼭 사람의 눈꺼풀처럼 생긴 추가 오르락내리락하면서 상태를 가리키는 눈금을 움직이고 있었다. 페니의 키 높이에 있는 '902번' 저울의 눈금은 '맨정신'과 '졸림' 사이에서 빠르게 왔다 갔다 하고 있었다.

"단골손님들의 눈꺼풀 저울이란다. 손님들이 올 시간을 미리 알기 위해서 특수 제작한 물건이지. 우리 가게의 오래된 운영 노하우로 만들어진 물건이란다." 달러구트가 자랑스러워했다.

웨더 아주머니는 '999번 단골손님'의 눈꺼풀 저울을 보며 아련하게 말했다.

"이 손님은 항상 이 시간쯤이면 눈꺼풀이 무거워졌었지. 하지만 나이가 드니 잠이 많이 줄어드셨어. 요즘엔 도통 꿈을 사러 오시지 않아. 여긴 내 추억이 깃든 곳이야. 예약해놓고 시간이 지나도 오지 않는 분들은 눈꺼풀을 아주 살짝 손가락으로 쓸어주기도 하는데, 한

창 중요한 일 중에 깜빡 졸아버리면 곤란하니까 함부로 손대지는 말아주렴."

페니는 웨더가 하는 말을 받아 적느라 대답할 틈도 없었다.

"저, 방금 얘기하신 것을 다시 말씀해주시겠어요? 눈꺼풀을 손가락으로 어떻게 하라고요?"

"됐어, 염려 마. 어차피 내가 항상 같이 있을 테니까."

세 사람이 한창 저울에 대해 얘기하고 있을 때, 프런트에서 알림음이 울렸다. 웨더 아주머니가 찬양해 마지않던 '드림 페이 시스템즈'의 알림이었다.

띵동.

전 층에 남은 물건이 없습니다. 전량 매진입니다.

"전량 매진되었으니 더 일할 필요도 없겠군."

알림 창을 확인한 달러구트는 상점 내 방송용 마이크를 통해 전 직원에게 이른 퇴근 소식을 전했다. 그의 방송이 끝나기가 무섭게 가게 전체에 환호성이 울려 퍼졌다.

"이게 얼마만의 조기 퇴근이야. 나도 일찍 가봐야겠어. 오늘 가족 모임이 있거든. 늦둥이 막내가 드디어 물구나무서기를 할 수 있게 됐어! 오늘은 그 기념 파티를 할 거야."

웨더 아주머니를 포함한 직원들이 하나둘씩 퇴근하고, 가게에는 이제 달러구트와 페니만 남아 있었다. 페니는 퇴근하고 싶었지만 아직 가지 않은 달러구트의 눈치를 보고 있었다.

그 와중에도 손님들은 계속해서 가게 문 앞을 기웃거렸다.

"죄송해요. 다 팔려서요. 내일 상품들 입고되는 대로 다시 열 거예요."

페니가 고개를 빼꼼 내밀고 최대한 미안한 표정을 짓자 잠옷 차림을 한 네다섯 명의 사람들이 어깨를 으쓱하고 뒤돌아 가버렸다.

달러구트는 프런트에 구비된 종이에 뭔가를 쓰고 있었다.

"뭘 쓰고 계세요?"

"문밖에 상품이 매진되었다고 알리는 안내문이라도 하나 써 붙이려고 한단다."

페니는 얌전히 서서 달러구트를 보고 있었다. 달러구트는 글씨체가 마음에 들지 않는지 벌써 세 장째 종이를 버리고 다시 쓰는 중이었다. 페니는 달러구트를 이렇게 가까이에서 보는 것도, 함께 일하게 된 것도 여전히 신기했다.

"정말로 그 이야기에 나오는 세 번째 제자가 달러구트 님의 먼 조상인가요?" 페니가 대뜸 물었다.

"그렇다고 하더구나. 그러니까 나의 부모님과 조부모님께서 늘 상기시켜주셨지."

카디건의 보풀을 떼어내며 달러구트가 대수롭지 않게 대답했다.

"정말 멋져요!"

페니는 동경의 눈빛으로 달러구트를 바라보았다.

그는 이제 막 가게 밖에 붙여놓을 안내문을 다 쓴 참이었다.

"자, 다 됐다!"

"이리 주세요. 제가 붙이고 올게요."

페니는 안내문이 떨어지지 않게 테이프를 큼지막하게 두 개씩 뜯어 붙였다. 그리고 수평이 틀어지지 않았는지 먼발치에서 확인하고서야 가게 안으로 다시 들어갔다.

금일 준비한 꿈은 모두 매진입니다!

오늘도 잠드는 길에 저희 매장에 들러주신 고객 여러분.

금일 준비한 꿈 상품이 전량 소진되었으니,

내일 다시 찾아주시기 바랍니다. 저희 가게는 연중무휴,

매일매일 좋은 꿈을 잔뜩 쌓아두고

여러분을 기다리고 있습니다.

– 주인 백 –

"그럼 쿠키나 한 조각 먹어볼까."

달러구트는 포장지에 '심신 안정용 쿠키'라고 적힌 과자봉지를 뜯으며 콧노래를 불렀다. 면접 때 달러구트가 주었던 그 쿠키였다.

"그런데 자네는 왜 퇴근을 안 하나?"

달러구트가 이제야 생각난 듯 물었다.

"저… 사실, 달러구트 님이 아직 퇴근을 안 하시길래…."

"오, 이런. 난 이미 나름대로 퇴근한 상태야."

달러구트가 아리송하게 대답했다.

"네?"

"이 건물 다락방을 개조해서 살고 있거든."

"아…."

딸랑.

그때 가게 출입문에 달아놓은 종이 울리고, 나이가 지긋한 손님 한 명이 들어왔다.

"죄송해요, 오늘 전 상품 매진이어서…."

페니가 손님에게 말하자 달러구트가 잠깐 기다려보라는 듯 페니 앞으로 나섰다.

"저, 상품을 사려는 건 아니고요. 혹시 예약 상담은 가능한가요?"

"그럼요. 어서 오세요, 손님."

달러구트는 과자 봉지를 살짝 뒤로 숨기고 반갑게 손님을 맞이했다. 그 손님 뒤로도 몇 명의 손님이 더 들어왔다. 달러구트가 맞이한 손님들은 다들 나이도 성별도 제각각이었는데, 모두 눈이 퉁퉁 부어 있었다. 잠들기 전에 한바탕 눈물을 쏟아낸 게 틀림없었다.

"무슨 일이 있었나 봐요."

페니가 손님들에게 들리지 않을 만큼 작은 목소리로 달러구트에게 속삭였다.

"그러게 말이다. 모두 얼굴을 아는 손님들이란다. 평소보다 아주 늦게 오셨어."

"잠 못 들고 오래 뒤척이다가 오셨나 봐요."

"그런 것 같구나."

달러구트는 가게 입구 오른쪽에 위치한 직원용 휴게실로 그들을 안내했다. 페니도 따라갔다. 달러구트는 페니가 따라오는 것에 대해 개의치 않았다.

삐걱거리는 아치형 문을 열자 꽤 넓은 방이 나왔다. 샹들리에라고 하기에는 소박한 형태의 조명이 휴게실 안을 아늑하게 비췄다. 군데군데 천을 덧대어 기운 흔적이 있는 낡은 쿠션과 푹신한 의자와 소파, 그리고 나무 하나를 통째로 잘라 만든 기다란 탁자가 있었다. 오래된 냉장고와 커피 머신, 심지어 간식 바구니까지 있어서 나름대로 구색이 갖추어져 있었다.

손님들이 자리에 앉자 달러구트가 간식 바구니에서 작은 사탕을 한 움큼 집어 그들에게 나눠주기 시작했다.

"숙면 사탕입니다. 맛도 좋고 효과도 좋죠. 오늘 같은 밤에는 푹 자는 게 최고랍니다."

그들은 사탕을 하나씩 받아 들었다. 그리고 갑자기 누가 먼저랄 것도 없이 눈물을 뚝뚝 흘리기 시작했다.

"이런, 심신 안정용 쿠키부터 드릴 걸 그랬군요. 괜찮습니다. 울어도 괜찮아요. 여기에서의 일은 새어나가지 않으니까요. 자, 제가 어떤 꿈을 준비해드리면 될까요?"

달러구트의 물음에 입구 쪽에 앉은 젊은 여자가 가장 먼저 입을 열었다.

"저는 연인과 얼마 전에 헤어졌어요. 그동안 괜찮았고 잘 참아왔는데, 오늘은 갑자기 머리도 지끈거리고 마음이 펄펄 끓어요. 외롭지는 않은데 서러워요. 저는 그와 헤어진 후 한 발짝도 나아가지 못하고 있어요. 원망하는 건지 후회하는 건지 제 마음을 알고 싶어요. 꿈에서라도 그를 다시 본다면 알 수 있을까요?"

이어서 다른 손님들도 차례로 입을 열었다.

"전 어릴 때 나이 차가 많이 나는 친누나를 잃었어요. 그리고 어제 생일날, 전 스물다섯 살이 되었죠. 누나가 세상을 떠났을 때의 나이예요. 새삼 너무 젊은 나이였다는 것이 느껴지며 괴로워요. 꿈에서라도 누나를 보고 얘기를 나눠보고 싶어요. 누나는 잘 있는 걸까요?"

"공모전이 얼마 남지 않았는데 아무 아이디어도 떠오르지 않아요. 남들은 다 머리가 반짝거리는 것 같은데 저만 멍청이가 된 기분이에요. 벌써 나이는 이렇게 먹어버렸고 할 줄 아는 건 별로 없는데 하고 싶은 일이 포기되질 않아요."

"저는 지난달에 일흔 살이 되었답니다. 꽤 오래 살았죠. 오늘은 이삿짐을 싸다가 학창 시절에 찍은 사진과 결혼사진을 봤어요. 그리고 종일 그 시절의 생각들이 떠나질 않았죠. 그러다 잠자리에 누우니까 서글프더군요. 새삼 세월이 가혹하게 느껴졌어요."

손님들은 저마다의 사연을 한참 동안 이야기했다. 달러구트는 준비한 노트에 손님들의 이야기를 빼곡하게 적어 내려갔다.

"좋아요, 예약 주문서는 다 작성했습니다. 손님들께 필요한 꿈을 준비해드리도록 하죠."

손님들은 달러구트에게서 받아 든 숙면 사탕을 녹여 먹으며 자리에서 일어났다. 마지막으로 일어난 나이가 지긋한 부인이 물었다.

"그럼 언제쯤 주문한 꿈을 꾸게 되는 거죠?"

"어디 보자, 바로 준비해드릴 수 있는 분도 있고 조금 기다리셔야 할 분도 있군요."

"얼마나 기다려야 하죠?"

"그건 확답을 드리기가 어렵습니다만, 주문한 꿈을 제대로 수령하시기 위해서는 여러분이 지켜주셔야 할 일이 딱 하나 있습니다."

"그게 뭐죠?"

"매일 밤 꼬박꼬박 최대한 깊은 잠을 주무세요. 그게 전부랍니다."

이윽고 늦게 온 손님들도 가게를 떠났다. 페니는 프런트에서 노트를 정리하는 달러구트 곁에 서서, 퇴근할 채비를 하고 있었다.

"그런데 이렇게 예약 주문을 받으시는 경우가 많나요?"

"아주 많지는 않지만, 종종 있단다. 이미 만들어진 꿈을 파는 것보다 훨씬 큰 보람이 있지. 너도 나처럼 오래 가게를 운영하다 보면 알게 될 거란다. 자, 이제 얼른 가보렴."

"네!"

프런트의 눈꺼풀 저울들은 쉴 새 없이 달각달각 움직이고 있었다.

"아, 참. 페니!"

달러구트가 밖으로 나가려는 페니를 불러 세웠다.

"네?"

"환영 인사를 빼먹었구나. 우리 가게에서 일하게 된 걸 진심으로 축하하고 환영한다. 이곳이 마음에 들었으면 좋겠구나."

2장

한밤의 연애지침서

페니는 지난 한 달 동안 그럭저럭 발전해나가고 있었다. 가장 큰 발전은 단골손님의 눈꺼풀 저울에 대해 속속들이 알게 된 것이었다. '898번' 단골손님의 눈꺼풀 저울은 시도 때도 없이 눈꺼풀이 무거워지곤 했는데, 그 빈도가 어찌나 잦았던지 페니는 분명 저울이 고장 난 거라고 생각했다.

"웨더 아주머니, 이 눈꺼풀 저울은 고장 난 게 확실해요. 제가 며칠 동안 지켜봤는데요, 이 손님이 계신 지역은 지금 한밤중이 아닐뿐더러 아침 8시부터 오후 5시까지 온종일 눈꺼풀이 감기고 있다고 나와요. 보세요, 지금도요!"

저울의 눈꺼풀 부분이 딸각거리며 느릿느릿 감았다 떴다를 반복하고 있었다.

"저울은 정상이야. 고등학생 손님인데 아무래도 수업 중에 많이 조는 것 같아. 그냥 둬, 수업 중에 졸린 건 나라님이 와도 어쩔 수가 없다고 하잖니."

페니는 이밖에도 손님이 찾는 꿈이 몇 층에서 판매하는 상품인지, 신상품 입고일은 언제인지 등의 기본적인 안내도 할 수 있게 되었다.

하지만 프런트 업무 중 가장 중요하다고 할 수 있는 돈 관리, 즉 꿈값에 관한 업무는 아직 서툴렀다. 무엇보다 '드림 페이 시스템즈' 프로그램을 다루는 것이 가장 까다로웠다. 달러구트도 그건 마찬가지였기 때문에, 여태껏 손님들이 후불로 낸 '꿈값'을 관리하는 것은 전적으로 웨더 아주머니의 몫이었다.

"손님은 꿈을 꾸고 난 후에 느끼는 감정의 딱 절반을 요금으로 지불하게 돼. 감정이 풍부한 손님에게 팔면 꿈값을 많이 받을 확률도 높아지겠지? 그러니까 단골손님 관리가 중요한 거야. 우리 단골 중에는 감정이 풍부한 사람들이 대부분이거든."

"어떻게 감정을 돈처럼 지불하는 게 가능하죠?"

"그러니까 '드림 페이 시스템즈'가 훌륭하다는 거야! 일종의 IoT 기술인 거지. 사물인터넷 말이야. 우리 금고와 손님들, 그리고 이 시스템이 연결되어 있고, 손님들이 꿈값을 내면 금고로 들어오고 우린 그 데이터를 컴퓨터로 볼 수 있지…. 페니? 자니? 알아듣는 척이라도 좀 해주렴." 웨더가 애원하듯 말했다.

"죄송해요…. 머릿속에 잘 그려지지 않아서…."

"어쩔 수 없지. 당분간은 내가 해야겠구나."

웨더 아주머니는 매일 아침 출근하자마자 금고에 가서 꿈값을 회수하고, 맞은편 은행에 들러 안전하게 예탁하는 일을 했다. 이때 페니는 웨더 아주머니가 자리를 비운 사이 사고를 치지 않도록 정신을 바짝 차리고 프런트를 지켰다.

페니는 오늘도 미어캣처럼 목을 빳빳하게 세우고 매장 안을 살피며 웨더 아주머니가 돌아오기만을 기다리고 있었다. 그런데 조금 전에 창고 쪽으로 갔던 웨더 아주머니가 돌아오고 있었다.

"벌써 오시는 거예요?"

웨더 아주머니는 배를 웅크리고 식은땀을 뻘뻘 흘리고 있었다.

"아침에 먹은 오믈렛이 잘못됐나 봐. 화… 화장실 좀… 다녀올게. 조금 오래 걸릴 것 같아. 네가 대신 은행에 좀 다녀오겠니? 이 열쇠를 가지고 창고에 있는 금고를 열면, 안에 가득 찬 유리병이 두 개 보일 거야. 그걸 가지고 은행 창구로 가면 그다음은 그쪽에서 알아서 해줄 거야. 꿈 백화점에서 왔다고만 하면 돼. 빠… 빨리 가줘. 늦으면 은행에 손님이 몰려들 거야."

아주머니는 자그마한 열쇠를 건네고 화장실 쪽으로 쌩하니 달려갔다.

페니는 당황할 틈도 없이 얼른 종이에 '잠시 은행 갑니다 – 페니'라고 휘갈겨 쓰고 잘 보이는 곳에 대충 붙였다. 그리고 잊어버리지 않도록 '금고, 유리병 두 개, 가득 찬 걸로, 은행 창구, 꿈 백화점에서 왔다고 말하기'를 되뇌며 종종걸음으로 창고로 향했다.

페니는 잘 정돈된 창고 안쪽의 금고 앞에 섰다. 금고는 생각했던 것보다 훨씬 커서 열쇠를 넣는 구멍을 찾는 데만 한참이 걸렸다. 겨우겨우 발 언저리에 있는 열쇠 구멍에 열쇠를 밀어 넣고 돌리자, 철컥하고 잠금장치가 풀리는 소리가 났다. 로비의 출입구 문만큼 거대한 금고문을 힘껏 당기자, 동굴처럼 깊은 내부가 드러났다.

금고는 어느 부잣집 지하 1층의 거대한 조미료 창고 같았다. 맞춤 케이스 안에 들어 있는 유리병들이 수없이 많이 있었는데, 내용물의 색깔은 모두 조금씩 달랐다. 신비로운 청록색, 눈부신 상아색도 있었고 피처럼 검붉은색도 있었다. 페니는 유리병 안에 얕게 깔린 검붉은 액체가 어딘가 소름 끼친다고 생각했다.

금고 안에서 '또옥, 또옥' 하고 물방울 떨어지는 소리가 계속해서 울려 퍼졌다. 페니는 이 색색의 액체들이 손님들로부터 지급되는 꿈값이라는 것은 알고 있었지만, 실제로 보니 더욱 신기했다.

웨더 아주머니가 이야기했던 꽉 찬 유리병 두 개는 어렵지 않게 찾을 수 있었다. 지난밤에 누군가가 미리 꽉 찬 병을 케이스에서 꺼내어 아래쪽으로 내려둔 것 같았다. 유리병에는 '설렘'이라고 적힌 라벨이 붙어 있었고, 안에 들어 있는 액체는 솜사탕처럼 연한 핑크색이었다.

페니는 조금 더 병들을 구경하고 싶었지만, 웨더 아주머니가 은행에 얼른 가야 한다고 했던 것을 잊지 않았다. 그녀는 꽉 찬 유리병 두 개만 얼른 꺼내고 금고문을 잠갔다.

페니는 유리병 두 개를 양팔에 꽉 안고 맞은편의 은행으로 향했다. 꽤 무겁고 미끄러워서 이동하는 내내 진땀이 났다. 페니는 웨더 아주머니가 뭔가 편리한 이동 도구를 빼먹고 알려주지 않은 것이 틀림없다고 생각했다.

은행 문을 열자 쾌적한 에어컨 바람이 훅 불어왔다. 아직은 사람이 그리 많지 않았다. 여유롭게 번호표까지 뽑고 나자, 페니는 여기까지 꽤 매끄럽게 해낸 자신이 대견하게 느껴졌다.

'이제 덜렁이 페니는 없어. 나도 참, 이렇게 할 때는 한다니까.'

페니는 대기석에 앉아서 분홍빛 액체가 찰랑거리는 유리병을 꼭 끌어안고 기다렸다. 대기자는 일곱 명. 조금만 기다리면 차례가 돌아올 거라고 생각했는데, 창구에 있는 손님들은 복잡한 일 처리라도 하는 듯 일어날 줄을 몰랐다.

지루해진 페니는 유리병을 발치에 조심스럽게 내려놓고 대기석 옆에 구비된 잡지꽂이에서 한 권을 빼 들었다. 표지에는 '꿈의 뇌과학 5월호'라고 적혀 있었다. 별로 재밌어 보이는 제목은 아니었다. 페니는 아무 페이지나 펼쳐서 주르륵 읽어 내려갔다.

이달의 논문: 꿈값과 그들의 감정에 대한 고찰

이달의 논문으로 닥터 리노의 '꿈값과 그들의 감정에 대한 고찰'이 선정되었다. 그동안 무수히 많은 관련 논문이 발표되었으나, 이번 닥터 리노의 논문만큼 심도 있는 연구를 바탕으로 한 것은 드물다는 평이다.

"핵심은 손님들이 스스로를 '망각의 동물'이라고 인지하고 있다는 점입니다. 그들은 객관적으로 자신들을 파악하고 있어요. 심지어 자신들이 기억하고 있는 모든 정보가, 있는 그대로의 실제 사실이 아니라 머릿속에서 재입력된 정보라는 것까지 알고 있습니다. 결국은 모든 경험이 잊힐 거라는 것을 알고 있다는 건, 지금 이 순간이 한 번뿐이라는 것을 더 절절하게 느끼게 하죠. 그 점이 바로 손님들이 느끼는 감정과 그들이 지불하는 꿈값에 특별한 힘을 부여하는 것입니다."

리노 박사는 200장이 넘는 논문의 핵심 내용을 요청하는 질문에 위와 같이 답했다. 일각에서는 기존 연구의 답습일 뿐이라는 비판의 목소리를 내고 있다. 그러나 지난 10년 동안 무려 3,000건의 사례를 꾸준히 연구한 닥터 리노의 노고만큼은 모두가 인정하는 분위기다(논문 전체는 '꿈의 뇌과학' 홈페이지에서 열람할 수 있습니다).

페니는 200장이 넘는 논문을 생각하자 머리가 핑 돌았다. 그녀는 미련 없이 잡지를 덮어버렸다. 아직도 대기자는 다섯 명이나 남아 있었다.

그런데 바로 그때, 말쑥하게 정장을 입은 남자가 옆에 앉더니 말을 걸었다. "고것 참 보기만 해도 두근거리는 색이군요. 아주 질이 좋아요. 이 정도면 200고든은 거뜬히 받겠는데요? 어디에서 왔죠? 처음 보는 얼굴인데."

"맞은편 꿈 백화점에서 왔어요. 신입이라 처음 보실 거예요."

페니는 그 남자가 은행의 관련자 정도 되나 보다고 짐작했다.

"몇 번이에요? 차례가 아직 조금 남은 것 같은데, 재밌는 구경이 있는데 한번 보지 않을래요?"

페니가 무거운 병을 가지고 있어서 움직이기가 힘들 것 같다는 제스처를 취하며 거절하려고 할 때, 남자가 자연스럽게 병을 하나 집어 들었다.

"도와줄게요."

남자는 은행 창구 반대쪽으로 페니를 안내했다. 페니는 얼떨결에 나머지 병 하나를 들고 남자를 따라 걷고 있었다. 그들이 다다른 곳에는 커다란 전광판과 100여 개에 달하는 의자들이 늘어서 있었다. 기차역의 대합실을 그대로 옮겨놓은 것 같은 공간이었다.

어딘가 초조해 보이는 사람들이, 그들의 머리 위로 천장에서부터 내려오는 초대형 전광판을 뚫어져라 보고 있었다. 전광판에는 마치 증권시장의 상품들처럼 다양한 종류의 감정들의 시세가 실시간으로 나타나고 있었다.

'성취감'과 '자신감'이 15퍼센트나 오른 새로운 최고가를 경신하며 진한 빨간색으로 가장 앞쪽에 나열되어 있었고, 아래쪽에는 '허무함'과 '무기력함'의 시세가 뚝뚝 떨어지고 있었다. 전광판이 가장 잘 보이는 자리에는 간절하게 두 손을 모으고 있거나 한숨을 푹푹 쉬는 사람들이 여럿 앉아 있었다.

"소고기 햄버거 세트가 1고든인데 성취감 한 병이 200고든까지 치솟다니! 대체 누가 남의 성취감을 큰돈 주고 사서 대리만족하는 거야? 작년에 사재기해놨으면 지금 시원하게 퇴사하는 건데!" 누군가 한탄했다.

페니는 전광판 위쪽에서 '설렘'의 시세를 확인할 수 있었다. '설렘'은 어제보다 조금 오른 병당 180고든에 거래되고 있었다. 페니는 잃어버렸다간 큰일이 나겠구나 싶어 유리병을 꼭 끌어안았다. 그리고 같이 온 남자를 돌아봤지만….

아뿔싸, 그는 사라지고 없었다. 더불어 그가 대신 들어주고 있던 '설렘' 한 병도….

큰일 났다. 페니는 등줄기가 서늘해지는 것을 느꼈다.

사기꾼이었을까? 그 사람은 분명 아침마다 얼빠진 얼굴을 하고 돈이 될 만한 걸 여봐란듯이 손에 들고 있는 사냥감을 노리다가 페니를 발견한 것이 틀림없었다. 그것도 모르고 신입이라고 내 입으로 나불거렸으니 군침 도는 먹잇감이 되기에 딱 좋았을 것이다. 아무리 찾아도 남자는 보이지 않았다. 페니는 이제 무거운 병을 들고는 한 걸음도 더 걸을 수 없을 만큼 지쳐버렸다.

페니는 나머지 한 병이라도 예탁하려고 했으나, 이미 그녀의 차례는 지나간 지 오래였다. 설상가상 번호표도 온데간데없었다. 더는 프런트 자리를 비워둘 수 없었기 때문에, 그녀는 어쩔 수 없이 가게로 돌아가기로 했다.

웨더 아주머니는 진작 돌아와 있었다. 페니와는 다르게 그녀는 화장실에서의 볼일이 일사천리로 끝났는지 매우 가뿐해 보였다.

"웨더 아주머니…."

"페니, 너 표정이 왜 그러니? 어라? 그건 왜 다시 들고 왔니?"

페니는 자초지종을 설명했다. 이야기로 풀어서 말하니 자기 자신이 천하의 바보 멍청이처럼 느껴졌다.

"이거 큰일인걸. 요즘 '설렘'이 워낙 귀해서 말이야. 내 잘못이 크구나, 너한테 갑자기 일을 맡기는 게 아니었어. 내가 달러구트에게 잘 얘기할 테니 너무 걱정하지 마. 혹시 경찰에 신고하면 잡을 수 있을지도 몰라. 그 작자는 나한테도 몇 번 수작을 건 적이 있었어."

"그럼 그때 정강이를 확 걷어차줬어야지, 웨더."

달러구트가 불쑥 나타났다.

"그러니까 꿈값 한 병을 소매치기당한 데다, 나머지 한 병은 예탁도 못한 건가? 오늘 3개월 만에 '설렘'의 병당 가격이 최고치던데…."

"정말 죄송해요, 달러구트 님."

페니는 감히 달러구트의 얼굴은 쳐다보지도 못하고 용서를 빌었다.

"그런데 마침 잘되었구나! 그렇지 않아도 '설렘' 한 병이 필요했단다. 웨더가 은행으로 가기 전에 프런트에 들러 말하려고 했는데, 깜빡했지 뭐냐. 그런데 이렇게 네가 다시 들고 오다니! 오늘은 일이 잘 풀리는구나. 잃어버린 한 병이야 세상 무섭다는 걸 배운 값이라고 치자꾸나."

페니는 달러구트가 너그럽게 말하자 더욱더 처참한 기분이었다.

"정말 죄송해요. 그런데 그 '설렘'은 어디에 쓰실 건가요?"

"이거? 왠지 곧 '설렘'이 필요한 손님이 올 것 같아서 말이다."

✦

여자는 어릴 때부터 꿈 백화점의 단골이었다. 여자는 평소에도 꿈을 많이 꾸는 편이라고 생각은 했지만, 밤마다 찾아가는 단골 가게가 있는 줄은 전혀 몰랐다. 신기하게도 아침이 되면 가게에 관한 일은 완전히 잊어버리게 되었던 것이다.

여자는 지방에서 태어나 대학까지 마쳤다. 이후에는 수도권에 취직하면서 자연스럽게 혼자 살게 된, 아주 흔한 형태의 직장인이었다. 졸업과 동시에 취직했고, 회사 생활은 고단했지만 더는 처음처럼 낯설지는 않았다. 올해로 자취 4년 차, 현재 28세. 텍스트로 요약하자면 순조로운 인생이었다.

"없어, 아무도."

"정말? 거기 남자 많은 회사잖아."

"다 여자친구가 있거나 유부남이거나, 내 스타일 아니거나, 내가 그 사람들 스타일이 아니야."

"에이, 한 명씩 붙잡고 확인해본 것도 아니잖아. 할 마음이 없는 건 아니고?"

"사실은 뭘 어떻게 시작해야 할지 모르겠어. 직장인의 연애는 대체 어떻게 시작해야 하는 거야?"

"내 이럴 줄 알았지, 너 마음에 드는 사람 있지?"

"사실은…."

친구와의 전화 통화를 끝낸 여자가 퀸사이즈 침대에 털썩 누웠다. 오늘따라 넓은 침대가 신경에 거슬렸다.

"아, 외로워."

여자는 혼자 있는 방 안에서 외롭다는 말을 입 밖으로 꺼내는 경지에 이르렀다. 가까운 벽에 부딪혀 짤막하게 울리는 목소리가 청승맞게 느껴졌다. 시계는 벌써 자정을 가리키고 있었다. 회사에서 야근을 마치고 곧장 집으로 와서 씻고, 재활용 쓰레기를 버리고, 밥을 지어 먹고, 친구와 짧은 통화를 마쳤을 뿐인데 지금 잠들어도 여섯 시간밖에 못 잔다니. 어제처럼 유튜브를 보다가 내친김에 웹툰 정주행까지 했다가는 이틀 연속 밤을 꼬박 새우게 될 것이다. 외로움이고 뭐고 피곤부터 달래야 했다. 내일 출근을 위해서.

'언제까지 이렇게 살아야 할까?'

여자는 머릿속에 떠오른 질문을 애써 지워냈다. 잠들기 전 진지한 생각은 금물이다. 숙면에 전혀 도움이 되지 않는다는 것을 경험으로 알고 있는 그녀였다.

여자는 차렵이불을 목까지 끌어올리고 스마트폰으로 알람을 맞추면서 내일 날씨를 확인했다. 미세먼지 최악, 날씨 흐림. 알림 아이콘도 온통 회색이다.

'20대의 삶이 이렇게 거무튀튀할 줄이야. 화사한 일이 전혀 없네.'

사실 전혀 없지는 않았다. 그녀는 조금 전 친구와의 전화 통화에서 언급했던 한 남자를 떠올렸다. 수요일마다 여자의 회사에 방문하는 거래처 직원인 그는 오전 업무를 마치면 항상 그녀가 자주 가는 식당의 1인 테이블에서 점심을 먹고 가곤 했다.

"안녕하세요, 테크 인더스트리 현종석입니다. 통화 가능하신가요?"

"네, 안녕하세요. 정아영입니다. 통화 괜찮습니다. 무슨 일이신가요?"

"다름이 아니라 이번 주에는 수요일 오전 10시에 방문하려는데 시간 괜찮으신가요?"

여자는 남자와 이 정도의 업무 관련 통화 몇 번, 그리고 만났을 때 가벼운 인사 외에는 일절 대화를 나눠본 적이 없었다. 하지만 매주 월요일 같은 시각에 미리 업무 연락을 주는 그의 규칙적인 행동과 인사를 나눌 때의 곧은 자세, 당황스럽고 짜증 날 수 있는 업무 스케줄에도 차분하게 대처하는 성숙한 어른 남자의 모습(물론 주관적인 견

해일 수 있다)이 자꾸만 눈에 들어왔다.

더군다나 요 며칠, 꿈에 그 남자가 나타나기 시작했던 참이었다. 심지어 꿈속에서는 실물보다 더 훤칠하고 잘생긴 모습으로 나타나기 일쑤였다.

여자는 자연스러운 호감을 연애로 발전시켜본 일이 언제인지 기억을 더듬었다. 고등학교 때였나? 아니면 대학교 1학년 때였던가. 가만, 내일이 수요일인가? 여자는 갑자기 내일에 대한 압박감이 뱃속에서 가뿐해지는 것을 느꼈다. 내일은 남자를 볼 수 있는 날이다.

여자는 이불로 몸을 한 바퀴 빙그르르 감고 벽을 보고 누웠다. 그리고 혼자 설레서 뒤척이는 이런 모습을 남자는 절대로 꿈에도 모르길 바랐다. 그가 안다면 불쾌해할 것이다. 일하는 모습을 몰래 지켜보는 것도 모자라, 잠자리에서까지 자신을 생각하는 낯선 사람이라니. 어쩌면 그는 이미 결혼을 했거나 여자친구가 있을지도 모른다.

여자의 콩닥거리는 마음은 10대의 그것과 다를 바가 없었지만, 이제 여자는 사랑을 시작하기도 전에 실체 없는 고민이 많아지는 나이였다.

이런, 생각이 너무 길어지고 있었다. 이제는 정말로 자야 한다.

여자는 곯아떨어지며 속으로 빌었다.

'짝사랑이라도 좋으니 이 감정이 오래가게 해주세요.'

"웨더 아주머니, 곧 201번 손님이 오실 것 같아요."

"오, 그렇구나." 웨더 아주머니가 눈꺼풀 저울을 힐끔 쳐다봤다.

"다행이에요. 매일매일 오시다가 어제는 갑자기 안 오시기에 조금 걱정했거든요."

페니는 201번 눈꺼풀 저울을 보며 흐뭇하게 미소를 지었다. 눈꺼풀은 완전히 감겨 있고 저울의 눈금은 '렘수면'을 가리키고 있었다.

페니의 말이 끝나기가 무섭게 201번 단골손님이 가게 문을 열고 들어왔다. 페니와 웨더 아주머니가 그녀를 반갑게 맞이했다.

"어서 오세요, 손님."

"안녕하세요! 오늘도 같은 꿈 꾸려구요. 요즘에 꾸는 꿈이 마음에 들어서요."

"네, 지금 3층이 복잡해서 찾기 힘드실 거예요. 제가 가져다드릴게요. 잠시만 기다려주세요."

페니는 3층으로 잽싸게 올라갔다. 3층 매니저인 모그베리는 직원들과 함께 방금 도착한 꿈 상자들을 정리하고 있었다. 그녀의 잔머리는 오늘도 정신없이 삐져나와 있었다. 페니는 상자 더미를 요리조리 피해 '스테디셀러' 코너에 도착했다.

꾸준히 잘 팔리는 꿈들이 매대에 산더미같이 쌓여 있었다. 분명 아침에는 차곡차곡 정리되어 있었겠지만, 워낙 많은 사람이 뒤적거린 탓에 엉망이 되어 있었다.

페니는 여자 손님이 기다리는 꿈을 찾기 위해 열심히 상자들을 뒤적거렸다. 레프라혼 요정들의 '하늘을 나는 꿈'만 다섯 번째 집어 올렸을 때, 드디어 하트 장식이 오밀조밀 붙어 있는 상자가 보였다. 포장지 리본에는 제작자인 키스 그루어의 이름이 깨알같이 인쇄되어 있었다. 키스 그루어는 연애물을 기가 막히게 만드는 베테랑 제작자였다. 모르는 게 없는 소식통인 아쌈에 따르면, 그는 실제 연애에는 재주가 없어서 100번도 넘게 실연을 당했는데, 그때마다 삭발을 하기 때문에 머리를 기른 모습을 아무도 못 봤다고 한다. 하지만 그가 실연을 당할 때마다 상품의 퀄리티는 점점 높아지고 있다는 것이 업계의 정설이었다.

"이거 맞죠?"

한달음에 1층으로 내려온 페니가 손님에게 상자를 내밀었다. 상자에는 '좋아하는 사람이 나오는 꿈'이라고 적힌 라벨이 붙어 있었다.

"네, 맞아요."

"여기 있습니다, 손님. 감사합니다."

"계산은 오늘도 후불로 하면 되나요?"

여자가 꿈 상자를 받아 들고 웨더 아주머니를 바라보며 물었다.

"네, 늘 그랬듯이 자고 일어나서 느끼는 감정을 조금 나누어주시면 된답니다."

"그 말인즉슨, 꿈을 꾸고 아무 감정도 느끼지 못하시면 저희도 꿈값을 받지 않는다는 거죠!"

페니가 웨더에게 배운 내용을 야무지게 써먹었다.

여자 손님은 상자를 들고 가게를 유유히 빠져나갔다. 손님의 발걸음은 가벼웠지만, 페니는 어쩐지 그녀의 뒷모습을 보고 마음이 불편해졌다. 하지만 그 이유는 알 수 없었다.

이후 가게는 조금 한산해졌고, 페니는 빗자루로 로비 바닥을 천천히 쓸며 생각에 잠겨 있었다. 201번 여자 손님이 다녀간 이후 어딘가 풀리지 않는 답답함이 있었지만, 그 정체를 알 수 없었다. 페니는 정처 없이 계속 바닥을 쓸다가 계단 옆 달러구트의 사무실 앞까지 와서야 그 답답함이 무엇 때문인지 조금 알 것 같았다.

"오, 미안하구나. 내가 과자 부스러기를 너무 흘려놨지?"

사무실 문이 벌컥 열리며 달러구트가 나왔다.

"아니에요. 달러구트 님. 조금 한가해서 청소를 하고 있었어요. 저기, 그런데…."

"무슨 일이 있는 거니?"

"궁금한 게 있어서요. 201번 손님 말이에요."

"오, 201번 손님. 우리의 오랜 단골이시지."

"그 손님한테 계속 '좋아하는 사람이 나오는 꿈'을 팔아도 될까요?"

"어떤 점이 문제라고 생각하지?"

달러구트가 페니의 질문에 관심을 가졌다.

"음, 좋아하는 사람의 꿈을 꾸는 건 처음 몇 번만 좋을 것 같아요. 계속해서 좋아하는 사람의 꿈을 꾸다 보면 마음만 커지고, 결국은 속앓이를 하게 되니까요. 계속 꿈만 꾸려고 한다는 건…."

페니는 잠깐 생각하느라 뜸을 들였다.

"맞아요! 계속 꿈만 꾼다는 건 실제로 현실에서는 진전이 없다는 뜻이잖아요?"

페니는 이제야 그녀의 뒷모습을 보고 마음이 답답해진 이유를 깨달았다.

"페니, 201번 손님과 같은 외부 손님들이 평소에 꿈에 대해 어떻게 생각하는지 알고 있니?"

"그럼요, 공부했었어요. 무의식. 자기 자신의 무의식이 꿈으로 나타나는 줄로 알고 있죠."

"그렇단다."

"그래서요?"

페니는 대화의 흐름이 단번에 이해되지 않았다. 아둔한 직원으로 보이고 싶지 않았지만, 그보다 궁금함이 훨씬 컸다.

"손님들은 잠에서 깨면 우리 가게에 대해 전혀 기억하지 못한다는 건 너도 알 거다. 그렇기 때문에 간밤에 꾼 꿈이 자신의 무의식이라고 생각하는 것이 그들로서는 최선의 해석이지. 네가 손님이라면 어떻겠니?"

"꿈에 자꾸만 신경 쓰이는 사람이 나오면, 점점 무의식도 그 사람을 향해 있다고 생각하게 될 것 같아요." 페니가 자신 없게 말했다.

"그렇지, 그리고 충분히 시간이 지나면 확신하게 된단다. 그 사람을 좋아하고 있다는 걸 말이다."

"그러니까 말이에요, 그것만으론 사랑이 시작되지 못하잖아요. 꿈은 꿈일 뿐인데…."

페니는 잔뜩 들떠서 꿈을 사가던 여자 손님을 떠올리자 마음이 아렸다. 하지만 달러구트의 표정은 여전히 밝았다.

"좋아한다는 걸 깨닫는 순간부터 사랑이 시작되는 거란다. 그 끝이 짝사랑이든, 두 사람의 사랑이든, 우리의 역할은 그걸로 충분하단다."

"짝사랑이 아니면 좋겠어요. 너무 슬프잖아요."

"네 말대로 꿈은 꿈일 뿐이잖니? 현실의 그녀를 믿어보자꾸나."

여자는 일어나려던 시간보다 5분 먼저 일어났다. 알람이 울리지 않았는데도 상쾌하게 눈이 떠졌다. 어렴풋이 꿈에 어떤 가게에 갔던 것 같은 생각이 들었지만, 생각을 떠올리려고 애쓸수록 손에 움켜쥔 모래알처럼 머릿속에서 빠르게 빠져나갔고, 여자는 다시는 이것에 대해 기억해내지 못했다. 다만 여자의 머릿속에 남은 것은 오늘도 꿈에 그 남자가 나왔다는 것이다. 여자는 꿈속에서 그 남자가 자주 가는 식당에서 함께 있었다. 여자는 남자가 매일 앉는 자리 옆에 다정하게 붙어 앉아, 긴 이야기를 나눴다. 둘은 그 자리에서 매일 만나기로 한 것 같았고, 꿈속에서 나눈 남자와의 대화는 오래 알던 사이처럼 편안했다.

여자는 꿈의 여운을 그대로 간직한 채 침대에서 일어나 욕실로 향했다. 분명 설레고 있었다. 하지만 샤워기의 차가운 물이 몸에 닿는 순간, 그녀는 순식간에 냉정을 되찾았다.

'혼자서 이게 무슨 주책이야?'

여자의 설레는 마음이 사라지기 직전, 꿈 백화점 1층 로비의 프런트에서는 알림음이 울렸다.

띵동.

201번 손님께서 요금을 지불했습니다.

'좋아하는 사람이 나오는 꿈'의 대가로 '설렘'이 소량 도착했습니다.

"이 시스템은 금고에 있던 그 병들과 연동되어 있는 거죠?"

"맞아. 이제 이해하는구나. 세상 참 좋아졌다니까. 옛날에는 직접 옮겨 담다가 흘리는 양이 더 많았어. 꿈값이 도착할 때마다 저울을 이리저리 들고 다니면서 재느라고 하루가 다 갔지."

"그런데 달러구트 님은 이 '설렘' 한 병을 대체 어디다 쓰시려는 걸까요?"

페니는 일전에 은행에 가져갔다가 도로 가져온 그 병이 신경 쓰였다. 병은 아직 프런트에 그대로 있었다.

"달러구트가 쓸 데가 있다면, 분명 요긴한 데 쓰일 거야."

웨더 아주머니가 장담했다.

✦

출근한 여자는 잡생각을 버리고 일에 집중하려고 애를 쓰고 있었다. 매일 밤 그 남자의 꿈을 꾸는 이유에 대해 생각할수록, 받아들이기 힘든 한 가지 결론에 도달하고 있었기 때문이다.

'내가 짝사랑을 하는 건가?'

그때 파티션 너머에서 부장의 목소리가 들려왔다.

"아영 씨, 오늘 현종석 씨 미팅하러 오는 날 아닌가?"

오전 9시 55분. 보통 10분 전에 칼같이 회의실에 도착하는 사람인데. 늦으면 연락이라도 줄 텐데, 여자는 의아했다. 그리고 때마침 여자의 자리에 있는 전화벨이 울렸다.

"네, 기술 지원부서 정아영입니다."

"안녕하세요! 테크 인더스트리 현종석입니다."

헐레벌떡 뛰고 있는 듯 숨을 헉헉기리는 남자의 목소리가 수화기 너머로 들려왔다.

"자료를 차에 두고 내려서요. 10시까지는 도착합니다."

"아, 네."

여자는 방금 대답이 너무 쌀쌀맞았다고 생각하며 재빨리 덧붙였다.

"부장님께는 제가 말씀드릴 테니 천천히 조심해서 오세요."

"아, 감사합니다!"

여자는 전화를 끊고도 한참 동안 수화기를 만지작거렸다. 평소와 다르게 조금 상기된 톤의 목소리를 듣자 또 속수무책으로 설레고 말았다.

'됐어, 일하는 데서는 일이나 하자.'

여자는 계속해서 마음을 다잡았다.

10시 정각. 사무실 문이 열리고 남자가 들어왔다. 여자는 정면으로 쳐다보지 않으려고 곁눈질로 남자를 흘깃 보았다. 서두르지 말라고 했는데도 계속 뛰어왔는지 양쪽 볼이 발갛게 상기되어 있었다.

남자의 눈은 두리번거리며 누군가를 찾고 있었다. 그리고 이내 방심한 여자와 눈이 딱 마주쳤다.

여자가 시선을 피하기도 전에 남자가 환하게 웃으며 꾸벅 묵례를 했다. 남자의 양쪽 볼에 깊은 보조개가 패었다.

'보조개는 반칙 아니야?'

여자는 이제 좋아하는 사람이 생겼다는 사실을 순순히 인정할 수밖에 없었다.

✦

남자는 아침에 일어났을 때부터 기분이 뒤숭숭했다. 간밤에 예전 여자친구가 나오는 꿈을 꾸다가 찝찝하게 잠에서 깼던 것이다. 누구 잘못으로 어떻게 헤어졌는지도 기억나지 않을 만큼 오래전 일이 됐고, 이렇게 꿈에 나와도 전혀 그립거나 미련이 생기지도 않았다. 다만 아직도 꿈에 나온다는 사실이 떨떠름할 뿐이었다. 최근 들어서 더 자주, 예전 여자친구가 꿈에 나오고 있었다.

'정말 구질구질한 무의식이군.'

그날 남자는 운전하면서도 딴생각에 잠겨 있느라 차에 회의 자료를 두고 내리는 실수를 저질렀다.

회의 시간에는 정말 늦고 싶지 않았다. 남자는 곧 30세가 된다. 연애도 못하고 일에 대해서도 얼렁뚱땅 시간 약속이나 어기는 30세는 정말로 되고 싶지 않았다.

남자는 다시 주차장으로 내달리면서 거래처에 전화를 걸었다.

신호음이 몇 번 뚜뚜― 울리고 달칵. 거래처의 여자가 전화를 받았다.

"네, 기술 지원부서 정아영입니다."

"안녕하세요! 테크 인더스트리 현종석입니다."

숨이 차서 우스꽝스럽게 헥헥대는 목소리가 그대로 전화선을 타고 여자에게 전해지고 있었다.

이게 무슨 꼴이람. 남자는 숨소리를 감추기 위해 평소보다 더 큰 목소리로 대답했다.

"자료를 차에 두고 내려서요. 10시까지는 도착합니다."

"아, 네." 여자는 짧게 대답했다.

그리고 전화를 끊는가 싶었는데, 수화기에서 여자의 목소리가 한 번 더 들려왔다.

"부장님께는 제가 말씀드릴 테니 천천히 조심해서 오세요."

"아, 감사합니다!"

상냥한 여자의 말투. 남자는 그 순간 오늘 하루에 대한 응원을 받은 것만 같았다.

남자는 그날 밤 녹초가 된 몸으로 침대에 누웠다. 그는 베개에 머리를 대자마자 잠이 들었다.

✦

"어서 오세요, 손님."

페니는 남자 손님을 단번에 알아보았다. 최근에 계속 2층의 추억 코너에서 '옛 애인이 나오는 꿈'을 사 갔던 남자였다.

"오늘도 같은 걸로 드릴까요?"

"네, 같은 걸로 부탁드려요." 남자가 멍한 채 대답했다.

페니가 2층으로 안내하려는 순간, 근처에 있던 달러구트가 남자 손님을 가로막았다.

"손님, 이제 이 꿈은 안 꾸셔도 될 것 같습니다."

"네?"

"손님은 기억나지 않으시겠지만 2년 전에 손님이 저에게 부탁하셨죠. 제발 헤어진 여자친구가 나오는 꿈을 달라고요."

"제가 그랬나요? 2년 전이라면…. 아마 그 친구와 헤어진 직후겠네요."

"그래요. 그리고 한동안 꿈을 꾸고 나면 울면서 깨셨죠?"

"네, 그런 때가 있었죠. 그리고 곧 괜찮아졌었어요. 그리고 오랫동안 그 친구가 나오는 꿈은 꾸지 않았죠."

남자는 대답을 이어나가다가 그러고 보니 이상하다는 듯 의아한 표정을 지었다.

"그런데 왜 제가 최근에 이 꿈을 다시 꾸고 있는 거죠?"

"손님이 저에게 부탁하셨어요. 이제 새로운 사랑을 시작해도 될 것 같은데, 정말 괜찮은지 확인해보고 싶다고요. 그래서 제가 '옛 애인이 나오는 꿈'을 추천해드렸죠."

"그랬군요."

"그리고 손님은 계속해서 꿈값을 지불하지 않으셨어요. 꿈에 옛 여자친구가 나와도 별다른 감정을 느끼지 못했다는 뜻이죠."

"그러니까 저희는 꿈값을 몽땅 날린 셈이랍니다."

웨더 아주머니가 거들었다.

"들으셨죠? 그러니까 손님께는 이제 이 꿈을 팔 수 없습니다. 어차피 아무 감정도 느끼지 못하실 테니까요."

달러구트의 말에 남자는 머쓱해하며 대답했다. "그럼 오늘은 이만 가볼게요."

"잠깐 차라도 한잔하고 가시는 게 어떻습니까? 밤이 이렇게 긴데 급할 필요가 있나요?"

달러구트는 넉살 좋게 남자를 붙잡았다. 그러고는 프런트에 놔둔 '설렘' 한 병을 들고 마개를 열었다. 병 입구에서 분홍빛 연기가 피어올랐다. 그는 찻잔 가득 병 속의 액체를 따라서 남자에게 건넸다.

"쭉 들이켜세요."

차를 다 마신 남자는 들어올 때보다 훨씬 경쾌한 발걸음으로 가게를 나섰다. 그리고 유유히 사라졌다.

"달러구트 님, 그 비싼 '설렘'을 손님한테 다 주시면 어떡해요?" 페니가 아까워 죽겠다는 표정을 지었다.

"네가 짝사랑은 슬프다고 했잖니."

페니가 놀라서 입을 딱 벌렸다.

"그럼 저 손님이 201번 단골손님이 좋아하는 사람이에요?"

달러구트가 당연한 것을 왜 묻느냐는 듯 짧고 굵게 고개를 끄덕였다.

"대체 그런 걸 어떻게 아시는 거예요?"

"너도 30년 넘게 가게를 꾸려나가다 보면 자연스럽게 알게 될 거다."

✦

남자는 이튿날 더없이 활기차고 산뜻한 기분으로 잠에서 깼다. 가슴이 기분 좋게 두근거리는 것이, 뭐든 새로 시작하기에 특별히 좋은 날이 있다면 바로 오늘일 것만 같았다. 그는 충전기에 휴대폰을 꽂아두고 콧노래를 부르며 샤워를 하러 갔다.

한창 샤워기의 물소리와 남자의 노랫소리가 시끄럽게 집 안을 가득 메우고 있을 때, 남자의 휴대폰에 문자 메시지 알람이 울렸다. 휴대폰의 잠금 화면에는 긴 메시지의 앞부분만 겨우 보였다.

'새로운 메시지가 도착했습니다….'

"안녕하세요. 저는 정아영이라고 합니다. 혹시… 기억하시나요?"

✦

"지금 남자친구랑 처음 어떻게 만났어?"

"내가 마음에 들어서 먼저 연락했어. 같이 밥 한번 먹을 수 있냐고."

"진짜? 너 그런 거 절대 못 하는 성격이잖아."

"그게 말이지, 마음이 급하니까 성격도 바뀌더라고."

"거절당할까 봐 무섭지 않았어?"

"그것보다 이상한 사람이라고 생각할까 봐 그게 더 무서웠어. 심지어 회사 거래처 사람이었거든."

"와, 정말? 어지간히 마음에 들었나 보네."

“나 그때 메시지로 연락 보내놓고 휴대폰 껐잖아, 답장 안 올까 봐 겁나서. 두 시간 있다가 켰었나? 암튼 나중에 한 소리 들었어. 먼저 연락해놓고 사라지는 법이 어디 있느냐고.”

“그래서, 지금은 어때? 그때 먼저 연락하길 잘한 것 같아?”

“두말하면 잔소리지. 태어나서 잘한 일 중에 다섯 손가락 안에 들어. 아니, 세 손가락 안에 들려나?”

3장

예지몽

페니가 일을 시작한 지도 3개월째에 접어든 7월의 맑은 아침. 거리에는 장사를 시작하려는 상인들과, 사람들이 아무 데나 벗어놓은 대여용 가운을 수거하러 다니는 녹틸루카들이 바삐 움직이고 있었다. 페니는 카페에서 산 두유라테를 홀짝홀짝 마시며 출근하고 있었다. 그녀는 가게 앞에 다다랐을 때, 오늘은 꽤 일찍 도착했다는 것을 깨달았다.

24시간 열려 있는 가게의 특성상 모든 직원은 정해진 시간에 교대 형식으로 근무하고 있었다. 그 때문에 일찍 들어가봐야 할 일도 없었다. 페니는 좀 더 햇살 아래서 여유를 만끽하기로 했다. 거리의 중심에서 위용을 뽐내고 있는 5층짜리 목조 건물. '꿈 백화점'. 역시 놀면서 바라보는 가게의 모습이 훨씬 더 근사했다.

하지만 간만의 여유는 오래가지 못했다.

"어이, 페니! 일찍 잘 왔어. 얼른 들어와서 이것 좀 도와!"

가게 문이 벌컥 열리며 2층 매니저인 비고 마이어스가 페니에게 소리쳤다. 마이어스는 한 손에 물러터진 복숭아를 들고 다른 한 손으로는 더워 죽겠다는 듯 연신 손부채질을 하고 있었다.

"아… 네, 네!"

페니는 얼떨결에 대답하고 가게 안으로 들어갔다.

가게 안에는 전에 없던 시큼털털한 과일 풋내가 진동했다. 1층 로비에는 복숭아, 살구, 알이 큼직한 청포도 등 온갖 과일이 주렁주렁 장식되어 있었다. 얼굴을 아는 직원들이 없었다면 모르는 농부의 과수원에 잘못 들어온 줄로 착각하기 딱 좋았다.

비고 마이어스뿐만 아니라 각 층에서 차출된 직원 몇몇이 로비로 내려와 과일을 매달고, 잎사귀를 장식하고, 바닥을 더럽힌 낙과들을 처리하느라 바빴다. 그리고 그들 중에는 전혀 의외의 일꾼들도 있었다.

"모태일, 제발 레프라혼 요정들은 자기네들 가게로 돌아가라고 해 줘. 대체 왜 부른 거야?"

3층 매니저인 모그베리가 모태일에게 쏘아붙였다.

"모그베리 님. 전 하늘을 날 수 있는 친구들이 바로 옆 가게에 있는데 굳이 제가 사다리를 타고 올라가야 하나 싶어서 부른 거예요. 이 친구들도 흔쾌히 승낙했고요. 보세요, 정말 열심히 하잖아요!" 모태일이 천장을 가리켰다.

로비 천장에는 한 뼘 크기의 레프라혼 요정들이 두 명씩 짝지어 자기네들 몸집만 한 청포도를 매달기 위해 애쓰고 있었는데, 페니가 본 것만 해도 벌써 청포도 다섯 송이를 바닥에 떨어뜨리고 있었다. 심지어 한 송이는 지나가던 손님의 머리 위로 떨어졌다.

"아야!"

"어머나. 죄송해요, 손님. 괜찮으세요? 로비는 보시다시피 어수선하니, 위층으로 올라가시는 게 좋겠어요."

손님 곁에 있던 웨더 아주머니가 대신 사과했다.

"이게 다 뭐예요?" 페니가 떨어진 청포도를 주워들고 말했다.

"오늘 귀한 분이 오시는 날인데, 못 들었어?"

모그베리가 과일 상자를 접으면서 대답했다. 그녀의 잔머리는 오늘따라 더 부스스하게 삐져나와서 거의 산발이 되어 있었다.

"그런데 어떤 분이 오길래 이렇게나…?"

페니의 물음은 모그베리의 불호령에 가로막혔다.

"이것도, 저것도, 전부 다 버려야겠어. 코코 여사님이 이걸 보면 뭐라고 하시겠어? 유통기한이 한참 지났잖아!"

모그베리가 소리를 빽 질렀다. 그녀는 이제 과일 상자 대신, 로비에 쌓여 있는 꿈 상자들을 정리하기 시작했다.

페니는 군말 없이 양팔을 걷고 모그베리를 도왔다. 채 마시지 못한 그녀의 두유라테는 프런트 위에서 차갑게 식어가고 있었다. 페니는 다음부턴 근무 시간 전에 쓸데없이 가게 앞을 서성거리지 않겠노라 굳게 다짐했다.

"모그베리 님, 버리지 말고 저한테 다 주세요. 5층에 두고 할인율을 팍팍 높여서 팔면 잘 팔릴 거예요!"

모태일이 장식하고 남은 청포도를 오물거리며 눈치 없이 끼어들었다. 민소매 티셔츠에 앙증맞은 가죽조끼를 입은 레프라혼 요정들도 청포도 한 알씩을 품에 안고 오물거리며 그의 주위를 날고 있었다.

“오, 제발, 모태일. 아무리 5층에서 저렴한 가격으로 꿈을 판다지만, 이건 너무 심하잖아. 이 정도면, 장면이며 냄새며 색감이며 뭉텅뭉텅 다 날아가서 무슨 꿈인지도 모를 거라고. 이런 건 알아서 팔지 말아야지. 달러구트 님이 알면 불같이 화낼 거야. 게다가 아가냅 코코가 우리 가게에서 이런 저질 꿈을 판다는 걸 알면… 상상만 해도 끔찍해. 우리와 더는 거래하려고 하지 않으실 거야.”

“어차피 손님들 대부분은 잠에서 깨면 기억도 못 하는데요 뭘….”

“맞아, 맞아.” 요정들이 맞장구쳤다.

그들은 더 얘기하려다가 모그베리가 살벌하게 미간을 찌푸리자 입을 딱 다물었다. 페니는 방금 그들의 대화에서 언급된 이름을 똑똑히 알고 있었다.

“아가냅 코코라고요? 오늘 그분이 오세요?”

“응, 정말 오랜만에 오시는 거야. 그래서 특별히 그분이 좋아하시는 분위기로 꾸미고 있지. 새콤달콤한 과일을 정말 좋아하시거든. 이번엔 특별히 달러구트 님의 부탁으로 꿈도 잔뜩 가져오신다지 뭐야? 이런 날은 정말 설렌다니까. 여기서 일하길 정말 잘했어. 우리가 언제 아가냅 코코를 실제로 만나보겠니?”

아가냅 코코라면 연말 꿈 시상식에서 그랑프리를 열 번도 넘게 수상한, 일명 전설의 꿈 제작자 중 한 명이었다. 그녀는 ‘태몽’을 만드는 유일한 꿈 제작자였는데, 아주 오랫동안 사람들에게 사랑받아온 유명 인사였다. 모그베리의 말처럼 페니는 잡지나 텔레비전에서 그녀를 봤을 뿐 실제로 본 적은 한 번도 없었다. 그리고 실제로 만나게 될 거라고 생각한 적도 없었다.

"자, 자, 다들 거기까지 하고 이제 퇴근할 사람들은 퇴근하도록 하지. 이것 참, 일이 너무 커졌군."

사무실에 있는 줄 알았던 달러구트가 산더미 같은 빈 상자들 사이로 불쑥 고개를 내밀었다. 그는 평소 즐겨 입던 셔츠와 카디건 대신 작업용 점퍼를 입고 있었다. 넉넉한 옷을 입고 있으니 평소보다 더 말라 보였다.

"계속 여기 계셨던 거예요?"

페니가 그의 앞을 가로막은 상자들을 치워주었다.

"아가냅 코코를 위해 로비를 장식하자고 한 게 내 아이디어였어. 가짜 과일 몇 개만 입구에 달아놓을까 했는데 일이 이렇게 커졌지 뭐냐. 자자, 다들 퇴근하세요. 퇴근!"

달러구트는 허리가 뻐근한지 꼬리뼈 쪽을 손등으로 문질렀다.

그런데 퇴근하라는 그의 말에도 직원들은 아무 미동이 없었다. 미동이 없는 정도가 아니라 무언가를 보고는 입을 딱 벌리고 돌처럼 굳어 있었다.

페니는 그들의 시선이 멈춰 있는 방향으로 눈을 돌렸다. 그리고 문밖에 서 있는 자그마한 할머니와 눈이 딱 마주쳤다. 그녀는 수행원들과 함께 가게 안으로 들어오려던 참이었다.

페니는 사람들이 왜 돌처럼 굳었는지 이해할 수 있었다. 작고 왜소한 아가냅 코코가 뿜어내는 기운은 말문을 막히게 했다. 신비롭고 이상한 기운은 마치 그녀 주위에서만 시간이 거꾸로 갔다 빠르게 흘렀다 하는 것 같았다. 모든 동작이 슬로모션처럼 보였는데 정신을 차리니 그녀는 이미 가게 안으로 들어와 있었다.

"아가냅! 잘 지냈나?" 달러구트가 그녀를 반겼다.

"나의 오랜 친구. 작년 정기회의 이후로 처음 보는군. 오, 과일 향기! 가게 분위기가 정말… 황홀하군."

코코가 주렁주렁 매달린 과일들을 보고 감탄했다.

달러구트는 흙먼지가 묻은 손으로 아가냅 코코와 악수했다.

다른 직원들은 아가냅 코코를 보고 양손으로 입을 틀어막으며 감격했다. 정신없이 날던 레프라혼 요정들조차 공중에 가만히 떠 있었다.

운 좋게 그들 가까이에 서 있던 페니는, 아가냅 코코에게서 풋풋한 과일 향이 난다고 생각했다. 그건 장식한 과일들의 냄새보다 더 진하고 풍부한 냄새였다. 그리고 아주 포근한 인상과 얼굴 곳곳의 깊은 주름과 대비되는 통통하고 발그레한 볼살은 마치 뽀얀 아기의 그것과 같았다.

뒤이어 가게 안으로 들어온 수행원들은 고급 비단 보자기로 싼 꾸러미들을 양손에 묵직하게 들고 있었다.

"달러구트, 약속한 물건이야. 별 볼 일 없는 물건이지만 잘 팔아줘, 어련히 알아서 잘하겠지만."

"별 볼 일 없다니, 얼마나 귀한 상품인데. 우리 가게에 맡겨줘서 고맙네."

달러구트가 꾸러미 하나를 들어 보이며 대답했다.

페니는 이 상황이 너무도 궁금해서 입이 근질거렸다.

"모그베리 매니저님, 저게 다 태몽일까요? 태몽은 예약제로만 판매되는 줄 알았는데요. 이렇게 미리 만들어두고 파는 게 가능해요?"

모그베리는 비단 보자기를 쳐다보느라 페니의 말이 들리지 않는 것 같았다.

"매니저님? 그러니까 제 말은요, 누군가 임신해야 태몽을 받는 거잖아요? 누가 아기를 가질지 어떻게 알고 미리 만들어두느냐는 거죠."

페니는 이야기할수록 새삼 놀라웠다. 그러고 보니 태몽이라는 것 자체가 이상했다. 보통은 자신이 임신한 줄도 모르는 상태에서 태몽부터 꾼다던데. 그게 가능한 일일까?

"저건 태몽이 아니야. 태몽을 만들고 남은 자투리지."

모그베리는 최면에 걸린 사람처럼 시선은 꾸러미 쪽에 두고 입만 벙긋거렸다.

"만들다 남은 자투리요? 그런 걸 어디다 써요?"

"네가 방금 물었지? 누가 아기를 가질지 어떻게 아냐고."

모그베리가 이야기의 클라이맥스를 들려주기 전에 뜸 들이는 이야기꾼처럼 눈을 가늘게 떴다.

"네, 생각해보니 이상하잖아요. 아기가 태어날 거라는 미래의 일을 꿈에 담는다는 게…."

"바로 그거야, 미래의 일."

"네?"

"태몽은 일종의 예지몽이야. 그렇잖아, 아기가 생길 걸 미리 알고 꿈을 만들어놓는 거니까."

"예지몽이요?" 페니는 믿을 수가 없었다.

"확실하진 않지만, 아가냅 코코는 첫 번째 제자의 먼 후손이래. 《시간의 신과 세 제자 이야기》에서 '미래'를 맡아 다스리던 그 첫 번째 제자 말이야. 너도 그 책 읽어봤겠지? 아무튼, 미래의 장면이 머릿속에 마구 떠오르는 건 아니지만 단편적인 장면이나 큰 사건의 기운을 느낄 수 있대. 특히 새로운 생명의 기운은 그 무엇보다 강하게 느껴진대. 그래서 아가냅 코코가 태몽을 만들 수 있는 거라고 하더라고. 정말 신기하지?"

"그렇다면 저건…?" 페니가 아가냅 코코의 꾸러미를 가리켰다.

"그래, 만들다 남은 자투리라곤 하지만 저것도 분명 예지몽일 거야!"

"믿을 수가 없어요!"

지금 페니는 첫 번째 제자의 후손과 세 번째 제자의 후손이 정답게 이야기를 나누는 역사적인 현장에 있을 뿐만 아니라, 손을 뻗으면 닿을 거리에 예지몽이 가득한 놀라운 현장에 있는 셈이었다. 페니는 신비로운 동화 속 한 장면에 비집고 들어와 있는 것 같았다.

'정말 예지몽일까? 저것만 있으면 나도 내 앞날을 볼 수 있는 걸까?'

페니는 입을 헤 벌리고 이름 모를 미래의 남편감을 머릿속에 그리기 시작했다.

"벌써 가려고? 이거 섭섭해서 어쩌나."

페니의 상념을 깨뜨린 것은 달러구트의 풀죽은 목소리였다.

"내 꿈을 기다리는 부부들이 많아. 부지런히 일해야지. 몇 달 뒤면 정기총회가 있을 테니 그때 보도록 하지, 아무튼 반가웠네! 달러구트. 그리고 고마워요, 직원분들. 이 늙은이 때문에 아무래도 고생을 한 것 같군요."

아가냅 코코가 주렁주렁 달린 과일 장식들과 땀에 전 직원들을 번갈아 보며 미소 지었다. 직원들은 전혀 아니라는 듯 고개를 세차게 흔들었다.

"그럼 과일이라도 가져가게. 얼른 담아줄 테니 가져가서 먹도록 해."

달러구트의 말이 떨어지자마자 코코의 수행원들이 과일 장식을 떼내어 박스에 차곡차곡 담았다.

"이럴 거면 처음부터 박스째로 과일을 건네주었으면 바닥 더러워질 일도 없고 얼마나 좋아." 2층의 비고 마이어스가 복숭아 즙이 묻어 진득해진 손바닥을 손수건에 닦으면서 중얼거렸다.

아가냅 코코와 수행원이 돌아간 뒤, 2층 직원들의 대활약으로 로비는 순식간에 원래의 깔끔한 모습을 되찾았다. 그들은 개운한 표정으로 2층으로 돌아갔다.

달러구트는 아가냅 코코가 두고 간 꾸러미에서 눈을 떼지 못하는 나머지 직원들을 겨우 돌려보내고, 웨더 아주머니와 페니는 함께 꾸러미를 정리하기 시작했다.

"봐도 봐도 믿을 수가 없어요. 이게 바로…."

"너도 이 꿈이 탐나는 모양이구나?"

"오, 아주머니. 당연하죠! 사람이라면 모두 그럴 거예요!"

페니는 살짝 흥분해서 큰 소리를 냈다.

그들은 꾸러미에서 꺼낸 꿈 상자들을 비어 있는 판매대로 옮겼다. 그리고 페니가 종이에 또박또박 글씨를 써서 붙이는 것으로 판매 준비를 마쳤다.

'예지몽' 한정 수량 입고되었습니다.

몇 시간 후, 페니는 예지몽을 보고 군침을 흘리는 손님들과 좀처럼 꿈을 팔지 않는 달러구트 사이에서 난처해하고 있었다. 달러구트는 평소와 다르게 사무실로 들어가지 않고 계속해서 꿈 주위를 서성거리며 판매를 방해했다.

"예지몽 한 개 주세요. 아니, 두 개 주세요."

"실례지만 꿈에서 어떤 미래를 보고 싶으신지요?"

"그걸 꼭 말해야 하나요?"

"이 꿈만큼은 꼭 필요한 분에게 드려야 해서요. 보시다시피 수량이 많지 않답니다."

"이번 주 복권 당첨 번호를 보고 싶어요."

"죄송합니다, 손님. 그런 용도로는 팔지 않습니다."

"뭐예요? 기껏 물어놓고. 손님을 가려서 판다는 거예요?"

손님이 씩씩거리자 페니는 안절부절못하며 재빨리 다른 꿈을 권했다.

"여기 이 꿈은 어떠세요? 지구가 멸망하는 꿈인데, 손님께서 최후의 인류가 된대요. 엄청난 경험이 되지 않겠어요?"

"됐어요." 손님이 단칼에 거절했다.

공무원 시험에는 언제 합격하는지 보고 싶다던 손님과, 미래의 아내를 미리 보고 싶다던 손님에 이어서 이번 손님마저 화를 내며 나가버렸다.

페니는 프런트로 돌아와서 볼멘소리를 냈다.

"이러다 하나도 못 팔겠어요."

"기다려보자꾸나." 웨더는 대수롭지 않게 여겼다.

"아가냅 코코는 왜 달러구트 님에게 납품하는 걸까요? 팔아주실 생각이 없는 것 같은데요."

페니는 달러구트를 욕하는 것처럼 들릴까 봐 조심스럽게 말했다.

"그녀는 자신의 꿈이 불티나게 팔릴 만큼 좋은 꿈이라고 생각하지 않아. 고르고 골라서 우리 가게에만 납품하는 게 아니라, 애초에 다른 사람들한테 팔기에는 부끄럽다고 생각하기 때문에 오랜 친구인 달러구트 님에게만 파는 거란다."

"그럴 리가요. 무려 예지몽이잖아요, 그건 너무 겸손한 생각이에요."

"원하는 미래를 골라서 볼 수 있다면야 그렇겠지. 하지만 그녀에게도 그런 재주는 없어. 기껏해야 미래의 한 장면밖에 보지 못한단다. 아주 짧지, 찰나와 같아."

"그래도 미래를 볼 수 있다는 건 굉장한 거라고요."

"그래? 과연 그럴까? 원하는 정보를 얻지 못하더라도? 딱 한 장면. 예를 들어 야구공을 놓친 꼬마가 코앞을 쌩하니 지나간다든가, 다 끓은 홍차를 쳐다보고 있다든가 하는 일상적인 장면도 굉장하다고 할 수 있겠니?"

"그건… 그런 시시한 거 말고요."

"저 꿈들은 그런 시시한 것들이란다. 하지만 어떤 사람에게 판매하느냐에 따라서 조금은 특별해질 수도 있겠지."

웨더 아주머니가 장난꾸러기처럼 미소 지었다. 그 모습이 마치 달러구트가 자주 짓는 표정과 똑 닮아 보였다. 페니는 달러구트와 웨더 아주머니가 어떻게 30년 넘게 팀워크를 유지하면서 일할 수 있었는지 알 것 같았다.

달러구트는 여전히 '예지몽' 판매대 앞을 지키고 서 있었다. 물론 계속해서 손님들을 쫓아내고 있었지만, 그는 조금도 급해 보이지 않았다.

✦

나림은 시나리오 작가 지망생이다. 그녀는 오랫동안 영화관에서 아르바이트를 해왔다. 아르바이트생에게는 영화 관람이 무료였고, 공짜 영화를 보며 잘 만든 영화의 시나리오를 곱씹거나 관람객들의 생생한 영화 평가를 들을 수 있었기 때문에 그녀에게는 더할 나위 없는 일이었다.

"감사합니다. 안녕히 가세요."

나림은 영화 상영이 끝난 뒤 출구에 서서 관람객들을 배웅했다. 커플로 보이는 손님 두 명이 마지막으로 영화관을 빠져나오고 있었다.

"어땠어? 난 그럭저럭 괜찮던데."

"내용이 너무 뻔하지 않아? 배우만 다르고 내용이 다 어디서 봤던 이야기 같아. 소재도 비슷하고."

나림은 자신의 생각과 손님의 생각이 맞아떨어지자 속으로 고개를 크게 끄덕였다. 그리고 자신이 시나리오 작가라면 어떻게 이야기를 풀어나갔을지 생각했다. 나림은 팔걸이 밑에 우수수 떨어져 있는 팝콘을 쓸어 담으면서도 온통 시나리오 생각뿐이었다.

나림은 첫 작품으로 꼭 연애물을 쓰고 싶었다. 로맨스 영화 특유의 발랄한 포스터도 좋고, 통통 튀는 제목을 붙일 수 있는 점도 좋았다.

게다가 쏠쏠한 이야깃거리가 주위에 널려 있었다. 매점에서 일하는 A양과 매표소의 B군은 자기들만의 수신호를 써가면서 비밀 연애를 하고 있고, 오징어 버터구이를 기가 막히게 굽는 C군과 주차장 안내 일을 하는 D양의 이야기도 꽤 흥미로웠다. 하지만 시나리오로 써내기에는 너무 평범했다. 평범한 영화를 특별하게 만드는 장치, 나림은 아직 그에 대한 아이디어를 떠올리지 못하고 있었다.

"나림 씨, 오늘 끝나고 뭐 해요?"

옆에서 나초 부스러기를 치우던 동료 아르바이트생이 물었다.

"오늘은 고등학교 친구랑 저녁을 먹기로 했어요, 왜요?"

"근처에 용한 점집이 있다고 해서 예약을 해놨거든요. 나 혼자 가기엔 조금 떨려서 같이 갈까 했죠. 나림 씨 시나리오 작가가 꿈이라고 하지 않았어요? 작가로 성공할지 궁금하지 않아요? 나랑 다음에라도 한 번 가보는 게 어때요?"

"전 괜찮아요."

나림이 거절하자 동료 아르바이트생이 새초롬한 표정을 지었다.

"에이, 그런 건 미리 알면 재미없잖아요. 안 그래요?"

나림이 서글서글하게 동료를 달랬다.

퇴근 후 곧장 친구와 저녁을 먹으러 온 나림은, 흥미로운 이야기에 눈을 반짝이고 있었다. 그건 바로 그녀의 십년지기 친구인 아영의 새로운 연애 소식이었다.

"그러니까 그 남자가 계속 꿈에 나왔다는 거지?"

"며칠 밤을 계속 나오더라니까. 진짜 좋아하는 건가 싶더라고."

"그래서 네가 먼저 연락까지 하고? 그 자존심 세기로 유명한 정아영이?"

"아무리 생각해도 가만히 있는 것보단 뭐라도 하는 게 가능성이 높겠다 싶었지. 이제 와서 자존심이 밥 먹여줄 것도 아니고."

"멋지다. 이제 정식으로 만나보기로 한 거지?"

"응, 저번 주부터 사귀기 시작했어. 아직도 얼떨떨해."

"조금 고치면 그럭저럭 괜찮은 로맨스물 하나 나오겠는데?"

"시나리오로 쓰기에는 너무 약하지 않아? 우리끼리 수다 떨 때는 재밌지만, 영화에 쓰기에는 너무 평범한 것 같은데."

"내가 연애를 안 한 지 오래돼서 그런가 봐. 다른 사람들 연애는 다 영화 같아."

나림은 접시에 담긴 식어 빠진 커리를 휘휘 저으며 한숨을 푹 쉬었다.

식당을 나온 두 사람은 각자의 집으로 향했다.

그녀는 철제 프레임의 싱글 침대에 누워, 잠들기 직전까지 이리저리 머리를 굴렸다.

'어디 좋은 소재 없나?'

✦

"어서 오십시오."

"어서 오세요, 손님."

기운찬 달러구트와는 달리 페니는 힘 빠진 목소리로 손님을 맞이했다. 방금까지 예지몽을 사러 왔다가 달러구트가 돌려보낸 손님만 300명은 넘었기 때문에, 페니는 정신적으로 매우 피로했다.

"어떤 꿈을 찾으십니까?"

"재미있는 꿈을 꾸고 싶어요. 이야기 소재가 될 만한 거면 더 좋고요."

손님은 한정 판매 상품들이 놓여 있는 판매대를 대충 휙 둘러보았다. 분명 눈길이 닿는 곳에 예지몽이 수북이 쌓여 있는데도 별로 관심이 없어 보였다. 그녀는 팔리지 않아서 박스에 담아 아무렇게나 쌓아놓은 꿈들을 찬찬히 둘러보고 있었다. 페니는 달러구트가 그녀를 유심히 지켜보고 있다는 것을 눈치챘다. 아니나 다를까 달러구트가 그녀에게 한 발짝 다가가더니 먼저 말을 건넸다.

"시나리오 공모전을 준비하신다죠?"

"저에 대해서 아세요?" 나림이 반문했다.

"그럼요, 저는 다녀간 모든 손님을 기억하죠."

"어머, 죄송해요. 저는 대화를 나눈 기억이 없어요."

"물론 그러실 겁니다. 하지만 그런 건 상관없어요. 사실 손님은 지난 2년간 여기 있는 꿈을 거의 다 꾸셨답니다."

나림의 얼굴은 기억을 억지로 떠올리느라 잠깐 찌푸려졌다가 이내 실망한 기색으로 바뀌었다.

"듣고 보니 그런 것도 같네요. 그중에 시나리오 소재로 쓸 만한 건 없었나 봐요. 전 아직 참신한 이야기를 못 썼거든요."

"사실 아직 꾸지 않으신 흥미로운 꿈이 하나 있긴 한데…."

"그게 뭐죠?"

"그건…." 달러구트는 극적인 효과를 주기 위해 한 박자 느리게 덧붙였다. "바로 '예지몽'입니다."

"전 그런 건 관심 없어요."

나림은 달러구트의 제안을 맥없이 뿌리쳤다.

페니는 손님의 반응이 신기했다.

"예지몽을 꾸고 싶지 않으세요?"

"내용을 미리 아는 건 재미없거든요. 영화도 그렇고 사는 것도요. 스포일러는 딱 질색이에요."

"유명한 시나리오 작가가 될 수 있는지 궁금하진 않나요?"

"전혀요. 오히려 미리 안다면 정말 불행할 거예요. 좋은 미래를 본들 그게 진짜라는 보장도 없는데 괜히 나태해질 수도 있고요. 그대로 되지 않으면 좌절감만 커지겠죠."

"다들 자신의 최종 목적지를 궁금해하시던데 손님은 그렇지 않다는 말씀인가요?"

이번에는 웨더 아주머니가 질문했다. 페니가 보기에 웨더 아주머니와 달러구트는 지금 굉장히 들떠 있는 상태였다.

"목적지요? 사람은 최종 목적지만 보고 달리는 자율 주행 자동차 따위가 아니잖아요. 직접 시동을 걸고 액셀을 밟고 가끔 브레이크를 걸면서 살아가는 방법을 터득해야 제맛이죠. 유명 작가가 되는 게 전부가 아닌걸요. 전 시나리오를 쓰면서 사는 게 좋아요. 그러다가 해안가에 도착하든 사막에 도착하든 그건 그때 가서 납득하겠죠."

달러구트는 그녀를 뚫어져라 바라보고 있었다.

"제 대답이 너무 장황했죠?"

나림은 민망해서 콧등을 슬쩍 긁었다.

"전혀요. 아주 인상적인 이야기예요. 그러니까, 손님은 현재에 집중하면 그에 걸맞은 미래가 자연스럽게 올 거라고 생각하시는군요."

"그럼요! 제 말이 그 말이에요."

나림의 자신 있는 대답에 달러구트가 활짝 웃었다.

"그렇다면 더더욱 이 예지몽을 추천합니다. 걱정 마세요, 원치 않는 미래는 보지 않을 겁니다. 아주 찰나의 미래를 보시겠지만 그것마저 잊어버리실 겁니다."

"다 잊어버린다면 왜 이 꿈을 추천하시는 거죠?"

"글쎄요, 언젠가 갑자기 다시 생각날지도 모르니까요. 속는 셈 치고 하나 가져가보십시오. 늘 그랬듯이 요금은 후불이니까 걱정하지 마세요."

"비싸 보이는 꿈인데…. 제가 요금을 내지 않으면 어쩌려고 덜컥 주시는 거예요?"

"손님께서는 한 번도 요금을 미납하신 적이 없어요. 아주 감정이 풍부한 손님이라 저희가 늘 신세를 지고 있지요. 페니, 이 손님께 예지몽을 하나 내어드리렴."

잠시 후, 나림은 페니가 건넨 꾸러미를 받아 들고 고개를 갸웃하며 가게를 나섰다.

"가만 보니 달러구트 님도 청개구리 같은 면이 있네요."

페니가 판매대 위의 먼지를 털고 있는 달러구트에게 말했다.

"내 판매 방식이 이상한 것 같니?"

"사겠다는 손님에게는 팔지 않고, 안 사겠다는 손님에게는 굳이 손에 쥐여서 보내시니까요."

"아가냅이 만든 예지몽은 미래를 보고 싶어 하는 손님에게는 실망스러운 상품이지만, 전혀 기대하지 않던 손님에게는 뜻밖의 작은 선물이 되거든."

"저는 잘 모르겠어요."

"너도 나처럼 가게에서 오래 일하다 보면 알게 될 게다."

"오늘은 왜 그 말을 안 하시나 했어요."

페니가 뾰로통하게 대꾸했다.

✦

나림은 아주 짧은 예지몽을 꾸었지만, 이튿날 아침에는 아무것도 기억하지 못했다. 그녀는 이후 일주일 동안 골똘히 새 시나리오에 대해 생각했고, 마침내 친구인 아영의 이야기를 소재로 삼기로 결심했다. 어쩐지 그 이야기가 머릿속에 맴돌았기 때문이다.

"정말 이걸로 괜찮겠어?"

"꿈속의 남자라니, 로맨틱하잖아."

"아무리 생각해도 너무 심심한 소재 같은데. 대사나 캐릭터에 힘을 준다고 해도 말이야."

나림과 아영은 지난번에 왔던 커리 전문점에서 저녁을 먹으며 나림의 새로운 시나리오에 관해 이야기를 나눴다. 두 사람은 이야기를 특별하게 만들 만한 장치가 없을지 각자 생각에 잠겼다.

나림은 접시 위에 남아 있는 당근 조각들을 포크로 잘게 으깨고, 아영은 테이블 매트를 만지작거렸다. 그때 테이블 위에 놓여 있던 아영의 휴대폰에 전화가 걸려왔다. 휴대폰 화면에는 '종석'이라는 두 글자가 가득 찼다. 나림은 눈앞의 모든 것을 느릿느릿 눈에 담고 있었다.

그리고 그때, 갑자기 재빠르게 상황에 대한 스토리가 머릿속을 가득 메우더니, 그녀는 놀랍도록 또렷한 기시감에 휩싸였다.

흐물흐물한 당근 조각, 아영이 만지작거리고 있는 테이블 매트의 접힌 모양, 그리고 때마침 울린 휴대폰과 화면 속 휴대폰에 뜬 아영의 남자친구 이름까지. 심지어 나림은 아영에게 그 남자의 이름을 들은 적이 없음에도 '종석'이라는 사람이 아영의 남자친구라는 걸 이미 알고 있었던 것 같다는 이상한 기분이 들었다.

"남자친구야?" 나림이 작은 소리로 물었다.

아영은 고개를 살짝 끄덕이고 전화를 받았다.

나림은 갑자기 머릿속에 산재해 있던 불규칙한 시나리오의 장면들이 빈틈없이 끼워 맞춰지는 것을 느꼈다. 그리고 종석과의 짧은 통화를 끝낸 아영에게 들뜬 목소리로 외쳤다.

"데자뷔!!"

"응? 뭐라고?"

"나 방금 데자뷔를 겪었어! 네 남자친구한테서 전화 오는 지금 이 장면, 꿈에서 미리 본 것 같아."

"정말? 신기하다!"

나림은 단 몇 초의 짧은 순간에 아이디어가 번뜩이는 것을 느꼈다. 그리고 마치 머릿속에 시나리오가 미리 준비되어 있기라도 했던 것처럼, 일련의 생각들이 착착 정리되어 입 밖으로 나오기 시작했다.

"그래서 말인데, 이거 어때? 꿈에서 다른 사람들이 누구와 사랑에 빠지는지를 미리 본 사람이 연애 컨설턴트가 되는 이야기를 쓰는 거야. 지금처럼 너랑 종석 씨가 이미 사귀고 있는 장면을 난 꿈에서 미리 본 거지. 자기 연애는 못하면서 다른 사람의 연애에 대한 예지몽을 보는 컨설턴트!"

나림은 새로운 시나리오를 써 내려갈 생각에 가슴이 뛰기 시작했다.

✦

띵동.

1011번 손님께서 요금을 지불했습니다.

'예지몽'의 대가로 '설렘'이 소량 도착했습니다.

"웨더 아주머니! 지난주에 팔았던 예지몽 말이에요. 손님들께서 꿈값을 지불하기 시작했어요."

"그러니? 잘됐구나. 아가냅 코코가 대금을 받으러 올 때가 되었으니 내일 현금으로 바꿔놔야겠어."

그동안 가게에는 나림과 같은 유형의 손님들이 여럿 다녀갔다. 그들은 하나같이 예지몽에는 딱히 관심이 없었지만, 달러구트의 권유로 꿈을 사 갔었다.

띵동.

'예지몽'의 대가로 '신기함'이 소량 도착했습니다.

'예지몽'의 대가로 '호기심'이 소량 도착했습니다.

"꿈값이 정말 다양해요, 이것 보세요. 신기함이랑 호기심도 들어오고 있어요."

"어디 보자."

등 뒤에서 눈꺼풀 저울을 닦고 있던 달러구트도 관심을 가졌다.

"멋지구나. 역시 쓸 만한 꿈인지 아닌지 결정하는 건 손님들의 몫이라니까."

그가 마우스를 달각거리며 알림 창을 하나하나 확인했다.

"달러구트, 방금은 업데이트 알림 창인 것 같았는데…. 혹시 그냥 끈 거 아니죠? 바이러스 검사랑 업데이트는 계속해줘야 한다니까요." 웨더 아주머니가 미심쩍게 쳐다봤다.

"너무 자주 뜨니까 그렇지요."

"뭐라고요?"

"아무것도 아니에요. 웨더…." 달러구트가 얼버무렸다.

"그런데 '데자뷔'가 뭐예요?"

페니는 함께 도착한 상품 후기를 살피다가 모르는 단어를 발견했다.

"손님들 전부 '데자뷔'가 엄청 신기하다고 후기를 남기셨어요."

"Deja-vu! '이미 보았다'는 뜻이지. 최초의 경험인데도 불구하고 이미 본 적이 있는 것 같은 현상을 이르는 말이란다. 재밌지 않니? 손님들은 우리가 파는 자투리 예지몽에 예쁜 이름까지 붙여주었어. 정말 독창적이야!" 달러구트가 감탄했다.

"페니, 그거 아니? 대부분의 손님들은 데자뷔를 신기해하긴 하지만, 뇌의 착각 정도로만 생각하고 무시해버린단다." 웨더 아주머니가 말했다.

"정말요? 에이, 너무 시시해요. 기껏 예지몽을 팔았는데 겨우 이 정도 반응이라니…."

페니가 김샌다는 듯 목덜미를 긁자 달러구트가 껄껄 웃었다.

"바로 그 점이 중요하지! 미래를 봤는데도 아무도 혼란스러워지지 않았잖니?"

"그야 당연히 그렇겠죠. 뭘 본 게 없으니까요."

페니는 이게 무슨 말장난인가 싶었다.

"그거면 된 거란다."

달러구트가 웃으며 자리에서 일어났다.

"목이 마르군. 시원한 에이드나 한 잔 만들어야겠어. 자, 오늘은 특별히 방금 들어온 '호기심'을 몇 방울 넣어볼까?"

달러구트는 잔을 들고 창고로 사라졌다.

"이래서 아가냅 코코가 우리 가게에만 자투리 꿈을 가져오는 거야. 다른 데서는 어떻게 팔아야 할지 몰라서 안 받거든."

웨더가 속닥거렸다.

페니는 달러구트가 아무에게나 예지몽을 팔지 않고 진득하게 손님을 기다렸던 것을 떠올렸다. 아주 잠깐, 페니는 달러구트야말로 정말 미래를 볼 수 있는 건 아닐까 생각했다.

"달러구트 님의 머릿속을 들여다보고 싶어요." 페니가 중얼거렸다.

창고로 갔던 달러구트는 금방 돌아왔다.

"신선한 '호기심'을 두 방울 정도 떨어뜨려봤어. 자, 한번 마셔보게."

달러구트가 내민 레모네이드는 바나에 담갔다 뺀 것처럼 맑은 푸른색을 띠고 있었다. 페니는 에이드를 받아서 꿀꺽꿀꺽 마셨다. 짜릿하고 상큼한 단맛이 입안 가득 퍼졌다. 게다가 호기심이란 생각보다 훨씬 유쾌한 기분이었다.

페니는 갑자기 의욕이 뿜어져 나오는 것을 느꼈다.

"달러구트 님, 전 아가냅 코코 님의 꿈을 연구해보고 싶어요. 궁금한 게 엄청 많거든요." 페니는 학습 의욕에 불타올랐다.

"연구하다 보면 진짜 예지몽을 만들 수 있을지도 몰라요. 앞일을 훤히 내다볼 수 있는 그런 것 말이에요. 옛날이야기에 나오는 것처럼요!"

"연구하는 건 네 마음이지만… 그걸 연구하느라 인생을 허비한 사람이 여태껏 얼마나 많았는지는 굳이 말 안 해도 알겠지?" 달러구트가 의미심장하게 말했다.

"네가 생각하는 대단한 미래는 여기에 없단다. 즐거운 현재, 오늘 밤의 꿈들이 있을 뿐이지."

달러구트는 레모네이드 잔을 들고 손님들 틈으로 유유히 사라졌다.

4장

트라우마 환불 요청

페니는 웨더 아주머니와 늦은 점심을 먹고, 직원 휴게실에서 느긋하게 휴식을 취하고 있었다.

"프런트는 내가 보고 있을 테니 걱정들 말고 다녀와."

달러구트가 기꺼이 프런트를 맡아준 덕분에 간만에 찾아온 여유로운 시간이었다. 페니는 낡은 소파에 기대어 기지개를 쭉 켰다.

휴게실에는 두 사람 말고도 '4'가 새겨진 브로치를 달고 도시락을 먹는 직원들이 있었는데, 그들은 긴 탁자에 둘러앉아 기운 없이 밥을 깨작거리며 이야기를 나누고 있었다. 페니는 근래에 직원들 사이에서 파다한 '그 소문'에 대한 내용인가 싶어 귀를 기울였지만, 그건 아니었다.

"이걸 다 먹으면 다시 4층으로 가야 하니까 최대한 천천히 먹어야겠어."

안경 쓴 직원이 구슬프게 말했다.

"스피도 님의 출장이 영원히 끝나지 않았으면 좋았을 텐데…."

"이제 겨우 복귀하신 지 반나절밖에 안 됐는데…. 하루가 1년 같네…."

마주 앉은 직원은 볶음밥을 한 알씩 집어먹고 있었다. 그는 갑자기 휴게실 문이 벌컥 열리자 그만, 젓가락 하나를 놓치고 말았다.

"다들 여기 있었군요!"

들어온 것은 4층 매니저인 스피도였다. 오늘은 형광색 점프슈트 차림이었다. 아무래도 색깔만 다른 똑같은 디자인의 점프슈트를 여러 벌 가지고 있는 듯했다.

"밥을 혼자 먹을 뻔했네! 우리 4층 직원들도 여기 있고. 계란 볶음밥인가? 고기도 좀 볶아 넣고 셀러리도 넣으면 좋을 텐데, 별로 씹을 게 없어도 입에 맞나 봐? 어이쿠, 도시락이 보온 도시락이 아니네. 내가 단돈 1고든 99씰 주고 산 보온 도시락이 있는데, 아, 그렇지. 내가 쇼핑했던 사이트의 링크를 보내줄게. 고맙다는 인사는 됐어."

스피도가 말을 쏟아내자 4층 직원들은 침착하게 도시락을 덮기 시작했다.

"왜? 그만 먹게?"

"배가 안 고파요."

"반밖에 안 먹었는데?"

"올라가서 일하고 싶어요. 일하게 해주세요."

"이렇게 훌륭할 데가…. 알았어. 나도 금방 먹고 올라갈게."

직원들은 제발 스피도를 10분 이상 맡아달라는 애처로운 눈빛을 남기고 휴게실을 떠났다.

"스피도, 출장은 잘 다녀왔어? 낮잠 연구센터에서 2주 동안 일했다지? 자네한테 아주 좋은 공부가 되었을 것 같은데."

"오, 웨더 아주머니, 그리고 페니! 여전히 페니는 아주머니를 졸졸 따라다니고 있구나. 혼자서는 아무것도 못하는 병아리처럼 말이지." 스피도가 삼각김밥 포장지를 벗기면서 자리에 앉았다.

"연구센터라고 해봤자 제가 다 아는 것들을 연구랍시고 하고 있더라고요. 그래서 딱히 배울 건 없었어요. 오히려 제가 가르쳐주고 왔죠."

스피도는 주먹밥을 먹으면서도 계속해서 말했다. 덕분에 밥알이 사방으로 튀었다. 페니는 스피도에게서 살짝 물러났다.

"천천히 먹어, 스피도. 그런데 원래 혼자 밥 먹는 걸 좋아하지 않았어? 다른 사람들은 밥을 너무 느리게 먹어서 답답하다더니. 어쩐 일로 휴게실에 다 왔지?"

"그게 말이죠. 출장 갔을 때 연구센터에서 그곳 직원들이랑 밥을 같이 먹었는데, 밥 먹을 때마다 재테크 이야기를 엄청나게 하더라고요. 그게 어찌나 재밌던지. 사람들이랑 같이 밥 먹는 게 좋아져버렸지 뭐예요. 웨더 아주머니, 아주머니도 값싼 감정들로 재테크 한번 해보실래요?"

"감정으로 재테크? 어떻게?" 웨더가 관심을 가졌다.

페니도 관심 없는 척하면서 온 신경을 집중했다. 페니는 여전히 '설렘' 한 병을 도둑맞았던 기억 때문에 은행에 가는 게 두려웠지만, 직장 생활을 하다 보니 재테크에는 막 관심이 생기던 참이었다.

"겨울이 되면 '분노'의 시세가 병당 30고든까지 올라가잖아요. 그 정도는 알고 계시죠?"

"그럼, 알지. '분노' 몇 방울을 난로에 뿌리면 꺼져가던 장작불이 활활 타오르거든. 일주일은 끄떡없지. 난방비 절약하는 데 아주 그만이야." 웨더 아주머니가 엄지손가락을 치켜세웠다.

"나랑 우리 남편은 활활 타는 난로 앞에서 차가운 아이스크림을 먹는 걸 좋아해."

"자자, 제 얘길 잘 들으세요. 이제 30고든씩이나 주고 '분노'를 구입할 필요가 없어요! 연구센터의 직원들이 알려준 건데요, 지금 당장 은행에서 '혼란스러움'을 몽땅 사두래요. 이번 겨울이 되기 전에 값이 치솟을 거라고요."

"아니, '혼란스러움'으로 뭘 할 수 있는데?" 웨더가 궁금해했다.

"구닥다리 난로 대신 가스보일러를 마음껏 쓸 수 있대요. 가스 배관에다가 '혼란스러움'을 몇 방울 흘려 넣는 거예요. 그러면 따뜻한 공기가 삽시간에 방 안 가득 퍼진대요. 마치 공기들이 혼란스러워하는 것처럼 이리저리 퍼진다나 뭐라나! 자기네들이 곧 논문을 발표할 거니까 값이 오르기 전에 미리 사두라고 하더라고요."

"그건 좀 이상한 것 같아요…. 원래 공기는 이리저리 퍼지잖아요. 아무렇게나 지어낸 말 아니에요? 그리고 가스 배관을 함부로 건드리는 건 위험하지 않나요?" 페니가 걱정했다.

"혹시 벌써 몽땅 사들이신 건 아니죠?"

"그, 그랬으면 어쩔래! 병당 1고든에 몽땅 사뒀다! 넌 꼭 그 직원들이 날 골탕 먹이려고 말을 지어내기라도 한 것처럼 얘기하는구나? 그 사람들이 날 왜 놀리려고 하겠어, 날 싫어하는 것도 아닌데!"

페니는 할 말이 많았지만 하지 않았다.

웨더 아주머니는 안타까운 표정으로 스피도를 다독였다.

“스피도, 내일 나랑 같이 가서 그것들 전부 다시 돈으로 바꾸는 게 좋겠어. 너무 낙심하지는 마. 의미 있는 시도였어. 안 좋아 보이는 감정들도 잘 찾아보면 전부 쓸모가 있긴 하니까 말이야.”

스피도는 점프슈트에 묻은 밥알들을 털어내고 힘없이 자리에서 일어났다.

“그런데 값이 올라갈 것도 같은데, 기다려보는 게 어떨까요? 2고든만 돼도 엄청 이익….”

웨더 아주머니가 단호하게 고개를 저었다. 스피도는 시무룩해져서 휴게실 밖으로 터벅터벅 걸어 나갔다.

페니와 웨더 아주머니도 프런트로 복귀하기 위해 자리에서 일어났다. 페니는 쿠션을 제자리에 놓으면서 넌지시 말을 꺼냈다. 그녀는 사실 아까부터 가게에 퍼진 ‘그 소문’에 대해 물어볼 타이밍을 찾고 있었다.

“아주머니, 안 좋은 감정들에 관해 얘기하다 보니까 생각난 건데요. 안 좋은 꿈도 어딘가 쓸모가 있을까요?”

“어떤 안 좋은 꿈 말이니?”

“소위 악몽이라고 부르는… 사람들이 두려워하는 게 나오는 꿈이요.”

“새로운 계약 건 때문에 그러는구나?” 웨더는 단번에 알아챘다.

“알고 계셨군요! 뒷골목에서 악몽을 만드는 제작자와 달러구트님이 계약을 체결하셨다는 소문이 직원들 사이에서 파다해요. 소문이 사실인가요?"

"맞아, 뒷골목의 막심과 새로운 계약을 체결했지. 이제 곧 3층에 물건이 들어올 거야."

"막심은 어두컴컴한 작업실에 틀어박혀서 무시무시한 꿈만 만든다던데…. 손님들도 떠나고 매출도 줄어들면 어떡하죠?"

"글쎄다, 나도 지금으로선 달러구트가 무슨 생각인지는 잘 모르겠다만…. 머지않아 한바탕 소동이 벌어지긴 하겠구나."

✦

거대한 빌딩 꼭대기의 전광판에서 뉴스가 흘러나왔다. 거리는 사람으로 가득했지만 아무도 없는 듯 고요했다. 뉴스 속 앵커의 목소리만 빼놓고 전부 음소거 처리라도 된 듯 기이한 적막이었다. 목적지 없이 거리를 걷던 남자는 고개를 들어 전광판을 바라봤다. 앵커의 목소리가 한꺼번에 남자의 머릿속으로 곧장 걸어오는 듯 선명하게 전달되고 있었다.

"사망자 수가 출생자 수를 세 배 이상 뛰어넘었습니다. 깎아지른 인구 절벽 시대, 올해 입영 군인의 수도 사상 최저치를 경신했다는 소식입니다. 이에 따라 병무청에서는 만 30세 미만의 전역 군인을 대상으로 신체검사를 재실시하여 재입대를 추진하고 있는데요…."

남자는 움찔하며 현기증을 느끼고 눈을 질끈 감았다. 그는 올해 29세로 이미 7년 전에 육군 만기 전역을 했었다.

'재입대를 추진한다고?'

남자는 상황을 받아들이기 위해 눈을 뜨고 앵커의 목소리에 귀를 기울이려고 했으나, 그가 눈을 다시 떴을 때 장면은 이미 바뀌어 있었다.

남자는 이미 헐렁한 티셔츠를 입고 병무청에 와 있었다. 꿈속의 그는 순식간에 일어난 장면 변화에 대해 아무런 위화감을 느끼지 못했다. 대신 정말로 재입대를 해야만 한다는 무자비한 현실감에 짓눌려 있었다. 그는 신체검사를 받기 위해 새카맣게 운집해 있는 사람들 가운데 있었다. 그는 주위 사람들에게 떠밀려 점점 앞으로 나아갔다. 좌우에 서 있는 또래 청년들은 어찌 된 일인지 밝은 기색이었다.

"난 특1급이었으면 좋겠어."

"나도. 이왕 가는 거 확실하게 오래 있고 싶어. 난 완전히 군대 체질이거든."

'아니, 이게 다 무슨 소리야.' 남자의 생각은 입 밖으로 나오지 못하고 머리만 어지럽히다 사라졌다.

남자는 기를 쓰고 뒷걸음질 쳐서 병무청 건물 밖으로 빠져나가려고 했지만 발은 한 발짝도 떨어지지 않았다. 남자는 갑갑해 미칠 것 같았다. 그는 어금니를 꽉 물고 다리에 힘을 줘봤지만 역시나 미동도 하지 않았다.

남자의 차례는 순식간에 다가왔고, 그는 입도 뻥긋하지 못한 상태로 자신의 검사 결과를 바라볼 수밖에 없었다.

특1급.

그는 1급 앞에 붙은 생경한 '특'자가 굉장히 거슬렸다. 건강한 건 좋지만 지금은 그걸 확인받기에 가장 나쁜 상황임이 틀림없었다.

장면은 또 한 번 바뀌어 남자는 이제 퀴퀴한 묵은내가 나는 이발소 의자에 앉아 있었다.

남자는 이번에도 꽁꽁 묶인 듯 가죽으로 된 이발 의자에서 조금도 움직일 수 없었다. 그는 손가락만 겨우 움직여 애꿎은 가죽 의자의 터진 부분을 잡아 뜯었다. 밀려 나온 솜뭉치의 감촉마저 생생했다. 남자는 불안한 표정으로 거울에 비친 이발사를 바라봤다.

"특1급이라고 하셨죠? 그럼 3년인가? 정말 애국자시네요. 특별히 이발비는 받지 않겠습니다."

남자는 발뺌할 수 없는 현실 앞에서 가슴이 터질 것 같았다. 말도 안 되는 상황 앞에서 사람들은 너무나 태연하고 이상하리만치 고분고분했다. 그리고 그의 몸도 격한 감정에 비해 턱없이 무력했다.

'설마 내가 군대에 다시 갈 리가 없어. 군필자들이 이렇게 순순히 다시 군대에 갈 리가 없어!'

남자의 생각은 출구를 찾아 이리저리 맴돌다 마침내 그럴듯한 결론에 이르렀다.

"그래, 꿈! 이건 꿈일 거야! 그렇죠? 이거 꿈이죠?"

남자는 지푸라기라도 잡는 심정으로 이발사를 바라봤다.

"꿈이요? 하하, 뭘 잘못 드셨나."

이발사는 한 번 씨익 웃으며 대답하고는 남자의 두피에 이발기를 바싹 갖다 댔다. 냉랭한 금속이 닿는 감각이 또 한 번 생생하게 남자에게 전달되고, 머리카락이 후드득 떨어짐과 동시에 등에서 땀이 비오듯 흘렀다.

'난 이제 죽었다. 이거, 분명히 꿈이 아니구나.'

남자의 티셔츠와 텁텁한 가죽 의자의 등받이가 땀으로 진득하게 달라붙는 것이 느껴졌다.

✦

남자가 꿈에서 깬 것은 바로 그때였다.

땀에 젖은 이불이 축축했다. 남자는 참았던 욕을 쏟아부으며 일어났고, 3초 만에 '진짜 현실감'이 온몸을 뒤덮었다.

'휴… 역시, 꿈이었어.'

꿈에서 깨고 꿈속의 상황을 다시 더듬어보면 모든 장면이 어색하고 이상했다. 하지만 꿈속에서만은 너무도 쉽게 속아 넘어가게 되는 것이다. 도대체 제대한 지가 몇 년짼데 아직도 이런 꿈을 꾸는 걸까. 남자는 느릿느릿 일어나 덮고 있던 이불을 창밖에 탁탁 털었다. 하지만 찝찝한 기분은 전혀 떨쳐지지 않았다.

✦

그날 밤 꿈속에서 여자는 고등학생이었다. 다른 구구절절한 부연 설명 없이도 여자는 자신이 처한 상황을 대번에 알 수 있었다. 오늘은 시험이 딱 3일 남은 시점이다.

첫날의 시험과목은 아마도 수학, 화학 그리고 물리. 벼락치기로 공식을 외워봐야 일절 도움 될 리 없는 과목들만 남은 상태였다. 꿈속의 여자는 생각했다. '내가 왜 공부를 하나도 안 했지?'

그렇다. 공부를 하나도 하지 않았다. 아무리 생각해봐도 단 한 장도 공부한 기억이 없다.

호흡이 가빠지고 머리에 피가 제대로 공급되지 않는 느낌에 눈앞이 어지럽게 뭉그러진다. 눈은 뜨고 있지만 공간에 대한 거리감은 아득했다. 어느새 주변에 몰려든 친구들은 꿈속의 여자에게 속없이 말을 걸어댔다.

"송이는 이번에도 100점이겠네?"

"맞아, 저번 시험에서는 한 개 틀렸다고 울었잖아."

"이번에도 공부 엄청 많이 했지?"

여자는 티 나게 얼굴을 찌푸리지 않으려고 무진 애를 쓰면서 겨우 대답했다.

"나 진짜 공부 하나도 못 했어."

여자는 책상에 푹 엎드렸다. 책상의 싸구려 나무 냄새가 현실감을 더했다. 그녀는 왜 시험공부를 하나도 하지 않았는지 곰곰이 생각했다.

'왜 대책 없이 이런 상황을 만든 거지?' 이런 상황은 그녀답지 않았다. 머릿속에 온갖 말도 안 되는 이유들이 떠올랐으나, 생각의 확장은 딱 거기까지가 끝이었다.

꿈속의 그녀로서는 이게 다 꿈이라는 것도, 꿈에서 깨면 시험 같은 건 볼 필요가 없는 학교를 졸업한 지 오래된 사회인으로 돌아갈 수 있다는 사실도 알아챌 도리가 없었다.

또, 예고도 없이 장면은 바뀌었다. 장면 전환은 여자가 알아채지 못할 정도로 자연스럽게 이루어졌다. 여름방학을 앞둔 무더운 교실. 기말고사 당일이었다.

여자의 책상은 교실 한가운데 자리해 있고, 책상에는 문제만 가득 하고 답은 하나도 적혀 있지 않은 시험지가 놓여 있다.

'어떡해, 하나도 모르겠어.'

여자는 시험지를 붙들고 진땀을 흘리고 있었다. 통풍이 하나도 되지 않는 두터운 교복 안쪽으로 땀이 쉴 새 없이 흘렀다. 그리고 옆의 학생들이 들으라는 듯 수군거리는 소리가 그녀의 귀에 꽂혔다. "이번 시험 왜 이렇게 쉬워?"

여자가 당황하는 사이 시험지는 한 장에서 두 장으로, 두 장에서 세 장으로 점점 불어나고 있었다. 뒷장으로 또 뒷장으로 아무리 넘겨봐도 아는 문제는 없었다.

다른 친구들이 일제히 시험지를 뒷장으로 넘기는 소리가 사락사락 중첩되어 교실을 가득 메운다. 여자는 아직 한 문제도 풀지 못했다.

수학 시험지의 숫자들이 어지럽게 뒤엉키고, 교탁 앞에 세워놓은 커다란 시계는 속절없이 시험 종료 시각을 향해 치닫는다. 시계 초침이 여자의 귓속에서 돌아가는 듯 크고 째깍째깍 날카로운 소리를 냈다. 여자는 초조하게 다리를 떨며 손톱을 까득까득 물어뜯었다.

'이번 시험을 망치면 부모님이 실망하실 거야.'

'수학 선생님이 내 0점짜리 시험지를 보면 교무실로 부르시겠지.'

'친구들이 쉬는 시간에 나한테 정답을 물어보러 왔다가, 내 오답투성이 시험지를 보면 뭐라고 할까?'

여자는 이번 시험만큼 인생에 중요한 건 없을 거라는 생각마저 들었다. 비정상적인 수준의 스트레스와 압박감이 머리를 쿵쿵 울리면서 눈물이 찔끔 나오려는 순간, 햇빛 쨍쨍하던 교실이 삽시간에 그늘로 어두워졌다. 그리고 열려 있는 교실 창문을 통해 운동장에서부터 일어난 커다란 파도가 들어오더니, 이내 교실을 완전히 덮쳐버렸다.

꿈속의 여자는 파도가 몸을 덮치는 것에는 아랑곳하지 않고 안도의 한숨을 푹 내쉬었다.

'이걸로 이번 시험은 무효가 되겠구나. 아, 다행이다.'

✦

이치에 맞지 않는 터무니없는 생각을 하며 잠에서 깬 것은 바로 그때였다. 여자는 잠에서 깼는데도 정신을 차리지 못하고 멍하게 누워 있었다. 여자는 너무나 생생한 꿈을 꾸고 나면 혼란스러움에 한동안 현실감을 잃곤 했다. 그녀는 침대에 누워서 자신에 대해 차근차근 곱씹었다.

'나는 29세. 고등학교 졸업은 10년 가까이 된 일이다. 그리고 나는 앞으로 중간고사며 기말고사며 치르지 않아도 된다.'

자기 자신에게 안심할 만한 정보를 충분히 제공하고 나서야, 여자는 겨우 정신을 차렸다.

그녀가 시험 치는 꿈을 꾼 것은 이번이 처음이 아니었다. 여자는 학창 시절 공부를 꽤 잘하는 학생이었고, 동시에 시험에 대한 압박감에 죄여서 살던 학생이었다. 여자는 허공에 대고 한숨 쉬듯 말을 뱉었다.

"정말 지긋지긋해."

✦

아침부터 어떻게 이따위 꿈을 팔 수 있느냐며 흥분해서 찾아온 손님들이 벌써 수십 명째였다. 달러구트는 오늘쯤 환불을 바라는 사람들이 들이닥칠지도 모르니, 사람들이 오는 족족 사무실로 곧장 안내하라는 말만 남기고, 종일 사무실 밖으로는 나오지 않고 있었다.

페니는 머릿속으로 지금까지 사무실로 안내한 손님들의 수를 대충 헤아려보았다. 달러구트는 매번 문밖으로 빼꼼 머리를 내밀고 "어서 들어오세요, 손님." 하고는 문을 닫고 쏙 들어가기를 반복했다. 좁아터진 사무실에는 더는 사람들이 설 자리도 없을 것이다. 페니는 그런 환경에서라면 없던 불만도 싹틀 거라고 생각했다.

"웨더 아주머니, 저 잠깐 달러구트 님의 사무실에 갔다 올게요."

웨더는 별다른 말없이 크게 하품을 했다. 페니는 마음대로 하라는 의미로 받아들였다.

페니는 달러구트가 즐겨 먹는 심신 안정용 쿠키를 쟁반 가득 담아 들고, 사무실 문을 똑똑 두드렸다.

"들어가도 될까요?"

사무실에서는 아무 대답도 들려오지 않았다. 페니는 문에 귀를 갖다 댔다. 이상하리만치 조용했다. 수십 명이 마음을 진정시키기 위해 다 같이 손을 잡고 명상이라도 하는 걸까? 그녀는 아주 잠깐 망설이다가 문을 열고 들어갔다.

이상하게도 사무실 안에는 아무도 없었다.

대신 달러구트의 개인 캐비닛 옆에 탑처럼 거대하게 쌓여 있던 박스들이 전부 바닥으로 내려져 있고, 박스가 가리고 있던 자리에는 사람 하나가 겨우 들어갈 정도의 아담한 문이 반쯤 열려 있었다. 페니는 사무실 안쪽에 이런 문이 있는 줄은 전혀 모르고 있었다.

문틈으로 들여다보니 아래쪽으로 향하는 푸르스름한 돌계단이 보였다. 비록 입구는 좁았지만, 계단은 사람들이 다니는 데 불편함이 없도록 잘 닦여 있었다. 계단 아래쪽에서 사람들이 웅성거리는 소리가 들려왔다.

"달러구트 님! 거기 계세요?"

돌계단으로 이어진 통로가 페니의 목소리로 왕왕 울렸다.

"페니? 마침 잘 와줬구나!"

달러구트의 모습은 여전히 보이지 않았지만, 그의 목소리가 되돌아왔다.

"내 책상 위를 보면 '구매 확인 서약서' 뭉치가 있을 게다. 찾아서 여기 아래로 가지고 와주렴!"

"구매 확인 서약서요? 네! 찾아볼게요."

페니는 쿠키 쟁반을 내려놓고 종이 뭉치를 찾기 시작했다. 기다란 책상 위에는 꿈 제작자들이 놓고 간 '품질 보증서' 무더기와, '50년 계약 연장에 대한 감사 인사' 등 각종 서류가 어지럽게 널브러져 있었다. 달러구트는 항상 단정하게 차려입고 다녔지만, 책상 정리에는 소질이 없는 것이 분명했다. 2층 직원들에게 이 책상을 보여주면 토실토실한 사냥감을 찾은 포식자처럼 기뻐할 거라는 생각이 들자 피식 웃음이 나왔다.

책상 주위를 몇 바퀴 빙빙 돌며 종이를 뒤적거리는 동안, 바닥에 내려놓은 박스 더미들이 자꾸만 발에 걸렸다. 페니는 조만간 시간 나는 대로 달러구트의 허락을 받아 이 박스 더미들을 갖다버리고 말리라 굳게 다짐했다. 박스 윗면에는 제작날짜로 보이는 숫자들이 쓰여 있었는데, 이미 10년이 지난 것도 있었다.

달러구트가 가져와달라고 부탁한 '구매 확인 서약서'는 두꺼운 책 밑에 깔려 있었다.

"달러구트 님, 찾았어요! 지금 내려갈게요!"

한 손으로 쿠키 쟁반을, 다른 한 손에는 종이 뭉치를 든 페니는 조심조심 계단을 내려갔다.

계단 끄트머리에서 주위가 잠깐 어두침침한가 싶더니, 완전히 내려오자 로비보다 더 환한 공간이 나타났다. 큼직한 대리석 원탁을 가운데 두고, 사무실로 들어갔던 손님들과 달러구트가 둘러앉아 차를 마시고 있었다.

몇몇은 아직 씩씩거리고 있었지만, 대부분은 달러구트가 건네준 차를 마시고 한층 누그러진 것 같았다. 분명 수완 좋은 달러구트가 미리 차 안에 '침착함'이나 '느긋함'을 서너 방울씩 섞었을 거라고 짐작했다.

벽에 걸린 조명들이 구석구석을 밝히고, 인테리어용으로 만들어 놓은 가짜 창문 밖으로 조명을 겹쳐 달아놓아 마치 밖에서 햇볕이 내리쬐고 있는 것만 같았다.

"이 서류 맞나요?"

페니는 가져온 종이 뭉치를 달러구트에게 건넸다.

"고맙구나. 이 서류가 맞단다."

"이런 공간이 있는지는 전혀 몰랐어요."

"여기는 오늘 같은 때를 대비해서 만들어둔 공간이란다. 저 밖에서 손님들과 실랑이를 하면 다른 손님들의 쇼핑에 방해가 되지 않겠니?"

달러구트가 목소리를 한껏 낮추고 속삭였다.

손님들은 페니의 등장에 아주 잠깐 조용해졌다가 다시 웅성거리기 시작했다.

"자, 뭘 보여주겠다는 거죠? 어설픈 변명으로는 납득하지 않을 거예요." 여자 손님 한 명이 팔짱을 끼고 선전 포고를 했다.

"여기 재입대한 꿈을 꾼 사람들만 몇 명인지 아세요? 대체 이런 꿈은 왜 파는 거예요?"

달러구트의 반대편에 앉은 청년이 찻잔을 소리 나게 탁 내려놓고 쏘아붙였다. 그러자 주위 사람들도 따라서 볼멘소리를 냈다.

"아까도 말했지만, 전 지난달에 제대했는데 다시 훈련소에 가는 꿈을 꿨어요. 그게 어떤 기분인지 알아요?"

"시험 치는 꿈은 또 어떻고요! 혹시 잠든 사람들을 괴롭히는 악취미가 있는 것 아니에요?"

"맞아요, 꿈 백화점을 그동안 애용했는데 불매 운동이라도 해야 할까 봐요. 요즘 새로 생긴 꿈 상점들은 기분 좋은 꿈들만 판매한다고요. 이래서야 손님들이 남아나겠어요?"

체크무늬 잠옷 세트를 입은 여자가 다리를 꼬고 앉아 빈정거렸다.

페니는 삭막한 분위기에 어쩔 줄을 몰라 하며 서 있었다. 입사 이래로 손님들이 달러구트에게 이렇게까지 공격적인 모습은 처음 보는 것 같았다. 하지만 정작 달러구트는 오늘도 더없이 평화로운 표정이었다.

"손님 여러분, 저희는 상품 설명을 충분히 드린 후에 판매하고 있답니다. 물론 모든 분들이 그 사실을 기억할 수 있다면 이렇게 찾아오실 일도 없었겠지요. 저도 그 점이 참 안타깝습니다. 하지만 그 모든 것이 신의 뜻인 것을 어쩌겠습니까?"

"그래요, 기억이 안 나요. 기억 안 나는 게 당연하죠! 그런 상품을 왜 사겠어요? 악몽을 일부러 사는 사람도 있나요?"

"오, 손님. 죄송하지만 그냥 악몽과는 다르답니다. 물론 저희도 열대야에 지친 손님들께 유령이나 귀신이 나오는 악몽을 조금씩 팔긴 하지만… 그건 어디까지나 피서 차원의 이벤트죠. 여러분이 구입하신 상품은 그저 그런 악몽이 아니에요. 정식 명칭은 '트라우마 극복을 위한 꿈'입니다. 아주 젊고 유능한 제작자가 공들여 만든 상품이죠. 아주 잘 만들어진 꿈이에요."

달러구트가 자랑스럽게 말했다.

손님들은 또 한 차례 웅성거렸다. 옆 사람에게 '저게 대체 무슨 말이에요?'라고 하거나, '아무렇게나 둘러대는 거 아닐까요?'라고 쑥덕거리는 사람도 있었다. 페니도 달러구트의 말이 잘 이해되지 않았다.

"아무튼, 그게 뭐든 상관없어요. 트라우마 극복은커녕 아예 기억하고 싶지 않은 일들을 끄집어내는 게 불쾌하기만 해요. 전부 환불받아야겠어요!"

대여용 가운을 걸친 한 남자 손님이 벌떡 일어나 외쳤다.

"손님, 저희는 후불제라 아직 요금은 전혀 지불하지 않으셨…."

"자자, 페니. 괜히 말싸움할 것 없단다."

페니가 끼어들자 달러구트가 말을 막아섰다.

"이럴 줄 알고 손님들께서 구매하실 때 각각으로부터 '구매 확정 서약서'를 받아뒀습니다. 한번 보시죠. 자필 서명도 하셨으니 알아보실 겁니다."

달러구트는 일어서서 모든 손님들에게 종이를 한 장씩 나누어주고 다시 제자리에 앉았다. 페니는 제일 가까이 앉은 손님의 종이를 넌지시 훔쳐봤다.

구매 확정 서약서

'트라우마 극복을 위한 꿈'은 '꿈 백화점'에서 위탁 판매 하는 상품입니다. 우리 가게에서는 협회의 까다로운 심사를 거쳐, 작품성과 효과를 인정받은 꿈만 엄선하여 판매하고 있습니다.

첫째. 이 꿈은 정신 수련과 반영구적인 자존감 상승을 원하는 손님들을 위해 만들어졌습니다. 꿈의 내용은 손님 여러분의 트라우마가 어떤 것인지에 따라 달라집니다.

둘째. 구매자가 꿈을 꾸고 잠에서 깼을 때, 긍정적인 감정을 느껴야만 판매자에게 꿈값이 지불되고, 비로소 계약이 정상적으로 종료됩니다.

셋째. 제품의 특성상, 구매 후 1개월 이내에 다른 꿈으로의 교환 및 구매 취소를 요청하실 수 있으나 어차피 잊어버리고 재구매하실 확률이 크기 때문에 권장하지는 않습니다.

넷째. 구매자 본인은 상품에 대한 충분한 설명을 들었으며, 트라우마를 극복할 때까지 판매자가 권장하는 일정 간격으로 동일한 꿈을 정기적으로 꾸는 것에 동의합니다.

(서명)

*단, 구입 후 극심한 스트레스로 인해 일상생활이 불가하거나, 불안함에 기인한 불면 증세가 나타나면 판매자가 임의로 판매를 중단할 수 있습니다.

분명 아래쪽에 있는 사인은 본인들 것이었기 때문에, 소동을 피우던 사람들은 얼떨떨한 표정이었다. 손님들은 서약서의 내용을 완전히 이해할 때까지 반복해서 글을 읽어 내려갔다.

"하지만 이런 걸로 어떻게 정신 수련을 하거나 자존감을 높일 수 있다는 거죠? 스트레스만 더 안 받으면 다행이죠."

가장 먼저 상황 파악이 끝난 손님이 물었다.

손님의 질문에 페니도 동의했다. 그건 바로 페니가 묻고 싶은 말이었다. 페니는 손님들이 잔뜩 화가 난 것도 충분히 이해가 갔다.

달러구트는 차분하게 대답했다.

"저희 가게의 상품이 스트레스가 되었다면 정말 죄송합니다. 물론

이제라도 구입을 취소하시고 다시는 꾸지 않으실 수도 있습니다. 그리고 아직 효과를 보지 못하셨기 때문에 꿈값도 지불되지 않았으니 환불 문제도 걱정하실 필요가 없습니다."

달러구트가 고분고분하게 환불에 대해 받아들이자, 아이러니하게도 사람들은 많이 누그러졌다.

"맞아요, 손님들 마음대로 하셔도 좋아요. 그런데 이왕 시작한 거, 효과를 보실 때까지 조금 기다려보시는 건 어떨까요?"

사람들이 더 따질 기색이 없어 보이자, 페니가 눈치를 보다가 한마디 거들었다.

"꿈속에서 싫은 일을 다시 겪는 게 얼마나 불쾌한지 아세요? 꿈에서라도 좋은 일만 일어나면 좋겠다구요."

진절머리가 나는 듯 몸을 부르르 떨며 얘기하는 여자 손님을 달러구트가 나서서 부드럽게 달래기 시작했다.

"정말 싫은 기억이기만 할까요?"

손님들이 일제히 달러구트를 바라봤다. 또 무슨 얘기를 하나 어디 한 번 두고 보자는 표정이었다.

"가장 힘들었던 시절은, 거꾸로 생각하면 온 힘을 다해 어려움을 헤쳐 나가던 때일지도 모르죠. 이미 지나온 이상, 어떻게 생각하느냐에 따라 달라지는 법이랍니다. 그런 시간을 지나 이렇게 건재하게 살고 있다는 것이야말로 손님들께서 강하다는 증거 아니겠습니까?"

사람들은 찻잔에 남아 있는 차를 마시며 달러구트의 말을 곱씹었다.

페니는 기회를 놓치지 않고 '심신 안정용 쿠키'를 손님들에게 하나씩 건넸다. 지하에 마련된 비밀 공간에는 바삭바삭 쿠키가 바스러지는 소리와 찻잔이 달그락거리는 소리만이 가득했다.

"하긴, 모든 심리 치료는 자신의 마음을 있는 그대로 받아들이는 데서부터 시작한다는 말도 있으니까, 영 일리가 없지는 않은 것 같네요."

체크무늬 잠옷을 입은 여자 손님이 얘기하자, 동의하는 몇몇 손님이 고개를 끄덕였다.

잠시 뒤, 정확히 절반의 손님이 달러구트에게 구입 취소를 요청했다.

"알겠습니다, 손님. 정 그러시다면 계약을 철회하지요."

"괜히 죄송하네요. 분명히 제가 구매하겠다고 하고 사인까지 해놓고는 말이에요. 그래도 전 트라우마는 조용히 묻어두고 싶어요."

"아닙니다. 개의치 마세요. 마음의 준비가 되면 언제든지 다시 찾아주세요."

계약을 철회한 손님들은 남은 잠을 청하기 위해 서둘러 지하실을 빠져나갔다.

계속해서 계약을 유지하기로 마음먹은 나머지 절반의 손님들은 자못 비장하게 서로를 다독였다.

"우리 꼭 잘 버텨봐요. 군대 가는 꿈, 내년에는 꾸지 맙시다!"

"맞아요. 저도 시험 보는 꿈은 이제 그만 꾸고 싶어요. 꿈에서 깼을 때 긍정적인 기분이 들면 된다는 거죠?"

"네, 손님. 물론 쉽지는 않겠지요."

달러구트가 자리에서 일어나며 말했다.

"하지만, 잊지 마세요. 손님들께서는 스스로 생각하는 것보다 많은 것들을 이겨내며 살고 계십니다. 그리고 그것을 깨닫는 순간 이전보다 훨씬 나아질 수 있죠. 이건 마음을 단단히 먹은 여러분께 드리는 작은 선물입니다."

달러구트는 손가락 정도 크기의 조그마한 향수를 꺼내서 남아 있는 손님들의 잠옷 소매에 칙칙 뿌리기 시작했다. 은은하게 여름 숲 향기가 소매 언저리에서 퍼져 나갔다.

"이건 뭐죠?"

체크무늬 잠옷의 손님이 소매를 코에 갖다 대고 킁킁거렸다.

"향이 굉장히 좋네요."

"생각을 좋은 방향으로 정리할 수 있게 도와주는 향수랍니다. 드라마틱한 효과는 없지만 그런대로 쓸 만하죠. 저도 가끔 일이 안 풀릴 때 애용한답니다. 앞으로 답답할 때마다 오늘처럼 저희 가게에 들러주십시오. 아낌없이 뿌려드리죠. 물론 아까 떠난 손님들처럼 계약을 해지하러 오셔도 괜찮습니다."

이제 모든 사람이 지상으로 올라가고, 달러구트와 페니만 남아 찻잔을 정리했다.

"달러구트 님, 그러다가 정말 한 분도 빠짐없이 계약을 취소하면 어떡하죠? 저희한테는 물론이고 제작자님에게도 엄청난 손해잖아요."

"그러지 않기를 빌어야지."

"네? 별다른 대책이 없다는 말씀이세요?"

"오늘 절반의 손님이나 계약을 유지했다는 건 정말로 대단한 일이란다. 나는 이 꿈이 성공적으로 효과를 발휘할 거라고 믿어 의심치 않아." 달러구트는 확신에 가득 차 있었다.

남자는 그 후로도 잊을 만하면 이따금 재입대하는 꿈을 꾸었다. 그런 날이면 어김없이 기분이 나빴지만, 어느 날 문득 이깟 꿈 따위에 동요할 필요가 없다는 생각이 들었다. 어쨌거나 그는 이미 멋지게 전역했으니까. 그리고 다음번에 재입대하는 꿈을 꾸었을 때는, '그래, 군대도 다녀왔는데 내가 못할 일이 뭐가 있나.' 하고 웃어 넘겨버렸다.

그는 전역하던 날 사회로 향하던 어색한 발걸음과 마음가짐들을 가만히 떠올렸다. 그리고 그 꿈을 이미 견뎌낸 이상, 그건 더 이상 트라우마가 아니라 그의 업적이라는 걸 깨닫는 데는 시간이 얼마 걸리지 않았다.

달러구트의 가게로 꿈값이 지급된 것은 바로 그때였다. 남자는 그 후로 두 번 다시 군대 가는 꿈을 꾸지 않았다.

여자는 반복해서 시험 치는 꿈을 꾸는 동안, 더 이상 시험을 치지 않아도 되는 상황이지만 그때의 압박감에서는 벗어나지 못한 게 분명하다는 자가진단을 내렸다.

그녀는 회사의 일은 물론이고, 결혼과 출산 등의 강제성도 없고 마감 기한도 없는 모든 일에 스스로 기한을 두고 압박을 받는 자신의 모습도 알아차리게 됐다.

사흘 연속으로 시험 치는 꿈을 꾸고 일어난 어느 비 오는 아침, 그녀는 더 이상 자신의 무의식에 휘둘리지 않기로 마음먹었다. 그녀는 비 내리는 창가에 편안한 자세로 눈을 감고 앉아, 시험 기간에 스트레스받았던 순간을 떠올리는 대신, 어쨌거나 시험을 잘 치러냈던 순간들에만 집중했다.

'난 지금까지 잘해낸 내가 자랑스러워. 이전에도 잘해냈고, 앞으로도 무슨 일이든 결국은 잘해낼 거야.' 자신을 무조건 믿는 마음, 압박감에서 벗어나는 마음. 여자에게는 이런 느슨한 마음가짐이 필요했다.

여자의 꿈값이 지불된 것은 바로 그때였다. 그녀도 더는 시험 치는 꿈에 시달리지 않았다. 그리고 시간이 더 지난 뒤에는 과거에 그런 꿈에 시달렸었다는 사실조차 잊게 되었다.

띵동.

'트라우마 극복을 위한 꿈'의 대가로 '자신감'이 대량 도착했습니다.

'트라우마 극복을 위한 꿈'의 대가로 '자부심'이 대량 도착했습니다.

"이제 어느 정도 정산이 되어가는구나."

달러구트는 여유롭게 모니터의 알림창을 하나씩 확인했다.

"아, 참 그렇지, 페니. 나와 같이 가서 막심에게 정산된 요금을 전해주고 오는 게 어떻겠니? 오늘 손님이 많지 않으니 여기는 웨더 한 명으로 충분할 것 같은데. 그렇지요, 웨더?"

"오는 길에 슈크림 빵이라도 사 온다면야, 괜찮고말고요."

웨더 아주머니가 흔쾌히 승낙했다.

"페니, 같이 가겠니? 막심은 사람을 만나는 걸 좋아하지만 밖에 나오는 건 별로 좋아하지 않거든. 우리가 가면 참 좋아할 거야."

"네… 알겠어요."

페니가 떨떠름하게 대답했다.

막심의 제작소로 향하는 길 내내, 페니는 걱정스러운 마음을 감출 수가 없었다. 그녀는 괜히 보폭을 줄여 늑장을 부리며 걸었다. 막심에 대한 소문은 익히 들어 알고 있었다. 여러 가지 무시무시한 소문들을 전부 확인할 방법은 없었지만 단 하나는 확실했다. 뒷골목의 제작소에 항상 암막 커튼을 쳐놓고 온종일 음침한 꿈을 만든다는 것.

이번 일로 막심의 꿈이 음침하기만 한 건 아니라는 걸 조금은 알게 됐지만, 페니는 여전히 막심과 같은 유형의 사람을 만나는 것이 살짝 불편했다.

"얼른 오렴, 페니."

저만치 멀리 앞장서서 걷던 달러구트가 걸음을 멈추고 돌아봤다.

"네, 가고 있어요. 달러구트 님."

페니는 체념하고 걸음을 재촉했다.

막심의 제작소 앞은 바로 옆의 가게들과는 딴 세상처럼 적막했다. 아무래도 가게로 직접 찾아오는 손님은 없는 것이 분명했다. 제작소 앞은 치우지 않은 낙엽 더미가 뒹굴고 있고, 못 쓰는 물건들이 잔뜩 나와 있었기 때문이다. 제법 크게 낸 창문이 있긴 했지만 암막 커튼이 드리워져 있어서 제작소의 분위기를 더 어두침침하게 만들고 있을 뿐이었다.

입구의 계단참에 올라선 달러구트는 제작소의 문을 가볍게 두드렸다.

"막심, 자네 안에 있는가?"

"달러구트 님, 이런 누추한 곳까지 어쩐 일이세요?"

생각보다 예의 바르고 멀쩡한 청년이 문을 열고 나왔다. 짧은 반소매 티셔츠에 군데군데 뜯어진 청바지, 검은 앞치마를 두른 막심은 키만 큰 게 아니라 어깨도 아주 넓고 손발도 길쭉하고 훤칠했다. 다만, 서 있는 모습이 마치 15도 정도 기울어진 땅에 서 있는 것처럼 구부정했다. 페니는 가게 안으로 앞장서서 들어가는 그의 걸음걸이를 보고, 척추가 완전히 부러졌다가 다시 붙은 게 아닐까 하는 무시무시한 생각이 들었다.

세 사람은 막심이 급하게 치운 작업 테이블 주위에 둘러앉았다. 달러구트는 막심이 내어온 무화과 와인 절임을 맛있게 먹고 있었다. 페니는 기분 탓인지 어두운 작업실 환경 때문인지, 무화과 절임이 피처럼 검붉고 스산해 보여서 선뜻 손을 대지 못하고 있었다.

"저, 혹시 불을 더 밝힐 수 없나요? 너무 어두워서요. 암막 커튼을 걷어도 되고요. 오늘 바깥에 햇살이 참 좋아요."

페니는 조금 무섭기도 했고, 막심의 제작소를 좀 더 자세히 살펴보고 싶기도 한 마음에 말을 건넸다.

"미안해요. 쓸데없는 빛이 들어가면 만들고 있는 꿈들이 뿌옇게 번질 수도 있거든요. 제 꿈은 다른 어떤 꿈보다 생생하고 선명해야 해요. 꿈이란 걸 알아채버리면 아무 소용이 없어지거든요. 이해해주실 수 있나요?"

"아, 정말 그렇겠네요."

페니는 자신이 실례되는 부탁을 했다는 걸 깨닫고, 내어온 음식을 맛있게 먹는 성의라도 보이기 위해 무화과 절임을 입에 쏙 넣었다. 무화과는 생각보다 달콤하고 부드러웠다.

"자, 여기 꿈 대금일세."

달러구트가 품에서 두둑한 봉투를 꺼내 내밀었다.

"생각보다 빨리 정산되었군요. 손님들은 아주 강한 것 같아요. 아니지, 달러구트 님의 수완이 좋은 거겠죠?"

"설마, 그럴 리가 있겠나. 강하고 아주 현명한 손님들 덕분이지. 자네의 꿈을 알아봤으니까."

"거래해주셔서 감사해요. 이런 기분 나쁜 꿈 같은 건 아무도 좋아하지 않을 거라고 생각했거든요."

"내가 고맙지. 뚝심 있게 제작해주어 고맙네. 나는 자네가 만드는 꿈이 이 세상에 꼭 필요하다고 생각한다네."

페니는 어두워서 확실하진 않지만, 막심이 울컥해하며 눈을 위로 뜨고 얇게 입술을 오므려 눈물을 참는 것을 본 것 같았다.

"그렇게 말씀해주시니 몸 둘 바를 모르겠어요. 하지만 이 일을 하다 보면 말이죠, 자꾸만 스스로를 의심하게 돼요. 사람은 누구나 떠올리기 싫은 시절이 있잖아요. 그걸 떠올리지 않고 사는 것도 방법이지 않을까요? 맞아요, 어쩌면 그보다 좋은 건 없을지도 모르죠. 제가 괜한 짓을 하는 건 아닌지…. 이런저런 생각들이 가끔 절 괴롭혀요.”

달러구트는 생각에 잠겨 있었다. 신중하게 대답하기 위해 말을 고르고 있음이 틀림없었다.

막심이 생각했던 것처럼 무서운 사람은 아닌 것 같아서 페니는 두 사람의 대화에 끼어들어도 될지 굳이 눈치를 보며 재지 않았다.

“그럼 아주 쉽게 알려주면 되지 않을까요? 성취의 순간이나 확실히 기뻤던 순간들로 꿈을 만드셔도 되잖아요.”

페니가 천진하게 말했다.

“당신은 대화를 재밌게 만들 줄 아시는군요.”

막심은 페니의 말이 마음에 든 것 같았다.

“즐겁게 만들면 다들 좋을 텐데요! 대금을 받는 것도 훨씬 쉬워지실 거예요!”

“혹시 제 걱정을 해주는 건가요?”

막심이 기다란 손가락으로 검소한 앞치마를 두른 자신을 가리켰다.

페니는 순간 막심이 금전적으로 동정 받는 기분이 들어 불쾌했을까 봐 그의 표정을 살폈지만, 그냥 농담으로 말한 것 같았다.

달러구트가 페니에게 물었다.

“페니, 좋은 꿈과 그저 그런 꿈의 차이가 어디에서 생기는지 알고 있니?”

"글쎄요. 달러구트 님이 말씀해주셨던 것 같은데…."

페니는 달러구트가 했던 얘기들을 차근차근 떠올렸다. 막심은 골똘히 생각에 잠긴 페니를 유심히 바라봤다.

"항상 꿈의 가치는 손님에게 달려 있다고 하셨는데…. 아하, 그렇군요. 손님이 직접 깨닫느냐 마느냐의 차이예요. 직접 알려주는 것보다 손님 스스로 깨닫는 것이 중요하죠. 그런 꿈이 좋은 꿈이에요."

"그렇지. 과거의 어렵고 힘든 일 뒤에는, 그걸 이겨냈던 자신의 모습도 함께 존재한다는 사실. 우린 그걸 스스로 상기할 수 있도록 도와야 한단다."

"네, 저희가 꿈을 파는 이유가 거기 있죠. 결국 모든 건 손님들에게 달린 거니까요. 제 말 맞죠?"

"달러구트 님, 참 좋은 직원을 두셨네요."

막심이 바깥의 햇살처럼 환하게 미소 지었다.

5장

꿈 제작자 정기총회

오늘 가게는 한적한 편이었다. 손님들은 여유롭게 꿈을 쇼핑하고 있었고, 달러구트는 간식 바구니를 옆구리에 끼고 로비를 돌아다니며 빈손으로 나가는 손님들에게 숙면 사탕을 서비스로 나눠주고 있었다.

"하나 더 주시면 안 돼요?" 여자 손님이 넉살 좋게 손을 내밀었다.

"내일 쉬는 날이십니까, 손님?"

"아뇨, 내일도 출근해요."

"그럼 하나만 드시죠, 두 개 드시면 알람이 안 들릴 정도로 깊이 주무실 겁니다."

샛노란 레이스 잠옷을 입은 여자 손님은 출근 생각에 울적해져서 어깨를 축 늘어뜨리고 가게 밖으로 나갔다.

페니는 오늘 별로 할 일이 없었다. 그녀는 닦은 눈꺼풀 저울을 또 닦으며 시간을 보내다가, 퇴근 시간이 가까워져오자 그마저도 하지 않고 프런트에 멀뚱히 서 있었다. 웨더 아주머니는 옆자리에 앉아 메모지에 뭔가를 빼곡하게 적었다 지우기를 반복했다.

로비의 괘종시계는 오후 5시 50분을 가리키고 있었다.

"웨더, 이제 슬슬 일어나지. 6시 정각에 예약한 택시가 오기로 했네."

달러구트가 텅 빈 간식 바구니를 들고 프런트 쪽으로 다가왔다.

"오 이런, 시간이 벌써 그렇게 됐나요? 크리스마스 시즌 장식에 쓸 소품들을 아직 다 정하지 못했어요. 오늘까진 주문하고 싶었는데…."

웨더 아주머니는 초조해서 엉덩이를 달싹거렸다.

"두 분이 같이 어디 가세요? 그리고 크리스마스 장식이요? 아직 크리스마스는 멀었는데요." 페니는 의아했다.

"태평한 소리! 이 상점가에 장식용 소품 가게는 한 군데밖에 없어. 늦게 주문했다간 멀쩡한 물건은 하나도 못 받게 될 거야. 작년에는 산에서 아무렇게나 베어온 게 분명한 흙투성이 트리를 한 그루에 100고든씩이나 주고 샀었어. 모태일이 그 트리를 지날 때마다 땔감을 사 온 거냐고 얼마나 놀려대던지."

웨더 아주머니가 메모지에서 눈을 못 떼고 중얼거렸다.

"그럼 오늘은 어딜 가시는 거예요? 택시를 다 부르시고."

웨더는 말할 정신도 없다는 듯, 프런트 데스크 위의 구겨진 종이를 집어서 페니에게 쑥 내밀었다.

페니는 종이를 펼쳐서 읽기 시작했다.

제작자 및 주요 판매자께 알립니다.

금년도 정기 총회는 북쪽 만년 설산 초입에 있는 '니콜라스의 집'에서 개최될 예정입니다. 주요 안건은 '점점 빈번해지고 있는 고객님들의 노 쇼(No show)'에 관한 것이니, 관계자 여러분께서는 한 분도 빠짐없이 참석해주시기 바랍니다.

꿈 산업 종사자 협회장 니콜라스 드림

"달러구트가 초대받은 건데, 한 명까지는 같이 갈 수 있어. 유명한 제작자들을 가까이서 볼 수 있는 기회지. 난 이제 조금 질렸지만…." 웨더 아주머니가 심드렁하게 말했다.

"그럼 마이어스 매니저님이 가시면 어떨까요? 워낙 꿈을 좋아하시니 제작자들을 만나는 것도 좋아하실 것 같은데요."

"그렇지도 않아. 마이어스는 꿈 자체는 좋아하지만 제작자들한테 안 좋은 감정이…. 뭐랄까." 웨더가 목소리를 낮췄다.

"살짝 시기 질투가 있거든. 대학 졸업을 앞두고 알 수 없는 이유로 제적을 당했다나 봐. 무사히 졸업했다면 촉망받는 제작자의 길을 걸었을 텐데 말이야. 그때의 기억이 아직도 남아 있는 것 같아. 그러니까 그에게 제작자들 얘기는 하지 않는 편이 좋아."

그녀는 일어날 생각은 않고 메모지에 '크리스마스 시그니처 가랜드 30미터', '새틴 리본 30롤', '목화솜 모티브 1,000개', '인조 사슴뿔 세 개' 등을 더 적었다.

"웬디, 바쁘면 나 혼자 가도 괜찮아요." 달러구트가 딱딱하게 말했다.

"정말이에요?" 아주머니는 대놓고 기쁜 표정을 지었다.

"그럼, 괜찮지. 제작자들 사이에서 혼자 꿀 먹은 벙어리처럼 앉아서 밥이나 꾸역꾸역 먹다 오면 돼."

그 말에, 웨더 아주머니의 얼굴에서 웃음기가 싹 사라졌다.

페니는 착한 척을 하고 싶어서가 아니라, 정말로 그런 자리에 참석해보고 싶었기 때문에 불쑥 말을 꺼냈다.

"제가 가면 안 되나요? 전 오늘 퇴근하고 일정이 없거든요."

"그럴래?" 두 사람 모두 기뻐했다.

"외투를 입고 나올 테니, 잠깐 기다리렴!"

웨더 아주머니는 마음이 편해졌는지 옛날 캐럴을 흥얼거리며 메모지에 '트리 장식용 전구'를 추가로 적어 넣었다.

"전 몰랐어요. 크리스마스 장식을 꾸미는 일도 1층 프런트의 일이었군요."

페니는 내년부터는 자기가 해야 할 일일 테니 미리 배워둬야겠다고 생각했다.

"아냐, 하고 싶은 사람이 하는 거지. 내가 이런 일을 좋아하거든. 우리 늦둥이를 임신했을 때도 미리 아기방을 꾸밀 물건들을 쇼핑하는데 푹 빠져서 정신 차려보니 임신 막달이었어. 그러고 보니, 내가 맡기 전에는 마이어스의 일이었지."

"마이어스 매니저님이 크리스마스 장식을요?"

"딱 1년만. 직원들을 계속 불러서 나뭇가지가 왜 좌우대칭이 안 맞냐, 반짝이 부스러기가 너무 많이 떨어진다며 주우라는 둥 종일 들들 볶아댔어. 2층 직원들이야 워낙 깔끔이들만 모아놔서 신나서 하긴 하더라마는…. 다른 사람들이 죽을 맛이었지. 그래서 모두를 위해 내가 맡기로 했어. 난 쇼핑하는 게 즐겁거든. 아무튼, 오늘까지 소품을 주문하고 느긋하게 받아보고 싶어. 나한텐 정말 중요한 일이야."

웨더 아주머니는 정말로 즐거워 보였다.

달러구트가 갈색 코트를 입고 나왔다. 그는 코트와 전혀 어울리지 않는 파란색 레인부츠를 신고 있었다.

"달러구트 님, 아까 신고 계시던 구두가 훨씬 멋진데…."

그때 마침 바깥에 도착한 택시가 짧은 경적을 두 번 울렸다.

"어서 가자꾸나."

"달러구트 님, 오늘 모시게 되어 영광입니다."

젊은 택시 운전사가 모자를 벗고 정중하게 악수를 청했다.

"별말씀을! 시간 맞춰 와주어 고맙소."

달러구트는 갈아 신은 레인부츠가 꽉 끼는지 계속 발밑만 쳐다보며 끙끙거리느라 그의 악수 요청을 보지 못했다. 손이 머쓱해진 운전사는 라디오 볼륨을 높이고 출발했다.

택시는 시내를 천천히 가로질렀다. 달러구트는 가만히 창밖을 바라보고 있었다. 페니는 점심을 부실하게 먹어서인지 배가 고파왔다. 꼬르륵 소리가 여러 번 났지만, 다행히 라디오 소리에 묻혔다.

"그런데 저도 거기서 저녁을 먹어도 되는 건가요? 정기총회라면 아주 중요한 분들만 오는 자리인 것 같은데…. 오래 일한 웨더 아주머니라면 몰라도 저는 아무도 몰라보는 신입직원인데요."

"걱정하지 않아도 된단다. 원래 정기총회는 꿈 산업에 중대한 사안이 생겼을 때 관계자들이 대책을 세우기 위해 만든 모임이지만, 사실 최근에는 가벼운 저녁 식사 자리 정도일 뿐이란다. 누가 누구와 오든 신경 쓰지 않아. 편안한 자리에서 더 좋은 얘기들이 오가기도 하고 말이지."

"하지만 아까 공문을 보니 오늘은 절대 가볍지 않은 안건을 다루던걸요?"

"노 쇼 말이니?"

"네. 꿈을 예약해놓고 예약 당일에 제시간에 잠들지 않아서 끝내 나타나지 않는 손님들을 뜻하는 말이죠? 저도 알고 있어요."

"잘 알고 있구나. 그래, 맞아. 결코 가벼운 사안은 아니지. 우리처럼 후불제로 장사를 하는 사람들은 특히 피해가 막심하단다."

"가게 운영에 큰 타격이 생기면 어쩌죠?"

페니는 어렵게 구한 직장이 위태로워지는 건 아닌지 불안했다.

"그 정도의 문제는 아니란다. 실은 예전부터 늘 존재했던 문제이기도 하거든. 오늘 회의에서 좋은 생각들이 많이 나오길 기대해보자꾸나."

오른쪽 창밖으로 막심의 칙칙한 제작소가 보였다.

"막심 제작자님도 참석하시겠죠?"

"글쎄다, 막심은 작업하는 데만 시간을 쏟는 편이라 매번 참석하지는 않는단다. 그가 왔으면 좋겠니?"

"그야… 아는 분이 한 분이라도 더 있으면 저도 편하니까요."

페니는 뻗친 단발머리를 만지작거렸다.

골목을 지나자 인적이 눈에 띄게 드물어졌다. 외곽의 차량 전용

도로로 진입한 지 시간이 꽤 지나고 주변이 갑자기 환해지는 것 같다고 느꼈을 때, 택시는 하얀 눈이 소복하게 내려앉은 만년 설산의 초입에 도착했다. 묵묵히 운전하던 택시 운전사가 입을 열었다.

"여기부터는 걸어가셔야 합니다. 차가 들어갈 수가 없어요."

니콜라스의 오두막으로 가는 길은 페니의 짧은 앵클부츠로 걸을 만한 길이 아니었다. 발목까지 쌓인 눈에 자꾸만 발이 푹푹 빠졌다. 달러구트가 레인부츠를 신고 수월하게 나아가는 뒷모습을 보자, 페니는 오늘따라 달러구트가 조금 얄미웠다.

"여기가 니콜라스의 오두막이란다."

달러구트가 걸음을 멈춰 섰다.

집채만 한 거목 몇 그루를 지나자, 아무것도 없을 것 같은 곳에 오두막이 나타났다. 오두막이라고 하기에는 상당히 큰 집 한 채가 자잘한 은색 장식들 덕분에 눈보다 더 하얗게 반짝거리고 있었다.

"마을에서는 왜 이런 집이 보이지 않았을까요?"

"눈보다 더 하얗기 때문에 해가 있을 때는 잘 보이지 않지. 언제 봐도 멋진 집이야."

"여기서 살면 외출하기 불편하겠어요."

"겨울 한철 말고는 거의 집에만 있는 친구라서 괜찮을 거야."

페니는 질척이는 눈 때문에 양말이 젖는 것을 느끼며 오만상을 지었다. 오두막 문에 다다랐을 때, 달러구트보다 20년은 더 나이 들어 보이는 할아버지가 문을 힘차게 열고 튀어나왔다.

"달러구트!"

그는 기운 넘치게 인사를 건네고 달러구트의 손을 덥석 잡았다.

그의 짧은 머리카락도, 눈썹도 눈처럼 하얗게 세어 있었다.

"니콜라스, 잘 지냈나?" 달러구트도 반갑게 손을 맞잡았다.

"이번에도 1등으로 왔군. 이 제작자 놈들, 손님이 지각하는 건 싫어하면서 지들은…. 쯧쯧."

니콜라스로 불리는 노인이 못마땅한 듯이 혀를 끌끌 찼다.

"이쪽은 새로운 직원인가? 웨더 대신 왔나 보구먼."

"그렇다네, 인사하게. 페니, 이쪽은 집주인인 니콜라스."

"안녕하세요. 페니라고 해요. 올 초부터 꿈 백화점에서 일하고 있어요."

"반갑네, 나는 니콜라스일세. 나에 대해서는 물론 알겠지?"

페니는 니콜라스라는 이름의 제작자에 대해서는 아는 것이 없었다. 공문을 봤을 때도 협회에서 사무 일을 보는 관계자이겠거니 생각했을 뿐이었다. 페니는 그와 어색하게 눈을 마주치고 '전혀 모릅니다'라는 표정을 들키지 않도록 적절하게 웃음을 지어 보였다.

"이쪽으로 들어오게나, 어서. 자네 양말 꼴을 보니 발에 동상이라도 걸리겠구먼."

페니는 눈치를 보다가 축축한 양말을 벗어들고 신발을 어정쩡하게 구겨 신은 채 안으로 들어갔다.

"잠깐 여기서 기다리게. 먹을 것을 좀 내올 테니. 오늘 등갈비가 아주 잘 구워졌어. 새로 최고급 오븐을 하나 장만했거든. 잘 어울리는 술도 잔뜩 있지."

니콜라스가 두 사람을 곧장 거실 겸 부엌으로 안내했다. 기다란 다인용 테이블, 그리고 테이블 뒤의 아치형 창문으로 보이는 새하얀 바깥 풍경과 테이블 위의 다년초 식물에 둘러놓은 꼬마전구, 부엌에 있기에는 조금 부담스러운 크기의 소나무가 전혀 이질적이지 않고 잘 어울렸다.

페니는 웨더 아주머니가 이곳에 오면 크리스마스 장식에 참고할 것이 많을 거라는 생각이 들었다. 사진이라도 찍어가고 싶었다.

"달러구트 님, 저분은 어떤 꿈을 만드세요? 사실 전, 니콜라스라는 제작자 이름은 처음 듣거든요."

"아, 그럴 수도 있겠구나. 니콜라스라는 이름은 낯설 테지. 여길 보니 어떤 꿈을 만드는 것 같니?"

"동화 같은 꿈을 만드실 것 같아요. 만년 설산에 사는 할아버지…. 그리고 번쩍이는 장식이 가득한 오두막이라…. 그리고 뭐든 풍요롭고 먹을 것도 가득한 게… 아! 여긴 꼭 크리스마스 같네요."

"눈치가 빠르구나!"

"네?"

"니콜라스는 크리스마스와 떼려야 뗄 수 없는 관계지."

달러구트는 더 이상의 힌트는 줄 수도 없다는 듯 페니를 빤히 쳐다봤다. 페니는 아주 쉽게 단 하나의 결론에 도달했다.

"혹시 저분이 산타클로스인가요?"

"그래, 산타클로스란다. 우리끼리 부르는 이름은 니콜라스지."

산타클로스는 야스누즈 오트라, 킥 슬럼버, 와와 슬립랜드, 도제, 아가냅 코코, 이 다섯 명의 전설의 꿈 제작자와 어깨를 나란히 하는 실력을 갖추고 있으면서도 겨울 한철만 바짝 일하는 생활을 고집하느라, 크리스마스 때 외에는 꿈을 팔지 않는 것으로 유명한 제작자였다. 크리스마스 한 시즌만 일하고도, 이렇게 호사스러운 생활을 유지할 수 있다는 것이 그의 실력을 가늠할 수 있게 하는 부분이었다.

“니콜라스는 명예에 대한 큰 욕심은 없어. 크리스마스 분위기를 워낙 좋아하고, 또 아이들을 좋아하는 평범한 할아버지일 뿐이지. 이런 것도 좋아하고 말이야.”

달러구트는 고급스러운 은제 포크를 들어 보이며 빙긋 웃었다.

페니는 니콜라스야말로 일과 생활의 밸런스를 기가 막히게 맞추고 사는 사람이라는 생각이 들었다. 동경할 만한 인생인 게 분명했다.

부엌에서 한창 달그락거리던 니콜라스가 식전 빵이 담긴 커다란 바구니와 과일 샐러드 접시를 양손에 들고 나타났다. 페니와 달러구트는 니콜라스를 도와 테이블을 세팅했다. 가까이서 보니 니콜라스는 머리카락만 하얀 게 아니라 짧은 턱수염도 새하얀 색이었다.

세팅을 거의 다 끝낼 무렵, 드디어 정기총회의 참석자들이 나타나기 시작했다. 페니와 달러구트 다음으로 가장 먼저 도착한 이는 태몽을 만드는 아가냅 코코였다. 그리고 그녀와 함께 들어온 의외의 인물은 바로 막심이었다. 아가냅 코코는 오늘 수행원 대신 막심을 선택한 것 같았다.

그들 역시, 녹아내린 눈이 질척하게 들러붙은 신발을 신고 바닥에 물기를 철벅거리며 들어왔다. 거대한 막심과, 조그마한 아가냅 코코의 겉모습은 이상하리만치 대조적이었다. 하지만 신기하게도 그들이 풍기는 아우라는 비슷한 질감이었다.

베테랑 제작자들은 특유의 분위기를 가지게 되는 걸까? 페니는 달러구트를 처음 만났을 때도 이런 아우라를 느낀 적이 있었다. 그녀는 새삼 이 자리에 참석한 것이 설레기 시작했다. 대단한 사람들 틈에서 나도 조금은 대단해진 것 같은 느낌이랄까. 그녀는 오늘 같은 날 기분을 좀 더 내봐도 되지 않을까 생각했다.

페니는 평소보다 들뜬 어조로 인사를 건넸다. “안녕하세요!”

“오, 웨더 대신 다른 직원이 왔군. 저번에 예지몽을 전해주러 갔을 때 본 것 같은 귀여운 아가씨네.”

놀랍게도 아가냅 코코는 페니의 얼굴을 기억하고 있었다.

“페니 씨, 여기서 뵐 줄은 몰랐어요.”

막심은 눈물이 그렁그렁한 채로 페니에게 인사했다. 페니는 순간 그럴 리 없다는 걸 알면서도 자기를 만난 게 너무 반가워서 우는 줄 알고 당황했다. 막심의 눈에서는 눈물이 줄줄 흘렀다.

“아, 눈이 시려서 그래요. 니콜라스 아저씨 집 주위는 너무 환해요. 저… 페니 씨. 그때 다녀가신 이후로 작업실의 암막 커튼을 검은색에서 회색으로 바꿔 달았어요. 그때 너무 어둡다고 하셔서….”

“네? 회색이요?”

“네. 검은색보다 햇빛 투과율이 3퍼센트나 높대요.”

“아….”

페니는 뭐라고 말해야 할지 몰라서 막심을 가만히 올려다봤다. 그는 칭찬을 기다리는 덩치 큰 아이처럼 수줍은 표정을 지었는데, 눈이 부셔서 눈살을 잔뜩 찌푸리는 바람에 악몽 같은 표정이 되었다.

“어이, 선글라스부터 껴.” 니콜라스가 막심을 툭 쳤다.

"이제 음침한 꿈 좀 그만 만들고 밝게 살아. 거참 젊은 사람이 말이야."

막심은 예전에도 이런 일이 있었는지, 니콜라스에게 자연스럽게 선글라스를 건네받았다.

"세상에는 무서운 것 없이 아무것도 모르고 사는 사람들이 너무 많아요. 따뜻한 이불, 이런 따뜻한 음식들, 안전한 집…. 이런 것들은 영원하지 않아요. 전 사람들을 강하게 단련시키고 싶어요."

막심이 커다란 보잉 선글라스를 끼고 진지하게 대답했다.

"자네는 전혀 안 그렇게 생겨서 쓸데없는 걱정이 많다니까. 그런 건 전부 자네 생각이고, 내가 알기론 그런 것보다 무서운 것들이 이미 많던데. 질투심, 열등감, 그런 것들이 요즘에는 쫓아오는 맹수보다 무서운 거라고."

"그것도 좋은 사업 아이템이네요." 막심이 관심을 보였다.

"자자, 다들 일 얘기는 잠시 접어두고 일단 앉읍시다."

달러구트가 끼어들어 중재했다.

아가냅 코코는 니콜라스의 바로 옆자리에 앉았고, 당연히 그녀의 옆에 앉을 줄 알았던 막심은 잠깐 고민하더니 페니 옆에 앉았다. 페니는 이 많은 자리를 놔두고 자신의 옆에 앉았다는 것에 특별한 의미를 부여할 뻔했다. 하지만 막심은 선글라스를 끼고 말없이 앉아 있었으므로 무슨 생각인지 전혀 읽을 수가 없었다.

니콜라스가 준비한 음식들은 최소한의 양념만 가지고 조리했음에도 불구하고, 재료가 어찌나 좋은지 맛이 훌륭했다. 아가냅 코코는 과일이 듬뿍 들어간 샐러드를 두 그릇째 먹고 있었다.

"훌륭해! 역시 신선한 과일만 한 게 없다니까."

모든 사람이 도착하면 식사를 시작하려던 페니는, 식탁에 갓 구운 등갈비구이가 등장한 직후부터 사람들을 기다리는 것이 퍽 괴로워졌다.

"우리 먼저 먹도록 하지. 식으면 맛이 없거든. 뒤에 온 사람들에게 줄 음식은 오븐에서 굽고 있으니 걱정들 말고 드시게."

니콜라스의 허락이 떨어지자 페니는 포크를 들고 고기 한 점을 그레이비소스에 푸욱 찍었다. 그리고 입에 넣으려는 찰나, 포크를 내려놓게 만드는 인물이 두 명이나 등장했다.

그들은 페니가 실제로 본 적은 없지만 익숙한 얼굴들이었다.

눈처럼 하얀 피부에 아름다운 적갈색 머리를 곱게 늘어뜨린 여자와 좌우 비대칭의 쇼트커트 헤어에 발목까지 오는 멋진 코트를 입은 중년 여자가 함께 들어왔다.

"와와 슬립랜드와 야스누즈 오트라를 한꺼번에 만나다니! 믿을 수가 없어요."

페니가 흥분을 숨기지 못하고 호들갑을 떨었다.

"달러구트, 일찍 오셨네요. 오늘은 웨더 아주머니가 아닌 다른 분과 오셨군요."

와와 슬립랜드가 달러구트에게 인사하는 동시에 페니에게도 눈인사를 했다.

"아! 저, 진짜 팬이에요! 어릴 때부터요. 아, 어릴 때라는 건 학창시절을 말하는 거예요. 물론 데뷔하신 지 10년도 안 됐으니까요."

페니는 그녀의 아름다움에 말문이 턱 막혀서 횡설수설했다.

“오랜만이에요, 슬립랜드. 건강해 보이네요. 오트라도 오늘 정말 멋지군요.”

달러구트는 일상적인 듯 편안하게 인사를 나누었다.

“달러구트 님, 그거 아세요? 저는 저분들의 꿈을 꿔보는 게 평생의 소원이에요.”

페니는 여전히 흥분이 가라앉지 않았다.

그녀의 건너편에는 와와 슬립랜드, 야스누즈 오트라, 아가냅 코코가 나란히 앉아서 등갈비구이를 맛보고 있었다. 페니는 먹는 둥 마는 둥 하면서 계속해서 그들을 힐끔힐끔 쳐다봤다. 때문에 옆에 앉은 막심이 등갈비구이의 부드러운 살코기 부분을 은근슬쩍 페니 쪽으로 돌려놓는 것을 알아채지 못했다.

“페니, 저들 중 어떤 제작자의 꿈을 가장 꿔보고 싶니?”

달러구트가 가볍게 물었다.

“저는… 아무래도 슬립랜드 님의 꿈을 꾸고 싶어요.”

“와와 슬립랜드, 훌륭한 선택이구나. 그녀는 정말로 아름다운 풍경을 볼 수 있는 꿈을 만들지. 나도 꿔봤지만 정말 훌륭하단다. 깨고 싶지 않았지. 중세시대의 비 오는 성곽에서 반짝이는 도시를 내려다봤어. 하늘이 머리 바로 위에서 반짝이고 손을 뻗으면 별과 달이 점점 내 쪽으로 다가왔단다.” 달러구트가 황홀한 듯한 표정을 지으며 말했다.

“그런 꿈은 엄청나게 비싸겠죠?”

“말해 뭐하겠니. 하지만 슬립랜드의 꿈보다 비싼 건, 야스누즈 오트라의 꿈이지.”

달러구트는 어깻짓으로 레드 와인을 마시고 있는 오트라를 가리켰다. 그녀는 아가냅 코코와 서로의 근황을 물으며 인사를 나누고 있었다.

"야스누즈 오트라 님의 꿈이 귀하다는 건 알고 있어요. 꿈에서 다른 사람의 입장이 되어볼 수 있는 꿈들을 많이 만드시잖아요. 특별히 비싼 꿈이 따로 있나요?"

"긴 꿈일수록 더 비싸지."

"얼마나요?"

"다른 사람의 인생을 통째로 살아볼 수 있을 만큼?"

페니는 깜짝 놀랐다. "그런 일이 가능해요?"

"꿈에선 뭐든지 가능하지. 이 일을 하면서도 모르겠니?"

달러구트가 부드럽게 웃었다.

야스누즈 오트라는 테이블 가운데 있는 후추통을 집으면서 조금 떨어진 거리에 있는 달러구트에게 말을 걸었다.

"달러구트, 그렇지 않아도 가게에 한번 찾아갈까 했었어요."

"오트라, 무슨 일로? 용건이 있다면 사람을 보낼게요. 당신은 1년 내내 아주 바쁘니까."

"아니에요, 바쁘지 않은 건 아니지만. 그럭저럭 살 만해요. 아시잖아요, 요즘엔 1년에 몇 개 안 만들어요. 자꾸 긴 꿈들만 만들다 보니…. 그래서 말인데, 전 언제 당신의 가게와 계약하게 해주실 거죠?"

"글쎄요, 단가가 안 맞아서요. 조금 부담스럽달까…. 오트라 씨는 늘 선금을 원하니까요." 달러구트가 단도직입적으로 말했다.

"당연하죠. 저런 예쁜 코트가 돈이 생길 때까지 기다려줄까요? 그렸다간 이미 다 팔리고 없을걸요."

오트라는 옷걸이에 걸어놓은 롱코트를 곁눈질하고는, 블라우스의 반짝이는 크리스털 브로치를 손으로 한번 쓱 쓸어내렸다.

"그럼 다음번에라도 짧은 길이의 신제품을 달러구트의 가게에서 출시할 수 있게 해줘요. 그 정도라면 괜찮겠죠?"

"저야 고맙죠."

오트라는 달러구트와 페니에게 눈을 찡긋하고는 자신의 접시에 후추를 왕창 뿌렸다. 그러고는 니콜라스가 준비한 비싸 보이는 와인을 잔에 가득 따르고 만족스러운 표정을 지었다.

니콜라스는 아직도 오지 않은 참석자들의 빈자리 수를 헤아렸다.

"오늘 반쵸는 안 오나? 일밖에 모르는 녀석. 또 어디 박혀서 돈도 안 되는 일이나 벌이고 있겠지. 아니면 산짐승들 밥 주느라 시간약속도 잊어버리…."

월월월!

니콜라스의 뒷말은 개들이 짖는 소리에 가려 들리지 않았다.

"안녕하세요! 늦어서 죄송해요!"

"이런, 역시 양반은 못 되는군." 니콜라스가 혀를 끌끌 찼다.

늑대만큼 커다란 개들을 이끌고 나타난 젊은 남자가 젖은 신발을 손에 들고 들어왔다. 개들이 그의 푹 젖은 양말에 코를 대고 킁킁거렸다.

"산속은 겨울이 빨리 와요. 날씨가 벌써 한겨울처럼 추워져서요. 월동 준비를 하느라고 조금 늦었어요. 땔감도 마련하고, 이 녀석들 잠자리도 다시 고쳐놓고요."

순박한 인상의 그는 빛바랜 누빔 점퍼를 벗어다가 옷걸이에 걸고 문 쪽에 자리를 잡고 앉았다.

"반쵸, 여기 난로 쪽으로 좀 더 당겨 앉게. 감기에 걸리겠어." 달러구트가 그를 살뜰히 챙겼다.

페니는 좀처럼 만날 일 없는 제작자들이 한자리에 모이자, 그들을 관찰하느라 눈이 바빴다. 그러다 그녀의 눈이 반쵸와 마주치자, 페니는 어색함에 웃어넘기려고 했으나 의외로 반쵸가 먼저 살갑게 말을 건넸다.

"안녕하세요, 처음 뵙네요! 달러구트 님과 오셨나 보군요. 가게에도 가끔 인사를 드리러 가야 하는데… 저는 돌보는 동물들이 많아서 웬만해서는 산을 떠나지 않거든요. 제 인사를 하죠. 제 이름은 애니모라 반쵸. 저는 동물들이 꾸는 꿈을 만들어요. 꿈 백화점의 4층에 납품하고 있어요. 스피도 씨에게 늘 신세를 지고 있죠."

페니는 정중한 그의 말투에 마음이 활짝 열리는 것을 느꼈다.

"안녕하세요. 저는 달러구트 님의 가게에서 일하고 있는 페니라고 합니다. 제작자님 덕분에 귀여운 손님들이 가게에 많이 와요."

동물들도 감정을 느끼지만 사람이 느끼는 것만큼 극적이거나 섬세하지 못해서, 취급하는 가게가 드물었다. 하지만 달러구트는 반쵸의 꿈을 매번 대량으로 들여오곤 했다. 페니는 달러구트가 애니모라 반쵸의 됨됨이를 높이 사고 있는 것 같다는 생각이 들었다.

반쵸는 개들과 꼭 말이 통하기라도 하는 듯 연신 개들이 그르렁대는 소리에 귀를 기울였다. 그는 감사히 먹겠다는 표시로 니콜라스를 향해 고개를 꾸벅하더니, 조용히 살코기의 양념이 안 된 부분을 잘라 개들에게 먼저 주었다. 그러고는 나이프를 헝겊데기 같은 낡은 윗도리에 쓱쓱 닦았다.

니콜라스는 그런 반쵸의 모습을 보고 혀를 쯧쯧 찼다.

"아무리 돈을 밝히면 안 된다지만 말이야. 최소한의 품위는 지키고 살아야 하는 거라고. 옷도 좀 사 입어야지, 늘 그렇게 헌 옷만 입고 다니고…. 그렇게 쪼들려서야 어디 좋은 꿈을 만들 수 있겠어? 꿈은 현실에 없는 환상을 만들어내는 거라고. 꿈과 환상. 항상 같이 붙어 다니는 데 말이지. 그렇게 쪼들리면서 사는데 환상적인 꿈을 만들 수 있겠느냐는 말이야." 니콜라스가 못마땅한 듯 구시렁거렸다.

"저는 괜찮아요. 필요한 건 산에 다 있고, 얘네랑 있으면 심심할 틈도 없거든요. 돈 쓸 일이라곤 통 없죠. 이렇게 사는 게 제 꿈이었어요."

반쵸는 정말로 괜찮아 보였다. 하지만 다른 꿈 제작자들은 귀티가 철철 나는데, 애니모라 반쵸는 그에 비해 행색이 초라하긴 했다.

그 후로도 한바탕 이어진 그들의 잡담 행렬은 유리창이 부서지는 듯한 소리에 멈추었다. 뭔가 반짝거리는 것들의 무더기가 유리창에 일제히 몸통 박치기를 해대고 있었다.

"녀석들이 왔군."

니콜라스가 부엌에 난 창문을 밀어서 열자 은빛 날개를 퍼덕이며 작은 형체들이 날아 들어왔다. 레프라혼 요정들이었다.

열 명 남짓한 요정의 무리는 의자에 앉는 대신 테이블 한가운데 놓인 빵 바구니 주변에 날개를 접고 옹기종기 모여 앉았다.

"니콜라스, 우리를 위해 음식을 잘게 잘라줄 순 없나요?"

레프라혼 요정 중의 우두머리로 보이는 뚱뚱한 요정 하나가 유리알처럼 쨍그랑거리는 목소리로 물었다. 그는 자신의 몸집보다 훨씬 큰 빵 조각과 씨름을 하고 있었다.

"건방지긴, 이름으로 부르지 말고 산타클로스라고 부르라고 했지. 일할 땐 일하는 이름으로 부르라고."

"어차피 크리스마스 때 말고는 일도 안 하잖아, 니콜라스."

아가냅 코코가 호호 웃으며 말했다.

"크리스마스까지 어린애들 취향을 전부 알아내서 꿈을 만들어놓으려면 1년 내내 바삐 움직여야 한다고. 애들 취향이 얼마나 변덕스러운지 알아? 산에 틀어박혀 있으니까 내가 집에서 노는 줄로만 알지?" 니콜라스가 발끈했다.

"자, 니콜라스. 일단 다 모인 것 같으니 회의를 진행하는 게 어떤가?" 달러구트가 재촉했다.

"아직 킥 슬럼버가 오지 않았잖나. 길이 험해서 그가 오려면 시간이 좀 걸릴 텐데…. 기다려주는 게 어떻겠나."

"킥 슬럼버는 오늘 못 올 거예요."

우아하게 빵에 허니 버터를 바르던 와와 슬립랜드가 말했다.

"꿈 제작에 쓰일 자료 때문에 캄니크 절벽에 답사를 하러 갔거든요."

"캄니크 절벽까지 갔다고? 그래서 연락이 안 됐구먼."

니콜라스가 아쉬워했다.

"와와, 너는 그걸 어떻게 알아?" 야스누즈 오트라가 별 뜻 없이 물었다.

"뭐… 그야 킥 슬럼버의 팬들이 그의 일거수일투족을 알아내서 인터넷에 올리잖아요. 절벽에 있는 그를 찍은 사진이 SNS에 있더라고요." 얼굴이 살짝 붉어진 와와 슬립랜드가 얼버무렸다.

"그나저나 도제 님은 올해도 안 오시네요."

"도제는 이런 데 나온 적이 거의 없는걸. 또 어디 가서 수련이나 하고 있겠지."

오트라가 새 와인의 마개를 땄다.

"자, 그럼 회의 안건에 대해서 이야기해보지."

니콜라스가 자리에서 일어났다.

"어디 보자, 다들 지난달에 노 쇼로 인한 손해가 얼마였는지부터 들어볼까."

"원래 받아야 할 수익의 15퍼센트 정도를 못 받았죠. 저희야 계약할 때 노 쇼로 인해서 안 팔린 건 대금을 못 받는다고 이미 명시를 해놓았으니까요."

레프라혼 요정의 우두머리가 치즈 조각을 우물거리며 말했다. 요정들은 치즈 조각 하나에 다섯 명이 달라붙어서 식사를 하고 있었다.

"사실 여기 있는 다른 유명한 꿈 제작자님들에게는 별로 해당 사항이 없지 않아요? 꿈 백화점의 1층에 있는 상품들은 금방금방 팔리잖아요. 우리같이 만만한 제작자들만 불쌍하죠."

분홍색 퍼프 블라우스를 입은 요정이 볼멘소리를 냈다.

"모르는 소리! 내 태몽도 안 찾아가는 사람이 얼마나 많다고. 달러구트, 그때 자네에게 맡겼던 태몽이 결국 어떻게 됐었는지 요 꼬맹이들에게 말해줘." 아가냅 코코가 반박했다.

"그러니까…. 어느 부부가 2주가 지나도록 태몽을 찾아가지 않았지." 달러구트가 기억을 더듬었다. "그래서 부부의 친한 친구나 양가 부모님에게 주려고 했었는데, 그들도 오지 않아서 결국은 아내 쪽 가장 친한 친구의 친동생에게 태몽을 줬었지. 친구 동생은 미혼에다가 부부를 본 적도 없는데 태몽을 꿔서 직잖이 당황했을걸세. 나도 정해진 기간 내에 전달을 해야 하니까 어쩔 수 없었어."

"그래도 코코 님은 부자잖아요. 우리 같은 영세한 제작자들은 피해가 막심하다고요." 우두머리 요정이 금시계를 차고 앓는 소리를 냈다.

"그러게 홍보를 잘했어야지." 니콜라스가 말했다.

"우리 산타클로스들은 일찍 안 자면 산타할아버지가 안 올 거라고 옛날 옛적부터 소문을 내놨다구. 마케팅의 기본은 스토리텔링이야. 요즘 사람들은 이야기에 껌뻑 죽는다고. 자고 있으면 몰래 선물을 놔두고 간다는 이야기는 참… 어느 조상님이 지어내셨는지 아주 탁월하단 말이지." 그가 어깨를 으쓱했다.

"거짓말해놓는 바람에 애꿎은 부모들만 머리맡에 선물 놔두느라 바쁘지. 그리고 쓸데없이 양말 얘기는 왜 지어낸 거야? 다들 냄새나는 양말을 머리맡에 두고 자잖아."

아가냅 코코가 니콜라스에게 면박을 줬다. 아무래도 그녀는 어린 아이들과 부모에 관한 얘기에는 민감한 듯했다.

"내가 거짓말한 게 어디 있어? 자면 선물 주는 게 맞긴 하잖아. 선물이 변신 자동차가 아니라 좋은 꿈이라서 그렇지. 그리고 양말은, 녹틸루카들한테 수면 양말을 받아본 사람들은 알 거야. 이게 발목이 길쭉해서 뭘 담아놓고 손잡이로 들기에도 좋거든. 쭉쭉 잘 늘어나기도 하고 말이야…."

니콜라스는 이야기가 구질구질하게 흘러가자 황급히 화제를 돌렸다.

"아무튼! 본론부터 말하자면, 난 판매업자들 측에서 노 쇼 요금을 일부 부담하는 방안에 관해서 얘기하고 싶네."

갑자기 화살이 달러구트에게로 향했다. 페니는 눈을 동그랗게 뜨고 달러구트를 봤다.

"니콜라스, 판매업자라곤 나 하나뿐인 자리에서 갑자기 나올 얘기는 아닌 것 같네만."

그는 하나도 당황하지 않고 담담하게 받아쳤다.

"요금 부담에 대해서 논의하려거든 거리의 모든 판매업자를 불러놓고 밤샘 토론을 벌여야 할 걸세. 그보다 이 자리에서는 근본적인 원인을 해결하려고 노력해봐야 하지 않겠나?"

달러구트가 솜씨 좋게 곤란한 이야기를 차단했다.

"맞아요. 제작자들의 손해를 줄이기 위해서 판매업자들에게 노 쇼 요금을 부담하라는 건 일종의 횡포예요. 제작자와 판매자는 단순히 이익을 떠나서 서로 존중하는 관계를 유지할 필요가 있어요."

와와 슬립랜드가 달러구트를 옹호했다.

"그렇다면 노 쇼의 원인이 무엇이라고 생각하는가, 다들? 나는 아무래도 한철 장사다 보니, 사실 피부로 와닿지는 않는다네." 니콜라스가 궁금해했다.

"간단한 문제는 아니에요. 그건 아주 복잡한 개인 사정과 국가적 행사 따위와 연관되어 있죠."

레프라혼 요정 중 가장 똘똘해 보이는 요정이 대답했다. 페니는 그들의 목소리가 몸집에 비해 아주 크다고 생각했는데, 자세히 보니 그들은 앙증맞은 무선 마이크를 장착하고 있었다.

"잠이 오지 않을 만큼 심란한 개인사가 있으면, 그날은 동틀 때까지 손님이 오지 않는다는 것 정도는 다들 알고 계시죠?"

다들 일제히 고개를 끄덕였다.

"그런 개인사 외에, 예를 들어 유럽에서 월드컵을 치르고 있다고 가정할게요. 아, 월드컵에 대해 설명하고 싶진 않아요. 손님들에 대한 기본적인 공부도 안 하는 제작자는 이 자리에 없다고 믿고 싶군요." 요정이 거만하게 말했다.

"자, 그럼 아시아에는 유럽에서 열리는 경기를 챙겨보느라 밤을 새우는 사람이 폭발적으로 증가하겠죠? 문제는 이런 범국가적인 행사들이 점점 많아지고 있다는 거죠. 그리고 실시간 중계를 해주는 채널이 많아지는 것도 문제예요."

레프라혼 요정들은 세상 돌아가는 일에 빠삭한 것 같았다.

"그렇군. 거기 젊은 친구도 뭔가 아는 게 있을 것 같은데?"

니콜라스가 갑작스럽게 페니에게 발언권을 주었다.

페니는 가까스로 모태일에게 잠깐 들었던 이야기를 떠올렸다.

"제 생각에는… 시험 기간이라 그럴 수도 있을 것 같아요. 제가 일하는 시간에는 한국의 손님들이 많이 오는데요, 그들은 다들 일제히 시험 기간에 돌입하거든요. 그럴 때면 학생 손님들이 밤을 새우는 경우가 많아요. 아, 하지만 이건 그렇게 장기적인 문제는 아니에요. 왜

냐하면 시험 치기 직전 하루 이틀만 그렇거든요. 벼락치기 하는 건 어딜 가나 똑같나 봐요."

"그것도 일리가 있군. 그렇다면 막심, 자네는 어떻게 생각하나?"

막심은 또박또박 얘기하고 있는 페니를 멍하니 쳐다보다가 니콜라스가 갑자기 지목하자 사레가 들려서 한참을 켁켁거렸다. 그는 겨우 진정하고 목소리를 근엄하게 깔고 말했다.

"저 같은 경우에는 그다지 피해가 없어요. 다른 분들의 꿈은 손님들이 미리 예약해놓는다지만, 저는 손님들이 잘 찾지 않기 때문에…." 막심이 부끄러워했다.

"달러구트 님이 직접 팔아주시는 물량뿐이거든요. 그래서 애초에 노 쇼가 생길 일이 없죠."

"그래서 그렇게 마음 편히 식사만 했군."

니콜라스가 말하자 사람들이 깔깔 웃었다. 페니는 막심의 얼굴이 빨개지는 것을 보고, 의외의 면이 많은 사람이라고 생각했다.

"애니모라, 당신은 어때요? 피해가 크지 않나요?"

아가냅 코코가 걱정스럽게 물었다. 애니모라 반쵸는 자신은 잘 먹지도 않고 데려온 개들을 보살피거나, 레프라혼 요정들에게 식빵과 고기를 잘게 잘라주고 있었다.

페니는 혼잣말로 "반쵸 님은 정말 다정하시네요…." 하고 중얼거렸다. 막심은 갑자기 빵이 담긴 바구니를 자기 쪽으로 옮겨서 열심히 조각내기 시작했다.

"저도 괜찮아요. 동물들이야 워낙 많이 자기도 하고요. 무엇보다 동물들한테는 자는 걸 미룰 만큼 재밌는 일들이 별로 없거든요."

애니모라 반쵸가 자신의 발밑에 엎드려 있는 개들을 바라보며 말했다. 목덜미가 검은 개는 반쵸의 발등에 얼굴을 기대고 평화로운 표정으로 자고 있었다.

"맞아요!"

똑똑한 레프라혼 요정이 갑자기 소리치는 바람에 페니는 깜짝 놀랐다.

"반쵸 씨의 이야기가 정답이에요. 사람들은 자는 것보다 재밌는 일이 많으니까 잠들지 않는 거예요."

똑똑한 레프라혼 요정이 접시 위를 빙그르르 날았다.

"게임을 하느라 안 자는 사람들, 스마트폰을 보느라 늦게 자는 사람들, 애인과 통화를 하느라 밤을 지새우는 사람들! 모두들 당장 즐거운 일을 하느라 자는 걸 미루는 거잖아요?"

요정은 반짝이는 날개를 접고 니콜라스의 어깨 위에 앉았다. 니콜라스는 귀찮은 기색을 하면서도 요정을 뿌리치지는 않았다.

야스누즈 오트라가 요정의 말에 동의했다.

"그 말이 맞아요. 당장 시험을 치기 위해서 억지로 잠을 참는 사람들과는 달라요. 그들의 노 쇼는 일시적이죠. 우리가 문제 삼아야 하는 것들은, 자처해서 잠을 자지 않는 사람들이에요."

요정들은 자신의 말을 들어주자 기분 좋게 빵을 먹었다.

"막심, 빵을 먹기 좋게 잘라줘야지 이렇게 가루가 되도록 부숴서 주면 어떡해요? 왜 갑자기 안 하던 짓을 하고 그래요?"

분홍색 퍼프 블라우스를 입은 요정이 핀잔을 주자 막심의 얼굴이 또 빨개졌다.

"흠, 어떻게 하면 딴짓 안 하고 제시간에 잠들게 할 수 있을까?" 니콜라스가 골똘히 생각했다.

"달러구트가 가지고 있는 숙면 사탕으로 어떻게 할 수 없나?"

달러구트는 고개를 저었다.

"그건 이미 잠든 사람을 더 깊이 잠들게 만드는 효과밖엔 없다네."

"아니면 노 쇼에서 생긴 손해만큼, 이익을 다른 데서 창출하는 건 어때요? 원한다면 우리의 노하우를 조금 나눠줄 수 있어요." 우두머리 요정은 무언가 뾰족한 수가 있는 것처럼 으스대며 말했다.

"어떻게 다른 이익을 얻죠?" 페니가 궁금해했다.

그녀는 처음 층별 견학을 했을 때, 모그베리가 약아빠진 레프라혼 요정들에 대해 험담을 늘어놓았던 것을 기억하고 있었다. 그때 분명히 모그베리는 레프라혼 요정들이 꿈값을 많이 벌기 위해서 야비한 수를 쓴다고 얘기했었다.

"우리가 어떻게 중심가로 상점을 확장 이전했는지 궁금하셨죠? 오늘 기분이 좋으니 특별히 말씀드리죠."

우두머리 요정이 테이블 한가운데로 걸어 나왔다.

"'하늘을 나는 꿈'을 100명의 손님에게 팔면, 그중에 60명 정도로부터 꿈값을 회수할 수 있어요. 보통 그때 받을 수 있는 꿈값은 '해방감'이나 '신기함'이죠. 하지만 '아쉬움'이나 '상실감'도 적지 않아요. 꿈에서는 하늘을 날 수 있었는데 꿈에서 깨고 나면 날 수가 없으니까 그런 감정들을 느끼게 되는 거죠. 다들 아시겠지만 그런 감정들은 별로 돈이 되지 않아요. 그래서 우리가 생각해낸 방법이 있죠!"

우두머리 요정은 똘똘해 보이는 요정이 대신 이야기할 수 있도록 옆으로 비켜섰다.

"자체적으로 연구한 결과, '하늘을 나는 꿈'보다, '꼼짝하지 못하는 꿈'을 꾸게 하는 것이 더 이익이 된다는 결과가 나왔어요. 옴짝달싹 못 하는 꿈, 그러니까 달리려고 하는데 발이 납덩이처럼 무겁거나, 괴롭히는 녀석에게 주먹을 날리고 싶은 데 몸이 너무 느리거나 하는 꿈 말이죠. 이런 꿈을 꾸게 했을 때, 꿈값으로 '해방감'이 훨씬 더 많이 들어왔어요. 자면서 답답했는데 깨자마자 몸이 가뿐하니까요!"

그는 조그마한 계산기를 꺼내어 두드리기 시작했다.

"이것 보세요, 이익이 이만큼이나 차이 난다고요. 이 정도면 노 쇼로 입은 손해 정도는 가뿐히 뒤집을 수 있죠."

요정이 사람들에게 계산기를 보여주며 어깨를 으쓱했다. 하지만 요정들은 사람들의 반응이 예상외로 뜨뜻미지근하자, 적잖이 당황했다.

"다들 감이 안 오시나 본데…. 우리 사업이 괜히 잘되는 게 아니라고요. 맞아요, 막심! 막심의 악몽도 우리와 컬래버레이션 하지 않을래요? 우리가 힘을 합쳐서 '무서운 사람들한테 쫓기고 있는데 다리가 안 움직이는 꿈'을 만들면 히트를 할 거예요! 한창 쫓기다가 잡히기 직전에 깨게 하는 거예요. 꿈값이 짭짤하게 들어올 것 같은데요."

요정이 막심의 널따란 어깨에 앉아 그를 구슬렸다.

"난 그런 유치한 장난질은 하지 않아요!"

막심이 요정을 손가락으로 집어서 테이블에 내려놓았다.

"하하, 모그베리의 말이 맞았군." 달러구트가 차갑게 웃었다.

"레프라혼 요정들이 상품명과 다른 꿈들을 섞어서 보낸다고 하더니. 정말 그런 거였어."

달러구트가 아주 점잖게 화를 냈다.

"그런 식으로 꿈을 섞어 보내서 손님들을 테스트하다니. 우리 가게를 뭘로 보고."

그가 언성을 하나도 높이지 않았음에도, 머리끝까지 화났다는 것이 그대로 전해졌다.

"죄, 죄송해요." 우두머리 요정이 사태의 심각성을 깨닫고 사과했다.

"한 번만 더 그런 얍삽한 수를 쓰다가 발각되면, 계약을 파기하겠네." 달러구트가 단호하게 말했다.

"달러구트의 말이 맞아요. 그런 꼼수가 있다는 것쯤은 다들 진작 알고 있어요. 몰라서 안 한다고 생각하면 곤란하죠."

야스누즈 오트라가 한 모금 남은 와인을 쭉 들이켜고 나서 잔을 내려놓았다.

"자, 이제 도움 안 되는 얘기는 그만하고 결론을 내려야 하지 않겠어요? 다들 바쁘신 몸인데. 그래서 달러구트의 결론은 뭐죠?"

달러구트는 셔츠 깃을 매만지고 목청을 가다듬었다.

"흠흠. 먼저 이야기하기에 앞서, 다들 이 늙은 판매자의 말을 고깝게 듣지 않길 바라겠어요. 난 그저 이 현상을 아주 쉽고 직관적으로 바라보고 싶을 뿐이니까."

"저 친구는 항상 서론이 길다니까." 니콜라스가 닦달했다.

"결론은 이미 나와 있어요. 아까 반쵸, 그리고 레프라혼 요정들이 얘기했었지요. 사람들은 자는 것보다 더 재미있는 일을 하느라 잠들지 않는 거라고. 그러면 반대로 생각하면 되지 않겠소?" 달러구트가 너무나 쉬운 얘기라는 듯 웃었다.

레프라혼 요정들은 정자세로 앉아 그의 얘기를 얌전히 들었다.

"그런 재미나는 것들보다 더 즐거운 꿈을 만들면 되는 것 아닐까요? 난 우리 제작자분들께서 그 정도의 실력은 가지고 있는 줄로 믿고 있소만."

잠깐 정적이 흐르더니 유쾌한 웃음이 터져 나왔다.

"결국은 우리가 좋은 꿈을 많이 만들기만 하면 이런 일이 생기지 않을 거다? 이런, 우리가 한 방 먹었구먼."

니콜라스가 호탕하게 웃었다.

"그 정도로 예의 없이 말하지는 않았지만, 아무튼 속뜻은 그렇소. 인정하지." 달러구트가 능청스럽게 말했다.

레프라혼 요정들은 달러구트 말이 다 맞다며 자기네들끼리 손뼉을 쳤다.

"조금 허무하긴 하지만, 얼추 회의 내용은 마무리된 것 같군요. 그럼 우리 건배하고 남은 식사를 즐길까요?"

오트라가 잔을 들어 올렸다.

"좋아요."

모두 잔을 높게 들어 올렸다. 니콜라스가 자리에서 일어나 호쾌하게 외쳤다.

"모두들 잘 먹고, 잘 자고, 좋은 꿈 꾸십시다!"

6장

이달의 베스트셀러

12월의 마지막 주. 거리는 환상적으로 반짝였다. 웨더 아주머니가 발 빠르게 소품을 공수한 덕분에, 꿈 백화점은 여느 때보다 멋있고 화려하게 꾸며져 있었다. 1층부터 5층까지의 모든 판매대 주위를 반짝이는 전구로 감아놓아, 모든 판매대가 보석함처럼 보였다. 웨더 아주머니는 상품 포장지도 전부 반짝이는 재질로 바꾸자고 제안했으나, 2층 직원들과 매니저인 비고 마이어스의 반대로 무산되기도 했다.

"반짝이 부스러기가 얼마나 치우기 힘든지 아세요?"

길거리의 녹틸루카들도 나름대로 대여용 가운에 눈송이 무늬의 자수를 놓는 것으로 차별화를 시도했으나, 손님들은 디자인이 마음에 들지 않는 듯했다.

"너무 촌스러워요. 예쁜 잠옷은 없어요?"

아이가 울상을 짓자 녹틸루카가 도톰한 앞발로 옷매무새를 고쳐주며 딱딱하게 말했다.

"이거 입기 싫으면 옷 따뜻하게 입고 자고, 이불 걷어차지 말고 얌전히 자렴."

크리스마스 시즌은 이제 막바지였다. 과연 산타클로스의 위력은 대단했다. 니콜라스가 가져온 꿈들은 그냥 잘 팔리는 정도가 아니라, 없어서 못 팔 정도였다. 어린이 손님들을 중심으로 다른 꿈들의 1년 치 물량에 해당하는 꿈들이 팔려나가고 있었다.

산더미같이 쌓아두어도 금세 동나는 바람에, 니콜라스는 계속해서 만들어낸 꿈들을 가게로 실어 나르느라 크리스마스 시즌 내내 꿈 백화점을 제집처럼 드나들었다.

놋쇠 장식으로 된 커다란 벨트를 두른 니콜라스는 직원들과 함께 정신없이 가게 안으로 짐을 옮기고 있었다. 면도를 하지 못해 덥수룩하게 자라난 흰 턱수염에는 아침에 급하게 먹다 떨어뜨린 것 같은 토스트 부스러기가 대롱대롱 매달려 있었다.

크리스마스 리스로 예쁘게 장식한 꿈 상자들 앞에서 꼬마 손님들은 굉장히 신이 나 있었다. 여섯 살 정도로 보이는 귀여운 잠옷 차림의 남자아이가 상자를 요리조리 살펴보면서 안에 들어 있는 내용물을 궁금해했다.

"이 안에는 어떤 꿈이 들어 있어요?"

"어떤 꿈이었으면 좋겠어?" 페니가 다정하게 물었다.

"어… 우리 아빠가요. 제가 숨바꼭질 놀이를 하자고 계속 졸라도요. 100번 넘게 하자고 해도 그만 좀 하자고 방에 들어가지 않는 꿈이요."

"정말 그런 꿈일지도 몰라. 아니면 커서 멋진 어른이 되는 꿈일 수도 있지. 산타클로스 할아버지는 우리 꼬마 손님이 좋아하는 게 뭔지 다 알고 계신대. 분명 멋진 꿈일 거야."

페니가 꼬마 손님과 눈높이를 맞추고 상냥하게 말했다.

"정말요? 그런데 저는 평소에 많이 울어서…. 산타클로스는 우는 아이한테는 선물을 안 준대요. 우리 엄마랑 아빠가 그랬거든요." 꼬마가 울상을 지었다.

"그건 걱정 마." 페니가 귀에 대고 속삭였다.

"그건 크리스마스에 안 자려고 울면서 떼쓰는 아이들이 없게끔 하려고, 산타클로스 할아버지가 계획적으로 퍼뜨린 소문이거든."

"정말요?"

아이가 동그란 눈을 더 동그랗게 떴다.

"생각해봐, 너희 같은 손님들이 자기 싫다고 떼를 쓰면 산타클로스 할아버지가 만든 꿈도 사 갈 수 없게 되잖니? 이건 비밀인데, 사실 산타클로스 할아버지도 이 시즌에 꿈이 많이 팔리지 않으면 여러모로 곤란하시거든."

페니는 니콜라스의 집에 있던 화려한 장식들과 맛 좋은 음식들을 떠올렸다. 1년에 한 번뿐인 대목을 놓쳤다간 그 정도로 질 좋은 생활은 누리기 힘들 것이다.

시간상 가장 늦은 크리스마스를 맞이하는 남태평양 사모아의 어린이들을 마지막으로, 폭풍 같던 크리스마스 시즌은 완전히 끝났다. 웨더 아주머니는 가족들과 연말을 보내기 위해 긴 연말 휴가를 냈다.

"이건 내가 직접 만든 휴가 결재 프로그램이야. 원하는 휴가일을 지정하면 달러구트가 결재를 하게 되는데, 달러구트는 이런 프로그램을 만들어줘도 쓸 줄을 몰라. 그래서 결재도 내가 해. 나는 자동 승인으로 바꿔놓았지. 너도 휴가를 쓰고 싶을 땐 언제든지 입력만 해. 어차피 달러구트는 신경도 안 쓰니까."

그녀는 홀가분하게 퇴근했다.

이후에는 달러구트가 페니와 함께 프런트를 지켰다. 니콜라스는 마지막 물량을 가게에 들여놓고는 프런트의 의자를 차지하고 앉아서 늘어져 있었다.

"달러구트, 푹 쉴 때 꾸기 좋은 꿈은 어떤 게 있나? 추천 좀 해주게. 이번에 돌아가면 2박 3일은 내리 잠만 잘 거야. 정말 피곤하군. 나도 나이를 먹긴 먹었나 봐."

달러구트는 꿈을 몇 개 골라와서 니콜라스 옆에 앉았다. 다리가 꽤나 아팠던 페니도 은근슬쩍 자리에 앉았다. 꼬마 손님들과 시선을 맞추느라 종일 쪼그렸다 일어나길 반복했더니 무릎이 시큰거렸다.

니콜라스는 놋쇠 벨트로 여미고 있던 두툼한 양털 점퍼 안쪽에 깊숙이 손을 넣어 큼지막한 유리병 하나를 꺼내 들었다. 검은 액체가 들어 있는 그 유리병은, 만년 설산에 파묻혀 있기라도 했던 듯 살얼음이 잔뜩 끼어 있었다.

세 사람은 검붉고 탄산이 톡톡 터지는 신기한 음료를 나누어 마셨다. 병에는 '상쾌함 17% 함유'라고 적혀 있었다. 한 모금 들이켜자 목구멍이 따끔거리는가 싶더니 이내 입안 가득 상쾌한 기운이 감돌았다. 마치 새벽 공기를 엄청나게 응축해서 입안 가득 머금은 것과 비슷한 기분이었다.

“이거 엄청 맛있네요.”

페니는 맛을 보고 나서 음료를 한 잔 더 가득 따라 마셨다.

“여기에 바싹 구운 돼지고기를 곁들이면 더할 나위 없겠는데 말이야. 그러면 피로가 싹 가실 텐데….”

니콜라스가 입맛을 다셨다.

“아무튼, 꿈을 팔기로 한 건 정말 잘한 것 같아. 내 먼 조상님처럼 지금껏 순록을 타고 집집마다 돌아다니며 선물을 주고 있었더라면, 산타클로스는 진작 없어졌을 거야. 요즘 그 방범 장치인지 뭔지가 좀 까다로워야 말이지. 어린이들이 제시간에 잠자리에만 든다면 직접 꿈을 사서 가져가게 하면 되니까 얼마나 편리해? 벌이도 훨씬 쏠쏠하고!”

니콜라스가 집게손가락으로 돈 만지는 시늉을 했다.

“사실 예전에는 순록 먹이 값이며 선물비용이 부족해서 몇 집 돌지도 못했다더군. 하긴 그 많은 선물비용을 무슨 수로 다 감당하겠어?”

“우리가 이렇게 자리를 잡기까지 선조들께서 고생이 많으셨지. 니콜라스 자네도 매년 고생이 많고. 그래, 작년보다 올해 판매량이 더 많은 것 같은데, 자네가 느끼기에는 어떤가?”

달러구트가 음료를 한 잔 더 따르면서 물었다.

“사실 그렇게 큰 차이는 없는 것 같아. 작년에 워낙 많이 팔렸거든. 어쨌거나 올해 연말 시상식의 베스트셀러 부문 수상도 이 몸의 차지일걸세. 달러구트, 혹시 알고 있나? 그렇게 되면 자그마치 15년 연속 수상이라네, 15년! 정말 엄청난 기록이지. 하.하.하."

니콜라스가 특유의 자신만만한 말투로 말했다.

페니도 가족들과 함께 연말 시상식은 꼭 챙겨봤기 때문에 니콜라스의 말이 사실이라는 것을 알고 있었다. 연말 꿈 시상식에는 영예의 그랑프리 외에도 신인상, 미술상, 극본상 등 작품성을 바탕으로 주는 상들이 있었다.

하지만 딱 하나, 베스트셀러상은 오직 12월 한 달간의 판매량을 기준으로 수상자가 정해지는 상이었는데, 페니가 아주 어릴 때부터 매년 수상자는 '산타클로스'였던 것이다. 물론 니콜라스는 크리스마스가 지나면 오두막에 틀어박히기 일쑤여서 시상식에는 참석하지 않았기 때문에, 그 대단한 산타클로스가 지금 바로 앞에 앉아 있는 이 사람인 줄은 모르고 있었지만 말이다.

베스트셀러를 만든 제작자는 경제 활성화에 대한 공로를 인정받아 협회에서 마련한 상금을 받게 되는데, 꽤 쏠쏠한 금액이라는 말들이 있었다. 페니는 '오두막'이라고 부르기에는 너무나 화려했던 니콜라스의 집과 가구들의 자금 출처가 짐작이 갔다.

"이번 상금으로는 뭘 할까? 그러고 보니 작년에는 특별히 상금이랑 같이 부상으로 '설렘' 열 병을 같이 줬었어. 덕분에 거실 확장공사가 끝날 때까지 엄청나게 설레는 기분으로 기다릴 수 있었지. 정말 하나도 지루하지 않았어. 올해는 '아늑함' 다섯 병 정도를 부상으로 받으면 좋겠군."

"그건 어디다 쓰려고?" 달러구트가 궁금해했다.

"오, 친구. 자네도 꼭 '아늑함'을 조금 사서 나처럼 해봐. 우리 집

의자에 앉아봐서 알지? 앉는 순간 몸을 꼭 감싸주면서 머리부터 발끝까지 보호받는 기분이 들지 않던가? 분무기에 '아늑함'을 담아서 틈날 때마다 가구에다가 칙칙 뿌려주면, 일주일 정도는 그 효과가 거뜬히 지속되거든. 집에 들어왔을 때의 느낌이 완전히 달라. 그렇지 않아도 한 병 사뒀던 것이 오늘부로 바닥이 났는데, 요즘 값이 너무 치솟아서 엄두를 못 내고 있었지 뭔가. 부상으로 그걸 주면 참 좋겠는데."

니콜라스는 이미 상을 받기로 결정이라도 난 것처럼 말했다. 페니는 니콜라스가 저렇게 확신하는 것도 당연하다고 생각했다. 아마도 연말 시상식이니만큼 12월 한 달간의 판매량으로만 베스트셀러 수상이 정해지다 보니, 무려 산타클로스와 대적할 만한 꿈 제작자가 있을 리 만무했기 때문이다.

페니는 니콜라스가 연말 시상식까지 고려해서 12월에만 꿈을 판매하는 걸지도 모른다는 생각이 들었다. 혹자는 니콜라스가 약삭빠르다고 생각할지도 모르겠지만, 페니는 새삼 그의 기획력이 엄청나다고 생각했다.

이윽고 만년 설산의 집으로 돌아갈 채비를 마친 니콜라스가 가게 앞에 세워둔 차에 올라탔다. 차는 납작한 데다 천장이 훤히 뚫려 있어서 꼭 특대형 썰매처럼 보였다.

"자네, 연말 시상식은 올해도 가게에서 직원들과 함께 시청할 건가?" 니콜라스가 차에 시동을 걸면서 달러구트에게 물었다.

"직원들만 괜찮다면 그렇게 할 생각이네. 직원들의 가족들도 초청해서 말이지. 자네도 올해는 우리와 같이 보지 않겠나?"

"나는 그런 분위기는 영 쑥스러워서 말이야. 자네도 알다시피 나는 유력한 수상 후보지 않나. 집에서 혼자 조용히 시청하는 편이 더 좋아." 니콜라스가 껄껄 웃었다.

"잘 있게, 친구! 또 보세. 거기 젊은 친구도 고생 많았어, 또 놀러 오게나."

그는 페니에게도 살가운 인사를 남겼다. 니콜라스의 차는 시끄러운 엔진소리만 남기고 골목 안쪽으로 멀리 사라졌다.

니콜라스가 만년 설산의 오두막으로 돌아간 후, 올해의 마지막 한 주를 보내고 있는 꿈 백화점은 눈에 띄게 손님이 줄어든 상태였다. 페니는 단골손님들의 눈꺼풀 저울을 살피다가, 늘 제 시각에 오던 손님들조차 몇 시간씩 늦게 방문하고 있다는 것을 깨달았다. 심지어 그들은 가게에 들러서도 구경하는 둥 마는 둥 하다가 "그냥 잠이나 푹 잘래요."라며 빈손으로 돌아가곤 했다. 그런 손님들의 눈가에는 하나같이 짙은 다크서클이 깔려 있었다.

"다들 일찍 안 자고 뭘 하는 걸까요?"

"연말에는 다들 약속이 많지. 지나가는 해가 아쉬워서 하루라도 더 붙잡아두고 싶은 걸 거야. 있는 힘껏 밖에서 시간을 보내다가 집에 돌아오면 피곤해서 곯아떨어지는, 뭐 그런 거 아니겠어?" 달러구트는 별로 신경 쓰지 않았다.

"다른 층은 잘 모르겠지만 1층은 판매량이 많이 줄었어요. 이대로라면 니콜라스 할아버지는 순조롭게 15년 연속 베스트셀러상을 받으시겠군요. 이미 크리스마스 시즌에 그렇게나 많이 파셨으니까요."

"글쎄다, 항상 의외의 복병은 나타나게 마련이지."

페니는 그의 표정을 보고 뭔가 이변이 일어나고 있음을 직감했다.

"산타클로스의 꿈만큼 많이 팔린 꿈이 있는 건가요? 어떤 제작자의 꿈이죠? 제가 모르는 대형 신인이 나타나기라도 한 건가요?"

"신인은 아니야. 그의 꿈은 항상 이맘때면 많이 팔리곤 했지. 니콜라스에 필적할 정도의 판매 덕에 연말 다크호스로 급격히 성장했지만, 자신을 그리 내세우는 타입이 아니라서 그런지 다들 잘 모르더구나. 하지만 올해야말로 그가 확실히 활약하고 있는 것 같아."

페니는 궁금해서 견딜 수가 없었다.

"누구 말씀이시죠? 저도 아는 사람인가요?"

"자, 늘 그랬듯이 바로 알려주는 것보단 힌트를 주는 게 낫겠지?"

달러구트는 정말이지 그냥 정답을 알려주는 법이 없었다. 다행히 페니는 이제 달러구트에게 완전히 적응했으므로 조급해하지 않고 그의 힌트에 귀를 기울였다.

"크리스마스와 연말 시즌은 겉보기에는 마냥 행복하고 화려해 보이지만, 그 이면에는 쓸쓸함과 허무함이 공존한단다. 필사적으로 약속을 잡거나 늦게 잠드는 손님들만 봐도 그건 알겠지?"

"네. 사실 저도 그래요. 연말에는 평소처럼 평범하게 보내면 안 될 것 같다고나 할까요? 괜히 집에 들어가기도 싫고요."

"그럼 그중에서 연말이 가장 쓸쓸한 것은 누구라고 생각하지?"

페니는 달러구트의 질문에 망설임 없이 대답했다.

"저처럼 연말에 데이트 약속도 없이 일만 하는 싱글들이요."

그녀는 자신 있게 대답해놓고는 내심 정답이 아니길 바랐다. 막상 인정하려니 속이 쓰라렸다.

"그것도 틀린 답은 아니지만, 이 문제의 정답은 아니란다."

"그러면… 늦게 귀가하는 자식들을 기다리는 부모님인가요?"

"그것도 일리가 있구나."

"이것도 정답은 아니라는 말씀이시군요. 어렵네요, 힌트가 더 필요해요."

"프런트에는 좀처럼 들르지 않고, 곧장 엘리베이터를 타고 4층으로 가는 손님들이라고 하면 알겠니?"

4층은 낮잠 코너였다. 그리고 주로 오는 손님들은, 낮잠을 자주 자는 어른들이나 밤낮 구분 없이 자는 아기와 동물들이다. 페니는 아직도 답이 떠오르지 않았다.

"어렵니? 오, 마침 그들이 오는구나."

페니는 달러구트가 가리키는 입구 쪽으로 고개를 홱 돌렸다. 입구에는 강아지와 고양이들이 떼 지어 들어오고 있었다. 무리의 가장 앞에서는 늙은 개 한 마리가 꼬리를 살랑이고 있었고, 그 옆에는 허름한 차림의 젊은 남자가 자기 몸집만 한 배낭을 메고 서 있었다. 그렇지 않아도 큰 배낭에 다른 꾸러미들도 주렁주렁 묶어놓아, 그는 마치 보따리장수 같은 모습이었다.

"애니모라 반쵸! 기다리고 있었네."

"달러구트 님, 안녕하세요. 페니 씨도 계셨군요. 잘 지내셨죠?"

페니는 반가운 기색을 숨기지 못했다. "반쵸 님, 또 뵙네요!"

"4층의 스피도 매니저님께서 물량이 다 떨어졌다고 직접 연락을 주셨거든요. 하하, 어찌나 재촉하시던지…."

페니는 반쵸조차 혀를 내두르게 하는 스피도의 능력에 감탄 아닌 감탄을 했다.

"그래서 급히 추가로 제작해서 오는 길이에요. 사실 오랜만에 산에서 내려왔더니 길이 헷갈리더라고요. 이 녀석들이 아니었으면 옆 골목에서 한참을 더 헤맸을 거예요."

함께 온 동물들이 낑낑거리며 그에게 몸을 비비자, 애니모라 반쵸가 알아들었다는 듯 동물들을 다정하게 쓰다듬으면서 중얼거렸다.

"그랬구나, 내 꿈이 너희에게 도움이 되면 좋을 텐데."

"동물들이 뭐라고 말하는지 알아들으시는 건가요?"

페니는 반쵸가 배낭을 내려놓는 것을 도왔다.

"완전히는 아니지만, 집중해서 귀를 기울이면 알 수 있어요." 그는 조금 쑥스러운 듯 얼굴을 붉히며 말했다.

"와, 정말요? 신기해요!"

페니는 반쵸와 그의 옆에 딱 붙어 있는 늙은 개를 번갈아 보았다. 털이 뭉텅뭉텅 빠진 그 개는 페니에게도 꼬리를 살랑살랑 흔들어주었다.

"이 개는 제가 처음 4층 견학을 하러 갔을 때 낮잠 코너에서 꿈을 고르고 있었어요. 그때는… 맞아요, '주인과 노는 꿈' 코너에 있었어요. 그래서 이 손님은 방금 반쵸 님에게 뭐라고 얘기한 건가요?"

"가족들이 밤늦게까지 돌아오지 않고 있대요."

늙은 개가 처량한 표정으로 한 차례 더 낑낑거리자, 반쵸가 고개를 끄덕이며 개를 부드럽게 토닥였다.

"다들 밖에서 무슨 일이라도 있는 건 아닌지 걱정도 된대요. 레오,

걱정하지 마. 자고 일어나면 다들 돌아와 있을 거야. 내가 가져온 꿈을 꾸겠니? 네가 좋아하는 '산책하는 꿈'을 더 만들어왔어. 거기 너희도 하나씩 골라. 여기 얼마든지 있어!"

늙은 개 레오와 다른 동물들이 반쵸의 배낭 주위를 에워쌌다. 페니는 그제야 달러구트가 말한 다크호스가 누구인지 알아차릴 수 있었다.

✦

4인 가족이 사는 오래됐지만 깨끗한 아파트. 중년의 부부는 송년회를 겸한 부부동반 모임에 갔고, 딸과 아들도 제각기 친구들과의 모임에 참석하느라 집을 비운 상태였다. 작은 미등만 켜져 있는 집 안에는 올해로 열두 살이 된 노견, 레오가 홀로 곤히 잠들어 있었다.

레오는 낮 동안 베란다에 가만히 엎드려서 가족들을 기다렸고, 오래된 인형을 물고 방마다 돌아다니며 오늘의 산책을 대신했다. 해가 지고 사방이 캄캄해지자 자동 센서가 탑재된 미등이 켜지긴 했지만, 여전히 적막한 집에서 레오가 할 수 있는 거라곤 자는 것뿐이었다. 다행히 나이가 들수록 졸음은 잘도 쏟아졌다. 레오는 세상모르게 잠들어 있었고, 마침 애니모라 반쵸의 꿈을 꾸는 참이었다. 반쵸가 '산책하는 꿈'을 준 덕분에 레오는 꿈속에서 신나게 뛰어놀고 있었다.

삑삑삑삑.

그때 현관 비밀번호를 누르는 소리가 들렸다. 오늘따라 꿈에 잔뜩 몰입한 레오는 쉽게 깰 수가 없었다. 레오는 누군가 오는 소리에 잠깐 반사적으로 눈을 떴다가, 이내 비몽사몽으로 다시 잠에 빠져들었다.

우연히 아파트 입구에서 만난 네 가족은 한꺼번에 집으로 들어왔다.

"어쩐 일로 12시 전에 집에 들어올 생각을 다 했니?"

아빠가 신발장에 서서 딸과 아들에게 말했다.

"그러게, 분명히 우리보다 훨씬 늦게 올 줄 알았는데. 철들었어?" 엄마도 거들었다.

"그냥, 오늘은 별로 재미가 없었어요. 그런 날이 있잖아요." 딸이 대충 대답했다.

"레오, 우리 왔어." 딸은 신발도 벗지 않고 레오부터 찾았다.

"우리가 너무 늦게 와서 화났나 봐. 인사도 안 해주고 계속 자고 있네."

"밥도 하나도 안 먹었어."

아들은 거실의 불을 켜고 레오의 사료 그릇부터 확인했다.

"누나, 레오 깨우지 마. 잘 자고 있잖아."

"알았어. 그런데 다들 얘 좀 봐."

외투도 벗지 않고 잠든 레오의 곁에 찰싹 달라붙은 딸이 킥킥 웃으면서 가족들을 불렀다.

"왜?"

가족들은 금세 레오 주위에 둘러앉았다.

레오는 방석 위에 벌러덩 누워서 짧은 다리를 천장 쪽으로 쭉 뻗고, 꼭 달리기하는 것처럼 박자를 맞춰 허우적거리고 있었다. 입가에 미소까지 띠고 있었다.

“꿈에서 뛰어놀고 있나 봐. 이건 진짜 치명적인 귀여움이다.” 아들은 호들갑을 떨면서 휴대폰 카메라를 켰다.

“다리 아파서 많이 뛰지도 못하면서. 이 조그만 것이 얼마나 뛰고 싶었으면, 꿈을 다 꾸고….” 아빠는 갑자기 울컥한 것 같았다.

“당신은 레오 키우더니 감수성이 풍부해졌어. 얘네 키울 때는 안 그러더니.” 엄마가 괜히 핀잔을 줬다.

“그러지 말고 우리 지금이라도 산책하러 갈까? 오랜만에 다 같이 동네 한 바퀴 돌고 오자.”

조금 전까지 세상모르고 자고 있던 레오는 ‘산책’ 한마디에 번쩍 눈을 떴다. 레오는 자고 일어났더니 네 사람 모두 돌아와 있자, 누구한테 먼저 반갑다고 인사해야 할지 모르겠다는 듯 제자리에서 주춤주춤 돌며 털이 반쯤 빠진 꼬리를 열심히 흔들었다.

✦

올해의 마지막 날, ‘올해의 꿈’ 시상식을 시청하기 위해 가게의 직원들은 상점 문을 닫아두고 1층 로비에 옹기종기 모여 앉아 있었다. 빈 판매대와 진열장을 벽 쪽으로 밀고, 창고에 있는 접이식 의자들을 가져와서 늘어놓았더니 꽤 그럴싸한 공간이 마련됐다.

“역시 연말 시상식은 가게에서 다 같이 보는 게 최고예요!”

5층의 모태일이 다른 직원들과 함께 맨 뒷줄에 앉아서 챙겨온 간식을 주섬주섬 꺼냈다. 그들은 오늘 휴가임에도 큰 화면으로 시상식을 보기 위해 가게에 와 있었다. 직원들 중에는 연로한 부모님, 같이 사는 고양이, 어린 딸을 데려온 직원도 있었다.

모태일이 초대한 게 분명한 레프라혼 요정들은 어지럽게 날아다니며 시끌벅적한 분위기에 일조했다. 요정들이 신발을 만들 때 부르는 노동요를 부르자 모그베리가 시끄럽다는 듯 귀를 막았다. 페니는 소란한 분위기에 먹고 마실 음식까지 넘쳐나자 왠지 기분이 들떴다.

한편 달러구트는 로비의 스크린에 시상식 화면을 띄우기 위해 무려 30분 전부터 프로젝터 사용 설명서를 옆구리에 끼고 애를 쓰고 있었다. 그는 오늘 편안한 청바지에 몸에 딱 맞는 긴 소매 티셔츠를 입고 있었다.

"달러구트 님, 아직 멀었나요? 제가 한번 해볼까요? 이러다가 앞부분을 다 놓치겠어요! 아리따운 와와 슬립랜드가 카메라에 잡히는 모습을 한 장면도 빠뜨리지 않고 보고 싶은데…."

성미 급한 스피도가 한쪽 다리를 달달 떨면서 재촉했다.

"거의 다 됐어, 이게 왜 화면이 까맣게 나오지?"

달러구트는 끝까지 혼자서 해내고 싶은 것 같았다.

"시상식이 시작한 지 30분 정도 됐으니까, 이제 막 '신인상' 다음에 '12월의 베스트셀러'를 시상할 차례일 거야. 그것까진 굳이 안 봐도 돼. 보나 마나 니콜라스겠지."

누군가 이렇게 이야기하는 소리를 듣자, 이번에는 페니의 마음이 급해졌다. 페니는 다른 어떤 상보다 베스트셀러상의 주인공이 궁금했다. 다른 사람들은 이번에도 산타클로스의 차지일 거라고 생각하겠지만, 달러구트에게 귀띔을 들었던 페니는 혹시나 애니모라 반쵸가 받지는 않을까 기대하고 있었다.

물론 누가 받든 상관은 없었지만, 페니는 그가 키우는 먹성 좋은 개들과 그의 허름한 옷차림을 떠올리며 올 한 해만이라도 그에게 상금이 돌아가기를 내심 바라고 있었다.

마침 바로 그때, 페니의 눈에 케이블 두 가닥이 서로 반대로 꽂혀 있는 것이 보였다. 그녀는 달러구트가 사용 설명서를 다시 정독하느라 한눈을 파는 사이에, 그의 음료수 잔을 다시 채워주러 온 척하면서 잽싸게 케이블을 바꿔 꽂았다.

"달러구트 님, 이제 제대로 나오는 것 같아요."

"역시, 내가 해냈구나! 그것 봐, 난 기계치가 아니라니까. 이 모습을 웨더가 꼭 봤어야 하는데."

페니는 모그베리와 달러구트 사이의 빈자리에 잽싸게 자리를 잡고 앉았다.

초대형 스크린에 선명한 방송 화면이 떠올랐다. 카메라는 한껏 차려입은 꿈 제작자들로 가득한 객석을 잡고 있었다.

비고 마이어스는 구석 자리에서 스크린을 보며 연거푸 독한 술을 들이켜고 있었다.

"나도 저 자리에 있어야 했는데…."

그는 벌써 조금 취해 있었다.

"어린애들도 있는데 술판을 벌이면 어떡해요." 스크린 앞에 자리잡고 앉은 모그베리가 마이어스를 돌아보며 말했다.

"네가 내 맘을 뭘 알아…."

술 취한 마이어스는 전혀 다른 사람 같았다.

"그런데 마이어스 님은 왜 꿈 제작자가 되는 걸 포기했을까요?" 페니가 모그베리에게 물었다.

"나도 그게 궁금해. 대학에서 왜 제적당했는지도 궁금하고. 어쨌든 대학을 안 나왔다고 제작자가 될 방법이 없는 것도 아닌데, 저렇게 아쉬워할 거면서 왜 포기했지?" 모그베리도 궁금해했다.

"마이어스 씨가 좀 더 술에 취하길 기다려봐야겠어."

유명한 꿈 제작자들이 화면에 나오고 있었다. 가게 안의 분위기는 삽시간에 달아올랐다.

"방금 화면 봤어? 와와 슬립랜드는 오늘도 역시 끝내주게 아름다워!"

"키스 그루어는 이번에도 삭발을 하고 온 거야? 또 실연당했대? 쯧쯧."

다들 화면을 보고 한마디씩 거들었다.

이제 카메라는 무대 위의 사회자 쪽으로 넘어와 있었다.

"시청자 여러분, 여기는 올해의 꿈 시상식이 진행되고 있는 드림아트센터입니다. 이곳은 벌써 열기가 뜨겁습니다. 신인상을 받은 호손데모나는 아직도 객석에서 눈물을 흘리고 있군요. 축하해요, 호손데모나!"

사회자가 객석 쪽으로 한 번 더 박수를 보냈다.

"자, 시간이 조금 지체되었군요! 이번 시상은 '이달의 베스트셀러'입니다. 12월 한 달, 가장 높은 판매고를 기록한 꿈은 누구의 꿈일까요? 이번에도 산타클로스일까요? 그렇다면 자그마치 15년 연속 수상이라는 경이로운 기록을 세우게 되는데요, 그럼 수상 후보들을 화면으로 만나보시죠!"

삽시간에 화면은 4분할 화면으로 바뀌어 총 네 명의 후보를 담아냈다. 이번에도 시상식에 오지 않은 니콜라스는 '산타클로스'라고 커다랗게 쓰인 텍스트 이미지가 대신하고 있었고, 나머지 세 후보는 갑자기 얼굴이 잡히자 놀란 표정을 짓고 있었다.

'연애/로맨스물'을 제작하는 키스 그루어는 빡빡 깎은 머리를 겸연쩍게 문지르며 웃었고, '판타지/SF영화' 꿈을 제작하는 셀린 글럭은 잠깐 놀라더니 이내 여유만만하게 손 키스를 날리며 사람들의 함성에 화답했다. 하지만 마지막 후보는 어찌나 놀랐는지 목구멍에 커다란 가시가 턱 걸린 것 같은 우스꽝스러운 표정을 짓고 있었다.

"말도 안 돼, 애니모라 반쵸라니!"

페니의 바로 뒤에 앉아서 화면을 보고 있던 스피도가 소리를 질렀다. 그는 4층 담당자임에도 불구하고, 애니모라 반쵸가 후보로 나올 거라고는 전혀 예상하지 못한 것 같았다. 달러구트가 예견한 대로 반쵸가 후보로 등장하자, 페니의 심장이 기분 좋게 콩닥거렸다.

적당히 뜸을 들이던 사회자가 헛기침을 하며 말을 시작했다.

"흠흠, 그럼 발표하겠습니다. 12월 한 달 동안 가장 많은 사랑을 받은 꿈 제작자는…."

페니는 주먹을 꼭 쥐었다. 제발, 제발…. 옆에 앉은 달러구트도 덩달아 긴장했는지 마른침을 꼴깍 삼켰다.

"놀랍군요, 새로운 수상자가 등장했습니다! '이달의 베스트셀러'는 '애니모라 반쵸'에게 돌아갑니다!"

사회자의 말이 떨어지자마자 여기저기서 놀라움이 섞인 함성이 터져 나왔다. 페니와 달러구트는 앉은 채로 만세를 불렀다.

"반쵸, 어서 무대로 나오세요. 거기 아무나 반쵸를 좀 흔들어 깨워 주세요. 너무 놀라서 딱딱하게 굳어버린 것 같군요!"

사회자의 부름에 얼떨떨한 상태로 무대로 나온 반쵸는, 상금 봉투를 받아 들고 믿기지 않는 듯이 입을 딱 벌리고 있었다. 급하게 중고 옷가게에서 빌린 것 같은 오래된 양복이 조금 크긴 했지만, 그럭저럭 그에게 잘 어울렸다.

"어서요, 전국의 팬들에게 멋진 수상 소감을 들려줘요, 반쵸." 사회자가 익살스럽게 채근했다.

"네, 넵! 저… 저는 이런 상을 받게 될 줄은 몰랐어요. 아, 아니 사실은 이번 달에 너무 많이 팔린다고는 생각했는데, 아무튼 정말 감사합니다. 다른 누구보다 단골손님들에게 가장 고마워요. 그러니까… 레오, 깜이, 럭키, 흰둥이, 아지, 탄이, 만두, 사랑이, 나나, 초코…. 아, 죄송해요. 다 이야기하다가는 방송이 끝날지도 모르니까 여기까지 할게요. 얘들아! 이 방송을 보지는 못하겠지만 나는 너희를 만나서 정말 행복해. 나 상금도 받았어."

반쵸가 상금 봉투를 들어 보였다.

"내가 이걸로 좋은 꿈 많이 만들어줄 테니까, 아프지 말고 잘 먹고 잘 자고, 오래오래 살자."

반쵸는 동물 친구들의 이름을 부르면서 긴장이 완전히 풀린 것 같았다. 그는 막힘없이 수상 소감을 술술 말했다.

"몇 년 전만 해도 달러구트 님의 꿈 백화점에 제 상품을 진열하는 것이 꿈이었어요. 그리고 그 꿈을 이룬지 몇 년 되지도 않았는데, 이런 상까지 받게 되다니 정말 믿기지 않네요. 달러구트 님! 보고 계세요? 그때 아무것도 없던 저를 믿고 계약해주셔서 감사해요."

달러구트의 이름이 언급되자 가게 안의 사람들이 요란하게 환호했다.

"이봐, 내 이름은?" 스피도만 어이없어했다.

"그리고… 우리 모두의 산타클로스인 니콜라스, 집에서 보고 계시겠죠? 저는 늘 어린아이들과 동물들이 행복한 세상을 만드는 어른이 되고 싶었어요. 그리고 당신을 알게 되었어요. 당신은 이미 어린아이들을 행복하게 만드는 꿈을 만들고 계셨죠. 전 그런 당신을 동경해서 당신을 따라 만년 설산에 터를 잡고, 동물들을 위한 꿈을 만들기로 마음먹었어요. 니콜라스, 매일 아침 저희 집 앞에 먹을 것이며 장작 같은 것들을 잔뜩 두고 가신다는 걸 알아요. 당신이 아니었다면 추위와 배고픔을 견디기 힘들었을 거예요. 존경하는 니콜라스! 이제 '이달의 베스트셀러' 상은 제가 받을 테니, 내년부터는 그랑프리를 노리시는 게 좋을 거예요! 오두막에 좋은 술을 사서 놀러 갈게요. 사회자분이 소감이 너무 길다고 눈치를 주시네요."

객석에서 웃음이 터졌다.

"전 이만 들어갈게요. 여러분 모두 감사합니다. 새해 복 많이 받으세요!!"

그가 객석으로 돌아가는 내내, 사람들 모두 진심 어린 박수로 그의 수상을 축하했다.

애니모라 반쵸를 시작으로 시상식에 지각변동이 일어나자, 직원들 사이에서는 다음 수상자들에 대한 예상과 추측이 난무하기 시작했다. 술에 취해서 목소리가 커진 모태일과 비고 마이어스는 한쪽에서 열띤 토론을 벌이는 중이었다.

"그랑프리는 누가 받게 될까요? 이번에도 전설의 꿈 제작자 다섯 명 중 한 명이 받겠죠?"

"그건 틀림이 없어. 내 생각엔 미술상을 와와 슬립랜드의 '살아 있는 열대우림'이 받을 확률이 높으니까, 그랑프리는 아마도 킥 슬럼버나 야스누즈 오트라가 가져가겠지. 맨날 지들끼리 다 해먹는다니까…. 잘났어 정말…."

"왜 아가냅 코코 님과 도제 님은 쏙 빼시는 거예요?"

모태일이 궁금해했다.

"이봐, 도제는 시상식에 얼굴을 비추지도 않고, 올해는 이렇다 할 신작을 내놓지도 않았잖아. 그리고 코코 여사는 비슷한 레퍼토리로 벌써 몇 번이나 그랑프리를 받았어. 올해는 힘들 거야. 두고 봐, 모태일. 그랑프리는 킥 슬럼버의 '절벽 위에서 독수리가 되어 날아가는 꿈'이 받거나, 야스누즈 오트라의 '역지사지 시리즈 일곱 번째: 내가 괴롭혔던 사람으로 한 달 살아보는 꿈'이 받을 거야."

비고 마이어스의 분석대로, 미술상은 와와 슬립랜드의 '살아 있는 열대우림'에 돌아갔다. 방송에서는 와와 슬립랜드의 수상작을 짧은 영상으로 압축해서 보여주었는데, 그녀가 표현한 열대우림은 이 세상의 아름다움이 아니었다. 그녀는 단순히 화려한 색채만을 쓰는 것이 아니라, 햇빛이 들어오는 방향과 시간에 따라 달라지는 열대우림의 다채로운 모습을 경이로울 정도로 신비하게 담아내고 있었다. 페니는 왜 심사위원들이 만장일치로 그녀에게 상을 줄 수밖에 없었는지 단번에 납득했다.

"아니, 아니야. 내가 심사위원이라면 미술상은 작품이 아니라 슬립랜드 양에게 주었을 거야. 작품보다 그녀가 훨씬 더 아름다우니까…."

스피도는 화면 가득 와와 슬립랜드의 얼굴이 나타나자, 거의 화면 속으로 빨려 들어갈 기세였다.

"저리 비켜, 스피도. 화면이 안 보이잖아."

술 취한 비고 마이어스가 꽥 소리쳤다.

"그리고 제발 머리 좀 묶어, 맨날 바닥에 머리카락이나 흘리고 다니고…."

뒤이어 극본상을 받은 호손데모나는, 신인상에 이어 2관왕을 차지하게 되자 감격에 겨워 우느라고 말을 잇지도 못했다. 그녀는 '군중 속의 고독'이라는 작품으로 극본상과 신인상을 동시에 거머쥐었는데, 간단히 말하면 꿈속에서 투명인간 취급을 받는 꿈이었다. 심사위원들은 그녀가 현대인의 주목받고 싶어 하는 심리를 극단적인 고독한 상황 안에 가둬버림으로써 내면의 감정을 폭발시키는 꿈을 만들었다며 극찬했다.

하지만 비고 마이어스는 전혀 그렇게 생각하지 않는 것 같았다.

"순 엉터리야. 저런 꿈은 내가 세 살 때부터 있었어. 유행이 다 지나간 꿈을 상품명만 바꿔서 내다니. 심사위원들 눈은 속여도 내 눈은 못 속이지."

이윽고 시상식은 올해의 그랑프리 발표만을 남겨두고 있었다. 모태일은 방송 내내 분주하게 돌아다니면서 '킥 슬럼버'와 '야스누즈 오트라' 중 누가 그랑프리를 받을 것 같은지를 사람들에게 물어보고 다녔다.

"자, 페니. 너는 누구를 선택할 거야?"

"맞히면 상품이라도 주는 거야?"

"아, 참! 너는 올해가 처음이지? 그랑프리 수상자를 맞힌 직원에게는 상품권 한 장이 지급될 거야. 달러구트 님께서 가게의 꿈 하나를 공짜로 가져갈 수 있는 상품권을 주셔. 나름대로 연말 시상식의 하이라이트라고 할 수 있지."

"정말이에요?"

페니가 놀라워하며 옆자리의 달러구트를 쳐다보자, 달러구트가 웃는 것도 아니고 우는 것도 아닌 표정으로 대답했다.

"작년에는 100명이 넘게 그랑프리 수상자를 맞히는 바람에 새해가 되자마자 거덜 날 뻔했단다. 다들 어찌나 비싼 꿈만 쏙쏙 가져가던지."

페니는 아주 오랫동안 고민하다가 모태일이 내민 종이에 '킥 슬럼버'라고 적었다. 종이에는 킥 슬럼버나 야스누즈 오트라 외에 생소한 제작자의 이름을 적은 사람도 많이 있었다. 모그베리의 이름 옆에는 '셰프 그랑봉'이라는 낯선 이름이 적혀 있었다.

"모그베리 님, 셰프 그랑봉이 누구예요?"

“아, 내 단골 가게의 주인아저씨야. 먹는 꿈만 만들어서 파는 분인데, 내 다이어트에 엄청난 도움을 주신 분이지. 덕분에 난 다이어트 중에도 잠만 자면 감자튀김을 잔뜩 먹을 수 있었어. 자고 일어나면 더 먹고 싶어진다는 게 문제긴 했지만, 아무튼 나한텐 그분이 최고야. 앗, 그랑프리 발표가 시작되려나 봐!”

어느새 축하 공연이 끝난 무대에는 그랑프리 발표를 위해 화려한 슈트로 갈아입은 사회자가 다시 나와 있었다.

“자, 제 손에는 올해의 그랑프리 후보 두 사람의 정보가 들어와 있습니다. 과연 올해 최고의 꿈은 어떤 꿈일까요?”

사회자가 손에 든 봉투에서 후보가 적힌 종이를 천천히 꺼냈다.

“오호, 이 두 사람이군요. 그 후보를 바로 발표하죠! 킥 슬럼버의 ‘절벽 위에서 독수리가 되어 날아가는 꿈’, 그리고 야스누즈 오트라의 ‘역지사지 시리즈 일곱 번째: 내가 괴롭혔던 사람으로 한 달 살아보는 꿈’입니다!”

비고 마이어스의 예상이 적중하자 2층 직원들이 벌떡 일어나 그에게 존경의 박수를 보냈다. 마이어스는 기분이 좋아져서 입꼬리를 실룩거렸다.

“그랑프리는 두 후보 작품 중 하나입니다! 벌써부터 전국의 팬들이 두 후보자의 이름을 목이 터져라 외치는 소리가 들리는 것 같은데요, 텔레비전으로 보고 계시는 여러분도 응원하는 후보자의 이름을 함께 외쳐주세요!”

사회자의 말이 떨어지기가 무섭게, 가게 안에 있던 모든 사람들은 ‘슬럼버’와 ‘오트라’를 연호했다. 페니도 다른 사람들을 따라 ‘슬럼버'를 외쳤다. 페니는 꼭 결승전이 벌어지는 스포츠 경기장에 와 있는 것처럼 흥분됐다.

"올해 최고의 꿈! 영예의 그랑프리는…."

사회자가 뜸을 들이자 두 후보자를 응원하는 사람들의 목소리가 점점 빨라지면서 금방이라도 폭발할 것처럼 큰 소리로 바뀌어갔다. 화면 속의 사회자는 긴장감이 최고조에 달할 때를 기다렸다가 침을 한 번 꿀꺽 삼키고 카메라를 보며 힘껏 외쳤다.

"올해의 그랑프리는 킥 슬럼버의 '절벽 위에서 독수리가 되어 날아가는 꿈'입니다!"

환호성과 탄식이 동시에 터져 나왔다. 페니는 종이에 '킥 슬럼버'의 이름을 적어낸 사람들과 얼싸안고 빙글빙글 돌았다. 누구의 가족인지 처음 보는 사람들도 많았지만 아랑곳하지 않고 모두와 기쁨을 나눴다.

모태일은 외투를 머리 위로 빙빙 돌리며 환호했고, 아무래도 야스누즈 오트라를 찍은 것 같은 스피도는 벽에 기대어 괴로워했다. 꿈 백화점뿐만 아니라 골목 전체가 들썩였다.

페니는 가게 밖으로 한 무리의 녹틸루카들이 기쁨의 환호성을 내지르면서 달리는 모습을 언뜻 보았다. 페니는 그중에 아쌈도 분명히 있을 거라고 생각했다. 그는 킥 슬럼버의 열성 팬이었다.

객석에 있던 킥 슬럼버는 진심으로 축하 인사를 건네는 야스누즈 오트라와 진한 포옹을 한 뒤, 무대 위로 천천히 올라가고 있었다. 잠깐 카메라에 잡힌 와와 슬립랜드는 자신이 수상한 것처럼 감격해서 입을 틀어막고 있었다.

"위태로운 절벽에서의 절박한 심경, 그리고 아찔하게 떨어지는 순간 극적으로 날개가 돋고 수직으로 날아오르는 독수리의 감각을 천재적으로 표현했다는 평입니다. 정말 축하합니다, 킥 슬럼버 씨!"

사회자는 킥 슬럼버가 천천히 무대로 이동하는 동안, 준비한 멘트를 열심히 읊었다.

드디어 킥 슬럼버가 무대 위에 등장했다. 그의 등장만으로 장내는 삽시간에 조용해졌다. 까무잡잡한 건강한 피부, 짙은 눈썹과 강인해 보이는 턱선, 칠흑같이 새카만 눈동자를 가진 그는 목발을 짚고 서 있었다. 그는 선천적으로 오른쪽 다리의 무릎 아랫부분이 없는 채로 태어난 사람이었다.

"저에게 또 이런 영광의 순간이 찾아왔음에 깊이 감사드립니다." 슬럼버가 입을 열었다.

그의 목소리는 기쁨으로 약하게 떨리고 있었지만 작은 떨림 따위는 그의 압도적인 분위기에 가려 신경 쓰이지 않았다.

"진부한 수상 소감은 그동안 많이 한 것 같으니, 오늘은 제 얘기를 조금 해볼까 합니다. 꽤 지루한 얘기가 될지도 모르겠군요."

킥 슬럼버가 입을 열자, 쉴 새 없이 떠들며 돌아다니던 모태일조차 조용히 자리에 앉았다.

"전 보시다시피 이렇게 부자유스럽습니다."

슬럼버가 반대쪽 목발을 들어 자신의 오른쪽 다리를 가리켰다.

"13세 때, 저는 스승님의 가르침을 받아 처음으로 동물이 되는 꿈을 만들었습니다. 여러분도 아시다시피 태평양을 가로지르는 범고래가 되는 꿈이었죠."

객석에서 작은 탄성이 터져 나왔다.

"모두가 제 꿈을 꾸고 극한의 자유를 느꼈다는 찬사를 보낼 때, 어린 저는 자유의 불완전함에 대해 생각했습니다. 꿈에서는 걷고 뛰고 날 수도 있는 저는, 꿈에서 깨어나면 그러지 못합니다. 바다를 누비는 범고래는 땅에서 자유로울 수 없고, 하늘을 나는 독수리는 바다에서 자유롭지 못하죠. 정도와 형태의 차이만 있을 뿐, 모든 생명은 제한된 자유를 누립니다."

킥 슬럼버는 카메라 렌즈와 객석을 번갈아 보았다.

"여러분은 언제 자유롭지 못하다고 느끼십니까?"

그가 숨죽이고 지켜보는 사람들에게 대화하듯 말을 건넸다.

"여러분을 가둬두는 것이 공간이든, 시간이든, 저와 같은 신체적 결함이든…. 부디 그것에 집중하지 마십시오. 다만 사는 동안 여러분을 자유롭게 할 수 있는 무언가를 찾는 데만 집중하십시오. 그 과정에서 절벽 끝에 서 있는 것처럼 위태로운 기분이 드는 날도 있을 겁니다. 올해의 제가 바로 그랬죠. 저는 이번 꿈을 완성하기 위해 천 번, 만 번 절벽에서 떨어지는 꿈을 꿔야 했습니다. 하지만 절벽 아래를 보지 않고, 절벽을 딛고 날아오르겠다고 마음먹은 그 순간, 독수리가 되어 훨훨 날아오르는 꿈을 완성할 수 있었죠. 저는 여러분의 인생에도 이런 순간이 찾아오길 기원합니다. 그리고 제가 만든 꿈이, 그런 여러분에게 영감이 된다면 더 바랄 게 없을 겁니다. 큰 상을 주셔서 고맙습니다."

우레와 같은 박수가 터져 나왔다. 킥 슬럼버는 준비한 수상 소감이 끝난 듯 입을 꾹 닫았다가, 기나긴 수상 소감을 끊지 않고 기다려준 사회자에게 감사의 눈인사를 하고는 카메라를 보고 다시 한번 입을 열었다.

"그리고 오늘은 이 말을 꼭 하고 싶군요. 제 꿈의 배경 제작에 힘써준 와와 슬립랜드에게 감사의 인사를 전해야겠습니다. 깊은 바다와 아득한 하늘, 어떨 때는 포근한 들판을 선물해준 당신께 이 모든 영광을 바칩니다. 그리고 앞으로도 오래도록 함께하고 싶습니다."

울먹이는 와와 슬립랜드의 모습이 화면에 잡혔다. 객석에서 휘파람 소리와 환호성이 끊이지 않았다.

"어머나, 엄청난 커플이 탄생했네!" 모그베리가 기뻐했다.

스피도는 화면 앞에 털썩 주저앉았다.

"전국에 계신 여러분, 올해의 그랑프리는 킥 슬럼버가 차지했습니다. 슬럼버의 열성 팬들에게는 정말이지 멋진 밤이 되겠군요!" 진행자가 마이크를 넘겨받았다.

"모쪼록 긴 시간 동안 시청해주셔서 감사합니다. 이상 저는 시상식의 진행자, 바마디 한이었습니다. 여러분, 다가올 한 해에도 좋은 꿈 많이 꾸세요!"

시상식은 끝났지만 가게 안은 여전히 시끌벅적했다. 사람들은 각자 시상식의 여운을 나누느라 여념이 없었다.

한껏 신난 모그베리는, 놀랍게도 레프라혼 요정들과 즐겁게 이야기를 나누고 있었다.

"어머, 내 머리를 만져주는 거야?"

모그베리는 요정들이 머리 주위를 날면서 튀어나온 잔머리를 매만져주자, 손거울에 이리저리 비춰보며 고마워하고 있었다.

"머리에서 까맣게 윤기가 나는 것 같아. 잔머리가 감쪽같이 숨겨졌어! 고마워."

페니는 그녀의 머리에서 매캐한 구두약 냄새가 나는 것 같았지만 애써 모른 척했나.

페니는 슬슬 비고 마이어스에게 대학에서 제적당한 사연을 물어볼까 했는데, 그는 이미 술에 취해 잠들어 있었다. 페니는 다음 기회를 노리기로 했다.

달러구트는 조용히 일어나서 그랑프리 정답자들에게 나눠줄 상품권을 헤아리고 있었다. 페니는 그가 정답자 수보다 훨씬 많은 상품권을 손에 쥐고 있음을 깨달았다. 아마 오늘은 모든 직원에게 풍성한 연말이 될 것이다.

어느새 동네를 휩쓸고 다니다가 가게의 불빛을 보고 들어온 녹틸루카들부터, 무슨 난리인지 궁금해서 들어온 손님들까지 합세하기 시작했다. 꿈 백화점 안은 그야말로 축제 분위기였다. 시각은 이제 자정을 1분 남겨두고 있었다.

이제 30초, 10초, 5초….

달러구트가 카운트다운을 외쳤다.

"3! 2! 1! 새해 복 많이 받으세요!"

페니는 많은 사람들과 함께한 올해의 마지막 밤을 오래도록 잊지 못할 것 같았다.

7장

Yesterday와 벤젠고리

때는 금요일 이른 아침. 남자는 창문 옆에 바짝 붙여놓은 컴퓨터 책상에 앉아 모니터와 바깥을 번갈아 보고 있었다. 오래돼서 군데군데 녹슬고 삭아버린 방충망에서 퀴퀴한 먼지 냄새가 났다. 남자는 방충망까지 전부 열어젖히고 필사적으로 아침 공기를 들이마셨다. 그리고 정신을 차리기 위해 마른 눈가를 손으로 문질렀다.

근처의 대단지 아파트에 사는 사람들이 지하철역으로 가기 위해 남자의 집이 위치한 골목 모퉁이를 지나고 있었다. 남자가 사는 비스듬한 골목길 1층은, 조금만 더 지대가 낮았으면 반지하라고 불러도 될 법한 곳이었다. 차라리 아예 반지하였다면 월세라도 5만 원 정도 저렴했을 것이다.

"응, 지금 출근 중이지. 오늘 끝나고 만날까? 금요일이잖아."

바깥은 전화하며 걷는 사람의 목소리, 지하철 시간에 맞춰 걸음을 재촉하는 사람들의 발소리로 금요일다운 활기를 띠고 있었다. 남자의 마음은 창밖의 사람들을 보니 속수무책으로 어지러워졌다.

'나만 아직도 사람 구실을 못 하네…. 음악한답시고 여태 틀어박혀서…. 재능 없는 사람이 꿈만 크게 가지면 나처럼 되는 건가? 어디부터 욕심이고 어디까지 열정인지 누가 가르쳐주기나 했으면….'

어렵사리 잡은 오디션을 앞두고, 남자는 자작곡 작곡에 열을 올리고 있었다. 하지만 도통 마음에 드는 곡이 나오지 않고 있었다.

남자는 가수가 되고 싶었다. 살면서 다른 꿈은 가져본 적도 없었다. 하지만 아주 어릴 때 들어갔던 작은 기획사에서의 데뷔가 무산되고, 그사이 시간은 흘러 20대 중반을 지나 29세가 됐다.

올해 초, 아르바이트를 전전하며 SNS에 틈틈이 올린 노래 영상 중 하나가 반짝 주목을 받았었다. 그리고 꽤 규모 있는 기획사에서 오디션 제안도 받았다. 그러나 오디션 후 돌아온 대답은 그를 다시 출발선으로 되돌려놓았다.

"생각보다 색깔이 희미하네요. 그러지 말고 자작곡을 만들어보는 건 어때요? 오디션은 그때 다시 보도록 하죠. 기회를 한 번 더 드리는 거예요."

남자는 필사적으로 일해서 생활비를 구했다. 작곡 학원에 등록하거나 악기를 본격적으로 배우고 싶었지만, 전부 갖추기엔 돈도 시간도 모자랐다. 그는 알음알음해서 중고 컴퓨터에 작곡 관련 프로그램을 설치해 주먹구구식으로 작곡을 배웠다.

한 달 벌어 쓰는 돈이 벌이를 넘기도 하고, 허리띠를 졸라맨 달에는 운 좋게 몇만 원 남기도 하는, 전력을 다하지만 나아감은 없는 생활이 쳇바퀴처럼 계속되고 있었다.

그는 멜로디 라인을 바꿔가며 목이 따갑게 마를 때까지 노래를 불렀다. 오디션 날까지 노래를 완성하려면, 이제는 정말 시간이 부족했다. 딱 귀에 꽂히는 멜로디 하나만 있으면 되는데, 조금만 더 하면 마음에 드는 노래가 나올 것도 같았다. 그렇게 밤새도록 고민을 반복하다가 동이 터버린 것이다.

눈꺼풀이 뻐근하고 설상가상 배도 고팠다. 집에는 먹을 것이 없고 걸어서 5분 거리에 편의점이 하나 있긴 했지만, 그는 출근 시간대에 편의점을 가는 것을 좋아하지 않았다. 다들 출근하는 시간에 혼자서만 퀭한 눈으로 그들 사이를 거슬러 편의점을 가는 길이 싫었다.

남자는 멍한 시선을 거두고 귀로만 바깥의 소리를 담기 시작했다. 사람들의 발소리나 말소리가 영감이 될까 싶어 비슷한 음을 하나하나 짚어가며 프로그램의 건반을 두드렸다.

남자는 아까 전화를 하며 지나가던 사람의 목소리를 모티브로 멜로디를 엮어보기도 했다. 퇴근 후 주말에 대한 기대감, 직장인의 여유로움을 담고 싶었으나 영 느낌이 살지 않았다. 그에게 다가올 행복한 주말은, 남자 자신에게는 없는 것이기 때문에 흉내조차 낼 수 없었다.

남자는 선택해야 했다. 하고 싶은 일을 위해 무엇을 포기할 수 있는지를. 그는 나이에 맞는 평범한 삶을 포기했다. 하지만 가수가 되리라는 목표만은 포기할 수 없었다. 이미 가수가 되고 싶어 하는 마음조차 자신의 일부였다. 가수가 되고 싶지 않은 자신은 상상할 수 없었다. 남자는 계속해서 그런 자신을 그대로 받아들이려고 애썼다.

그는 작업을 계속 이어나갔다. 좁아터진 방 안. 고물 컴퓨터에 어울리지 않는 고사양 프로그램을 돌리느라 금방이라도 터질 듯 윙윙거리는 컴퓨터. 마음이 답답해진 그는 작업 프로그램을 전부 닫아버렸다. 그리고 검색포털을 켜고 생각나는 대로 아무 말이나 쳐서 넣었다.

'마음이 답답할 때'

'자기 자신이 아무것도 아닌 것처럼 느껴질 때'

'꿈은 있는데 재능이 없을 때'

비슷한 질문은 많았지만 원하는 대답은 없었다.

'꼭 성공해야 하나요? 지금껏 열심히 했다면 그게 이미 성공 아닐까요?'

그가 지금 듣고 싶은 말은 이런 게 아니었다.

남자는 다시 인터넷 검색창을 열어 '영감', 'inspiration' 따위를 검색했다. 마치 그러면 영감이 자기 안에 들어오기라도 할 것처럼.

'영감(靈感). 창조적인 일의 계기가 되는 기발한 착상이나 자극'

남자가 그토록 바랐지만 아직 얻지 못한 것이었다.

남자는 인터넷 검색으로 영감을 얻을 일 따윈 만무하다고 생각했지만, 지금 당장은 썩은 지푸라기라도 잡지 않으면 안 될 것 같았다.

남자는 검색어를 조금 더 구체적으로 바꿨다.

'영감 얻는 법'

수많은 영상과 웹 문서가 쏟아져 나왔다.

남자는 쏟아지는 졸음을 물리치려고 애쓰며 스크롤을 내렸다. 그리고 이내 남자의 시선이 어느 웹페이지에 고정됐다.

'꿈에서 영감을 얻은 천재들'

폴 매카트니와 비틀스의 자서전에 따르면, 매카트니는 꿈속에서 '예스터데이'를 작곡했다고 한다. 깨자마자 후다닥 피아노로 가서는 잊기 전에 그 음들을 연주했다. 매카트니를 사로잡은 걱정은, 다른 누군가의 곡을 들었던 것이 잠재의식에 각인되었다가 다시 떠오른 게 아닌가 하는 것이었다.

"한 달 동안 음악에 종사하는 사람들을 찾아다니며 이 노래를 이전에 들은 적이 있는지 물어보러 다녔어요. 그건 마치 주운 물건을 경찰서에 돌려주는 것과 같았죠. 이렇게 수 주 동안 아무도 자기 거라고 주장하지 않는 것을 보면 이제 내 것이라 해도 되겠다 싶었어요."

그렇게 '예스터데이'와 같은 불후의 명곡이 폴 매카트니의 꿈속에서 완성되었다. (중략)

독일의 화학자 케쿨레의 벤젠고리 구조론은 유명하다. 케쿨레가 '자신의 꼬리를 물고 있는 뱀' 꿈을 꾸면서 벤젠의 구조를 생각해냈다는 일화다. 그간 분자 구조가 직선 형태일 거라는 종래 통념에서 벗어나 고리 모양을 생각해 낸 것이다….

졸음이 밀려오기 시작했다. 글자에 집중하려고 하면 할수록 눈꺼풀이 무겁게 내려앉았다.

남자는 컴퓨터 책상 앞에 엎드려 그대로 잠이 들었다. 잠드는 순간까지 후렴구의 멜로디만 생각했다. 그의 머릿속에 있는 수많은 멜로디가 그의 머릿속을 꽉 채웠고, 남자는 수많은 음표의 소용돌이에 휩싸인 채 잠이 들었다.

✦

꿈 백화점의 직원들은 지난 연말에 받은 상품권을 들고 프런트에 줄을 서 있었다. 달러구트가 직원들에게 선물한, 가게에서 파는 꿈 하나를 교환할 수 있는 상품권이었다.

"다들 줄 서서 미리 뭘 살지 정해놔요. 점심시간 안에 구입을 끝내야 하니까. 너무 심하게 비싼 건 각자 알아서 자제를 좀 해요. 여러분은 여기 직원이잖아요."

웨더가 프런트에서 직원들을 안내했다.

"뭘 사는 게 좋을까요?"

페니도 다른 직원들과 함께 줄을 서서 차례를 기다리고 있었다.

"내가 아주 좋은 팁을 하나 줄게. 뭘 사야 할지 모르겠으면 모태일이 사는 걸 따라 사."

모그베리가 저만치 앞쪽에 있는 모태일을 가리켰다.

모태일은 프런트 바로 앞에서 스피도와 옥신각신 자리싸움을 하고 있었다.

"스피도 님, 제가 먼저 왔잖아요."

"나는 기다리는 게 세상에서 제일 싫단 말이야. 너는 한 번을 안 져주더라?"

"그게 무슨 억지예요. 뒤로 가세요."

모태일은 물러나지 않았다. 스피도는 긴 머리를 찰랑거리면서 몸통으로 모태일을 계속 밀었다.

"저 두 사람은 또 티격태격하네요. 그런데 왜 모태일이 사는 걸 따라 사요?" 페니가 물었다.

"페니, 저 두 사람이 어떻게 취직했는지 궁금하지 않니?"

"아, 스피도 님은 엄청나게 일처리가 빠르시더라고요. 낮잠용 물량을 그 속도로 처리할 수 있는 사람은, 스피도 님밖에 없다고 들었어요."

페니도 이 사실을 알기 전에는 스피도가 왜 4층의 매니저인지 이해할 수 없었으나, 그가 일하는 것을 곁에서 한 번 보고 나서는 납득할 수밖에 없었다. 그는 일이 아무리 많아도 반드시 퇴근 시간 전에 일을 끝냈다. 스피도 사전에 야근이란 없었다.

"그럼 모태일은?"

"모태일은… 판매를 잘하잖아요. 타고난 장사꾼이죠."

"그뿐만이 아냐. 사실 재는 파는 것보다 빼돌리는 게 더 많을걸. 달러구트 님이 그걸 모를 것 같니?"

"그럼 왜 계속 일할 수 있게 봐주시는 거예요?"

"그게 말이지. 모태일이 찜하거나 빼돌리는 꿈들은 꼭 히트를 하거든! 재는 진흙더미 속에서 진주를 골라내는 재주가 있어. 작년에는 모태일이 어느 이름 없는 신인 제작자의 꿈을 골라서 가져갔었거든. 사람들이 다 상품권을 왜 그런 데 쓰느냐고 비웃었는데, 그게 꽤 대박을 터뜨렸지 뭐야."

페니는 자신의 차례가 왔을 때, 모그베리의 조언대로 모태일이 고른 꿈과 똑같은 꿈을 달라고 말했다.

"페니, 어떡하니. 벌써 다 나갔어." 웨더가 미안해했다.

"그런데 왜 다들 모태일이랑 똑같은 걸로 달라고 하는 거지?"

"이럴 수가…. 그런데 그 꿈이 뭐였어요? 궁금하네요."

"'환상 엘리베이터'라는 제목이었는데, 꿈속에서 엘리베이터 문이 열리기 전에 나왔으면 하는 장소를 잘 떠올리기만 하면, 층마다 원하는 장소로 연결되는 꿈이래. 꿈속에서 정신 집중을 잘할 자신이 있으면 꽤 가성비 좋은 꿈이긴 하겠더라고."

"아쉽네요. 자각몽에 소질이 있는 사람들은 좋아하겠어요. 저는 '연예인이 나오는 꿈'이나 주세요."

페니는 쉬는 날 꿈을 꾸면서 느긋하게 늦잠을 잘 생각하니 벌써부터 기분이 좋았다.

"자, 이제 끝! 오후 업무 준비합시다."

웨더 아주머니의 외침을 끝으로 모두 각자의 층으로 흩어졌다.

"페니, 난 잠깐 은행에 들러서 달러구트의 심부름을 해야 하니까 프런트를 봐주겠니? 이제 혼자 있을 수 있지?"

"네, 물론이죠!" 페니가 자신 있게 대답했다.

자신만만하던 페니는 30분도 지나지 않아 진땀을 흘리고 있었다. 남자 손님 한 명이 페니를 난처하게 만들고 있었다. 그는 건물 전체를 돌아봐도 찾는 꿈이 없다며, 페니를 붙잡고 한참을 실랑이했다. 하필이면 웨더 아주머니는 볼일이 길어지는지 돌아오지 않고, 달러구트는 꿈 제작자를 만나러 외근을 나간 사이에 벌어진 일이라 페니는 입사 이래 최고로 곤란한 상태였다.

"그런 꿈은 없어요, 손님."

"그러지 마시고 제발, 저한테도 '영감을 얻는 꿈'을 주세요. 전 정말 그 꿈이 필요해요."

초췌한 행색의 청년은 애원했다. 그는 영양 섭취가 부족한지 피부도 거칠고 머리도 푸석했다. 그나마 뭔가를 강렬하게 원하는 강한 눈빛만이 겨우겨우 그를 지탱하고 있었다.

"비틀스의 일화와 케쿨레의 벤젠고리 이야기를 보고 왔다니까요. 꿈에서 영감을 얻었다던데, 저한테는 그런 꿈을 파실 수 없는 건가요? 값이 비싸서 그런가요?"

"비틀스가 뭐죠? 벤젠고리는 또 뭐고요? 그리고 값은 어차피 후불이기 때문에 그런 이유로 손님에게 꿈을 팔지 않는 건 아니에요. 오해하지 마세요. 손님."

페니는 아무리 가게의 브로슈어를 뒤적여봐도 '영감을 얻는 꿈' 같은 건 찾을 수가 없었다. 내가 모르는 꿈이 있는 걸까? 페니는 고민하다가 내선 전화를 걸어 각 층의 매니저를 불러 모았다.

"그런 꿈은 없어요. 저는 평생을 꿈 판매원으로 일했습니다. 제가 모르는 꿈은 없어요. 폴 매카트니요? 물론 그런 손님이 왔다 가셨을 수는 있겠죠. 기억은 안 나지만요. 사실 손님들이랑 별로 얘기해본 적이 없거든요. 하지만 이거 하나는 확실해요. 어느 가게를 가셔도 그런 꿈은 없어요."

2층의 마이어스가 단호하게 말했다.

"그런데 말이에요. 안색이 너무 안 좋아 보여요."

3층의 모그베리가 걱정했다.

4층의 스피도는 그를 재빨리 훑어보더니 물었다.

"손님, 잠을 안 잔 지가 몇 시간째죠?"

"40…. 아니, 48시간 정도…?"

그러자 그들 모두 한숨을 푹 쉬더니 단호하게 입을 모아 말했다. "당신은 잠부터 푹 자야 해요."

남자는 마지막 남은 희망을 뺏겨버린 듯 절망스러운 표정을 지었다.

"다들 1층에 내려와 있었구먼, 무슨 일이라도 있는 건가?"

마침 외근을 나갔던 달러구트가 외투를 벗으면서 가게 안으로 들어왔다.

"다른 게 아니라…."

페니가 자초지종을 설명하자, 달러구트가 곰곰이 생각하더니 손님의 안색을 살폈다. 손님은 높은 사람으로 보이는 달러구트가 자신의 이야기를 들어주자, 다시 한 줄기 희망을 기대하는 표정이었다. 달러구트는 그런 남자의 손에 뭔가를 쥐여주었다.

"이게 도움이 될지도 모르겠군요. 나가는 길에 꼭 드세요."

"이게 바로 영감을 주는 건가요?" 남자가 신나서 물었다.

"글쎄요. 때에 따라서는요."

남자는 기쁜 마음으로 받아 들었다. 그리고 누가 훔쳐갈세라 달러구트가 쥐여준 물건이 든 주먹을 꼭 쥐고 가게를 나섰다.

✦

남자는 자신이 너무 깊이 잠든 바람에, 어느새 오후 늦은 시각이 되었다는 것을 깨달았다. 불편한 자세로 엎드려 자느라 목이 뻐근했다. 하지만 머릿속은 아주 개운했다.

그리고 어지럽게 떠오르던 멜로디들이 갑자기 차분히 정리되어 머릿속을 흐르고 있다는 사실을 깨달았다. 남자는 이 멜로디가 어디서 온 건지도 알 수 없었지만, 건반을 두드리고 있었다.

그는 생각했다. '이게 내가 아는 멜로디인가? 아니면 자는 동안 꿈에서 들은 걸까?' 남자는 긴가민가했다.

'어쨌든 잊어버리기 전에 얼른 옮겨야 해.'

남자는 멜로디의 빈틈을 채워나가며 곡을 완성했다.

머릿속의 어느 구획을 비집고 나온 건지는 알 수 없었지만, 남자가 찾던 바로 그 멜로디였다.

남자는 노래가 마음에 쏙 들었다. 사람들에게 얼른 들려주고 싶어서 견딜 수 없었다. 내일 있을 오디션은, 이 노래를 타인에게 들려주는 첫 번째 공연장이 될 것이다.

✦

남자가 다시 가게에 들러 달러구트를 찾은 것은 그로부터 얼마간의 시간이 흐른 뒤의 일이었다.

"관계자들 반응이 좋았어요. 무엇보다 제 마음에 쏙 들고요. 가사도 제가 썼거든요. 쑥스럽지만 제 얘기로요."

남자의 얼굴에 화색이 돌았다.

"이번 주에 당장 녹음하러 갈 거예요. 도와주셔서 정말 감사해요, 진짜 꿈이 대단하긴 한 것 같아요. 그렇게 안 풀리던 일이 풀리는 걸 보니까요. 정말 큰 신세를 졌습니다."

남자는 달러구트에게 꾸벅 인사했다.

"손님, 저한테 고마워하실 거 없습니다."

"네? 그럼 누구한테…."

"손님 본인한테 감사하는 편이 나을 거예요."

"예?"

"그건 그냥 숙면 사탕이었거든요. 잠을 잘 자게 해주는."

달러구트가 주머니에서 주섬주섬 사탕을 몇 개 더 꺼내 들고 손바닥을 펴 보였다.

"그 꿈은 이미 다 손님 머릿속에 있던 겁니다."

"정말요?"

"영감이라는 말은 참 편리하지요. 아무것도 없는 상태에서 뭔가 대단한 게 툭하고 튀어나오는 것 같잖아요? 하지만 결국 고민의 시간이 차이를 만드는 거랍니다. 답이 나올 때까지 고민하는지, 하지 않는지. 결국 그 차이죠. 손님은 답이 나올 때까지 고민했을 뿐이에요."

"그럼, 제가 재능이 있는 걸까요? 앞으로도 잘할 수 있을까요?"

"재능이 있는지 없는지는 손님 본인께서 더 잘 아시겠죠. 저는 그쪽으로는 문외한이랍니다. 모쪼록 일한 만큼 충분히 주무세요. 오래 노래하고 싶다면요. 숙면은 생각을 정리하는 데 도움을 준답니다."

"그런가요? 그래도 감사해요. 모든 게 다… 감사해요."

남자는 거듭 달러구트에게 인사를 했다.

달러구트가 난처하면서도 흐뭇한 표정으로 남자를 쳐다보더니 갑자기 뭔가 아이디어가 생각난 듯 입술을 매만졌다.

"아… 정 감사하면 손님의 이야기를 꿈으로 만들게 해주시겠습니까?"

"제 얘기를요? 어디다 쓰시려고요?"

"사실… 알고 지내는 제작자와 함께 새로운 제품라인을 구상 중인데, 이야기 샘플이 필요하던 참이거든요. 아무래도 본인 동의는 구해야 하니까 말이죠. 물론 거절해도 괜찮습니다."

"새로운 제품이라는 건 어떤 꿈이죠?"

"아직 확정된 상품명은 아니지만, 가제는 이렇게 지어놓았죠. '타인의 삶'! 먼저 체험판으로 출시할 예정이랍니다. 아주 실력 있는 제작자가 만들 거라서 저도 기대하는 바가 큽니다."

"그거 재밌겠는데요. 제 이야기가 도움이 된다면 꼭 써주세요!"

"허락하신 건가요?"

"물론이죠. 꿈이란 거 정말 재밌네요. 꿈과 꿈이 동음이의어인 것도 신기하고요. 그러고 보니 영어로도 dream은 dream이군요. 그럼 저는 꿈에서 꿈을 찾은 셈인가요?"

그는 실없이 말장난하며 킬킬 웃었다.

남자는 이전에 왔을 때보다 훨씬 여유롭고 생기 있어 보였다. 페니는 그가 그동안 푹 잤기 때문일 거라고 생각했다.

그는 한참 동안 꿈을 쇼핑하다가 마음에 드는 짧은 꿈 두 개를 골라서 가게를 나섰다.

페니는 손님의 뒷모습을 보며 말했다.

"저분도 곧 저희 단골이 되시겠네요. 눈꺼풀 저울을 주문해야겠어요."

"그렇구나, 페니. 웨더에게 얘기하면 주문 제작할 수 있는 업체를 알려줄 거야."

"네, 바로 연락할게요." 페니가 씩씩하게 대답했다.

"그리고 하나 더, 야스누즈 오트라에게 연락해주겠니? 예전에 얘기했던 그 제품라인, 이제 제작에 착수해달라고 말이야. 기다리던 샘플이 손에 들어왔다고 말하면 아주 기뻐할 거야."

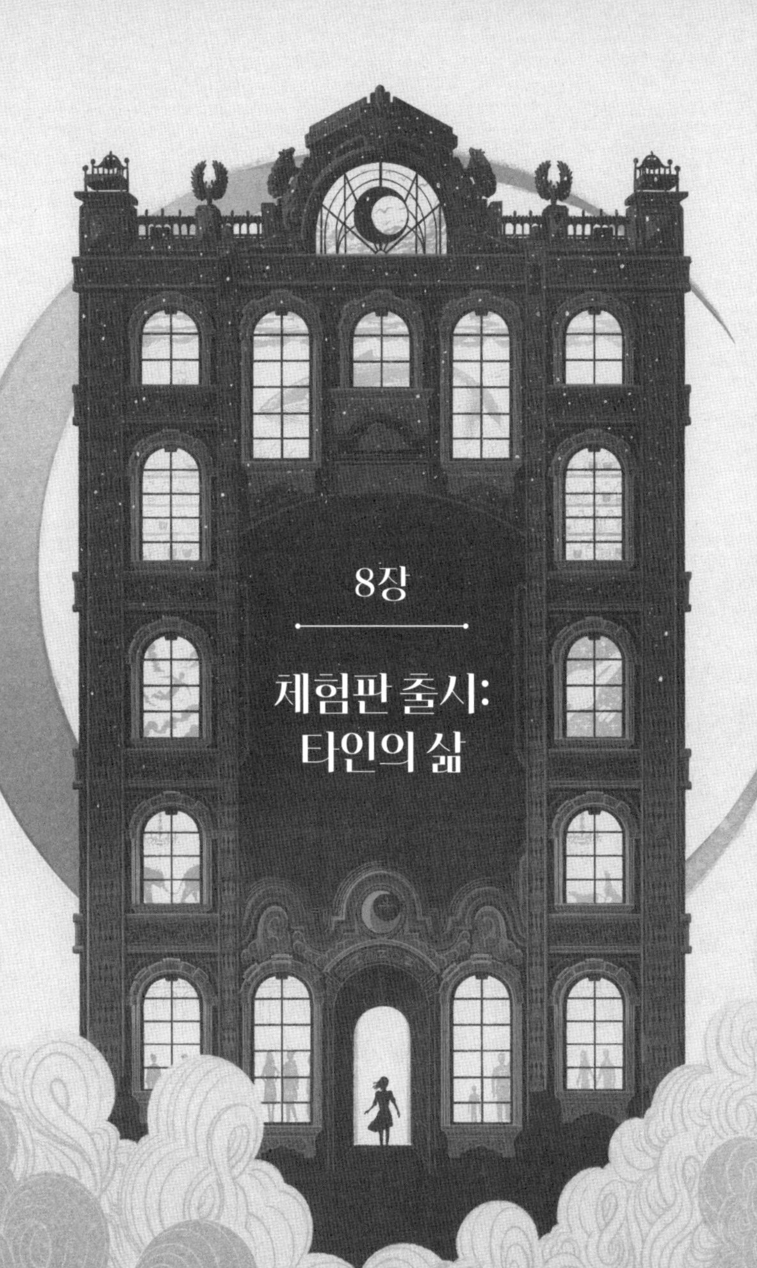

8장

체험판 출시: 타인의 삶

페니는 얼떨결에 고급 저택이 모여 있는 변두리의 마을까지 출장을 나와 있었다.

"야스누즈 오트라가 신상품 샘플을 다 만들었다고 하는구나. 바람도 쐴 겸 네가 가서 직접 받아오렴."

달러구트의 전언은 그것뿐이었다.

페니는 저택의 1층 거실에 혼자 앉아 있었다. 높은 천장에 깔끔하게 매립된 수많은 조명이 거실을 은은하게 밝혔다. 통유리 밖으로 보이는 정원에는 추상적인 조형물 몇 가지가 있었는데, 일부러 조형물 위에 늘어뜨려놓은 덩굴식물과 근사하게 어울렸다.

잔무늬가 들어간 군청색 얇은 커튼과 하늘하늘한 속 커튼이 바람에 뒤엉켜 나풀거렸다. '차분함'이 들어간 디퓨저를 쓰는지 집 안 전체가 성숙한 분위기를 풍겼다. 페니는 야스누즈 오트라의 이미지와 꼭 닮은 세련된 집이라고 생각했다. 그리고 월급을 몇 년이나 모아야 이런 집에 살 수 있을까 생각하다가 마음이 착잡해졌다.

오트라는 아직 위층에서 한창 다른 작업 중인 모양이었다. 저택에서 일하는 사람들만 분주하게 페니 주위를 왔다 갔다 했다. 페니를 기다리게 하는 것이 미안했는지, 청포도 에이드며 직접 만든 에그타르트와 채소가 듬뿍 들어간 크로켓을 끊임없이 내어오고 있었다.

그들은 오트라 못지않게 스타일이 근사했다. 팔다리가 길쭉길쭉한 사람들이 움직이기 불편한 옷을 입고 모델처럼 집 안을 돌아다녔다. 페니는 오늘 옷차림이 평퍼짐한 것 같아 헐렁한 옷자락을 등 뒤로 당겨 감추었다.

오트라가 자신을 불렀다는 사실을 까맣게 잊은 건 아닌지 슬슬 걱정되려는 찰나, 앳되어 보이는 한 소년이 2층 난간에서 고개를 내밀었다.

"달러구트 님의 꿈 백화점에서 오신 분이죠? 오트라 님께서 2층 작업실로 올라오시랍니다!"

계단 위 2층에는 얼핏 봐도 열 개가 넘는 방들이 있었다. 페니는 소년의 뒤를 따라 오른쪽 복도 끝 방으로 향했다. 무채색 면 티셔츠와 트렁크 반바지 차림의 여자가 그들 곁을 지났다. 손님으로 보이는 그 여자는 조금 전까지 오트라의 사무실에 있다가 나온 것 같았다.

"저분은 손님이신가 봐요?"

"네. 오트라 님은 집에서 직접 손님을 만나세요. 1 대 1 예약제로 만드는 꿈들이 대부분이거든요. 저 손님은 벌써 세 번째 미팅하러 오신 거예요. 아마 디테일이 전부 정해질 때까지 몇 번은 더 오실 거예요. 오늘은 예기치 못하게 이야기가 조금 길어졌나 봐요. 원래 약속

시각을 허투루 여기시는 분이 아니거든요."

소년은 야스누즈 오트라의 초상화가 걸린 방 앞에 멈춰 섰다. 그리고 짧게 두 번 노크했다. 흑백 초상화에는 그녀가 눈을 감고 있는 옆모습이 담겨 있었다.

"자, 여기예요. 바로 들어가시면 돼요."

"네, 고맙습니다."

문을 열고 들어서자 회의 때보다 머리를 짧게 자른 오트라가 페니를 맞이했다.

"어서 와요. 기다리게 해서 미안해요."

"달러구트 님의 꿈 백화점에서 온 직원 페니입니다. 별로 기다리지 않았어요. 괜찮습니다."

"지난번에 니콜라스의 집에서 봤던 분이군요. 기억나요."

그녀는 소매가 화려한 블라우스에 하이웨이스트 슬랙스를 입고서 있었다. 오트라의 등 뒤로 보이는 작업실은 갖가지 자료들과 사진들로 가득했는데, 꼭 영화세트장처럼 복잡하면서도 잘 정돈되어 보였다. 패션 잡지가 가득한 선반부터, 여느 꿈 상점 못지않게 커다란 진열장도 있었다. 페니는 진열장에 어떤 꿈들이 있는지 궁금했다.

오트라가 먼저 창가를 등지고 소파에 다리를 꼬고 앉자, 페니는 적당한 거리를 두고 맞은편 소파에 앉았다. 오트라는 진하게 내린 커피를 잔에 따랐다. 쌉싸래한 커피 향이 그윽하게 주변에 내려앉았다.

"커피 한잔하겠어요?"

"전 괜찮아요. 바깥에서 일하시는 분들이 마실 거며 간식거리를 잔뜩 주셨거든요."

"그랬군요. 난 한잔해야겠어요. 조금 피곤하네요. 아침부터 상담하러 온 손님이 세 명이나 있었거든요."

"그렇지 않아도 조금 전에 나가는 여자 손님을 봤어요. 듣자 하니 그분은 벌써 여러 번 오셨다고 하더라고요."

"맞아요, 주로 자기 삶을 부정하는 사람들이 내 사무실을 주로 찾아오죠. 그 여자 손님도 마찬가지예요. 그녀는 자신과 다른 사람의 삶을 비교하느라 매일매일을 허비하고 있어요. 갈수록 그 정도가 심해지고 있죠."

오트라가 긴 손가락으로 짧은 머리칼을 쓸어 넘겼다.

"몇 번 더 상담한 후에 꿈을 제작해야 할 것 같아요. 아직 저 손님이 원하는 바를 정확히 모르겠거든요. 어떤 식으로 도움을 줘야 할지 아직 고민 중이에요."

오트라가 커피를 들이켰다.

"그건 그렇고, 오는 길은 힘들지 않았나요?"

"전혀요. 차를 보내주셔서 편하게 왔어요. 감사합니다."

페니는 대화하면서도 두꺼운 문을 달아놓은 진열장에 자꾸만 시선을 빼앗겼다. 로코코 스타일의 과한 장식이 인상적인 진열장에는 안 어울리게 디지털 온습도계가 붙어 있었다. 공기 순환용 서큘레이터도 달려 있는지 낮게 위잉거리는 소리가 났다. 안에 들어 있는 꿈들은 분명 아주 귀한 것들일 것이다.

"요란한 진열장이죠? 잠깐 구경할래요?"

"그래도 되나요?" 페니가 반색했다.

"물론이죠."

오트라가 자리에서 일어나 진열장에 다가갔다.

꿈 상자에는 포장재가 겹겹이 둘러져 있고, 몇 개는 커다란 박스에 따로 담겨서 큼지막한 자물쇠까지 달려 있었다. 페니는 야스누즈 오트라가 멋진 옷을 쇼핑하는 것만큼 귀한 꿈을 수집하는 데도 취미가 있다는 것을 익히 들어 알고 있었다.

"여기 있는 것들은 전부 내가 발품을 팔거나, 경매에 참여해서 어렵게 구한 것들이에요."

오트라가 진열장 문을 열어 자물쇠가 달린 상자를 꺼냈다.

"이건 제작된 지 30년이 넘은 꿈이에요. 돌아가신 스승님께서 만드신 거죠."

"너무 오래돼서 상하지 않았을까요?"

"괜찮을 거예요. 스승님의 꿈이 상하는 건 본 적이 없거든요. 내가 워낙 관리를 잘하기도 했고."

"오트라 님의 스승님은 어떤 꿈을 만드는 분이셨어요?"

페니는 자신이 전설의 꿈 제작자와 사적인 이야기를 나누고 있다는 사실이 감격스러웠다. 하지만 촌스럽게 호들갑을 떨지는 않기로 했다.

"스승님도 나처럼 다른 사람의 삶을 살게 해주는 꿈을 만드셨어요. 굉장한 분이셨죠. 꿈 하나하나에 혼을 담아야 한다고 늘 말씀하셨어요. 나는 평생 그분의 발끝도 따라가지 못할 거예요."

"그래도 오트라 님은 전설의 꿈 제작자 중 한 분이시잖아요. 스승님도 자랑스러워하실 거예요."

페니가 그녀를 치켜세웠다.

"전설이니 뭐니 하는 낯 뜨거운 수식어는, 전부 상품을 팔기 위한 협회의 얕은수에 지나지 않아요…."

오트라가 쑥스러워했다.

"스승님의 이 꿈이 얼마나 긴 꿈인지 궁금하지 않아요?"

"얼마나 긴 꿈이죠?"

"자그마치 70년이에요, 70년. 믿어지나요? 그는 돌아가시기 전에 자신의 일흔 평생을 꿈에 담으셨어요. 그리고 저에게 물려주셨죠. 난 가끔 스승님이 사무치게 그리울 때마다 저 꿈을 열어서 꿔버릴까 생각해요. 그럼 그가 날 처음 봤던 순간부터, 굉장한 꿈을 만들어냈던 노하우까지 전부 엿볼 수 있겠죠."

"그런데 왜 그렇게 하지 않으세요?"

"한 번 꾸고 나면 사라져버릴 테니까요. 지금은 그저 이 진열장에 고이 모셔두는 것만으로 만족하고 있어요. 여기 아래 것은 경매를 통해 겨우 구한 거예요. 니콜라스가 아주 젊었을 때 만든 데뷔작이죠. 니콜라스도 내가 이걸 가지고 있는 줄은 모를걸요? 페니도 가끔 경매에 관심을 가져봐요. 웬만한 미술품을 사는 것보다 훨씬 투자 가치가 높아요."

오트라가 조언했다.

"자, 이제 다시 일 얘기를 해볼까요?"

오트라는 책상 쪽으로 가더니 서랍에 깊숙이 넣어두었던 작은 상자를 꺼냈다. 두 사람은 상자를 가운데 두고 소파에 다시 마주 앉았다.

"일전에 받은 샘플로 만들어본 체험판이에요. 상품명은 달러구트가 제안한 대로 '타인의 삶'으로 했으면 좋겠어요. 마음에 쏙 들어요."

"그런데 이건 어떤 손님들에게 전해지게 될까요? 달러구트 님은 통 미리 가르쳐주질 않으셔서…."

페니가 머쓱해했다.

"내가 너무 옛날 사람인 건지는 몰라도, 요즘 사람들은 타인과의 비교를 필요 이상으로 집요하게 하는 면이 있어요. 물론 어쩔 수 없는 부분도 있겠죠."

오트라가 어깨를 으쓱했다.

"하지만 내 삶에 집중하지 못할 정도라면 그건 분명 문제가 있어요. 이건 그런 사람들을 위해 기획된 꿈이에요."

오트라가 작은 상자를 페니 쪽으로 밀었다.

"분명 인기 상품이 될 거예요. 오트라 님이 만드셨으니까요."

"전혀요. 사려는 사람이 없어서 완전히 실패작이 될 수도 있어요. 나도 달러구트가 어떤 식으로 이 꿈을 판매할지가 궁금해요. 보통 내 꿈은 인기가 없거든요." 오트라가 겸손하게 말했다.

"그럴 리가요! 없어서 못 팔 거예요."

"아니에요. 작년에 출시했던 '내가 괴롭혔던 사람으로 한 달 살기'는 평론가들로부터 좋은 평가를 받았지만, 판매 실적은 저조했어요. 어느 누가 자신이 괴롭혔던 사람이 되어보고 싶겠어요? 제목을 좀 더 에둘러서 지을걸 그랬어요."

오트라가 소탈하게 웃었다.

"내 작품은 광고를 하지 않으면 잘 팔리지 않아요. 그래서 그렇게 텔레비전 광고나 옥외 광고에 돈을 많이 들이는 거예요. 광고비를 줄였더라면 진작 사무실의 커튼을 새 걸로 바꿔 달았을 거예요. 아무튼, 이번엔 홍보도 하지 않은 상태니까…. 이 꿈이 실제로 팔리기 위해서는 달러구트와 페니의 역할이 아주 중요해요."

페니는 입사 이래로 이렇게 막중한 임무를 맡은 건 처음이었다.

"네! 저만 믿으세요."

"고마워요." 오트라가 웃었다.

"아 참, 상자들끼리 섞이지 않으려면 표시를 해야겠죠."

오트라는 상자 겉면에 글씨를 적어 넣었다.

'타인의 삶(체험판)' – 야스누즈 오트라

페니는 미션을 받은 특수 요원처럼 비장한 표정으로 가방 깊숙한 곳에 상자를 집어넣었다. 그리고 서둘러 저택을 빠져나와, 곧장 꿈 백화점으로 돌아갔다.

✦

무기력한 어느 일요일. 느지막이 일어나 대충 밥을 챙겨 먹고 밀린 빨래를 돌렸더니, 벌써 시간은 늦은 오후였다. 남자는 소파에 드러누워 음악 프로그램 재방송을 보고 있었다. 매회 가수 세 팀이 출연해 인터뷰를 하고, 미니 콘서트 형식의 공연을 선보이는 프로그램이었다. 마침 마지막 순서로 출연할 남자 가수가 최근 무한 반복되고 있는 노래의 주인공이었기 때문에, 그는 반가운 마음으로 채널을 고정했다.

"요즘 이분과 같이 작업하고 싶어 하는 뮤지션들이 줄을 섰다고 하죠."

사회자가 가수를 무대로 불러내기에 앞서 그를 소개했다.

"물론 저도 그중에 한 사람입니다. 방송 끝나고 번호를 꼭 알아내고 싶네요."

사회자가 천연덕스럽게 말했다.

"음원 차트를 두 달째 점령하고 있는 대세 뮤지션, 박도현 씨입니다. 큰 박수로 맞아주세요."

남자는 얼마 전에 이 가수를 실제로 본 적이 있었다. 남자가 출근할 때마다 지나다니는 길에 다 쓰러져가는 다세대 주택이 있는데, 그 사람이 그곳에 오래 살다가 이사를 간다는 소문이 동네에 퍼져서 온 동네 사람들이 가수의 얼굴을 보기 위해 이삿날 몰려들었었다. 남자도 그 인파 중의 한 명이었다. 이렇게 가까이에 유명한 사람이 살았다는 것이 마냥 신기하기만 했다.

"요즘 너무 바쁘시죠?"

"네. 정신이 하나도 없네요. 그래도 기분은 좋습니다."

"인기가 실감이 나시나요?"

"아니요. 아직 잘 모르겠어요."

텔레비전 화면 속 가수가 환하게 웃었다.

"몇 달 사이에 많은 것이 바뀌셨을 것 같은데, 어떠신가요? 처음 낸 노래가 이렇게 잘 될지 예상하셨나요?"

"엄청나게 바뀌었죠. 그전에는 무명 생활이 아주 길었거든요. 노래도 이렇게까지 잘될 줄은 몰랐어요. 하지만 만들고 난 직후에 제 마음에 쏙 들긴 했어요. 그게 중요한 것 같아요."

"주위 친구들한테 연락 많이 오겠어요."

"네. 얼떨떨해요. 사실 여기 나온 것도 꿈같아요. 매주 챙겨 보면서 '저런 데 나가는 건 꿈도 안 꾸니까 작은 무대라도 설 수 있으면 좋겠다.'라고 생각했었거든요."

텔레비전을 보고 있던 남자는 생각했다.

'저렇게 빛나는 삶을 사는 사람은 얼마나 행복할까?'

남자는 최근 들어 사는 게 따분했다. 연애도 하고 있고 직장에서도 자리를 잡아가고 있었지만, 일어나 눈 뜨고 출근하고 매일 같은 장소에 갔다가 항상 보는 사람들만 보다가, 점심시간엔 늘 똑같은 얘기만 하다가 야근하지 않으면 다행이라 생각하고 집에 오는 삶. 그리고 쏜살같이 지나가는 주말의 반복이, 참을 만한 고문 같다고 느껴졌다.

'저 가수는 이제 늘 새로운 사람을 만나고, 새로운 경험을 하겠지. 수만 명의 사람이 알아봐주고 사랑받고, 얼마나 좋을까. 저작권료도 엄청나다던데.'

남자는 요즘 부쩍 매스컴에 나오는 유명한 사람들을 보면, 저 사람은 몇 살인지, 스펙은 어떤지를 살피게 됐다. 그리고 자기보다 나이가 훨씬 많으면 내심 안심하다가, 나이가 더 어리거나 동갑이면 흠칫하게 되는 것이었다.

'비슷한 때에 태어났는데 이렇게 인생이 다를 수 있는 건가?'

사실 남자는 지금 생활에 대단한 불만을 가진 것도 아니었다. 다만, 조금 더 특별할 순 없을지 못내 아쉬운 것이다. 특별한 사람은 특별하게 태어난다느니, 그런 사주팔자가 있다느니 하는 말을 들으면 자신은 특별하지 않은 삶을 타고난 건가 싶어서 자못 씁쓸해지곤 했다.

소파에 누운 채로 이런저런 생각에 빠지다 보니 눈꺼풀이 무거워지기 시작했다. '잘수록 잘 오는 게 잠이라더니. 일어난 지 얼마 안 됐는데 또 졸리네….'

남자는 텔레비전을 보다 깜빡 낮잠에 빠져들었다.

✦

남자는 꿈 백화점 4층에서 낮잠용 꿈을 고르고 있었다. 그는 부담스럽게 따라다니는 직원 때문에 편하게 꿈을 고르기가 힘들었다.

"낮잠용으로는 좋은 상품이 턱없이 부족해요. 요즘 또 낮잠 자는 사람도 많아지고, 오늘은 심지어 주말이잖아요? 이럴 때는 꾸고 싶은 걸 꾸는 게 아니라, 남아 있는 걸 꿔야죠. 빨리 고르지 않으면 전부 매진될 겁니다."

점프슈트를 입은 장발의 직원이 자꾸만 그를 재촉했다.

남자는 직원을 피해서 '일상에서 짧게 여행하는 꿈'이 진열되어 있는 코너로 왔지만, 누가 봐도 즐거워 보이는 여행상품들은 이미 다 팔린 뒤였다.

"손님, 이건 어떠세요. 개인적으로 제가 좋아하는 꿈인데요." 직원이 또 따라와서 남자를 귀찮게 했다. 그가 들고 있는 것은 '하늘을 날아 출근하기'라는 꿈이었는데, '하늘을 난다'는 부분은 마음에 들었지만 '출근하기' 부분이 마음에 들지 않았다.

"그래도 일요일인데 굳이 출근하는 꿈을 꾸고 싶지는 않네요."

"네? 이게 싫다고요? 교통체증 없이 3분 만에 회사에 도착할 수 있는데!"

스피도가 이해가 안 된다는 듯 펄쩍 뛰었다.

"회사에 일찍 도착한다고 해서 퇴근이 빨라지는 것도 아닌데 기분이 좋아질 리가…." 남자가 말끝을 흐렸다.

"그게 문제가 아니라, 출근이든 뭐든 빨리빨리 해치울 수 있다는 점이 좋은 거라고요. 뭘 모르셔도 한참 모르시네."

"그냥 꿈 안 꾸고 잠이나 푹 잘래요."

남자는 더 실랑이하고 싶지 않았다. 남자는 입이 삐죽 나온 스피도를 뒤로하고 엘리베이터를 타고 내려와 가게를 빠져나가려고 했다. 그때, 나가려는 남자를 가까스로 붙잡은 것은 달러구트였다.

"손님, 어느 정도 길이의 꿈을 보고 계십니까?"

"전 잠깐 잠든 거라서요. 15분 정도?"

"15분이라…. 적당하군요. 뭔가 색다른 꿈을 원하시는 거죠?"

"어떻게 아셨어요? 전 정말 일상이 따분하고 재미가 없어요. 제 인생은 재미가 없어요. 맨날 똑같아요."

남자가 기다렸다는 듯 달러구트에게 하소연했다.

"그러면 여기 이 '타인의 삶(체험판)'은 어떠세요? 야스누즈 오트라의 시간 조절 노하우가 담겨 있죠. 실제로 단 15분만 꿈을 꾸실 테지만, 꿈속에서 아주 길고 특별한 체험을 하실 겁니다." 달러구트가 적극적으로 설명했다.

"체험판이니까 꿈값은 평소의 절반만 받겠습니다."

"'타인의 삶'이라구요? 제목부터 구미가 당기네요! 어떤 삶이죠? 누구의 삶인가요?"

"꿔보면 아시겠지만, 일약 스타덤에 오른 가수의 삶입니다. 당신도 아는 사람이죠."

남자는 떠오르는 사람이 있었다.

"그렇지 않아도 그 사람이 나오는 프로그램을 보다가 잠들었는데! 이것 참 놀라운 우연이군요."

"글쎄요, 우연이 아닐지도 모르죠."

달러구트가 의미심장하게 말했다.

✦

꿈속의 남자는 좁은 단칸방에 있었다. 잠을 못 자서 피곤했고, 창작의 고통으로 짓무른 머릿속이 깨질 듯 아팠다. 좁아터진 방 안. 고물 컴퓨터에 어울리지 않는 고사양 프로그램을 돌리느라 금방이라도 터질 듯 윙윙거리는 컴퓨터. 마음이 답답해진 그는 작업하던 프로그램을 전부 닫아버린다.

기본적인 것들이 턱없이 부족한 생활 속에서, 돈이나 명예에 대한 큰 욕심은 머릿속을 떠난 지 오래였다. 그저 곡을 만족스럽게 완성하는 데 온 신경이 집중되어 있다.

꿈속의 남자는 방충망까지 전부 열어젖히고 필사적으로 아침 공기를 들이마시며 정신을 차리기 위해 마른 눈가를 세게 문지른다.

근처의 대단지 아파트에 사는 사람들이 지하철역으로 가기 위해 남자의 집이 위치한 골목 모퉁이를 지나고 있었다.

"응, 지금 출근 중이지. 오늘 끝나고 만날까? 금요일이잖아."

그리고 전화 통화를 하며 지나가는 직장인, 그건 자기 자신이었지만 꿈속의 남자는 자기 자신을 알아보지 못했다.

사람 구실을 못 하고 있다는 자괴감, 근황을 묻는 친구들의 연락을 피하게 되는 못난 마음, 가족들에 대한 미안함으로 가득 찬 나날이 꿈속에서 반복된다.

그렇게 꼬박 보름 동안의 시간이, 꿈속에서 흘러갔다.

낮잠에서 깨어난 남자는, 자신이 아주 잠깐 잤을 뿐이라는 걸 알았다. 잠들기 전에 보던 음악 프로그램이 아직도 끝나지 않았던 것이다. 가수는 이제 마지막 노래를 시작하기 전 짧은 멘트를 하고 있었다.

"이건 제가 8년 동안 무명 생활을 하면서 느꼈던 감정들을 담은 노래예요. 밖에서는 괜찮은 척했지만 집에 오면 고스란히 느껴지는 감정들, 돌아보면 어떻게 버텼나 싶었던 때의 기억입니다."

자그마치 8년? 남자는 꿈속에서 고작 15일 동안 겪었던 고통스러운 시간을 떠올렸다. 남자는 아무 확신도 없는 채로 8년의 세월을 살아온 그 가수의 마음을 감히 상상할 수 없었다.

가수는 담담하게 노래하기 시작했다. 남자는 꿈속 자신의 모습이 아직 눈앞에 잔상으로 남아 있었다. 그리고 그 모습은, 텔레비전 속에서 노래를 부르는 가수의 얼굴과 이상하게 겹쳐 보였다.

어느덧 베란다 밖으로 지는 햇살이 거실로 강하게 들어오고, 남자는 눈을 찌푸렸다. 오늘따라 지는 햇살이 아침에 떠오르는 햇살보다 강하게 느껴졌다.

남자는 집 안 곳곳이 노을빛을 받아 낯설게 빛나는 것을 바라봤다. 평소 같으면 일요일 오후, 지금 시간대가 그에게 가장 울적한 시간이었지만, 오늘은 뭔가 다르게 느껴졌다.

✦

"체험판을 가져가신 손님은 지금쯤 어쩌고 계실까요? 아직 꿈값은 도착하지 않았어요."

"깨달음에는 시간이 걸리는 법이지."

달러구트는 프런트에 쌓여 있는 카탈로그를 정리하고 있었다.

"'타인의 삶'을 꾸고 나면 어떤 꿈값이 도착할까요? 전 다른 사람의 삶을 보면 부러워서 열등감에 시달리기도 하고, 우월감이나 안도감을 느끼기도 해요."

페니는 여러 상황을 떠올렸다. 좋은 가게에 먼저 취직했거나 집이 잘사는 동창생을 떠올리기도 하고, 변두리 하역장에서 일하는 아이를 보며 '그래도 내가 재보단 낫지.'라고 생각했다가 부끄러웠던 기억도 떠올랐다.

"페니, 나는 자신의 삶을 사랑하는 방법에는 두 가지가 있다고 믿는단다. 첫째, 아무래도 삶에 만족할 수 없을 때는 바꾸기 위해 최선을 다한다."

페니는 고개를 끄덕였다. "그렇죠."

"그리고 두 번째 방법은, 쉬워 보이지만 첫 번째 방법보다 어려운 거란다. 게다가 첫 번째 방법으로 삶을 바꾼 사람도 결국엔 두 번째 방법까지 터득해야 비로소 평온해질 수 있지."

"어떤 방법이죠?"

"자신의 삶을 있는 그대로 받아들이고 만족하는 것. 두 번째 방법은 말은 쉽지만 실행하기는 쉽지 않지. 하지만 정말 할 수 있게 된다면, 글쎄다. 행복이 허무하리만치 가까이에 있었다는 걸 깨달을 수 있지."

달러구트가 알아듣기 쉽게 차근차근 말했다.

"난 손님들이 두 가지 중 자신에게 맞는 방법을 터득할 거라고 믿는단다. 그러고 나면 아주 귀중한 감정이 꿈값으로 도착할 테지."

"시간이 정말 많이 걸릴지도 모르겠네요."

"느긋하게 기다려보지 않겠니? 그리고 그때 '타인의 삶'을 정식으로 출시하도록 하자꾸나."

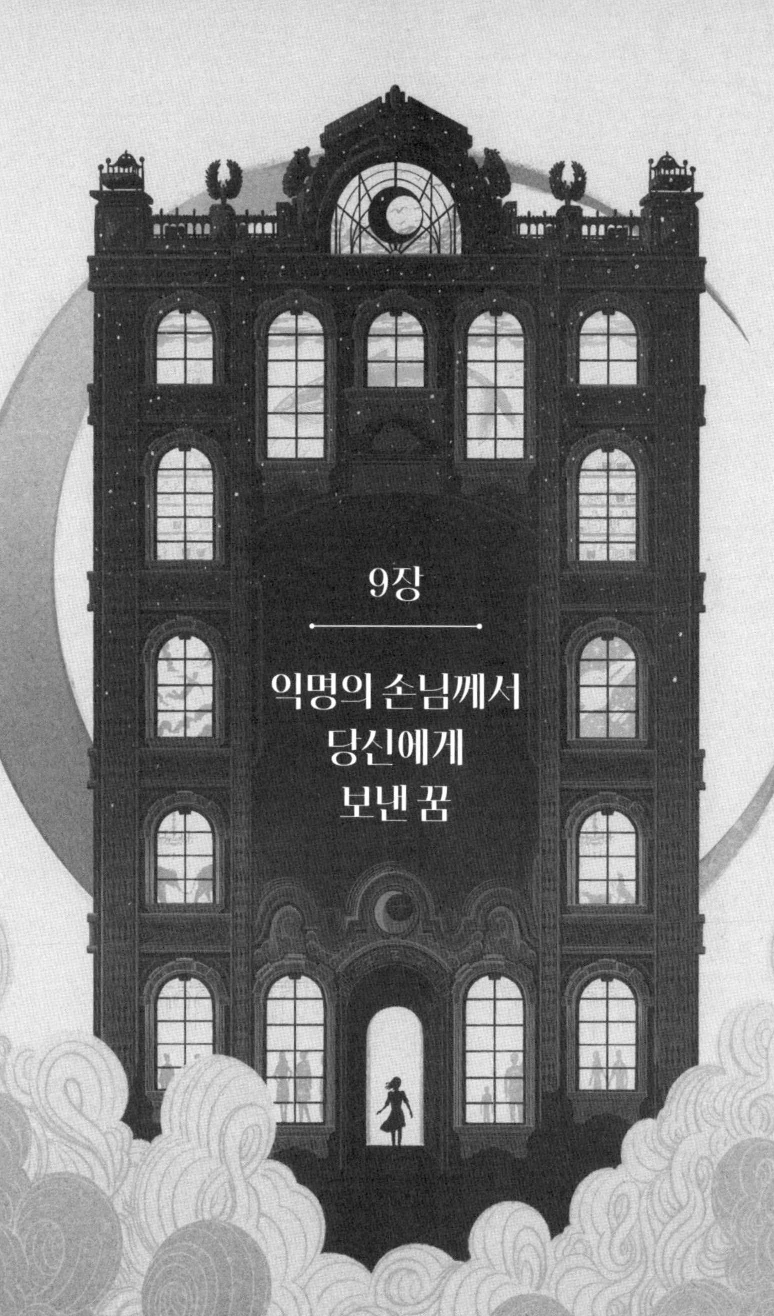

9장

익명의 손님께서 당신에게 보낸 꿈

물밀듯이 몰려오던 손님들이 거짓말처럼 싹 빠져나가고, 직원들은 저마다 꿀맛 같은 휴식을 취하고 있었다. 각 층의 매니저들과 몇몇 직원들은, 1층의 직원 휴게실에서 웨더 아주머니가 주최한 티타임을 즐겼다.

"달러구트 님도 참, 직원 휴게실과 본인의 사무실에는 좀처럼 돈을 안 쓰신다니까."

스피도는 소파 자리를 혼자 차지하고 앉아서 투덜거렸다. 그는 오늘자 신문을 보면서 페니가 길 건너 디저트 가게에서 사 온 케이크를 빛의 속도로 먹어 치우고 있었다. 그가 앉아 있는 소파는 해질 대로 해져서, 천을 덧대어놓은 부분이 원래 가죽이 남아 있는 부분보다 컸다. 크리스털 장식이 반쯤 떨어진 구식 샹들리에가 스피도의 샛노란 점프슈트를 더욱 노랗게 비췄다.

"아, 이제야 살 것 같네. 당이 뚝 떨어져서 손이 벌벌 떨릴 지경이었어."

의자에 앉은 모그베리는 행복한 표정으로 마롱케이크의 마지막 한 입을 오물거렸다. 스피도는 케이크 상자에 묻은 느끼한 버터크림까지 싹싹 긁어먹더니, 더 먹을 것이 없어지자 입을 싹 닦고 아무 일도 없었던 듯 신문을 활짝 펼치고 드러누웠다.

옆에서 커피만 마시고 있던 페니는 오늘만큼은 대신 뒷정리를 하지 않기로 마음먹었다. 스피도는 항상 휴게실에서 함께 간식을 먹을 때마다 가장 많이 먹으면서도 뒷정리는 나 몰라라 하기 일쑤였기 때문이다. 하지만 마주 앉은 비고 마이어스는 얼른 상자를 차곡차곡 접어서 버리고 싶은 듯 손을 움찔거렸다.

"그러고 보니 달러구트 님은 아직도 손님을 만나고 계신가?" 웨더 아주머니가 물었다. 그녀는 빨대가 좁아서 스무디가 잘 나오지 않는지 못마땅한 표정이었다.

"네, 마롱케이크는 달러구트 님이 제일 좋아하시는 건데 사양하시더라고요." 페니가 대답했다.

"사무실에 못 보던 손님이 오셨는데, 엄청 중요한 일이래요."

"아하, 상품 배달 서비스를 이용하러 온 손님인가 보구나."

웨더 아주머니는 답답했는지 결국 빨대를 빼버리고 숟가락으로 스무디를 퍼먹기 시작했다.

"상품 배달이요? 그런 것도 하세요?"

페니는 웨더를 보고 물었으나 대답은 스피도에게서 돌아왔다.

"이런, 아직 아는 게 그렇게 없어서 어떡하니? 한 손님이 다른 손님에게 보낼 꿈을 예약하면, 달러구트 님이 때맞춰 꿈을 배달하시는 거야."

"몰랐어요. 그런 일도 하시는군요."

"그리고 보낼 꿈이 완성되면 배달할 날짜까지 사무실에 신줏단지 모시듯 쌓아두시지."

스피도는 신문을 읽으면서도 곧잘 대답했다.

페니는 언젠가 다 치워버리려고 했던 그 박스들이 떠올랐다.

"아, 뭔지 알겠어요! 사무실에 탑처럼 쌓여 있는 그 상자들이군요. 그런데 뭔가 잘못된 거 아닌가요? 제작일 표기를 보니 10년은 더 된 것도 있던데요."

"잘못된 게 아냐, 그건 원래 기다렸다가…. 오, 이런! 이건 사야 해!"

스피도가 갑자기 신문을 든 채 자리에서 벌떡 일어났다.

"완벽한 일체형! 품도 넉넉해 보이고…. 슬슬 이 점프슈트에도 질리던 참인데, 이 옷은 완벽해."

"뭔데 그래? 요즘엔 신문에서도 옷을 판매하나?" 마이어스가 물었다.

"여기 이 사람이 입고 있는 옷을 좀 봐요."

스피도가 사람들이 앉아 있는 탁자에 신문을 펼쳤다.

신문의 흑백 사진 속에는, 바위 위에 앉아 있는 남자를 멀리서 찍은 모습이 담겨 있었다. 남자는 머리를 틀어 올리고 남색 도포를 걸치고 있었다.

"이 옷 좀 봐요. 이거라면 화장실 가는 것도 훨씬 쉽겠어요. 당장 가서 비슷한 걸 주문해야겠어. 웨더 아주머니, 프런트 컴퓨터 좀 쓸게요!"

"이건 도제 님이잖아. 아, 스피도. 이건 도포만 입는 게 아니라 안에 한복까지 갖춰 입는 거야. 이것만 걸치고 다니면 큰일 나."

웨더 아주머니가 말했지만, 스피도는 이미 나가버리고 없었다. 페니는 스피도가 남기고 간 신문을 마저 읽었다.

유명인사 심층탐구 – '도제' 편

〈꿈보다 해몽〉의 리서치 결과에 따르면, 전설의 꿈 제작자 5인 중 가장 인기가 높은 사람은 '킥 슬럼버'였다. 무려 응답자의 32.9%가 킥 슬럼버를 꼽았는데, 지난 연말 시상식의 로맨틱한 고백이 그의 인기에 일조한 것으로 보인다.

야스누즈 오트라, 와와 슬립랜드, 아가냅 코코는 근소한 차이로 3, 4, 5위를 차지했다. 의외인 것은 2위인 도제다. 도제는 최근 10년간 이렇다 할 대외 활동이 없었음에도 그 인기가 사그라지지 않고 있다. 그 비결이 뭘까? 기자는 이달의 유명인사 심층탐구의 대상으로 두문불출 중인 도제를 직접 찾아 나섰다.

(중략)

깊은 산속에서 수련 중인 도제는 본지의 인터뷰를 결단코 사양했다. 그는 팬들에게 한마디만 남겨달라는 요청에 "최대한 저를 멀리하십시오."라는 말만 남기고 폭포 너머로 사라졌다. (하략)

"그러고 보니 여기서 일하면서 도제 님은 한 번도 못 뵀네요. 이제 여기서 일한 지도 1년째인데요."

"꿈도 크구나. 나도 여태 한 번밖에 못 봤단다." 마이어스가 말했다.

"달러구트 님은 도제 님과는 일을 안 하시나요?"

"안 하긴! 외근 나갈 때마다 도제 님을 만나고 오시는데?"

"네? 정말요?"

그때 갑자기 휴게실의 내선 전화가 울렸다. 페니는 수화기를 얼른 들었다.

"1층의 페니입니다."

"오, 페니. 마침 네가 받았구나. 프런트에 없어서 찾고 있었단다. 티타임은 끝났니?"

"네. 달러구트 님, 방금 끝났어요. 케이크가 맛있었는데…. 오시면 좋았을 거예요. 그런데 무슨 일로 저를 찾으셨나요?"

"사무실에 일손이 필요해서 말이야. 지금 내 사무실로 와서 좀 도와주겠니?"

"네, 지금 바로 갈게요!"

"달러구트가 널 신뢰하고 있는 게 분명해. 그 일을 할 때는 아무한테나 도와달라고 하지 않거든. 가서 잘 도와드리고 오렴." 웨더가 페니를 격려했다.

"아, 참! 그리고 손님에게 이런저런 불필요한 이야기는 삼가렴. 최대한 편안하게 해드려야 해." 웨더가 신신당부했다.

사무실에 도착하자, 볼이 홀쭉한 중년 여성과 달러구트가 페니를 기다리고 있었다. 중년 여성은 새하얗고 통이 넓은 세트 잠옷을 입고 있었다. 보통의 잠옷 세트는 포근한 느낌을 풍기는 데 반해, 그녀의 잠옷은 어딘지 모르게 서늘해 보였다.

"페니, 와줘서 고맙구나. 그쪽에 앉으렴."

페니는 손님 옆에 앉았다. 무슨 일을 시키려고 부른 걸까? 손님은 달러구트가 건넨 차를 마시고 있었는데, 차를 감싸 쥔 그녀의 손가락 마디가 앙상했다. 페니는 손님이 너무 마른 것 같아 걱정스럽게 바라보다가, 그녀의 옷이 환자복이라는 것을 알아챘다.

"여기 노트에 손님이 말씀하시는 것을 최대한 받아 적어주렴. 내가 혼자 적으면 아무래도 빠뜨리는 게 많아서 말이야."

달러구트가 페니에게 펜과 노트를 건넸다.

"자, 손님. 받으시는 분은 누구로 할까요? 제가 자료를 찾아보니 가족분 모두 저희 가게의 손님이시더군요. 받아보시는 데 어려움은 없을 겁니다."

"남편이랑 딸한테 보내고 싶어요."

"다른 분들한테는 보내지 않아도 괜찮으시겠습니까?"

"저희 부모님은…. 이런, 부모님한테도 보내야겠군요."

손님은 차를 한 모금 더 마시더니 입술을 꾹 모은 채 몇 초 동안 시선을 벽 쪽으로 돌렸다. 페니는 손님이 울음을 참고 있다는 것을 알아챘다. 하지만 달러구트가 나서서 손님을 달래거나 하지 않았으므로, 페니 또한 괜히 나서지 않기로 했다. 달러구트가 우는 손님을 달래지 않는 데에는 그럴 만한 이유가 있을 것이다. 페니는 다시 노트에 대화 내용을 기록하는 데만 집중했다.

"내용은 어떻게 할까요? 공간이나 상황은 손님께서 원하시는 대로 고르실 수 있습니다. 여기 브로슈어가 있으니 참고하세요."

달러구트가 손님에게 예약 주문을 돕는 안내 책자를 건넸다. 손님은 한참 동안 브로슈어를 뒤적였다.

"배경은 역시 집으로 하는 게 좋겠어요, 아, 아니에요. 그러면 너무… 슬프겠군요."

손님은 배경을 고르는 것이 힘들어 보였다. 페니는 집을 배경으로 하는 것이 왜 슬픈지 잘 이해할 수 없었지만, 손님을 방해하지 않기로 했다. 불필요한 이야기는 삼가라던 웨더 아주머니의 말이 떠올랐다.

"고르기 힘드시다면 제가 하나 추천해드려도 되겠습니까?"

"네, 부탁드려요. 이런 건 처음이라 어렵네요, 하하. 제 말이 조금 이상했죠? 모두들 이런 건 처음일 텐데."

손님이 승낙하자 달러구트는 손을 뻗어 브로슈어의 가장 뒤쪽으로 페이지를 넘겼다. 페이지 뒤쪽에는 배경 사진들이 주르륵 나열되어 있었다. 초록이 우거진 드넓은 숲, 별이 가득한 하늘이 코앞에 닿을 것 같은 어느 성 위의 테라스, 우주에서 바라보는 지구의 모습 등, 다채로운 자연의 모습이 대부분이었다. 페니는 사진만으로도 이 배경을 제작한 사람이 누군지 알 수 있었다.

"이건 와와 슬립랜드의 꿈에 나오는 배경이잖아요!" 페니는 가만히 있기로 다짐했던 것을 잠시 잊고 넋을 놓고 감탄했다.

"아주 유명한 꿈 제작자예요. 저희 직원이 저렇게 놀라는 걸 보면 아시겠지요. 품질은 걱정하지 마세요."

달러구트는 이 손님에게 최고의 대우를 해드리고 있음이 틀림없었다. 와와 슬립랜드의 배경을 커스텀으로 선택하고, 내용까지 마음대로 고르게 하다니. 언뜻 봐서는 수지 타산이 맞는 장사일 리 없었다.

“그렇군요. 아무래도 이렇게 아름다운 곳에서 만나게 되면 마음이 한결 편안하겠어요. 저는 이걸로 할게요.”

손님은 초록이 우거진 드넓은 숲을 배경으로 골랐다.

“혹시 이 배경에 백일홍을 조금만 넣어주실 수 있나요? 제가 백일홍을 워낙 좋아해서요.”

“그럼요, 물론이죠. 조금이 아니라 아주 듬뿍 심어드리라고 전할게요.”

페니는 노트에 손님의 요청 사항을 기록하면서 백일홍이 가득 피어 있는 숲을 상상했다.

“틀림없이 엄청나게 아름다운 꿈이 될 거예요.”

페니가 설렘을 담아 손님에게 말했다.

“고마워요.”

손님은 기분이 한결 나아진 것 같았다.

“이제 내용을 정해볼까요. 특별히 원하시는 상황이나 하시고 싶은 이야기가 있다면 말씀해주세요. 손님의 말투나 행동 습관은 제가 자료를 충분히 모아두었으니 그 점은 걱정하지 마시고요.”

“음… 최대한 자연스러운 상황으로 해주세요. 안부를 묻거나, 그냥 평소처럼 얘기하거나 하는 식으로요.”

“예를 들면요?”

“예를 들자면… 딸한테 남자친구는 생겼는지 묻는다거나, 아직도 아기처럼 김밥을 먹을 때 오이는 다 빼고 먹는지, 그런 일상적이고 엄마다운 잔소리를 하는 거죠. 남편한테는 울 샴푸랑 섬유 유연제는 헷갈리지 않도록 꼭 통에 라벨을 붙여두라고 이야기하곤 했어요. 그런 일상적인 얘기면 충분할 것 같은데, 너무 평범한가요? 아무래도 오랜만에 보는 걸 텐데 잔소리는 빼는 게 낫겠죠?"

"아닙니다. 저는 퍽 마음에 듭니다. 손님의 부모님께 보내는 꿈에도 간단한 안부 인사를 넣어드리면 될까요?"

"부모님께는… 다른 말 대신 미안하다고 전해주세요."

달러구트가 바쁘게 움직이던 손을 멈췄다.

"특별히 전하실 얘기가 없다면, 받는 분의 마음이 편안해질 만한 이야기를 하는 분들이 많습니다. 물론 손님의 의사가 가장 중요하지만요. 죄송하다거나 미안하다는 말은 위안이 되지 못할 거예요. 괜찮으시겠습니까?"

"그렇군요. 생각이 짧았어요. 역시 잘 지내고 있으니 걱정 말라는 내용을 담는 게 좋겠어요." 손님이 마음을 바꿨다.

페니는 노트에 적은 내용을 부지런히 수정했다. 달러구트와 손님의 대화는 어딘지 모르게 담담하면서도 구슬펐다.

"좋습니다. 이제 다 된 것 같군요. 이제 마지막 질문만 남았습니다. 배달 시기는 언제로 할까요?"

"저는 잘 모르겠어요. 주인장께서 우리 가족들을 잘 살펴보시고 괜찮은 때에 해주세요. 너무 이르게는 말구요. 아시잖아요, 다들 괜찮아졌을 때, 하지만 너무 늦어서 섭섭하지는 않은 적당한 때. 그때 배달해주세요."

"탁월한 선택이십니다, 손님. 그럼 맡겨주십시오."

"잘 부탁드릴게요. 그리고… 정말 감사해요."

"저희야말로 찾아주셔서 감사하죠. 조심히 가시고 푹 주무십시오." 달러구트가 정중하게 손님을 배웅했다.

손님이 떠난 후, 달러구트는 셔츠 소매를 걷어 올리고 페니와 자신이 작성한 메모를 비교하기 시작했다. 페니는 묻고 싶은 말이 산더미처럼 많았지만 달러구트가 노트에 적은 내용을 정리할 수 있도록 잠자코 기다렸다.

"오늘은 질문이 없구나, 페니. 네가 궁금해할 것 같아서 일부러 불렀는데 말이다." 달러구트가 손에 들고 있는 노트 너머로 말했다.

"질문해도 돼요?" 페니가 기다렸다는 듯이 대답했다.

"그럼. 되고말고."

"여기 있는 것들, 그리고 방금 나가신 손님이 주문하신 꿈은 뭔가 이상해요. 다른 사람들에게 보낼 꿈도 만들어서 배달까지 해준다는 이야기는 듣지 못했는걸요. 게다가…."

"게다가?"

"손님의 상태도 안 좋아 보였어요. 아까 부모님 얘기를 할 때는 우시는 것 같기도 했고요. 맞아요, 꼭 다시 못 볼 사람처럼…."

"너를 면접에서 처음 본 날도 느낀 거지만, 너는 통찰력이 좋은 편이야. 역시 내가 직원을 뽑는 안목 하나는 쓸 만한 것 같구나."

달러구트가 자리에서 일어났다.

"오늘 이 꿈 중 두 개를 배달할까 하는데, 그 일을 네가 맡아주겠니?"

그는 무더기로 쌓여 있는 상자 중에 두 개를 골랐다. 둘 다 몇 년은 된 것처럼 박스 위에 먼지가 수북했다.

"오래돼서 상하거나 변하지는 않았을까요?"

"괜찮아, 도제가 특수 제작한 꿈에는 유통기한이 없거든."

"도제 님이요?" 페니는 깜짝 놀라고 말았다.

전설의 꿈 제작자 중 가장 외부 활동이 적으며, 좀처럼 사람들이 있는 곳에 나타나지 않는 도제. 그는 '죽은 자가 나오는 꿈'을 만드는 제작자였다.

✦

평일 저녁의 카페. 남자는 퇴근길에 잠시 카페에 들러 노트북으로 오늘의 업무를 마무리하고 가벼운 마음으로 집에 들어가는 것을 좋아했다. 카페에는 젊은이들은 물론이고 부모님 세대의 어른들과 어린 학생들까지, 다양한 연령의 사람들이 자리를 잡고 앉아 있었다.

남자는 항상 아메리카노만 마셨지만, 오늘따라 계산대에 줄이 길어 형식적으로 메뉴판을 읽었다. 그러던 중 캐러멜 마키아토에 시선이 멈췄다. 남자는 한 번도 캐러멜 마키아토를 좋아해본 적이 없었다. 이름도 어렵고, 너무 달아서 오히려 싫어하는 편이었다.

다만, 그 음료는 돌아가신 할머니를 떠올리게 했다.

"할머니, 뭐 마시고 싶어요?"

그건 남자가 목이 마르다는 할머니를 모시고 딱 한 번 카페에 왔을 때의 일이었다. 남자가 인쇄된 메뉴판을 할머니께 내밀자, 한참 끙끙거리던 할머니는 겨우 메뉴를 하나씩 읽어 내려갔다.

"아메리… 이거는 뭐야?"

"할머니, 이건 엄청 쓴 거. 엄청 써. 완전 소태 같은 거야."

"그런 걸 왜 돈 주고 사 먹는대? 나는 싫어, 나는 달달한 거."

"그럼 캐러멜 마키아토? 그게 제일 달아."

"그거는 어떻게 생긴 거지?"

"여기 있잖아요. 할머니. 여기 사진도 있네. 에이, 눈앞에 두고도 몰라."

"어디? 라멜… 마? 이거야? 할머니가 가나다라마바사아까지는 배웠는데 그다음을 못 배워서 헷갈려서 그래."

"알았어요, 알았어. 그럼 내가 이걸로 시켜올게. 마음에 드는 자리에서 기다리고 계세요."

음료를 받아 들고 온 남자는, 할머니가 창가의 1인용 좌석에 불편하게 걸터앉아 있는 모습을 보고 웃음을 지었다.

"할머니, 편한 자리 놔두고 왜 거기 계셔? 이리 오세요. 우리 여기 편한 자리에 앉자."

남자가 할머니를 널찍한 소파 테이블로 데려갔다.

"내가 이런 자리 차지하고 앉아 있으면 사람들이 흉보는 거 아니야? 그 왜, 돈 많이 내고 좋은 음식 먹는 사람들이 여기 앉는 거 아니야?"

할머니가 엉거주춤하게 서서 두리번거렸다.

"우리도 돈 많이 내고 좋은 음식 시켰어, 할머니. 걱정하지 마셔. 그리고 할머니가 편한 자리 앉아 있는다고 흉보는 사람 있으면, 그 사람이 이상한 거야."

"그래? 그래도 너랑 같이 있으니까 든든하고 좋네."

"든든하긴 뭘." 남자가 쑥스러워했다.

"여기서 내가 제일 늙은이다, 그렇제?"

"그러게, 할머니가 제일 세련된 어르신이네. 이런 데 와서 손자랑 커피도 마시고."

"너는 참, 말을 강아지풀반치 보드랍게 해. 어릴 때부터 그랬어."

할머니가 훌쩍 자란 손자를 애틋하게 봤다. 남자는 괜히 민망해서 말을 돌렸다.

"그런데 할머니는 왜 가나다라마바사아까지만 배우셨대? 끝까지 다 배우시지. 몇 자만 더 배우면 되는데."

"할머니 아빠가 더 못 다니게 했거든. 사흘만 더 갔으면 되는 건데. 그걸 끝까지 못 갔어. 그래도 항시 바빴지. 아부지 따라 밭일 돕고, 그러다 결혼하고, 너희 아빠 키우고, 너희 아빠 키우고는 너 키우고. 그런다고 배울 정신이 없었지. 그 뭐냐, 카라멜마? 그것도 못 읽고. 우습지?" 할머니가 부끄러워하며 소녀처럼 웃었다.

"안 우스워, 할머니. 그럼 내가 가르쳐줄게. 우리 할머니 엄청 똑똑하시니까 금방 배우실 거야. 내가 이번 주말까지는 일이 바쁘니까…. 다음 주말에 가서 가르쳐드릴게."

"알았어. 우리 손자밖에 없다."

할머니가 빨대로 캐러멜 마키아토를 한 모금 쭉 마셨다.

"이게 다 뭐냐. 너무 달아서 할미 혀가 다 얼얼하다."

"할머니, 그럼 내 것도 마셔봐요."

남자가 아이스 아메리카노를 내밀었다.

"이건 또 왜 이렇게 써."

할머니가 오만상을 찌푸리자 남자가 깔깔 웃었다.

"이것도 계속 마시다 보면 맛있어, 앞으로 나랑 자주 오셔야겠네."

그게 끝이었다. 82세. 짧지 않은 삶이었으나 아쉬움이 남는 것은 어쩔 수 없었다. 그리고 얼마 후면 할머니의 기일이다.

남자는 음료를 주문하고 홀로 창가의 1인석에 앉았다. 할머니의 기일 즈음이 되면 평소보다 더 많이 생각났다. 그녀는 젊어서는 눈치로 살았고, 늙어서는 어린 손자에게 의지하며 살았다. 학교에서의 배움이 부족하다고 할지언정, 그녀는 얼마나 현명하고 어진 어르신이었고, 또 어릴 적 그에게 얼마나 의지가 되는 존재였는지. 그가 친구 집에 놀러 갔다가 그 집 감자조림이 맛있었다고 하면 이튿날 감자만 한 솥을 삶고, 모기가 물어서 가렵다고 징징거리면 모기를 잡을 때까지 손자 곁에서 뜬눈으로 밤을 새우던 할머니를 떠올렸다.

남자는 다시 카페 안을 둘러봤다. 좋은 음악과 편안한 의자와 여유로움. 모두가 편안한 곳에서 불편하게 주위를 두리번거리던 할머니의 모습이 자꾸만 눈에 어렸다.

"여기서 내가 제일 늙은이다, 그렇제?"

부끄러워하면서도 처음 와보는 곳이 설레서 이곳저곳을 기웃거리던 그녀의 모습이 아른거려, 남자는 차가운 음료를 마시는데도 미간이 뜨끈거렸다.

조금만 더러워져도 옷을 갈아입혀주던 일, 당신 얼굴에는 싸구려 크림 하나 바르지 않으면서 읽지도 못하는 비싼 크림을 사 와서는 아토피에 좋다고 한 통을 온몸에 발라주던 일까지. 그녀의 행동 하나 하나 사랑이 아닌 것이 없었다.

남자는 그날 밤 잠자리에 누워 생각했다.

'할머니의 인생은 뭘 위한 것이었을까. 일찍 태어났다는 이유로 이 좋은 세상 한 번 마음껏 못 누려보고 가신 할머니의 삶은 대체 뭐였을까.'

지긋지긋하게 고생만 하고 좋은 꼴도 못 본 세상. 어쩌면 할머니는 지금이 더 편할지도 모른다. 그래서인지 할머니는 여태껏 한 번도 남자의 꿈에 나오지 않았다.

'할머니, 우리 할머니. 보고 싶다.'

남자는 아이처럼 웅크리고 잠이 들었다.

✦

부부의 다섯 살 난 어린 딸은 말이 느렸다. 다른 아이들이 문장으로 말할 때 단어 몇 개를 겨우 말했다. 발달 센터며 치료실을 전전하며 걱정이 커지기 시작했을 무렵, 아이는 극적으로 말문을 열었고 하고 싶은 것, 하기 싫은 것, 좋아하는 것, 싫어하는 것을 문장으로 말하기 시작했다.

"우리 가족 사랑해." 하고 말했을 때, 부부는 세상을 다 가진 것 같았다.

그리고 또 어느 날, "머리 아파요. 안 아프게 해주세요." 했을 때, 가족의 행복은 그날 그대로 멈췄다. 아이는 이후, 쭉 병원에만 있었고, 그 해를 넘기지 못했다.

아이가 떠나고 얼마간의 시간이 흘렀다. 부부는 아직 젊었고, 각자 사회생활에도 열심이었다. 그리고 두 사람의 집에 더 이상 아이가 살던 흔적은 없었다.

예전에 아이를 키울 때, '언제쯤 장난감 없는 깨끗한 바닥을 한 번 보겠냐'고 농담 삼아 말하던 것이 무색할 만큼, 두 사람의 집은 늘 정돈되어 있었고 차분했다.

두 사람에서 세 사람으로, 그리고 세 사람에서 다시 자연스럽게 두 사람으로 돌아온 듯했다. 시간이 약이라는 말이 두 사람에게도 유효한 것처럼 보일 정도였다. 부부는 그러다가도 이야깃거리만 있으면 끝도 없이 아이 이야기를 했다.

예전에는 울기만 했으나, 지금은 웃기만 하다 끝나는 날도 더러 있었다.

두 사람은 아이 이야기를 굳이 피하지 않았다. 처음에는 애써 잊으려고, 잊어야 산다고 생각했으나 결국 잊을 수 없다는 것을 깨닫는 데 얼마 걸리지 않았다.

문득 장난감 광고를 볼 때, 노란 버스가 지나갈 때, 어린이 보호구역 표지판을 볼 때, 어린 아역배우가 잘 자란 모습을 볼 때, 그리고 입학 시즌과 졸업 시즌을 지날 때마다 속수무책으로 무너지게 되는 것이었다.

아내는 아이의 잠든 얼굴이 보고 싶다고 했다. 남편은 목욕하고 나와 폭 안기던 포근한 살 냄새가 그립다고 했다. 두 사람의 목소리 사이에 스며들던 웃음소리. 두 사람을 골고루 빼닮은 우스운 버릇들….

아이는 다섯 살에 멈춰버린 채, 둘만 늙어가는 시간이 너무나도 더디게 느껴졌다. 두 사람 모두 차라리 아이가 너무 외롭지 않을 때, 늦기 전에 보러 가고 싶다는 생각을 한 적이 있지만 차마 입 밖에는 낼 수 없었다.

그날 밤, 두 사람은 침대에 누워 등을 맞대고 돌아누웠다.

부부는 딱 아이가 누울 만큼의 자리를 습관처럼 남기고 누웠다. 그 공간이 서로의 울음소리가 들리지 않을 만큼 먼 거리는 아니었지만, 둘은 서로가 상대의 울음소리를 못 들은 척해주며 지냈다.

✦

페니는 달러구트가 얘기했던 인상착의의 손님들이 도착하자, 분주하게 움직였다. 그녀는 최대한 예쁘게 다시 포장한 꿈을 들고 손님 앞으로 나섰다.

"늦지 않게 와주셔서 감사합니다."

"네? 저요?"

남자가 되물었다. 남자 옆의 부부로 보이는 손님들은 우느라 눈이 퉁퉁 부어 있었다. 세 사람은 영문을 모르겠다는 듯 페니를 바라봤다.

"오늘 배달받으실 꿈이 있었거든요. 여러 번 말씀드렸죠. 늦지 않게 딱 맞춰서 와주셨어요."

"이게 뭐죠?"

"꿈이에요. 아주 귀한 꿈이죠. 다른 손님께서 특별히 주문 제작해서 보내신 물건이에요."

"누가요? 보낼 사람이 없을 텐데…." 부부 중 남편이 되물었다.

"익명으로 보내셨답니다. 누가 보내셨는지는 꿔보면 아실 거예요."

✦

남자는 그날 밤 꿈속에서 할머니를 만났다.

할머니와 간 카페는 남자가 평소에 가던 카페와 닮아 있었지만, 훨씬 근사했다. 카페 안에서 옛날에 할머니와 살던 집 냄새가 났다.

할머니는 자신만만하게 캐러멜 마키아토 두 잔을 주문하고 점원과 농담까지 하는 여유를 보였다. 할머니는 이런 곳에 매일 오는 사람 같았다.

"할머니, 할머니는 어떻게 그렇게 어려운 메뉴를 주문도 잘하셔?"

손자가 애정이 어린 눈길로 할머니를 바라봤다.

"우리 손자가 한글 다 가르쳐줘서 알지."

"난 가르쳐드린 기억이 없는데."

"아니야. 다 가르쳐줬잖어, 그때. 너는 젊은 놈이 그렇게 깜빡깜빡해서 어쩌냐."

"정말 내가 그랬나?"

남자는 카페 창밖의 풍경을 바라봤다. 어쩐지 할머니와 함께 살던 옛날 집의 마당을 닮았다고 생각했지만, 꿈속의 남자는 이상하다고는 생각하지 않았다. 다만 이 카페가 마음에 쏙 든다고 생각할 뿐이었다. 두 사람은 커피를 마시며, 어릴 적 이야기를 하며 웃고 떠드느라 시간 가는 줄을 몰랐다. 카페 점원이 두 사람에게 서비스로 케이크 한 조각을 주었다.

"두 분 사이가 너무 좋아 보이셔서 드리는 거예요."

"착한 아가씨. 고마워요, 고마워."

할머니가 방긋 웃었다.

"할머니랑 나오니까 나까지 이런 대접을 다 받네? 할머니랑 자주 와야겠다."

"너는 느 친구들이랑 와야지. 이런 쭈글쭈글한 할머니랑은 그만 오고."

"치, 섭섭하게."

남자는 할머니를 앞에 두고 골똘히 얼굴을 살피다가, 머릿속에 언뜻 남아 있던 질문을 던졌다. 이 상황과 맞지 않는다는 건 알았지만 왠지 지금이 아니면 물을 수 없을 것만 같았다.

"할머니, 할머니 인생은 어땠던 것 같아요?"

"좋았지." 할머니가 조금의 망설임도 없이 대답했다.

"좋았어? 정말로? 어떤 점이?"

남자는 의자를 당겨 앉아 할머니의 이야기에 귀를 기울였다.

"나 어렸을 적에는 남의집살이 안 하고, 우리끼리 오손도손 사는 것만으로 좋았지."

"그럼 젊어서는? 고생을 너무 많이 하셨잖아."

"젊어서는 너희 애비 내 손으로 키울 수 있는 게 좋았지."

"…."

"늙어서는 손자 크는 것 보는 재미로 살았고. 꼭 네가 스스로 앞가

림할 때까지 오래오래 살게 해달라고 빌었는데, 어느 맘씨 좋은 신이 들으셨는지 늙은이 소원을 이뤄주었지 뭐냐. 그러니까 할미 인생은 참으로 좋았지."

할머니가 손자의 얼굴을 쓰다듬었다. 분명 어릴 적 할머니의 손은 까끌까끌했는데, 오늘은 아기처럼 보드라운 손길이었다.

"요놈 참, 언제 두 발로 걸을까 했는데, 훌쩍 커서 할머니보다 훨씬 앞서서 걷고, 할머니 손도 꽉 잡아주고 걸음도 기다려주고 하니, 늙은 할미 마음이 봄처럼 설렜지."

남자는 갑자기 정신이 번쩍 들었다. 그리고 두려운 마음으로 천천히 입을 열었다. "할머니. 이거 아무래도 꿈인가 봐. 할머니 이제 없는데. 어? 그치?"

"없긴 왜 없어, 지금 이렇게 같이 있잖어. 다 생각하기 나름이야, 안 그래?"

남자가 눈시울을 붉혔다.

"재호야, 울 거 없어. 이럴 줄 알았으면 더 늦게 올걸. 시간이 그렇게 많이 지났는데 아직도 그러면 어떡해."

"더 늦게 오긴 뭘 늦게 와. 진작 왔어야지."

남자가 울지 않으려고 애쓰면서 퉁명스럽게 대꾸했다.

"할미는 여기서 무릎도 안 아프고, 좋아하는 나물도 많이 키우고 잘 지낸다. 그러니까 괜히 울고 그러지 말어. 우리 손주랑 만날 수 있어서 할머니 참 행복했다."

"할머니. 왜 갈 것처럼 그래, 더 있다 가. 커피 다 마셔서 그래? 내가 한 잔 더 사 올게."

할머니는 고개를 저었다. "만나서 반가웠다, 우리 강아지. 건강히 잘 지내고, 사는 동안 꿈 많이 이루거라. 할머니는 오늘 너 봤으니 원하는 꿈을 다 이룬 셈이다."

남자는 꿈속에서도 조금씩 잠에서 깨고 있음을 느꼈다. 괜히 이거 꿈이냐고 말해버려서 할머니가 일찍 사라지는 것 같아 마음이 괴로웠다. 그리고 이내 정신이 완전히 들었다. 결국 잠에서 깬 것이다.

남자는 잠에서 깼는데도 한동안 눈을 뜰 수 없었다. 눈을 뜨면 눈꺼풀 안쪽의 잔상이 사라질까 봐 아까워서 뜨기 싫었다.

좀처럼 울지 않는 남자는, 양쪽 눈에 눈물이 그렁그렁한 채로 일어났다. 그리고 그대로 웅크려서 엉엉 소리 내 한참을 울었다.

✦

젊은 부부 손님도 한창 꿈을 꾸고 있었다. 그들은 꿈속에서 먼저 떠나보낸 딸을 만났다. 꿈속의 아이는 말이 유창했다.

"나 엄마 아빠한테 하고 싶은 말이 이마안큼 많았는데, 그때는 마음은 엄청 많은데 할 줄 아는 말이 별로 없었어."

"그랬어? 우리 딸 지금은 말을 엄청 잘하네. 얼굴도 더 예뻐지고."

"엄마도 예쁘다."

딸아이가 엄마의 얼굴을 감싸 쥐고 사랑스럽게 웃었다.

부부는 딸을 꼭 끌어안았다.

"아프다는 말만 하다가 가게 해서 너무 미안해."

"아닌데? 나는 100개만큼 행복하고 한 개만큼만 아팠는데, 지금은 한 개도 안 아파."

"아무것도 못 하고 너무 짧게 살다 가서 어떡해."

아빠는 자꾸만 미안해서 애처롭게 아이를 봤다.

"아이참, 아니라니까. 나는 대신 좋은 기억만 있어. 있잖아, 여기는 친구들도 있고 선생님도 있고 할머니 할아버지도 많은데, 사는 게 좋기만 했던 사람은 아무도 없대! 나는 좋기만 했는데! 굉장하지?"

"그러게, 우리 딸 굉장하네. 아빠도 좋은 기억만 있어. 우리 딸, 아빠 엄마 많이 보고 싶은데 혼자 있어서 속상하지 않았어?"

"나는 기억력이 엄청 좋아서 괜찮아. 안 봐도, 머릿속에 다 있어."

아이는 버둥거리며 부부의 품속에서 빠져나왔다. 그리고 부부를 보며 귀여운 얼굴로 똑 부러지게 말했다.

"그러니까 우리 나중에 천천히 만나. 이상한 생각하지 말구."

부부는 눈물이 나오려다가 잔망스러운 딸의 모습에 웃음이 나왔다.

"알았어, 천천히. 그래도 꼭 만나자."

"응, 잘 놀고 있을게. 착하게 잘 있겠다고 약속할게."

부부는 이게 전부 꿈이라는 걸 알았지만 진짜 딸을 만난 것처럼 벅찼다. 오늘처럼 꿈인 걸 알면서도 꿈을 꾸는 경우는 좀처럼 없었다.

두 사람은 동시에 잠에서 깼다. 아직 시간은 새벽 1시. 잠든 지 채 두 시간도 되지 않은 시각이었다. 부부는 엉킨 이불을 서로 감싸 안듯 사이에 껴안고 있었다.

그리고 완전히 정신이 들었을 때, 서로 말없이 손깍지를 끼고 한참을 누워 있었다.

✦

"달러구트 님, 얼마나 많은 사람이 꿈을 맡기고 떠나나요?"

"아주 아주 많은 사람들이 남기려고 노력하지. 이쪽 일만 전문으로 하는 가게가 있을 정도로."

"전 여기서 일하게 된 이후로 매일이 놀라움의 연속이에요. 더 놀랄 일이 없다고 생각하면, 훨씬 놀라운 일이 벌어지거든요."

"그러니? 그것참 일할 맛 나겠구나." 달러구트가 웃었다.

"네 말대로 참 신기하지. 갑작스러운 사고든, 오래 병상에서 앓았든, 잠든 사람들은 자신의 생명이 꺼져가는 걸 본능적으로 느끼는 것 같단다. 아마도 외부 환경의 자극이 없는 상태에서는 원초적인 감각이 더 예민해지는 걸지도 모르지."

"전 그런 어려운 이야기는 잘 모르겠어요."

페니는 달러구트의 사무실에서 낡은 상자들을 솎아내어 깨끗한 상자에 옮겨 담기 시작했다.

"그래도요, 이 꿈들을 소중히 다뤄야 한다는 것만큼은 잘 알겠어요. 이 꿈을 남긴 손님들의 심정은 다 헤아리지 못하겠지만요."

"사람들은 어떤 식으로든 남겨질 사람들에게 메시지를 전하려고 하게 마련이지."

"너무 이른 생각이지만 저도 나중에 어떤 말을 남길지 미리 생각해두고 싶어졌어요."

"그것도 좋은 생각이구나. 나라면…. 절대 나를 잊지 말라거나, 가게를 아무한테나 넘기지 말라는 말을 남길 것 같구나."

달러구트가 농담조로 말했다.

"하지만 실제로 손님들을 만나보면, 떠나는 자신은 안중에도 없단다. 그저 남은 사람들이 괜찮기를 바라지. 사랑하는 사람을 두고 가는 건 그런 것인가 보더구나. 나도 아직 잘은 모르겠지만 말이다."

페니는 세월을 가득 담은 박스들을 보며 괜스레 코끝이 찡했다. 그녀는 상자에 남은 먼지 한 톨마저 정성스럽게 닦아냈다.

"달러구트 님."

"왜 그러니?"

"전 이 일이 참 좋아요."

"나도 참 좋단다." 달러구트가 담백하게 대답했다.

그리고 사무실 문이 벌컥 열렸다. 문밖에는 라텍스 장갑을 낀 비고 마이어스와 웨더 아주머니, 그리고 새로 산 마롱케이크를 들고 있는 모그베리와 억지로 끌려온 것 같은 스피도가 서 있었다.

"이렇게 정리할 물건이 많으면 저부터 불렀어야죠."

마이어스가 섭섭해하며 들어왔다. 그는 정리 안 된 박스들을 보고 설렌 기색을 감추지 못했다.

"아까 같이 못 드셔서 케이크를 하나 더 사 왔어요. 오늘 업무도 거의 마무리된 것 같은데, 정리 얼른 끝내고 같이 드시는 게 어때요?"

모그베리가 케이크 상자를 들어 보였다. 모그베리는 그사이 머리가 많이 길어서, 이제 머리를 묶어도 잔머리가 거의 나오지 않았다.

"할 거면 빨리빨리 하고 끝내죠."

성미 급한 스피도는 벌써 박스를 옮기고 있었다.

그날 퇴근 무렵, 페니는 새로 제작되어 온 눈꺼풀 저울을 진열장에 넣기 위해 빈 곳을 찾고 있었다. 거래처에 맞춤 제작을 맡긴 지 꼬박 두 달 만에 받은 물건이었다. 사다리에 올라서도 겨우 손이 닿을 만한 곳에 빈자리가 하나 있었다. 페니는 조심스럽게 저울을 놓고, 눈꺼풀 모양의 추를 손가락으로 살짝 쓸었다. 저울의 눈금이 파르르 떨리다가, 이내 '맨정신'과 '졸림' 사이에 멈췄다. 그리고 잠시 뒤, '졸림'은 '잠드는 중'으로 바뀌었다.

페니는 사다리에서 내려와 가게 밖을 보면서 손님을 기다렸다.

지나가던 아쌈이 페니를 보고 반갑게 손을 흔들었다. 그리고 기다리던 손님이 저 멀리서 가게를 향해 점점 다가오고, 이내 문이 열렸다.

"어서 오세요, 손님!" 페니가 반갑게 손님을 맞았다.

"오늘은 아직 좋은 꿈이 잔뜩 남아 있답니다!"

비고 마이어스의 면접

비고 마이어스는 달러구트 앞에서 잔뜩 얼어 있었다. 달러구트가 '심신 안정용 쿠키'를 주었지만, 그는 입안이 바싹 말라 입에 넣을 엄두도 못 냈다.

"이봐, 젊은 친구. 왜 이렇게 떨어? 긴장할 거 없어. 그냥 편하게 얼굴 보고 이야기나 하다 가면 그만이야."

달러구트가 마이어스를 달랬다. 그는 앞에 앉은 20대 중반의 젊은 청년이, 왜 이렇게 긴장했는지 짐작 가는 바가 있었다.

"대학에서 제적당한 것 때문에 그러나? 면접을 아무리 잘 봐도 내가 결국은 떨어뜨릴까 봐?"

달러구트가 비고 마이어스의 지원 서류를 보면서 말했다.

"아무리 그래도 내가 입사 시험에서 전체 1등을 한 지원자를 그냥 떨어뜨릴 것 같은가? 문제를 꽤 어렵게 냈다고 생각했는데, 전부 맞혔더군. 내가 가게를 운영한 지난 10년을 통틀어, 만점자는 자네가 처음이야."

달러구트가 마이어스를 칭찬했다.

"그런 문제들은 하나도 어렵지 않아요."

마이어스가 기어들어 가는 소리로 겨우 입을 뗐다.

"제 얘기를 해야만 하는 이 상황이 어렵죠."

비고 마이어스는 고개를 푹 숙이고 꾀죄죄한 손톱을 만지작거렸다. 그는 면접에 온 사람답지 않게 행색이 지저분했다. 마치 겨우겨우 몸을 일으켜 면접 장소까지는 왔지만, 씻고 차려입을 의욕까지는 낼 수 없었던 사람처럼.

"보아하니 학교에서 제적당한 일에 대해 말하는 게 싫은가 보군. 그래도 어쩔 수 없네. 자네를 고용하려면 중대한 범죄를 저지른 건 아닌지 확인해야 할 의무가 있으니까."

달러구트가 단호하게 못 박았다.

"나쁜 범죄는 아니에요!"

비고가 고개를 들고 달러구트를 처음으로 똑바로 쳐다봤다.

"다만 규칙을 잘 몰랐을 뿐이에요…. 딱 한 번, 실수는 한 번뿐이었어요. 정말로요."

"그래서, 무슨 일이 있었던 거지?"

비고는 입술을 움찔거리며 말을 할 듯 말 듯 달러구트를 애태웠다.

"됐어, 무리하지 말게. 말하는 게 힘들면 이 면접을 포기해도 좋고, 면접을 포기할 수 없으면 내가 직접 자네의 지도교수에게 연락해서 알아보는 방법도 있으니까."

"그, 그건 안 돼요. 알겠습니다. 제가 말씀드리죠."

비고는 숨을 크게 한 번 내쉬었다.

"후… 그건 졸업 작품을 준비하던 때였어요."

비고가 이야기를 시작했다.

✦

"비고! 졸업 작품 파트너는 구했어?" 지나가던 4학년 동기가 물었다.

"응. 한 사람이 겨우 승낙해줬어."

대학의 4학년생들은 스스로 '진짜 손님'과 만나 상담을 진행하고, 그 손님을 위한 꿈을 제작해서 졸업 작품으로 제출해야 했다.

비고는 지난 한 달 동안, 매일같이 '달러구트의 꿈 백화점' 앞에 진을 치고 있었다. 그는 들어가는 손님들을 아무나 붙잡고 "졸업 작품의 파트너가 되어주실래요?" 하고 애걸복걸했다. 하지만 모두가 '뭐야?' 하는 표정으로 그냥 지나가기 일쑤였다.

딱 한 달째 되던 날, 비고와 비슷한 또래의 여자가 그에게 다가왔다. 그녀는 펑퍼짐한 아이보리색 잠옷 세트를 입고 있었다.

"제가 해드릴까요? 졸업 작품 파트너."

"정말요? 감사합니다!"

"한 달 동안 여기서 이러고 있는 걸 봤어요. 무슨 일인지 모르겠지만 노력이 가상하네요."

그건 너무나 일반적이지 않은 말이었다. 한 달 동안 이곳에서 일어난 일을 빠짐없이 기억한다고? 외부 사람이?

"어떻게…?"

"비밀을 지켜줄 거죠?"

여자 손님이 주위를 두리번거리고는 비고에게 귓속말로 말했다.

"전 루시드 드리머예요. 그것도 엄청 수준 높은."

비고는 깜짝 놀랐다.

"자각몽으로 여기까지 마음대로 올 수 있다고요? 이런 건 처음 봐요."

"난 잠들면 원하는 곳은 어디든 갈 수 있어요. 그리고 여기서 일어났던 일을 다 기억해요. 멋지죠? 자, 졸업 작품은 어떻게 도와주면 되죠."

두 사람은 졸업 작품을 핑계로 매일같이 꿈 백화점 근처의 카페에서 정해진 시각에 만났다. 자각몽에 관해 이야기하거나, 각자가 사는 곳에 대한 이야기를 하다 보면 시간 가는 줄을 몰랐다.

그리고 비고가 그 여자 손님을 좋아하게 된 것은, 너무나도 뻔히 정해진 수순이었다.

"졸업 작품 발표회에 널 초대하고 싶어. 내가 널 위해서 만든 꿈을 꼭 보러 와줘. 그리고 그날은 평상복을 입고 잠들어줘. 발표회에는 사람이 많을 테니까, 평범한 옷만 입고 있다면 들키지 않고 구경할 수 있을 거야."

하지만 막상 발표회 당일이 되자 여자는 끝내 나타나지 않았고, 그 후로 여자를 볼 수 없었다는 것 또한, 이런 이야기의 뻔한 결말이었다.

✦

"전 결국 그 친구가 오지 않은 상태로 발표를 시작했어요. 그런데 문제가 생겼죠…." 비고는 이후의 이야기를 계속했다.

"왜지?"

"제 자신이 나오는 꿈을 만들었거든요." 비고가 고개를 떨궜다.

"오, 이 어리석은 친구야…." 달러구트가 탄식했다.

"그럼 안되지. 우린 손님들의 꿈에 등장해서 그들의 삶을 어지럽혀선 안 돼. 상대가 루시드 드리머라면 더더욱. 그건 위험한 발상이야."

"전 정말 몰랐어요. 헛똑똑이였죠. 학교에 다니면서 그런 규칙이 있는 줄은 정말로 몰랐어요. 제가 어떻게 알았겠어요? 루시드 드리머를 진짜로 만나게 될 줄!" 비고의 눈에는 억울함이 가득했다.

"그리고… 그 후의 이야기는 말 안 해도 아시겠지만…. 제 졸업 작품을 보고 교수님이 노발대발하셨고, 징계 위원회가 열리고…. 전 사실대로 말했지만 제적을 당하게 됐어요. 게다가 협회에 기록이 남는 바람에 이젠 제작자로 일할 수도 없는 신세가 됐죠…. 전부 다 제가 망쳤어요…."

달러구트는 지치고 추레한 행색의 비고를 걱정스럽게 쳐다봤다.

"자네, 혹시 여기서 일하면 그 여자 손님을 다시 만날 수 있을까 해서 지원한 건가? 두 사람의 첫 만남이 우리 가게 앞이었으니까?"

비고는 달러구트에게 너무나 쉽게 마음을 간파당하자, 변명할 의지를 상실했다.

"네. 하지만 그 이유뿐만은 아니에요! 전 꿈이 좋아요. 이 지경이 됐지만 그래도 꿈을 다룰 수 있는 일을 하고 싶어요. 그럴 수조차 없다면 정말이지… 더는 살아갈 이유가 없어요."

"안 돼! 보아하니 아직도 미련을 버리지 못한 것 같은데, 절대 안 될 말이야." 달러구트의 표정은 단호했다.

"저도 제가 바보 같다는 걸 알아요. 이런 식으로는 함께할 수 없다는 것도 알고요. 그 친구는 절 보러 여기까지 올 수 있겠지만, 전 그 친구가 사는 곳에 절대 갈 수 없죠. 그래서 발표회에서 보여주고 싶었던 거예요. 내가 만든 꿈으로 이렇게 만나러 갈 수 있다고…."

"손님한테 그런 마음을 가지면 곤란해. '꿈속의 남자'나 '꿈속의 여자'가 되어 손님들과 절절한 사랑놀음을 하다 신세를 망친 젊은 제작자들이 너무나 많았어. 그들은 결국 상대에게 절대로 현실이 될 수 없다는 사실을 깨닫고 괴로워하다가 깊은 우울함에 빠져버렸지. 그리고 그 끝은 항상…."

"이제 그때와 같은 욕심은 부리지 않을게요, 여기서 가만히 기다리기만 할게요! 제발…."

"그 손님이 왜 갑자기 오지 않는지는 생각해본 건가? 갑자기 자각몽을 못 꾸게 된 걸 수도 있고, 신변에 문제가 생긴 걸지도 몰라. 평생을 기다려도 오지 않을지도 모른다고." 달러구트가 답답해했다.

"괜찮아요. 10년이든 20년이든, 여기서 일하다 보면 한 번은 마주칠 거예요. 꼭 말해주고 싶어요. 언제든 여기 오면 만날 수 있게 계속 여기 있겠다고요."

사무실에 긴 적막이 흘렀다.

비고와 그의 지원 서류를 번갈아 보며 인상을 쓰고 있던 달러구트는 한참을 가만히 있다가 입을 열었다. "비밀로 하게."

"네?"

"제적이야 이미 소문났겠지만, 그 이유는 더 이상 누구에게도 말해선 안 돼."

"무… 물론이죠!"

"하지만 대학 4학년생이 자기 자신이 나오는 꿈을 만들 줄 알았다니…. 확실히 보통은 아니군. 좋아, 한번 같이 일해보지. 이만 나가보게. 다음 지원자와도 면접 약속이 있어…."

"달러구트 님, 정말로… 감사합니다!"

비고 마이어스가 엉거주춤하게 자리에서 일어나 연신 꾸벅이며 뒷걸음질 치면서 문 쪽으로 향했다.

"그리고 하나 더. 내일부터는 항상 몸을 깔끔하게 하고, 좋은 옷을 입고 다니게."

달러구트가 비고의 꾀죄죄한 모습을 보고 덧붙였다. "그 친구와 언제 다시 만나게 될지 모르잖나."

비고의 얼굴에는 그제야 환하게 웃음이 번졌다.

"네! 엄청 깔끔 떨고 다닐게요. 청소도 세탁도, 그리고… 가게 청소도 제가 다 할게요! 전부 다 제가 할게요! 정말 감사합니다, 감사합니다!"

에필로그 2

스피도의 완벽한 하루

"페니! 같이 가!"

손가방을 힘차게 앞뒤로 흔들며 씩씩하게 출근 중이던 페니를 불러 세운 것은 모그베리였다. 모그베리는 양손에 달걀 샌드위치를 하나씩 들고 가쁜 숨을 몰아쉬고 있었다.

"저 멀리서부터 불렀는데, 못 들었어?"

모그베리가 으깬 달걀이 듬뿍 들어간 샌드위치를 내밀었다.

"자, 오늘도 아침 안 먹고 나왔지? 이거 하나 먹어."

"어머, 죄송해요. 모그베리 님. 오늘 끝나고 뭘 할지 생각에 잠겨 있느라 못 들었나 봐요."

모그베리가 건넨 샌드위치에서 나는 고소한 노른자 냄새와 개운한 후추 냄새가 기분 좋게 식욕을 자극했다.

"직접 만드신 거예요?"

"출근하면서 퇴근 생각하는 건 다들 똑같다니까. 이건 우리 언니가 만들어준 거야. 나랑은 다르게 요리 실력이 훌륭해."

모그베리가 샌드위치를 한 입 덥석 베어 물며 대답했다.

"우리 집은 인테리어 공사 중이어서 당분간 친언니네 집에 얹혀 살게 됐거든. 앞으로 종종 출근길에 마주칠 테니 잘 부탁해." 모그베리가 오늘따라 유난히 더 어려 보이는 얼굴로 귀엽게 씩 웃었다.

각자 샌드위치 하나를 다 먹어갈 때쯤, 두 사람은 가게 맞은편에 있는 은행 앞 횡단보도 앞에 다다랐다.

"그런데 페니, 그 범인은 아직 못 잡았지?"

신호를 기다리던 모그베리가 조심스럽게 페니에게 물었다.

"네? 어떤 범인요?"

"그 왜, 너 일한 지 한 달도 안 됐을 때, 웨더 님 대신 은행에 '설렘' 두 병을 예탁하러 갔다가 한 병을 도둑맞은 적 있었잖아."

모그베리가 등 뒤의 은행 건물을 손가락으로 가리켰다.

"알고 계셨어요?"

"그럼! 물론이지. 가게에서 일어나는 일들은 어떻게든 다 알게 되게 마련이거든. 게다가 우리 매니저들은 분기별 매출을 관리해야 하니까 그런 특이사항은 당연히 알고 있어야 하지 않겠니?"

"듣고 보니 그렇네요. 다들 조용히 넘어가주셔서 저는 달러구트 님과 웨더 아주머니만 알고 계시는 줄 알았어요."

페니는 괜히 얼굴이 화끈거렸다.

"스피도는 몰라. 내가 얼버무렸거든. 걔 성격에 그걸 알면 널 얼마나 들들 볶겠니? 자기도 성미만 급해가지고 신입 때 실수란 실수는 다 했으면서 남들한테는 엄청 야박하게 군다니까."

모그베리가 고개를 절레절레 흔들었다.

"정말 감사해요. 스피도 님은 지금도 저한테 하루에 한 번씩 정신을 어디다 놓고 다니냐는 둥 그래 놓고 월급 받으면 가게에 미안하지 않느냐는 둥 핀잔을 주시거든요."

"신경 쓰지 마. 스피도가 신입일 때 사고 쳤던 걸 진부 월급에서 빼면, 걘 아직도 월급을 반밖에 못 받고 있을 거야."

모그베리가 페니의 등을 가볍게 토닥였다.

"아마 그 범인은 완전히 종적을 감춘 거겠죠? 벌써 1년이 다 되어 가는데도 잡히지 않은 걸 보면 말이에요…."

페니는 횡단보도를 건너다 은행을 뒤돌아보며 한숨을 푹 쉬었다.

"지금이라도 잡히면 속이 후련할 것 같아요. 운 좋으면 잃어버린 '설렘' 한 병도 되찾을 수 있을 거고요."

"그러게 말이야. 그럼 가게에도 큰 도움이 될 텐데. '설렘'은 여간해서는 꿈값으로 받기가 힘드니까…. 그런 사람들은 보통 조직적으로 움직이게 마련이잖아? 아마 지금도 같은 패거리들이 비슷한 수법으로 나쁜 짓을 하고 다닐 거야."

"그래도 이제 똑같은 수법을 쓰진 않을 것 같아요."

"또 모르지, 등잔 밑이 어둡다고. 경계가 느슨해지는 걸 기다렸다가 다시 나타날지 어떻게 아니? 항상 잘 살펴봐야 해."

모그베리가 똑 부러지게 말했다.

가게 앞에는 이제 막 출근하는 직원들과 밤새 일하고 기분 좋게 퇴근하는 직원들, 아침 일찍 찾아든 손님들로 벌써 활기가 넘쳤다. 그중 무릎이 훤히 드러나는 청바지를 입은 호리호리한 직원이 그들에게 반갑게 손을 흔들었다.

"모그베리, 어서 들어가봐. 스피도가 넌 대체 언제 오냐고 아침부터 난리야."

"스피도? 오늘 휴가 낸 것 아니었어?"

"나도 그런 줄 알았는데, 출근을 했더라고. 난 이만 퇴근한다, 수고해!"

"내가 잘못 안 건가?"

모그베리가 야무지게 묶은 머리를 갸우뚱했다.

"모그베리! 왜 이제 오는 거야. 한참 기다렸다고, 3분이나! 4층에 상품 들어온 건 전부 정리해놨고 오늘 예약 손님들 물건도 1층 로비에 미리 다 빼놨으니까 퇴근할 때 리스트만 한 번 체크해줘. 그리고 페니, 너도 마침 잘 왔어. 4층 D열 17번 기둥 앞에 바닥 타일이 벗겨져서 오늘 옆 마을 수리공께서 오시기로 했거든? 수리비는 가게 수선비 항목에서 드리면 되고 영수증은 꼭 챙겨둬. 바닥 타일은 한 장에 비싸도 50씰이면 충분히 고치니까 이상하게 비싸다 싶으면 나한테 꼭 전화하고. 알겠지?"

페니와 모그베리는 외투를 벗기도 전에 스피도가 따발총처럼 뱉어내는 말들을 받아 적느라 정신이 하나도 없었다.

"좀 천천히 말해. 나 좀 전에 먹은 샌드위치가 올라올 것 같아." 모그베리가 메스꺼운 표정을 지었다.

"난 오늘 휴가인데도 새벽같이 나와서 내 할 일을 다 했다고. 이제 1분도 허투루 쓸 수 없어."

스피도는 말이 채 끝나기도 전에 가게 문밖으로 달려 나가버렸다.

스피도 자신이 생각하기에도 오늘 하루 계획은 완벽했다. 그가 뜬금없이 아무 날도 아닌 평일에 이렇게 하루씩 휴가를 내는 이유는, 1분 1초도 낭비하지 않고 최대한 많은 일을 해냈을 때의 쾌감을 느끼기에 주말보다 평일이 훨씬 유리했기 때문이다.

스피도는 콧노래를 부르면서 오늘의 계획이 빼곡하게 적혀 있는 수첩을 꺼내 들고 다시 한번 동선을 확인했다. 먼저 은행으로 가서 새 적금통장을 만들어야 했다. 이율 높은 새 적금 상품이 출시되었다는 소식을 들었기 때문이다. 그간 몇 번의 실패를 통해, 스피도는 자신이 리스크가 높은 재테크에는 전혀 소질이 없다는 것을 깨달았다. 은행 업무가 끝나면 10시 정각에 새로 구워져서 나오는 커크스 배리어의 단팥빵을 사고, 10시 20분부터 시작하는 채소 가게의 타임세일을 노리는 것이 일단 오전의 계획이었다. 그러고 나면 정확히 11시에 오픈하는 튀김덮밥 가게에 때맞춰 도착해서 줄을 서지 않고 이른 점심을 먹을 수 있을 것이다.

"아무리 맛있는 집이라도 음식을 줄 서서 먹는 건 절대 내 인생에 있을 수가 없는 일이지. 암, 그렇고말고."

스피도는 가게 앞 횡단보도를 건너며 혼잣말을 했다. 그리고 얼룩 하나 없이 깨끗하게 닦인 은행 문 너머로 안을 살펴본 그는, 충격으로 양손으로 입을 틀어막았다.

"오, 이런 세상에…."

그가 수년간 관찰한 데이터에 따르면 평일 오전 9시 10분의 은행

대기인 수는 평균 다섯 명이어야 했는데, 오늘은 대기인 수가 무려 열한 명이었던 것이다.

"안 돼, 이럴 수는 없어. 이러다간 적금 통장을 만들고 나면 10시가 훌쩍 넘어버릴 거야."

잠깐 절망에 빠져 있던 스피도에게 번쩍하고 좋은 생각이 떠올랐다. 그는 바닥에 납작 엎드려서 누군가 버린 번호표를 필사적으로 찾기 시작했다. 입고 있던 새하얀 점프슈트의 바지 솔기가 뜯어지는 줄도 모르고 엉덩이를 바짝 치켜들고 정수기 밑바닥까지 샅샅이 훑은 결과, 얼마 지나지 않고 그는 다섯 명 앞의 번호표를 운 좋게 찾아냈다. 은행 바닥을 기어다니다가 의기양양하게 대기석에 앉은 스피도를 주위 사람들이 힐끔힐끔 쳐다봤지만 그는 전혀 개의치 않았다.

"좋았어, 이대로라면 아슬아슬하지만 시간에 맞출 수 있을 거야."

하지만 아까부터 한 남자가 스피도의 눈에 굉장히 거슬렸다. 말쑥한 정장 차림의 그 남자는 서글서글한 눈웃음을 흘리며 나이 많은 노인들에게 말을 걸고 있었다.

"저기 혹시 …."

거리가 살짝 떨어져 있는 탓에 그 남자가 뭐라고 하는지는 들리지 않았지만 스피도는 충분히 짐작할 수 있었다. 그는 분명 스피도처럼 조금이라도 빨리 은행 업무를 보기 위해 마음씨 좋아 보이는 노인들을 상대로 번호표를 양보해달라고 조르고 있는 게 분명해 보였다.

"치사한 녀석… 뻔뻔하게 노인들에게까지 인정에 호소하다니."

스피도는 자신이 가진 번호표와 각 창구 전광판의 번호를 빠르게 훑었다. 오늘따라 유난히 한 사람 한 사람의 업무가 길어지고 있었다. 만약 저 치사한 녀석이 스피도보다 빠른 번호표를 얻게 된다면, 그는 커크스 배리어의 단팥빵을 포기해야 할지도 몰랐다. 커크스 배리어의 단팥빵은 나오자마자 전부 팔려버리기로 유명했다. 늦어서 계획이 틀어질지도 모른다는 상상을 하자, 스피도의 호흡이 가빠지기 시작했다.

그는 뭔가 굳은 결심을 한 듯 비장하게 자리에서 벌떡 일어나, 정수기 옆에서 꾸벅꾸벅 졸고 있는 나이가 지긋한 청원경찰에게 다가갔다.

"어르신, 어르신! 저기 저 사람, 보이시죠? 아까부터 하는 짓이 엄청 수상해요."

청원경찰이 눈을 끔뻑거리며 천천히 스피도를 위아래로 살폈다.

"어떻게 수상하다는 말입니까?"

그는 스피도가 더 수상해 보인다고 생각하는 것 같았다.

"노인만 골라서 말을 걸고 다닌다니까요? 어, 그러니까… 맞아요! 금융 사기? 보이스피싱? 뭐 그런 거 같아요!"

스피도는 아무렇게나 얼버무렸다.

"그게 정말입니까?"

"그럼요. 빨리 내쫓아주시면 좋겠어요. 최대한 빨리요."

"저기요, 이보세요!"

청원경찰이 수상한 남자를 향해 소리치자, 놀랍게도 그가 정말 켕기는 구석이라도 있는 사람처럼 당황해서 뒷걸음치기 시작했다.

"경호원! 경호원!"

은행에 상주하고 있던 경호원들까지 합세해서 그를 제압하느라 은행에는 한바탕 소동이 일어났으나, 스피도는 그런 소란 따위는 안중에도 없이 아주 흡족한 표정으로 빈 창구 앞에 앉았다.

"연 3퍼센트 적금 상품이 있다고 해서 왔는데요, 바로 만들어주실 수 있죠?"

이어진 그의 하루는 완벽에 가까웠다. 갓 구워 나온 단팥빵 열 개 세트를 손에 넣을 수 있었고, 타임세일에서는 당근 한 박스를 단돈 50씰에 구입했다. 가게 오픈 시간에 맞춰 들어간 유명한 튀김덮밥집의 음식 맛은 생각보다 평범했지만, 식사를 하는 내내 가게 밖에 점점 길어지는 사람들의 줄을 보는 것이 굉장히 즐거웠다.

자전거 타이어의 공기압을 맞추고 드라이를 맡긴 옷들을 찾아오는 것까지 전부 해치우고 집에 돌아온 스피도는 소파에 털썩 주저앉아 텔레비전을 켰다.

"아직 10시 드라마가 시작하려면 시간이 조금 있군."

그는 만족감과 고단함으로 몸이 노곤하게 풀어지는 것을 느꼈다.

"아주 잠깐만 눈을 붙여볼까."

그는 그대로 소파에서 깜빡 잠들고 말았다.

켜놓은 텔레비전 채널에서는 저녁 뉴스가 흘러나오고 있었다.

"오늘의 마지막 소식입니다. 메인 상가 거리를 주 활동무대로 삼고 조직적인 소매치기를 일삼던 범죄 조직이 검거되었다는 기쁜 소식입니다. 주로 은행이나 관공서의 대기석에서 차례를 기다리고 있는 노인이나, 해당 기관에 처음 온 것처럼 보이는 시민들을 대상으로 관계자인 척하며 접근했다가 방심한 사이 금품을 훔쳐 달아나는 수법으로… 조직에 가담한 후 첫 범행을 저지르려던 이 범인은 당시 은행에 있던 한 시민의 신고로 현장에서 붙잡혀… 겁먹은 범인이 조직의 근거지와 조직원 정보를 자백한 것이 신속한 검거에 큰 도움이 되었습니다. 범인의 근거지를 수색한 결과 특이하게 '설렘' 한 병을 포함한 고가의 꿈들이 보관되어 있었다고 합니다. 입수된 금품들은 확인을 거쳐 도난당한 분들에게 되돌려줄 계획이라고 한 경찰 관계자는 밝혔습니다. 한편 최초로 은행의 청원경찰에게 신고한 용감한 시민은, 본인의 볼일이 끝난 후 이름도 남기지 않고 유유히 사라졌다고 합니다. 경찰에서는 포상금을 지원할 계획으로, 지금 이 방송을 보고 계신 신고자께서는 가까운 경찰서로 연락을…."

때마침 흠칫 하고 잠에서 깨어난 스피도는 손목시계를 확인했다. 10시 5분 전이었다. 스피도는 잽싸게 리모컨을 들어 채널을 바꿨다. 다행히 드라마는 시작 전 광고 방송이 한창이었다. 이로써 그는 오늘 하루의 모든 스케줄을 예정대로 완벽하게 해낸 것이다. 스피도는 만면에 미소를 띄우고 중얼거렸다.

"정말이지 완벽한 하루야."

10장

페니의 첫 번째 연봉협상

달러구트 꿈 백화점으로부터 남쪽으로 1킬로미터가량 떨어진 주택가에서 부모님과 함께 사는 페니는 아직 잠자리에 들기 전이었다. 그녀는 꿈 백화점의 1층 프런트에서 일하는 직원으로, 입사 1주년을 맞이해 부모님과 작은 축하 파티 겸 늦은 저녁 식사를 하는 중이었다.

"1년 동안 적응하느라 고생 많았어. 네가 정말 자랑스럽다, 페니. 이건 우리가 준비한 선물이야."

페니의 아빠가 열 권 정도 되는 책들을 식탁 위에 힘겹게 올려놓았다. 전부 사회 초년생을 위한 자기계발 서적과 에세이였다.

"이걸 다 읽을 시간이 있을지 모르겠어요. 제 하루는 48시간이 아닌걸요."

페니가 투박한 노끈으로 엮인 리본 매듭을 풀면서 말했다.

"그건 그렇고 기쁜 소식이 있어요. 이제 일한 지 1년이 지나서 국가에서 인정하는 '꿈 산업 종사자'가 됐어요."

"그럼 혹시?"

"네, 맞아요! 서쪽에 있는 '컴퍼니 구역'에 들어갈 수 있는 출입증이 나온대요. 게다가 내일은 직원 한 명씩 따로 연봉협상을 할 거래요. 아마 내일 연봉협상 때 달러구트 님께서 출입증을 주실지도 몰라요. 이제 정말 꿈 백화점의 직원이라는 게 실감 나요."

"내 평생 출근 열차 타고 컴퍼니 구역에 드나드는 사람들을 부러워했는데, 우리 딸이 가게 되었다니…."

아빠는 페니와 꼭 닮은 눈으로 딸을 바라보다가 감격에 겨워 말을 잇지 못했다.

"컴퍼니 구역에서 일하는 사람들보다 달러구트 꿈 백화점에서 일하는 게 훨씬 멋지지. 그런데 컴퍼니 구역에 가면 넌 무슨 일을 하게 되는 거래?"

엄마가 크림소스가 묻은 입가를 닦으면서 물었다.

"잘 모르겠어요. 외근 나가는 거니까 제작자들을 만나거나 하겠죠? 예전에 야스누즈 오트라의 저택에도 갔었거든요. 컴퍼니 구역에는 꿈 제작사도 많고 제작자들도 많으니까 여러 가지 심부름을 하게 될 것 같아요."

페니는 전설의 꿈 제작자 중 한 명인 야스누즈 오트라의 집에 '타인의 삶: 체험판'이라는 꿈을 가지러 방문한 적이 있었다.

"쪼끄맣던 녀석이 언제 이렇게 커서…. 그런데 거기 가서는 사고 치면 안 된다."

"그래. 이제는 작년처럼 큰 실수는 하면 안 돼. 항상 정신 똑바로 차리고….”

페니는 체할 것 같은 얼굴로 고개를 끄덕였다. 얼마 전부터 부모님의 잔소리가 부쩍 늘었다. 경찰에서 ‘설렘’을 훔쳐간 범인을 잡았다며 피해 내용 확인을 위해 집으로 전화를 했는데, 하필 그 전화를 페니의 엄마가 받는 바람에 일하나가 ‘실렘’ 한 병을 도둑맞았던 사연을 털어놓을 수밖에 없었다. 그 후로 어찌나 귀가 따갑게 잔소리를 들었는지, 페니는 직장에서의 일을 입 밖에 내지 않기로 다짐했다.

페니는 거세게 몰아치는 잔소리의 폭풍을 힘겹게 받아내면서, 새장만큼 몸집이 불어났지만 한 번도 새장 밖으로 날아보지 못한 가엾은 앵무새가 된 기분으로 ‘걱정하지 마세요.’, ‘전 멍청이가 아니라니까요.’라는 말만 한참을 반복하다가 식사를 하기 전보다 핼쑥해진 얼굴로 자리에서 일어났다.

“그럼 두 분은 천천히 시간 보내시고요. 전 이만 방에 들어갈게요.”

페니는 부모님에게 받은 책더미를 안고 방으로 들어와 책상 위에 와르르 쏟아내듯이 내려놓았다. 책꽂이에는 새로운 책이 들어갈 만한 공간이 없었다. 그녀는 잠시 고민하다가 취업 준비생 시절에 풀었던 문제집들을 과감하게 골라내기 시작했다.

“이제 버려도 되겠지.”

페니는 끝까지 풀지 못한 문제집 한 권을 펼쳤다. 깨끗하게 답을 지울 수 있다면 필요한 사람에게 처분할까 싶었지만, 문제마다 볼펜으로 죽죽 그어져 있었다. 실망스럽게 페이지를 넘기던 그녀의 시선이 마지막으로 푼 흔적이 있는 문제에 멈췄다.

그건 면접 준비에 여념이 없던 1년 전, 카페 2층에서 그녀의 친구인 녹틸루카 아쌈이 정답을 알려주었던 문제였다.

Q. 다음 중 1999년도 '올해의 꿈' 시상식에서 심사위원 만장일치로 그랑프리를 수상한 꿈과 그 제작자로 옳은 것을 고르시오.

a. 킥 슬럼버 – '태평양을 가로지르는 범고래가 되는 꿈'
b. 야스누즈 오트라 – '부모님으로 일주일간 살아보는 꿈'
c. 와와 슬립랜드 – '우주를 유영하며 지구를 바라보는 꿈'
d. 도제 – '역사 속 인물과 티타임을 가지는 꿈'
e. 아가냅 코코 – '난임 부부의 세쌍둥이 태몽'

문제를 보는 순간 그때의 상황과 기분이 어제 일처럼 선명하게 떠올랐다. 페니는 정답을 정확히 기억하고 있었다.

"정답은 a. 열세 살 킥 슬럼버의 데뷔작이지."

페니는 자신 있는 미소를 지으면서 중얼거린 후 소리 나게 문제집을 탁 덮었다.

면접 준비를 하던 카페에서의 그날로부터 지난 1년 동안 일어났던 일들이 머릿속을 빠르게 휘감고 지나갔다. 어느 때보다 충만한 시간을 보냈다는 생각에 마음 깊이 뿌듯함이 차올랐다. 슬슬 프런트의 일도 손에 익어가고, 꽤 많은 것을 배웠다는 생각에 제법 자신감이 붙은 상태였다.

페니는 자신이 알고 있는 것이 꿈 백화점에서 벌어지는 일의 극히 일부에 지나지 않는다는 사실을 전혀 모른 채, 콧노래를 부르며 책장을 정리했다. 그렇게 페니의 입사 1주년의 밤이 저물고 있었다.

✦

한편, 꿈 백화점의 주인장인 달러구트는 자신의 다락방에 있었다. 그의 다락방은 고풍스러운 목조 건물이자 층마다 다양한 꿈 상품을 판매하는 '꿈 백화점'의 꼭대기에 아늑하게 자리 잡고 있었다.

5층 할인 코너 위에 비밀스럽게 자리한 다락방은 건물 밖에서 봤을 때 뾰족한 삼각 지붕에 자그마한 창문만 나 있어, 사람이 생활하기에는 적합하지 않아 보였다. 막상 안으로 들어가보면 밖에서 짐작하던 것보다는 훨씬 넉넉한 공간이었지만, 그의 명성에 비해 소박한 거처임엔 틀림없었다. 누군가는 유명 제작자나 대형 꿈 상점을 운영하는 다른 오너들처럼 근사한 저택에 살고 싶지 않느냐고 물었지만, 당사자인 달러구트는 자신의 취향대로 꾸며놓은 이 공간을 떠날 생각이 없었다. 게다가 1층에 있는 사무실로 출근하는 데 채 3분도 걸리지 않는다는 점이 무척 만족스러웠다.

특이하게도 다락방 한가운데에는 총 네 개의 침대가 머리 부분을 맞댄 채 놓여 있었는데, 네 개의 침대는 침대 프레임과 매트리스의 높이, 그리고 침구의 소재까지 같은 것이 하나도 없었다. 그가 직접 주문 제작한 캐노피가 천장에서부터 입체감 있게 늘어져 네 개의 침대를 자연스럽게 감싸준 덕분에, 어느 침대에 눕더라도 적당한 안정감과 개방감을 동시에 누릴 수 있었다.

침대를 네 개나 놓은 것은 매일 밤 꾸고 싶은 꿈의 분위기에 따라 골라서 눕기 위한 것이었는데, 간결한 그의 일상생활에서 가장 공을 들인 부분이었다. 대신, 침대를 제외한 그 외의 부분은 관심 없이 내버려둔 것이 대조적이었다. 오래된 가구는 뒤틀리기 시작해 문짝을 열기 불편했고, 잔고장이 반복된 가전제품은 기능을 하나씩 잃어가고 있었으며, 창틀은 칠이 지저분하게 벗겨져 얼룩덜룩했다. 심지어 방문 앞의 센서 등도 제멋대로 켜졌다가 꺼지곤 했지만 달러구트는 그런 것쯤은 신경 쓰지 않았다.

달러구트는 이른 저녁에 퇴근한 이후부터 다락방에 홀로 틀어박혀 있었다. 그는 셔츠형 잠옷을 입고 네 개의 침대 중 가장 낮은 침대의 끄트머리에 걸터앉아, 이번 주에만 30개가 넘게 도착한 편지들을 한꺼번에 읽고 있었다. 침대 위에는 이미 열어본 편지들이 아무렇게나 펼쳐진 채 널브러져 있었다.

컴퍼니 구역의 촉망받는 엘리트 신인들이 뭉쳤다!

연구원 출신 꿈 제작자들 '2인용 꿈' 개발 착수

"잘 자. 꿈에서 만나."를 현실로!

저희는 특별히 달러구트 님께

이번 신작의 독점 판매권을 드리고자….

신제품을 달러구트 꿈 백화점에만 독점으로 공급하겠다는 제안은 늘 넘쳐났다. 그들은 '꿈 백화점'과 독점 계약을 체결한다는 사실로 투자자들의 관심을 끌기 위해서, 꿈이 완성되기도 전에 달러구트에게 이와 같은 편지를 보내오곤 했다. 하지만 그런 꿈들이 몇 년째 지지부진하게 개발단계에만 머물러 있다는 사실을 달러구트가 모를 리 없었다.

달러구트는 따분한 표정으로 마지막으로 남은 편지의 봉투를 뜯었다. 그리고 그것이 손꼽아 기다리던 편지라는 걸 알아차리자마자 달러구트의 얼굴에 화색이 돌았다.

달러구트 님, 보내주신 행사 계획서는 잘 보았습니다.

매우 흥미롭더군요! 꼭 참여하고 싶습니다.

직원을 통해 협찬 가능한 물품 목록을 곧 전달하겠습니다.

— 베드타운 가구점 —

사실 최근에 달러구트의 모든 관심은 가을에 진행할 어떤 '커다란 행사'에 쏠려 있었다. 그건 아직 가게의 직원들조차 모르는 달러구트의 야심 찬 계획이었다.

다행히 관련 업체들로부터 긍정적인 회신이 속속 도착하고 있었다. 이대로라면 몇 달 뒤에는 직원들에게도 두근거리는 소식을 전할 수 있을 것이다.

그는 베드타운 가구점에서 온 마지막 편지까지 읽고 나서 빼근한 허리를 쭉 펴며 일어났다. 침대 위에 마구잡이로 던져놓은 편지들을 지금 당장 정리할 엄두가 나지 않았다.

"언제쯤 정리가 쉬워질는지…. 주말에는 대청소를 해야겠군."

그는 청소를 미루고, 대신 한쪽 벽 전체에 딱 맞게 짜 넣은 책장 앞에 섰다. 자기 전에 침대에서 가볍게 읽을거리를 찾을 요량이었다. 그의 눈높이와 비슷한 위치에 연도가 표시된 다이어리가 순서대로 꽂혀 있었다. 달러구트는 그중에 '1999년'이라고 적혀 있는 다이어리를 빼 들었다.

"좋아, 행사를 열기 전에 손님들의 예전 일기도 읽어두는 게 좋겠군. 도움이 되겠어."

다이어리는 크기가 조금씩 다른 종이들을 질긴 끈으로 엮고 겉에 커버를 달아 만든 낡은 물건이었다. 두꺼운 갱지로 만든 거칠거칠한 커버에는 얼룩덜룩한 세월의 흔적이 남아 있었다. 커버 한가운데 까만 잉크로 적어놓은 '1999년 꿈 일기'라는 글씨는 달러구트 본인의 필체였다. 그는 옛날에도 그랬고 지금도 무언가를 손수 적거나 만드는 걸 좋아했다. 반대로, 기계를 다루는 것이 달러구트에게는 가장 어려운 숙제였다. 프린터처럼 비교적 간단한 기계조차 자주 고장을 내기 일쑤라는 건 백화점의 모든 직원이 아는 사실이었다.

그는 한 손에 낡은 다이어리를 들고, 입구와 가장 가까운 침대의 이불 안으로 단숨에 쑥 들어갔다. 침구의 보들보들한 감촉이 온몸 구석구석을 와락 껴안아주는 것 같았다. 다이어리를 펼쳐 들고 몇 장 넘기자마자 졸음이 쏟아지기 시작했다. 기다란 손가락으로 눈가를 문지르며 조금만 더 버텨보려고 했지만, 그의 컨디션이 허락하지 않왔다. 가게 일에다가 행사의 기초 준비를 혼자서 몰래 하느라 오늘치 체력은 다 써버린 듯했다.

'젊었을 때는 남는 게 체력이었는데….'

한숨을 푹 쉬는데 그마저도 하품이 되어 나왔다. 하품이 쏟아져 나오면서 눈물까지 찔끔 흘렀다. 지금으로선 푹 자고 일어나는 게 훨씬 좋은 선택일 것이다. 내일은 직원들의 연봉협상 일정까지 빼곡하게 잡혀 있었다. 일기는 나중에 틈틈이 읽어보기로 생각을 바꿨다.

달러구트는 보려고 했던 다이어리를 그대로 펼쳐서 침대 옆 동그란 협탁 위에 올려두고, 길게 늘어진 전등 스위치의 끈을 가볍게 잡아당겼다. 그리고 베개에 머리를 대자마자 쿨쿨 잠들어버렸다.

이제 캄캄한 다락방 안에는 달러구트의 낮고 깊은 숨소리와 째깍대는 시곗바늘 소리만이 가득했다. 방 안에 어둠이 익숙해졌을 무렵, 창가의 달빛이 은은하게 방 안 구석구석으로 번져나가고 창문의 벌어진 틈 사이로 바람이 휙 하고 불어 들어왔다. 입구의 고장 난 센서등은 또다시 환하게 켜졌다. 센서 등의 주홍색 빛과 창문의 달빛이 맞닿아, 달러구트가 채 읽지 못하고 협탁 위에 펼쳐둔 다이어리 위를 절묘하게 비췄다.

1999년 8월 20일

지금 막 꿈을 꾸고 난 참이다. 이 생생한 감각이 사라지기 전에 기록으로 남겨야 할 것 같다.

나는 꿈에서 거대한 범고래였다. 해안에서 출발해 점점 먼 바다로 향하고 있었다. 모자란 호흡의 끝에 코로 들이닥칠 고통스럽게 짜디짠 바닷물이나,

파도에 휩쓸렸을 때 구조될 수 있을지 따위의 걱정은 꿈꾸는 동안 머릿속에 없었다. 그 압도적인 몰입감이 이 꿈에서 가장 놀라운 부분이었다.

킥 슬럼버의 꿈에는 발 디딜 곳 없는 위태로운 자유가 아니라, 모두가 갈망하는 안전한 자유가 있다. 수심이 깊어질수록 비로소 집으로 돌아가는 기분이 든다.

등지느러미에서 꼬리로 이어지는 근육을 느껴본다. 꼬리를 강하게 내리찍었다가 다시 들어 올리며 순식간에 속도를 높인다. 이제 해수면은 세상의 천장이 되고, 하얀 뱃가죽 아래, 하늘보다 깊은 나의 세상이 펼쳐진다.

보여도 볼 필요가 없다. 모든 것이 온 감각으로 먼저 느껴진다. 충동적으로 수면 위로 뛰어오른다. 할 수 없을 거라는 생각은 도무지 들지 않는다. 유선형의 완벽한 몸체가 수면을 가뿐히 딛고 날아올라 상공을 과감하게 가로지른다.

그때 불현듯 내 것인지 아닌지 알 수 없는 저릿함이 몸체를 관통한다. 저 멀리 해안에 두고 온 내 모습이 신경 쓰이기 시작한다. 헤엄을 멈추지 않으려고 애쓰면서 까끌하게 돋아난 기분을 굽이치는 파도에 접어 넣는다.

'저긴 내가 있을 곳이 아니야.'

그렇게 극대화된 감각에 익숙해지며 '내가 진짜 범고래였던가.' 하는 착각마저 들 때쯤, 정신이 들기 시작한다. 범고래도 사람도 아닌 상태로, 두 세계가 잠시 겹쳤다가 완전히 분리되면서 꿈에서 깼다.

13세 소년에 불과한 킥 슬럼버의 꿈을 지금의 내가 꾸게 된 건 필연적인 운명 같다. 이 천재 소년은 연말에 최연소로 그랑프리 수상자가 될지도 모른다. 하지만 내가 그 광경을 직접 목격할 일은 없겠지….

이 이상은 너무 위험하다….

펼쳐진 페이지 위로 보이는 글씨는 여기까지였다. 고장 난 센서등이 꺼지고 다락방은 다시 어두워졌다.

펼쳐진 다이어리 위의 글쓴이를 알 수 없는 일기와 달러구트의 낡은 가구들, 그리고 잔뜩 어지럽혀진 잡동사니들이 한데 어우러져 묘한 분위기를 자아내고 있었다. 꿈을 사러 온 손님들로 24시간 환하고 활기찬 아래층의 꿈 백화점과는 사뭇 다른 분위기였다.

해가 바뀐 지도 여러 날이 지나 3월 마지막 주의 금요일이었다. 푸드트럭의 고소한 양파 우유 끓이는 냄새가 쌀쌀한 저녁 공기를 휘감아 거리 구석구석을 나른하게 덥히고 있었다. 덕분에 꿈을 사러 온 손님들은 따뜻한 이불을 덮고 시원한 공기 중에 머리만 빼꼼 내놓은 기분으로 쾌적하게 거리를 거닐었다.

여전히 손님들의 발길이 끊이지 않는 달러구트 꿈 백화점의 1층 로비. 야간 근무를 하는 직원들이 이제 막 출근해서 본격적으로 일을 시작하려는 가운데, 프런트에서 일하는 2년 차 직원 페니의 모습은 보이지 않았다. 그녀가 퇴근한 것은 아니었다. 페니는 가게 입구의 오른쪽에 위치한 직원 휴게실에서 연봉협상 차례를 기다리고 있었다.

아치 형태의 나무문을 안쪽으로 힘껏 밀면 나타나는 휴게실 안에는 페니와 5층에서 일하는 페니의 동창 모태일을 비롯해 몇몇 직원들이 함께 있었다. 휴게실은 사실상 가게 한쪽에 있는 작은 골방에 불과했지만, 직원들은 마음 놓고 쉴 수 있는 이 공간을 소중하게 여겼다.

특유의 노란 조명과 꿰맨 부분이 다시 뜯어진 쿠션, 누군가의 낮은 콧노래 소리와 의자를 끌어당기는 소리, 작은 냉장고와 커피머신이 돌아가는 잔잔한 백색소음이 이제는 익숙했다. 페니는 학창 시절에 많은 시간을 보냈던 동아리방처럼 직원 휴게실이 편안했다.

"우리 차례까지 앞으로 몇 명 남았지?"

소파 맞은편의 팔걸이 의자에 앉은 페니가 옆에 앉은 모태일에게 물었다.

"지금 진행 중인 비고 님 다음에는 스피도 님, 그리고 나, 마지막이 페니 너야. 얼마 안 남았어."

"퇴근 시간 맞춰서 끝날 줄 알았는데 조금 지나버렸네."

페니가 벽에 걸린 시계를 보면서 머리 위로 기지개를 켰다.

"달러구트 님이 오늘도 바쁘셨으니 어쩔 수 없지. 요즘 계속 분주하시더라. 이럴 줄 알았으면 커크스 배리어에서 식빵이라도 사 올걸 그랬나? 저녁 먹을 시간이 애매해졌네."

모태일이 달라붙는 니트 위로 드러난 볼록한 배를 통통 두드리며 입맛을 다셨다.

그들이 아직 퇴근하지 않고 순서를 기다리는 것은, 다름 아닌 1년에 한 번 있는 '연봉협상'을 위해서였다. 이제 2년 차에 접어든 페니는 제대로 된 연봉협상이 처음이었다. 부쩍 어른이 된 듯한 기분에 으쓱했지만, 연봉인상에 대한 기대감은 전혀 없었다.

사실 페니는 연봉협상을 앞두고 작년 이맘때 도둑맞은 '설렘' 한 병 때문에 또다시 마음이 착잡했었는데, 때마침 극적으로 범인이 검거되고 도둑맞은 물건도 압수했다는 소식에 뛸 듯이 기뻤다. 다만 범인을 잡는 데 일등 공신을 한 제보자가 다름 아닌 스피도였다는 사실이 뒤늦게 밝혀지고 그간의 자초지종을 모두가 알게 되면서, 그녀는 스피도와 마주칠 때마다 '그렇게 고마워하지 않아도 돼.'라는 식의 부담스러운 표정 공격을 받아야만 했다. 그래도 연봉협상에 불리할 수 있는 요소가 사라졌다는 점은 큰 위안이 되었고, 자연스레 그 이상은 바라지도 않게 된 것이다.

크리스털 장식이 드문드문 박힌 소박한 샹들리에 바로 아래에는 3층 직원인 썸머와 같은 층의 매니저인 모그베리가 앉아 있었다. 썸머는 3층의 여느 직원들처럼 자기 취향대로 리폼한 직원용 앞치마를 두르고 있었는데, 밑단을 완전히 뜯어놓아서 다른 직원들 것보다 훨씬 길었다. 썸머와 마주 앉은 모그베리의 두 뺨은 홍조를 가리기 위해서 짙게 덧바른 블러셔 덕분에 노란 조명 아래에서도 존재감이 굉장했다.

두 사람은 연봉협상이 이미 끝났는데도 집에 가지 않고 휴게실에 남아서 부지런히 간식을 축냈다. 커다란 간식 바구니에는 이제 '심신 안정용 쿠키' 같은 고급 과자는 하나도 남지 않았고, 아무런 효과도 없는 평범한 동전 모양 초콜릿만 한 움큼 남아 있을 뿐이었다.

썸머는 카드로 된 성향테스트 세트를 나무 탁자에 펼쳐놓고 모그베리에게 질문을 던지고 있었다.

"자, 결과를 확인해보죠! 모그베리 님, 당신은 열정적인 활동가! '첫 번째 제자' 유형이에요. 벌써 세 번째 같은 결과네요."

모그베리는 반짝이는 눈으로 고개를 세차게 끄덕이면서 결과에 만족스러워했다.

"다시 해도 똑같이 나올까?"

그녀가 집요하게 한 번 더 하겠다고 하자, 썸머의 기다란 코가 불편하게 씰룩거렸다.

썸머가 가지고 있는 것은《시간의 신과 세 제자 이야기》를 모티브로 만든, 어떤 제자의 성향에 가까운지 테스트하는 카드였다. 연초에 서점에서 10고든 이상의 책을 사면 주는 사은품이었는데, 수집욕을 자극하는 디자인 때문에 품귀현상이 일기도 했다. 페니도 웃돈을 주고 중고 거래로 구하려다가 관뒀기 때문에 한눈에 알아볼 수 있었다.

"모태일, 너도 해볼래?"

썸머가 카드를 다시 펼치면서 물었다. 그녀는 모그베리만 상대하는 것이 슬슬 지겨워진 눈치였다.

"됐어요. 해보나 마나 '첫 번째 제자' 유형으로 나올걸요. 저는 미래지향적인 사람이거든요."

모태일은 씩씩하게 대답하고 벌떡 일어나더니 간식 바구니에 남아 있던 초콜릿을 몽땅 쓸어와서 페니에게도 조금 나누어주고 다시 앉았다.

"페니, 넌 부모님과 함께 산다고 했지? 늦는다고 연락해야 하지 않아?"

모태일이 은색 초콜릿 포장지를 벗기면서 물었다.

"아까 연락드렸어. 저녁 먼저 드시라고."

페니는 일이 끝난 후에 휴게실에서 빈둥거리는 기분이 싫지 않았다. 오히려 그녀는 퇴근길에 식료품점에 들러서 채소는 하나도 들어가지 않은 뚱뚱한 치킨 샌드위치를 산 다음, 늦은 저녁에 하는 드라마를 보면서 먹을 생각으로 들떠 있었다. 집에 일찍 가봐야 부모님이 '연봉협상 결과는 어땠는지', '상사에게 혼나지는 않았는지', '손님에게 실수하지는 않았는지' 등등 함께 저녁을 먹는 내내 쉴 새 없이 물어볼 게 뻔했다.

잠시 후, 휴게실의 문이 묵직하게 열렸다. 비고 마이어스가 연봉협상을 생각보다 빨리 끝내고 다음 사람을 부르러 온 줄 알았는데, 나타난 사람은 스피도였다.

'낮잠용 꿈'을 판매하는 4층의 매니저인 스피도는, 성격이 급한 만큼 일 처리가 빠른 것으로 정평이 나 있었다. 그는 사시사철 입고 다니는 점프슈트 차림에 긴 머리를 하나로 묶고, 두꺼운 파일 여러 개를 한쪽 팔로 끌어안은 채 문 앞에 서서 휴게실 안의 사람들을 쓱 둘러보았다.

"비고 님은 아직 안 끝나셨지?"

"네. 아직 멀었을 거예요."

페니는 무의식적으로 대답을 하고 '아차!' 싶었다.

"페니, 내 말에 그렇게 열심히 대답해주지 않아도 돼. 여긴 너 말고 다른 사람들도 있잖아? 내가 '설렘'을 훔쳐간 범인을 잡아줘서 고마운 건 이해하지만 말이야…."

"저는 무심코 대답해드렸을 뿐이에요."

스피도는 페니가 대꾸하자마자 '쑥스러워서 그러지?'라는 듯이 인자한 표정을 지으면서 소파 끄트머리에 걸터앉았다.

"아 참! 모그베리 님, 공사는 잘 끝났나요?"

페니는 입만 어색하게 웃으면서 스피도의 시선을 뿌리치고 영리하게 화제를 전환했다.

"창문에 특히 신경을 많이 썼다고 하셨잖아요."

모그베리는 혼자 사는 집을 리모델링하느라 최근까지 그녀의 언니네 집에 묵으면서 출퇴근을 했다. 그 집이 페니의 집과 멀지 않은 곳에 있어서 두 사람은 출근길에 종종 마주치곤 했는데, 며칠 전 리모델링이 끝났다는 소식을 들었던 것이다.

"페니, 기억하고 있었구나. 맞아. 창문이 마음에 쏙 들어! 큰맘 먹고 창문을 시원하게 냈더니 서쪽의 '아찔한 내리막'까지 훤히 보이더라고. 정말 장관이야. 날씨가 좋을 때는 특히 더."

"그럼 '컴퍼니 구역'으로 드나드는 출근 열차도 보이겠네요? 근사하겠어요."

"내가 노린 게 바로 그 부분이야. 쉬는 날에 집에 벌러덩 누워서 '컴퍼니 구역'으로 출근하는 사람들을 구경하면, 쉬는 즐거움이 두 배가 될 거야."

모그베리가 물어봐주길 기다렸다는 듯 신나서 대답했다. 썸머는 모그베리의 주의가 다른 데로 돌아간 틈을 타서, 지겨워진 성향테스트 카드를 주섬주섬 정리하기 시작했다.

꿈 백화점과 수많은 상점들이 위치한 중심가를 기준으로, 남쪽으로는 페니의 집이 있는 주택가가 넓게 조성되어 있었고, 북쪽은 산타클로스인 니콜라스가 사는 만년 설산, 동쪽에는 야스누즈 오트라와 같은 유명인들이 사는 고급 주택가와 그들의 개인 꿈 제작소가 있었다. 마지막으로 서쪽에 위치한 곳이 바로 '아찔한 내리막'이었는데, 말 그대로 아찔하게 깎아지른 내리막을 포함해 그 주변의 지역을 가리키는 말이었다.

내리막에서 골짜기를 지나 다시 서쪽으로 가파른 오르막을 오르면, 기업 형태로 운영되는 '꿈 제작사'들이 모여 있는 거대한 구역이 나왔다. 사람들은 그곳을 '컴퍼니 구역'이라고 불렀다.

지형이 워낙 험준하고 다른 방향으로 빙빙 돌아 접근하기에는 너무 멀었으므로, 그곳에서 일하는 직장인들은 컴퍼니 구역으로 직행하는 출근 열차를 이용하는 것이 일반적이었다. 열차는 하루에도 수십 번씩 사람들을 태우고 오르막과 내리막에 놓인 레일을 따라 움직였다.

"페니, 모태일. 너희는 아직 출근 열차를 한 번도 못 타봤지?"

모그베리가 묻자 모태일이 고개를 가로저었다.

"전 한 번 타봤어요. 잠옷을 입은 외부 손님은 별다른 확인 없이 태워준다길래 동네 친구들이랑 시험 삼아 잠옷 차림으로 타봤죠. 차장한테 금방 들켜서 뒷덜미를 잡히는 바람에 딱 10초 정도가 끝이었지만요."

컴퍼니 구역으로 가는 출근 열차는 아무나 탈 수 있는 대중교통이 아니었다. 꿈 제작자 면허라든가, 구역 안에 있는 회사의 사원증처럼 '꿈 산업 종사자'라는 것을 증명할 신분증이 필요했다. 그리고 꿈 백화점 직원들 역시 입사한 지 만 1년이 지나야만 꿈 산업 종사자라는 걸 인정받아서 출입증을 받을 수 있었다.

"모태일은 근무한 지 만 1년이 훨씬 넘었지 않았어?"

3층의 썸머가 의아해하며 물었다. 그녀는 정리를 마친 성향테스트 카드를 전용 케이스에 집어넣고 있었다.

"전 작년 여름에 1년을 채웠는데, 출입증은 매년 3월이 되어야 일괄적으로 나온다고 해서 여태까지 기다렸어요. 페니, 넌 1년을 아슬아슬하게 채웠다고 했지?"

"어제 딱 1년이 됐어. 운이 좋았어. 조금만 늦게 들어왔으면 꼬박 1년을 더 기다려야 했을지도 몰라."

페니가 짧게 한숨을 쉬면서 가슴을 쓸어내렸다.

"요 애송이들도 드디어 '민원관리국'의 매운맛을 보게 되겠군."

가만히 있던 스피도가 불쑥 끼어들었다. 그는 아까부터 초조하게 다리를 떨면서 가져온 파일을 무시무시한 속도로 훑어보고 있었다.

"괜한 소리 하지 말고 다리나 그만 떨어, 스피도."

모그베리가 핀잔을 줬다.

"괜한 소리라니? 모그베리, 컴퍼니 구역 출입증이 나온다는 게 무슨 뜻인지 너도 알잖아. 설마 놀이 삼아 열차에 태워주거나, 꿈 제작사에 소풍이라도 보내주려고 출입증씩이나 만들어주는 거겠어?"

"그야 그렇지만 벌써 골치 아픈 얘기를 할 건 없잖아."

"경험 삼아 열차에 타거나 꿈 제작사에 구경 가는 용도가 아니었단 말이에요?"

모태일은 두 매니저의 얘기에 큰 충격을 받은 표정이었다.

"정말 낙천적이구나, 모태일. 스피도 말이 맞아. 너희는 주로 컴퍼니 구역의 중앙 광장에 있는 '민원관리국'에 갈 때 출입증을 쓰게 될 거야."

"다른 회사 구경은 못 해요?"

모태일이 동글 납작한 두 손으로 머리를 감싸 쥐며 좌절했다.

"다른 제작사 구경을 왜 해? 너희가 들어갈 수 있는 건 '민원관리국'이랑 기껏해야 바로 위에 있는 '테스트 센터' 정도야. 민원 때문에 꿈 제작사와 골치 아픈 회의를 할 때 주로 거기서 만나거든."

"그런데 민원관리국은 뭐 하는 곳이에요?"

페니가 침착하게 물었다.

"우리한테 설명을 듣는 것보단, 한 번 가보는 게 훨씬 나을 거야. 나도 달러구트 님을 따라서 처음 민원관리국에 갔을 때가 생생하게 기억나…. 꿈을 파는 일을 하는 사람이라면 반드시 거쳐야 할 곳이긴 하지만, 거긴 될 수 있으면 안 가고 싶은 곳이야. 뭐랄까… 마음이 불편해지는 장소거든."

모그베리의 눈꼬리가 침울하게 축 처졌다.

"지금까진 하하 호호 웃는 손님들만 봤지? 얼른 너희도 민원관리국의 골치 아픈 일들까지 속속들이 알아야지. 그래야 이 스피도 님이 얼마나 대단한지 깨닫게 될 거야. 작년에 내가 팔았던 '낮잠용 꿈'에 대해서 접수된 민원들이 이렇게나 많다고."

스피도가 아까부터 보고 있던 두꺼운 파일들을 가리켰다.

"스피도, 너 혹시 연봉협상 때 달러구트 님께 보여드리려고 1년 동안 해결한 민원을 정리해온 거야?"

모그베리가 놀라서 입을 딱 벌렸다.

"정답이야, 모그베리. 내가 얼마나 고생했는지 단번에 아실 수 있게 모조리 인쇄해서 파일로 만들었지. 여기 얼마나 황당한 민원이 많은지 들어볼래? 아니, 솔직히 말해서 '수업 시간에 엎드려서 꿈을 꾸다가 잠꼬대를 하는 바람에 친구들한테 놀림을 받았다.'라고 민원을 낸 것까진 이해할 수 있어. 그런데, '낮잠 자면서 꾼 꿈이 너무 좋아서 저녁까지 자버리는 바람에 밤에 잠이 안 온다.'라는 건 대체 나더러 뭘 어떻게 해달라는 거야? 그것 때문에 몇 날 며칠 고심한 걸 생각하면…."

"그런 일을 해낸 덕분에 4층의 매니저가 된 거 아니겠어요? 달러구트 꿈 백화점의 층별 매니저라는 직함은 아무나 가질 수 있는 게 아니잖아요. 그건 정말 엄청난 경력이라고요."

턱을 괴고 듣고 있던 썸머가 부러워했다.

페니는 스피도가 속사포처럼 쏟아낸 말 중 절반도 제대로 알아들을 수 없었지만, 저렇게 많은 일을 처리할 수 있는 직원은 역시 스피도밖에 없을 거라고 생각했다.

"매니저님들에게는 연봉협상이 말 그대로 진짜 '협상'인가 봐요. 어쩐지 멀리 있는 존재 같아졌어요. 전 그저 달러구트 님이 제안하는 금액에 잠자코 사인이나 하면 되겠다고 생각했는데 말이에요."

페니는 곧 자신의 차례로 다가올 연봉협상이 갑자기 부담스럽게 느껴지기 시작했다.

"괜찮아. 달러구트 님도 겨우 1년 다닌 너한테 많은 걸 바라진 않을 테니까. 대신 올해 너의 계획에 대해 알고 싶어 하실 거야."

썸머가 페니를 위로했다.

"계획이라…. 지금 하는 일을 더 열심히 하는 것도 계획이라고 할 수 있을까요? 그러니까 프런트에서 손님 안내와 재고 관리를 하고 웨더 아주머니가 시키는 일을 하는 것 말이에요. 그것 외에는 진지하게 생각해본 적이 없어요."

"그것도 나름대로 훌륭한 계획이지. 그렇지만 지루하지 않겠어? 난 매일 같은 자리에서 시키는 일만 하다간 지루해서 미쳐버릴지도 몰라."

모태일은 몸서리를 치면서 자세를 고쳐 앉았다.

"5층에서 일하는 네 모습은 전혀 지루해 보이지 않던걸?"

모태일은 5층의 할인 코너에서 가장 요란하게 꿈을 파는 것으로 유명했다. 이리저리 방방 뛰어다니면서 손님들의 혼을 쏙 빼놓고, 준비한 멘트까지 쉬지 않고 쏟아내는 그의 모습을 보고 있으면 페니도 할인하는 꿈을 당장 사둬야 할 것 같은 충동에 사로잡히곤 했다.

"모태일, 넌 연봉협상에 도움될 만한 계획이 있어?"

"난 아주 원대한 계획이 있지."

"어떤?"

"내 생각엔 말이지… 5층에도 슬슬 매니저가 생길 때가 된 것 같아."

모태일은 누가 엿들을세라 페니가 앉은 의자의 팔걸이에 완전히 기대서 거의 안 들릴 정도로 목소리를 줄여 말했다.

"모그베리 님을 봐. 저렇게 젊은데도 벌써 매니저가 됐잖아. 나도 언젠가는 5층 매니저가 될 수 있을지 몰라. 이래 봬도 내가 상품 고르는 능력 하나는 끝내주잖아. 물론 벌써 이런 야심을 드러내는 건 시기상조겠지만, 언젠가는…."

모태일은 웅변대회에 나온 꼬마처럼 자신만만하게 주먹을 꽉 쥐었다.

그의 말은 허풍이 아니었다. 모태일은 잘 팔릴 만한 꿈 상품을 알아보는 눈이 뛰어났다. 그가 추천한 신작은 대박은 아니더라도 재고가 쌓이지 않을 만큼은 팔렸다. 연말에 달러구트가 지급한 상품권으로 아무 꿈이나 살 기회가 있을 때도, 직원들 사이에서는 '뭘 사야 할지 모르겠으면 모태일이 사는 꿈을 따라서 사라.'는 말이 오갈 정도니 말이다.

"맞아. 넌 정말 꿈을 보는 안목이 탁월해."

페니는 모태일의 얘기에 살짝 충격을 받았지만, 티 내지 않으려고 칭찬으로 얼버무렸다. 아무래도 동갑내기인 모태일이 저만치 앞서 나가려는 모습이 페니에게는 불안한 자극제가 된 게 틀림없었다.

'왜 진작 깨닫지 못했을까?'

페니는 막연히 올해도 작년과 같은 한 해가 될 거라고 생각하고 있었다. 하지만 언제까지나 웨더 아주머니가 시키는 일만 할 수는 없는 노릇이었다. 신입사원이라는 무적의 방패 뒤에 숨으면 어떻게든 해결되던 일들도 더는 기대해선 안 될 뿐만 아니라, 모태일처럼 자신만의 계획이 있는 직원과는 점점 격차가 벌어질 게 뻔했다.

컴퍼니 구역의 출입증에만 철없이 들떠 있다가 날카로운 현실감이 번쩍 들자, 페니는 입안이 바싹 말랐다.

휴게실의 문이 다시 열렸다. 이번에야말로 비고 마이어스였다. 2층 '평범한 일상' 코너의 매니저인 그는 항상 기분이 좋은지 나쁜지 짐작하기 힘든 무뚝뚝한 표정이었다. 때문에, 그의 표정으로 연봉협상의 성패를 가늠할 수는 없었다.

그가 스피도에게 "자네 차례야."라고 하자마자 스피도는 비장한 얼굴로 파일을 옆구리에 끼고 달러구트의 사무실로 향했다. 비고 마이어스도 뒤돌아서 그대로 나가려는데 모그베리가 그를 불러세웠다.

"비고 님도 성향테스트 한번 해보세요! 어떤 유형일지 궁금해요. 시간의 신과 세 제자 중에 어떤 제자와 비슷한 성향인지 알아보는 거예요."

모그베리는 썸머가 케이스에 얌전히 넣어놓은 카드를 천진난만하게 다시 끄집어내기 시작했다.

"관심 없어. 애초에 사람 성향이 고작 세 종류일 리가 없잖아."

비고가 시큰둥하게 대꾸했다.

"괜히 성질이셔. 재미로 하는 건데요 뭐. 그럼 어디 보자, 페니! 네가 해볼래?"

"네? 네. 네."

페니는 딴생각에 잠겨 있다가 엉겁결에 대답해버렸다.

신난 모그베리는 냉큼 페니 앞쪽으로 자리를 옮겨와 카드를 넓게 펼쳤다. 총 25장의 카드는 한 장 한 장 서로 다른 아름다운 장식이 그려져 있었고 모서리 부분이 대각선에 놓인 카드와 가늘게 이어져 있었다. 가로세로 다섯 줄씩, 카드를 전부 펼쳐놓고 대답에 따라 표시된 순서대로 카드를 포개어 나가다 보면, 선택한 답안에 따라 마지막에 놓이는 카드가 결정되는 방식이었다.

"모양새는 그럴싸하게 만들어놨군."

비고 마이어스는 관심 없다는 말과는 다르게 나가지도 않고 페니 뒤에 서서 은근슬쩍 구경하고 있었다.

"자, 시작할게. 내가 묻는 말에 모두 대답하면, 이 세 장의 카드 중 하나가 나오게 될 거야."

모그베리는 썸머에게서 배운 대사를 그대로 읊으면서, 맨 아랫단에 띄엄띄엄 자리한 반투명의 화려한 카드 세 장을 가리켰다.

가장 왼쪽의 카드에는 과일이 주렁주렁 얽혀 있는 테두리 안에 환한 빛을 향해 손을 뻗고 있는 할머니의 뒷모습이 그려져 있었는데, '태몽'을 만드는 아가냅 코코를 본뜬 그림이라는 걸 단번에 알아볼 수 있었다. 그리고 가운데 카드는 동굴처럼 캄캄한 배경에 작은 결정들이 별처럼 반짝이고, 그 반짝이는 빛을 향해 손을 내밀고 있는 체구가 작은 남자의 모습이 그려져 있었다. 세 번째 카드는 꿈 백화점을 배경으로 달러구트를 쏙 빼닮은 남자가 서 있는 그림이었다.

페니가 두 번째 카드의 모델은 누구인지 물어보려는 찰나 모그베리가 카드를 들어, 보이지 않게 뒤집어버렸다.

그녀는 질문지 리스트를 들고 테스트를 시작했다.

"당신은 혼자 있을 때, 종종 추억에 잠기곤 하나요?"

"음…. 네, 그런 편이에요."

"과거의 일이 당신에게 많은 영향을 끼친다고 생각하나요?"

페니는 요즘 그녀를 계속해서 괴롭히고 있는 스피도의 부담스러운 미소를 떠올렸다.

"네."

"좋아요. 당신은 반복되는 일상에 안주하지 않고 새로운 일을 도모하는 데서 기쁨을 느끼나요?"

"아니요…. 그렇진 않은 것 같아요."

대답할수록 전개도처럼 활짝 펼쳐져 있던 카드들이 점점 하나로 합쳐지기 시작했다. 이윽고 페니가 마지막 질문까지 대답을 마치자, 모그베리는 아주 천천히 카드를 뒤집었다.

"당신은… 다정한 사색가! '두 번째 제자' 유형이래. 우리 중엔 네가 처음이야."

페니는 모그베리가 들고 있는 카드를 넘겨받아 자세히 들여다봤다. 그림의 위쪽 테두리를 따라 페니도 잘 알고 있는《시간의 신과 세 제자 이야기》의 구절이 조그맣게 적혀 있었다.

> '둘째는 지나간 기억들과 함께라면 아쉬움도 허무함도 없이 영원히 행복할 거라고 생각했습니다. 시간의 신은 둘째에게 과거와 함께 무엇이든 오래 추억할 수 있는 능력을 주었습니다.'

"그런데 두 번째 제자의 후손은 누굴까요?"

페니는 테스트 내내 궁금했던 점을 콕 집어 물었다.

"이야기 속에서는 동굴에 꼭꼭 숨어버렸다고 나와 있던데, 그래서 그 후로 어떻게 됐는지 아무도 모르는 걸까요?"

"글쎄, 요즘엔 궁금해하는 사람이 없잖아. 너무 옛날 일이기도 하고. 너도 겨우 작년에야 첫 번째 제자의 후손이 아가냅 코코라는 걸 알았잖니. 달러구트 님 얘기야 워낙 유명하지만, 그건 백화점을 대대로 물려받았기 때문이겠지. 어딘가에 숨어서 이름을 밝히지 않고 꿈을 제작한다는 소문도 있고, 이미 세상을 떠났다는 말도 들어본 것 같지만 확실치 않아."

"아틀라스."

모그베리의 말이 끝나자마자 비고 마이어스가 툭 뱉었다.

"네?"

"두 번째 제자의 후손은 아틀라스라고. 이름쯤은 알아둬."

그는 퉁명스럽게 말하면서 문을 힘껏 당겨 열었다.

"그럼 난 이만 가봐야겠어. 다들 볼일 끝났으면 쓸데없이 모여 있지 말고 얼른 집에나 가."

비고가 나가는 것과 동시에, 연봉협상을 하러 갔던 스피도가 휴게실 안으로 뛰어 들어왔다.

그가 화장실에 다녀온 수준으로 협상을 빠르게 끝내는 바람에, 다음 차례였던 모태일은 허둥지둥 자리에서 일어났다.

페니는 모태일의 연봉협상이 끝나갈 무렵에 미리 휴게실에서 나왔다. 그리고 달러구트의 사무실 앞을 서성이며 자기 차례를 기다렸다. 로비에는 잠옷을 입은 외부 손님들은 물론이고, 퇴근길에 들른 다른 도시의 손님들도 많았다.

페니의 머릿속에는 조금 전 성향테스트 결과가 불순물처럼 둥둥 떠다녔다. 모태일이라면 미래를 상징하는 '첫 번째 제자' 유형으로 나왔을 것 같았다. 모태일이 목표 지향적이고 의욕적인 것이 만약 타고난 성향 때문이라면, '두 번째 제자' 유형인 나의 장점은 뭘까? 이야기 속 두 번째 제자의 능력인 '무엇이든 오래 추억할 수 있는 능력'

은 언제 어떻게 유용하게 쓸 수 있을까? 기껏해야 암기과목 시험 볼 때 유용할 것 같다는 1차원적인 생각밖엔 떠오르지 않았다. 비고 마이어스의 말처럼 사람의 성향을 고작 세 가지로 나눌 수 없다는 걸 알면서도, 생각이 꼬리에 꼬리를 물고 엉뚱하게 흘러갔다.

페니는 생각에 잠겨 있느라 문이 열리는 기척도 느끼지 못했다. 연봉협상을 마치고 나온 모태일이 문 앞에 멍하니 서 있는 페니를 이상하다는 듯 쳐다봤다.

"페니, 너 괜찮아?"

"아, 끝났구나. 난 괜찮아. 아무것도 아냐."

"그럼 다행이고. 어서 들어가봐."

모태일이 친절하게 문을 살짝 잡아주었다. 그는 기분이 좋아 보였다. 아무래도 연봉협상 결과가 만족스러운 모양이었다.

"고마워, 모태일."

페니가 사무실로 들어가자 책상 너머에 앉은 달러구트가 손을 들어 반겼다. 달러구트는 흰색 털실과 검은색 털실이 섞인 스웨터를 입고 있었는데, 흰머리와 검은 머리가 적절히 섞인 그의 반곱슬머리를 본떠서 만든 디자인처럼 보였다.

"오래 기다렸지? 정말 미안하구나. 어서 앉으렴."

"괜찮아요. 달러구트 님."

달러구트가 평소에는 잘 쓰지 않는 테가 가느다란 돋보기안경을 집어 들었다. 안경을 쓴 그의 모습은 평소보다 더 통찰력 있어 보였다. 하지만 철두철미해 보이는 겉모습과는 다르게 사무실 여기저기에는 인간미가 넘쳐흘렀다.

말썽이 잦은 구형 프린터는 오늘도 적색 경고등이 깜빡이고 있었고, 커다란 책상은 결재를 기다리는 서류들과 뒤집어놓은 낡은 다이어리, 마시다 만 음료수 등 온갖 잡동사니로 어수선했다.

"조금 어지러운 상태가 오히려 편안한 사람들이 있단다."

달러구트는 페니가 무슨 생각을 하는지 안다는 듯이 태연하게 말했다.

"오늘은 심신 안정용 쿠키는 필요 없겠지?"

"그럼요."

페니가 애써 여유로운 척하면서 빙긋 웃었다.

"자, 1층 프런트 직원 페니의 첫 번째 연봉협상이구나. 어디 지난 한 해를 되돌아볼까?"

달러구트는 책상 위 어딘가에 있을 페니에 관한 정보가 적힌 종이를 찾기 시작했다. 그는 연필꽂이 밑에 깔린 종이를 빼내다가, 팔꿈치로 먹다 남은 음료수병을 쳐서 쓰러뜨릴 뻔했다. 다행히 음료수병을 불안하게 지켜보던 페니가 재빨리 잡아서 병이 넘어지는 걸 막았다. 그리고 한 손으로는 하마터면 젖을 뻔한 낡은 다이어리를 집어 들었다. 간발의 차이로 다이어리는 무사했다.

"고맙다, 페니."

"별말씀을요."

페니는 다이어리를 다시 책상에 똑바로 올려뒀다. 거칠어 보이는 종이 커버 위에 '1999년 꿈 일기'라고 적혀 있었다.

"1999년 꿈 일기… 달러구트 님 글씨체네요. 꿈 일기를 쓰세요?"

페니가 이제는 익숙한 달러구트의 글씨체를 한눈에 알아봤다.

"아, 이 안에 있는 내용은 내가 쓴 게 아니란다. 표지를 달아서 다이어리처럼 만든 건 나지만 말이야. 이건 외부 손님들이 자고 일어나서 쓴 꿈 일기를 내가 간직해두려고 만든 거야. 틈날 때 보려고 했는데 오늘도 좀처럼 시간이 나질 않더구나."

달러구트가 미소 지으면서 다이어리의 겉표지를 검지 끝으로 톡 건드렸다.

"외부 손님들이 꿈 일기를 쓰신다고요?"

"드림 페이 시스템즈로 손님들의 간단한 후기들을 볼 수 있잖니? 이건 그중에서 유달리 길고 상세한 후기라고 생각하면 쉽겠구나."

"꿈을 꾸고 나서 일기를 쓰다니… 굉장해요. 평범한 손님들이라면 내용을 기억하기 쉽지 않을 텐데요."

"일어나자마자 기억이 사라지기 전에 눈에 보이는 아무 곳에나 기록하는 것 같더구나. 하지만 그런 사람은 드물단다. 그래서 꿈 일기는 참 귀하지. 그래서 이렇게 매년 수집한 꿈 일기를 따로 모아두는 거란다. 우리처럼 손님을 직접 대하는 일을 하는 사람들에게 이보다 귀중한 정보는 없을 거야."

페니는 까마득한 1999년에 손님들이 어떤 꿈 일기를 남겼을지 궁금했다. 하지만 달러구트는 다이어리를 책상 서랍 안에 넣어버렸다.

"이야기가 다른 데로 새고 말았군. 오늘은 손님들이 아니라 페니 너에 관해 이야기해야지."

달러구트가 무언가 잔뜩 적힌 종이를 들고 눈으로 먼저 읽어 내려가기 시작했다. 페니는 그가 자신에 대해 어떤 평가를 할지 긴장해서 침을 꼴깍 삼켰다.

"어디 보자, 웨더는 네가 제법 믿음직스럽다고 하더구나. 저녁 시간대에 일하는 무드도 너의 일 처리가 깔끔해서 마음에 든다고 했고. 아무렴, 가까운 사람들의 의견만큼 중요한 건 없지."

페니는 안도하며 속으로 웨더 아주머니와 무드에게 감사 인사를 보냈다.

"아, 그리고 네게 줄 게 있단다."

달러구트가 아래쪽에 있는 책상 서랍을 뒤적이더니 페니에게 뭔가를 건넸다. 목에 걸 수 있도록 만들어진 작은 카드였다.

"달러구트 님, 이건…."

은은하게 반짝거리는 특수한 재질의 카드 표면 위에 '달러구트 꿈 백화점 소속 – 페니'라고 또렷하게 새겨져 있었다.

"컴퍼니 구역의 출입증이 나왔네요. 감사합니다! 역시 잊지 않고 신청해주셨군요."

"그야 물론이지. 벌써 가게에서 일한 지 만 1년이 되었더구나. 이로써 너도 컴퍼니 구역에 출입할 수 있게 되었단다. 이제 꿈 산업에 종사하는 귀중한 인재로 확실히 인정받은 셈이야."

"출입증을 받으면 민원관리국에 가게 된다고 들었어요."

"오, 이미 알고 있었구나. 1년을 무사히 채운 직원이라면 꼭 가봐야 할 곳이란다. 나름대로 내가 만든 교육 커리큘럼이라고 생각해주렴. 당장 다음 주 월요일에 나와 함께 가자꾸나."

"민원관리국은 꿈에 불만이 있는 사람들이 민원을 내는 곳이죠? 스피도 님이 얘기하는 걸 들어보니 그런 것 같더라고요."

"간단히 말하면 그렇지. 페니, 너는 우리 가게에 '한 번도 오지 않은 손님'과 '단골이었다가 발길을 끊은 손님' 중 어느 쪽에 집중해야 한다고 생각하니? 우리 가게가 지금처럼 번성하려면 어떤 손님을 모시려고 노력하는 게 중요할까?"

"어… 새로운 손님을 모셔오는 것도 중요하고, 기존의 손님을 다시 모셔오는 것도 중요하고…. 그런데 꼭, 단 하나를 골라야 한다면…."

달러구트는 가끔 기습적인 질문으로 페니를 당황하게 했다. 그리고 이런 질문을 할 때마다, 그의 흑갈색 눈동자에 눈에 띄게 생기가 감돌았다.

"저는 단골손님들이 소중해요. 그건 아마 프런트에서 매일 보는 눈꺼풀 저울들과 정이 들어서일 거예요. 일하다 보면 손님들과 함께 있는 것 같은 기분이 들거든요."

페니는 단골손님들의 눈꺼풀 저울이 매끄럽게 움직이는 모습과 특유의 달각거리는 소리를 좋아했다. 그리고 저울의 추가 움직이고 손님의 수면 상태가 렘수면으로 바뀌었을 때 곧이어 문을 열고 들어오는 손님들, 눈에 익은 그 얼굴을 보는 순간만큼 반가운 건 없었다.

"내 생각도 그렇단다. 그러니까 우리 백화점의 꿈을 좋아해서 단골까지 된 그들이 갑자기 오지 않는 건 심각한 문제야. 입이 무거운 손님들은 구구절절 불만을 말하기보다 매섭게 발길을 끊어버리지. 직접 와서 환불 요청이라도 하는 손님은 오히려 고마울 정도란다."

페니는 막심의 '트라우마 극복을 위한 꿈'을 환불하기 위해 모여들었던 손님들을 떠올렸다. 달러구트는 이 사무실 아래에 숨겨진 불만 접수실에서 그들과 이야기를 나눴었다.

"이럴 때 우리를 도와주는 기관이 바로 '민원관리국'이란다. 아무리 꿈을 잘 잊어버리는 외부 손님들이라 하더라도, 지겹도록 똑같은 불만이 쌓이다 보면 결국엔 민원관리국을 찾게 돼. 꿈을 샀던 곳에 가서 무작정 따지는 것보다야, 그들로서는 훨씬 나은 방법이지. 민원관리국에서는 그런 사실을 데이터로 관리하고 분석해서 관련 상점이나 제작자에게 알려준단다. 그 내용을 확인하고 불만 사항을 적절하게 처리하는 것, 그것이 나와 우리 매니저들의 업무 중 가장 어려운 부분이지."

페니는 쉽게 이해할 수 없었다.

"외부 손님들에게는 꿈값도 후불로 받는데, 왜 그게 문제가 되죠? 손님들이야 어느 쪽으로든 손해 볼 게 없지 않나요?"

"바로 그 점이 네가 올해 배워야 할 부분인 것 같구나. 세상에는 네가 모르는 이유로 꿈을 꾸기 싫어하는 사람들이 많단다. 잠을 미루느라 예약한 꿈을 가지러 오지 않는 '노 쇼'가 손님들의 무심함이라면, 그들을 민원관리국까지 가게 만드는 것은 우리의 무심함이겠지. 천천히 알아보렴. 내가 다 설명해주는 게 너한테 별 도움이 안 될 거라는 건 그동안 충분히 겪었으니 알고 있겠지?"

"네, 그렇지만… 단골손님을 되찾는 게 가능하긴 한가요?"

페니는 여유롭게 받아들이고 싶었지만 그래도 불안했다. 자신의 경우만 봐도, 한번 발길을 끊은 가게에 되돌아가는 일은 좀처럼 없었기 때문이다.

"손님마다 각자의 사정이 있는 법이지. 한 명 한 명 다른 상황을 겪고 있다는 걸 잊지 않는다면 불가능하진 않을 거야."

"저도 보탬이 되고 싶어요. 단골손님을 한 분이라도 되찾을 수 있다면 좋겠어요."

"그게 너의 올해 계획이니?"

"어… 사실은 방금 생각한 거지만, 진심이에요. 전 우리 꿈 백화점이 지금처럼 많은 손님들과 함께했으면 좋겠어요. 제가 이곳을 얼마나 좋아하는지 모르실 거예요."

"그렇다면 나와 올해 계획이 같구나."

"달러구트 님은 어떻게 하실 계획이에요?"

"음… 한 가지 계획하고 있는 일이 있긴 하단다. 아직 확정된 일이 아니라서 성급하게 말해줄 순 없지만 말이야. 처리해야 할 것들이 제법 남아 있어."

"특별한 일을 계획하고 계시는군요! 힌트라도 조금 주세요."

"글쎄다, 나는 물론이고 많은 손님이 좋아할 행사라는 것? 그건 확실하단다."

"정말요?"

"자, 다시 원래의 이야기로 돌아가자꾸나. 이런, 이미 퇴근 시간이 훌쩍 지났구나. 얼른 연봉계약을 끝내고 나도 저녁을 먹어야 해. 열심히 일하고 난 뒤에 먹는 맛있는 저녁, 그건 정말 중요하거든. 어디 보자… 내가 생각하는 연봉은 이 정도면 될 것 같은데, 어떠니?"

달러구트가 연봉계약서에 만년필로 액수를 적어서 페니에게 내밀었다. 그건 생각했던 것보다 넉넉한 금액이어서, 페니는 주책맞게 입꼬리가 올라가지 않도록 표정 관리에 신경 써야 했다. 달러구트는 앞으로의 기대치를 연봉에 미리 반영한 모양이었다.

"페니, 우리가 벌어들인 돈은 손님들의 귀중한 감정과 맞바꾼 것이니까 이 무게를 잊지 않도록 해야 한다."

페니가 사인하는 동안 달러구트가 조언했다.

"네. 명심할게요."

연봉계약서 위의 숫자가 마치 백화점을 다녀간 손님들의 수처럼 보이면서, 적당한 긴장과 기분 좋은 의욕이 발끝에서부터 찰랑찰랑 차올랐다.

"그럼 월요일에 보자꾸나. 아차, 잊을 뻔했군. 이것도 같이 가져가렴. 출근 열차 시간표란다."

달러구트가 깨알 같은 글씨들이 촘촘하게 적힌 시간표 하나를 내밀었다.

"출근 열차의 운행 시간이 분 단위로 표시되어 있어. 7시쯤에 집에서 가까운 정류장에서 타렴. 나는 가게 근처에서 탈 거야."

"네, 월요일에 봬요."

페니는 달러구트의 사무실에서 나오자마자 열차 시간표의 깨알 같은 글씨들 속에서 집과 가장 가까운 정류소를 겨우 찾아내 빨간색 볼펜으로 크게 동그라미를 쳤다.

식료품점 '아드리아의 부엌' 정류소. 오전 6시 55분 출발

시간표 맨 아래에는 주의 사항이 굵은 글씨로 적혀 있었다.

※ 출근 열차는 자가용이 아닙니다. 시간을 정확히 지켜주십시오.

페니는 출입증과 열차 시간표를 손에 올려놓고 한참을 쳐다봤다. 출입증에 새겨진 '페니'라는 이름을 손끝으로 더듬으면서 배시시 웃음을 지었다. 작년보다 더 넓은 세상을 볼 수 있을 거라는 기대와 비로소 완전해진 소속감으로, 저녁을 먹지 않았는데도 기분 좋은 포만감이 들었다.

페니는 물건들을 손가방에 소중하게 집어넣고 가게를 나섰다. 그리고 이제 완전히 어두워진 상점가의 거리를 평소보다 경쾌한 걸음으로 가뿐하게 가로질러 걸어갔다.

11장

민원 관리국

월요일 아침은 다른 날보다 피곤했다. 특히 오늘은 비가 올 것처럼 으슬으슬하고 축축한 날씨 때문에 더했다.

페니는 아침 식사를 포기한 덕분에 늦지 않게 출근 열차의 정류소에 나올 수 있었다. 페니는 목에 걸고 나온 출입증이 잘 있는지 손으로 확인한 뒤, 손을 코트 주머니에 다시 집어넣었다. 어젯밤 늦게 잠든 탓에 자꾸만 하품이 쏟아져 나와서 턱뼈가 뻐근할 지경이었다.

정류소는 집 근처 언덕 위의 식료품점인 '아드리아의 부엌' 앞에 조촐하게 자리하고 있었다. 이른 아침부터 문이 활짝 열려 있는 식료품점에는 아침 세일을 노리는 부지런한 사람들이 많이 와 있었다.

페니는 출입문을 드나드는 사람들에게 방해가 되지 않도록 식료품점에서 조금 떨어진 곳에 섰다. 정류소에는 페니보다 먼저 온 대여섯 명의 사람들이 있었는데, 그들은 하나같이 귀에 이어폰을 꽂고 혹여 누가 말이라도 걸까 봐 팔짱을 낀 채 잔뜩 움츠리고 있었다. 다들 출근 전에 혼자만의 시간을 느긋하게 보내고 싶은 것 같았다.

페니는 곧 출근 열차를 타게 된다는 생각에 조금씩 들뜨기 시작했다. 반면, 정작 목적지인 민원관리국은 전혀 기대되지 않았다. 이름에서부터 풍기는 사무적인 분위기와 관공서 특유의 경직된 이미지 때문에 살짝 긴장될 뿐이었다.

게다가 모그베리는 민원관리국에 대하여 경고 아닌 경고를 하기도 했다.

'거긴 될 수 있으면 안 가고 싶은 곳이야. 뭐랄까… 마음이 불편해지는 장소거든.'

단 몇 분 사이에 정류장 주변에 사람들이 불어났다. 페니 뒤에 선 한 무리의 사람들은 진한 곡물 냄새가 나는 따뜻한 음료를 마시면서 이야기를 나누고 있었다.

"새로 취임한 민원관리국장 말이야. 취임하자마자 관계자들을 몽땅 불러들였다는군."

"으레 그러잖아. 권한을 넘겨받으면 전임자가 했던 일을 싹 정리하고 싶은 법이지. 가장 의욕이 넘칠 때 아닌가? 아앗, 뜨거!"

목소리가 걸걸한 남자가 음료를 마시다가 사레들린 것처럼 캑캑거렸다.

"달러구트 꿈 백화점이 꽤 바빠지겠어."

페니는 귀를 쫑긋 열고 뒷사람들의 얘기에 집중했다.

"그야 그렇겠지. 손님이 많은 만큼 민원도 가장 많이 들어올 테니까."

"됐고, 우리 걱정이나 하자고. 이번에도 신제품 라인이 달러구트 꿈 백화점에 입점하지 못하면 큰일이야. 월요일부터 들들 볶이고 싶진 않은데. 어이쿠, 비가 오네."

그렇지 않아도 날씨가 축축하더라니, 빗방울이 기어코 페니의 머리 위로도 떨어지기 시작했다. 비를 피하려는 사람들이 식료품점의 차양 안쪽으로 슬금슬금 모여들었다. 페니는 광고용 입간판 옆에 운 좋게 자리를 잡은 덕분에 비와 바람을 동시에 피할 수 있었다.

— 마담 세이지의 '엄마의 손맛' 케첩, '아빠의 손맛' 마요네즈 —

2021 리뉴얼로 한층 깊어진 맛과 감정(그리움 0.1% 함유)

요리에 서툴러도 괜찮아요. 감정에 호소하면 되니까요.

언제 어디서나 그리운 부모님의 손맛을 재현해보세요.

입간판에는 오므라이스를 먹고 감동의 눈물을 흘리는 아이들과 그들의 뒤에서 제품을 들고 엄지를 치켜세우고 있는 아빠와 엄마의 모습이 담겨 있었다. 아이들 앞에 있는 오므라이스는 노른자가 보이지 않을 정도로 새빨간 케첩 범벅이었다.

페니는 모델들의 익살스러운 표정이 우스워서 빤히 보고 있다가, 비를 완전히 피하려고 더 안쪽으로 뒷걸음치던 앞사람에게 발을 밟히고 말았다. 앞사람은 사과도 없이 이어폰을 끼고 리듬에 맞춰 머리만 흔들어댔다. 페니는 그에게서 멀찍이 떨어지려고 걸음을 옆으로 크게 옮기다가, 무언가에 안기듯이 부딪히고 말았다. 굉장히 푹신하고 부드러운 감촉이었다.

"페니! 이 시간에 왜 여기 있어?"

부드러운 감촉의 정체는 녹틸루카 아쌈이었다. 아쌈은 양쪽 앞발로 커다란 장바구니를 들고, 그것도 모자라 꼬리에도 바구니를 하나 더 걸고 있었다.

"아쌈, 아침 일찍부터 장 보러 온 거야? 난 일이 있어서 출근 열차를 타러 왔어. 드디어 나도 출입증이 나왔거든. 내가 꿈 백화점에서 일한 지 벌써 1년이 됐어!"

"시간이 벌써 그렇게 됐어? 페니, 나도 마침 기쁜 소식이 있어. 나도 조만간 출근 열차를 자주 이용하게 될 것 같아. 경력도 꽉 찼고 중요한 조건도 갖춰져서, 드디어 이직할 수 있게 됐거든."

"이직이라고? 어디로?"

"세탁소 말이야! 아찔한 내리막 아래에 있는 녹틸루카 세탁소. 녹틸루카라면 누구나 세탁소에서 일하는 게 꿈이지! 길 위를 돌아다니면서 사람들한테 수면 가운을 입힌 지도 어언 30년째야. 경력은 진작에 꽉 채웠어. 다른 중요한 조건을 갖추느라고 오래 기다렸어…."

"어떤 조건인데?"

"자, 여기 봐. 파란 털이 났지?"

아쌈이 장바구니가 걸려 있는 꼬리를 몸통 앞쪽으로 끌어당겨 보여줬다. 녹틸루카들은 본격적으로 노화가 시작되면 몸에 있는 털들이 파란색으로 변하기 시작하는데, 아무리 봐도 아쌈의 꼬리는 파랑기는커녕 우중충한 오늘 날씨보다 짙은 잿빛 그대로였다.

"어디 났는데?"

"여길 봐. 꼬리 안쪽부터 털이 파랗게 변하고 있잖아."

아쌈이 자신의 풍성한 꼬리털을 헤집어서 안쪽에 손톱만큼 돋아난 파란 털을 보여줬다. 그는 노화의 징표인 파란 털이 훈장이라도 되는 것처럼 자랑스러워했다.

"인제 이렇게 나이가 든 거야, 아쌈."

페니가 아쌈의 꼬리를 매만지면서 서글프게 말했다. 아쌈의 장바구니에서 삐져나온 기다란 대파 한 단이 페니의 옆구리를 쿡쿡 찔렀다.

"미안한데 페니, 내가 늙긴 했지만 너보다 오래 살걸."

"뭐?"

페니가 옆구리를 찌르는 대파를 손으로 밀어내면서 되물었다.

"녹틸루카의 수명을 인간의 수명과 똑같이 보면 안 되지. 세탁소에서 일하고 싶어서 늙는 걸 손꼽아 기다려왔다고. 아무튼, 난 이만 갈게. 집에 가서 아침을 먹고 일하러 가봐야 해. 페니, 곧 열차가 들어올 거야. 멀리서 땅이 진동하는 게 발바닥으로 느껴져."

아쌈은 복슬복슬한 앞발로 장바구니를 다시 고쳐 걸고는 꼬리를 좌우로 흔들며 가버렸다. 아쌈이 세탁소에서 일하는 걸 기대하는 것도 이해가 갔다. 아무리 녹틸루카가 사람보다 힘이 세다고 해도, 매일 산더미 같은 수면 가운과 수면 양말을 짊어지고 골목을 뛰어다니는 일은 무척 고단할 것이다. 아쌈이 예고한 대로 멀리서 열차가 바닥에 깔린 레일을 따라 정류소로 들어오고 있었다. 흩어져 있던 사람들이 정류소의 팻말 앞에 줄을 서기 시작했다. 페니는 옷깃을 단단히 여미고 한 손으로 머리 위로 떨어지는 빗방울을 막으면서, 한 줄로서는 사람들 틈에 섞여들었다.

출근 열차는 거칠게 속력을 줄이며 정류소에 딱 맞게 정차했다. 놀이공원의 청룡 열차처럼 지붕이 없는 열차였다. 운전하는 차장의 뒷자리부터, 한 줄에 두 명씩 앉을 수 있게 만들어져 있었다. 차장이 운전석에 있는 레버를 당기자 허리 높이까지 오는 좌석의 문이 바깥으로 활짝 열렸다.

"6시 55분 발, '아드리아의 부엌' 정류소를 출발하는 출근 열차입니다. 이 열차는 컴퍼니 구역까지 모든 일반 정류소를 경유하는 열차입니다. 컴퍼니 구역 중앙 광장까지 한 번에 가시려면 8분 뒤에 도착하는 급행열차를 이용하세요."

페니와 비슷한 나이로 보이는 차장이 정류장 승객들에게 소리쳤다. 목소리를 내는 특별한 훈련이라도 받는 건지, 그녀의 목소리가 우중충한 날씨를 곧게 뚫고 나와 깨끗하게 울려 퍼졌다.

사람들은 맨 앞자리의 차장에게 출입증을 보여주고 나서 원하는 자리에 앉았다. 차장은 페니의 목에 걸린 출입증을 확인하고 모자를 들어 올려 그녀의 얼굴을 보더니 고개를 끄덕였다.

열차의 좌석 중에는 다른 좌석들보다 훨씬 큰 자리가 몇 개 있었는데, 등받이에 '녹틸루카 전용 좌석'이라고 인쇄된 커버가 씌워져 있었다. 페니는 잠깐 고민하다가 차장의 바로 뒤인 맨 앞자리에 앉았다.

"윽, 축축해."

개방형 열차인 탓에 좌석에 빗방울이 고여 있어 코트의 엉덩이 부분이 젖고 말았다. 비를 막을 수 있는 접이식 가림막이 있긴 했지만, 아직 펼쳐져 있지는 않았다. 차장은 엉덩이가 젖은 승객들이 투덜거리자, 그제야 운전석 옆에 뒀던 구부러진 쇠꼬챙이를 무심하게 들어 올리더니, 보지도 않고 가림막 끝자락을 솜씨 좋게 낚아채서 끌어내렸다.

급행열차를 기다리는 듯한 정류소에 남은 몇 사람을 제외하고, 모두가 한 자리씩 차지하고 앉았다. 옆에 누가 앉지 않는다는 걸 확인하고 나서야 다들 편안한 자세로 혼자만의 시간으로 돌아갔다.

페니도 이제 한시름 놓으려는데, 갑자기 누군가 페니의 옆자리를 묵직하게 꿰차고 앉는 것이 느껴졌다. 그 바람에 페니의 하늘색 코트 자락이 불청객의 엉덩이 밑으로 말려들어 갔다.

"모태일! 네가 웬일이야?"

"웬일이긴? 너도 연봉협상 때 출입증을 받고 달러구트 님이 민원관리국에 가자고 하신 거 아냐?"

"아, 너도 이번에 출입증을 받는다고 했지. 깜빡했어."

"일찍 나와서 시간이 좀 남길래 우리 집 근처 정류소에서 여기까지 걸어왔는데 하마터면 양쪽 다 놓칠 뻔했어."

그는 엉덩이를 살짝 들어 코트를 빼낼 수 있게 도와줬다. 모태일이 똑바로 앉자마자 열차가 움직이기 시작했다.

"모태일, 민원관리국은 어떻게 생겼을까? 멀리서는 잘 보이질 않아서 궁금해."

"가까이서 보면 외관도 엄청 특이하대. 얼른 가보고 싶어. 나는 민원관리국보다는 그 위에 있는 테스트 센터가 더 궁금해. 꿈을 만드는

데 사용하는 온갖 재료들이 있어서 즉석에서 촉각이나 후각을 만들어내기도 하고, 만든 꿈의 성능을 테스트하기도 한대."

모태일은 제법 많은 것을 알고 있었다.

"우리도 가볼 수 있으면 좋을 텐데."

이야기를 나누는 사이 달러구트가 다음 정류장에서 탑승했다. 그는 물에 젖지 않는 소재의 반질반질한 코트를 입고 보라색 우산을 들고 있었다. 차장은 달러구트의 얼굴 자체가 출입증이라도 된다는 듯이 그의 출입증은 검사도 하지 않았다. 열차 뒤편의 낯선 남자가 자리에서 일어나 달러구트에게 꾸벅 인사를 했다.

"오랜만이군, 에이버. 작년부터 셀린 글럭의 제작사에서 일하고 있다는 소식을 들었네."

달러구트는 낯선 남자와 악수를 하고 페니와 모태일의 뒷자리로 왔다.

"둘 다 늦지 않고 잘 탔구나! 다행이야."

달러구트가 보라색 우산의 물기를 열차 밖으로 털어내면서 반갑게 인사했다. 달러구트가 자리에 앉으려는데 열차가 출발하려다가 다시 급하게 멈췄다. 그 바람에 달러구트의 몸이 크게 휘청거렸다.

커다란 몸을 뒤뚱거리며 네 마리의 녹틸루카들이 달려오고 있었다. 모두가 온몸이 파란색 털로 뒤덮여 있었다. 그들은 자기 몸집만 한 빨래 바구니를 껴안고 있었다.

"시간 맞춰 일찍 좀 다니세요."

차장이 녹틸루카들에게 핀잔을 줬다.

녹틸루카들도 따로 출입증 검사는 하지 않았다. 그들은 빨래 바구니에서 빨랫감을 꺼내 빈자리에 쌓아 올리고, 빈 바구니들을 겹쳐서 맨 뒷자리의 등받이에 거꾸로 매달았다. 빨랫감은 매우 무거워 보였다. 세탁소의 일은 생각했던 것만큼 편해 보이지 않았다. 페니는 아쌤이 이 사실을 알고 있는 건지 걱정되기 시작했다. 유난히 푸른 녹틸루카(아마도 엄청나게 나이가 많은 녹틸루카일 것이다)가 금방이라도 열차 밖으로 흘러내릴 것 같은 빨랫감을 앞발로 팡팡 두드려서 평평하게 다듬었다.

열차는 멈추지 않고 레일 위를 부지런히 달렸다. 열차를 타서 신난 모태일이 쉴 새 없이 떠들면서 들썩이는 통에 페니는 좌석 끝에 몸을 바짝 붙이고 앉았다. 가림막 끝에 맺힌 빗방울에 페니의 어깨가 축축하게 젖어가고 있었다.

이윽고 출근 열차 외에는 다른 차량이 눈에 띄지 않을 만큼 도심에서 멀어졌을 때, 전방으로 뻗어 있던 레일이 갑자기 시야에서 사라졌다. 드디어 멀리서 보기만 했던 그 아찔한 내리막에 다다른 것이다. 얼마나 경사가 심한지 아래로 펼쳐진 내리막은 보이지도 않았다.

점점 내리막으로 다가가자 손에 저절로 땀이 나기 시작했다. 녹틸루카들의 빨랫감은 전부 쏟아져 떨어질 것 같았고, 손잡이나 안전바도 없는 이 고물 청룡 열차가 너무나 못 미덥게 느껴졌다.

"이거… 괜찮은 거 맞지?"

모태일의 불안한 목소리가 긴장감을 더했다.

페니는 앞자리의 차장이 발치에서 작은 병을 꺼내더니, 핸들 옆에 있는 녹슨 마개를 열고 병에 담겨 있던 액체를 반쯤 붓는 것을 보았다. 그러자 열차가 요란하게 덜컹! 하더니 내리막으로 진입하기 직전에 속도가 급격하게 줄어들었다. 그리고 바퀴가 뭔가에 붙잡힌 것처럼 꾸역꾸역 조심스럽게 내려가기 시작했다. 페니는 차장이 꺼낸 병에 '반항심'이라고 적힌 걸 보고, 양 조절이 아주 탁월하다고 생각했다.

긴 내리막길 끝에서 열차가 멈췄다. 그들은 이제 거대한 암벽 사이의 골짜기에 들어와 있었다.

"현재 시각 7시 13분, 이번 정류장은 '녹틸루카 세탁소'입니다. 컴퍼니 구역까지 가시는 분들은 하차하지 마시고 자리에 그대로 계십시오. 열차가 곧 출발합니다."

"세탁소? 세탁소가 어딨어?"

페니가 두리번거리자, 뒤에서 달러구트가 그녀의 어깨를 가볍게 톡 쳤다.

"페니, 뒤쪽을 보렴."

그들이 내려왔던 레일 옆에 거대한 동굴 입구가 뻥 뚫려 있었다. 빨랫감을 챙겨 든 녹틸루카들은 열차에서 내리자마자 동굴로 걸어가고 있었다. '녹틸루카 세탁소'라고 삐뚤빼뚤하게 적혀 있는 나무 간판이 암반 위에 위태롭게 걸려 있었다.

"모태일, 저런 곳에서 빨래가 잘 마를까?"

"꼭 햇볕에 말려야 하는 건 아니니까. 성능 좋은 건조기라도 있겠지."

모태일이 대수롭지 않게 대답했다. 모태일은 세탁소에는 관심이 없었고, 전방의 암벽에 창문 크기로 난 구멍을 쳐다보고 있었다. 그는 자세히 보려고 눈을 잔뜩 찌푸렸다.

"저 구멍 안에 사람이 있는 것 같아."

녹틸루카들이 모두 하차한 뒤 차장이 열차를 30미터 정도 전진시키자, 그 구멍의 정체가 확실히 드러났다.

암벽에 구멍을 뚫어서 만든 작은 매점이었다. 원래 푹 패어 있던 공간에 건축자재를 넣어서 만든 것인지, 일부러 암벽에 구멍을 뚫은 것인지 분간이 되질 않았다. 메뉴판은 매점이 있는 구멍의 양옆에 걸려 있었는데, 세탁소의 간판과 비슷한 재질의 나무판자였다.

차장은 딴청을 피우면서 손님들이 매점의 상품을 구경할 수 있게 기다려주었다.

"삶은 달걀, 신문, 간단한 주전부리 있습니다."

매점 안에 앉아 있던 주인이 열차의 승객들에게 외치자, 승객들이 너 나 할 것 없이 앞다퉈 주문하기 시작했다.

"달걀 두 개랑 신문 한 부 주세요."

매점 주인은 기다란 작대기 끝에 달걀과 신문이 든 바구니를 걸어 정확히 주문한 승객 앞에 내밀었다. 승객이 바구니 안에 돈을 집어넣고, 주인이 작대기를 회수하는 것으로 거래는 일사천리로 끝났다.

"저걸 봐, '월요병 치료제'라는 게 있어. 새로 나온 자양강장제인가 봐."

모태일이 매점의 메뉴판을 살펴보다가 갈색 병에 담긴 음료에 관심을 보이자, 달러구트가 선뜻 지갑을 꺼냈다.

"하나씩 마셔보겠니?"

"그래도 되나요?"

"물론이지. 여기 '월요병 치료제' 두 병, 그리고 신문 한 부 주시오."

다른 사람들도 달러구트처럼 신문 한 부씩은 꼭 주문하고 있었다. 이상한 점은, 다들 신문을 펼쳐 가장 뒤 페이지만 보고 바로 덮는다는 것이었다. 달러구트 역시 받아 든 신문의 뒷부분만 보고 다시 덮었다.

"달러구트 님, 그 신문 저도 볼래요."

페니는 얼른 신문을 받아 들고 맨 뒷장을 펼쳤는데, 종이 한 장이 끼워져 있었다. 그 종이에는 컴퍼니 구역 안에 있는 모든 구내식당의 일주일 치 메뉴가 빼곡하게 적혀 있었다.

"점심 메뉴를 미리 보려고 이 신문을 사나 봐. 메뉴에 신문을 끼워 팔다니. 수완이 대단한걸."

페니가 모태일에게 신문을 내밀면서 말했다.

"수완이 좋은 정도가 아니야. 아주 약아빠졌어. 이것 봐, 어차피 점심 메뉴만 볼 걸 아니까 신문은 한참 지난 걸 끼워놨잖아. 팔다 남은 신문을 재활용하나 봐."

모태일이 인상을 찌푸렸다.

그는 신문을 미련 없이 접어 달러구트에게 돌려주고, 자기 몫의 '월요병 치료제'를 손에 들었다. 평범한 자양강장제처럼 생긴 어두운 색상의 병 안에는 걸쭉한 액체가 담겨 있었다.

"뚜껑에 글자가 있어. '오늘만 출근하면 3일 연휴라고 상상하면서 들이켜세요.'라고 되어 있네."

모태일은 말이 끝나자마자 한 병을 통째로 들이켰다.

페니도 '월요병 치료제'의 뚜껑을 돌려 열었다. 페니가 가진 병뚜껑에는 '부장님이 오늘 출근을 안 한다고 상상하면서 들이켜세요.'

라고 적혀 있었다. 병의 옆면에 붙어 있는 성분표에 따르면 '해방감 0.01%', '안도감 0.005%' 등 쥐꼬리만 한 감정이 들어 있을 뿐이었는데, 아마 뚜껑 위의 메시지만 다르고 성분은 모두 같을 거라고 짐작했다.

페니는 속는 셈 치고 지시에 따르려고 애쓰면서 크게 한 모금 들이켰다. 있지도 않은 부장님을 상상하며 그가 출근하지 않은 기분을 떠올리기란 쉽지 않았다. 순간 해방감과 비슷한 감정이 안개처럼 희미하게 피어올랐다가 금방 사그라들었다.

"이건 효과가 있더라도 그냥 플라세보 효과일 거야."

"역시 월요병에는 약이 없군."

모태일은 깨달음을 얻은 수도승처럼 근엄하게 말했다.

열차가 다시 움직이기 시작했다. 그들은 반대쪽 암벽 위에 있는 컴퍼니 구역으로 가기 위해 가파른 오르막을 올라야 했다. 경사진 암벽을 따라 깔려 있는 레일이 마치, 2층 침대에 비스듬히 걸쳐놓은 사다리처럼 보였다.

출근 열차는 위쪽으로 경사가 급해지는 구간에서 힘에 부치는 듯 덜덜거리다가 앞으로 나가질 못하고 멈춰 섰다. 차장은 이번에도 마찬가지로 작은 병을 하나 꺼내더니, 핸들 옆에 있는 녹슨 마개를 열고 병에 담긴 액체를 모조리 탈탈 털어 넣은 후 발치에 있는 깡통에 병을 휙 던져 넣었다. 그러자 열차가 우렁찬 소리를 내며 오르막을 시원하게 오르기 시작했다. 페니는 아마도 그 액체가 '자신감'이 아니었을까 추측했다.

"페니, 모태일. 저 앞을 보렴. 드디어 도착했구나."

어느새 깎아지른 절벽과 암벽 위에 펼쳐진 장대한 경관이 천천히 모습을 드러내고 있었다. 조금 내리던 비도 완전히 그쳐서 차장이 가림막을 걷어 올렸다. 울창한 나무 사이를 통과한 햇살이 눈부시지 않을 정도의 적당한 밝기로 얼굴에 닿았고, 비에 살짝 젖은 흙냄새가 코를 간지럽혔다.

"우아! 생각했던 것보다 훨씬 넓어. 대체 몇 명이나 컴퍼니 구역에서 일하고 있는 걸까?"

그들 앞에 축구장보다 큰 중앙 광장의 모습이 드러났다. 컴퍼니 구역을 오가는 다른 많은 출근 열차들이 차고지에 멈춰 서 있었고, 보안 요원들은 하차하는 사람들의 출입증을 다시 확인하고 있었다.

컴퍼니 구역 입구 양쪽엔 엄숙하게 선서하는 자세의 동상이 호위하듯 세워져 있었고, 열차가 차고지로 들어가는 길을 따라 짧은 선서문이 돌바닥 위에 엄숙한 필체로 새겨져 있었다.

우리는 모든 생명의 잠든 시간을 소중하게 가꿔나갈 임무를 부여받은 바, 그들의 시간에 경외와 존경을 담아 일할 것을 경건하게 맹세한다.

차고지에 도착하자, 열차가 천천히 멈춰 서고 차장이 안내방송을 했다.

"꿈 산업의 중심지, 컴퍼니 구역에 도착했습니다. 민원관리국이나 테스트 센터, 식당가에 용무가 있으신 분들은 여기서 하차하시어 도보로 이동하시고, 각 제작사로 출근하시는 분들은 외곽의 개별 열차로 갈아타십시오. 두고 가시는 물건이 없는지 다시 한번 확인하시기 바랍니다."

열차에 타고 있던 사람들이 하나둘 외투와 가방을 챙겨 내리기 시작했다. 페니와 모태일, 달러구트도 함께 내렸다. 내려서 중앙 광장에 발을 내딛는 순간, 페니는 자신을 360도로 에워싼 광경에서 눈을 뗄 수 없었다. 그건 모태일도 마찬가지였다.

입구와 차고지를 포함해 정면에 보이는 중앙의 건물부터 외곽의 건물들까지 흔한 디자인은 하나도 없었다. 달러구트 꿈 백화점처럼 고풍스러우면서도 주변 거리와 적당히 잘 어울리는 절제된 디자인과는 거리가 멀었다. 전부 자신의 개성을 뽐내기 바빴다.

중앙으로 가는 길 주변에는 아마도 식당인 듯한 낮은 건물이 여러 군데 있었다. 그리고 중앙 광장에서도 한가운데, 독특한 외관을 자랑하는 거대한 구조물이 눈길을 사로잡았다. 달러구트가 앞장서서 걸어가면서 그 구조물을 가리켰다.

"자, 우리가 가야 할 곳이 저기란다."

"나무 밑동처럼 생긴 곳 말인가요? 저기가 민원관리국이에요?"

"그렇단다."

그들이 갈 곳이 민원관리국이라는 사실을 몰랐더라면, 밖에서는 당최 뭐 하는 곳인지 알 수 없었을 게 분명했다. 페니의 머릿속에 있는 여느 관공서의 모습과는 달랐기 때문이다.

민원관리국은 세계에서 가장 큰 나무를 도끼로 베어내서 밑동만 남긴 것 같은 생김새였다. 출입구로 드나드는 사람들이 보이지 않았다면 건물인지 알아보기도 힘들 정도였다. 게다가 그 위로 알록달록한 색상의 집채만 한 컨테이너가 여러 개 쌓여 있었다. 그건 정말 이상한 모습이었다. 마치 태풍에 휩쓸려 날아온 컨테이너들이 나무 밑동 위에 우연히 떨어진 것 같았다.

"달러구트 님, 민원관리국 위에 있는 저 컨테이너도 같은 건물인가요?"

페니가 종종걸음으로 따라가면서 물었다.

"저긴 테스트 센터란다. 각 제작사에서 만든 꿈을 정식으로 출시하기 전에 여러 가지를 테스트할 수 있는 시설이야. 출시 후에 문제가 있을 때도 마찬가지지. 우리 같은 판매자들도 제작자들과 테스트 센터에 모여서 회의를 하곤 한단다. 입구는 같지만, 안에 들어가보면 민원관리국과 구역이 확실히 나뉘어져 있어. 엘리베이터로 이동할 수 있지. 저래 봬도 내부는 그럴싸하단다."

페니가 들어가보고 싶어 하는 표정을 지었지만 달러구트가 딱 잘라 말했다.

"우리는 오늘 민원관리국만 들를 거야. 그런데 모태일이 어디 갔지?"

달러구트가 두리번거렸다.

모태일은 민원관리국으로 가는 방향에서 벗어나, 여러 갈래로 줄을 서 있는 사람들 주변을 기웃거리고 있었다. 꿈 제작사로 가는 개별 열차를 갈아타기 위해 기다리는 사람들이었다.

줄의 맨 앞에 '필름 셀린 글럭', '스튜디오 척 데일', '키스 그루어의 연애학개론' 등등 어느 회사로 가는 열차인지 알려주는 표지판이 있었고, 중앙 광장에서 바깥으로 더 멀리 뻗어 나가는 레일들이 보였다. 그리고 그 끝에 늘어선 각양각색의 빌딩들이 광장의 절반을 에워싸고 있었다.

"외곽에 늘어선 건물들은 전부 꿈 제작사인 거죠? 전부 다르게 생겼네요."

페니가 눈을 크게 뜨고 말했다. 멀리서 봐도 건물마다 건축양식이며 사용한 자재가 제각각이었다.

"그렇단다. 제작사별로 취향이 너무 확고해서 건축 디자인을 통일하는 데 실패했다는구나. 하지만 이렇게 제멋대로인 광경도 이 지경까지 되니 오히려 멋지지 않니?"

제작사 건물마다 어찌나 개성이 넘치는지, 볼거리가 가득한 영화 여러 편을 동시에 틀어놓고 산만하게 보고 있는 느낌이었다. 저 건물들 하나하나가 다채로운 꿈을 만드는 회사라니, 페니는 굉장한 곳에 와버렸다는 생각이 새삼 들었다.

"우아! 저 건물을 봐. 커다랗게 '스튜디오 척 데일'이라고 쓰여 있어. 저기가 바로 야릇한 꿈을 만드는 척 데일의 제작사인가 봐!"

모태일이 목소리를 높였다.

세 사람은 그 자리에 서서 모태일이 가리키는 곳을 바라봤다.

그건 좀처럼 보기 힘든 예술작품 같은 빌딩이었다. 유려하고 과감한 곡선을 가진 빌딩의 저층부는 채도가 낮은 붉은빛을 띠고 있는데 반해, 중층부와 고층부는 반짝이는 햇빛을 그대로 통과시키고 있었다. 페니는 빌딩 전체가 레드 와인이 한 모금 남은 와인잔 같다고 생각했다.

"달러구트 님, 그 옆의 건물은 어떤 회사죠? 건물 귀퉁이가 날아가서 부서진 것처럼 보이는 회사 말이에요."

"저기는 '필름 셀린 글럭'이야. 셀린 글럭이 누군지는 알지?"

"네. 물론이죠. 우리 가게 3층에 판타지나 블록버스터 영화 같은 꿈을 공급하시죠."

"아하, 저기가 바로 셀린 글럭의 회사군요."

모태일이 관심을 보였다.

"5층 할인 코너에 셀린 글럭의 '지구 멸망물 시리즈'가 넘쳐나요. 사실 저는 지구가 멸망하는 꿈은 유행에 뒤처진다고 생각해요."

셀린 글럭의 제작사는 10층짜리 빌딩이었는데, 마치 적의 습격이라도 받은 것처럼 최상층의 한쪽 귀퉁이가 날아간 모양으로 설계되어 있었다. 게다가 커다란 페인트 총으로 쏜 것처럼 얼룩덜룩하게 칠한 모양새가, 출근하자마자 전 직원의 점심 내기 서바이벌 게임이 시작될 것만 같은 팽팽한 긴장감을 자아내고 있었다.

셀린 글럭의 제작사로 가는 대기 줄의 끝에는 무척 피곤해 보이는 두 사람이 서 있었다. 둘 중 왼쪽에 있는 사람은 양손 가득 영상 자료와 종이 뭉치를 들고 있었다.

"신작 회의 때문에 이 드라마랑 영화를 일주일 동안 다 봤어."

"6배속으로 본 적 있어? 적응하면 신기하게 대사가 다 들려."

함께 있던 다른 직원이 진지하게 조언했다.

"고마워. 다음번에 시도해볼게. 하, 이번에도 신작으로 좀비물을 내자고 하면 대표님이 가만있지 않으실 텐데…. 내 머릿속엔 좀비가 나오는 꿈밖에 없어. 독창적인 지구 멸망물이 없을까?"

"나도 외계인 침공 말고는 떠오르는 게 없어. 이번엔 살짝 바꿔보긴 했는데 통과될지는 모르겠어. 옆 부서의 에이버는 온 세상이 소금 사막으로 뒤덮여서 모든 생물이 서서히 절여지면서 멸망하는 꿈을 준비 중이라더군. 난 그 친구의 장래가 걱정돼."

셀린 글럭이 대표로 있는 꿈 제작사 '필름 셀린 글럭'은 꿈속에서 블록버스터급 재난을 겪거나 슈퍼 히어로가 되어 외계인의 침공에 맞서는 등 영화 같은 꿈을 주력으로 제작하는 회사였다. 근무시간 내내 드라마나 영화를 본다는 점 때문에 월급 받으면서 공짜 영화를 볼 수 있어 좋겠다는 막연한 부러움이 있었다. 하지만 방금 두 사람의 피곤한 행색으로 보아 말처럼 쉬운 일은 아닌 것 같았다.

두 사람은 이제 막 도착한 열차에 올라타고 있었다. 그들을 제작사까지 데려다줄 열차는 페니가 타고 온 출근 열차보다 훨씬 아담했고, 셀린 글럭의 건물에 쓴 것과 완전히 똑같은 색감으로 얼룩덜룩하게 칠해져 있어서 꼭 건물과 세트로 맞춘 느낌이었다.

페니는 그들의 얘기를 흥미롭게 듣다가 열차를 따라 탈 뻔했다.

"우리는 열차를 탈 필요가 없단다. 자, 얼른 서두르자."

달러구트가 페니와 모태일의 옷자락을 동시에 슬쩍 잡아당겼다. 모태일은 척 데일의 회사로 향하는 열차 쪽에 은근슬쩍 줄을 서 있었다. 페니와 모태일은 제작사 건물에서 눈을 떼지 못하고 쭈뼛거리며 민원관리국으로 향했다.

민원관리국 건물에 완전히 가까이 다가가자, 진짜 나무 밑동이 아니라 인공적으로 나뭇결을 그대로 살려서 만든 건축물이라는 걸 알 수 있었다. 입구에서 나무껍질과 완전히 같은 색상의 회전문이 쉴 새 없이 돌아가고 있었다. 잠옷을 입은 외부 손님 두 명과 페니 일행이 동시에 회전문을 통과하자, 요가 수련원에서 볼 법한 차림의 남자가 그들을 맞이했다. 그는 폭이 좁고 차르르 떨어지는 부드러운 소재의 초록색 상하의를 입고 있었다. 작은 풀벌레 한 마리가 그의 손등 위를 살금살금 기어가는 게 보였다.

"민원접수는 이쪽입니다. 찾아오느라 힘들지 않으셨나요?"

직원은 잠옷 차림의 손님들부터 친절하게 맞이했다. 공손한 손짓은 물론이고 100년 묵은 화도 누그러뜨릴 만큼 온화한 말투였다. 그는 손님이 저만치 멀어져 다른 직원의 안내를 받는 것을 확인하고 나서야 달러구트 일행을 돌아봤다.

"안녕하십니까. 달러구트 님. 저는 민원관리국의 팔락이라고 합니다. 제가 안내하겠습니다."

자신을 팔락이라고 소개한 직원은 조금 전과는 달리 딱딱한 말투였다. 페니는 그 극명한 온도 차가 살짝 기분 나빴는데, 모태일은 건물 내부를 두리번거리느라 느끼지 못한 것 같았다.

민원관리국 내부에는 잔잔한 클래식이 흐르고 있었고, 막 개업한 가게처럼 커다란 화분이 많았다. 그뿐만 아니라 사소한 장식들도 온통 눈이 편안해지는 초록색이었다. 이쯤 되면 팔락이 입고 있는 초록색 옷마저 정해진 복장 규정이 아닐까 하는 의심이 들 정도였다. 알맞게 쾌적한 온도와 습도, 그리고 사방에 가득한 초록 식물의 힘일까? 상상했던 딱딱한 이미지의 관공서와는 달리, 굉장히 마음이 느긋해지는 곳이었다.

"이쪽으로 오십시오. 국장실은 이 구역을 차례로 통과하면 가장 끝에 있습니다."

"휴양지에서 볼 법한 숲속의 요가 수련원 같군. 보기엔 괜찮은데? 그런데 매니저님들은 여길 왜 오고 싶지 않다고 했을까?"

모태일이 페니의 귓가에 손을 대고 속삭였다.

팔락은 앞장서서 중앙 엘리베이터의 오른쪽으로 걸어갔다. 유리문이 설치된 복도 입구에 팻말이 큼지막하게 붙어 있었다.

'1단계 민원접수처 – 꿈자리가 뒤숭숭하신 분'

"1단계 민원이라면… 2단계, 3단계도 있어요? 갈수록 심각해지는 건가요?"

모태일이 유리문 앞에 멈춰 서서 팻말을 가리켰다.

"맞습니다. 1단계 민원이 잠을 개운하게 잘 수 없는 정도라면, 2단계는 일상생활에 피해가 갈 만큼 불편한 정도, 3단계는 꿈을 꾸는 것 자체가 고통스러운 정도입니다. 3단계는 1, 2단계의 직원들이 처리하지 못해서 국장님이 직접 관리하시는 민원입니다."

팔락이 막힘없이 대답하며 유리문을 열었다.

민원관리국 내부는 넓은 복도가 시계 반대 방향으로 굴곡지게 뻗어 있었는데, 이 길을 따라 한 바퀴 돌고 나면 다시 중앙 엘리베이터 앞으로 가게 되는 구조인 것 같았다.

복도 좌우에는 은행이나 관공서에서 볼 법한 창구들이 늘어서 있었다. 그런데 한 가지 특이한 점은, 민원인과 직원이 책상을 사이에

두고 마주 보고 있는 게 아니라 친한 친구처럼 나란히 앉아 있다는 것이었다. 직원들은 모두 팔락과 같은 초록색 옷을 입고 있었다.

"이걸 어째…. 아… 그러셨구나. 정말 많이 힘드셨겠네요."

마침 가장 가까운 창구의 직원이 다정하게 민원인을 달래는 소리가 들렸다. 그의 옆에는 강렬한 꽃무늬 잠옷을 입은 손님이 앉아서 열변을 토하고 있었다.

"그리고 어젯밤 꿈에서는 제가 악당한테 목이 졸리고 있었거든요? 제발 살려달라고 발버둥을 쳤죠. 다행히 잠에서 딱 깼는데, 글쎄 우리 고양이가 제 목을 누른 채 웅크리고 자고 있더라고요!"

"아, 그건 손님의 상황에 맞게 꿈이 바뀌어버린 경우인데요…."

창구의 직원이 한 손으로 이마를 짚고 자기 일처럼 심각한 표정을 지었다.

"아마 처음부터 목을 조르는 꿈은 아니었을 거예요. 오히려 손님을 깨어나게 하려고 무의식이 방어기제를 작동해 꿈의 내용을 손상하는… 꽤 흔한 현상이랍니다. 많이 힘드시겠지만, 고양이와 자는 공간을 분리해보는 건 어떠세요?"

다음 민원창구에도, 또 그다음 민원창구에도 자신이 꾼 꿈에 대해 불만을 토로하는 손님들이 가득했다.

어떤 손님은 옆 창구에서 무슨 일인지 쳐다볼 정도로 언성을 높이고 있었다.

"제가 요즘 이것 때문에 정말 미칠 노릇이에요. 아침에 자고 일어나서 분명히 욕실까지 걸어가서 샤워하고 옷을 입고 신발까지 신고 문밖을 여유롭게 나서거든요? 그런데 정신 차려보면, 글쎄 아직도 자고 있었던 거예요. 그래서 늦었다, 큰일 났다 싶어서 다시 씻으러 가요. 그런데 샤워기를 틀었는데 어쩐지 물 맞는 느낌이 개운하지가 않은 게, 정신이 번쩍 드는 느낌이 없어요. 이상하다 싶지만 열심히 씻어요. 씻고 보면 역시나 그것도 또 꿈이에요. 이렇게 열 번 가까이 준비하는 꿈만 계속 꾸다가…."

창구의 직원은 그가 하는 이야기를 열심히 받아 적으면서도 안절부절못하며 매뉴얼을 살폈다. 신입직원인지, 보는 사람이 식은땀이 날 정도로 당황한 기색이 역력했다.

"여기 있으니까 죄지은 사람이 된 것 같아."

모태일은 시무룩한 목소리로 중얼거리며 그렇지 않아도 둥그런 어깨를 더 둥글게 움츠리고 걸었다.

그들을 안내하는 팔락은 뒷짐을 지고 엄청나게 느리게 걷고 있었다. 페니는 자칫 그의 발뒤꿈치를 밟게 될까 봐 바닥을 보고 걸었다. 달러구트는 제일 뒤에서 묵묵히 따라 걸으며 걸음을 재촉하지도, 뭐라 말을 하지도 않고 있었다.

창구를 수십 개 지나자, 2단계 접수처로 통하는 유리문이 나왔다.

'2단계 민원접수처 – 꿈자리가 사나우신 분'

1단계 접수처와 구조는 비슷했지만 '화를 다스리는 호흡법'이 그려진 포스터가 여기저기 붙어 있었고, 창구마다 2리터짜리 '업소용 진정 시럽'이 놓여 있었다. 아마도 진정 시럽을 넣은 따뜻한 차가 없으면 원활한 상담이 불가능한 모양이었다.

그 덕분인지 1단계 접수처에서 본 것보다 민원인들의 말투가 차분했다.

"꿈을 꾸면 장면 이동이 쉴 새 없이 일어나요. 그런데 공간을 이동하는 방식이 터무니없어요. 창밖으로 나가려면 3층 높이에서 뛰어내려야 하고, 무서운 사람으로부터 도망치려면 바다에 뛰어들어야만 해요. 앞이 온통 불구덩이인데 맨발로 지나가기도 하고요. 꿈을 한번 꾸고 나면 진이 빠져서 오전에는 일이 손에 안 잡힐 정도예요. 어찌나 긴장했는지 온몸이 두들겨 맞은 것처럼 아플 때도 있고요."

품이 넉넉한 긴 소매 티셔츠를 입은 손님이 차를 마시며 침착하게 불만 사항을 말했다.

"그게 다 미숙한 꿈 제작자들과 그런 꿈을 무작정 팔고 보는 판매자들 탓이랍니다. 손님 잘못은 하나도 없습니다. 아무리 꿈속이라도 상황에 대한 위화감이나 위험에 대한 본능적인 거부감은 남아 있게 마련인데 말이죠. 기본적인 개연성은 무시해버리고 무리하게 상황을 욱여넣는 식으로 만들다니…. 만드는 사람이나, 무작정 파는 사람이나 무책임하기 짝이 없네요."

옆을 지나가던 페니의 귀에 '무책임하다.'라는 말이 또렷하게 박혔다.

"저분 말씀은 조금 지나친 것 같아요. 무책임하다니…. 실제로 감정을 일으키지 않는 꿈은 꿈값을 받지 않는데 말이에요."

페니가 용기 내서 입을 열었다. 그러자 앞서가던 팔락이 갑자기 멈춰 서서 페니를 뒤돌아봤다.

"선심 쓰는 것처럼 얘기하는군요."

그의 살벌한 대답에 말문이 막힌 페니 대신, 용감하게 받아친 사람은 모태일이었다.

"선심 쓰는 게 아니라, 다양한 꿈을 만드는 사람이 있고 파는 사람이 있으니까 손님들이 잠든 시간 동안 여러 선택지를 가질 수 있는 건 사실이잖아요."

"당신들이 없으면 꿈을 살 수도 없을 테니 불만을 품지 말라는 건가요? 꿈 때문에 지친 사람들이 이렇게 분명히 존재하는데도요? 당신들은 하하 호호 기분 좋은 백화점에서 구김살 없이 일한 티가 나는군요."

팔락은 온화한 표정을 그대로 유지하며 날카롭게 말했다.

페니는 그제야 세 사람에게 묘하게 무뚝뚝했던 팔락의 태도에 관해 짚이는 구석이 있었다. 이곳의 직원들은 매일같이 밀려드는 민원에 지칠 대로 지쳤고, 원망의 화살이 결국 원인제공을 한 꿈 판매업자들과 제작자로 향하고 있는 것이었다.

"내 평생 이렇게 불편한 곳은 처음이야."

모태일은 입술을 쭉 내밀며 투덜거렸다. 페니는 꿈 백화점에서 일하며 제 발로 꿈을 사러 오는 손님들만 보다가, 갑자기 정반대의 경우를 접하게 되자 적잖이 혼란스러웠다.

사탕 가게를 운영하면서 아이들의 열렬한 지지를 받다가, 치과 의사가 잔뜩 모인 자리에 제 발로 찾아가서 조목조목 원망을 듣고 오면 이런 기분일까? 페니는 모그베리가 민원관리국에 오고 싶지 않아 했던 것을 그제야 이해했다.

드디어 접수실을 벗어나서 가장 안쪽에 있는 국장실에 도착했다. 국장실 문은 닫혀 있었고, 한 사람이 방금 이야기를 끝내고 나왔는지 서류 봉투를 들고 달러구트에게 아는 체를 했다. 페니에게도 제법 익숙한 얼굴이었다.

"그랑봉, 얼굴이 더 좋아졌군."

달러구트가 땅딸막하고 눈썹이 진한 남자의 손을 맞잡으며 반갑게 인사했다.

"나야 꿈에서건 일상에서건 한결같이 잘 먹으니까 그렇지."

그는 일명 '셰프 그랑봉'으로 불리는 꿈 제작자였다. 그랑봉은 자신의 가게에서 진짜 음식과 '맛있는 음식을 먹는 꿈'을 같이 팔았는데, 모그베리가 그의 단골이어서 페니도 그녀의 소개로 방문한 적이 있었다. 진짜 음식보다 먹는 꿈이 훨씬 비쌌지만, 다이어트 중일 때는 그의 꿈만 한 게 없었다.

"자네한테도 민원이 있나?"

달러구트가 그랑봉의 손에 든 서류 봉투를 가리키며 물었다.

"먹는 꿈을 꾸고 일어났더니 실제로 더 먹고 싶어져서 다이어트에 실패했다거나, 먹는 행복을 다시 느껴버려서 다이어트를 하고 싶은 마음이 없어졌다는 내용이겠지. 매번 비슷해."

그랑봉은 너털웃음을 지었다.

그와 인사를 마치고 세 사람은 잠깐 기다려야 했다.

"먼저 오신 분의 얘기가 끝날 때까지 조금만 기다려주십시오. 그럼 저는 이만."

팔락은 마지막까지 그들을 안내한 뒤 다른 사람들을 마중하러 가버렸다.

얼마 지나지 않아, 국장실의 문이 열리고 안에서 파닥거리는 한 무리의 요정들이 나왔다. '하늘을 나는 꿈'을 만드는 레프라혼 요정들이었다. 민원서류는 레프라혼 요정들이 볼 수 있도록 아주 작게 제작되었다. 요정들은 서류를 한 장씩 나눠 들고 세자리를 날면서 읽고 있었다. 그들은 뭐라고 구시렁구시렁 불만을 토해내면서 어지럽게 날다가, 달러구트와 부딪칠 뻔했다. 그러자 놀라서 펄쩍 공중제비를 한 바퀴 돌더니, 재빠르게 날아서 시야에서 사라져버렸다.

세 사람은 드디어 문이 열려 있는 국장실로 들어갔다. 방에서 아로마 오일의 향기와 물에 흠뻑 젖은 나무 냄새가 났다. 얼핏 보아도 달러구트의 사무실의 세 배는 돼 보이는 크기였다.

"어서 오세요. 민원관리국장 올리브예요."

암녹색의 각이 반듯하게 잡힌 정복을 차려입은 여자가 자리에서 일어나 달러구트에게 악수를 청했다. 국장의 손톱은 그녀의 이름과 잘 어울리는 덜 익은 올리브색으로 칠해져 있었다.

"꿈 백화점을 운영하는 달러구트입니다. 여기는 이제 일한 지 1년이 된 우리 가게의 직원들입니다."

"처음 뵙겠습니다. 모태일이에요."

"안녕하세요. 페니예요. 국장으로 취임하신 걸 축하드려요."

"감사합니다. 다들 앉으세요. 아침 일찍부터 걸음 하셨군요. 여기 두 분은 출근 열차가 처음이었을 텐데. 어떠셨나요, 승차감은 괜찮던가요?"

민원관리국장 올리브가 인자한 얼굴로 말했다.

"네, 무척 좋았어요. 내리막을 내려올 때는 조금 무서웠지만요."

페니가 올리브의 책상 주변을 둘러보면서 대답했다. 올리브가 앉은 자리 너머에는 그녀의 약력을 간추려놓은 액자가 걸려 있었다. 약력 마지막 줄은 '2단계 민원접수센터에서 30년간 근속'이었다.

"혹시 우리 백화점 주변의 가게에 온 민원이 있다면 내가 대신 전하도록 하지요. 알다시피 다들 바빠서 여기까지 오기가 힘들 테니까요."

"오, 그래 주겠어요? 친절하시군요."

올리브가 과장되게 고마운 표정을 지었다. 그녀의 표정과 말투는 까탈스러운 아이를 어르고 달래는 노련한 선생님 같았다.

"자, 그럼 우리 가게에 도착한 민원을 받아볼까요. 한두 개가 아니겠죠? 슬슬 긴장되네요."

달러구트가 말했다.

"그렇게 많은 양은 아니에요. '무슨 이런 꿈을 꿨지?' 하고 투덜거리는 정도는 민원관리국 내에서 대부분 해결했어요. 층별로 분류해서 넣어두었으니 확인하기 편하실 거예요. 한번 보세요."

달러구트가 국장이 건넨 '달러구트 꿈 백화점'이라고 쓰여 있는 서류 봉투를 열었다.

"이건 3층 모그베리에게, 이건 4층의 스피도에게 온 거구나. 이번엔 2층은 없네. 이건 5층에 온 건데 대부분 품질에 만족하지 못한다는 내용이구나."

"대신 저렴하잖아요. 80퍼센트 할인하는 물건에 완벽함까지 바라는 건 모순이죠. 그리고 전 외부 손님들한테까지 할인하는 물건을 억지로 팔지 않아요. 폭탄 세일이라면 일단 쟁여두려고 하는 본능을 어떻게 막겠어요?"

모태일이 어깨를 으쓱했다. 올리브가 모태일을 못마땅하게 쳐다봤다.

"자, 그리고 꽤 심각한 건…. 이 두 가지 민원이로군."

달러구트가 서류 두 장을 뽑아 들었다. 앞장에 '민원인: 1번 단골손님'이라고 적힌 부분이 슬쩍 보였다. 페니가 관심을 가지고 눈을 빛냈다.

"이건 내가 해결하는 게 좋겠어."

달러구트가 그 종이를 접어서 코트 안주머니에 깊숙이 넣었다.

"그리고 나머지 하나는… 흠, 이것도 제법 까다롭겠군."

달러구트는 두 번째 종이도 접어서 코트 안에 넣으려다가, 잠깐 생각하더니 종이를 펼쳐서 페니에게 내밀었다.

"페니, 이 민원은 네가 한번 맡아보겠니? 이건 1층, 그러니까 프런트에 온 내용이야. 알다시피 난 할 일이 많아서 말이야."

"일전에 연봉협상 때 말씀하셨던 그 행사 준비 때문인가요?"

"그렇단다. 네가 이 민원을 맡아준다면 든든할 것 같구나."

"그런데… 웨더 아주머니가 아니라 제가요?"

"올해 목표가 단골손님을 돌아오게 하는 거라고 했었지? 그렇다면 한번 시도해보는 게 어떠니?"

민원등급: 3단계 – 꿈꾸는 자체가 고통스러운 수준

수신: 달러구트 꿈 백화점

민원인: 792번 단골손님

"왜 저에게서 꿈까지 빼어가려고 하시나요?"

* 본 보고서는 잠결에 횡설수설하는 민원인의 증언을 바탕으로 작성된 것으로, 담당자의 사견이 일정 부분 담겨 있습니다.

달러구트가 페니에게 맡긴 건 자그마치 3단계 민원이었다.

"민원내용이 아주 짧군요."

페니가 얼떨떨하게 민원내용을 살펴보는 동안 달러구트가 국장에게 말했다.

"3단계 민원이 그렇죠. 접수 당시 제가 국장이었다면 더 자세히 기록했을 테지만, 이전 국장님은 상세히 기록하는 걸 별로 좋아하지 않았나 봐요. 하지만 자초지종은 달러구트 님이라면 잘 아시겠죠. 민원관리국에서는 이 손님께 해드릴 게 없다는 것도요."

"흐음, 그렇겠네요."

"누가 이 손님에게서 꿈을 뺏으려고 했나요?"

페니와 함께 서류를 살펴보던 모태일이 궁금함을 참지 못하고 끼어들며 물었다.

"아니란다. 누구도 그런 적은 없어."

이상했다. 3단계 민원이라면 꿈꾸는 것이 고통스러운 정도인데, 내용은 '꿈을 뺏어가지 말라'니…. 앞뒤가 맞지 않았다.

페니는 수수께끼 같은 민원을 받아 들고 고민에 빠졌다.

시내로 다시 돌아가는 열차에는 페니와 모태일만 타고 있었다. 달러구트는 컴퍼니 구역에 다른 볼일이 있으니 먼저 돌아가라는 말을 남기고 두 사람과 헤어졌다.

페니는 달러구트로부터 받은 3단계 민원을 한참 들여다보다가 한숨을 푹 쉬면서 모태일을 쳐다봤다.

"대체 왜 꿈을 안 꾸려고 하는지 모르겠어! 어딘가에 정답이 있긴 한 걸까?"

"나도 모르겠어. 한번 차근차근 생각해보자. 꿈을 사는 것도 물건을 사는 일과 같잖아. 맛있는 음식을 고른다거나 주말에 즐길 게임을 사는 것처럼 말이야."

"그렇지."

"페니, 혹시 '꿈을 뺏겼다.'라는 말이 '꿈을 정말로 꾸고 싶지만 사고 싶은 꿈이 아무것도 없다.'라는 뜻인지도 몰라. 네가 물건을 살 때를 떠올려봐. 가게에 들어갔다가 그냥 나와버리는 경우가 언제지?"

"찾는 물건이 없을 때지. 하지만 우리 백화점에만 해도 산더미같이 많은 꿈들이 있는데?"

"하긴 그래. 꿈의 종류가 부족한 것 같진 않아. 음식에 비유하자면… 맛있는 음식은 너무 많은데, 아픈 사람이 먹을 만한 건강식이나 채식주의자가 먹을 만한 음식은 없는 것과 비슷한 상황인 걸까?"

모태일이 나름대로 정리한 생각을 늘어놓았다.

"이럴 게 아니라, 792번 손님을 직접 만나봤으면 좋겠어."

그들은 덜컹거리는 열차 위에서 최대한 생각을 쥐어짜내려고 노력했지만 번뜩이는 답은 나오지 않았다.

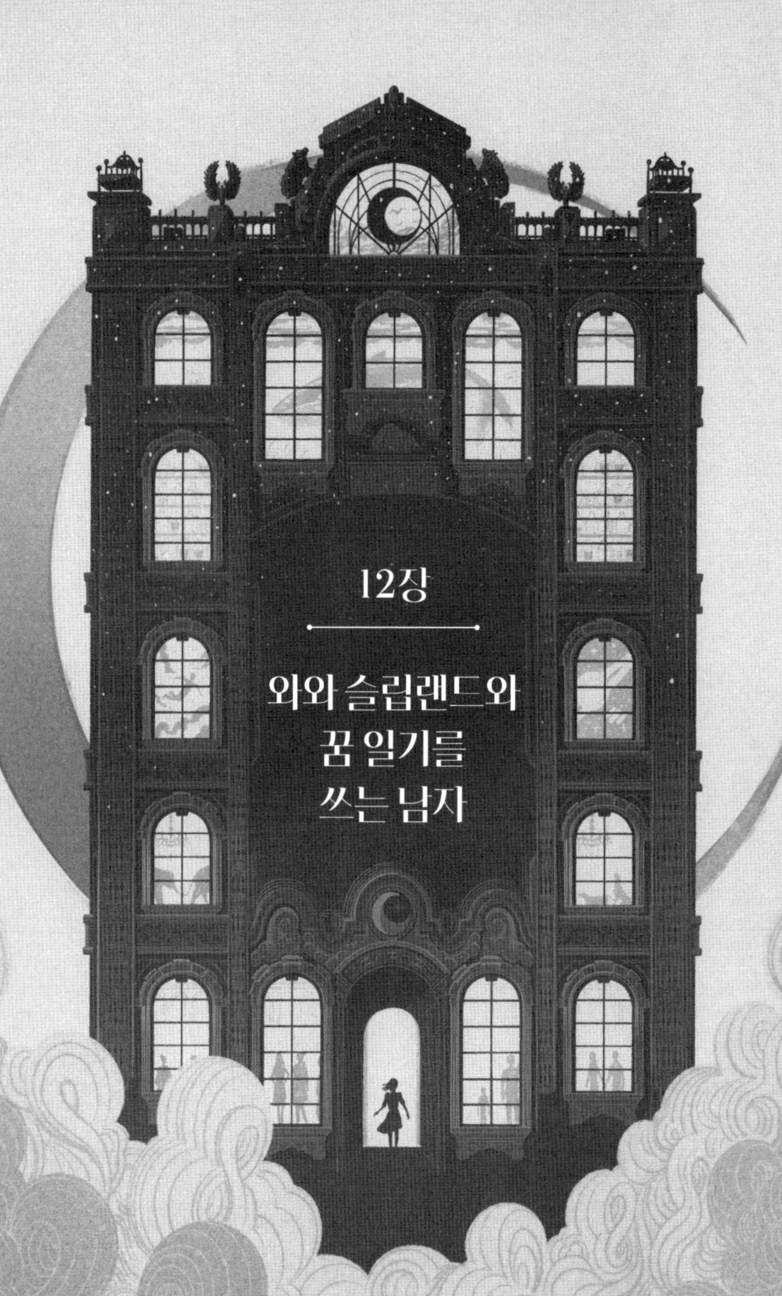

12장

와와 슬립랜드와 꿈 일기를 쓰는 남자

남자는 일찍 잠자리에 들기로 마음먹었다. 불을 끈 채 침대 머리맡을 붙잡고 천천히 침대 위로 몸을 올린 다음, 구겨진 이불을 펼쳐서 덮고 누웠다. 그를 따라서 방에 들어온 반려견의 토독토독 발소리가 침대와 조금 떨어진 곳에 멈췄다. 반려견이 방석 위에 풀썩 주저앉아 최대한 편한 자세를 잡고 숨을 깊게 뱉었다. 남자는 그 익숙한 숨소리에 온종일 몸에 뻗어 있던 긴장이 풀어지는 듯했다.

'내 방에 있으면 모든 것이 안전해.'

남자는 잠자리에 들 때마다 오늘은 어떤 꿈을 꿀 수 있을지 기대하곤 했다. 그는 유난히 꿈꾸는 걸 좋아했고, 오늘도 마찬가지로 눈을 감고 원하는 꿈을 머릿속에 그리고 있었다. 요즘 들어 원하는 꿈을 꾸는 빈도가 부쩍 낮아졌다는 사실이 마음에 걸렸지만, 그래도 오늘 밤 꿈속에는 행운이 찾아오기를 간절히 바랐다.

그는 눈을 감고 있다가 자신도 모르는 새 얕은 잠에 빠져들었다.

잠든 남자의 귓가에 사람들의 웅성거리는 소리가 맴돌았다. 깊이 잠들지 못해 가늘게 남아 있던 남자의 의식이, 오늘도 원하는 꿈을 꾸기는 글렀다는 사실을 삽시간에 알아채고 만다.

그는 많은 사람의 움직임이 느껴지는 커다란 가게 앞에 잠깐 멈추어 서 있다가 발걸음을 반대 방향으로 옮겼다. 가게 안에서 남자를 발견하고 한걸음에 뒤따라 나온 직원이 그를 애타게 불렀지만, 그 목소리는 행인들 사이로 스며들어 그에게는 채 닿지 않았다. 남자는 그대로 점점 깊은 잠 속으로 빠져들었고, 그날 밤 아무런 꿈도 꾸지 못했다.

✦

페니는 가게 밖에 서 있는 792번 손님을 발견하고, 황급히 뛰어나가서 큰 목소리로 그를 불렀다. 하지만 남자는 듣지 못했는지 순식간에 인파 속으로 사라지고 말았다. 가게 밖의 손님을 일부러 불러들이는 호객행위는 일절 하지 않는 편이었지만, 오늘은 그냥 두고 볼 수가 없었다. 민원관리국에서 792번 손님의 민원을 본 이후로 일주일이 흘렀다. 그사이에 손님이 가게 앞까지 왔다가 그냥 가버리는 모습을 목격한 것이 벌써 세 번째였다.

'왜 저에게서 꿈까지 뺏어가려고 하시나요?'라고 적혀 있던 민원대로라면, 792번 손님이 가게에 꿈을 사러 올 때마다 누군가 강제로 꿈을 뺏으려고 몸싸움이라도 벌였어야 말이 될 것 같은데, 그는 가게로 들어오지도 않고 잠깐 서성이다가 바로 돌아섰다. 도무지 이해가 가지 않았다.

페니는 가만히 있을 수 없었다. 일하는 도중에도 792번 손님의 눈꺼풀 저울이 '렘수면'을 가리키지는 않는지 계속해서 쳐다보았고, 손님이 오는 기척이 나면 가게 밖으로 나가 수시로 고개를 돌려 확인하는 것이 습관이 될 정도였다.

페니는 오늘도 그를 허무하게 떠나보내고 난 뒤, 하던 일을 마저 하기 위해 다시 1층 진열대 앞에 섰다. 급하게 쫓아 나가느라 정리하다 말고 마구잡이로 내버려둔 상자들이 다른 손님들의 발에 걸리적거리고 있었다.

"죄송해요, 손님. 금방 치워드릴게요."

오늘 프런트의 일은 웨더 아주머니 한 명으로도 충분한 수준이었으므로 페니는 진열대 정리를 맡았다. 손은 바쁘게 움직이고 있었지만, 머릿속에는 792번 손님 생각이 가득했다.

'왜 들어오시지도 않고 그냥 가버리는 걸까? 모태일이 말한 것처럼 꾸고 싶은 꿈이 없어서? 혹시 우리 가게의 상품 목록에 문제가 있는 거라면, 여기 이렇게 와 있는 손님들과 불티나게 팔려나가는 꿈들은 뭐지? 792번 손님의 취향이 갑자기 유별나게 바뀌기라도 한 걸까?'

792번 손님만 생각하기엔 1층에서 페니가 일상적으로 해야 할 일들이 잔뜩 밀려 있었다. 페니는 우선 군데군데 비어 있는 상품 진열대부터 채워야 했다.

주로 귀중한 꿈을 파는 1층에서는 지난 연말의 꿈 시상식에서 상을 받은 작품들이 날개 돋친 듯 팔려나가고 있었다. 수상작에는 여러 꿈 평론가들의 한 줄 평과 추천사가 적힌 태그까지 줄줄이 붙어 손님들의 구매 욕구를 자극했다.

'그랑프리 수상작'이라든가, '3년 연속 베스트셀러 부문 노미네이트' 등의 화려한 홍보용 띠지가 붙어 있는 꿈은 대체로 잘 팔렸다. 그 외에도 '수상자가 추천한 꿈'이나 '평론가들이 입을 모아 극찬한 꿈' 등의 태그가 붙은 것도 사람들의 관심을 끌었다. 산더미 같은 꿈 상품들을 전부 꺼내 꿔볼 수 있다면 좋겠지만, 그럴 수 없는 손님들로서는 제목만 보고 고르거나 누군가의 추천 또는 수상 이력이 있는 꿈들을 먼저 고르는 것이 효율적이었기에 이해하지 못할 현상은 아니었다.

"웨더 아주머니, 와와 슬립랜드의 '살아 있는 열대우림'은 따로 진열대를 만드는 게 좋겠어요. 찾는 분들이 점점 많아져요."

페니가 프런트의 웨더 아주머니에게 말했다.

"괜찮으니 그냥 두렴. 어차피 제작량이 판매량을 못 따라가니까 머지않아 진열대가 텅 비어버릴 거야."

1층 매니저 웨더가 힘없이 늘어진 빨간 곱슬머리를 손으로 쓸어 올려 집게 핀으로 깔끔하게 정리하며 대답했다.

하지만, 인기가 많은 1층의 꿈들 중에도 예외는 있었다. 야스누즈 오트라의 '내가 괴롭혔던 사람으로 한 달 살아보기'가 그랬다. 그 꿈은 지난 연말 시상식에서 그랑프리 후보에까지 오른 수작이었지만 판매량이 너무 저조했다. 페니는 전설의 꿈 제작자 중 한 명인 그녀의 명성에 걸맞지 않은 이상한 일이라고 생각했다.

페니는 손님들의 눈에 잘 띄게끔 오트라의 꿈을 최대한 앞쪽으로 빼서 진열하고 앞치마에 묻은 작은 먼지들을 툭툭 털어낸 후, 다시 프런트로 돌아갔다.

"고생 많았어, 페니."

"이 정도는 이제 식은 죽 먹기죠."

페니는 놓쳐버린 792번 손님 생각으로 여전히 심란했지만, 겉으로는 활기차게 대답했다.

웨더 아주머니는 눈꺼풀 저울에 기름칠을 하고 있었다. 아주머니는 매니저답게 프런트 업무를 보면서도 틈날 때마다 진열장에서 움직임이 부자연스러운 눈꺼풀 저울을 귀신같이 짚어내서 뻑뻑한 곳에 정성스럽게 기름칠을 해주곤 했다. 바싹 마른 풀 냄새가 나는 기름을 눈꺼풀이 움직이는 부분에 칠하자, 눈꺼풀 모양의 추가 부드럽게 위아래로 스윽 하고 움직였다.

"페니, 거기 작은 병을 좀 열어주겠니?"

웨더 아주머니가 턱 끝으로 프런트 위에 놓인 작은 기름병을 가리켰다. 페니는 새 기름병의 뚜껑을 열고 입구가 넓은 그릇에 천천히 옮겨 부었다.

"그래… 792번 손님에 관해 조금이라도 알아낸 게 있니?"

웨더가 얇은 붓에 기름을 골고루 묻히면서 슬쩍 물었다.

"아뇨, 전혀요. 아직 진전이 없어요. 들어오시면 말을 걸어보겠는데, 번번이 저만큼 먼발치에서 그냥 돌아서시는걸요."

"음, 그랬구나."

"대체 왜 꿈을 뺏겼다고 생각하시는 걸까요? 여기 어디에 소매치기가 있는 것도 아니고요."

페니가 기름칠이 끝난 저울들을 하나씩 원래 자리로 올려놓으면서 연신 의아해했다.

"만약 그렇다고 하더라도 왜 직원인 우리에게 말씀하시지 않고 민원관리국까지 가신 걸까요? 궁금한 게 한두 가지가 아니네요."

"잠든 손님들은 평소보다 훨씬 직관적으로 생각하고 즉각적으로 행동에 옮기시거든. 상점에서 해결되지 않을 일이란 걸 본능적으로 아셨을 거야. 음… 힌트를 하나 주자면 그 원인이 자신에게 있다는 걸 이미 알고 계실지도 몰라."

웨더가 진지하게 말하면서 기름이 묻어 있는 붓을 하얀 천으로 감쌌다.

웨더 아주머니는 이미 792번 손님에 대해 알고 있는 듯했다. 페니에게 찬찬히 생각해볼 기회를 주려는 게 분명했다. 페니는 그 점이 고마웠지만 웨더 아주머니의 힌트조차 수수께끼 같았다.

"원인이 자신에게 있다면, 어떻게든 그 손님에 대해 알아봐야겠군요. 하지만 어떻게…. 다음번엔 달려가서 이야기라도 걸어봐야 할까요? 실례되는 행동일 것 같은데…."

"지금 당장이라도 우리에게 남아 있는 과거의 흔적들은 살펴볼 수 있지 않을까? 다행히도 그분은 우리 단골손님이었으니까."

웨더가 기름병의 뚜껑을 꽉 닫으면서 힘주어 말끝을 맺었다.

"당장 알 수 있는 거라곤 구매 이력밖에 없는데…. 아! 그렇군요! 바보같이 왜 그 생각을 못 했을까요? 그동안의 구매 이력을 찾아봐야겠어요. 그동안 구매했던 상품에 문제가 있는지도 몰라요."

웨더는 프런트를 페니에게 맡기고 움직임이 불안정한 눈꺼풀 저울을 수리하기 위해 자리를 비웠다. 페니는 손님이 확연히 줄어드는 시간을 틈타 상품의 재고와 후기, 꿈값 등을 관리할 수 있는 '드림 페이 시스템즈' 프로그램을 켰다. 그리고 손님들이 자신을 찾지는 않는지 힐끔힐끔 프런트 너머를 쳐다보면서, 792번 단골손님의 구매 이력을 살피기 시작했다.

문제의 792번 손님은 몇 년 전부터 꿈을 많이 꾸기 시작했는데, 그가 꿈 백화점의 단골손님으로 등록된 것도 그맘때였다.

특이한 점을 꼽자면 특히 와와 슬립랜드의 꿈을 좋아한다는 것이었다. 그가 마지막으로 산 꿈은 작년 연말 시상식에서 미술상을 받았던 '살아 있는 열대우림'이라는 아름다운 자연경관을 배경으로 한 꿈이었다.

구매 목록을 살피다 보니 페니는 그 손님이 무척 부러워졌다. 와와 슬립랜드의 꿈을 이렇게나 많이 꿔봤다니…. 감정으로 꿈을 살 수 있는 외부 손님이 샘날 지경이었다. 페니가 와와 슬립랜드의 꿈을 용돈으로 샀다가는 몇 달 동안 쫄쫄 굶어야 할지도 모른다. 전설의 꿈 제작자가 만든 꿈은 다른 꿈들보다 몇 배는 비쌌다. 하지만 가게 입장에서는 전혀 손해가 아닌 것이, 792번 손님이 꿈값으로 낸 감정은 같은 꿈을 사간 그 누구보다 풍부하고 다양했다.

792번 손님이 지불한 감정은 다른 사람들이 지불한 '쾌적함', '놀라움', '신비로움'뿐만이 아니었다. 이상하게도 그는 '살아 있는 열대우림'을 꾸고 나서 소량의 '상실감'을 함께 지불한 기록이 있었다. '상실감'이라니? 어울리지 않는 감정이었다. 그가 이토록 복잡한 감정을 느낀 것은 왜일까?

페니는 지푸라기라도 잡는 심정으로 후기를 살피기 시작했다. 후기는 보통 한 줄짜리 간단한 평으로, 손님들이 꿈을 꾸고 나서 느낀 점을 아주 간단하게 적어놓을 뿐이었다.

예를 들어, '방금 잠든 것 같은데 벌써 아침이야?', '굉장히 기분 좋은 꿈을 꾼 것 같은데 기억이 안 나네.', '이건 무슨 꿈이지? 복권이라도 사야 하나?' 등등 흘려넘겨도 좋을 만한 것들이 대부분이었으므로 주의 깊게 보는 편은 아니었다.

페니는 그가 마지막으로 구입한 '살아 있는 열대우림'에 대한 후기를 클릭했다. 놀랍게도 그것은 일기 형식으로 길게 남긴 후기였다. 운이 좋았다. 달러구트가 분명 요즘에는 꿈 일기를 쓰는 사람이 매우 드물다고 했다.

2021년 1월 15일

지금의 감정과 감각을 꼭 남기고 싶다.

예전에는 하늘도 푸르고 산도 푸르다고 생각했다. 하지만 그건 얼마나 다른 푸르름인가.

꿈에서 본 열대우림은 살아 있는 것처럼 시시각각 변했다. 온종일 보고 있어도 지루하지 않을 광경이었다. 하늘은 파랗게 푸르렀고 오후의 나뭇잎은 저마다의 노랑과 초록빛으로 푸르고 물방울이 맺힌 풀잎은 너무나 맑게 푸르러서, 그 모든 고유한 푸른색을 내 눈에 담아냄과 동시에 각각을 구분할 수 있다는 사실이 감격스러웠다.

내가 보던 세상도 정말로 이렇게 아름다웠을까?

요즘 들어 간혹 꿈에서도 보이지 않을 때가 있다. 두렵다. 잠드는 게 두려울 정도로 고통스럽다. 이미 많은 걸 빼앗긴 내가 꿈까지 빼앗길 거라고는 생각하지 못했다.

이건 마음의 준비가 되지 않은 일이다. 아니, 마음의 준비가 되더라도 너무 힘든 일이다.

만약 영화나 소설에서 본 것처럼 꿈을 만드는 사람들이 정말로 존재한다면, 제가 계속 꿈을 꿀 수 있게 해주세요. 부탁이에요.

저에게서 꿈까지 빼앗아가지는 마세요.

792번 손님의 꿈 일기는 민원에서 확인한 것과 같은 구절로 끝났다. 페니는 손님의 상황을 어렴풋이 짐작할 수 있었다.

✦

남자는 잠에서 깨자마자 상체를 일으키고 손을 뻗어 전등 스위치를 켰다. 방이 한층 환해졌음을 알 수 있었다. 그의 시력은 물체를 구분할 수는 없었지만 아주 미약하게나마 빛과 어둠을 구분할 수 있는 수준이었다. 남자는 가볍게 스트레칭을 한 뒤, 침대 아래에 있는 안내견 반디를 쓰다듬고는 주방으로 나가 냉장고 속에 매번 같은 자리에 넣어두는 물을 꺼내 마셨다. 그 능숙한 손놀림과 다른 사람의 도움 없이도 매끄럽게 이루어지는 일련의 과정이 지난밤의 아쉬움을 달래주었다.

남자는 차가운 물을 마시면서 다시 한번 간밤의 기억을 더듬었다. 어젯밤도 꿈속에서 아무것도 보이지 않았던 것 같다. 그의 기억이 맞다면, 요즘 들어 꿈에서도 앞이 보이지 않는 날들이 자꾸만 늘어나고 있었다.

남자는 6년 전 급속도로 진행된 병으로 시력 대부분을 잃었다. 그 일을 겪기 전에는 후천적으로 시각 장애를 가지게 되는 경우가 대부분이라는 것도 몰랐다. 막연하게 그렇게 태어나는 사람이 있는 줄로만 알았다. '보이는 세상'에 사는 사람들 대부분이 그렇듯이, 남자에게 앞이 보인다는 것은 굳이 자신이 가진 능력들 중에 포함시키지 않아도 될 만큼 너무나 기본적이고, 당연한 능력이었다. 그래서 처음 병을 진단받았을 때는, 일주일 정도 앓다가 갑자기 자연스럽게 치유될지도 모른다고 생각했다. 하지만 의사로부터 왜 보이지 않는지, 왜 앞으로도 볼 수 없는지에 대한 설명을 듣고 나서는 닥친 현실을 받아들일 수밖에 없었다.

주변 사람들은 그의 정신력이 무척 강인하다고 했다. 남자 역시도 스스로가 이상하다고 느껴질 정도로 냉정하고 이성적이었다. 너무 충격적인 일을 겪으면 오히려 정신이 맑아지고 해야 할 일에만 집중이 될 때가 있는데, 그때가 그랬다. 대신 가족들이 그가 슬퍼할 몫까지 다 가져가버린 것처럼 슬퍼했다.

이제 와서 돌이켜보면, 위험에 처한 자신을 보호하기 위해서 그의 몸이 생존에 불필요한 외부 요인은 칼같이 차단해버린 것 같기도 했다. 그때 자신의 생존을 가장 위협하는 것이 그의 감정이라는 걸 몸은 알고 있었는지도 모른다.

그는 막막함과 절망감이 온몸을 뒤덮지 않도록, 필사적으로 당장 습득하고 적응해야 할 일을 해나가기 시작했다. 걷는 연습부터 다시 해야만 했다. 지팡이를 들고 장애물을 피하는 연습을 하고, 벽 쪽에 붙어 걷는 노하우를 터득했다. 가족뿐만 아니라 주위의 많은 사람들의 도움을 얻어 집 근처를 혼자서 걷는 연습을 하게 되기까지 일반적인 경우에 비해 훨씬 짧은 시간이 걸렸다.

남아 있는 온 감각을 다 쏟아부어서일까? 이상한 말이지만, 재활훈련을 하면서부터 주변의 모든 것들이 이전과는 확연히 다르게 아주 짙고 선명하게 그에게 돌아왔다. 집 앞에서 대로변으로 나가는 걸음 수, 불규칙하게 파인 도로와 군데군데 끊어진 타일, 집 근처 식당에서 풍겨오는 시간대별로 다른 냄새들까지…. 그전에는 어떻게 이런 걸 그냥 지나칠 수 있었나 싶을 정도로 많은 정보가 중첩되어 그에게 들어왔다.

잃었던 일상을 하나씩 되찾아내는 것은 점자를 찍고 더듬어 읽어내는 것만큼 더딘 일이었지만 하루하루 삶의 밝기가 한 단계씩 높아지는, 성취감이 뚜렷한 일이었다. 방 안에 가만히 누워 있는 것보다 남자에게는 훨씬 잘 맞았다.

가족이나 학교생활을 도와주는 도우미 친구들 없이도 혼자 할 수 있는 일의 영역을 조금씩 넓혀나가던 어느 날, 남자는 수없이 연습했던 코스 중 하나였던 교내 편의점에 혼자 들어갔다. 10평 남짓한 편의점 안에 들어서자 계산대에서 쉴 새 없이 바코드 찍히는 소리가 났다. 그가 지팡이로 바닥을 소리 나게 두드리며 걸음을 옮길 때 어쩔 줄 몰라 하는 사람들의 행동이 고스란히 소리로 느껴졌다. 그들은 좁은 편의점 통로에서 남자가 지나갈 수 있도록 친절하게 벽에 바짝 붙어 주었다. 미안함과 고마움이 그를 우물쭈물할 수 없게 만들었다.

그는 곧장 음료 냉장고로 갔다. 문을 열고, 캔 음료의 윗부분을 더듬어 '음료'라고 적힌 점자를 읽어냈다. 상표나 종류는 알 수 없었다. 대부분의 캔 음료가 그냥 '음료'라고만 적혀 있다. 이미 익숙한 사실이었다. 남자는 자주 마시는 음료의 위치를 기억하고 있었으므로 가운데 냉장고, 딱 가슴 언저리까지 오는 높이, 맨 왼쪽 음료를 집어 들었다. '이게 맞을까?' 만약 직원에게 물어본다면 십중팔구 친절하게 알려줄 터였다.

하지만 그날 남자에게 필요한 것은 '혼자서도 원하는 물건을 살 수 있다'는 경험이었다. 게다가 바쁘게 찍히는 바코드 소리, 계산대에서 쉴 새 없이 손님을 맞는 딱 한 명뿐인 직원을 성가시게 하고 싶지 않았다. 더 솔직해지자면, 그날은 눈이 멀쩡하게 보였을 때처럼 행동하고 싶었다.

남자는 예전에도 누군가 바빠 보이면 제 일을 알아서 해낼 뿐 아니라, 남에게 도움을 주기도 하는 사람이었다. 주위에서 눈치 빠르고 매너가 좋은 사람이라는 칭찬도 심심찮게 들었다. 남자는 시력을 잃기 전 자신의 모습을 잃고 싶지 않았다.

그날따라 그런 마음이 너무나 강하게 들었던 게 화근이었을까? 편의점을 나와 캔 뚜껑을 열고 한 모금 들이켰을 때, 평소에 자주 마셨던 음료가 아니라는 걸 알자마자, 그간 잘 버텨주었던 의지가 처참하게 꺾이고 말았다. 진열 방식이 불시에 바뀐 것까지 그가 알 수는 없는 노릇이었다. 평소였다면 '다음부터는 꼭 여쭤봐야겠다.' 하고 넘어갈 수도 있을 문제였다. 그것 하나만 놓고 보면 아무 일도 아니었다.

하지만 그날따라 예전의 그로 돌아갈 수 없을지도 모른다는 생각, 시력만 뺏긴 게 아니라 자신다움도 함께 잃어버렸다는 생각이 그를 집어삼키고 말았다. 더불어 그간 늘 친절하고 상냥하다고 생각했던 동네 사람들의 '젊은 사람이 딱해서 어떡하냐.'는 말 한마디 한마디가 다시 머릿속에서 재생되면서 부지불식간에 심사가 뒤틀리기 시작했다.

'내가 딱하다는 건 나 자신이 가장 많이 느꼈어요. 그걸 겪어내고 이렇게 나와 있는 거라고요!'

그는 편의점 근처의 인적이 드문 계단 아래에 지팡이를 던지듯이 내려놓고 주저앉았다. 소리치며 울고 싶은 기분을 겨우 삼키고 있는데, 어떤 여자가 그에게 다가왔다.

"도와드릴까요?"

목소리의 주인공은 남자의 지팡이를 챙겨서 손이 닿는 곳에 놓아주었다.

"감사합니다."

"저는 이 학교에서 일하는 상담사예요. 언제 한번 내키면 찾아오세요. 상담실의 연락처와 위치를 휴대폰에 녹음해드릴게요."

남자는 아무 대답도 할 수 없었다. 상담사가 자리에서 일어나려는 그를 슬쩍 도와주면서 말했다.

"차라리 펑펑 우는 게 나을 것 같은 표정이어서 그래요. 누구라도 그런 표정을 짓고 있는 사람을 보면 그냥 지나치지 못할걸요."

상담사의 배웅을 받고 집으로 돌아오는 길에, 그는 평생 다른 사람의 도움만 받고 고마워하기만 하는 삶이 그에게 어떤 의미일지를 생각했다.

나는 다른 사람에게 어떤 사람이 될 수 있을까. 다른 사람 눈에는 내가 어떤 사람으로 보일까. 폐 끼치지 않고 사회에 스며들어 자립하는 것이 최선인 사람? 가족들의 짐이 되지 않으려고 노력하는 사람? 그게 내 남은 인생의 최선일까…. 최선의 기준이 이렇게 당연한 수준까지 내려올 줄은 몰랐다.

집으로 돌아온 그날, 남자는 이틀 내내 잠만 잤다.

잠자는 것은 누구나 눈을 감고 동등하게 할 수 있는 행위라는 게 기뻤다. 꿈을 꾸면 볼 수 있다는 사실을 깨닫는 데는 얼마 걸리지 않았고, 그게 구원 같았다. 심지어 현실보다 훨씬 아름다운 모습을 보기도 했다. 오늘 하루를 무사히 마치고 나면 잠이 들어 또 꿈을 꿀 수 있다는 사실이, 남자에겐 깨어 있는 동안의 유일한 버팀목이었다.

시간이 흘러 남자는 안내견 '반디'를 만나게 되었고, 일전에 도움을 받았던 상담사에게 정기적으로 찾아가 상담을 받으며 새롭게 일상을 바꾸어 나가고 있었다.

그러던 중, 요즘 들어 꿈에서도 보이지 않는 날이 생기기 시작했다. 그는 자신에게 더 뺏길 게 남았다는 현실을 받아들이기가 버거웠다. 꿈도 기억을 바탕으로 하기 때문에 보이지 않는 날의 기억이 많아질수록 꿈에서도 볼 수 없게 된다는 어떤 이의 이야기에 예외가 있길 바랐다.

이미 시간은 평소에 잠들던 시간을 훌쩍 넘어 자정을 지나고 있었다. 내일은 늘 가던 학교와 집 사이에 한 코스를 더해, 주기적으로 다니는 상담실까지 다녀와야 했다. 그걸 알고 있는지 안내견 반디가 남자의 발밑에서 낑낑거렸다.

"왜 안 자냐고? 그래. 이제 자자. 반디야. 너도 잘 자."

이윽고 안내견 반디가 쌔근쌔근 잠드는 소리와 함께 남자도 거의 동시에 잠이 들었다.

✦

남자는 오늘 꿈속에서 안내견 반디와 함께였다. 반디가 그의 다리에 몸을 비벼서 자신이 옆에 있다고 알려왔다. 아쉽게 오늘도 앞이 보이지 않았다. 잠들기 전 그대로였다.

실망한 남자가 지난밤과 마찬가지로 돌아서려는데 누군가 그를 다급히 불러세웠다.

"잠깐만요. 792번 손님!"

"네? 저요? 누구시죠?"

남자를 792번 손님이라고 부르는 목소리의 주인공은 뛰어왔는지 숨을 헐떡이고 있었다.

"저는 '달러구트 꿈 백화점'에서 일하는 페니예요."

"꿈 백화점이요? 그런데 저를 무슨 일로…. 저는 오늘 꿈을 사고 싶은 상태가 아니에요."

"꿈은 사지 않으셔도 돼요. 손님과 만나고 싶어 하는 분들이 가게 안에서 기다리고 있어요. 부탁이니 한 번만 만나주세요. 손님도 분명 좋아하실 거예요."

"누굴 얘기하는지는 모르지만, 저는 그들을 볼 수가 없어요."

"그런 건 전혀 상관없어요. 손님과 꼭 대화를 나누고 싶대요. 엄밀히 말하면 손님께서도 전혀 모르는 사람은 아니에요. 제가 안내를 도와드릴게요. 괜찮으면 팔 한쪽을 제게 맡기세요."

남자의 안내견 반디가 경계하지 않았다. 오히려 반디가 반갑게 살랑살랑 흔드는 꼬리가 남자의 무릎 언저리를 톡톡 치고 있었다.

'위험한 사람은 아닌 걸까?'

"손님의 반려견이 같이 왔나 봐요. 이 친구는 이름이 뭐죠?"

"저와 함께 다니는 안내견 반디예요. 반딧불에서 땄어요."

페니라는 직원이 능숙하게 안내한 덕분인지, 아니면 그의 발걸음이 이미 꿈 백화점으로 향하는 길을 외우고 있어서인지 남자는 수월하게 백화점으로 들어왔다.

한쪽에서 적지 않은 인파가 모여 수군거리는 소리가 들렸다.

"방금 와와 슬립랜드 봤어? 저기 직원 휴게실로 들어갔어. 실물이 훨씬 예뻐."

"킥 슬럼버는 어떻고? 난 그의 앞에선 긴장해서 한마디도 못 할 거야. 정말 잘 어울리는 커플이야."

사람들은 대단한 유명인이라도 본 것처럼 들뜬 목소리였다.

"직원 휴게실로 들어갈게요. 안에서 두 분이 손님을 기다리고 있어요."

페니는 삐거덕거리는 문을 열더니, 아늑함이 피부에 전해지는 따뜻한 공간으로 남자를 안내했다.

휴게실 안에 다른 사람의 인기척이 느껴졌다. 남자를 기다린다던 두 사람이 이미 와 있는 게 틀림없었다. 남자는 잔뜩 긴장한 채 반디와 딱 붙어 서 있었다. 반디는 이번에도 경계하는 기색 없이 꼬리를 살랑살랑 흔들더니 남자의 발밑에 편안하게 엎드렸다.

"저는 그럼 나가볼게요. 아무도 방해하지 않을 테니 천천히 얘기 나누세요. 아, 그리고 이건…."

페니는 남자와의 팔짱을 풀고 부스럭거리더니 치익 소리가 나게 휴게실 안에 뭔가를 뿌렸다. 작은 물방울이 남자의 팔에도 살짝 튀었다. 나뭇잎 냄새를 닮은 향기가 코끝에 닿았다.

"이건 생각을 정리하는 데 도움을 주는 향수예요. 달러구트 님께 특별히 빌려왔어요. 도움이 되길 바랍니다."

남자가 1인용 팔걸이의자에 앉을 수 있도록 도와준 뒤, 페니는 휴게실 문을 닫고 나갔다. 그리고 정체 모를 두 사람이 드디어 입을 열었다.

"안녕하세요. 792번 손님. 저는 와와 슬립랜드에요. 아름다운 풍경이 나오는 꿈을 만드는 제작자예요."

"저는 킥 슬럼버입니다. 동물이 되는 꿈을 만들고 있어요. 제가 만든 꿈속에서는 범고래나 독수리가 되어볼 수 있죠. 모르는 사람이 갑자기 만나자고 해서 놀라셨죠? 실례가 많았습니다."

"안녕하세요. 저는 박태경이에요. 꿈을 만들다니… 멋진 일을 하시는 분들이군요. 그런데 어떤 일로 저를 찾으셨죠? 절 어떻게 아시는 건가요?"

"보내주신 꿈 일기를 봤어요. 그래서 당신에 대해 알고 있어요. 저는 당신이 꾸었던 '살아 있는 열대우림'이라는 꿈을 만들었거든요. 혹시 기억나세요? 그건 열대우림의 풍경이 시간과 빛의 이동에 따라 변하는 것을 지켜보는 꿈이에요."

페니가 뿌리고 간 나뭇잎 내음이 나는 향수 덕분인지 재빨리 숲의 정경이 떠올랐다.

"아… 기억났어요! 제가 정말 좋아하는 꿈이에요. 맞아요. 그 꿈을 꾸고 나서 꿈 일기를 썼죠. 그걸 당신도 읽었나요? 아니, 어떻게… 이럴 수가…. 이거 놀랍고 조금 부끄럽네요."

"부끄럽긴요. 꿈을 꾸고 난 뒤에 일기를 쓰면 그 내용이 백화점으로 전달된답니다. 페니 씨가 당신이 쓴 꿈 일기를 보여줬어요. 귀한 팬레터를 받은 것처럼 기뻤어요."

와와 슬립랜드가 말했다.

"눈이 안 보인다고 들었습니다. 언제부터죠? 적응은 좀 했나요?"

킥 슬럼버라고 자신을 소개한 남자가 단도직입적으로 물었다.

"꽤 적응했죠. 6년이나 지났으니까요."

"6년이라면 아직 완전히 적응하기엔 짧은 시간이군요. 전 오른쪽 무릎 아랫부분이 없는 채로 태어났습니다. 덕분에 적응할 시간이 아주 길었죠. 운이 좋았다고나 할까요."

킥 슬럼버는 솔직하게 자신의 얘기를 꺼냈다. 그는 불편할 수 있는 말들을 아무 일도 아닌 것처럼 들리게 하는 재주가 있었다.

"처음 보는 저에게 거리낌 없이 이야기하시네요. 솔직히 말하자면 저는 이 상황이 조금 어색한데요."

남자가 솔직하게 털어놓았다.

"왜냐하면, 당신은 우리와의 만남을 잠에서 깨어나면 잊어버릴 가능성이 높거든요. 그래서 허심탄회하게 이야기할 수 있다는 거죠. 쑥스럽지만 우린 여기서 너무 유명해져버렸고, 마음 편히 속을 털어놓을 사람이 별로 없어요. 이기적으로 들리겠지만 나도 그렇고 와와 슬립랜드도 그렇고, 당신 같은 친구가 필요해서 다짜고짜 찾아온 거예요. 우리가 당신에게 도움을 받는 것처럼 당신도 우리를 한번 마음껏 이용해보는 게 어떻습니까?"

킥 슬럼버가 말하면서 자세를 고쳐 앉았다. 그가 앉은 방향에서 의자의 삐거덕거리는 소리가 났다.

"당신이 사는 이 세계와 우리의 세계가 잠을 매개로 이어져 있는 건, 신이 주신 다정한 운명일지도 몰라요. 서로 어떤 말을 나누어도 좋을 꿈속의 친구가 되어줄 수 있잖아요."

와와 슬립랜드의 설득력 있는 목소리가 휴게실 안을 메웠다.

"잠에서 깨어나면 잊어버릴 사람… 그거 나쁘지 않네요."

남자가 마음을 열자, 킥과 와와는 몇 달이나 수다를 떨지 못한 사람들처럼 쉴 새 없이 별별 이야기들을 풀어놓았다.

"전 열 살 때 다짐했죠. 꿈을 만드는 제작자가 되기로요. 처음에는 꿈에서라도 달리기를 해보고 싶어서 허허벌판을 마구 달리는 꿈을 만들었어요. 어린 마음에 제작 면허도 없으면서 같은 반 친구에게 자랑도 했죠. '내가 만든 꿈 꿔볼래? 처음치곤 잘 만든 것 같아.' 이러면서요. 그런데 글쎄 그 녀석이 뭐라고 말했는지 알아요?"

킥 슬럼버는 처음 인사를 나누었을 때 보다 훨씬 격이 없이 편안해진 어조로 자신의 옛날이야기를 하고 있었다.

"뭐라고 했어요?"

"정확히 이렇게 말했어요. '야, 너는 두 다리로 걸어본 적도 없잖아. 네가 만든 달리는 꿈은 우스꽝스럽게 삐걱거릴 것 같아. 꼭 두 다리에 목발을 매단 것처럼 말이야.' 정말 고약한 녀석이죠? 그래서 제가 그랬죠. '그럼 난 동물처럼 헤엄치고 날아오르는 꿈을 만들어버릴 거야. 그건 네 녀석도 못 해봤지?' 그랬더니 그 자식은 어디 한번 해보라는 듯이 코웃음을 쳤어요."

남자는 킥 슬럼버 앞에서 어떤 표정을 지어야 할지 순간 난감했다. 최대한 연민이 섞이지 않은 표정을 짓고 싶었다.

킥 슬럼버가 남자의 복잡한 표정을 눈치챘는지 호탕하게 웃었다.

"방금 당신의 얼굴이 정말 볼 만했어요. 불쌍하게 여기지 않으려고 애를 쓰더군요. 제 말이 맞나요?"

"제가 그런 표정을 싫어하거든요. 그래서 그 후로 어떻게 됐나요? 정말로 동물처럼 헤엄치고 날아오르는 꿈을 만들었나요?"

"그로부터 3년 뒤에 '올해의 꿈 시상식'에서 그랑프리를 받았어요. '태평양을 가로지르는 범고래가 되는 꿈'으로요. 겨우 열세 살이었죠."

"어떻게 그럴 수 있었죠? 어디서 그런 힘과 의욕이 솟아나던가요? 저는 꿈을 만드는 일에 대해선 전혀 모르지만 모든 게 다른 사람보다 쉽지 않았을 텐데요."

"모든 힘은 제가 가진 행복에서 나오고, 의욕도 행복해지고 싶다는 열망에서 나와요. 저는 이곳에서 저처럼 몸이 불편한 사람의 희망이라는 말을 많이 들어요. 기쁜 일이죠. 하지만 제가 하는 행동은 대부분 그저 내가 행복하기 위함이에요. 다른 사람의 희망이 되기 위해 평생을 살 수는 없는 노릇이니까요. 처음 만든 꿈도 마찬가지예요. 그 꿈은 해안에서 멀어지는 범고래의 시점으로 진행돼요. 그건 저 자신을 나타낸 거였어요. 제가 살아가기에 너무나 제약이 많은 이 세상을 벗어나고 싶었어요. 다리 한쪽이 없는 사람이 아니라, 두 다리를 아예 쓰지 않아도 더 큰 세상을 보는 범고래가 되고 싶었어요. 그런데 정말 그렇게 됐어요. 바다에 빠지면 죽는 줄 알았는데, 그 아래에 더 큰 세상이 있더라고요. 지금은 참 다행이다 싶어요. 만약 내가 해안을 달릴 수 있는 사람이었다면, 굳이 바다에 뛰어들려고 하지도 않았을 거예요."

킥은 자신의 생각을 막힘없이 털어놓았다.

"대단하네요. 저는 아직 작은 일을 할 때도 다른 사람들의 시선을 신경 쓰느라 애를 먹거든요. 사람들이 불쌍하게 보거나 저 때문에 난처해하는 게 신경 쓰여서 저한테 집중하기가 힘들어요."

"우린 살면서 한 번도 타인의 시선으로 자신을 본 적이 없어요. 그 사람이 나를 보는 표정, 목소리 같은 정보로 그저 추측할 뿐이죠. 오히려 너무 많은 정보가 진실을 가릴 때가 있잖아요. 보이는 게 다가 아니라는 말처럼요. 어차피 알 수 없다면, 당신을 응원하는 사람의 얼굴을 상상해보세요. 우리도 지금 그렇게 당신을 보고 있어요."

"응원하는 사람들…. 그렇네요. 저를 도와준 사람이 너무 많아요.

가족들, 친구들, 그리고 제가 의지하는 상담사 선생님까지도요.”

남자가 진지하게 말했다. 그리고 덧붙였다.

“저도 비장애인이었다면 그렇게 행동하는 사람이었으면 해요. 도움받는 만큼 저도 다른 사람을 응원하고 헤아려주고 싶어요.”

“그런데 그거 아세요? 당신은 이미 다른 사람을 돕고 있어요. 미처 깨닫지 못한 사이, 슬럼프에 빠진 저를 구했거든요.”

와와 슬립랜드가 말했다.

“전 사실 미술을 좋아하는 학생일 뿐이었어요. 꿈을 만들고 싶어졌을 때도 그저 늘 그리던 풍경을 꿈속에 담아내야겠다는 생각뿐이었죠. 저는 색을 누구보다 잘 다루지만, 여기 있는 킥이나 다른 사람들처럼 역동적인 장면을 구현해내는 어려운 기술 같은 건 없어요. 그런데도 내가 훨씬 손이 많이 가고 불안정한 꿈을 만들고 싶어 하는 이유를 찾고 싶었어요. 이 일을 시작한 지 10년 정도 됐는데, 요즘 들어 너무 지쳐버렸거든요. 하지만 당신이 써준 꿈 일기를 보고 깨달았어요. 나는 당신 같은 손님들을 위해서 이 일을 하고 있었다는 걸요. 그 깨달음 하나가 얼마나 큰 힘이 됐는지 모를 거예요.”

와와 슬립랜드의 목소리에는 진심이 듬뿍 담겨 있었다.

“어쩌면 당신의 어려움이 당신다운 모습을 더 짙게 만들고 있는 것 같군요.”

킥 슬럼버가 불쑥 말했다.

“그게 무슨 뜻이죠?”

“누군가의 도움이 얼마나 소중한지 더 잘 알게 됐잖아요. 같은 일을 겪어도 전혀 다른 감정을 느끼는 사람들도 있겠죠. 하지만 당신은 받은 만큼 남을 돕고 싶다고 생각하는 사람이에요. 어때요? 당신다움이 뭔지 또렷하게 보이는 것 같지 않나요? 보이지 않는 다른 사람의 시선은 제쳐두고 자기 마음을 봐요."

"정말 그럴 수 있을까요? 앞이 보이지 않는다는 사실 하나가 제 모든 다른 면들을 가릴 만큼 크고 빠르게 번지는 것 같아서 두려워요. 저는… 전 그냥 앞을 못 보는 사람이 아니에요. 저는 박태경이에요."

남자는 언젠가 한 번은 다른 사람들 앞에서 하고 싶었던 말을 용기 내 입 밖으로 꺼냈다.

"나도 그랬어요. 나는 '다리 한쪽이 없는 사람'이라고 불리길 원하지 않았어요. '나는 킥 슬럼버인데, 다리 한쪽이 불편해.' 적어도 이 수준까지는 닿길 바랐어요. 그건 아주 큰 차이예요. 그리고 그 차이에 대해 정확히 알고 있는 사람을 만나고 싶었어요. 바로 당신 같은 사람 말이에요."

킥은 한마디 한마디를 공들여 말했다. 남자는 킥 슬럼버도 마찬가지로, 이 모든 얘기를 용기 내서 털어놓고 있다는 걸 알 수 있었다.

"태경 씨, 우리를 나타내는 어떤 수식어도 우리 자신보다 앞에 나올 순 없어요. 그리고 우리 같은 제작자가 있고 꿈을 사러 오는 당신이 있는 한, 아무도 당신에게서 잠자는 시간과 꿈꾸는 시간을 뺏어갈 순 없어요. 당신에게 어떤 꿈을 드릴 수 있을지는 우리 제작자들이 고민할 몫이에요. 당신은 자기 전에 아무 걱정 없이 눈을 감고 편안히 있으면 돼요."

와와 슬립랜드가 확신에 넘치는 말투로 말했다.

그들이 휴게실에서 나오자, 기다리고 있던 페니가 남자와 반디에게 싹싹하게 말을 건넸다.

"괜찮으시면 제가 층별 안내를 해드리고 싶어요."

"층별 안내요?"

"여길 방문하는 것도 손님의 일상이잖아요. 일상을 되찾으러 가야죠."

"저 한 명을 위해서 그렇게까지…."

"손님 한 분 한 분께 필요한 서비스를 드리는 것이 프런트에서 제가 하는 일이에요."

그들은 엘리베이터를 타고 5층에 내렸다.

5층 직원들은 목소리를 높여 할인 판매하는 물건들을 팔고 있었고, 세일하는 상품들 중에서 좋은 꿈을 고르려는 사람들로 정신없이 북적거렸다.

"아무래도 저는 여기서 좋은 꿈을 고르지는 못할 것 같네요."

남자가 5층의 분위기를 파악하고 머쓱하게 웃었다.

"걱정하지 마세요. 모태일이 도와드릴 거예요. 그렇지, 모태일?"

모태일이라고 불린 발랄한 목소리의 직원은, 남자에게 아주 적극적으로 말을 건넸다.

"아무한테나 이런 제안을 드리지는 않아요. 앞으로 손님께서 저희 5층 할인 코너에 찾아오신다면 특별히 제가 따로 숨겨놓은 귀한 꿈을 드리죠."

반디가 모태일을 보고 왕왕 크게 짖었다.

"왜 날 보고 짖는 거야? 난 수상한 사람이 아니야. 오해하지 마세요. 손님, 절 믿고 5층에도 종종 놀러 오세요!"

페니는 모태일을 뒤로하고, 남자와 반디를 4층으로 안내했다.

"4층은 반디가 무척 좋아할 거예요."

남자와 반디는 페니를 따라 엘리베이터를 타고 4층으로 내려왔다. 반디는 4층에 내려오자마자 구경하고 싶어서 낑낑 앓는 소리를 냈다.

"반디, 여기엔 널 위한 좋은 꿈들이 많아. 자, 어서 가서 골라봐. 안내는 나 하나로 충분해."

페니가 반디에게 말했다. 반디가 잠깐 머뭇대며 낑낑거렸다.

"난 괜찮아. 반디, 어서 가봐."

반디는 남자의 허락을 받자마자 낮게 깔려 있는 진열대들 사이를 펄쩍펄쩍 뛰어다니기 시작했다.

"반디, 그럼 안 돼!"

"여기선 괜찮아요. 평소처럼 얌전히 있지 않아도 되는 곳이에요. 딱 반디만큼 활동량이 많은 좋은 친구가 있거든요."

"어이, 요 녀석 거기 멈춰!"

어디선가 들려온 드르륵거리는 롤러스케이트 소리와 높은 톤의 남자 목소리가 반디가 달려간 방향으로 멀어졌다.

"저분은 4층 매니저인 스피도 님이에요. 쫓아가면서 신이 나 죽겠다는 표정이네요. 빠르게 달릴 일이 생겨서 기쁜가 봐요."

4층에서 3층으로 내려오는 길에 남자는 이 백화점이 자신에게 익숙한 공간이라는 사실을 알아차렸다.

"이제야 알겠어요. 3층은 활동적이고 재미있는 꿈들이 있는 곳이죠? 여기도 많이 왔었던 것 같아요."

"맞아요. 역시 몸은 기억한다니까요. 오늘 다시 안내해드리길 잘한 것 같네요. 3층은 지금 들으시는 것처럼 하루 종일 최신 유행곡을 틀어놓고 지내요. 갖가지 상품 포스터가 벽에 가득 붙어 있고요. 직원들 옷차림도 가지각색이에요. 3층의 매니저는 모그베리 님이에요."

기다리고 있던 모그베리가 남자를 반갑게 맞이했다.

"안녕하세요, 손님. 저희 층엔 소리에 특화된 꿈이 많아요. 가끔은 좋은 대안이 될 테니 구미가 당기면 잊지 말고 찾아주세요. 자는 동안에 여러 가지 자극을 받으면 다양한 감각이 발달하기도 한대요. 그런 의미에서 여기 이 꿈은…."

모그베리는 두 사람을 붙잡고 3층에 있는 모든 꿈을 설명하려고 했다. 둘은 서둘러 2층으로 내려왔다.

간격이 딱 맞아떨어지게 정리된 2층 진열대들은 구경하기가 편했다. 진열장과 진열장 사이는 딱 세 걸음씩 떨어져 있었고 코너마다 같은 위치에 점자로 표기된 안내가 함께 있었다.

"여기 이 버튼을 누르면 음성안내도 가능합니다."

2층의 비고 마이어스가 남자를 묵묵히 에스코트하면서 설명했다.

"제가 손님에게 권하고 싶은 꿈은 '추억 코너'의 꿈입니다. 여러 번 시행착오를 거쳐야겠지만, 운이 좋은 날엔 시력이 나빠지기 전의 추억을 꿈에서 보실 수 있을 겁니다. 제가 알아본 바에 의하면, 손님께서는 방대한 양의 추억을 보유하고 계시더군요. 그러니 앞으로 영영 볼 수 없을 거라고 섣불리 단정하기엔 이른 것 같습니다."

비고가 자세히 설명했다. 페니는 무뚝뚝한 그의 표정을 빼놓고 저 목소리만 듣는다면, 어느 층의 매니저보다 친절하다고 느낄 거라 생각했다.

"2층의 꿈이 마음에 드시나 봐요."

"네. 추억이 있어서 정말 다행이에요. 이제 1층만 남았군요."

"1층은 제가 일하는 곳이에요. 특수한 꿈이나 아주 인기가 많은 꿈들이 준비돼 있어요."

페니가 1층에 새로 마련한 코너로 남자를 안내했다.

"여기저기 흩어져 있는 특수한 꿈들을 모아봤어요. 소리가 안 들리는 손님을 위한 자막이 나오는 꿈도 있고요. 수어가 지원되는 꿈도 있어요. 부끄럽지만 저도 이런 꿈들이 있다는 걸 최근에야 알았어요."

"소수의 사람들을 위해 꿈을 만드는 사람들이 있다니, 정말 고마운 일이네요."

"꿈을 찾는 손님이 소수인지, 다수인지는 중요하지 않아요. 손님들은 모두 원하는 꿈이 다른걸요. 저는 여기서 1년밖에 일하지 않았지만, 지난 1년 동안 그 사실을 똑똑히 배웠어요. 어떤 손님은 예지몽을 싫어하세요. 또 다른 손님은 낮잠 잘 때 꿈꾸는 걸 좋아하지만 늘 후회해요. 그리고 지금 제 옆에 계신 792번 손님은 특수한 꿈이 필요한 것이고요. 그냥 그뿐이에요. 그러니까 손님은 가게 안으로 들어오시기만 하면 돼요."

✦

그날 밤 남자가 유난히 잠꼬대를 많이 했던 탓에, 반디는 먼저 일어나 있다가 남자가 깨어나자마자 그의 손을 핥았다. 꿈에서 만난 사람들이 아직 기억에서 사라지지 않았다. 그들의 목소리가 남자의 귓속에 머물러 있었다. 틀림없이 다정한 대화를 나눈 것 같아 내용을 되뇌어보려고 애썼다. 하지만 무질서하게 머릿속에 떠돌던 문장이 단어로, 단어가 자음과 모음으로 부서져 내리더니 금세 흔적도 없이 사라지고 말았다.

'꿈에서 만난 그 사람들은 누구지? 주변의 아는 사람이 꿈에 나온 건가? 아냐, 모르는 사람이야.'

꿈속의 사람들은 남자를 아는 사람처럼 대한 것 같은데, 분명 남자는 모르는 사람들이었다. 확실히 처음 듣는 목소리였다. 하지만 그럴 리가 없다. 살면서 스쳐 지나간 이름 모를 사람들과의 대화가 재구성되어 꿈에 나왔을 뿐일 것이다. 뇌의 우연한 활동이라고 치부하기엔 석연치 않은 부분이 있었지만 그렇게 믿는 수밖에 없었다. 잠을 자는 동안 누군가를 정말로 만나고 왔을 리는 없으니까….

남자는 침대에 앉은 채로 지난밤의 꿈에 대해 한참을 더 생각했다.

'절대 잊지 말아야겠다고 생각한 말이 있었던 것 같은데….'

그때 불현듯 떠오른 말이 입 밖으로 자연스럽게 흘러나왔다.

"전 그냥 앞을 못 보는 사람이 아니에요. 저는 박태경이에요."

남자는 알지 못했지만 밤새도록 잠꼬대처럼 되풀이해서 입에 붙어버린 말이었다.

남자를 지켜보던 반디가 작은 소리로 왕! 하고 말하듯이 짖었다. 남자는 자리에서 일어나 반디를 정성껏 쓰다듬었다.

"오늘도 잘 부탁해."

그건 반디뿐만 아니라 동시에 자기 자신에게 하는 말이기도 했다.

그는 학교 수업을 마치고 상담실로 발걸음을 옮겼다. 반디와의 걸음에 호흡이 척척 맞았다. 도착하자 상담사인 윤 선생님이 문을 잡아 주며 반갑게 인사를 건넸다.

"어서 와요, 태경 씨. 그동안 잘 지냈어요? 반디도 안녕."

"선생님도 잘 지내셨죠?"

반디가 조용히 상담실 안에 자리를 잡고 엎드리면서 리드 줄이 바닥에 닿는 소리가 났다.

"반디가 오늘 기분이 무척 좋아 보여요."

상담사 선생님의 살가운 목소리가 기분 좋게 귓가에 울려 퍼졌다.

"반디는 여기 오는 걸 정말 좋아해요. 건물 뒤편에 있는 뜰이 넓잖아요. 상담이 끝나면 늘 거기서 한바탕 실컷 뛰고 가거든요."

"반디, 넌 형아랑 늘 어디든 같이 다녀서 좋겠어."

"정말 그렇게 생각하면 좋겠네요."

"자, 그럼 오늘도 꿈 이야기를 해볼까요?"

요즘 그들의 화제는 꿈 이야기였다. 상담사 윤 선생님은 꿈을 통해 사람들의 마음을 들여다보고 함께 이야기 나누는 걸 좋아했다.

"어젯밤 꿈이 굉장했어요. 꿈속에서 여러 사람들을 만났죠. 꿈에서도 그들을 볼 수는 없었지만, 꼭 예전부터 알고 지낸 것처럼 익숙하고 편안했어요. 맞아요, 반디도 함께 있었던 것 같아요. 꿈에서 만난 사람들은 정말로 존재하는 사람들 같았어요. 제 무의식이 만들어냈다고 하기엔 그 상황과 그들의 말과 행동이 너무도 구체적이었어요. 정말 이상하죠?"

"전혀 이상하지 않아요. 그런 경험을 하는 사람들은 제법 많아요."

"그런가요? 그렇다면 정말로 우리가 기억하지 못하는 어떤 세계가 있는 건지도 모르겠네요."

남자가 신이 나서 말했다.

"그래요. 정말 그럴지도 모르죠."

남자는 윤 선생님이 어떤 표정인지는 알 수 없었지만, 그녀의 말투에 아주 깊은 그리움이 묻어 있다는 걸 느낄 수 있었다.

"더 기억나는 건 없나요? 태경 씨의 꿈 얘기를 더 듣고 싶네요."

남자는 윤 선생님의 목소리만 듣고도 그녀가 어느 때보다 적극적으로 관심을 가지는 것을 알았다.

"저도 더 말하고 싶지만 기억해내려고 애쓸수록 더 빠르게 잔상이 사라져버려요. 이럴 줄 알았으면 일기라도 적어둘 걸 그랬어요. 꿈 일기를 쓰면 훨씬 오래 기억할 수 있거든요. 기록이 기억을 만든다는 말도 있잖아요. 그런데 윤 선생님도 꿈을 자주 꾸세요? 선생님의 꿈 얘기도 듣고 싶어요."

"저도 꿈을 많이 꾸는 편이죠."

"꿈 일기를 써본 적도 있으세요?"

"그럼요. 덕분에 아주 오래된 꿈인데도 지금까지 생생하게 기억하고 있는 꿈도 있어요. 범고래가 되어 태평양을 가로지르는 아주 멋진 꿈이었죠."

"얼마나 오래된 꿈인데요?"

"음… 벌써 20년이 넘었네요. 1999년의 꿈이었으니까요."

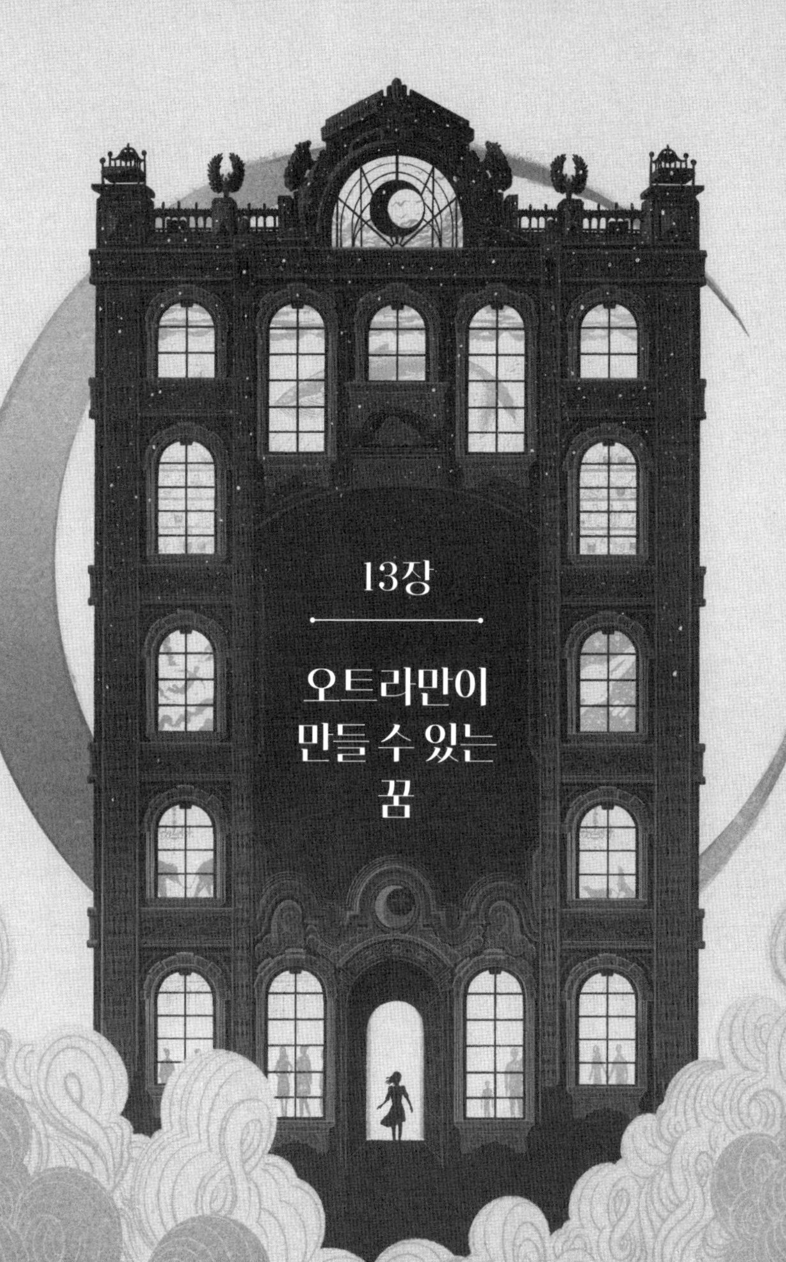

13장

오트라만이 만들 수 있는 꿈

"페니, 오늘은 더 일찍 왔네."

야간에 프런트에서 일하는 무드가 나른한 목소리로 인사했다.

"무드 님, 좋은 아침이에요."

페니는 요즘 평소보다 일찍 출근해서 자기만의 일과를 시작하고 있었다. 가장 먼저 무드에게서 지난밤에 있었던 알아둘 만한 특이사항들을 전해 들은 뒤, 부족한 꿈 재고를 메모해서 열쇠 꾸러미를 들고 창고로 갔다. 그리고 나중에 들여놓을 꿈 상자들을 한쪽에 쌓아놓고, 낮에 새로 들어올 꿈들을 예쁘게 포장할 포장지와 끈을 미리 알맞은 크기로 넉넉히 잘라두었다. 마지막으로 꿈값 창고에 들어가서 꿈값으로 가득찬 병들을 은행에 예탁하기 쉽게 창고 입구로 내려두면 오전의 기초 업무는 끝난 셈이었다.

페니는 검붉은색의 '죄책감'과 은회색을 띠는 '후회'가 가득 찬 병을 하나씩 조심조심 내렸다. 그리고 구석에 숨겨둔 얇은 방석을 꺼내어 깔고 앉아, 허리와 앞치마 사이에 끼워둔 일간지 〈꿈보다 해몽〉을 펼쳐서 읽기 시작했다.

페니는 요즘 가게 밖의 일이나 배경지식을 쌓는 데 관심이 많아졌다. 최근에 792번 손님을 만나게 된 이후로 공부가 더욱 절실해졌다. 언젠가 다른 3단계 민원을 만나게 될지도 모른다는 생각에서였다.

퇴근 후에 공부하는 건 무리였기 때문에, 페니는 조금 일찍 출근해서 공부하는 방법을 선택했다. 본격적인 내용을 담은 두툼한 책들도 많았지만 그나마 가장 캐주얼한 느낌으로 시작하기 위해 고른 게 〈꿈보다 해몽〉이었다. 누군가는 '일간지로 공부하는 사람이 어디 있느냐?'라고 하겠지만 매일 가게 밖의 정보를 얻을 수 있다는 것만으로도 지금의 페니에게는 큰 도움이 됐다.

이 일간지에는 제작자들의 뒷이야기나 업계의 가십거리부터 시작해서 꿈 산업에 관한 용어설명도 있었고, 관련 법안, 가성비 좋은 꿈이나 실패 확률이 적은 꿈에 관한 기사도 있었는데, '이달의 논문' 코너를 제외하면 대부분 이해하기 쉽게 적혀 있었다.

웬만한 일은 미리 해두었으니 족히 30분은 여기서 혼자 일간지를 읽을 수 있을 것이다. 처음에는 직원 휴게실을 이용했지만, 아침 도시락을 싸 온 직원들로 조금 시끄럽기도 했고, 창고에서 울려 퍼지는 '또옥, 또옥' 하고 감정이 한 방울씩 병에 채워지는 소리가 집중력을 높여주어서 마음에 쏙 들었다.

페니는 〈꿈보다 해몽〉의 페이지를 천천히 넘기다가, 전설의 꿈 제작자 중 한 명인 야스누즈 오트라의 이름을 발견하고 자세를 고쳐 앉았다.

저평가된 아쉬운 꿈

7년 전 오늘 발매된 야스누즈 오트라의 '부모님으로 일주일간 살아보는 꿈'은 보기 드문 수작이다. 꿈은 제작 방식에 따라 크게 두 가지로 나뉜다. 꿈꾸는 당사자의 기억을 바탕으로 전개하는가, 아니면 그 바탕부터 제작자의 의도와 생각으로만 채워 한 편의 가상현실 같은 경험을 제공하는가다. 젊디젊은 야스누즈 오트라의 패기 넘치는 이 작품은, 놀랍게도 전자다.

기억을 바탕으로 꿈을 만드는 것은 다른 경우에 비해 훨씬 까다롭다. 꿈속에서 꿈꾸는 사람의 기억을 적절히 통제하면서 그 불확실성을 염두에 둔 채 제작자의 의도까지 담기란, 두통이 올 정도로 복잡한 영역이다. 제작자를 꿈꾸는 이들이 수없이 많지만, 막상 제작자 면허를 얻기는 어려운 것도 바로 이런 부분 때문이다.

야스누즈 오트라는 거기서 한 단계 더 나아가서 시점을 비틀어 꿈을 만들었다. 꿈꾸는 당사자의 기억이 아니라, 꿈꾸는 당사자에 대한 기억을 가지고 있는 '부모님'이라는 타인의 시점을 기반으로 꿈을 전개한다. 획기적인 발상과 과감한 시도 자체가 가히 천재적이라고 할 만하다.

이 꿈을 최초로 접한 당시 평론가의 감상이 인상적이다.

그는 꿈속에서 그의 아버지의 시선을 하고 있었다고 한다. 새벽에 아들의 방에서 알람이 울리자 벌떡 일어나서 슬며시 알람을 끄더니, 아들이 5분 더 자게 두었다가 조용히 손으로 흔들어 깨우는데, 아버지의 눈으로 바라본 자신의 모습이 어찌나 귀한지 가슴이 뭉클했다고 한다.

반면 누군가는 자식들 앞에서 늘 힘든 내색을 하고, 자식을 양육하는 것이 살아 있는 죄로 받는 벌 같다며 타박하던 부모님과의 기억을, 그들의 시선으로 다시 겪어야 했을 것이다. 모든 것이 그토록 진심이었다는 것을 밤새 확인하는 과정은 마음이 진흙처럼 퍽퍽해지는 경험이었으리라….

다양한 꿈값을 받을 수 있다는 점에서, 그녀의 꿈은 상업적으로도 높게 평가받아야 마땅하다.

감히 되짚어보건대 야스누즈 오트라의 '부모님으로 일주일간 살아보는 꿈'이 출시된 그해의 그랑프리가 되지 못했던 것은, 그녀의 재능과는 별개로 세상에 좋은 부모가 생각보다 많지 않기 때문일 것이다…. (하략)

페니는 완전히 집중해서 기사를 읽었다. 더 읽고 싶었지만 이제 프런트로 가봐야 할 시간이었다.

"와와 슬립랜드의 '살아 있는 열대우림'은 없나요?"

창고에서 나와 가게로 돌아오자마자 손님이 페니에게 물었다.

"안녕하세요, 손님. 그 꿈은 매진이에요. 이번 주에는 더 들어올 예정이 없어요."

페니는 비어 있는 진열대 옆에 수북하게 쌓인 야스누즈 오트라의 꿈을 추천하려다가 멈칫했다. '내가 괴롭혔던 사람으로 한 달 살아보기'를 섣불리 추천했다간, '제가 누굴 괴롭히기라도 했다는 말이에요?' 하고 손님이 화를 낼지도 몰랐다.

비싼 값에 몇 박스나 들여온 오트라의 꿈은 여전히 먼지만 폴폴 날리고 있었다. 평론가들의 만점짜리 평점 태그가 무색할 정도였다. 아까 〈꿈보다 해몽〉의 기사에서 봤던 '부모님으로 일주일간 살아보는 꿈'처럼, 작품성에 비해 사람들에게 주목받지 못하는 비운의 꿈이 되어버리는 걸까? 페니는 차마 손님들에게 적극적으로 권하지는 못하고, 눈에 더 잘 띄도록 진열대를 입구와 가까운 통로 쪽으로 있는 힘껏 밀었다.

"페니, 아침부터 힘이 넘치는구나."

웨더 아주머니가 비고 마이어스와 함께 출근하다가 진열대를 붙잡고 낑낑거리는 페니를 발견하고는 말을 건넸다. 그녀는 페니의 의도를 단번에 알아채고 진열대를 함께 밀었다.

오늘도 빳빳하게 잘 다린 정장을 입고 온 비고는, 그들을 지나 곧장 2층으로 올라가려다 말고 로비에 우뚝 서서 못마땅한 표정으로 1층의 진열대 여러 곳을 가리켰다.

"판매대가 텅 비어버릴 때까지 손 놓고 기다릴 건가? 여기도, 저기도 온통 빈 곳 투성이군."

그 소리에 주변에 있던 잠옷 입은 손님들이 힐끔힐끔 그를 쳐다봤다.

페니는 재빨리 프런트 아래에 넣어둔 꿈 상자를 가지고 나왔다. 비고의 따가운 눈총을 뒤통수로 느끼면서, 작년 시상식에서 신인상과 각본상의 2관왕을 차지한 호손데모나의 '군중 속의 고독'이라는 꿈을 빈 곳에 채워 넣었다. 그 꿈은 꿈속에서 투명 인간이 되어 아무도 자신을 알아보지 못한다는 내용이었다.

"이거 봐, 이거. 아직도 작년 수상작만 잔뜩 팔리고…. 꿈 평론가들의 추천사가 아주 주렁주렁 달렸군. 이미 수상한 작품을 추천하는 건 누가 못 하느냐는 말이야. 미리 알아보는 눈이 있어야지."

비고가 호손데모나의 꿈을 보면서 비아냥거렸다.

페니가 들고 있는 꿈 상자는 '군중 속의 고독' 외에도, 호손데모나의 신작인 '벌거벗은 임금님'도 있었는데, 페니는 그 꿈을 어디다 진열할지 잠깐 고민하다가 '군중 속의 고독' 옆에 공간을 만들어서 차곡차곡 쌓기 시작했다.

비고는 꼿꼿하게 팔짱을 끼고 서서 혼잣말로 중얼거렸다.

"'벌거벗은 임금님'은 무슨…. 제목만 그럴듯하군. 그냥 홀딱 벗고 돌아다니는 꿈일 뿐인걸! 하지만 손님들은 '어머나, 옷을 벗고 다니다니! 내 모습을 있는 그대로 드러내고 싶어 하는 욕구가 무의식에 반영된 건가?' 하면서 온갖 감정을 꿈값으로 내겠지. 얄팍한 내용에 의미심장한 분위기만 끼얹어서 쉽게 장사하려는 속셈을 내가 모를 줄 알고?"

비고는 어색한 연기 톤까지 섞어가며 신랄하게 비판했다. 그는 작년 시상식 때부터 꾸준히 호손데모나가 만드는 꿈에 대해 부정적인 태도였다.

"비고 마이어스는 정말 생각이 꽉 막혔다니까. '꿈보다 해몽'이라는 말도 몰라요? 꿈을 꾸고 어떻게 해석하든 그건 손님들 자유라고요."

누군가 용감하게 비고에게 핀잔을 줬다. 페니는 어디서 소리가 났는지 한참을 두리번거려야 했다. 그러다 허리쯤 오는 높이의 진열대에 날개를 접고 앉아 있는 레프라혼 요정을 발견했다. 뚱뚱한 몸집에 비해 작은 조끼를 입은 우두머리 요정이었다.

"여기서 뭘 하는 거야?"

비고가 집게손가락으로 그를 들어 올리려고 하자 요정이 재빠르게 날아올라 피했다.

"아침 일찍 나와서 부지런히 잘 팔리는 꿈들을 조사하고 있죠. 달러구트 꿈 백화점만큼 시장조사를 하기에 좋은 곳이 없거든요."

레프라혼 요정은 남의 가게에서 염탐하고 있었으면서 아주 당당했다.

"그런데 손님들은 당신이 못마땅해하는 호손데모나의 꿈을 많이 사던데요? 그 대단하신 야스누즈 오트라의 꿈보다도 훨씬 많이요."

요정은 손님의 손길이 전혀 닿지 않은 오트라의 꿈들을 가리키면서 빈정거렸다.

"판매량과 작품성이 늘 비례하는 건 아니야."

비고가 굴하지 않고 야스누즈 오트라의 편을 들었다.

"하지만 그 누가, 팔리지도 않는 작품을 계속 만들 수 있겠어요? 항간에 야스누즈 오트라도 제작비를 감당하지 못해서 올해는 아직 신작을 못 만들고 있다던데. 이 재고 칸을 보니 조만간 지금 사는 멋진 저택은 팔아야 할지도 모르겠네요."

"네 녀석이 만든 꿈이나 걱정해."

"'하늘을 나는 꿈'은 3층에서 꾸준히 잘 팔리고 있어요."

페니는 자기도 모르게 눈치 없이 말을 보태고 말았다.

기세등등해진 우두머리 요정은, 킥 슬럼버의 '절벽에서 독수리가 되어 날아오르는 꿈'이 쌓여 있는 진열대 위로 사뿐히 날아올랐다.

"이 꿈도 제작비 낭비야. 나라면 그냥 절벽에서 떨어지게 됐을 거야. 절벽에서 떨어지는 꿈을 꾸면 키가 자란다고 믿는 사람들도 많으니까. 운이 좋으면 '기대감'이 꿈값으로 들어올지도!"

비고의 잘 다듬은 콧수염이 얇은 윗입술과 함께 파르르 떨렸다.

페니는 괜히 불똥이 튀지 않도록 빈 상자를 들고 한 발짝 물러났다. 성질이 난 비고는 구두 뒷굽 소리를 평소보다 험악하게 내면서 2층으로 가는 계단 쪽으로 돌아섰다.

그때, 레프라혼 요정이 한 번 더 빈정거리면서 말했다.

"쯧쯧. 제작자가 되지 못한 화풀이야. 비고 마이어스가 대학에서 제적당했다는 건 누구나 알고 있지. 호손데모나처럼 이제 갓 데뷔한 신인 제작자를 보면 배가 아픈 거지."

비고가 우뚝 서서 요정을 날카롭게 째려봤다. 때마침 달러구트가 사무실 문을 열고 로비로 나오지 않았더라면, 레프라혼 요정은 비고의 손아귀에 덥썩 잡혀버리고 말았을 것이다.

달러구트는 비고를 보자 반갑게 소리쳤다.

"자네 구두 굽 소리를 듣고 출근했다는 걸 알았지. 2층으로 가기 전에 일단 내 사무실로 가세. 일전에 얘기한 그 3단계 민원 말인데…."

페니는 그들이 이야기하고 있는 3단계 민원에 대해 기억하고 있었다. 민원관리국장의 방에서 봤던 민원은 두 개였다. 하나는 달러구트가 페니에게 맡겼던 792번 손님에 관한 것이었고, 나머지 하나는 분명 1번 손님의 민원이었다. 서류 귀퉁이에 적힌 숫자를 페니는 아직 잊지 않고 있었다.

달러구트는 비고와 함께 자신의 사무실로 들어갔다. 두 사람은 사무실에서 한참을 나오지 않았다.

페니는 안내가 필요한 손님들이 없는지 프런트 너머를 수시로 확인하면서, 드림 페이 시스템즈의 데이터를 뒤적이기 시작했다. 1번 손님의 최근 구매 이력을 찾는 데는 30초도 채 걸리지 않았다. 구매 이력을 보다 보니 이 손님이 누군지도 자연스럽게 떠올랐다. 페니의 기억이 맞다면 1번 손님은 40대 여자 손님으로, 꽤 규칙적인 시간에 방문해서 1층부터 5층까지의 꿈을 골고루 구매하는 편이었다. 구매 목록 자체에는 특이한 점이 없었는데, 그녀가 지불한 꿈값이 이상했다. 요즘 들어 그녀가 꿈을 꾸고 낸 감정은 '그리움'이 전부였다. 즐거운 꿈을 꿔도, 슬픈 꿈을 꿔도, 심지어 5층에서 산 유통 기한이 한참 지난 꿈을 꿨을 때도 마찬가지였다. 계속해서 데이터를 살펴보던 페니는 1번 손님의 구매 이력이 자그마치 1999년까지 거슬러 올라간다는 사실을 깨달았다.

"웨더 아주머니, 드림 페이 시스템즈가 도입된 게 언제죠?"

"1999년이야. 확실해. 눈꺼풀 저울을 들여오면서 같이 사용하기 시작했었어."

페니는 아예 작정하고 1999년부터의 기록을 보기 위해 데이터를 오래된 시간순으로 정렬했다. 그리고 아주 흥미로운 구매 이력을 발견했다.

· 제작: 킥 슬럼버

· 제목: 범고래가 되어 태평양을 가로지르는 꿈

· 구매일: 1999년 8월 20일

· 후기

1번 손님은 1999년 그랑프리를 차지했던 킥 슬럼버의 데뷔작을 그해에 꿔본 것이다.

페니는 두근거리는 마음으로 망설임 없이 후기를 클릭했다.

1999년 8월 20일

지금 막 꿈을 꾸고 난 참이다. 이 생생한 감각이 사라지기 전에 기록으로 남겨야 할 것 같다.

나는 꿈에서 거대한 범고래였다. 해안에서 출발해 점점 먼 바다로 향하고 있었다. 모자란 호흡의 끝에 코로 들이닥칠 고통스럽게 짜디짠 바닷물이나, 파도에 휩쓸렸을 때 구조될 수 있을지 따위의 걱정은 꿈꾸는 동안 머릿속에 없었다. 그 압도적인 몰입감이 이 꿈에서 가장 놀라운 부분이었다.

킥 슬럼버의 꿈에는 발 디딜 곳 없는 위태로운 자유가 아니라, 모두가 갈망하는 안전한 자유가 있다. 수심이 깊어질수록 비로소 집으로 돌아가는 기분이 든다.

등지느러미에서 꼬리로 이어지는 근육을 느껴본다. 꼬리를 강하게 내리찍었다가 다시 들어 올리며 순식간에 속도를 높인다. 이제 해수면은 세상의 천장이 되고, 하얀 뱃가죽 아래, 하늘보다 깊은 나의 세상이 펼쳐진다.

보여도 볼 필요가 없다. 모든 것이 온 감각으로 먼저 느껴진다. 충동적으로 수면 위로 뛰어오른다. 할 수 없을 거라는 생각은 도무지 들지 않는다. 유선형의 완벽한 몸체가 수면을 가뿐히 딛고 날아올라 상공을 과감하게 가로지른다.

그때 불현듯 내 것인지 아닌지 알 수 없는 저릿함이 몸체를 관통한다. 저 멀리 해안에 두고 온 내 모습이 신경 쓰이기 시작한다. 헤엄을 멈추지 않으려고 애쓰면서 까끌하게 돋아난 기분을 굽이치는 파도에 접어 넣는다.

'저긴 내가 있을 곳이 아니야.'

그렇게 극대화된 감각에 익숙해지며 '내가 진짜 범고래였던가.' 하는 착각마저 들 때쯤, 정신이 들기 시작한다. 범고래도 사람도 아닌 상태로, 두 세계가 잠시 겹쳤다가 완전히 분리되면서 꿈에서 깼다.

13세 소년에 불과한 킥 슬럼버의 꿈을 지금의 내가 꾸게 된 건 필연적인 운명 같다. 이 천재 소년은 연말에 최연소로 그랑프리 수상자가 될지도 모른다. 하지만 내가 그 광경을 직접 목격할 일은 없겠지….

이 이상은 너무 위험하다…. 그동안 보고 들은 것들은 그야말로 놀라움 그 자체였다. 만났던 사람들도….

나도 처음부터 이 세계에서 태어났다면 어땠을까?

비고 마이어스, 안녕. 졸업 발표회에 못 가서 미안해.

'비고 마이어스?'

손님의 꿈 일기에서 발견할 거라고는 전혀 예상치 못한 이름이었다. 1번 손님은 비고를 알고 있었다. 그것도 꿈 일기에 적어놓을 만큼 아주 분명하게 그를 알고 있었다. 지금으로부터 20년도 더 전인 1999년에.

✦

1번 단골손님의 이름은 윤세화. 교내의 심리 상담사로 일하며 윤 선생님으로 불리고 있다. 그녀는 퇴근길 직접 운전하는 차 안에서 얼마 전에 박태경이라는 학생과 나눈 상담 내용을 곱씹고 있었다.

"꿈에서 만난 사람들은 정말로 존재하는 사람들 같았어요. 제 무의식이 만들어냈다고 하기엔 그 상황과 그들의 말과 행동이 너무도 구체적이었어요. 정말 이상하죠?"

"전혀 이상하지 않아요. 그런 경험을 하는 사람들은 굉장히 많아요."

"그런가요? 그렇다면 정말로 우리가 기억하지 못하는 어떤 세계가 있는 건지도 모르겠네요."

"그래요. 정말 그럴지도 모르죠."

그날의 상담 이후로, 오랫동안 혼자 간직하고 있던 옛 기억이 그녀의 머리에서 떠나질 않았다. 아주 어렸을 때부터 스무 살이었던 1999년까지, 그녀는 루시드 드리머였다. 꿈속이 어찌나 즐거웠던지 학교에 가지 않는 휴일에는 좁은 방 안에서 내내 잠만 자도 좋을 정도였다. 평범한 학창 시절을 보낸 그녀에게 자각몽을 꾸는 능력은 그녀가 가진 유일한 특별한 것이었다.

'이 능력은 하늘이 주신 선물이야. 어쩌면 난 선택받은 사람일지도 몰라.'

1999년 여름. 여자는 대학생이 되어 처음 맞는 긴 방학 내내 꿈꾸는 일에 푹 빠져 있었다. 그 세계에서 그녀는 그냥 외부 손님이었고, 꿈속 도시의 사람들은 외부 손님에게 한결같이 친절하고 관대했다. 그녀는 가고자 하는 곳과 꾸고 싶은 꿈들을 마음대로 정할 수 있었다. 그 세계에 대해 알아가는 과정은 순조롭고 즐거웠다.

그곳에서는《시간의 신과 세 제자 이야기》라는 신화적 이야기가 오래전부터 전해지고 있었다.

미래만 좇다가 소중한 기억을 잊고 마는 첫 번째 제자, 옛 기억을 잊지 못해 결국 깊은 슬픔에 빠지고 마는 둘째, 그런 그들을 위해 잠든 사람들에게 꿈을 선물한 셋째.

여자는 셋째의 후손이 물려받았다는 '달러구트 꿈 백화점'이 무척 마음에 들었다. 그래서 백화점에 갈 때마다 드나드는 손님들을 유심히 관찰하기도 하고, 그곳에서 파는 신기한 꿈들을 하나씩 사서 꿔 보기도 했다.

말괄량이에 호기심 넘치던 스무 살의 그녀는 5층의 할인 코너에 종일 숨어서 보물찾기 하듯 재미있는 꿈을 찾아보기도 하고, 4층 엘리베이터 앞에 쭈그리고 앉아서 꿈을 사러 오는 아기들과 동물들을 한참 동안 넋 놓고 바라보기도 했다. 어떤 날은 꿈값 창고를 보기 위해서 창고 주변을 어슬렁거리다가 직원에게 들키는 바람에 잽싸게 도망가는 일도 있었다.

그날도 1층 프런트 직원의 눈초리를 피해서 창고에 몇 시간째 숨어 있다가 직원에게 들키고 말았다. 그날은 심지어 주인장인 달러구트도 함께였다.

"손님! 또 여기 계시면 어떡해요. 여기는 관계자 외 출입금지라니까요."

서른 살 정도 되어 보이는 탱글탱글한 붉은 곱슬머리의 여자 직원과 그보다는 나이가 조금 많아 보이는 가게의 주인장 달러구트가 그녀의 앞을 가로막고 서 있었다.

"웨더, 그만하면 알아들으셨을 텐데, 우리는 이만 가지. 얼른 눈꺼풀 저울에 관한 이야기를 마무리하도록 해야 해. 프런트 뒤편의 대리석 벽을 어떻게 진열장으로 만들지 혹시 생각해놓은 것이 있나? 아마 큰 공사가 될 거야. 며칠은 가게를 닫아야 할지도 모르겠어. 그런 중요한 일정이라면 미리 정해두어야 손님들께 공지도 하고…."

달러구트가 걱정스럽게 말했다.

"맞아요. 정말 한시가 급해요."

웨더는 부리부리한 눈으로 '얼른 여기서 나가세요.'라고 여자에게 신호를 보내면서 달러구트와 얘기를 이어갔다.

여자는 시무룩하게 두 사람을 따라 창고 밖으로 향했다.

"달러구트 님, 하지만 문제가 있어요. 아직 눈꺼풀 저울이 완성됐다고 보기엔 일러요. 신기술 연구소에서 자신만만해하던 제품 개발 프로젝트가 마지막 단계에서 어그러지는 걸 수도 없이 보셨잖아요. 마지막으로 확실하게 테스트할 사람이 필요해요. 제대로 연동이 되었는지 확인할 만한… 그 과정을 모두 기억하고 우리와 소통도 할 수 있어야겠죠."

여자는 두 사람의 대화에 등장한 '눈꺼풀 저울'이라는 단어를 듣고 호기심이 발동했다. 그리고 로비로 들어와서도 두 사람의 발걸음을 그대로 쫓았다.

"손님, 혹시 저희에게 할 말이 있나요? 왜 계속 살금살금 따라오시는 거예요?"

"눈꺼풀 저울이라는 게 뭔지 궁금해요."

"아유, 정말 못 말리는 손님이셔. 좋아요. 눈꺼풀 저울이 뭐냐면요.

손님이 방문하는 시간을 미리 알아보기 위해서 고안한 특수한 저울이에요. 눈꺼풀 모양의 추를 만들고 '맨정신'이나 '졸림', '렘수면' 등을 가리킬 수 있도록…."

"웨더, 잠깐만요."

웨더가 한창 설명 중일 때, 달러구트가 말을 가로막았다.

"조금 전에 눈꺼풀 저울이 제대로 개발됐는지 마지막으로 테스트할 사람이 필요하다고 했지요? 과정을 모두 기억하고 소통할 수 있는… 말하자면 아주 능력이 좋은 '루시드 드리머'가 필요하겠군요."

"네. 맞아요. 하지만 그런 사람을 만나기가 보통 어려운 일이어야 말이죠."

"여기 있잖아요. 바로 앞에."

달러구트가 여자를 똑바로 바라보면서 씩 웃었다.

"제가 루시드 드리머라는 걸 어떻게 아셨어요?"

"다른 외부 손님들처럼 머뭇거리는 기색도 하나 없고, 저희의 안내 없이도 창고까지 드나들 만큼 이곳에 대해 정확히 기억하시니까요. 그럴 가능성이 높겠다고 추측했지요."

"제 비밀을 허무하게 들켜버렸네요. 혹시 저 같은 사람들이 또 있어요?"

"더러 있지요. 손님처럼 자주 방문하거나 긴 시간 머무르는 사람은 드물지만요."

"여긴 알고 싶은 것들이 가득한걸요. 제가 사는 세계보다 훨씬 흥미롭고 멋져요. 혹시 제가 멋대로 헤집고 다니는 일이 잘못된 건가요?"

"잘못은 아니지요. 잠든 시간은 손님 거예요."

"그 말을 들으니 안심돼요. 이렇게 신나는 세계가 있는데 깨어나면 모조리 잊는다는 건 너무 아까운 일이에요. 제가 루시드 드리머라서 얼마나 다행인지 몰라요! 여기서 태어났다면 얼마나 좋았을까요? 하다못해 이곳에 제 흔적이라도 남길 수 있다면 좋겠어요."

웨더는 훌륭한 테스터를 만나 반가운 기색이었지만, 막상 달러구트는 여자의 말을 듣고 생각이 많아진 표정이었다.

"왜 그러세요?"

"아무것도 아닙니다. 그래요. 이곳에 흔적을 남길 수 있게 저희가 도와드려야겠군요. 저희 가게의 첫 번째 눈꺼풀 저울의 주인으로 손님이 제격이겠어요."

"정말이죠? 약속하신 거예요!"

테스트는 순조롭게 끝났다. 여자는 완성된 눈꺼풀 저울을 언제쯤 볼 수 있을지 기다리느라 백화점 근처를 하염없이 서성거리는 게 일과가 되었다.

여자가 비고 마이어스를 만난 건, 바로 그즈음이었다. 백화점 앞의 수많은 인파 속에서 그는 한 달째 "졸업 작품의 파트너가 되어주실래요?" 하고 지나가는 사람들에게 애걸복걸하고 있었다. 하지만 모두가 그냥 지나가버리기 일쑤였다.

여자는 아이보리색 잠옷 세트를 입은 채 비고에게 다가갔다.

"제가 해드릴까요? 졸업 작품 파트너."

"정말요?"

비고는 대학교의 졸업 작품을 함께 만들 외부 손님을 찾고 있었다. 그들은 졸업 작품을 핑계로 카페에서 자주 얘기를 나눴다. 나이도 비슷하고 말도 잘 통하는 두 사람은 금방 가까워졌다.

비고와 알고 지내는 동안 그녀의 눈꺼풀 저울도 완성되어 진열장에 첫 번째로 전시됐다. '0001'이라는 시리얼 넘버가 새겨진 저울은 아주 완벽하게 작동했다.

'이제 이곳에도 내 흔적이 생겼어.'

직원들은 그녀를 1번 단골손님이라고 부르기 시작했고, 그녀의 눈꺼풀 저울을 시작으로 다른 손님들의 저울도 하나씩 진열장에 놓이기 시작했다. 여자는 날이 갈수록 루시드 드리머로 보내는 시간이 많아졌다.

"비고, 내가 사는 세계에는 의미심장한 꿈을 꾸는 사람들이 많던데, 그건 왜 그런 거야? 벌거벗고 다닌다든가 투명 인간이 되어서 아무도 자기를 못 알아보는 이상한 꿈 말이야. 그런 꿈을 꾸고 나면 사람들은 어떤 의미인지를 해석하고 싶어 해."

"그런 꿈은 만들기 쉽거든! 해석을 꿈꾸는 사람들에게 맡겨버리는 모호한 꿈은 옛날부터 제목만 바뀌어서 꾸준히 출시됐어. 난 그런 꿈들이 조금 치사하다고 생각해."

"그래? 그건 몰랐어. 혹시 말이야, 2020년 정도 되면 두 사람이 동시에 같은 꿈을 꿀 수도 있지 않을까? 비고, 네가 그런 꿈을 만들면 좋겠어."

"그거 정말 멋진 생각이다! 그런데 2020년이 정말 오기는 할까? 곧 2000년이 되는 것도 난 믿기지 않아. 2020년이 되면 우린 어떤 모습일까? 난 아주 유명한 꿈 제작자가 돼 있으면 좋겠어. '올해의 꿈 시상식'에서 상도 받고 말이야."

두 사람은 매일매일 얘기하느라 시간 가는 줄을 몰랐고, 여자는 비고가 자신을 쉽게 알아볼 수 있도록 같은 디자인의 잠옷만 돌려 입으며 지냈다.

그러던 어느 날, 비고가 졸업 발표회에 여자를 초대했다.

"졸업 작품 발표회에 널 초대하고 싶어. 내가 널 위해서 만든 꿈을 꼭 보러 와줘. 그리고 그날은 평상복을 입고 잠들어줘. 발표회에는 사람이 많을 테니까, 평범한 옷을 입고 있다면 들키지 않고 구경할 수 있을 거야."

여자는 무턱대고 참석하기로 약속했지만, 비고의 말을 듣고 마음이 이상하게 울렁거리기 시작했다.

여자는 덜컥 내려앉은 기분을 애써 외면하면서 평소처럼 꿈 백화점을 방문했다. 달러구트가 그녀의 눈꺼풀 저울을 정성껏 닦으면서 혼자 프런트를 지키고 있었다.

"안녕하세요. 달러구트 님."

"손님, 오셨군요. 그런데 무슨 일이라도 있었나요?"

달러구트가 그녀의 안색을 살피며 넌지시 물었다.

"…제가 평상복을 입고 잠든다고 해서 이 세계의 사람이 될 수는 없는 거겠죠?"

달러구트는 올 것이 왔다는 표정으로 말없이 그녀를 안쓰럽게 바라봤다. 그리고 닦던 눈꺼풀 저울을 그녀에게 내밀어 보였다.

"여길 보세요. 손님의 눈꺼풀 저울이 계속 감겨 있죠?"

눈꺼풀 저울은 '렘수면' 상태를 가리키며 꽉 감겨 있었다.

"제가 볼 때마다 이렇게 눈꺼풀이 감겨 있더군요."

"네…. 요즘 계속 루시드 드림을 꾸려고 잠만 자고 있거든요."

"현실 세계의 손님은 이대로 괜찮을까요?"

달러구트가 진중하게 물었다.

여자는 꿈속에서 아무리 자유롭게 돌아다닌다 한들, 실제 자기 자신은 여름 방학 내내 작은 방 안에 죽은 듯이 누워 있을 뿐이라는 걸 언제부턴가 모른 척하고 있었다. 여자는 달러구트의 질문에 머릿속이 하얘진 것 같았다.

"전 이제 어떻게 해야 하죠? 이곳에 더 깊이 발을 들여놓아도 되는 건지, 아니면 지금이라도 원래 있던 곳으로 돌아가야 하는 건지, 제가 있을 곳이 어딘지 모르겠어요. 이러다 갑자기 루시드 드림을 못 꾸게 되면 어떡하죠? 아니, 오히려 그게 나을까요? 어느 쪽도 자신이 없어요. 두려워요."

"진정하세요, 손님. 괜찮아요. 아직 바로잡을 수 있는 시간이 있어요. 잠깐 기다려보세요. 손님께 어울리는 꿈이 있어요. 딱 하나 들여온 건데, 다른 분께 드리지 않고 놔두길 잘했군요."

달러구트는 급히 사무실에 다녀오더니 여자에게 꿈 상자 하나를 내밀었다.

"따끈따끈한 신상품이에요. 품질은 제가 보증하죠."

검푸른 색상에 안이 보일 듯 말 듯 반투명한 상자의 포장지가 마치 깊은 바닷속 같았다.

"이건 어떤 꿈이에요?"

“제목은 ‘태평양을 가로지르는 범고래가 되는 꿈’이에요. 제 생각이 맞다면, 가게에 있는 모든 꿈 중에 손님의 상황과 가장 잘 맞아떨어지는 꿈일 겁니다.”

그렇게 여자는 킥 슬럼버의 꿈을 꾸게 됐고, 자고 일어나자마자 노트에 꿈 일기를 적었다. 그리고 꿈 백화점에 다시 방문했다. 여자가 남긴 후기, 즉 꿈 일기를 읽은 달러구트가 말했다.

“손님에게 있어서 꿈속의 해안은 바로 이곳이에요. 지금 당장은 두렵겠지만, 이 해안에서 멀어질수록 손님의 진짜 세계는 깊어질 거예요. 손님께서도 꿈을 꾸며 충분히 깨닫게 된 것 같아 다행이군요.”

“네. 저한테 정말 필요한 꿈이었어요. 덕분에 제가 어떤 결단을 내려야 할지 알게 됐어요. 이제 이곳의 사람들과 개인적으로 가까워지는 행동은 그만둬야 할 것 같아요…. 여기 자주 오는 대신, 눈을 더 꽉 감고 푹 잘 거예요. 그리고 원래 있던 세계에서 열심히 살아야겠죠.”

“그래요. 안타깝지만 저도 손님의 결정이 옳다고 생각합니다. 한 가지 당부드릴 게 있습니다.”

“뭔가요?”

“루시드 드림을 꾸는 능력이 아마 빠른 시일 내에 갑자기 사라질 겁니다.”

“네? 그게 정말이에요?”

“손님처럼 아주 수준 높은 루시드 드리머는 대개 스무 살 이전에 그 능력을 잃거든요. 지금까지 오래 버틴 셈이지요. 그러니까 마음의 준비를 하시는 게 좋겠습니다.”

"그렇군요…. 어쩌면 제대로 된 작별 인사를 할 수 없을지도 모르겠네요. 제가 사라지더라도 제 눈꺼풀 저울을 잘 부탁드려요."

"루시드 드림을 꾸지 못하게 될 뿐, 저희 꿈 백화점에는 언제든지 방문하실 수 있어요."

달러구트가 여자를 위로했나.

"그래도요. 이제 기억할 수 없을 텐데…. 그렇다면 제 입장에서는 영원히 작별인 셈이죠."

"우리는 언제나 여기 있을 겁니다. 너무 상심하지 마세요."

얼마 지나지 않아 여자는 달러구트의 말대로 루시드 드림을 꾸지 않게 됐다. 이후로도 한동안은 꿈속에서 일어났던 일들도 전부 현실이라는 걸 믿어 의심치 않았지만, 시간이 지날수록 자신의 기억을 의심하게 됐다. 그리고 어느 시점부터는 모든 기억이 자신이 만들어낸 환상처럼 느껴졌다. 꿈에 대한 주위 사람들의 일반적인 반응도, 여자가 그렇게 생각하는 데 한몫했다.

"어젯밤에 꿈에 모르는 사람이 나왔어. 남자였는지 여자였는지도 기억이 안 나. 근데 나를 엄청 애틋하게 보더라고. 그래서 내가 '왜 그러냐.'고 하니까 '말해봤자 곧 잊어버릴 거잖아.' 이러더라니까. 진짜 이상하지! 사실… 뭐라고 말을 더한 것 같은데 그건 기억이 안 나. 진짜 애틋했어. 이건 무슨 꿈일까?"

"무슨 꿈이긴, 개꿈이지."

누군가 꿈에서 겪은 묘한 일에 관해 얘기하면, 사람들은 개꿈이라며 대수롭지 않게 여기곤 했다.

"너희는 그런 경험이 없어?"

"날아다니거나 하는 거 말이야? 꿈꾸는 도중에 꿈꾸고 있다는 걸 아는 정도는 경험해본 적 있어. 이런 것도 자각몽인가? 세화야, 너도 이런 자각몽을 꾼 적 있어?"

"아니. 나는 꿈 안 꾼 지 오래됐어."

여자는 우연히 이런 질문을 받을 때마다, 그녀가 겪었던 일들을 모두 털어놓고 싶었지만 아무도 믿지 않을 게 뻔했으므로 그냥 꿈을 꾸지 않는 척 둘러댔다.

하지만, 상담실에서 한 학생과 대화를 나눈 이후에 다시금 그녀가 겪은 일이 진짜인지 아닌지 확인하고 싶은 마음이 생기고 말았다. 그녀는 꿈속 세계에서 만난 사람들이 너무나 그리웠다.

그녀는 정지신호에 멈춰 있는 차 안에서 횡단보도를 지나는 수많은 사람들을 바라보며 생각했다.

'저 사람들도 나와 같은 경험이 있진 않을까? 이게 정말 나에게만 일어난 일일까?'

✦

페니는 후기를 읽고 난 뒤 망설이지 않고 달러구트의 사무실 문을 두드렸다. 얼마나 마음이 급했는지 노크를 하자마자 돌아오는 대답을 기다리지도 않고 문을 벌컥 열었다.

비고와 달러구트가 동시에 페니를 쳐다봤다. 두 사람 사이에는 민원이 적힌 종이가 놓여 있었다.

"달러구트 님, 그 민원 말이에요. 1번 손님 것 맞죠?"

"맞아. 갑자기 왜 그러니?"

비고가 대신 대답했다.

"1번 손님과 비고 님 말이에요. 두 분은 어떻게 아시는 거예요?"

페니가 궁금증을 이기지 못하고 대뜸 물었다. 페니는 비고와 달러구트가 난처해하며 시선을 맞교환하는 모습을 놓치지 않았다.

"주제넘는 참견일 수도 있지만… 혹시 비고 님이 대학에서 제적당하신 것과 관련이 있나요?"

"이로써 전부 설명하지 않으면 안 되겠군."

비고가 페니의 질문에 자포자기한 듯 대답했다.

두 사람의 반응으로 보아, 그들은 페니가 말을 꺼내기 전까지 '어디까지' 얘기해야 할지 가늠해보고 있었던 게 틀림없었다. 하지만 페니의 질문으로 처음부터 끝까지 말할 수밖에 없게 된 것이다.

"그 얘긴 다음 기회에 천천히들 나누도록 하지."

달러구트가 막아섰다.

"괜찮습니다. 이제 그때처럼 멋모르던 청년도 아니고. 이 정도면 꽤 오래 비밀을 지킨 셈이죠."

비고는 자신이 제적당한 사연을 차근차근 이야기하기 시작했다. 그 시절의 이야기를 하는 비고는 완전히 다른 사람 같았다.

"…그렇게 난 제적당하고 말았어. 외부 손님의 꿈에 직접 등장하면 안 된다는 엄격한 규칙이 있는 줄도 모르고 졸업 작품을 제출해 버렸거든. 이 사연을 모두 듣고도 달러구트 님은 날 채용하셨지. 나중에야 알게 된 사실이지만, 달러구트 님은 내 얘길 듣고는 바로 1번 손님과의 일이라는 걸 알아채셨다고 하더군. 그렇죠?"

"그럴 수밖에. 1번 손님은 너무 눈에 띄었어. 스스로 눈에 띄는 행동을 즐겼지. 그만큼 자네에게는 매력적이기도 했겠지. 자네와 마침 나이가 비슷하기도 했고."

"그래서 두 분은 언제 다시 만났나요?"

페니는 이 이야기에 푹 빠져들고 있었다.

"내가 2층에서 일하게 된 지 얼마 안 됐을 때였어. 그렇게나 빨리 다시 만나다니, 그땐 운이 좋다고 생각했지. 하지만 그녀가 나를 낯설어했어. 다른 손님들처럼 말이야. 나를 알아보지 못하게 된 거지."

"…괜찮으셨어요?"

"당연히 그땐 안 괜찮았지. 지금은 괜찮아. 지난 20년 동안 루시드 드림은 영원하지 않다는 것도 자연스럽게 깨우치게 됐고, 비슷한 손님들도 더러 봤거든. 이런 일을 겪은 게 나뿐만은 아니더라고. 그동안 다른 인연이 없었던 것도 아니고…. 뭐 상관없는 얘기지만 말이야. 지금은 이렇게라도 자주 볼 수 있으니 다행스러울 뿐이야. 손님과 가게 점원으로서의 관계도 나쁘지 않아. 적어도 매번 잘 자고 있다는 건 확인할 수 있잖아? 모르고 사는 것보다야 훨씬 낫지."

페니는 그의 사연에 안타까운 마음이 들었지만, 비고는 오랜 친구와의 정겨운 추억을 이야기하는 것처럼 흐뭇해 보였다.

"자네가 이렇게 아무렇지 않게 말할 때마다 괜히 내가 훼방을 놓은 것 같아 미안해지는군."

"달러구트 님이 그렇게라도 갈라놓지 않았으면 더 수습하기 어려웠을 거예요. 그리고 더 나은 방법도 없잖아요? 꿈에 빠져서 일평생 잠만 자다가 허송세월하고 더 잘못되는 경우도 있죠. 달러구트 님은 그녀와 저 두 사람 모두를 살리신 겁니다."

"1번 손님은 요즘 꿈값으로 '그리움'만 내고 계시던데, 정확히 어떤 내용으로 민원을 내신 거죠?"

"이걸 보렴."

달러구트가 책상 위에 놓여 있던 종이를 페니에게 건넸다.

민원등급: 3단계 – 꿈꾸는 자체가 고통스러운 수준

수신: 달러구트 꿈 백화점

민원인: 1번 단골손님

"제 기억이 잘못된 건지 혼란스러워요. 지난 시절 꿈속에서의 일들이 제가 만들어낸 상상일까 봐 두렵고 슬픕니다. 아무것도 확인할 수 없어 괴로워요. 꿈꿀 때마다 혼란스러워요."

* 본 보고서는 잠결에 횡설수설하는 민원인의 증언을 바탕으로 작성된 것으로, 담당자의 사견이 일정 부분 담겨 있습니다.

"이제야 이해가 되네요. 그래서 어떤 꿈을 꾸든 '그리움'을 꿈값으로 내고 계셨던 거군요! 1번 손님은 루시드 드림을 꾸던 시절을 계속 그리워하고 있어요."

"그런 것 같아. 어떤 계기로 갑자기 그 시절이 생각나게 됐는지는 모르겠지만…."

비고는 조용히 생각에 잠겼다.

"방법이 없을까요? 너무 안타까워요. 우리가 설명할 수만 있다면… 모든 게 1번 손님의 상상이라고 생각하도록 내버려두는 건 너무하잖아요. 얼마나 답답하겠어요?"

"안타깝구나. 그렇다고 해서 우리가 직접 등장하는 꿈을 만들어 줄 수는 없어. 또다시 규칙을 어길 순 없잖니."

달러구트의 말에 비고는 고개를 떨궜다.

"우리가 이렇게 존재한다는 걸 증명해야 하는데, 우리 모습은 나오면 안 된다는 거네요. 말이 안 돼요…."

세 사람은 뾰족한 해결책을 찾지 못하고 사무실을 나와 각자의 자리로 돌아갔다. 페니는 하루 종일 마음이 무거웠다.

퇴근하고 집으로 걸어가는 동안에도 페니의 머릿속엔 온통 1번 손님에 관한 생각밖에 없었다. 일부러 더 먼 길로 천천히 걷던 페니는, 식료품점 '아드리아의 부엌' 앞의 광고용 입간판 앞에 멈춰 섰다.

- 마담 세이지의 '엄마의 손맛' 케첩, '아빠의 손맛' 마요네즈 -

2021 리뉴얼로 한층 깊어진 맛과 감정(그리움 0.1% 함유)

요리에 서툴러도 괜찮아요. 감정에 호소하면 되니까요!

언제 어디서나 그리운 부모님의 손맛을 재현해보세요.

페니는 '그리움'이 들어간 케첩 광고만 봐도 1번 손님이 떠올랐다. 그녀는 홀린 듯이 식료품점으로 들어가서 마담 세이지의 '엄마의 손맛' 케첩을 들고 곰곰이 생각에 잠겼다.

'어떻게 하면 손님의 기억이 잘못된 게 아니라는 걸 합법적으로 알려드릴 수 있을까?'

페니는 지나가는 누구라도 붙잡고 비고와 1번 손님에 관한 이야기를 의논하고 싶었다.

그런 페니의 마음을 알기라도 한 건지, 잊을 만하면 마주치는 아쌈의 뒷모습이 대용량 소스 코너에서 눈에 띄었다. 덩치가 큰 친구는 어디서나 알아보기 쉬워서 좋다.

페니는 조용히 다가가서 옆에 섰다.

"아쌈, 뭘 그렇게 뚫어져라 보고 있어?"

아쌈은 놀라지도 않고 대용량 소스 통 앞에서 심각하게 말했다.

"페니, 이것 좀 봐. 마담 세이지에서 또 새로운 소스가 나왔어. 가슴이 뻥 뚫리는 겨자 소스래."

아쌈이 가리키는 곳에는 '가슴이 뻥! 코도 뻥! 답답한 마음이 뻥 뚫리는 겨자 소스'라고 적힌 팻말이 있고 샛노란 소스 통들이 일렬로 세워져 있었다. 아쌈은 고민하다가 겨자 소스를 내려놓고 페니가 들고 있던 '엄마의 손맛' 케첩을 앞발로 톡톡 쳤다.

"하지만 역시 난 케첩이 좋아. 대충 만든 달걀 요리도 엄마가 한 것 같은 맛이 나거든."

"그리움이 들어간 케첩이라…. 이걸로 완전히 잊어버렸던 그리운 사람을 다시 떠올리기는 힘들겠지?"

페니는 아쌈에게 자초지종을 모두 설명하고 싶었지만, 비고가 오랜 시간 비밀로 지켜온 이야기를 아무렇게나 떠벌릴 수는 없었다.

"그건 무리지. 30씰짜리 케첩에 너무 많은 걸 바라진 말라고. 그런데 그 소식 들었어?"

"어떤 소식?"

"야스누즈 오트라가 은퇴할지도 모른대."

"어디서 들은 거야?"

"이래저래 듣는 구석이 있지. 오트라가 진지하게 생각 중이래. 요즘 꿈이 너무 팔리지 않으니까 여러모로 고민이 많아졌나 봐."

"말도 안 돼. 그럴 순 없어. 아직 '타인의 삶'도 정식으로 나오지 못했는걸. 정식으로도 나오고 시리즈로 계속 나와야 한단 말이야. 난 결사반대야. 오트라 님의 재능이 너무 아까워."

"내 생각도 마찬가지야. 오트라가 아니면 만들 수 없는 꿈이 얼마나 많다고."

아쌈이 대용량으로 나온 '엄마의 손맛' 케첩과 '아빠의 손맛' 마요네즈를 한 통씩 카트에 담으면서 말했다.

페니는 멍하니 '오트라 님이 아니면 만들 수 없는 꿈….'이라고 중얼거렸다. 그 순간 톡 쏘는 겨자 소스 한 통을 먹어 치운 것처럼 머릿속이 뻥 뚫리는 기막힌 생각이 떠올랐다.

"그래. 이거야말로 야스누즈 오트라 님이 아니면 만들 수 없는 꿈이야. 고마워, 아쌈!"

페니는 당장 누군가를 만나야 할 것처럼 손목시계를 보더니, 빠르게 식료품점 문을 나섰다.

✦

"그래. 혼자서 야스누즈 오트라의 저택에 찾아갔었다고?"

달러구트가 물었다.

달러구트와 페니는 함께 여름 한정판으로 나온 '으스스한 꿈'을 1층에 진열하고 있었다. 보기만 해도 오싹한 포장지 때문인지 꼬마 손님이 실눈을 뜬 채로 엄마 손을 잡고 그들 주위를 후다닥 지나갔다.

"벌써 들으셨군요! 그렇지 않아도 말씀드리려고 했어요. 1번 손님에게 드릴 만한 꿈이 생각났는데, 오트라 님이 도와주실 수 있을지 먼저 여쭤보고 싶었거든요. 마음이 급했어요."

"네가 어떤 꿈을 부탁했는지 들었단다. 정말 멋진 생각이야."

"제 생각대로 해도 괜찮을까요?"

"물론이지! 1번 손님이 아주 좋아하실 거야. 오트라도 재미있는 꿈을 만들 생각에 오랜만에 기운이 넘치더구나. 다 네 덕분이야. 그럼 우린 꿈이 완성되길 기다려보자꾸나."

일주일 뒤, 야스누즈 오트라가 직접 달러구트의 사무실로 찾아왔다. 그녀는 무리했는지 눈 밑이 퀭했지만 헤어스타일과 옷차림은 평소처럼 세련미가 넘쳤다. 오트라는 핸드백에서 예쁜 꿈 상자 하나를 꺼냈다.

"단언컨대, 이 꿈은 제 인생의 역작이에요. 다른 사람의 시점으로 꿈을 만드는 제 특기가 이렇게 쓰일 줄은 몰랐어요! 페니 씨가 요청한 대로, 이 꿈에 여러분의 모습은 한 장면도 나오지 않아요. 대신 1번 손님을 바라보고 있는 여러분의 시선만 골고루 나눠 담았죠. 그러니까 문제없겠죠, 달러구트 님?"

오트라는 달러구트의 양손을 맞잡고 눈을 반짝거리며 들뜬 목소리로 말했다.

"전혀 문제없어요. 다른 사람의 입장이 되어볼 수 있고, 긴 시간을 짧은 꿈으로 압축할 수도 있는, 누가 뭐래도 오트라 당신만이 만들 수 있는 특별한 꿈이에요."

"페니 씨의 아이디어가 아주 탁월했죠."

오트라의 칭찬에 페니가 쑥스러워 얼굴을 붉혔다.

소식을 듣고 비고와 웨더 아주머니가 달러구트의 사무실로 모였다. 웨더 아주머니는 1번 손님의 눈꺼풀 저울까지 들고 와서 자리에 앉았다. 웨더는 한시라도 빨리 꿈을 전하고픈 마음에 눈꺼풀 저울을 한 번 쓰다듬을까 말까 진지하게 고민했다.

"이것 보세요. 1번 손님이 잠들려고 해요!"

때마침 눈꺼풀 저울의 추가 스르륵 움직였다.

"제가 당장 모시고 올게요!"

페니는 잽싸게 로비로 나가서 방금 도착한 1번 손님을 데리고 사무실로 다시 들어왔다.

모여 있던 사람들이 비고에게 직접 꿈 상자를 건네주라고 말하고는 한 걸음 물러났다. 비고는 긴장한 채로 꿈 상자를 들고 1번 손님의 앞에 섰다. 1번 손님은 영문을 모른 채 두리번거렸다.

"왜 저를 여기로…?"

비고가 긴장해서 딱딱하게 굳은 얼굴로 다짜고짜 꿈 상자를 그녀에게 내밀자, 오트라가 비고의 어깨를 툭 치며 말했다.

"무뚝뚝하긴. 뭐라고 한마디라도 하면서 줘야죠."

비고는 도통 안 쓰던 표정을 불러내려고 애쓰는 로봇처럼 5초간 얼굴을 요리조리 일그러뜨리다가, 겨우 온화한 표정을 찾고 말했다.

"이게 네가 찾던 꿈이길 바라."

그날 밤, 1번 손님은 오트라가 만든 꿈속에 들어와 있었다. 그건 타인의 입장이 되어볼 수 있는, 야스누즈 오트라만 만들 수 있는 아주 특별한 꿈이었다.

그녀는 꿈속에서 붉은 머리칼을 가진 꿈 백화점의 직원 웨더였다. 웨더가 된 그녀는 백화점의 프런트 자리에 가만히 앉아서, 지난 몇 달 동안 개발한 눈꺼풀 저울에 대해 골똘히 생각하고 있었다. 꿈속에서 다른 사람이 됐을 뿐만 아니라, 무려 20년 전으로 돌아가 있었던 것이다. 하지만 꿈속의 그녀가 보고 있는 모든 것들이 지금 당장 눈앞에 있는 것처럼 선명했고, 다른 사람의 시선이라는 생각이 들지 않을 만큼 자연스러웠다.

그런 그녀의 시야에 프런트 너머로 허리를 잔뜩 굽히고 살금살금 걸어가는 어떤 여자 손님의 모습이 들어왔다. 손님은 몰래 어딘가로 향하고 있는 듯했다. 그 손님이 지금처럼 웨더의 눈을 피해서 백화점 곳곳을 들쑤시고 다니는 건 처음이 아니었다.

웨더가 된 그녀는 자리에서 슬그머니 일어나 그 손님의 뒤를 따라

갔다. 손님은 달러구트의 사무실을 지나 창고 쪽으로 가고 있었다.

'저 말썽꾸러기 손님이 또 꿈값 창고를 훔쳐보려고 하는구나. 정말 못 말려.'

꿈속의 그녀는 아이보리색 잠옷을 입은 손님의 뒷모습을 뚫어져라 응시하면서 허둥지둥 손님을 쫓아갔다. 바로 이 순간까지도, 여자는 그 손님이 바로 20년 전의 자기 자신이라는 걸 알아채지 못했다.

시점이 순식간에 바뀌어서, 이제 그녀는 꿈속에서 백화점의 주인인 달러구트였다.

아직 흰 머리가 전혀 나지 않은 젊은 모습의 달러구트는, 드디어 완성된 첫 번째 눈꺼풀 저울을 프런트의 진열장 위에 올려놓고 만족스러운 듯 미소를 지으며 구경하고 있었다. 그러다 요즘 들어 저울의 눈꺼풀이 감겨 있는 시간이 자꾸만 길어지고 있다는 사실과 지금도 백화점 안팎을 드나들면서 자유분방하게 놀고 있는 저울의 주인을 떠올리며 고민에 빠졌다.

사무실로 돌아온 그는 책상 위에 쌓아놓은 루시드 드리머에 관한 연구 서적들을 다시 한번 살폈다. 꿈속에서 완벽하게 달러구트의 시선으로 주변을 바라보게 된 여자는, 달러구트가 두껍게 밑줄을 그어놓은 책의 한 페이지를 똑똑히 볼 수 있었다.

'루시드 드림을 평생 꿀 수 있는 사람은 없다. 아주 뛰어난 루시드 드리머는 주로 아동이나 청소년기에서 관찰되며, 그들 중 대부분이 어른이 되어가는 과정에서 자신도 모르는 사이에 루시드 드림을 제어할 수 있는 능력을 잃는다.'

그리고 뒤이어 달러구트의 생각이, 잠든 여자의 머릿속으로 선명하게 들어왔다.

'예고도 없이 루시드 드림을 꾸지 못하게 되면 저 손님은 깊은 슬픔에 빠지게 될 텐데. 여길 떠나더라도 손님은 원래 속해 있던 더 넓은 세계를 누비게 될 거라는 걸, 그리고 이 세계도 언제나 같은 자리에 있을 거라는 걸 어떻게 알릴 수 있을까…. 역시 내가 할 수 있는 건 저 손님께 맞는 꿈을 찾아드리는 것밖엔 없겠지.'

마지막으로, 그녀는 비고 마이어스의 시점이 되었다.

비고의 눈으로 바라보는 그녀의 모습은 아주 사랑스러웠다.

"혹시 말이야, 2020년 정도 되면 두 사람이 동시에 같은 꿈을 꿀 수도 있지 않을까? 비고, 네가 그런 꿈을 만들면 좋겠어."

"그거 정말 멋진 생각이다! 그런데 2020년이 정말 오기는 할까? 곧 2000년이 되는 것도 난 믿기지 않아. 우린 2020년이 되면 어떤 모습일까? 난 아주 유명한 꿈 제작자가 돼 있으면 좋겠어. '올해의 꿈 시상식'에서 상도 받고 말이야."

두 사람이 함께 대화를 나누던 카페에서 장면이 바뀌고, 꿈속의 비고 마이어스는 달러구트의 사무실 앞에 서 있었다. 그녀가 갑자기 사라지고 대학에서 제적당한 뒤, 달러구트 꿈 백화점에 면접을 치르러 오게 된 지금까지 그의 모든 생각이 여자의 머릿속을 스쳐 지나갔다.

'잠옷 대신 평범한 옷을 입고 와달라고 했던 내 부탁은 너무 일방적이었어.'

그리고 시간이 빠르게 흘러 기적적으로 백화점의 2층에서 일하게 된 지 딱 일주일째 되는 날, 그의 시선이 손님으로 온 여자를 똑바로 바라보고 있었다. 여자는 비고를 전혀 알아보지 못하는 표정이었다. 다른 평범한 손님들과 똑같은 눈빛으로 그를 바라보고 있었다. 그는 하고 싶은 수천 가지 말을 뒤로하고, 여자에게 다가가 말을 건넸다.

"손님, 찾으시는 꿈이 있으십니까?"

✦

여자는 잠에서 깨어나자마자 휴대폰의 메모장을 켰다. 이건 절대 잊어버려서는 안 되는 꿈이라는 걸 본능적으로 알 수 있었다.

지난밤, 나는 꿈속에서 그리운 이들의 눈으로 지난날의 나를 보고 있었다. 나를 기억하는 누군가의 시선. 이보다 명확한 증거가 어디 있을까? 그 세계는 분명히 존재한다. 나는 언제든지 해안가로 돌아갈 수 있는 범고래였다. 원래 내가 있어야 할 세상에서 이렇게나 열심히 헤엄치고 있다는 걸 그리운 해안가의 사람들도 알고 있는 게 분명하다. 지난 20년 동안 나의 세상은 깊고 넓어졌고, 나는 밤마다 돌아갈 수 있는 너른 해변을 가지고 있었다.

'그들이 20년 전 그때처럼 지금의 나에게 꼭 필요한 꿈을 줬어.'

여자는 휴대폰 화면을 다 채울 만큼 꿈 일기를 썼을 때 확신했다. 여자는 자신이 적은 꿈 일기를 찬찬히 읽은 뒤 벅찬 마음으로 화면의 저장 버튼을 눌렀다. 그리고 그와 동시에 달러구트 꿈 백화점 1층 프런트에서는 시스템 알림음이 울렸다. 막대한 양의 꿈값이 도착하고 있었다.

띵동.

1번 손님께서 요금을 지불했습니다.

'타인의 삶: 정식판'의 대가로 '애틋함'이 대량 도착했습니다.

'타인의 삶: 정식판'의 대가로 '고마움'이 대량 도착했습니다.

'타인의 삶: 정식판'의 대가로 '행복함'이 대량 도착했습니다.

'타인의 삶: 정식판'의 대가로 '설렘'이 대량 도착했습니다.

.
.
.
.
.
.

14장

테스트 센터의 촉각 코너

여름 날씨가 무르익어 한 해 중에 가장 햇빛이 쨍쨍하고 무더운 날이었다. 달러구트 꿈 백화점의 직원들은 자유롭게 점심시간을 보냈다.

페니는 '맛있는 음식을 먹는 꿈'을 만드는 셰프 그랑봉의 레스토랑에서 점심을 먹기로 했다. 이번 주에만 특별히 할인된 가격에 피자 세트 메뉴를 먹을 수 있는 데다, 선불로 계산을 하면 식후에 진한 자두 맛 아이스티를 무제한으로 먹을 수 있는 쿠폰까지 주는 행사를 하고 있었기 때문이다.

에어컨이 시원하게 나오는 안쪽 자리는 먼저 온 사람들이 몽땅 차지해버린 바람에, 페니는 미지근한 바람만 살짝 불어오는 테라스 자리에 앉아 있었다. 오늘의 점심 식사 메이트는 모그베리와 모태일이었다. 밀린 주문 덕분에 세 사람은 한참 동안 피자가 대체 언제 나올지 목이 빠져라 기다리고 있었다.

"모그베리 님. 셀린 글럭의 '지구 멸망 시리즈'가 할인 코너에 엄청나게 쌓이고 있어요. 팔아도 팔아도 자꾸 늘어나요. 3층에서 너무 신경을 안 쓰는 거 아니에요? 하루 종일 멸망하는 꿈만 팔다 보니까 머리가 어떻게 돼버릴 거 같다고요."

"모태일, 알겠으니까 점심시간에는 닦달하지 말아줘. 나도 머리가 지끈거린다고. 그렇지 않아도 3층의 제작자들 몇 명과 긴급회의를 하기로 했어."

"회의하러 테스트 센터로 가시는 건가요? 민원관리국 위에 있는 그 컨테이너 말이에요. 저도 거기 꼭 들어가보고 싶은데…. 어떻게 안 될까요?"

모태일이 모그베리 쪽으로 몸을 바짝 붙이면서 능글맞게 물었다.

"더우니까 조금 떨어져서 얘기해줄래?"

그들이 일 얘기를 하는 동안, 페니는 아침에 다 읽지 못한 일간지 〈꿈보다 해몽〉을 펼쳤다. 햇빛이 너무 강해서 일간지를 얼굴 위로 들어 올려 그늘을 만들어서 읽기 시작했다.

크리스마스나 생일처럼 특별한 날 선물할 꿈을 고를 때는, 아래의 한 가지만 만족해도 센스 있는 사람이라는 칭찬을 들을 수 있다.

1. 다시 봐도 좋은 영화처럼, 시간이 지난 후 다시 꿨을 때도 의미가 있을 법한 내용
2. 꿈꾸는 사람 개개인을 위한 맞춤 형태
3. 현실에서는 실현 불가능하고 꿈이어야만 경험할 수 있는 내용

※ 이제 막 시작하는 연인이라면 무리해서 '사랑'에 관한 꿈은 선물하지 않

는 게 좋다. 상대가 지나간 사랑을 다시 떠올리게 되는 낭패를 겪을 수 있으니 주의해야 한다.

페니는 나중에라도 꼭 적어둬야겠다고 생각하며 한쪽 귀퉁이를 접어두고 일간지를 테이블 위에 내려놓았다. 피자와 얼음 컵, 주스를 담은 쟁반을 들고 점원이 땀을 닦으며 서 있었다.

"페퍼로니 피자 어느 분이세요?"

"저예요."

페니가 점원이 자신의 피자를 놓을 수 있도록 일간지를 옆으로 치워주면서 대답했다. 페니는 점원이 주스를 내려놓자마자 얼음 컵에 가득 따라 벌컥벌컥 마셨다.

"나도 잠깐 봐도 될까?"

모태일이 페니가 옆으로 치워놓은 일간지를 집어 들었다.

"물론이지."

"재밌는 소식이라도 있어?"

모그베리가 자신의 몫으로 나온 시금치 피자를 덥석 베어 물면서 말했다. 지저분하게 흘러내린 머리카락 몇 가닥이 피자와 함께 모그베리의 입으로 들어가려고 하고 있었다.

"글쎄요. 그다지 흥미로운 건… 일간지가 다 그렇죠, 뭐. 매일매일 재밌는 기사를 쓰는 건 무리니까요…. 앗, 다들 이걸 봐요. 비고 님이 상을 받았어요!"

모태일이 일간지의 마지막 페이지를 활짝 펼쳐서 테이블 위로 내밀었다.

달러구트 꿈 백화점 2층 '추억 코너'의 꿈들,

에디터 열 명의 만장일치로 '성분이 가장 좋은 꿈'에 선정돼.

2층 추억 코너의 매니저인 비고 마이어스 씨는 너무나 당연한 결과라며 자신만만한 표정을 지었다. 그는 추억이 나오는 꿈에는 불필요한 첨가물도, 자극적인 효과도 들어가지 않는다며 개운하게 잠자리에서 일어나고 싶다면 '추억 코너'의 꿈을 꿔야 한다고 강하게 주장했다…. (하략)

놀랍게도 비고가 의기양양하게 팔짱을 낀 사진까지 실려 있었다. 사진 속의 비고는 이제야 상을 받은 게 이해가 안 된다는 표정을 짓고 있었다.

"대체 언제 이런 인터뷰를 한 거죠? 성분이니, 첨가물이니… 화장품도 아니고 이런 건 다 뭐고요?" 페니가 기사와 모그베리를 번갈아 보면서 눈을 동그랗게 뜨고 말했다.

"꿈을 만드는 데 수많은 재료가 들어간다는 건 너희도 알지? 몰입도를 높이거나 화질을 선명하게 높이기 위해서 꼭 필요한 재료들이 대부분이지만, 어떤 재료든 지나치게 많이 쓰면 부작용이 따르기도 해. 꿈에서 깨기 힘들어진다거나 오히려 꿈이 뒤죽박죽 엉망진창이 되기도 하지. 그래서 새로운 꿈이 출시되기 전에는 각 성분에 대한 함유량도 전부 검사를 받아야 해. 하지만 우리 백화점 2층 추억 코너의 꿈이라면 얘기가 다르지. 사람들의 추억은 아주 소량의 재료만으로도 어제 일처럼 선명한 꿈으로 만들어낼 수 있고, 꿈을 꾸는 본인의 기억이기 때문에 현실과 충돌을 일으키거나 해롭지도 않다는 거야. 정보공시법에 따르면…."

"정보공시법은 또 뭐죠?"

페니가 모그베리의 말을 가로막았다.

"정보공시법은 1995년에 제정된 법안이야. 상품의 겉 포장에 소비자가 볼 수 있도록 중요한 정보를 명시해야 한다는 내용이지. 상품 제목, 제조 일자, 유통 기한뿐만 아니라 추가로 소비자에게 알릴 의무가 있는 101가지 자극성 재료에 대한 함량, 제작자 이름을 표기하게 되어 있어. 내 생각에 이 법안을 만든 사람은 꿈 포장지가 2미터는 되는 줄 아는 것 같아. 심지어 기재할 공간이 부족하면 생략하고 별도의 요청이 있을 때 안내해도 된다는 이상한 예외조항까지 있지. 덕분에 사람들은 자극성 재료에 대한 표기를 생략하기 위해서 쓸데없이 상품 제목을 길게 만들기 시작했고, 지금까지도 그런 관행이 이어지고 있는 거야." 모그베리가 숨도 쉬지 않고 달변가처럼 설명했다.

"그걸 다 외우고 다니세요?"

"내가 괜히 최연소 매니저가 됐겠니?"

"흠, 이렇게 들어서는 잘 모르겠어요. 꿈을 만드는 재료들을 실제로 본다면 이해하는 데 도움이 될지도 모르겠어요."

모태일은 애써 아둔한 표정을 지으면서 모그베리의 눈치를 살폈다. 페니는 모태일이 일부러 모르는 척하는 게 분명하다고 생각했다.

"그런가? 좋아. 백문이 불여일견이지. 나랑 같이 테스트 센터로 가자. 테스트 센터에 꿈을 만드는 재료들도 제법 마련돼 있어. 대신 회의할 때는 산만하게 굴지 말고 진지하게 앉아 있어야 해. 애초에 구경이 아니라 일하러 가는 거니까."

"당연하죠! 그 말을 해주시길 기다렸어요."

모태일이 포크와 나이프를 양손에 들고 씩 웃었다.

"회의가 순조롭게 끝나면 재료를 구경할 시간도 있을 거야. 그렇지 않아도 스피도가 4층에서 쓸 재료들을 사다달라고 부탁했었는데, 꽤 목록이 길더라고. 잘됐다, 너희가 날 도와주면 되겠어."

"거기엔 꿈을 만들 때 필요한 오감 재료가 다 있다고 들었어요. 그러니까 시각, 청각, 후각, 촉각 그리고… 미각 재료도요. 제가 이날을 얼마나 기다렸는지 아세요?"

신난 모태일이 흥분해서 입안 가득 음식이 든 채로 떠들었다. 필라프의 밥알 하나가 테이블 반대편으로 날아갔다.

"그런데 시간은 되겠어? 다음 주 수요일이야. 시간은 우리 마음대로 바꿀 수가 없어. 꿈 제작사 대표들과의 약속이 이미 잡혀 있거든. 워낙 바쁜 사람들이잖아."

"저는 월말이라 괜찮아요. 이번 달 판매 목표는 벌써 달성했거든요. 앞으로 일주일 내내 휴가를 내도 5층의 다른 사람들이랑 비슷한 수준일걸요. 페니, 넌 어때?"

"저도 가고 싶어요. 다음 주 수요일이라면… 오전에 일을 일찍 끝내면 웨더 아주머니도 허락하실 거예요!"

"너무 무리하지는 마, 페니."

"그런데 어떤 회의예요? 민원에 관한 일인가요? 3층에도 민원이 꽤 들어왔던 것 같은데요." 페니가 물었다.

"맞아. 너희도 민원관리국에 다녀왔으니까 이제 이야기가 통하겠네."

모그베리가 주머니에서 꼬깃꼬깃하게 접어놓은 종이를 꺼내서 보여줬다.

“사실 이것 때문에 요즘 고민이 이만저만이 아니야.”

민원등급: 2단계 – 일상생활에 피해가 가는 수준

수신: 달러구트 꿈 백화점 3층

참조: 셀린 글럭, 척 데일, 키스 그루어

*셀린 글럭의 ‘외계인의 지구 침공’
상황에 대한 극도의 긴장으로 식은땀 발생 및 기상 후 15분간 두통에 시달림

*척 데일의 ‘오감이 번쩍 야릇한 꿈’
과도한 몰입으로 침대에서 추락. 경미한 타박상 발생

*키스 그루어의 ‘두근두근 버스 여행’
꿈속에서 버스 옆자리에 함께 탄 사람이 잠들자, 깨지 않도록 무리해서 어깨를 내어줌. 그 후유증으로 기상 후에도 어깨와 목이 뻐근함

* 본 보고서는 잠결에 횡설수설하는 민원인의 증언을 바탕으로 작성된 것으로, 담당자의 사견이 일정 부분 담겨 있습니다.

“전부 다 내가 팔았던 꿈이야.” 모그베리가 머리를 긁적거렸다.

“셀린 글럭의 ‘지구 멸망 시리즈’만 골칫덩이인 줄 알았더니 다른

꿈들도 말썽이군요." 모태일이 말했다.

"회의에 가서는 그렇게 말하지 말아줘. 다들 실력도 자존심도 대단한 제작자들이니까. 그건 그렇고 키스 그루어가 만든 '두근두근 버스 여행'은 정말 걱정이야. 판매를 중단해야 할지도 몰라. 출시하자마자 민원이라니, 있을 수 없는 일이야."

✦

한 여자가 곤히 잠들어 있었다.

여자는 꿈속에서 버스의 2인용 좌석에 앉아 있었다. 그녀가 꿈속에서 탄 버스는 낯선 오솔길을 달리고 있었는데, 도로 상태가 엉망인지 자꾸만 덜컹거려 엉덩이가 아팠다.

그보다 더 신경 쓰이는 건, 여자의 오른쪽 옆자리에 있는 남자였다. 남자는 여자의 어깨에 기대어 잠들어 있었다. 앞뒤 사정은 알 수 없지만, 꿈속의 여자는 그 남자와 이제 막 설레는 사랑을 시작하고 있었다. 현실의 상황이라면 이 남자가 누군지 가장 궁금했겠지만, 어쩐지 남자의 존재가 당연한 일처럼 받아들여졌다. 그런데 자꾸만 현실적인 생각이 꿈의 흐름을 방해했다.

'이 버스는 어디로 가는 걸까? 난 멀미 때문에 항상 지하철만 타는데….'

꿈을 꾸는 도중에 생각이 엉뚱한 곳에 미치자, 걷잡을 수 없이 딴 생각이 마구 끼어들었다. 이제, 잠든 여자의 머릿속에는 예전에 지하철에서 만난 낯선 사람과의 불쾌한 기억까지 떠올랐다. 낯선 사람은 여자에게 기대어 꾸벅꾸벅 졸다가 어깨에 흥건하게 침을 흘려놓고 홀연히 떠났었다.

여자는 갑자기 몰입이 깨지면서 기대어 잠든 남자를 깨우기 위해 어깨를 슬쩍 털어냈다. 하지만 남자는 세상모르고 잠들어 있었다. 잠든 모습조차 아주 근사한 남자였지만, 대체 이런 덜컹거리는 버스에서 어떻게 이렇게 남의 어깨에서 잘도 자는지 신기할 따름이었다. 설레긴커녕 뻔뻔스럽다는 생각이 들기 시작했다.

여자는 밤새도록 억지로 어깨를 내어주는 꿈을 꾸다가, 일어나야 할 시간보다 훨씬 일찍 잠에서 깼다. 꿈에서 남자가 기댔던 오른쪽 어깨가 깨어나서도 뭉친 듯이 불편했다. 어깨가 아파서 그런 꿈을 꾼 건지, 아니면 그런 꿈을 꿔서 어깨가 아픈 건지 인과관계가 정리되질 않았다. 꿈이라는 복잡한 뇌의 활동과 자신의 잠든 신체가 어떻게 상호작용을 했기에 이런 현상이 나타나는 걸까? 여자는 아주 잠깐 동안 너무나도 신기한 일이라고 생각하다가, 밀려오는 졸음을 참지 못하고 다시 잠들고 말았다.

다음 주 수요일, 페니는 다행히 일찌감치 일을 마치고 상쾌하게 백화점을 나섰다. 출근 시간이 지나서 그런지 컴퍼니 구역으로 가는 열차는 한산했다. 탑승객은 녹틸루카 둘, 그리고 페니, 모태일, 모그베리뿐이었다.

"모그베리 님은 오늘처럼 제작자들이랑 자주 회의를 하세요?"

"밥 먹듯이 하지. 우리 가게에서 컴퍼니 구역에 제일 자주 가는 사람이 아마 나일걸? 난 3층의 다이나믹한 꿈들을 정말 좋아하지만 잡다한 문제가 많은 게 사실이야. 촉각 수위도 잘 맞춰야 하고…."

페니와 나란히 앉은 모그베리가 한숨을 푹 쉬었다.

"촉각 수위요?" 페니가 물었다.

"흠… 어떻게 설명해야 쉬울까? 자, 만약에 꿈을 꾸면서 적이 쏜 총에 맞았다고 치자. 깨어나서 총에 맞은 부위가 실제처럼 고통스럽다면 무서워서 꿈을 살 수 있겠어?"

페니가 고개를 절레절레 흔들었다.

"당연히 통증을 포함해서 촉각을 아주 약하게 만들어야겠지? 꿈에서 느끼는 감각의 크기가 실제와 같을 필요는 없어. 오히려 촉각에 한해서는 그러면 안 될 때가 더 많아. 하지만 제작자들은 '이 정도는 괜찮겠지.' 하면서 촉각 수위를 슬금슬금 올린단 말이야. 생생한 느낌을 구현해내고 싶은 욕심이겠지. 그래서 압각이나 통각 따위를 통틀어서 촉각에 대한 수위를 제한하는 법이 있는 거야. 민원관리국에서 발의한 특별법인데, 지금도 계속 강화되고 있어. 예전 같으면 키스 그루어의 '두근두근 버스 여행' 정도는 2단계가 아니라 1단계 민원으로 분류됐을 거야."

모그베리가 콧등에 맺힌 땀을 손수건으로 닦으면서 말했다.

"그건 그렇고 오늘 정말 덥다. 아찔한 내리막에서 열차가 시원하게 달려줬으면 좋겠어."

차장도 같은 마음이었는지, 그녀는 내리막에서 평소보다 '반항심'을 적게 사용했다. 열차가 내리막을 세차게 달리자 페니 일행은 소리를 지르면서 즐거워했는데, 같이 탄 녹틸루카들은 빨랫감이 몽땅 날아가면 어쩔 뻔했느냐며 차장에게 투덜거렸다.

녹틸루카들이 세탁소 앞에서 전부 내리고 나자, 열차에는 페니와 모태일, 그리고 모그베리 세 사람밖에 남지 않았다. 암벽 위의 매점 주인이 자양강장제를 들고 의욕 없이 판매를 시도했지만, 페니는 사지 않겠다는 의미로 고개를 좌우로 세차게 흔들었다.

"그럼 남은 신문이나 공짜로 가져가요."

주인이 선심 쓰듯이 말하면서 열차 안에 던져 넣듯이 신문을 주었다. 점심시간도 지나버려 쓸모없어진 식단표가 신문 사이에서 떨어졌다. 그리고 손바닥만 한 종이도 함께 떨어졌다. 붉은 광택이 감도는 화려한 광고지였다.

30가지 감정을 넣은 눈송이 아이스크림을 만나보세요.

당신의 삶을 바꿔줄 포춘쿠키도 있습니다. (선착순 증정)

"불시에 나타나는 빨간 푸드트럭을 놓치지 마세요!"

"그건 뭐야?"

페니가 발밑에 떨어진 광고지를 주워들자, 모태일과 모그베리가 동시에 물었다.

"그냥 흔해 빠진 광고지예요. 점심 식단표도 모자라서 광고도 끼워파나 봐요."

잠시 후 오르막을 올라 컴퍼니 구역에 도착한 세 사람은 곧장 테스트 센터로 향했다. 나무 밑동처럼 생긴 민원관리국 위에, 태풍에 날아와 안착한 것 같은 컨테이너들이 그들의 목적지였다. 중앙 광장은 물론이고 민원관리국도 달러구트와 왔을 때보다 한산했다. 아마도 한창 업무시간이기 때문에 다들 건물 안에 있는 것 같았다.

그들은 녹색 식물이 가득한 1층 민원관리국에서 엘리베이터를 타고 2층으로 올라갔다.

"테스트 센터에 오신 것을 환영합니다. 출입증 확인하겠습니다."

2층 입구에 서 있던 직원이 세 사람을 맞이했다. 세 사람은 목에 걸고 있던 출입증을 내밀었다.

"확인했습니다. 감사합니다. 테스트 센터는 이전에 이용해보셨습니까? 안내가 필요하시면 도와드릴 수 있습니다."

"안내는 괜찮아요. 제가 이용해봤어요." 모그베리가 사양했다.

"네, 알겠습니다. 코너마다 직원이 있으니 궁금한 사항이 있으면 언제든지 물어보십시오. 모든 재료는 입구의 계산대에서 먼저 계산하신 후에, 여기서 사용하시거나 밖으로 반출하실 수 있습니다. 그리고 현재 청각 테스트 코너의 작업실은 일주일 치 예약이 꽉 차 있습니다. 이용에 참고하시기 바랍니다."

2층 테스트 센터는 내부를 한눈에 보기 힘든 구조였다. 밖에서 봤을 때 서로 위태롭게 걸쳐져 있던 컨테이너의 맞닿은 부분은 각 공간을 연결하는 계단으로 이어져 있었고, 층수로 따지자면 총 세 개의 층으로 나뉜 구조였다.

모그베리가 상하좌우로 분산된 공간들을 손가락으로 가리켰다.

"여기는 시각, 후각, 촉각, 미각, 청각, 그리고 나머지 기타 재료들이 구분되어 있어. 꿈에 나오는 어떤 감각을 테스트하는지에 따라 필요한 재료가 다르기 때문이야. 각 재료의 코너마다 개별 작업실이 완비되어 있지. 작업실은 100퍼센트 예약제로 운영돼. 청각 테스트 코너는 항상 작업실을 예약하기 힘들어."

페니는 밖에서 봤던 알록달록한 컨테이너들 하나하나가 특정 감각을 테마로 한 별개의 공간이라는 걸 깨달았다.

"저걸 봐, 페니. 아이디어가 좋은데? 우리 가게에도 도입했으면 좋겠어." 모태일이 페니를 톡 건드리더니 한쪽 구석을 가리켰다.

그가 가리킨 건 각 층의 물건을 실어 나를 수 있도록 계단 아래에 수직으로 늘어져 있는 수많은 도르래였다. 물건이 가득 들어 있는 커다란 양동이가 1층에서 3층으로, 또 3층에서 2층으로, 2층에서 1층으로 소리 없이 분주하게 움직이고 있었다.

또 하나 신기한 것은, 출입문 맞은편에 있는 대형 미끄럼틀이었다. 3층에서 1층으로 어떤 여자가 경쾌하게 미끄럼틀을 타고 내려왔다. 깔끔하게 착지한 그 여자는 바짓단을 오른손으로 탁탁 털어내고 유유히 다른 곳으로 가버렸다.

"내 친구들은 촉각 코너와 가장 가까운 작업실을 예약했다고 했어. 어서 가자."

모그베리가 앞장섰다.

"여기 있는 후각 코너를 지나서 시각 코너를 통과하면 촉각 코너에 도착할 수 있어."

페니는 후각 코너에서 풍기는 온갖 냄새를 맡느라고 코가 피로해질 지경이었다. 모태일은 중간중간 걸음을 멈춰서 회전식 선반에 종류별로 꽂혀 있는 조향 키트를 들고 킁킁거렸다.

"조향 키트는 초보 제작자들이 사용하기 좋아. 배경을 만들어내는 게 익숙하지 않을 때는 꿈을 꾸는 사람의 머릿속에 있는 배경을 불러내는 게 훨씬 효과적인데, 기억을 불러내는 데는 익숙한 향기만 한 게 없거든."

"맞아요. 저도 특정한 냄새를 맡으면 떠오르는 기억들이 꽤 있어요."

페니보다도 어려 보이는 젊은 제작자 두 명이 브랜드가 다른 조향 키트 몇 가지를 놓고 서로의 것을 비교하면서 구입을 망설이고 있었다. 그들은 주머니를 털어 가진 돈을 손바닥 위에 올려놓고 세고 있었다.

"하, 레시피 북도 함께 사고 싶은데 30씰이 모자라…."

한 명이 울상을 지었다.

후각 코너를 담당하는 직원이 두 사람 옆에 서 있었다.

"조향 키트를 사면 몇 가지 대표적인 향에 대한 조향 레시피도 같이 드리고 있답니다. 밥 짓는 냄새나 신문지의 잉크 냄새, 수산 시장 특유의 냄새 같은 거요. 그리운 향기는 손님들의 문화적 특성에 따라서 천차만별이니까 어떤 고객을 위한 꿈을 만들지 먼저 정하는 게 중요하답니다."

후각 코너를 담당하는 직원이 초보 제작자들 곁에 서서 신나게 설명했다. 아마도 베테랑 제작자들에게는 설명할 기회가 없기 때문에, 그간 갈고닦은 지식을 마음껏 뽐낼 수 있는 대상을 찾아 기쁜 모양이었다.

"중간중간 이글루처럼 둥근 천막들이 보이지?"

모그베리가 걸어가면서 말했다.

"저 천막들이 모두 작업실인가요?"

"맞아. 천막이 닫혀 있는 건 사용 중이라는 표시니까 함부로 들어가면 안 돼."

입구용 지퍼를 활짝 열어젖힌 천막들이 드물게 있었다. 하지만 몇 개를 제외하면 모두가 작업 중이었다. 세 사람은 발소리가 나지 않게 끔 살살 걸었다.

"거대한 실내 캠핑장 같군."

모태일이 그렇게 말한 이유는 비단 천막 같은 작업실의 생김새 때문만은 아니었다. 작업실을 드나드는 사람들은 대부분 트레이닝복 차림이거나 야외 활동에 적합한 기능성 옷을 입고 있었다. 페니는 작업실 안에 틀어박힌 사람들이, 며칠째 일하는 건지 집에는 갔다 온 건지 조금 걱정스러웠다.

그들은 이제 후각 코너를 지나 다음 공간으로 올라가고 있었다. 올라가는 계단 옆의 공간도 놓치지 않고 활용해서 물건을 진열하는 공간으로 꾸며놓은 것이 기발했다.

페니는 진열되어 있는 거대한 색상 팔레트에서 눈을 떼지 못했다.

"우아! 3만 6,000가지 총천연색 팔레트래요."

"응. 여기서부턴 시각 코너야. 그 팔레트로 웬만한 색상은 다 구현할 수 있다는데, 가격도 가격이지만 제대로 사용할 줄 아는 사람이 거의 없대. 요즘엔 와와 슬립랜드 님 말고는 구매하는 사람이 없다나 봐.” 팔레트에서 눈을 떼지 못하고 느릿느릿 움직이는 페니를 보면서 모그베리가 말했다.

팔레트 다음으로 시각 코너에서 페니의 시선을 사로잡은 것은, 샘플 제작용 배경 덩어리들이었다. 색깔을 섞어서 동그랗게 뭉친 지점토 같은 덩어리들이 낱개로 포장돼 있었고, 진열된 상품 옆에 이삿짐 박스 크기의 투명한 아크릴 상자가 안내문과 함께 비치되어 있었다. 아크릴 상자 안에는 불 꺼진 랜턴이 덩그러니 놓여 있을 뿐이었다.

광원 아래에 배경 덩어리를 놓으면 배경을 불러낼 수 있습니다.

구매하기 전, 체험해보세요.

“이 샘플 제작용 ‘배경 덩어리’는 적당한 광원만 있으면 주변의 좁은 공간에 착시를 일으킬 수 있어. 꿈을 제작하는 데 쓰이지는 않지만, 초보 제작자들의 교육용이나 제작사 회의에 쓸 샘플로 많이들 사용하지.”

모그베리가 아크릴 상자의 뚜껑을 열고 랜턴에 동그랗게 난 구멍을 통해 무료 체험용 배경 덩어리를 쏙 집어넣었다. 그리고 전원을 켜자마자, 군청색 바탕에 노랗고 빨간 부분이 섞인 배경 덩어리가 순식간에 쪼그라들기 시작했다. 동시에 랜턴 주위부터 점차 배경이 스멀스멀 번지더니, 얼마 지나지 않아 아크릴 상자 안이 저녁 하늘처럼 물들었다. 바닷가의 저녁처럼 짙은 군청색 배경에 노랗고 빨간 폭죽이 터지기 시작하자, 모태일과 페니는 상자에 완전히 달라붙어서 연신 감탄사를 내뱉었다.

"너무 가까이서 보면 눈 나빠져." 모그베리가 경고했다.

페니는 천천히 모든 감각 코너를 구경하고 싶었지만 미각, 청각, 그리고 기타 재료 코너는 정반대 편에 있었다.

시각 코너 옆에 위치한 촉각 코너에 도착하자마자 천막 앞에 서 있던 여자가 모그베리를 보고 반갑게 손을 흔들었다. 그녀는 대충 돌돌 말아 정수리 위로 높게 묶은 머리에 두꺼운 쿠션 슬리퍼를 신고 있었다.

"나와 있었구나!" 모그베리가 반갑게 인사했다.

"어서 와, 모그베리! 여기까지 와줘서 고마워."

"이 사람이 셀린 글럭이야. 인사해. 여기는 우리 가게에서 일하는 페니, 그리고 모태일이야."

"안녕하세요. 페니라고 해요. 달러구트 꿈 백화점 1층 프런트에서 일하고 있어요."

"저는 모태일이에요. 5층에서 일하고 있죠."

"잘 왔어요. 어서 안으로 들어가죠. 척 데일이랑 키스 그루어는 곧 도착할 거예요. 우리끼리 먼저 들어가서 기다리죠."

가까이서 본 셀린 글럭은 3일 밤낮을 꼬박 새운 것처럼 얼굴이 푸석했다. 그녀가 움직일 때마다 슬리퍼 밑바닥의 쿠션에서 푸시식 하고 힘없이 바람 빠지는 소리가 났다.

셀린 글럭을 따라 들어간 천막 내부는 매우 깔끔했다. 일반적인 영상 장비들과 조잡해 보이는 정체 모를 기기들을 제외하면 군더더기 없이 단출했다. 천막은 열 명 정도는 거뜬히 들어올 수 있을 만큼 넉넉한 크기였고, 구김 하나 없이 빳빳하고 새하얀 재질이었다.

"셀린, 너 또 회사에서 잔 거야? 너무 무리하지 마."

모그베리가 셀린 글럭의 안색을 보고 걱정했다.

"요즘 신작 때문에 고민이 많아. 아, 그렇지. 모그베리, 나머지 두 사람이 올 때까지 신작을 같이 봐줄래? 두 분도 솔직한 얘기 들려줘요. 부탁할게요."

셀린 글럭이 자물쇠 달린 상자에서 배경 덩어리를 꺼냈다. 그리고 천막 중앙의 랜턴에 덩어리를 올렸다.

"자, 첫 번째 신작 후보야. 설명은 필요 없을 거야."

그녀가 리모컨을 조작하자마자 배경 덩어리가 녹아내리면서 새하얗던 천막을 여러 색으로 물들이기 시작했다. 그러다 일순간 천막 안이 칠흑처럼 어두워졌다. 그리고 갑자기 주변에서 총알을 장전하는 철컥거리는 소리가 들렸다. 바깥에서 누군가 어두운 작업실 안을 수색하는 것처럼 페니의 눈앞으로 플래시 불빛이 번쩍하고 지나갔다. 그 순간 "저기 있다!" 하는 우렁찬 목소리가 들리더니, 총을 든 기동대가 한꺼번에 등장했다.

페니는 모든 게 영상일 뿐이라는 걸 머리로는 알면서도 본능적으로 숨어야 한다는 생각에 책상 밑으로 들어가려다가 겨우 정신을 차렸다. 모태일과 모그베리는 아무 감흥 없는 표정으로 가만히 앉아 있었다.

"다들 어떻게 생각해요?"

셀린 글럭이 세 사람의 눈치를 살폈다.

모태일은 오늘 처음 본 사이라고는 믿을 수 없을 정도로 단도직입적으로 평가를 내리기 시작했다.

"적이 급습한 마을에서 살아남아야 하는 긴박감… 창밖에 적들의 그림자가 비치면서 숨 막히는 긴장감으로 식은땀이 나려는데 가장 결정적인 순간에 벌떡 일어난다. 이건 작년 1분기에 나왔던 거랑 거의 똑같잖아요. 외계인에서 기동대로 바뀐 것밖에 없네요? 이거랑 비슷한 꿈이 5층에 엄청 많다고요. 참고로 5층은 팔다 남은 물건들이에요."

모태일의 살벌한 직언에 충격받은 셀린 글럭이 초점 잃은 얼굴로 애꿎은 볼펜을 자꾸 돌렸다. 아무래도 그녀의 주위에 이렇게까지 솔직한 직원은 없는 모양이었다.

"그, 그럼 이건 어떤지 봐줘요."

셀린 글럭이 가지고 온 상자에서 다른 덩어리를 꺼내 랜턴 안에 넣고 리모컨을 조작했다.

이번에는 천막 안이 밤하늘처럼 캄캄하게 물들더니, 불타는 운석이 작업실을 향해 곧장 날아왔다. '쿠구구궁' 하며 천지가 울리는 소리가 어찌나 실감 나던지, 페니는 천막 밖으로 뛰쳐나가야 하는 건 아닌지 생각했지만, 겉으로는 침착함을 잃지 않으려고 애썼다. 난리 속에서도 모그베리는 침착하게 관찰하며 종이에 이것저것 메모하고 있었고, 모태일의 입술은 당장 신랄하게 비판하고 싶은 듯 움찔거렸다.

"어때요?" 셀린 글럭은 이번에는 페니에게 물었다.

"영상미가 훌륭해요." 페니가 솔직한 마음을 말했다.

"정말 그렇게 생각해요? 고마워요, 페니!"

"하지만 이것도 다 옛날에 했던 거잖아요. 영상미만 점점 좋아지고…. 이것도 곧 5층에서 보게 되겠네…."

마지막 말은 모태일의 혼잣말이었지만 좁은 천막 안에서 안 들리기란 쉽지 않았다. 페니는 모태일의 옆구리를 쿡 찔렀다. 풀죽은 셀린 글럭이 랜턴에서 덩어리를 꺼내어 상자에 대충 집어넣었다. 어느새 천막은 다시 하얀색으로 돌아와 있었다.

"뭐가 문제일까?"

"긴장감 조성에만 너무 초점을 맞춘 것 같아."

모그베리는 노트에 적어놓은 내용을 토대로 이성적으로 문제점을 짚어나가기 시작했다.

"물론 '필름 셀린 글럭'의 꿈은 훌륭해. 하지만 요즘에는 탈출하는 쾌감이 느껴지는 꿈들이 선호도가 높아. 우리 백화점 3층 손님들의 경우를 살펴보면 영웅 심리를 충족시킬 수 있거나 게임을 하는 것처럼 통쾌함과 스릴이 있는 꿈을 많이들 찾거든."

그때 천막 밖에 매달린 작은 종이 흔들리는 소리가 났다.

"드디어 두 사람이 왔나 봐."

셀린 글럭이 자리에서 일어남과 동시에 두 남자가 천막 안으로 모습을 드러냈다.

"우리 왔어. 많이 늦은 거 아니지?"

이별할 때마다 삭발하는 바람에 항상 머리가 짧은 키스 그루어였다. 어깨에 닿는 길이의 머리를 멋스럽게 손질한 남자도 함께였다.

"안녕, 모그베리. 처음 보는 꿈 백화점의 직원분들도 계시는군요. 척 데일입니다. 저는 야한 꿈을 만들어요. 대표작으로는 '오감이 번쩍 야릇한 꿈 시리즈'가 있죠."

척 데일이 거침없이 자신을 소개했다.

페니와 모태일은 자기도 모르게 깊고 낮은 탄성을 입 밖으로 냈다. 그건 우레와 같은 박수는 아니었지만, '당신의 팬이에요.'라고 말하기에 부족함이 없는 반응이었기 때문에, 척 데일은 성원에 화답하듯 흡족한 눈웃음을 지어 보였다.

"이 친구와는 다르게 나는 플라토닉한 사랑을 작품에 녹여내는 걸 선호해요."

키스 그루어가 끼어들었다.

"순수하고 정신적인 사랑의 가치가 너무나도 바닥인 세상이에요. 나는 좀 더 고차원적인…."

"사랑에 차원을 따지고 있으니까 자네 머리카락이 자라날 틈이 없는 거야." 척 데일이 보란 듯이 머리칼을 쓸어넘겼다.

"모그베리, 나한테 할 말이 있지? 나도 대충은 알고 왔어."

키스 그루어는 모그베리가 말을 꺼내기도 전에 선수를 쳤다.

"알고 있다니 얘기가 훨씬 쉽겠다. 그래, 맞아. '두근두근 버스 여행'은 전량 리콜해야 할 것 같아."

"그렇군. 다른 방법은 없을까?"

키스 그루어가 자리에 앉으면서 씁쓸하게 말했다.

"앞으로 어떻게 해야 할지 이 자리에서 다 같이 의논해보자."

"그게 좋겠군. 우리 셋 다 비슷한 작업 방식에 비슷한 고민을 가지고 있으니까 말이야."

"세 분의 작업 방식이 비슷한가요? 완전히 달라 보이는데요."

모태일이 의아해했다.

"촉각이 주특기라는 게 비슷하죠. 제작자들은 데뷔하기 전부터 알고 있어요. 자기가 어떤 감각에 소질이 있는지 말이에요."

척 데일이 말했다.

"어차피 꿈에서 오감을 모두 완벽하게 구현해내는 건 불가능에 가까워요. 꿈꾸는 주체의 실제 감각과 끊임없이 상호작용이 이뤄지고 있기 때문이죠. 그렇기 때문에 제작자 대부분은 모든 감각을 실제처럼 구현하려고 하기보다, 특별히 중심이 되어야 할 감각에 집중하는 경우가 많아요. 오히려 그쪽이 더 효과적이기도 하고요. 전설의 꿈 제작자라고 불리는 유명한 제작자님들은 물론 모든 걸 잘하니까 그만큼 유명한 거고요."

키스 그루어가 설명을 덧붙였다.

"여기 모인 우리 셋은, 촉각에 있어서만큼은 명실상부 최고로 재능 있는 제작자들이에요." 셀린 글럭은 자신감이 넘쳤다.

페니는 어떤 일에 대해 스스로 재능 있다고 말할 수 있다는 것이 너무나 존경스러웠다.

"그러니까 말이야. 너희는 촉각에 더욱 집중하고 배경 설정은 과감하게 생략하는 편이 나을지도 몰라. 네 꿈이 문제가 생긴 것도 몰입감이 떨어졌기 때문이라고 생각해. 그러면 다른 감각들이 거슬리기 시작한단 말이야. 자고 일어나서 어깨가 아픈 현상에만 집중할 필요는 없어. 촉각 수위는 지금도 충분히 낮아."

모그베리가 똑 부러지게 말했다.

"인위적으로 배경을 다 설정하지 말고 사람들 머릿속에 있는 추억들이 자연스럽게 배경이 되게 하자는 거지?"

"응. 바로 그거야."

"내 생각에도 꽤 일리 있는 말인 것 같네. 추억과 잘만 어우러진다면 큰 떨림을 만들어낼 수 있어. 꿈값으로 '설렘'이 엄청나게 들어올 거야. 지금처럼 무리해서 배경까지 만들어내려고 하면 실패할 가능성만 높아지는 거지. 누구나 와와 슬럽랜드처럼 완벽한 배경을 만들어낼 수 있는 건 아니니까." 척 데일이 모그베리의 생각에 동의했다.

"그래. 다들 생각이 그렇다면… 잠깐 테스트를 하나 해봐도 될까? 마침 딱 적당한 테스터 두 분이 와 계시기도 하고."

키스 그루어가 페니와 모태일을 쳐다보면서 말했다.

"나도 샘플을 가져왔어."

척 데일도 주머니에서 상자를 꺼냈다.

"테스터라면… 저희 말인가요?"

페니가 모태일과 자신을 번갈아 가리키면서 물었다.

"맞아요. 나부터 할게, 척."

"얼마든지."

키스 그루어가 자리에서 일어나 랜턴에 배경 덩어리를 넣었다. 덩어리는 아무 색깔도 무늬도 없었다. 전원을 켰는데도 아까 셀린 글럭이 선보인 샘플과는 달리 아무 일도 일어나지 않았다.

"두 사람, 검지 끝을 서로 살짝 갖다 대보세요."

둘은 얼떨떨한 채로 키스 그루어가 시키는 대로 손끝을 천천히 갖다 댔다. 오랜만에 느끼는 두근거림이 손끝을 타고 온몸에 퍼졌다. 페니는 마치 학창 시절에 옆자리에 앉은 남자애의 손끝에 실수로 손이 닿아버렸을 때처럼 '찌릿' 하고 두근거렸다. 그리고 어처구니없게도 '이대로 손을 잡으면 어떨까?' 하는 충동이 손끝을 타고 일었다.

페니와 모태일은 거의 동시에 같은 감정을 느낀 듯, 의자에서 벌떡 일어나 몸서리를 쳤다.

"뭐 하는 짓이야!" 모태일이 소리를 질렀다.

"난 아무것도 안 했어. 너야말로 뭘 하려던 거야?"

페니도 지지 않고 맞받아쳤다.

"거기 두 사람, 다 내가 너무 뛰어난 탓이니까 싸우지 말아줘요."

키스 그루어가 삭발한 머리를 매만지면서 난처해했다.

"그래서, 방금 두 사람은 어떤 배경을 떠올렸죠?"

페니는 냉정을 되찾고 차분하게 대답했다.

"저는 학창 시절의 교실을 배경으로 떠올렸어요."

"어라? 난 자주 가는 식당이 배경이었는데."

놀란 모태일이 페니와 함께 키스 그루어를 쳐다봤다.

"아주 성공적이군요. 훌륭해요. 각자 스스로 딱 맞는 배경을 떠올릴 수 있을 정도라면, 굳이 배경을 만드는 데 집착하지 않아도 되겠네요."

"정말 신기해요. 어떻게 손끝이 닿는 감각 하나만으로 서로 다른 기억을 떠올릴 수 있는 거죠?"

모태일은 키스 그루어를 우러러보게 된 것 같았다.

"당신 안에 멋진 추억들이 저장되어 있기 때문이죠. 실제로 경험한 것이든 영화나 드라마로 간접 체험한 것이든 상관없어요. 무궁무진한 추억들은 언제든지 근사한 꿈의 배경이 되어줄 거예요. 어떤 자극만 적절하게 주어진다면 말이에요. 지금처럼 손끝을 스친다든가, 특정한 냄새를 맡는다든가, 소리를 듣는다든가 하는 방식으로요."

페니는 가득 저장된 추억들이 필요할 때 언제든지 불러낼 수 있는 꿈의 배경이 될 수 있다는 것이 굉장히 근사하게 느껴졌다. 이런 생각은 해본 적이 없었다.

"좋아, 그럼 제 것도 부탁해요. 똑같이 손끝만 살짝 갖다 대면 돼요."

다음으로 척 데일이 랜턴에 샘플을 넣었다.

모태일과 페니는 얼떨결에 척 데일의 테스트 요청도 흔쾌히 승낙했는데, 손끝이 닿기 직전에 불안한 생각이 언뜻 머리를 스쳤다. 척 데일은 야릇한 꿈을 만드는 제작자였기 때문이다.

페니는 제발 상상하는 일이 일어나지 않기를 빌면서 모태일의 통통한 손가락 끝에 자신의 손가락을 갖다 댔다.

손끝에서 시작된 전율이 팔꿈치를 타고 온몸으로 저릿하게 퍼지더니, 페니가 끔찍하게 두려워하는 감정이 솟구치고야 말았다. 분명 아까와 같은 동작인데도 완전히 다른 느낌이었다. 마치 누가 먼저랄 것도 없이 키스를 시작해도 이상하지 않을 만큼 열렬한 감정이었는데, 페니는 하마터면 천막 밖으로 뛰쳐나갈 뻔했다. 놀라서 의자에서 벌떡 일어난 모태일의 표정도 불쾌하긴 마찬가지였다.

"반응을 보아하니 내 실력도 녹슬지 않았군요."

척 데일이 만족스러워했다.

“다시는 이런 짓 시키지 마세요.”

모태일이 벌겋게 달아오른 얼굴로 진저리를 쳤다.

세 제작자와 모그베리는 그 후로도 한참을 오감을 구현하거나, 보존하거나, 실제 시간과 꿈의 시간이 다르게 흘러가도록 하는 등의 이야기를 나눴다.

페니는 복잡한 이야기의 소용돌이 속에서 졸음을 참아내느라 필사적으로 허벅지를 꼬집었다.

“그럼 달러구트 님께도 보고해야 하니까 이 샘플은 내가 가져갈게.”

모그베리가 샘플을 집으려고 일어나면서 의자를 뒤로 미는 소리에 페니는 화들짝 놀라 잠이 달아났다.

“얘기 다 끝났나요?”

모태일이 목 뒤를 벅벅 긁으면서 나른한 목소리로 말했다. 모태일도 졸고 있던 게 분명했다.

“어휴. 넌 계속 졸기만 했지?”

“아, 아니에요. 다 들었어요.”

“거짓말. 그럼, 여기 있는 세 사람이 어떤 신작을 만들기로 했는지 말해봐. 들었다면 알고 있겠지.”

“음, 그게 그러니까… 세 분이 같이 만든다 이거죠. 설렘과 야릇함과 스펙터클함이 골고루 섞인 꿈이겠군요…. 그럼 짝사랑 상대와 함께 위기 탈출을 하며 애틋해지다가 포탄이 날아드는 전시상황을 배경으로 키스를 퍼붓는 꿈…?”

모그베리의 깜짝 놀란 표정으로 보아 모태일이 대충 지어낸 말이 적중한 듯했다.

"아무튼 잘도 둘러댄다니까."

"자, 우린 이제 회사로 돌아가야 할 시간이야. 어우 피곤해."

셀린 글럭이 하품을 하면서 자리에서 일어났다.

"우리도 얼른 사야 할 재료들을 사서 가게로 돌아가자. 스피도가 부탁한 재료들 말이야."

모그베리가 가방을 주섬주섬 정리하면서 말했다.

그들은 천막 밖으로 나와서 뿔뿔이 흩어졌다.

"자, 이제 여기 적혀 있는 감각 재료들을 사야 해. 그럼 오늘 볼일은 끝이야. 코너가 흩어져 있으니 각자 한 종류씩 담당하자. 코너마다 직원들이 있으니까 못 찾겠으면 물어보고."

모그베리는 필요한 물건들을 메모지에 적어서 페니와 모태일에게 건넸다.

"다 끝나면 입구의 계산대에서 만나!"

얼핏 봐도 모그베리가 사야 할 물건보다 모태일과 페니에게 떠넘긴 물건이 훨씬 많아 보였다. 하지만 모그베리는 모태일과 페니가 투덜거릴 틈도 없이 손을 흔들고 천막들 사이로 쌩하니 사라져버렸다.

"난 저 위로 갈 거야."

모태일이 가장 위쪽에 위치한 청각 코너를 가리켰다.

"내려올 땐 미끄럼틀을 타볼 수 있을지도 몰라…."

"그럼 난 저쪽으로 갈게. 나중에 봐."

페니는 종종걸음으로 기타 재료 코너로 향했다.

기타 재료 코너는 모태일이 아주 좋아할 만한 분위기였다. 달러구트 꿈 백화점의 5층과 쏙 빼닮은 자유분방한 분위기였는데, 손님 수에 비해 직원이 턱없이 모자라 보였다. 아무래도 웬만하면 직접 재료를 찾아서 담아야 할 것 같았다. 페니는 마련되어 있는 노란 장바구니를 하나 들고 기타 재료 코너를 본격적으로 돌아다니기 시작했다.

그곳에는 한눈에 봐서는 용도를 짐작할 수 없는 물건들이 진열되어 있었다. 페니는 보물섬에 도착한 해적처럼 눈이 휘둥그레졌다. 건드리면 우르르 쏟아질 것 같은 도구들 아래에서, 페니는 원래의 본분을 잊지 않으려고 애쓰면서 모그베리가 적어준 목록을 잽싸게 살펴봤다.

"어디 보자. 여기서는 '개운한 박하' 열두 개, '확 넘어가는 무게중심' 2세트를 사야겠네."

페니는 퀴퀴한 냄새가 나는 바구니들과 정체를 알 수 없는 드럼통이 실린 수레를 지나서 겨우겨우 필요한 물건을 찾을 수 있었다. 자고 일어나면 상쾌함이 드는 '개운한 박하'는 30분 미만의 낮잠용 꿈에만 사용하라고 되어 있었고, '확 넘어가는 무게중심'은 주의 사항이 몇 페이지나 쓰여 있었다.

깜빡 잠이 든 상태에서 무게중심을 확 뒤로 넘겨 졸음을 단숨에 쫓아낼 수 있지만, 깜짝 놀라 우스꽝스러운 소리를 내거나 의자에 앉아 있었을 경우 타박상 및 기타 중대한 상해에 노출될 수 있으므로 노약자에게 사용을 금합니다. 또한, 권장량을 반드시 지켜주십시오….

'선명해지는 색소'는 한 방울만 떨어뜨려도 물 한 통이 전부 물들 것처럼 진했다. 그리고 그 옆에는 '빨아들이는 스포이트'도 있었다. 상품 설명을 보니 그건 색이나 잘못 첨가한 재료를 빨아들이는 도구였다.

페니는 크기별로 주르륵 나열된 스포이트들 앞에서 끙끙거리는 레프라혼 요정을 발견했다. 요정은 스포이트의 고무 손잡이를 힘껏 껴안아서 누르려다가 마음대로 되지 않자 직원에게 신경질을 부렸다.

"더 작은 것도 만들어줘요! 장인은 도구를 가리지 않는다느니 그런 건 다 옛말이라고요!"

페니는 레프라혼 요정이 유리로 만든 스포이트를 바닥에 떨어뜨릴까 봐 조마조마하게 지켜보면서 자리를 지나쳤다. 아니나 다를까 얼마 지나지 않아 레프라혼 요정이 있던 쪽에서 쨍그랑 소리가 들려왔다.

소란을 피해 페니는 안쪽으로 깊숙이 들어갔다. 페니는 '숙면용 백색소음'이라는 카세트테이프를 찾아야 했다. 청각 코너에 있을 법한 이름이지만 모그베리가 '기타 재료 코너에 있음'이라고 메모해둔 것을 믿고, 쪼그려 앉아서 가장 아래쪽 선반까지 확인하고 있었다. 그리고 드디어 카세트테이프가 가득 들어 있는 상자를 발견하고 속으로 쾌재를 불렀다.

페니는 '숙면용 백색소음'을 장바구니에 넣고 자리에서 일어나다가, 맞은편 통로에서 아는 사람들을 발견했다.

킥 슬럼버와 '동물들이 꾸는 꿈'을 만드는 애니모라 반쵸였다. 그들은 페니를 못 본 것 같았다.

"반쵸, 무슨 재료를 그렇게 많이 샀어요?" 킥이 양손 가득 재료를 들고 있는 애니모라 반쵸에게 아는 체를 했다.

"안녕하세요. 슬럼버 님! 산에서 자주 못 내려오니까 한꺼번에 사 가려고요. 지난해에 받은 베스트셀러 상금이 아니었으면 이렇게 넉넉하게 쇼핑은 못 했을 거예요." 반쵸가 서글서글하게 웃으면서 말했다.

"그 렌즈는 신상품인가요?"

킥 슬럼버가 한쪽 목발을 살짝 들어서 무언가를 가리키면서 말했다. 페니의 방향에서는 잘 보이지 않았다.

"아, 이건 '개구리 렌즈'라고 해요. 저도 처음 써보는 건데요, 개구리의 시야를 구현할 수 있는 렌즈래요. 개구리가 꿈꿀 만한 상품도 한번 만들어보려고요. 슬럼버 님도 한번 써보세요. 동물이 되는 꿈을 만드시잖아요."

"개구리의 시야라면 온통 회색으로 보이겠군요. 아쉽지만 사람이 개구리가 되는 체험을 하는 꿈을 만들 때는 쓸모가 없겠어요."

"왜요?"

"꿈에서 개구리의 시야로 본다면 '내가 지금 개구리가 됐구나.'라는 생각보다, '어? 왜 이렇게 보이지?'라는 생각 때문에 오히려 집중하기가 힘들 겁니다. 사람들이 체험하고 싶어 하는 개구리의 특성은 뒷다리로 힘껏 뛰어오르거나 육지와 물속을 자유롭게 왔다 갔다 하는 정도일 거예요."

"듣고 보니 그렇겠네요. 제 경우에는 사람인 제가 동물의 감각을 구현해야 해서 동물적인 감각 그 자체에 집중하는데, 슬럼버 님의 경우에는 실제 동물들이 가진 감각을 모두 구현하는 것보다 사람들이 흔히 그 동물의 초월적 감각으로 생각하는 부분을 강조하는 쪽으로 만드셔야겠군요. 비슷한 꿈을 만들고 있다고 착각하고 있었는데, 한 수 배웠네요."

페니는 일 얘기로 여념이 없는 그들을 방해하지 않으려고 조용히 반대편으로 갔다.

코너의 막다른 곳에는 형형색색의 분말들이 각각 포대 자루에 나눠 담겨 있었다. 페니는 포대 자루를 살펴보면서 자리를 지키고 있는 직원에게 다가갔다.

"이건 뭐예요?"

"감정 분말이에요." 직원이 한쪽으로 쓰러져 있는 포대를 힘겹게 일으켜 세우면서 대답했다.

"감정을 분말 형태로 만든 건가요?"

"네. 감정 분말은 원래 형태보다 훨씬 고농축인 데다, 액상형보다 양 조절도 어렵고 사용처가 한정적이라서 꿈 제작용으로만 쓰이고 있어요. 여기 이 봉투에 원하는 만큼 티스푼으로 퍼담으면 돼요. 물론 그램당 가격은 감정마다 다르고요."

페니는 이곳이 어릴 적 주말에 부모님과 함께 가던 동네 시장 같다고 생각했다. 원하는 만큼 조금씩 덜어서 저울에 달아 가격을 확인하는 모습이 향수를 불러일으켰다.

페니는 여기저기를 기웃거리다가 부정적인 감정 분말이 있는 곳까지 도달했다. 인적이 드물어서 왠지 으스스했다. 그냥 뒤돌아서 빠져나오려는데 구석에서 속삭이듯 얘기하는 목소리가 들렸다. 검붉은 '죄책감' 분말 앞에서 소리를 낮춰 은밀하게 이야기를 나누는 사람은 페니가 아는 사람들이었다. '악몽'을 만드는 막심과 산타클로스인 니콜라스였다.

"'죄책감'이 여전히 저렴해 다행이에요. 많은 양이 필요했는데."

"나도 이렇게 장사가 잘될 줄은 몰랐어. 막심, 넌 참 아틀라스랑 비슷하면서도 달라. 난 네 쪽이 훨씬 마음에 들어."

니콜라스가 막심의 등을 소리 나게 탁! 치면서 껄껄 웃었다.

'아틀라스?' 분명 어디서 들은 적 있는 이름이었는데, 대체 어디서 들었는지 기억이 나질 않았다. 페니는 잠자코 있다가는 몰래 엿듣는 꼴이 될까 봐, 일부러 옆에 있는 포대 자루를 부스럭 소리가 나게 만져서 인기척을 냈다.

"하하, 안녕하세요. 여기서 뵙네요."

막심은 페니와 뜻밖의 장소에서 마주치자 적잖이 놀란 듯했다. 그는 '죄책감'을 잔뜩 퍼담다가 바닥에 주르륵 흘리고 말았다. 막심이 허리를 숙여 자기도 모르게 맨손으로 '죄책감' 분말을 쓸어 담았는데, 그 때문인지 갑작스럽게 죄책감에 시달리는 것처럼 굴기 시작했다.

"앗, 이런. 안 흘리게 조심했어야 했는데. 다 제 탓이에요. 저는 진짜 구제불능에 멍청한 놈이에요."

막심이 머리를 쥐어뜯으며 괴로워하자 페니도 어쩔 줄 몰라 했다.

"어떡해. 그런데 이 많은 '죄책감'을 어디에 쓰시려고요?"

"아, 저 그건… 영업 비밀이에요. 미안해요."

페니가 무심코 던진 질문에 막심은 정말 얘기해주고 싶은 마음과 지켜야 할 비밀 사이에서 극심한 고통을 받는 듯한 표정을 지었다.

"대답하지 않으셔도 괜찮아요. 새로운 작품을 만드는 데 필요하신 거겠죠. 일단 흘린 것부터 치워야겠어요."

"이런 감정 분말을 다룰 땐 마스크와 장갑을 잘 껴야 해. 그럼 문제 될 것 없어."

니콜라스가 자책하고 있는 막심을 물러나게 함과 동시에 페니를 안심시켰다.

니콜라스는 포대 주위에 놓여 있는 일회용 마스크와 장갑을 끼고 바닥에 쏟아진 '죄책감' 분말을 다시 담기 위해서 허리를 숙였다. 페니도 돕기 위해서 얼른 장갑을 끼고 허리를 굽혔다.

그때, 허리를 숙인 니콜라스의 조끼 주머니에서 한 묶음의 종이 뭉치가 떨어졌다.

30가지 감정을 넣은 눈송이 아이스크림을 만나보세요.
당신의 삶을 바꿔줄 포춘쿠키도 있습니다. (선착순 증정)
"불시에 나타나는 빨간 푸드트럭을 놓치지 마세요!"

니콜라스는 허둥대며 종이 뭉치를 잽싸게 낚아채더니 주머니에 쑤셔 넣고는 '흠흠' 하고 헛기침을 했다. 그는 페니가 제대로 봤는지 못 봤는지 눈치를 살폈다. 그 모습이 왠지 수상쩍었지만, 페니는 본능적으로 못 본 체했다. 그건 분명히 아까 매점에서 본 공짜 신문 안에 끼워져 있던 광고지였다.

"그건 그렇고… 페니 양, 여긴 무슨 일이지?"

니콜라스가 아무 일도 없었던 것처럼 시치미를 뚝 떼고 물었다.

"저도 여기서 사야 할 물건이 있어서요. 방해하려던 건 아니에요. 아차, 여기서 이러고 있을 때가 아닌데. 저는 이만 가볼게요."

페니는 기다리고 있을 모그베리와 모태일을 생각하면서 서둘러 자리를 벗어났다. 예상대로 모그베리는 벌써 입구에서 기다리고 있었다.

"모태일은 아직인가요?"

"걔는 아직도 저기서 저러고 있어."

모그베리가 대형 미끄럼틀을 가리켰다. 모태일이 양손을 번쩍 들고 미끄럼틀에서 내려오고 있었다.

"모태일, 이제 그만해! 벌써 다섯 번째잖아."

모태일이 싱글벙글하면서 페니와 모그베리 쪽으로 걸어왔다.

"정말 재밌는 곳이야! 그런데 페니, 왜 이렇게 오래 걸렸어?"

"물건을 찾는 데 오래 걸렸어. 아는 사람을 만나기도 했고. 사실은 니콜라스 님과 막심을 만났거든."

"니콜라스? 비수기에는 만년 설산의 오두막에만 계시는 거 아니었어?"

모태일이 미끄럼틀을 타느라 말려 올라간 바지 밑단을 끌어 내리면서 말했다.

"모그베리 님, 니콜라스는 크리스마스 시즌이 아닌 비수기에 뭘 하시는 걸까요? 막심 씨랑 어떤 일을 함께하는 것 같던데…. 두 분이 새로운 꿈이라도 만드시는 걸까요? 혹시 아는 거 있으세요?"

"나도 잘 모르겠어. 요즘 들어 니콜라스가 오두막에 있지 않고 시내에 자주 내려온다는 이야기는 들었지만, 막심과 어떤 일을 하는지는 모르겠는걸."

"왠지 물어볼 분위기가 아니어서 가만히 있었는데, 그냥 물어볼 걸 그랬나 봐요. '죄책감' 분말도 잔뜩 구입하시던데."

페니가 호기심 어린 눈빛으로 말했다.

"'죄책감' 분말이라고? 그걸 어디다 쓰려는 거지?"

모그베리가 의아해했다.

"막심이랑은 잘 어울리는 재료네요. 아무래도 올해는 더 무시무시한 악몽을 만들려는 거겠죠. 하지만 악몽을 만드는 막심과 크리스마스에 어린아이들을 위한 꿈을 만드는 산타클로스의 조합이라니…. 산타클로스에게 아이들을 괴롭히는 악취미가 생긴 건 아니겠죠?"

모태일이 농담조로 말했다.

"설마 그럴 리가 있겠어?"

페니는 아까 막심에게 집요하게 물어보지 않은 것을 후회했다.

15장

비수기의 산타클로스

다음 날, 페니는 일찍 일어나지 못했다. 날씨는 여전히 무더웠다. 그녀는 집을 나서서 조금 달리다가 콧잔등에 땀이 맺히자마자 속도를 늦춰서 걷기 시작했다. 꿈값 창고에서 〈꿈보다 해몽〉을 읽을 시간은 없겠지만 천천히 걸어도 지각은 하지 않을 시간이었다.

상점가 거리의 바닥은 평소처럼 더러운 발자국 하나 없이 깨끗했다. 하지만 레프라혼 요정들의 신발 가게를 감싸고 있는 담벼락부터 주변의 전봇대는 덕지덕지 붙어 있는 광고지 때문에 지저분해 보였다. 한 무리의 잠옷 입은 사람들이 담벼락에 붙어 있는 광고지를 보려고 모여 있었다. 페니는 그들 뒤에 까치발을 하고 섰다.

30가지 감정을 넣은 눈송이 아이스크림을 만나보세요.

당신의 삶을 바꿔줄 포춘쿠키도 있습니다. (선착순 증정)

"불시에 나타나는 빨간 푸드트럭을 놓치지 마세요!"

테스트 센터에 갔을 때 니콜라스의 주머니에서 떨어졌던 그 광고지였다. 이걸 전부 니콜라스가 붙인 걸까? 그는 왜 갑자기 푸드트럭 사업에 뛰어들기로 마음먹은 걸까? 광고지는 딱 어른 눈높이에 맞게 붙어 있었다. 어린아이들에게 인기가 좋을 법한 아이스크림 광고지가 온통 어른 눈높이로만 붙어 있다는 사실이 살짝 신경 쓰였다. 다른 사람이라면 몰라도, 마케팅 실력이 뛰어난 니콜라스라면 이런 작은 부분도 놓치지 않았을 것 같았다.

주변을 쓱 둘러봤지만 빨간 푸드트럭 같은 건 보이지 않았다. 페니는 잠깐 생각하다 말고 뒤돌아섰다. 땀방울이 뒷덜미를 타고 흐르고 있었다. 페니는 지금 먹을 수 없는 눈송이 아이스크림 같은 건 잊고, 얼른 가게에서 시원한 에어컨 바람이나 쐬고 싶었다.

백화점은 기대했던 것보다 시원하지 않았다. 먼저 출근한 웨더 아주머니가 프런트에 서 있었다.

"웨더 아주머니, 설마 에어컨이 고장 난 건 아니겠죠?"

페니가 머리를 질끈 묶고 손부채질을 하는 웨더를 보면서 말했다.

"지난밤에 갑자기 고장이 났대. 오후에 수리 기사님이 오시기로 했어. 그전까지는 문을 활짝 열어놓고 버티는 수밖에. 손님들이 걱정이야."

"이럴 수가. 전 오늘 퇴근하기 전에 녹아내리고 말 거예요."

"천장의 실링 팬이라도 세게 틀어봐. 참, 가져간 민원이 처리되었으면 간단히 회신을 달라고 민원관리국에서 연락이 왔었어. 미리 문서 작업을 해두라고 각 층 매니저에게 얘기는 해뒀으니까, 아마 오늘쯤이면 다 됐을 것 같아. 네가 오전 중에 각 층에 들러서 서류를 모아주겠니? 난 지금 갈 데가 있어서."

"네. 알겠어요. 그런데 어디 가세요?"

"…꿈값을 맡기러 은행에 다녀올 거야."

웨더가 땀을 줄줄 흘리고 있는 페니를 애써 못 본 척하면서 말했다.

"은행에 가시는군요…. 은행은 무척 시원하겠죠…."

"그런 눈으로 보지 마, 페니. 절대 에어컨 바람을 쐬려고 은행에 가는 게 아니야. 오늘따라 예탁할 꿈값이 많은 걸 어쩌겠니?"

웨더 아주머니가 활짝 열어놓은 가게 문밖으로 나갔다. 그녀의 발걸음이 가벼워 보였다.

페니는 손님이 많아지기 전에 각 층을 돌아다니며 민원서류부터 수거하기로 했다. 2층에는 민원이 없었으므로, 곧장 3층으로 향했다.

"자, 여기 있어 페니. 3층에 온 민원은 이게 다야. 전부 해결됐거나 대책을 꼼꼼히 표시해놨으니까, 민원관리국에서도 이 정도면 만족할 거야."

모그베리가 여러 장의 서류를 건넸다. 알록달록한 클립으로 정리해놓고 색색의 형광펜으로 표시해둔 것이 그녀다웠다.

4층의 스피도는 역시 기대를 저버리지 않고 모든 서류를 완벽하게 준비해놓고 기다리고 있었다.

"웨더 님이 부탁하신 그날 진작에 끝냈어. 왜 이제 찾으러 온 거야?"

"그럼 직접 프런트로 갖다주셔도 됐을 텐데요…. 그런데 손에 들고 있는 서류는 안 주세요?"

"이건 내 거야. 보관용. 내년 연봉협상도 미리 준비해야지. 복사본을 항상 챙겨두라고, 페니."

마지막으로 5층에 방문한 페니가 가장 먼저 보이는 직원에게 '민원서류를 가지러 왔다.'라고 말하자마자, 그 직원은 물론이고 모태일마저 페니의 눈을 슬슬 피하기 바빴다.

"아직 정리가 안 된 거예요?"

더워서 날카로워진 페니가 살짝 언성을 높이자, 다른 직원들이 모태일의 등을 떠밀었다.

"페니, 우리 상황을 봐. 이런 사소한 일에 신경 쓸 틈이나 있겠어? 대충 둘러대서 넘어가는 방법도 있잖아. 예전에도 말했다시피 난 5층에 민원이 들어오는 걸 이해할 수 없어. 여긴 할인 코너잖아! 하자가 있으니까 싸게 파는 거라고. 좀 봐줘. 난 문서 작업은 정말 젬병이란 말이야."

페니는 모태일이 자신 없어 하는 일도 있다는 걸 처음 알았다.

"모태일, 네 말대로 5층에도 매니저가 있어야 할 것 같아."

프런트로 돌아온 페니는 민원서류를 정리하다가 한 가지 사실을 깨달았다. 민원을 낸 손님들 말고도 최근에 발길을 끊은 단골손님 두 명이 더 있었다. 330번 손님과 620번 손님이었는데, 아무리 눈을 씻고 찾아봐도 그들이 민원을 낸 내역은 없었다. 아무 내색 없이 갑자기 발길을 끊어버린 것이다.

페니는 한 손으로 손부채질을 하면서 한 손으로 330번 손님과 620번 손님에 대한 정보를 찾아보기 위해 드림 페이 시스템즈의 창을 열었다. 천장의 실링 팬이 가장 강한 단계로 돌아가고 있었지만, 무더위를 이겨내기엔 역부족이었다.

페니는 더워서 도무지 화면 속 내용에 집중할 수가 없었다. 휴게실에서 얼음물을 가져오려고 벌떡 일어나는데, 갑자기 로비에 있던 손님들이 길 건너편을 가리키면서 가게 밖으로 우르르 나갔다.

"저기 은행 앞에 빨간 트럭이 왔어!"

"그 광고지의 빨간 트럭? 눈송이 아이스크림을 먹을 수 있을까?"

그들의 말대로 정말 은행 앞에 빨간 트럭이 와 있었다.

"왜들 이렇게 난리야?"

때마침 은행에서 돌아온 웨더는 사람들이 은행 앞을 막고 있어서 깜짝 놀랐다며 혀를 내둘렀다.

페니는 점심시간이 되자마자 트럭으로 달려갔다. 더워서 입맛도 없었고, 시원한 걸 먹고 싶다는 생각이 간절했다. 횡단보도 근처에는 아직도 평소보다 족히 두 배는 많은 사람들이 모여 있었다.

펄펄 끓는 양파 우유처럼 다른 푸드트럭의 더운 음식들 사이에서, 빨간 푸드트럭에서만 냉기가 흘러나와 주변이 시원했다.

주변의 다른 푸드트럭의 사장님들은 트럭 밖으로 나와서 빨간 푸드트럭을 힐끔힐끔 쳐다보거나 심드렁한 표정으로 우유를 의욕 없이 휘휘 저었다. 팔리지 않아 많이 남은 양파 우유를 너무 오래 끓였더니 냄비 밑바닥에 눌어붙어버렸는지 평소보다 눅진하고 쿰쿰한 냄새가 주변에 풍겼다.

페니는 눈송이 아이스크림을 주문하는 줄의 맨 끝에 섰다. 그녀는 새빨간 푸드트럭 안에서 분주하게 움직이고 있는 두 남자를 한눈에 알아보았다. 예상대로 니콜라스와 막심이었다. 니콜라스는 정신없이 아이스크림을 동그란 크리스털 잔에 담아서 사람들한테 건네고 있었다. 그는 새하얗고 짧은 머리카락과 수염, 그리고 그보다 더 하얀 앞치마를 두르고 있어서 움직이는 눈사람 같았다.

"'짜릿함'이 들어간 아이스크림 두 개 맞죠?"

눈송이 아이스크림을 받아 든 학생은 새파랗고 눈처럼 폭신해 보이는 아이스크림을 들고 페니 옆을 지나갔다. 그는 인증사진부터 찍더니 한 입 먹자마자 온몸을 부르르 떨면서 감탄했다.

"와우, 이 맛이지!"

슬쩍 보이는 오픈형 냉장고에는 페니도 예전에 마셔보았던 '상쾌함이 17퍼센트 함유된 탄산음료'가 살얼음이 잔뜩 낀 채 가득 채워져 있었다. 니콜라스가 설산에서 직접 가져온 모양이었다.

반면 막심은 안쪽의 오븐 옆에서 사뭇 진지한 얼굴로 서 있었다. 그의 새까만 앞치마는 밀가루로 뽀얗게 변해 있었다.

막심은 오븐에서 노릇하고 말랑한 쿠키 반죽 한 판을 꺼내더니, 미리 준비해둔 것 같은 길쭉한 종이를 쿠키 반죽 안에 넣고 재빠르게 접어냈다. 한두 번 만들어본 솜씨가 아니었다.

"저 사람은 뭘 만드는 걸까?"

사람들이 수군거리면서 막심을 지켜봤다.

"오래 기다리셨습니다. 선착순으로 나눠드리는 포춘쿠키입니다. 이건 공짜예요."

막심이 포춘쿠키를 가득 담은 쟁반과 함께 커다란 안내판을 잘 보이게 세워두었다.

당신에게 긍정적인 변화를 일으킬 포춘쿠키.

많이 먹을수록 효과는 커지겠지만

다른 사람을 위해 하나씩만 가져가십시오.

[단, 포춘쿠키 속의 메시지는 혼자서만 볼 것!]

아이스크림을 받아 든 사람들이 포춘쿠키도 한 개씩 집어가기 시작했다. 페니는 포춘쿠키를 얼른 하나 챙기고 싶었지만, 아이스크림을 주문하는 줄에서 이탈했다가는 순서가 무지막지하게 뒤로 밀릴 것 같았다. 페니는 포춘쿠키가 모자라지 않을지 앞에 있는 사람 수를 머릿속으로 헤아려보다가, 앞쪽에서 누구보다 열중해서 아이스크림을 고르고 있는 남자가 달러구트라는 걸 깨달았다.

"달러구트 님!"

페니가 반갑게 그를 부르자 달러구트가 초록색 아이스크림을 한 입 떠먹으면서 페니 곁으로 왔다. 그는 포춘쿠키는 가져오지 않았다.

"페니, 이 아이스크림 정말 맛있구나. 그런데 이 새빨간 트럭 말이다. 누구 취향인지 정말 뻔하지 않니?"

"니콜라스 님과 막심 씨가 새로운 사업을 시작한 줄은 전혀 몰랐어요. 그런데 저 포춘쿠키는 안 가져가세요? 공짜잖아요! 저는 하나 먹어보려고요."

"페니, 니콜라스가 공짜로 나누어주는 과자를 먹을 때는 꿈자리가 뒤숭숭해질 각오 정도는 해야 한단다. 특히나 막심과 함께 만든 쿠키라니…. 어쩌면 꿈자리가 무척 사나워질지도 몰라."

달러구트가 의미심장하게 말했다.

✦

어느 아파트 단지 안, 위로 올라가는 엘리베이터 내에 젊은 부부와 고양이 이동장을 안은 소년이 함께 있었다. 부부는 소년이 안고 있는 이동장 내부를 슬쩍 들여다봤다.

"고양이가 참 귀엽네."

"고양이를 좋아하세요?"

"좋아하지. 너무 귀여워서 키우고 싶은데 기회가 없었어. 아무래도 잘 돌봐줄 수 있는 사람이 아니면 함부로 데려오지 않는 게 나으니까."

아내 쪽이 상냥하게 말했다.

"맞아요. 저희 엄마도 동물을 키우려면 큰 책임감이 있어야 한다고 말씀하셨어요. 사실은 우리 고양이도 보호소에서 데려왔어요. 이전에 키우던 사람이 버린 것 같대요."

"가여워라! 어떻게 사람이 그럴 수가 있지?"

"그렇죠? 아저씨랑 아주머니 같은 사람만 있으면 좋겠어요. 저 먼저 내릴게요. 안녕히 가세요."

소년이 내린 뒤에 부부는 뭐가 우스운지 실소를 터뜨렸다.

"재네 부모도 참 성가시겠어. 애도 모자라 고양이까지."

여자가 안색을 싹 바꾸고 말했다.

"가여워라! 어떻게 사람이 그럴 수가 있지?"

남자가 여자가 했던 말을 똑같이 따라 하면서 웃었다.

"놀리지 마."

두 사람은 천생연분처럼 하는 행동과 사고방식이 비슷했다.

그들은 예전 집에 살 때 충동적으로 고양이를 데려오고, 지금 집으로 이사를 오기 전에 마치 자연으로 돌려보내는 것처럼 아무런 죄책감 없이 고양이를 길에 버렸다. 길 건너에서 더 멀리 가지도 않은 채 빤히 쳐다보던 고양이의 눈동자가 생생했다.

"우린 사정이 있었잖아."

"맞아. 고양이 털 알레르기가 있는 줄은 몰랐지."

"몰랐으니까 어쩔 수 없지."

그들은 온갖 일에 사정을 들먹였다. 집안 환경이 좋지 못해서, 몸이 안 좋아서, 사는 게 힘들어서. 다른 사람의 인정사정은 봐주지 않았지만, 자신들의 행동에는 갖다 붙일 수 있는 모든 이유를 붙여서라도 스스로 정당성을 부여했다.

친절한 척하는 건 쉽다. 사려 깊고 남에게 폐 끼치는 것을 싫어하는 척, 아이와 동물을 사랑하는 척하는 것도 그들에겐 너무나 쉬운 일이었다. 갈 곳 없는 아이들을 꼬드겨서 수급비를 교묘하게 빼돌려도 그들에게는 아무 일도 일어나지 않았다. 그저 눈먼 돈을 영리하게 챙겼을 뿐이기 때문에 죄의식은 전혀 없었다. 그들은 별다른 직업도 없이 그 돈으로 호의호식하며 편하게 지냈다.

눈치 빠른 이웃이 자신들을 손가락질하는 것도 봤고 그들을 겨냥한 비난 글도 읽었지만, 그런 것쯤이야 모른 척하면 그만이고 심해지면 이사를 가버리면 될 일이었다.

"아이고, 누우니까 편하다. 이번에 들어온 돈이 제법 쏠쏠했어. 역시 사람은 머리를 써야 한다니까."

부부는 호화롭게 꾸민 침실에 드러누워 있었다.

"당신은 정말 양심도 없어. 그 애들한테 미안하지도 않지?"

"미안해서 만 원짜리 학용품 세트 사줬잖아. '아저씨, 고맙습니다.' 하던걸."

남편의 말에 부인이 숨넘어갈 듯 자지러지게 웃었다.

"평판이나 양심 따위는 이렇게 편안한 잠자리를 못 만들어줘."

"당신 말이 맞아."

마음이 너무나 잘 맞는 부부는, 푹신한 이불을 덮고 드르렁드르렁 코를 골면서 잠에 빠져들었다.

✦

두 사람은 꿈속에서 사람들이 모여 있는 빨간 푸드트럭과 공짜 포춘쿠키를 발견했다.

그들은 자각하지 못했지만, 잠든 이후에 하는 행동은 일상에서처럼 교묘하지 못했다. 부부는 아예 대놓고 못되고 이기적인 천성을 마음껏 드러냈다.

두 사람은 미리 작전이라도 짠 것처럼 한 명은 포춘쿠키가 든 쟁반을 몸으로 막고, 다른 한 명은 주위에 몰려든 사람들을 거칠게 밀어내면서 공짜 쿠키를 잔뜩 쓸어 담기 시작했다.

주변에 있던 다른 사람들이 텅 빈 쟁반을 보고 실망하거나 비난의 말들을 쏟아내든 말든, 두 사람은 만족스럽게 웃으면서 누가 먼저랄 것도 없이 탐욕스럽게 쿠키를 입에 밀어 넣기 시작했다.

"으웩, 이건 뭐야."

부인이 급하게 씹어 삼키던 쿠키 안에 종이쪽지가 들어 있는 걸 뒤늦게 알아채고 손가락으로 입안에서 쪽지를 끄집어냈다.

- 죄를 지으면 하루도 발 뻗고 잘 수 없을 것이다. -

"기분 나쁘게 이게 무슨 소리야?"

부인이 인상을 찌푸렸다.

"뭔데 그래? 그냥 버려."

남편이 쪽지를 낚아채더니 구겨서 바닥에 내팽개쳤다. 그리고 두 사람은 사이좋게 남은 쿠키를 입에 잔뜩 털어 넣었다. 검붉은 빛깔이 섞인 오묘한 포춘쿠키는 아주 달콤하고 고소했다.

포춘쿠키를 잔뜩 나눠 먹은 두 사람은 얼마 지나지 않아 더 깊게 잠이 들었다.

꿈속에서 두 사람은 거대한 고양이에게 쫓기고 있었다. 집채만 한 고양이가 100미터 뒤에서 그들을 위협했다. 겁에 질린 두 사람이 도망치려고 한 걸음을 뗄 때마다, 고양이는 열 걸음씩 그들에게 가까워졌다. 고양이의 입에서 타오르는 불처럼 뜨거운 입김이 새어 나와 그들의 뒤통수를 뜨겁게 달궜다.

그 고양이가 자신들이 버린 고양이와 닮았다는 생각이 얼핏 드는 순간, 그 고양이는 수백 명의 아이들로 변했다. 소나무처럼 우뚝 선 아이들은 어깨동무를 하고 동그랗게 두 사람을 에워쌌다. 그리고 그들을 납작한 팬케이크로 만들어버릴 것처럼 원을 좁혀갔다.

"왜 그랬어요? 아무도 모를 줄 알았어요? 왜 그랬어요? 왜!"

커다란 아이들이 텅 빈 눈으로 중얼거리는 소리가 무시무시하게 들렸다. 그들은 벗어나려고 몸을 움직일 때마다 질척한 땅속으로 천천히 빨려 들어갔다.

'정신 똑바로 차리자. 이건 꿈이야. 이런 건 현실일 수가 없어.'

그들은 잠에서 깨어나기 위해 필사적으로 발가락 끝과 손가락 끝에 힘을 주어 버둥거리며 일어나려고 애썼다.

효과가 있었는지 눈이 번쩍 뜨였다. 둘러보니 그들이 자고 있던 침실이었다.

'휴, 역시 꿈이었군.'

안도의 숨을 몰아쉬고 옆에 누운 배우자를 보려는데 고개가 돌아가질 않았다.

"으으…."

이번엔 입으로 소리를 내려는데 턱 근육이 마음대로 움직이지 않고 입술도 풀로 붙인 듯 떨어지질 않아서 안간힘을 써봐도 웅얼거리는 소리만 겨우 났다.

고개를 돌릴 수가 없어서 시야에는 침실 커튼밖에 보이지 않았다. 창문을 열어놓은 기억이 없는데 커튼이 바람에 휙 날렸다. 바람에 날린 커튼이 귀신의 머리칼처럼 반으로 쭉 갈라지더니 그 속에서 다시 아까 그 고양이가 나타났다. 그들이 악! 하고 소리를 질렀지만, 소리는 밖으로 터져 나오지 않았고 동시에 거대한 고양이가 펄쩍 뛰어올라 두 사람을 덮쳤다.

"으아악!"

이번에야말로 진짜 소리를 내지르며 두 사람이 동시에 잠에서 깼다. 둘 다 머리카락이 이마에 착 달라붙을 정도로 땀을 뻘뻘 흘리고 있었다. 둘은 두방망이질하는 가슴을 부여잡고 그저 악몽을 꾸었을 뿐이라고 스스로를 달랬다.

'죄책감에 시달리는 꿈이라도 꾼 건가? 아냐, 내가 그럴 리 없어.'

다시 잠을 청했을 때, 비슷한 악몽이 또 반복됐다. 두 사람은 생전 처음 느껴보는 공포에 떨었다. 이 악몽이 언제까지 반복될지 알 수 없었고, 얼마든지 도망칠 수 있는 현실과는 달리 꿈에서는 마음대로 움직일 수도 없는 데다, 고작 5분 동안 잤는데도 실제로 체감한 고통의 시간이 몇 곱절은 더 길게 느껴졌다. 부부는 눈에 핏발이 선 채로 밤을 꼴딱 새웠다. 일평생 가장 길고 공포스러운 밤이었다.

그날 이후 악몽이 매일 밤 찾아오지는 않았지만, 꼭 잊을 만하면 그날의 악몽이 되살아났다. 그들은 잠을 자지 않고는 살아갈 수 없었고, 잠을 자는 동안에는 어느 곳으로도 도망칠 수 없었다. 밤이 무사히 지나가기만을 빌면서 잔뜩 웅크리고 자는 날이 많아졌다. 물론 그들은 자신들의 죄가 곧 만천하에 드러나 현실도 악몽이 될 거라는 건 전혀 모르고 있었다. 아무래도 그들이 편하게 발 뻗고 잘 수 있는 날은 쉽사리 오지 않을 것 같았다.

✦

"그 포춘쿠키에 '죄책감'이 들어 있었다고요? 그래서 테스트 센터에서 만났을 때, '죄책감' 분말을 그렇게 잔뜩 사셨던 거군요!"

페니가 살짝 흥분해서 말했다.

"쉿! 조용히 하게, 페니 양."

니콜라스가 페니를 진정시켰다. 페니와 달러구트는 준비한 아이스크림과 포춘쿠키가 순식간에 동이 나버려서 푸드트럭을 철수하고 있는 니콜라스와 막심을 돕고 있었다.

"달러구트 님은 '죄책감'이 들어 있다는 걸 알고 계셨죠? 그래서 먹지 않으신 거고요."

"그렇단다."

"그런데 아까 그 두 사람은 괜찮을까요? 아무것도 모르고 포춘쿠키를 싹 쓸어갔잖아요. 엄청난 '죄책감'에 시달리고 있겠어요. 쳇, 그래도 하나만 남겨주지. 맛도 궁금하고 안에 들어 있는 메시지도 궁금했는데…."

"페니 씨, 그렇게 궁금하면 드셔보세요. 잘 만들어졌는지 맛을 보려고 남겨둔 건데 페니 씨 드릴게요. 대신 딱 하나만 먹는 게 좋아요."

막심이 페니에게 포춘쿠키 하나를 내밀었다. 모양은 예쁘지 않았지만 검붉은 빛깔이 아주 희미하게 감도는 노릇노릇한 색깔이 먹음직스러웠다.

페니가 입에 넣으려는데 달러구트가 말렸다.

"지금 말고 나중에 저녁에 집에 가서 먹는 걸 추천하지. 여유로운 주말에 먹으면 더 좋고. 사실 난 니콜라스가 처음 포춘쿠키를 만들기 시작했을 때 시식하느라고 엄청나게 먹어봤어."

"달러구트 님은 어떤 죄책감이 드셨어요?"

"난 이걸 먹고, 바쁘다는 핑계로 오랫동안 연락하지 않은 친구에게 전화를 걸었어. 내심 마음속에 죄책감이 있었나 봐."

"그 죄책감이 달러구트 님께 긍정적인 변화를 만들었나요?"

"놀랍게도 아주 긍정적인 효과를 만들었단다. 사실 내가 기대한 것 이상이었지. 미뤘던 전화를 하자마자 반갑게 받는 친구의 목소리라니! 정말 기뻤어. '네가 갑자기 웬일이야?' 하고 퉁명스러운 대답을 받을까 봐 내심 조마조마했는데 말이야. 터무니없는 기우였어. 마치 어제 만난 것처럼 반갑게 받아주더군."

"이야, 달러구트 자네가 우리가 만든 포춘쿠키를 더 열심히 홍보해주면 좋을 텐데 말이야."

니콜라스가 푸드트럭의 옆문을 닫으면서 말했다.

"니콜라스, 그럴 일은 절대 없을 거야. 난 지금도 이 포춘쿠키를 사람들에게 공짜랍시고 나눠주는 걸 반대하는 입장이야. 주의 사항이라도 더 자세하게 적어놓는 게 어떤가? 이런 식으로 장사하다간 정보공시법 위반으로 신고를 당해도 할 말이 없을걸세."

"이런, 자네의 잔소리가 언제 시작되려나 했어. 맛있는 쿠키에 죄책감을 조금 섞어서 서비스로 주는 것뿐이야. 자네가 손님들한테 주는 숙면 사탕이나 심신 안정용 쿠키 따위도 결국엔 죄책감을 조금 넣은 이 포춘쿠키랑 별반 다를 게 없지 않나. 많이 먹어서 좋을 게 없다는 건 누구나 아는 사실이야. 그걸 자제하는 건 각자의 몫이라고. 그래서 최소한 어린아이들에게는 주지 않으려고 하잖아. 제조 허가도 다 받았는걸. 막심은 이것 때문에 제과제빵 자격증까지 땄다고."

니콜라스가 목에 빳빳하게 힘을 주고 말했다.

"하지만 이건 죄책감이 들어간 쿠키잖아요. 심신 안정용 쿠키랑은 달라요."

페니는 막심이 준 포춘쿠키를 먹지 않고 앞치마의 주머니에 넣으면서 말했다.

"죄책감이 뭐 어때서? 설마 세상에 쓸모없는 감정이 있다고 말하는 건 아니겠지?"

"니콜라스, 그러니까 죄책감이 들어간 쿠키라고 당당하게 잘 안내하고 나눠주라는 거야. 이런 방식은 잘못됐어."

"대놓고 '죄책감을 불러일으켜서 반성하게 만드는 포춘쿠키'라고 하면, 오히려 반성이 필요 없는 착한 사람들만 더 반성한다고. 정작 진짜로 반성이 필요한 사람들은 근처에도 오지 않을걸."

페니는 아까 포춘쿠키를 몽땅 쓸어갔던 두 사람을 떠올렸다. 분명 죄책감이 드는 쿠키란 걸 알았다면 그렇게 무리해서 가져가진 않았을 것 같았다.

"야스누즈 오트라의 꿈을 봐. 하나도 안 팔리고 있지? 그렇게 잘 만든 꿈인데도 말이야. 제목에다가 '내가 괴롭혔던 사람으로 한 달 살기'라고 떡하니 박아놓으면 누가 사겠느냔 말이야. 하여간 마케팅 감각이 없어."

"나는 그 말에 동의할 수 없어. 난 야스누즈 오트라의 꿈이 굉장히 훌륭하다고 생각한다네."

"달러구트, 자네가 오트라의 꿈을 높이 평가한다는 건 알고 있어. 하지만 누구나가 모두 자네처럼 공감 능력이 뛰어난 건 아닐세."

니콜라스가 단호하게 말했다.

"막심 씨는 왜 이 일에 함께하시는 거예요?"

페니는 가만히 듣고 있는 막심에게 궁금증이 생겼다.

"아시다시피 저는 '트라우마 극복을 위한 꿈'으로 작년에 데뷔했어요. 그런데 살면서 한 번쯤은 거쳐야 하는 힘든 시간이 아니라, 굳이 겪지 않아도 될 힘겨운 기억을 가진 사람들도 많더라고요. 저는 스스로가 강해져야 한다고 생각하지만, 애초에 그럴 필요가 없다면 더 좋겠죠. 가해자와 피해자가 명확한 상황이라면 더더욱이요. 저는 피해자가 뭘 더 노력하지 않아도 되면 좋겠어요. 노력은 가해자가 했으면 좋겠어요. 이기적이고 경솔하고 폭력적인 사람들이 실수로라도 이 포춘쿠키를 가져갔으면 좋겠어요."

"막심, 세상일이 그렇게 절묘하게 아귀가 맞아떨어지는 게 아니라네. 아무 죄 없는 사람이 이걸 먹게 될지도 몰라."

달러구트가 걱정스럽게 말했다.

"오, 세상에 아무 죄가 없는 사람도 있나? 감옥에 가야만 죄가 아니라네. 스스로 자기 마음을 무겁게 하고 외면하는 것도 죄야. 나조차도 죄 많은 늙은이인걸. 달러구트 자네가 심신 안정용 쿠키를 좋아하는 것처럼, 나도 이 죄책감이 담긴 포춘쿠키를 자주 먹는다네. 산타클로스랍시고 아이들한테 1년에 딱 한 번만 관심을 가지고, 다른 날엔 나만 호의호식하면 된다는 식으로 살아온 지난날을 반성하면서 말일세. 크리스마스? 좋지. 그런데 나이가 들면 들수록 그런 특별한 날은커녕 일상조차 누리지 못하는 아이들이 자꾸 눈에 밟혀. 늙을수록 더 그래. '내가 세상을 구할 영웅도 아니고, 그냥 못 본 척하고 살자.'라고 생각할 때도 있었지만, 그렇게 사니까 사는 게 재미가 없어. 이럴 거면 왜 이렇게 오래 살았나 싶을 정도야. 지금도 잘 모르겠어. 근데 오두막에 갇혀 있기만 해서는 아마 죽을 때까지 모르겠지…."

니콜라스는 마치 속죄를 하듯 속마음을 털어놓았다.

"저도 비슷한 생각이에요. 저는 세상에 착한 사람만 존재하고, 힘든 일은 하나도 없길 바라는 게 아니에요. 하지만 정말 말도 안 되는… 그러니까 자다가도 눈이 번쩍 떠지고, 가슴을 퍽퍽 쳐도 덩어리가 풀리지 않는 그런 유의 나쁜 일은 없었으면 하는 것뿐이에요. 그런 일을 하나라도 없앨 수만 있다면, 한 사람의 인생을 구하는 것과 다름없지 않을까요? 뉴스를 보면 나쁜 짓을 하고도 거리낌 없이 살아가는 사람들이 너무 많잖아요. 그런 사람들에게 주고 싶은 메시지를 포춘쿠키 안에 담았어요. 예를 들어 '죄를 지으면 발을 뻗고 잘 수 없다.'라는 말 같은 거로요."

막심이 말했다. 페니는 막심을 알게 된 이래로, 그가 이렇게 말을 많이 하는 건 처음 보았다.

"또 알아? '죄를 짓고는 발 뻗고 잘 수 없다.'라는 말이 '잠을 안 자면 산타클로스가 오지 않는다.'라는 말처럼 아주 널리 퍼질지도 모르지."

"잘 알겠네, 니콜라스. 하지만 논란이 생길 건 각오해야 할걸세. 자네 같은 유명인이 하는 일은 주목받기 쉬워. 나처럼 껄끄럽게 생각하는 사람들을 그런 논리로 완전히 이해시킬 수는 없을 거야."

달러구트가 걱정스러운 말투로 경고하듯 말했다.

"나도 알고 있어. 아마 소문이 더 퍼지면 장사를 접어야 할 거야. 하지만 소문이 퍼지는 것까지 내가 의도한 일이라면? 그건 그것대로 효과가 있을걸? 이게 내 방식이야."

니콜라스가 새하얀 턱수염을 매만지면서 의미심장하게 미소 지었다.

✦

다음 날, 평소처럼 일찍 출근한 페니는 꿈값 창고에서 일간지 〈꿈보다 해몽〉을 읽고 있었다. 페니는 벌써 니콜라스와 막심의 포춘쿠키에 관한 기사가 실린 것을 보고 깜짝 놀랐다.

비수기의 산타클로스, 그의 포춘쿠키 안에는 뭐가 들었나?

흔히 산타클로스로 알려진 니콜라스라는 이 제작자는, 최근 빨간 트럭을 타고 다니며 사람들에게 과자를 나누어주고 있다. 소문에 의하면 그 과자에는 '죄책감'이 함유되어 있는데, 교묘한 문구로 사람들을 현혹해 죄책감에 시달리게 만든다고 한다. 그 의도가 어찌 되었든 산타클로스는 누군가를 심판할 수 있는 영화 속 '정의의 사도'가 아니다. 누가 그에게 그런 권한을 부여했단 말인가?

페니는 어제 먹지 않고 넣어두었던 포춘쿠키가 문득 생각났다. 앞치마 주머니에 들어 있던 쿠키는 이미 눅눅해져서 더 이상 먹음직스러워 보이지 않았다. 페니는 포춘쿠키를 쪼개서 안에 들어 있던 작은 종이를 꺼냈다.

- 마음 편히 발 뻗고 푹 자는 것이야말로 진정한 행복이다. -

페니는 〈꿈보다 해몽〉의 기사와 니콜라스의 주장 중에 어느 쪽이 더 타당한지 쉽게 판단할 수 없었다. 하지만 이 포춘쿠키의 메시지만큼은 백번 옳은 말이라고 생각했다.

페니는 용기를 내서 앞치마에 그대로 있던 포춘쿠키의 반쪽만 깨물어 먹었다. 식감은 그다지 훌륭하지 않았지만, 맛은 달콤쌉쌀해서 먹을 만했다. 페니는 어떤 죄책감이 스멀스멀 피어오를지 기다렸다. 잠깐은 아무런 감정이 들지 않는 것 같았다. 그런데 어느 순간, 꼭 해야 할 일을 하지 않은 것처럼 갑갑하고 무거운 추를 발목에 매단 것 같은 기분이 들었다.

그리고 별안간 머릿속에 숫자 두 개가 떠올랐다. 330번, 620번.

페니는 빨간 트럭에 정신이 팔려 두 손님에 관한 생각을 완전히 잊고 있었다는 게 믿기지 않았다.

페니는 벌떡 일어나 꿈값 창고 밖으로 나왔다. 그리고 혼자 있는 달러구트와 맞닥뜨렸다. 그는 마침 박스를 옮기고 있었다. 어디서 그런 힘이 솟아나는지, 커다란 박스를 아주 가볍게 들어 올려 순식간에 쌓아 올리고 있었다.

"달러구트 님, 아침부터 창고에는 어쩐 일이세요?"

"보다시피 정리할 게 있어서 말이야. 일찍 출근했구나, 페니."

달러구트가 손을 탁탁 털면서 말했다.

"네. 아침에 할 일이 있어서요. 아 참, 달러구트 님도 아셔야 할 일이 있어요."

"무슨 일이니?"

"이미 알고 계실지도 모르지만, 단골손님 두 분이 한동안 가게에 방문하지 않고 계세요. 330번 손님과 620번 손님인데, 민원을 내신 적도 없어요."

"나 말고도 그분들에게 관심을 가지고 있는 직원이 있다니, 무척 기쁘구나."

"역시 알고 계셨군요? 다행이에요. 어떡하면 좋을까요?"

"나라고 뾰족한 수가 있는 건 아니지만 말이야. 얼른 행사를 진행해야 할 것 같구나."

"예전에 말씀하신 그 행사 말인가요? 달러구트 님의 올해 계획이라던…. 맞죠?"

"그래, 용케 기억하고 있구나. 몇 달 동안 많은 진전이 있었단다. 좋아, 이쯤 되면 보여줘도 되겠지."

달러구트가 주머니칼로 박스를 조심스럽게 뜯자, 그 안에서 수많은 베개와 이불 커버들이 나왔다.

"침구 장사라도 하시려고요?"

"그것도 재밌겠구나. 하지만 더 근사한 걸 할 거야. 우리 가게와 딱 어울리는 축제를 열 거란다."

"축제요?"

"그래. 혹시 파자마 파티에 가본 적이 있니?"

"친구네 집에서 잠옷을 입고 밤새도록 벌이는 파티 말씀이시죠? 아주 어릴 때 딱 한 번이요. 정말 좋았어요. 그러고 보니 커서는 그런 기회가 없었네요."

"기대하렴. 다가오는 가을에 우리 가게에서 파자마 파티가 열릴 거야. 아니지, 우리 가게뿐만 아니라 주변의 거리를 모두 파티 장소로 쓸 거란다."

달러구트의 말에 페니는 눈이 휘둥그레졌다.

"페니, 우린 어디서도 본 적 없는 초대형 파자마 파티를 열게 될 거야."

16장

전하지 못한 초대장

한가로운 주말이었다. 페니는 허리가 아플 지경이 되어서야 침대에서 겨우 일어나 거실로 나왔다.

“아이구, 방에 있었어? 난 네가 어제 집에 안 들어온 줄 알았다. 찾으러 나갈 뻔했어.”

발코니에서 화분에 물을 주고 있던 아빠가 늦게 일어난 페니를 놀렸다.

페니는 소파에 벌러덩 누워 발가락으로 텔레비전 리모컨의 전원 버튼을 눌렀다. 다부진 인상의 앵커가 오늘의 뉴스를 짧게 정리해 전달하고 있었다.

“플랜트 지역의 감정 농축액 생산 공장에서 유출된 ‘흥분’ 농축액이 인근의 해안까지 흘러 들어가는 사고가 있었습니다. 이로 인해 오늘 저녁까지 해안가 근처의 파고가 높아질 예정이니, 해변 나들이를 계획하신 분들은 주의하셔야겠습니다. 다음 소식입니다. 산타클로스로 널리 알려진 제작자 니콜라스와 악몽을 만드는 젊은 제작자 막심의 푸드트럭이 논란 끝에 영업을 종료했습니다. 니콜라스는 '죄책감'이 함유된 포춘쿠키에 대한 논란을 인지하고 있다며, 당분간 영업 재개 계획이 없다고 밝혔습니다."

페니는 왠지 이 상황까지 미리 생각해놓은 니콜라스가, 막심과 함께 설원의 오두막에서 다음 작전을 꾸미고 있을 것 같다는 생각이 들었다.

"마지막 소식입니다. 달러구트 꿈 백화점이 주관하는 파자마 파티가 10월 첫째 주에 개최된다는 소식입니다. 연초부터 달러구트와 참여할 기업 및 제작자들과의 접촉은 이루어지고 있었다는데요, 꿈 산업 관계자들은 파자마 파티와 그 진행 상황에 촉각을 곤두세우고 있습니다. 현재 참여할 것으로 알려진 기업 및 단체는 침구 회사인 베드타운, 전국 푸드트럭 연합, 신기술 연구소, 낮잠 연구센터입니다. 또한 컴퍼니 구역의 테스트 센터에 있는 재료들도 전문가의 감독 아래에 대량 사용될 것으로 보입니다. 이번 축제는 일주일간 24시간 내내 진행됩니다. 축제 기간 달러구트 꿈 백화점을 기점으로 반경 1킬로미터 내의 골목은 매우 혼잡할 것으로 예상되며, 파티가 진행되는 동안은 가급적 신발 착용을 자제하고 침실용 슬리퍼 착용을 권장한다고 합니다."

어제 가게 창고에서 달러구트와 나누었던 파자마 파티 소식이었다. 앵커는 다른 소식을 전할 때처럼 진지한 얼굴이었지만 목소리에는 설렘이 가득했다.

"와! 드디어 파자마 파티가 열리는구나! 여보, 이리 와서 뉴스 좀 봐요."

"어머나, 그게 정말이에요?"

아빠가 물뿌리개를 든 채로 욕실 타일의 묵은 때를 벗겨내고 있던 엄마를 불렀다. 두 사람이 페니의 앞을 가로막고 텔레비전 앞에 섰다. 아빠의 물뿌리개와 엄마의 청소용 솔에서 물방울이 똑똑 떨어졌다.

"두 분 다 그것 좀 내려놓고 오세요. 거실이 엉망이 되잖아요."

"페니, 엄마 아빠가 처음 만난 게 바로 저 파자마 파티였어."

페니의 엄마가 아랑곳하지 않고 말했다.

"파자마 파티가 이번이 처음이 아니에요?"

"딱 한 번 열렸었어. 아마 25년 전이었을 거야. 그렇죠, 여보?"

"맞아요, 맞아. 25년 전! 달러구트가 꿈 백화점의 주인이 되고 나서 5년 정도 지나서였을 거야. 그때도 사람들이 굉장히 많이 모였어. 페니, 그 당시만 해도 네 엄마는 다른 도시에 살았단다. 파자마 파티 때문에 여기에 왔다가 날 만난 거지."

"그렇게 만난 사람이 꽤 많을걸요. 일주일 동안 전국의 사람들이 다 한 번씩은 다녀갔을 거예요. 그때는 놀 거리가 많이 없었잖아요. 난 그때 달러구트 꿈 백화점을 처음 보고 이 도시에 홀딱 반해버렸지 뭐예요. 내가 살던 곳에는 그렇게 큰 꿈 상점은 없었거든요."

"이야, 아무튼 정말 오래된 추억이네. 정말 오랜만이야."

"그렇게 반응이 좋았는데 왜 그 후로 다시 열지 않았을까요?"

"그건 우리가 묻고 싶은 말이란다. 넌 꿈 백화점의 직원이잖아."

"저도 그저께 처음 들었는걸요. 그것도 우연히요. 창고에 침구들이 잔뜩 쌓여 있었어요. 거리를 전부 침실처럼 꾸밀 거라고 하셨어요."

"그래? 푸드트럭도 예전처럼 많이 오면 좋겠어. 분말 형태의 값비싼 감정들을 디저트에 듬뿍 뿌려서 나눠주기도 했는데, 난 활력 시나몬을 뿌린 사과 아이스크림을 지금도 잊을 수 없어. 그때도 너희 아빠는 9시만 되면 잠드는 사람이었는데, 그날은 다음 날 아침까지 피곤하지가 않다고 이틀 밤을 꼬박 새우면서 놀았지 뭐니."

"두 분이 처음 만나서 이틀 밤을 꼬박 새우며 놀았다고요?"

부모님은 얼굴이 동시에 붉어지더니 물뿌리개와 청소 솔을 들고 허둥지둥하며 원래 있던 곳으로 돌아갔다.

이튿날, 월요일 오전의 꿈 백화점은 약간 혼란스러웠다. 여기저기서 난처해하는 직원들을 어렵지 않게 발견할 수 있었다. 그들은 뉴스를 보고 온 손님들의 쏟아지는 질문에 제대로 된 대답을 하지 못하고 있었다.

"파자마 파티가 정말 열리나요?"

"아, 네. 아마도요…."

"혹시 파티에서 특별히 출시되는 새로운 꿈이 있어요?"

"글쎄요. 잘 모르겠어요."

"왜 모르죠? 달러구트 꿈 백화점에서 여는 축제잖아요. 비상금을 아껴뒀다가 그때 쓰려고 그래요. 좀 알려주세요."

하지만 직원들은 정말로 아는 게 없었다.

"미리 알려주셨다면 좋았을 텐데요. 정작 달러구트 님은 오늘 사무실에서 나오시지도 않고…."

페니가 뾰로통하게 말했다. 웨더 아주머니는 아무렇지도 않은 표정이었다.

"난 이해해. 옛날에 했던 첫 번째 파티의 실패가 너무 쓰라렸거든. 우린 그때 너무 어설펐지. 이렇게 큰 축제를 일개 상점에서 주최한다는 건 어마어마한 시간과 노력이 들어가는 일이야. 손해도 엄청났고, 그래서 이렇게 오랫동안 다시 시도할 엄두를 내지 못했지. 나도 달러구트 님이 파자마 파티를 다시 준비하고 계시는 줄은 몰랐어. 하지만 확실해질 때까지 소문이 나지 않길 바란 것도 이해는 가. 뉴스로 먼저 접하게 된 건 아쉽지만 말이야."

"달러구트 님도 그런 때가 있으셨군요. 두 분은 정말 오랜 동료네요."

"그땐 우리 둘 다 젊고 의욕이 넘쳤지. 달러구트 님은 선대의 사장님께 물려받은 꿈 백화점을 정말로 잘 운영하고 싶어 했어. 지금도 마찬가지고 말이야."

웨더의 말이 끝나기가 무섭게, 사무실에만 있던 달러구트가 드디어 모습을 드러냈다. 그는 오늘따라 부스스한 머리를 매만지면서 직원들을 향해 겸연쩍게 웃어 보였다.

"다들 많이 기다렸지요? 이거 당황스럽게 해서 미안합니다. 뉴스로 먼저 알게 할 생각은 아니었는데 미안하게 됐군요. 웨더, 잠깐 마이크를 써야겠어요."

달러구트는 프런트로 들어와 전체 층에 방송이 들리게끔 세팅하고 목소리를 가다듬었다.

"아아, 잘 들리십니까? 직원 여러분께서는 오늘 점심시간이 끝나는 대로, 모두 제 사무실 아래의 불만 접수실로 모여주십시오."

직원들은 일찍이 식사를 마치고 불만 접수실에 모여 있었다. 거대한 원탁에 모인 층별 직원들은 각자 일하는 층수가 새겨진 브로치를 달고 층별로 구분이 되게끔 조금씩 떨어져서 무리 지어 앉았다. 가게 업무를 위한 최소 인원을 제외하고는 전부 불만 접수실에 와 있었다.

페니는 작년에 막심의 '트라우마 극복을 위한 꿈'의 환불 요청 때문에 내려왔던 날 이후 불만 접수실에 들어오는 건 처음이었다. 달러구트가 인원수만큼 추가로 더 가져다놓은 의자 덕분에 거의 딱 맞게 앉을 수 있었지만, 원탁의 크기가 넓어진 건 아니었기 때문에 옆 사람과 무릎이 닿을 지경이었다.

"스피도 님, 아까부터 발로 제 정강이를 툭툭 치고 있는 거 아세요?"

4층의 남자 직원이 참다못해 발끈해서 소리쳤다.

"아, 미안. 이렇게 가만히 앉아서 기다리면 영 불안해서 말이야. 어서 시작하시죠, 달러구트 님."

스피도가 반대편에 앉은 달러구트를 재촉했다.

"좋아요. 이제 거의 다 온 것 같군요. 필요한 물품을 지원해줄 업체들과 마지막까지 조율하느라 이야기가 늦어졌어요. 미안합니다. 여러분을 여기로 부른 건 파티의 가장 중요한 부분을 결정하기 위해서예요. 자, 이 자리에서 이번 파티의 테마를 어떤 꿈으로 할지 의논하고 싶군요."

달러구트가 직원들을 천천히 둘러보며 말했다.

"자, 모든 직원이 모이지는 못했지만 각 층에서 선발된 베테랑 직원들의 이야기를 한번 들어보죠. 의견을 종합해서 주제를 결정할 거예요."

3층의 썸머가 손을 들었다.

"달러구트 님, 파자마 파티에 왜 테마가 필요해요? 그냥 잠옷 차림으로 침대에서 뒹굴거릴 수 있다는 자체가 확실한 테마잖아요. 그것만으로도 사람들은 즐거워할 거예요. 가게에도 손님이 늘어날 테고요."

"그런 단순한 생각으로 개최했다가 아주 쓴맛을 본 적이 있어요. 첫 파자마 파티는 완전히 실패했지요."

"저희 부모님은 아주 즐거운 파티였다고 기억하시던데요. 실패의 기준이 뭐죠?"

페니도 손을 들고 질문했다.

"페니, 좋은 질문이야."

달러구트가 칭찬했다.

"아주 명확한 기준이 있죠. 막대한 비용을 들였지만, 가게의 매출은 전혀 오르지 않았습니다. 그리고 발길을 끊은 손님들도 돌아오지 않았고요. 그게 파티의 가장 중요한 이유였는데도 말이죠. 첫 번째 파티는 가게 앞의 유동 인구를 늘리는 효과밖엔 없었어요. 그마저도 파티가 끝나고 나서는 원점으로 되돌아갔지만요. 그래서 생각한 게 '테마'를 정해서, 그에 맞는 꿈들을 준비하는 거예요. 파자마 파티에서만 즐길 수 있는 꿈들을 마련하는 거죠."

"그 꿈은 발길을 끊었던 손님들도 부담 없이 꿀 만한 것이어야겠군요?"

웨더가 핵심을 짚고 넘어갔다.

"맞아요, 웨더. 오랜만에 꿔도 좋고, 언제 꿔도 반가울 만한 꿈을 추천받고 싶군요."

"오랜만에 꿔도 괜찮을 꿈이라면 저희 2층의 꿈이 좋지 않을까요? '평범한 일상'을 담은 꿈은 우리에게 익숙한 것들이고…."

2층 직원들이 이야기를 시작하자마자 다른 층의 직원들이 따분한 표정을 지었다. 특히 5층의 모태일이 그랬다.

"에이, 그래도 명색이 파자마 파티인데 좀 더 떠들썩하고 환상적인 꿈이면 좋잖아요!"

"그럼 5층에서는 어떤 꿈을 내놓고 싶지? 뭔가 좋은 대안이 있나 보군."

2층 매니저인 비고 마이어스가 톡 쏘아붙였다.

"에이, 농담이시죠? 5층은 할인 코너잖아요. 논외로 해야죠."

"축제와 어울리는 꿈이라면 뭐니 뭐니 해도 우리 3층의 꿈 아니겠어요?"

모그베리가 자신만만하게 말했다.

"맞아요. 훨훨 날아다니고 영화 속 주인공이 되는 꿈들보다 파티에 잘 어울리는 꿈이 어디 있겠어요? 사실 이렇게 의논하는 것도 시간 낭비라고 생각해요."

썸머도 모그베리의 말에 힘을 실어주었다.

"그렇게 따지면 1층의 베스트셀러가 더 낫지 않아?"

스피도가 찬물을 끼얹었다.

"파티에 우리 4층의 낮잠용 꿈만 갖다놓을 순 없을 테니까, 난 차라리 1층의 꿈을 추천할래."

"스피도, 난 1층의 꿈은 현실적으로 무리라고 생각해. 역대 수상작이나 베스트셀러 꿈은 들어오는 수량이 충분하지가 않아서 금방 동이 나버릴 거야."

웨더가 고개를 저으면서 말하고 옆에 앉은 페니를 돌아봤다.

"페니, 넌 어떻게 생각하니?"

페니는 앞치마 주머니에서 꺼낸 손바닥만 한 노트를 보고 있었다. 〈꿈보다 해몽〉을 보면서 메모해뒀던 내용을 참고하기 위해서였다.

"음, 축제라면 다른 사람들한테 꿈을 선물하기도 하겠죠? 3층의 다이나믹한 꿈이 제일 무난할 것 같긴 한데…."

페니는 군데군데 메모해놓은 '좋은 꿈의 조건'을 살폈다.

크리스마스나 생일처럼 특별한 날 선물할 꿈을 고를 때는, 아래의 한 가지만 만족해도 센스 있는 사람이라는 칭찬을 들을 수 있다.

1. 다시 봐도 좋은 영화처럼 시간이 지난 후 다시 꿨을 때도 의미가 있을 법한 내용
2. 꿈꾸는 사람 개개인을 위한 맞춤 형태
3. 현실에서는 실현 불가능하고 꿈이어야만 경험할 수 있는 내용

"시간이 지나고 다시 꿔도 좋고, 개인을 위한 맞춤 형태인 데다 꿈

이어야만 경험할 수 있는 꿈이 뭐가 있을까요?"

"그걸 다 만족하는 꿈이 있나?"

직원들이 웅성거렸다.

"2층에 있지."

비고 마이어스가 손을 들었다.

"2층의 '추억 코너'에 있는 꿈들이 그 조건을 다 만족해. 추억은 시간이 지나고 다시 봐도 좋고, 사람마다 갖고 있는 추억이 다르니까 당연히 맞춤 형태로 제작될 수밖에 없지. 그리고 지나간 추억을 꿈이 아니면 어디서 경험할 수 있겠어."

"정말 그렇군."

달러구트가 고개를 끄덕였다.

"그럼 테마를 '추억'으로 하는 게 어때요? 제가 아는 제작자들한테 추억과 관련한 꿈들을 만들어달라고 부탁할 수도 있을 것 같아요. 그렇게만 된다면 3층의 꿈을 굳이 고집할 필요도 없고요."

모그베리가 이렇게 말하자, 다른 사람들도 한 명씩 동의하기 시작하며 직원 대부분이 찬성했다.

"자, 여러분. 이로써 축제의 테마는 '추억'으로 결정됐습니다. 다들 잘하는 것을 마음껏 뽐낼 수 있을 겁니다. 지금부터는 한 시간도 허투루 쓸 수 없어요. 시간이 그리 넉넉하지 않답니다. 방대한 양의 자료도 필요하고요. 이번에 잘되면 우리 도시를 대표하는 행사로 자리 잡게 될 거예요. 꿈 상점이 밀집해 있는 여기 중심가를 온갖 푹신푹신하고 기분 좋은 것들로 꾸미는, 누구나 기다릴 수밖에 없는 그런 행사가 되겠지요. 전국에서 푸드트럭이 몰려들고 파티를 맞아 새로

장만한 잠옷을 입은 사람들이 거리에 나와 호화롭게 밤을 만끽하는 모습을 상상해보세요."

달러구트가 자리에서 일어나 두 팔을 벌리고 말했다.

주제가 결정되자 이야기는 급물살을 타고 흘러갔다. 다들 미리 준비라도 한 것처럼 할 일을 분담했다.

"손님들 한 명 한 명에 대한 데이터가 필요해."

"그런데 그 많은 서류를 누가 정리해뒀겠어?"

페니가 말했다.

"이미 충분히 정리해뒀을 것 같은데."

모태일이 비장한 표정의 2층 직원들을 보며 말했다. 그들은 비고 마이어스를 중심으로 잔뜩 기합이 들어간 얼굴로 자신들이 해야 할 일을 일사불란하게 토론하고 있었다.

"그동안 꿈을 사 갔던 손님들의 취향을 분석해놓은 것이 있어요. 제 취미예요."

"아주 믿음직스럽구먼."

"월별로 정리해둔 것도 있어요. 가을에는 어떤 포장지 색깔이 가장 판매량이 많은지도 정리해뒀는데 보시겠어요?"

2층 직원들의 정리벽은 페니가 생각했던 것보다 더 대단했다.

"저런 걸 다 언제 검토해? 검토하고 꿈 목록을 뽑아내려면 시간이 엄청나게 걸릴 거야."

"반나절이면 충분해. 오랜만에 실력 발휘를 해야겠군."

스피도가 먹잇감을 발견한 하이에나처럼 2층 직원들의 방대한 데이터에 손가락을 풀며 군침을 흘렸다.

"다들 잠깐만."

웨더는 다른 사람들의 얘기가 끝나기를 기다렸다가 한 손을 들고 사람들의 시선을 집중시켰다.

"혹시 내가 파티 장식을 맡아도 될까?"

"당연하죠. 그게 제일 걱정이었어요."

"오, 이럴 수가. 정말 흥분돼. 가게 앞이며 골목골목 전부 내 맘대로 꾸며도 된다니…. 잊지 못할 파티를 만들 거야. 온 도시를 폭신폭신한 것들로 가득 채우고 말 거야."

"예산은 걱정하지 마시게, 웨더."

달러구트가 두툼한 봉투를 통째로 내밀었다. 웨더는 아드레날린이 폭발한 것 같은 표정을 지으며 봉투를 받고 어쩔 줄을 몰라 했다.

"이러고 있을 때가 아니지. 파티에 필요한 침구류는 다 준비하셨다고 했죠? 저는 그럼 더 작은 소품들을 살게요."

이후의 파티 준비는 순조로웠다. 각자 특기를 살려 일사천리로 일을 진행해나갔다. 웨더 아주머니는 그녀의 머릿속에 있는 파티의 전체적인 모습을 스케치해서 보여주기도 했다. 그녀의 뛰어난 그림 실력에 페니는 깜짝 놀라고 말았다.

스피도는 상황을 누구보다 빠르게 정리해서 '추억'을 테마로 한 꿈의 목록을 완벽하게 만들었다. 발이 넓은 모그베리는 신인 제작자들을 섭외했고, 비고 마이어스는 속속 도착한 테스트용 꿈들을 깐깐하게 골라냈다.

이제 소문도 널리 퍼져서 어디를 가나 둘 이상이 모이면 달러구트 꿈 백화점의 파자마 파티 얘기뿐이었다. 가게의 손님들도 마찬가지였다. 중년 이상의 손님들 중에는 페니의 부모님처럼 오래전의 첫 번째 파자마 파티를 기억하는 사람들도 있었다.

"참 근사했지. 더 늙기 전에 또 한 번 밤새워서 놀 생각을 하니까 설레는구먼. 축제 기간이 될 때까지 영양제를 잘 챙겨 먹어야겠어."

"이번에는 베드타운 가구점과 전국 푸드트럭 연합도 참가한다잖아요. 새내기 제작자들의 신제품 발표회도 한대요. 상상해보세요. 정말 즐길 거리가 가득할 거예요. 이렇게 제대로 된 파자마 파티는 처음이에요! 너무 신나요."

모그베리는 3층에 있질 못하고 각 층을 돌아다니면서 손님들과 수다를 떨었다.

파티에 참여하는 기업과 단체의 목록이 추가로 공개되고, '추억'을 테마로 한 꿈들을 여러 제작자의 해석대로 선보인다는 반가운 소문에 사람들의 기대도 점점 높아져갔다.

"우리 애들은 새 잠옷을 사달라고 벌써 성화야."

웨더가 말했다.

"저도 봐둔 게 있어요. 출근할 때 잠옷을 챙겨왔다가 퇴근할 때 갈아입고 거리로 나가면 바로 놀 수 있겠죠? 누가 여기 사람이고 누가 외부 손님인지 분간이 안 될 거예요."

페니도 들뜬 건 마찬가지였다.

"'신기술 연구소'에서 박람회처럼 새로운 기술을 담은 여러 제품을 선보이기도 할 거래요. 어쩌면 동시에 같은 꿈을 꿀 수 있는 '2인용 꿈'을 체험해볼 수 있을지도 몰라요."

"아쉽지만 그건 아직도 개발 중이야. 내가 살아생전에 완성이 될지 모르겠어."

그들은 파자마 파티 얘기만으로도 이틀 밤은 거뜬히 새울 수 있을 것 같았다.

"웨더 씨, 계십니까? 배달왔습니다."

커다란 박스를 든 배달원이 입구에 서서 웨더를 찾았다.

"어머, 예상보다 빨리 완성됐군요."

웨더는 후다닥 일어나서 배달원을 맞이했다.

"네. 사장님이 다른 곳보다 먼저 인쇄해주셨어요. 파자마 파티를 다들 기대하고 있잖아요. 여기 수령인에 이름을 적고 사인도 해주세요."

"정말 고맙다고 전해줘요."

웨더가 단숨에 박스를 뜯었다. 택배를 수천 개는 뜯어본 것 같은 군더더기 없는 움직임이었다.

"이게 다 뭐예요?"

페니가 물었다.

"파티 초대장이야. 이거야말로 빠질 수 없잖니?"

달러구트 꿈 백화점의 '파자마 파티'에 초대합니다!

10월 첫째 주의 선선한 가을날,

꼬박 일주일 동안 밤낮없이 진행될 파티에

당신을 초대합니다.

파티의 테마는 '추억'입니다.

'추억'을 테마로 한 꿈들을 마음껏 즐겨보세요.

다채로운 볼거리, 먹거리는 덤입니다!

잠든 당신이 평소처럼 찾아오시길

손꼽아 기다리고 있겠습니다.

– 달러구트 꿈 백화점 직원 일동 –

"우리 단골손님들에게 드리려고 특별히 주문했어. 오늘부터 나눠 드리면 넉넉잡아도 일주일이면 전부 전달할 수 있을 거야."

"초대장을 받았다는 걸 기억하실까요?"

"깨어 있을 땐 기억하지 못하더라도 여기 오셨을 때만큼은 파티를 염두에 둘 수 있지 않겠니? 그리고 파티의 재미는 초대장을 전달하는 것부터야. 내 파티는 이미 시작됐어."

웨더가 초대장의 개수를 헤아리며 즐겁게 말했다.

"흠흠."

비고 마이어스가 프런트로 다가와 어색하게 헛기침을 했다.

"무슨 일이세요. 비고 님?"

페니가 물었다. 비고는 프런트 위를 흘끔흘끔 보고 있었다.

"저기, 초대장을 한 장 가져가도 될까?"

그가 초대장 묶음을 넌지시 턱 끝으로 가리켰다.

"그럼요. 물론이죠!"

페니가 세차게 고개를 끄덕였다. 비고가 누구에게 초대장을 주려는지 알 것 같았다.

그날 오후, 1번 손님이 가게를 방문하자 예상대로 비고 마이어스가 그녀에게 접근했다. 1층 로비에서 초대장을 들고 뒷짐을 진 채 서성거리던 비고는 깡통 로봇처럼 어색하게 걸어서 1번 손님에게 다가갔다.

"저기, 손님."

"네?"

"이건 이번 가을에 저희 가게에서 열리는 파티의 초대장입니다. 받아주세요."

"와, 어떤 파티예요?"

"파자마 파티입니다. 마음에 드실 거예요. 꼭 와주십시오."

손님이 비고가 건넨 초대장을 읽는 동안 비고는 말없이 기다렸다. 그리고 손님이 웃으면서 고개를 끄덕이고 가던 길을 가려는데, 긴장한 얼굴로 더듬더듬 말을 더했다.

"그게… 그러니까. 당신은 기억나지 않겠지만 이것이 나의 첫 번째 초대는 아닙니다. 첫 번째 초대는 매우 서툴렀지요. 이번에는 그냥 있는 그대로의 모습으로 파티에 와주시면 됩니다. 평상복을 입고 잠든다거나… 다른 사람의 눈을 피할 필요도 없어요. 평소처럼 잠옷을 입고 잠들기만 하면 됩니다. 이런 초대를 꼭 해보고 싶었어요."

"네? 당연히 그러려고 했는데요."

비고는 어리둥절한 표정을 짓고 서 있는 1번 손님을 뒤로하고, 도망치듯 황급히 2층으로 올라갔다.

페니는 비고의 홀가분한 표정을 얼핏 본 것 같았다.

잠시 후, 3층에서 모그베리가 썸머와 함께 프런트를 찾아왔다.

"웨더 님, 파티에 관한 아이디어가 생각나서 말이에요. 가게 안에 돗자리를 깔아놓고 무료로 《시간의 신과 세 제자 이야기》 성향테스트를 해드리는 거예요. 찾아오는 손님들이 즐길 거리를 하나 더하는 거죠. 어떻게 생각하세요? 인기가 많을 것 같죠?"

"모그베리 님, 그 성향테스트는 이미 인기가 시들해요. 몇 달 전에나 유행하던 거예요."

썸머는 지겨운 표정으로 모그베리를 말렸다.

"난 좋은 생각인 것 같은데."

웨더가 무심코 대답했다.

"그것 봐, 썸머. 나랑 같이 하자. 알겠지? 같이 하기로 한 거다?"

모그베리가 썸머의 팔짱을 끼고 말했다. 썸머는 뒤돌아서 웨더 아주머니를 원망스럽게 힐끔 쳐다보면서 프런트에서 멀어졌다.

"다들 새로운 일이 생기니까 의욕이 넘치네요."

"그러게 말이야. 자, 여기 초대장을 둘 테니 오늘부터 단골손님들이 오시면 꼭 드리자. 내가 없을 때도 잘 부탁해."

그 후 며칠 동안 백화점의 거의 모든 단골손님에게 초대장을 전할 수 있었다. 하지만 페니에게는 딱 두 장의 전하지 못한 초대장이 남아 있었다. 330번 손님과 620번 손님 몫이었다.

"오지 않는 손님들한테는 초대장도 드릴 수가 없네요."

"아직 시간이 있으니 기다려보는 수밖에."

"왜 안 오시는지 정말 궁금해요."

"요즘 아주 열심이구나, 페니."

"제가 할 수 있는 일이 많아졌으면 좋겠어요."

"어떤 계기라도 있었니?"

"음… 정확하진 않지만, 아마 민원관리국에 다녀온 이후부터인 것 같아요. 792번 손님과 1번 손님을 만나면서 느낀 게 많거든요."

"그것 때문이라면 만 1년이 지난 직원을 민원관리국에 데려가는 달러구트 님의 방침이 매우 성공적인 것 같구나."

웨더가 만족스러운 표정을 지었다.

"맞아요, 어쩌면 성향테스트 때문인지도 몰라요. 모그베리 님이 얘기했던 것 말이에요. 올해 초에 해봤거든요."

"나도 해봤어. '세 번째 제자' 유형으로 나왔어. 지혜로운 중재자였나? 넌 어땠니, 페니?"

"전 '두 번째 제자' 유형으로 나왔어요. 혹시 두 번째 제자의 후손이 누군지 알고 계세요? 다른 사람들은 잘 모르는 것 같더라고요."

"모를 만도 하지. 안타깝지만 지금은 여기에 계시지 않거든. 워낙 조용히 사는 걸 좋아하기도 했고."

"분명 그 이름을 들었던 것 같은데…."

"아틀라스야."

페니는 그 이름을 어디서 들었는지 이제야 기억했다.

처음에는 비고 마이어스의 입에서, 그리고 테스트 센터의 감정 분말이 담긴 포대 자루 앞에서 들었던 니콜라스와 막심의 대화에 그 이름이 등장했었다.

"그분은 지금 어디서 뭘 하고 계세요? 사람들이 아틀라스에 관해 얘기하는 걸 들은 적이 있어요. 저는 한 번도 본 적이 없는데요."

"아틀라스는 말이지…."

웨더가 입을 여는데 달러구트가 문을 벌컥 열고 나왔다. 그는 막 나가려는 참인 듯했다. 외근을 나갈 때 신는 구두로 갈아 신고 얇은 겉옷을 팔에 걸치고 있었다.

"달러구트 님, 어디 가세요?"

"잠깐 다녀올 데가 있단다. 초대장을 챙겨 가야지. 예상대로 두 장 남았구나."

"초대장을 갖고 어딜 가시게요? 민원관리국에라도 가시려고요?"

"손님들이 어디 계신지는 내가 알고 있어. 다행히 민원관리국보다는 조금 가까운 곳에 계시단다."

"그게 어디죠?"

"그렇지 않아도 페니가 아틀라스에 대해 궁금해하던 참이에요."

웨더가 무슨 말을 하는지 알 수 없었다. 손님과 초대장, 아틀라스가 무슨 관계일까?

"그래? 그렇다면 지금 나와 함께 가겠니?"

"어디로 가는 거예요?"

"가보면 알지. 자, 얼른 출발하자. 출근 열차 시간에 맞춰야지."

"이 시간에 출근 열차를 탄다고요?"

페니가 갸우뚱하자 그녀의 단발머리가 가볍게 찰랑거렸다.

페니는 잠시 후 달러구트와 출근 열차에 올라타 있었다. 늦여름의 저녁 공기가 살짝 끈적했는데, 열차의 속도가 빨라지자 선선한 바람이 일어 한결 쾌적해졌다. 행선지를 밝히지 않은 채 잠자코 있던 달러구트가 입을 열었다.

"페니, 오늘 보고 들은 건 다른 사람들한테 함부로 말해서는 안 돼. 네가 그럴 거라고는 생각하지 않지만 말이야."

"어떤 일을 보고 듣게 된다는 말씀이세요? 우린 그저 손님 두 분을 찾으러 가는 게 아닌가요?"

"도착해보면 알게 될 거란다. 사실 난 우리가 방문할 장소가 아무에게나 알려지지 않았으면 하거든. 필요한 사람만 다녀가는 조용한 장소로 남을 수 있다면 좋겠구나."

"어디를 말씀하시는 건지…."

"벌써 다 왔구나. 여기서 내려야 해."

열차가 멈추자 달러구트가 자리에서 일어났다.

그곳은 매점과 녹틸루카 세탁소가 있는 아찔한 내리막의 가장 낮은 지점이었다.

페니는 얼떨떨한 얼굴로 달러구트를 따라 내렸다. 그가 앞장서서 가는 방향은 분명히 녹틸루카 세탁소 쪽이었다.

"달러구트 님, 손님들을 찾으러 가야 하는데 왜 세탁소로 가시는 거예요?"

달러구트는 페니의 질문에 대답하는 대신, 세탁소 입구에 서 있던 녹틸루카와 반갑게 인사를 나눴다.

"오셨군요. 기다리고 있었어요. 혼자 오신 게 아니네요!"

특이하게 꼬리 끝부분만 털이 파란색인 녹틸루카가 페니를 보고 씨익 웃었다. 아쌈이었다.

“아쌈! 정말로 세탁소에서 일하게 됐구나! 자, 이제 왜 우리가 여기로 온 건지 아무나 저한테 좀 알려주세요.”

“들어가보면 알아.”

아쌈은 달러구트와 똑같이 대답했다. 페니는 이제 조금 빈정이 상할 지경이었다.

아쌈이 동굴 안쪽을 가리키며 페니를 재촉했고, 달러구트는 이미 동굴 안으로 들어가고 있었다. 커다란 아쌈의 덩치와 길쭉한 달러구트의 몸이 동굴 입구를 반쯤 가리고 있었다. 페니는 뒤에 서서 캄캄한 세탁소 안쪽을 의심스러운 눈초리로 바라봤다. ‘녹틸루카 세탁소’라고 삐뚤빼뚤 새겨진 동굴 입구의 나무 간판이 금방이라도 떨어질 것처럼 바람에 덜그럭거렸다.

“보아하니 여긴 평범한 세탁소가 아니군요?”

세탁소가 있는 동굴 안에서 철썩거리는 희미한 물소리가 들려오는 것 같았다. 시원한 바람도 불어 나오고 있었다. 오늘처럼 후텁지근한 날에는 그만한 유혹이 없었다. 어두컴컴한 세탁소가 어서 들어와보라고 은근하게 손짓하고 있었다.

페니는 두 번째 제자의 후손인 아틀라스와 아직 전하지 못한 두 장의 초대장, 그리고 이 세탁소와의 연결 고리를 찾지 못한 채, 아쌈과 달러구트의 뒤를 따라 동굴 안으로 걸음을 내디뎠다.

17장

녹틸루카 세탁소

달러구트와 페니는 아쌈을 따라 동굴 안쪽으로 들어가고 있었다. 통로는 녹틸루카들이 빨랫감을 잔뜩 짊어지고 지나다니기에 불편하지 않을 만큼 넓었다. 동굴 통로 안으로 몇 발을 내딛는 동안에도 사방은 여전히 어두웠는데, 앞서 걷는 아쌈의 파란색 꼬리가 캄캄한 동굴 안에서 야광별처럼 빛났다. 페니와 달러구트는 아쌈의 꼬리를 쳐다보면서 조심조심 걸음을 옮겼다.

저 멀리 안쪽에서 희미하게 물이 철썩거리는 소리가 들려왔다.

"산 밑에 뚫어놓은 지하 배수로로 걸어 들어가는 기분이에요."

페니는 긴장한 채 달러구트 뒤에 바짝 붙어 걸었다.

아쌈의 터벅터벅 발소리를 따라 몇 걸음 더 옮기자, 어슴푸레한 빛이 통로를 밝혔다. 통로의 벽면은 자연 동굴 특유의 거칠고 불균일한 특성이 있으면서도 누군가가 의도를 가지고 다듬어나간 것처럼 정돈된 느낌이었다. 하지만 인위적으로 달아놓은 조명은 보이지 않았다. 은은한 빛은 동굴 벽의 사이사이에서 새어 나오고 있었다.

바로 그때, 페니의 눈길이 닿아 있던 동굴 벽의 한 지점이 삽시간에 어두워지더니, 새카만 그림자가 일렁거렸다. 아쌈이나 달러구트, 페니의 그림자는 아니었다. 통로의 어디에도 그림자가 생길 만한 다른 물체는 없었다. 페니가 이상하다는 생각을 하자마자, 그림자들이 머뭇거리는 것처럼 우왕좌왕하더니 한꺼번에 천장 위로 떼를 지어 이동했다.

"달러구트 님, 아쌈! 방금 보셨어요? 그림자들이 스스로 움직였어요. 그림자들이 이리저리 움직였다고요. 분명히 우리 그림자는 아니었어요."

페니가 놀라서 큰 목소리로 말하자 아쌈이 뒤를 돌아보고 낮게 '쉿!' 하며 앞발을 입에 갖다 댔다.

"안에선 너무 소란스럽게 굴면 안 돼. 알겠지?"

"이해해주게, 아쌈. 이런 광경을 처음 본다면 놀랄 법도 하지."

달러구트가 얘기하자 아쌈이 이해가 간다는 듯 머리를 끄덕였다.

동굴 안으로 들어가면 들어갈수록 사방에 물그림자처럼 일렁이는 그림자들이 자주 보였고, 단조로운 몇 개의 음이 계속해서 멀어졌다 가까워지기를 반복하며 귓가를 맴돌았다. 시작과 끝을 알 수 없는 음률에 익숙해질 때쯤, 주변은 한층 더 밝아져서 통로 끝의 넓은 공간에서 일하고 있는 녹틸루카들의 형체가 눈에 들어오기 시작했다.

"휴, 밝은 곳이 보이니까 드디어 마음이 놓이네요. 그런데 아쌈, 왜 여기선 조용히 있어야 하는 거야? 게다가 아까 그 그림자들은 뭐고?"

페니가 물었다.

"여기는 세탁소일 뿐만 아니라, 많은 사람들과 그림자가 쉬어가는 곳이기 때문이야."

아쌈이 페니 쪽을 돌아보면서 답했다.

"세탁소에서 쉬어간다고?"

페니가 의아해하자 앞서 걸어가던 달러구트가 그 자리에 멈춰 섰다. 그리고 동굴 벽의 한쪽을 가리켰다. 벽에는 익숙한 글귀가 음각으로 새겨져 있었다.

'두 번째 제자와 그의 추종자들은 좋았던 기억에 갇혀 세월의 흐름과 예정된 이별, 그리고 서로의 죽음을 받아들이지 못했습니다. 그들의 눈물이 쉴 새 없이 땅 밑으로 흘러 커다란 동굴을 만들어냈습니다.'

달러구트가 낮은 목소리로 글귀를 소리 내 읽었다. 《시간의 신과 세 제자 이야기》의 두 번째 제자에 관한 내용이었다.

"그 글귀가 왜 세탁소로 가는 통로에 새겨져 있죠? 혹시… 이곳이 두 번째 제자와 그 추종자들이 숨어버렸다는 이야기 속의 동굴인가요?"

"역시 이해가 빠르구나, 페니. 여긴 아틀라스의 동굴이야. 아틀라스는 두 번째 제자의 후손이란다. 아틀라스의 조상에게 시간의 신이 허락한 능력은 '많은 것을 오래도록 기억하는 능력'인데, 이 동굴이 그 능력의 증거야. 잊기 아까운 기억들이 모이지. 이렇게 말이야. 우리가 '추억'이라고 부르는 바로 그것."

달러구트가 이번에는 글귀가 적힌 벽면의 주변을 손으로 가리켰다. 큐빅처럼 작은 알갱이부터 엄지손톱보다 훨씬 커다랗고 반짝이는 원석들이 동굴 벽에 드문드문 박혀 있었다. 동굴을 은은하게 밝히는 따스한 빛은 바로 거기서 뿜어져 나오고 있었다.

"이 별처럼 빛나는 것들이 전부 사람들의 추억이란다. 믿어지니? 두 번째 제자의 후손들이 흘린 눈물로 이 동굴이 만들어졌다는 건 과장이겠지. 하지만 그들이 이 동굴에 터를 잡고 오랜 시간 머물렀던 것은 사실이야. 그렇다고 해서 그들이 이곳에만 평생 틀어박혀 살았던 건 아니지만 말이야. 하지만 아틀라스는 달랐어. 그는 평생을 이 동굴에서 보냈단다. 지금도 말이야."

달러구트가 나긋한 목소리로 설명해주었다. 페니는 눈으로 보고 있으면서도 달러구트가 하는 말들이 현실처럼 느껴지질 않았다.

"페니, 아주 단단하게 박혀 있는 결정들이 보이지? 보통은 저런 결정들 주위로 더 많은 양의 추억들이 생기곤 해. 추억 하나는 다른 기억들까지 지탱하는 힘이 있어. 그 덕에 이 동굴은 다른 어떤 구조물보다 튼튼하지."

아쌈이 자랑스럽게 말했다.

마치 동굴 전체가 밤하늘 같고 그 안에 박혀 있는 추억들이 별자리처럼 보였다. 페니는 계속해서 더 안쪽으로 이동하면서도 추억 결정들로부터 눈을 떼지 못했다.

"아쌈, 그런데 왜 이런 곳이 세탁소인 척하고 있는 거야?"

"무슨 소리! 세탁소인 척이 아니야. 정말로 세탁소야."

"세탁소가 맞다고? 아까는 사람들과 그림자가 쉬어가는 곳이라고 했잖아. 쉼터에, 세탁소에, 아틀라스가 사는 동굴에… 대체 여긴 정체가 뭐야?"

"성격 급하긴. 보면 알게 될 거야. 자, 어서 와. 나의 새로운 일터에 온 걸 환영해!"

아쌈의 커다란 몸통 뒤로 분주하게 움직이고 있는 녹털루카들이 보였다. 발밑에는 부드러운 나뭇가지로 얼기설기 엮어 만든 빨래 바구니들도 놓여 있었다.

그들이 통로를 지나 다다른 곳은, '어떻게 이렇게 큰 공간이 감쪽같이 숨어 있었나.' 하고 놀랄 정도로 넓고 탁 트인 공간이었다. 녹틸루카들도 작아 보일 만큼 아득하게 높은 천장 아래에 몇 단으로 쌓여 있는 대형 세탁기들이 눈에 들어왔다. 한쪽에는 빨랫줄을 걸 수 있는 기다란 막대들이 세워져 있었고, 잘 마른 수면 가운들이 빨랫줄에 널려 있었다.

계속해서 들리던 물소리는 세탁기 안의 물이 철썩이는 소리였다. 반복적인 기계 소음과 물이 세차게 빨랫감에 닿는 소리가 음악처럼 들렸다.

아직 꼬리만 파랗게 변한 아쌈과는 달리, 일하고 있는 수십 명의 녹틸루카는 대부분 온몸이 새파랗게 변해 있었다. 그들은 빨래 바구니를 앞발과 꼬리에 걸고 세탁기와 빨래 바구니, 그리고 빨랫줄을 오가면서 일했다. 그들의 푸른 털이 동굴 안에서 야광별처럼 환하게 빛났다.

페니는 이 동굴 전체에 전기 조명이 하나도 없다는 걸 깨달았다.

동굴 벽의 추억 결정들과 야광별처럼 빛나는 녹틸루카만으로 충분히 밝았다. 페니는 어렸을 적 천장에 붙여놓고 밤마다 바라보던 야광별 스티커를 떠올렸다.

"다들 저길 봐. 아쌈이 손님을 데려왔어."

가장 새파란 녹틸루카가 아쌈 일행을 눈치채고 다른 녹틸루카들에게 외쳤다.

"아이쿠, 허리야. 그렇지 않아도 언제 오나 했네."

녹틸루카 사이에 있어서 보이지 않던 자그마한 체구의 남자가 소리를 냈다. 그 남자는 이삭을 줍는 것처럼 바닥에 떨어진 빨래들을 주워서 다시 바구니에 집어넣다가 허리를 펴고 달러구트를 바라봤다. 그는 순박한 인상에 농부처럼 태양에 보기 좋게 그을린 건강한 피부를 가지고 있었다.

"달러구트, 믿을 만한 새 직원이 생겼나 보군. 여기까지 데려오다니 말이야."

그 남자가 다가오더니 달러구트를 지나쳐서 페니에게 악수를 청했다. 그의 손에 박힌 단단한 굳은살의 감촉이 인상적이었다. 페니는 낯선 사람의 등장에 조금 당황했지만, 달러구트는 그런 그를 보고 미소를 짓고 있었다.

"어서 와요. 당신이 페니죠? 달러구트에게 전해 들었어요. 아쌈에게도 들었지요. 그리고 또 당신에 대해 말한 사람이 있는데…. 아니에요, 이건 말하지 않는 게 좋겠군요."

그가 얼버무렸다.

"여긴 무엇이든 오래 기억하는 능력을 가진 '두 번째 제자'의 동굴이에요. 우리는 대대로 사람들의 추억이 새겨진 공간을 지켜왔지요."

"실례지만 당신은…."

페니는 대답을 듣기 전에 이미 답을 알 것 같았다.

"아틀라스예요. 두 번째 제자의 후손이죠. 이곳이 왜 세탁소가 된 건지 궁금한 모양이군요."

그는 페니의 생각을 읽은 것 같았다. 아틀라스가 아쌈에게 눈짓을 보냈다.

"페니, 신기한 걸 보여줄게."

아쌈은 방금 세탁기에서 꺼낸 물이 뚝뚝 떨어지는 수면 가운을 들더니, 추억 결정이 박혀 있는 동굴 벽과 가장 가까운 빨랫줄에 널었다. 그러자 추억들이 내뿜는 빛이 빨랫감에 빨려 들어가듯이 스며들더니, 거짓말처럼 순식간에 빨랫감이 보송하게 말라버렸다. 페니는 넋을 놓고 마법 같은 광경을 지켜봤다.

"추억에 말리면 한 번도 젖은 적 없던 것처럼 바싹 말릴 수 있어. 두 번째 제자의 후손들은 젖은 빨랫감이 이 추억의 빛으로 아주 보송보송하게 잘 마른다는 걸 옛날부터 알고 있었대. 그래서 녹틸루카들에게 함께 일할 것을 제안했지. 녹틸루카들은 거절할 이유가 없었어! 하루에도 몇백 벌씩 나오는 수면 가운을 세탁해서 말리느라 고생이 이만저만이 아니었거든. 그 후로 여기 세탁소는 우리에게 아주 소중한 일터가 됐어."

아쌈은 뿌듯한 얼굴로 페니에게 설명했다.

"그랬구나. 이제야 조금씩 이해가 돼. 하지만 달러구트 님, 우린 초대장을 드릴 손님을 찾아야 한다는 걸 잊으신 건 아니죠? 손님들이 여기 계신 게 맞나요?"

페니가 원래의 목적을 잊지 않고 똑 부러지게 달러구트에게 물었다.

"페니, 손님들은 분명히 여기에 있단다. 아틀라스, 내 말이 맞지?"

달러구트가 말하자 아틀라스가 엄청난 양의 수면 가운들이 널려 있는 구역 너머를 가리켰다.

"그럼, 물론이지. 자네가 얘기했던 두 명의 손님 모두 와 있어. 어서 가봐."

"그거 잘됐군. 날 따라오렴, 페니."

페니는 어지럽게 널려 있는 빨래들을 손으로 걷어내면서 달러구트를 따라 더 안쪽으로 향했다.

널어놓은 수많은 빨래에 가려져 있던 숨은 공간이 눈에 들어왔다. 빨랫줄 대신 나무 기둥 사이에 걸려 있는 해먹 위에 잠옷을 입은 사람들이 올라가서 쉬고 있었다.

그리고 세탁하기 전의 빨랫감이 잔뜩 쌓여 있는 곳 한가운데, 나이가 지긋한 여자가 혼자 있었다. 그녀는 찰랑찰랑 소리를 내면서 돌아가는 세탁기 소리에 귀를 기울이면서 조용히 앉아 있었다. 멀리서 봐도 한눈에 알아볼 만큼 낯익은 얼굴이었다.

"저분을 알아요. 매일 오전 시간에 들러서 카탈로그를 보며 천천히 쇼핑하시는 분이에요. 330번 손님이 틀림없어요! 두 분 중에 한

분을 벌써 찾았네요."

페니는 반가운 마음에 그녀를 향해 달려가려고 했다. 그러자 달러구트가 페니의 옷깃을 붙잡았다.

"페니, 손님께 말을 걸기 전에, 손님이 왜 이곳까지 와 있는지 먼저 알아야 한단다. 아까 추억이 내뿜는 불빛에 빨래가 잘 마른다는 걸 깨닫고 이곳을 세탁소로 사용하게 됐다는 얘기를 들었지?"

"네."

"그 뒷이야기가 더 있단다. 아틀라스는 이 불빛이 사람들의 기분을 낫게 하는 데도 꽤 도움이 된다는 걸 알았단다. 추억에는 물에 젖은 빨래를 보송보송하게 말리는 힘뿐만 아니라, 무기력에 흠뻑 빠진 사람들의 마음도 포근하게 달래주는 힘이 있었던 거야."

"무기력에 빠진 사람들이요?"

"그래. 사람들은 이따금 아무것도 하고 싶지 않을 때, 피곤하지 않은데도 눈을 감고 잠을 청하곤 한단다. 그렇게 잘 때는 어떤 꿈도 필요 없고, 그저 세상과 완전한 단절을 원하게 되지. 그런 손님들은 정처 없이 길을 걷거나, 우리 백화점뿐만 아니라 어떤 가게에도 들어가지 않고 오도카니 서 있곤 한단다. 자, 여기까지 들었으니 그들을 이곳까지 인도한 자들이 누구인지 알겠지?"

"정처 없이 길을 걷는 사람들을 발견하고 여기까지 인도했다면…. 확실해요. 녹틸루카밖에 없어요."

"정답이야."

달러구트가 페니의 대답에 만족스러워했다.

"외부 손님들을 오랜 시간 관찰하고 그들을 쫓아다녔던 노련한 녹틸루카들, 그러니까 푸른 털을 가진 나이 많은 녹틸루카들이 세탁소에서 일하는 건 그 때문이란다. 그들은 무기력해서 어떤 일도 하고 싶지 않은 상태의 손님들을 알아보는 안목이 있어."

"그래서 그랬군요. 달러구트 님, 그렇다면 저기 있는 330번 손님도 기분이 좋지 않을 텐데 억지로 초대장을 드리는 건 실례일 수도 있겠어요."

"글쎄다. 나는 그렇게 생각하지 않는단다. 무기력증은 누구나 겪는 일이야. 나도 그럴 때가 있거든. 이럴 때야말로 우리가 손을 먼저 내밀어야 하지 않겠니? 우리의 단골손님이시잖니."

달러구트는 손님에게 조심스레 다가갔다. 손님은 달러구트를 곁눈질로 흘긋 보더니 눈을 감고 세탁기 소리에 다시 집중했다.

"아주 평화롭죠? 저도 세탁기 물소리를 들으면 기분이 차분해지더군요."

"네…. 그런데 무슨 일이죠?"

"거두절미하고 용건을 말씀드리죠. 이번에 저희 꿈 백화점에서 '추억'을 테마로 큰 축제를 열게 됐답니다. 손님도 오셔서 좋은 꿈을 만나보셨으면 해서 초대장을 드리러 왔습니다."

"저는 관심 없어요. 아무것도 하고 싶지 않아요. 내버려둬주세요."

"그렇군요. 그럴 때가 있지요. 참, 그러고 보면 우리도 세탁기 안에 가득 들어 있는 저 수면 가운과 아주 비슷하지 않습니까?"

무슨 뚱딴지같은 소리냐는 표정으로 손님이 달러구트의 얼굴을 쳐다봤다.

"빨래는 저렇게 푹 젖어 있다가도 금세 또 마르곤 하지요. 우리도 온갖 기분에 젖어 있을 때가 많지 않습니까. 그러다가도 언제 그랬느냐는 듯 금세 괜찮아지곤 하지요. 손님도 잠깐 무기력한 기분에 젖어 있는 것뿐입니다. 물에 젖은 건 그냥 말리면 그만 아닐까요?"

"어떻게요?"

손님이 관심을 보이자, 그 틈을 놓치지 않고 달러구트가 초대장을 내밀었다.

"작은 계기만 있으면 된답니다. 친구와 전화 통화를 하고, 잠깐 바깥을 산책하는 것처럼 아주 사소한 행동으로 기분이 나아질 때가 있지 않습니까. 이번에는 '추억'을 테마로 한 꿈을 통해서 손님의 기분이 한결 나아질 수 있을 것 같군요. 자, 속는 셈 치고 파자마 파티에 와주시겠습니까?"

✦

달러구트 꿈 백화점의 330번 단골손님은 60대 중반의 여성이다.

그녀는 10년 전에 갱년기를 다른 사람보다 수월하게 넘겼고, 직장 생활도 무사히 정년까지 마쳤다. 세 명의 자녀를 남편과 함께 키워냈고, 올해 초에는 막내까지 장가를 갔다. 막내의 결혼식을 마치고 집에 돌아와서 이제 정말 다 끝냈다고 긴장을 풀던 순간, 예기치 못한 무기력이 여자를 집어삼켰다.

돌아보면 자신 말고는 아무도 자신을 알아주지 않는 하루하루였다. 35년간의 직장 생활이 끝났다는 것과 텅 빈 둥지가 된 집에 덩그러니 남게 됐다는 자각이, 한꺼번에 단단한 고무공처럼 사방에서 튀어와 여자의 가슴팍을 때렸다. 주변에서는 그녀에게 이제 푹 쉴 일만 남았다고 말했다. 그 말이 편치 않았다. 솔직히 말해 고깝게 들렸다.

정신 차려보니 크게 아프지 않은 게 다행스러운 나이가 되어 있었다. 세수를 하고 거울을 볼 때면, 아이들을 키우고 직장 생활을 하느라 오랫동안 만나지 못한 친구를 보는 듯한 어색함마저 느껴졌다. 일부러 큰 거울을 작은 거울로 바꿨다. 하지만 곁에서 함께 나이 들어가는 남편의 얼굴만 보더라도, 두 사람 사이에 흘러간 세월의 흔적을 외면할 도리가 없었다.

아침에 마실 차를 끓이는 것도, 쓰레기를 버리러 나가는 것조차도 힘겨웠다. 어떤 날은 반찬을 왕창 만들어보기도 하고 조그만 작물들을 키워보기도 했지만, 의욕이 돌아오지는 않았다.

'내 삶은 다 어디로 갔을까….'

집 대출을 다 갚을 때까지는 열심히 살아야지, 애들 전부 대학 졸업할 때까지는 힘내야지, 막내가 장가갈 때까지는 긴장을 놓을 수 없지 하고 목표 지점을 정확히 조준하고 흔들림 없이 살아가던 날들이 그립기까지 했다.

이제 뭘 위해, 어떤 날을 기대하며 살아야 하는지 알 수 없었다.

무기력을 이기지 못하고 억지로 필요치 않은 잠을 청하던 여자는, 길 잃은 사람처럼 정처 없이 꿈속 세계를 걸었다. 그러다 머리부터 발끝까지 파란 털로 뒤덮인 녹틸루카를 만났다.

"혹시 어디로 가야 할지 모른다거나 아무것도 하고 싶지 않나요?"

녹틸루카는 그녀의 기분을 다 아는 것처럼 말했다.

"나와 함께 갈래요? 당신과 같은 사람들이 쉬어가기에 딱 좋은 곳을 알아요."

여자가 고개를 끄덕이자마자, 녹틸루카는 그녀를 자신의 꼬리에 태웠다. 그녀가 꼬리에서 균형을 잃고 떨어질라치면 더 확실히 감아올려 등에 기댈 수 있게 해주었다. 그러고는 꼬리 끝으로 그녀의 등을 토닥였다.

녹틸루카는 그녀를 출근 열차에 태운 후, 세탁물로 덮었다. 세탁이 필요 없을 만큼 깨끗하고 편안한 냄새가 나는 빨래 더미로 가려 아무에게도 보이지 않고, 방해받지 않도록 해줬다.

그녀는 그렇게 푸른 녹틸루카를 따라 세탁소 안으로 들어오게 됐다.

✦˙

330번 손님에게 무사히 초대장을 전달한 달러구트와 페니는, 이제 620번 손님을 찾기 위해 세탁소의 가장 구석진 곳으로 이동하고 있었다. 천장이 조금 낮아진 공간에 커다란 소파들이 보였다.

마찬가지로 조명은 없었지만, 동굴 벽에 박혀 있는 추억 결정들에서 충분한 빛이 새어 나왔다. 세 마리의 녹틸루카가 둘러앉아서 다 마른 빨래를 개고 있었다. 그들이 농담을 주고받으며 킬킬거리는 소리가 동굴 벽에 부딪혀 작게 울렸다.

"620번 손님이 저기 계시는구나."

"네? 어디에요?"

페니는 몇 걸음 더 다가가서야 620번 손님을 발견할 수 있었다. 그는 녹틸루카들 사이에 앉아서 열심히 수면 양말을 개고 있었다.

"안녕하세요. 620번 손님."

이번에는 페니가 손님에게 말을 걸었다.

"저요?"

20대 중반 정도로 보이는 남자가 되물었다.

"네. 잠시 저희랑 이야기를 나눠주실 수 있을까요? 일은 쉬엄쉬엄 하셔도 될 것 같아요."

페니가 마른 빨래 더미를 보면서 말했다.

"빨래라도 개켜야 살 것 같아서 그래요. 지금 당장 대단한 일은 못 하겠지만 뭐라도 하고 싶어요."

남자는 쉴 새 없이 손을 움직이면서 대답했다.

"혹시 무슨 일이 있으신지 여쭤봐도 될까요?"

페니가 그의 곁에 살포시 앉으면서 물었다.

"별일은 없어요. 저는 그저… 많이 지쳐서 그래요."

✦

남자는 자타공인 열심히 사는 청년이었다. 어떻게 그렇게 하루를 알뜰하게 쓸 수 있느냐고 묻는 친구들도 많았고, 후배들은 그를 닮고 싶은 선배로 꼽았다. 남자는 몸을 부지런히 움직이는 것만이 잡생각에 빠지지 않고 목표를 향해 달려나갈 수 있는 유일한 방법이라고 생각하고 살았고, 많은 경우에 남자의 생각은 옳은 듯했다. 남자는 실천은 하지 않으면서 답 없는 우울에만 빠져 있거나 감정에 매몰되어 지금 할 일을 해내지 못하는 사람과는 거리가 멀었고, 그런 이들을 이해하지도 못했다.

그의 동기 부여 수단은 언제나 가족이었다. 그는 가족을 정말로 사랑했다. 철이 든 이후에는 가족을 위해 빨리 성공하고 싶다는 생각뿐이었다.

평생 오래된 차를 고치고 또 고쳐서 탄 아빠한테는 새 차를, 엄마한테는 한도가 넉넉한 카드를 선물하고 싶었지만, 시간은 남자를 기다려주지 않을 것 같았다. 이따금 자신이 자리를 잡고 나면 자신이 몇 살이고 부모님은 각각 몇 살일지를 생각하게 됐다.

하지만 결정적인 순간마다 대부분의 일이 그의 마음 같지 않았다. 노력만으로는 경쟁률이 50 대 1이 넘어가는 시험의 당락을 좌지우지할 수 없었고, 기다려도 도통 자리가 나지 않는 일자리를 뚝딱 만들어낼 수도 없는 노릇이었다.

그는 한 번의 기회를 떠나보낼 때마다, 그리던 모든 미래의 일들을 한꺼번에 뒤로 미루고 또 미루길 반복해야 했다.

'지금의 경험은 나중에 어떤 식으로든 도움이 된다. 젊을 때 겪는 좌절이야말로 가장 빛나는 성공의 초석이다.'라는 식의 말들을 휴대폰 배경 화면으로 설정해놓는 것도 다 옛일이었다. 결과적으로 번듯하게 잘살고 있는 사람들이나 할 수 있는 말 같아서 싹 지워버린 지 오래였다.

남자는 빠르게 의욕을 잃어갔다.

혼자 마음을 재정비할 시간이 필요했다. 눈을 감고 누워 있는 것이 가장 손쉽게 마음을 돌보는 방법이었다. 그는 자신이 고장 나버린

게 분명하다고 생각했다.

'컴퓨터의 잔고장처럼 껐다 켜면 싹 나았으면 좋겠어.'

그는 자신을 껐다 켜는 것처럼 잠들고 일어나길 반복했다. 잠드는 건 쉽고, 일어나는 데는 의지가 필요했다. 무기력은 어느새 그의 힘만으로는 어쩔 도리가 없을 정도로 강해졌다. 남자는 우울에 잠식될까 두려워 함부로 우울이라는 단어를 입 밖에 내지도 않았다. 그러니 누구도 남자의 상태를 알 수 없었다. 이제 그만 꿈에서 빠져나와 열심히 살고 싶다는 마음은 굴뚝 같은데 몸이 자꾸 늘어졌다. 잠이 오지 않는데도 자꾸만 잠을 청하고 방의 불을 껐다. 가만히 누워 있는 시간이 점점 늘어갔다.

✦

남자는 자신의 이야기를 담담하게 들려주더니 흔쾌히 초대장을 받았다. 그는 대화하는 도중에도 손을 쉬지 않고 녹틸루카들을 도와서 수면 양말을 차곡차곡 정리하고 있었다.

"쉽고 간단한 일을 반복적으로 하다 보면 무기력을 극복하는 데 도움이 된대요."

남자가 씩씩하게 말하려고 애썼다.

페니는 그의 모습이 어쩐지 안쓰러워 보였다.

"맞아요. 저도 여기서 빨랫감을 널고, 개키다 보면 어느샌가 마음이 정리되더라고요. 그래서 저는 얼른 나이가 들어서 여기서 일할 수 있는 날만 기다렸답니다."

어느새 다가와 있던 아쌈이 불쑥 대화에 끼어들었다. 아쌈은 불이 꺼진 손전등을 들고 남자의 주변을 샅샅이 살피고 있었다.

"갑자기 나타나서 뭘 찾는 거야?"

페니는 아쌈의 행동을 이해할 수 없었다. 그런데 바로 그때, 남자의 발밑에 그늘이 드리운 것처럼 캄캄해지기 시작했다.

"이것 좀 보세요! 제 발밑에 뭔가 이상한 게…."

그 캄캄한 그늘은 사람 모양의 그림자로 변했다. 그림자는 스스로 몸집을 점점 불리더니 소파에 앉은 남자의 주변을 완전히 에워싸기 시작했다. 페니는 그럴 리 없다는 걸 알면서도 그림자가 남자를 집어삼켜버리는 줄 알고 순간 깜짝 놀랐다.

"이 녀석, 저리 물러나!"

아쌈이 그림자를 향해 손전등을 켜고 빛을 비췄다. 아쌈이 갑자기 소리를 지르는 바람에, 가만히 서 있던 달러구트가 깜짝 놀라 차곡차곡 포개어놓은 수면 양말 더미를 밀쳐서 무너뜨리고 말았다. 갑자기 빛을 쬔 어두운 그림자는 삽시간에 크기가 줄어들더니, 남자에게 아기처럼 폭 안겨 있는 것처럼 형태를 바꾸었다.

"이 녀석들은 사람을 너무 좋아한다니까. 하지만 네 주인을 괴롭히면 안 돼."

아쌈이 그림자에게 경고하자 그림자는 더더욱 크기가 줄어들어 남자의 발밑을 서성거렸다.

"아쌈, 이건 대체 뭐야?"

얼떨떨한 표정을 짓고 있는 남자 대신 페니가 물었다.

"이 손님의 밤그림자야. 손님이 꿈을 꾸지 않고 여기에 틀어박혀 있으니까, 손님이 있는 곳까지 용케 찾아온 거지. 이 녀석들 때문에 실컷 잘 쉬었는데도 자고 일어나면 찜찜한 기분이 든다니까. 밤그림자들은 나쁜 녀석들은 아니지만 끈적끈적하게 달라붙는 성질이 있어서 개운하게 깰 수가 없어. 저 녀석 때문에 이 손님은 자고 일어나서 또 찜찜한 기분이 들 거야. 겨우 여기서 푹 쉬고 기분이 나아졌는데 말이야."

아쌈이 잔소리를 퍼붓자 남자의 발밑에 있던 그림자가 시무룩하게 벽을 타고 어둠 속으로 숨어버렸다.

"그래도 옷을 안 입으려고 도망치는 손님들보다는 그림자 쪽이 훨씬 잡기 쉬워. 나이 먹길 잘했어."

아쌈은 세탁소에서 일하는 게 너무나 만족스러운 것 같았다.

"나도 여기가 마음에 들어. 사람들에게 더 알려져서 많은 사람들이 쉬었다 가면 좋을 텐데. 그렇지 않나요, 달러구트 님?"

달러구트는 가만히 고개를 저으며 입을 열었다.

"여긴 이익을 창출할 만한 게 아무것도 없잖니. 손님들이 아무 꿈도 사지 않고 여기에 숨어 있길 바라는 사람은 별로 없어. 특히 누군가는 트집을 잡기 딱 좋겠지. 꿈꾸지 않는 사람들을 대책 없이 숨겨준다고 못마땅해할 거야.

"혹시… 민원관리국이요?"

"민원관리국도 그렇게 생각하는 기관 중의 하나겠지. 물론 그 사람들은 자기 일을 하는 거야. 우린 꿈을 팔지 않으면 살아갈 수 없으니까, 조급하게 이곳을 폐쇄하거나 강제로 무슨 꿈이든 팔려고 할지도 모른단다. 어떨 때는 '기다려주는 것'이 가장 좋은 방법이라는 걸 아는 사람은 드물거든."

달러구트가 씁쓸해했다.

"그러니까 이곳은 정말로 필요한 사람들에게만 알려지는 것만으로도 충분하단다. 적어도 아틀라스는 그렇게 생각했어. 그리고 사람들이 여기에 너무 오래 머물게 둘 수는 없어. 계속 있을 곳은 아니야. 피난처는 누구에게나 필요하지만, 피난처가 가장 편해져버려서 원래 있던 곳으로 돌아갈 수 없게 된다면 그 또한 곤란하지 않겠니?"

어느 틈에 철없는 밤그림자들이 다시 사람들의 주위를 기웃거리고 있었다.

귀엽게 기웃거리는 그림자들을 채 떨쳐내지 못한 사람들이 난처한 표정을 지었는데, 그 표정이 마치 아침에 일어나기 힘들어서 찌푸린 표정과 흡사했다.

"당장 주인들을 놓아주지 않으면 너희가 좋아하는 추억도 더 이상 만들어지지 못할걸."

그림자들은 달러구트의 말을 알아들었는지 멀리 흩어졌다.

"난 이제 집에 갈 시간이야. 페니, 너도 초대장 주는 일이 끝났지?"

"응."

"그럼 같이 나가면 되겠다. 달러구트 님, 어서 나가시죠."

아쌈이 말했지만 달러구트는 동굴 안의 다른 손님들이 신경 쓰이는 눈치였다.

"아틀라스 님이 늘 여기 계시니까 괜찮아요. 손님들은 혼자가 아니에요. 새벽이 되면 다른 녹틸루카들도 다시 나올 거고요."

"그러지. 오늘 내가 할 일은 끝난 것 같구먼. 아틀라스와 인사를 하고 우리도 어서 돌아가자꾸나."

그들은 다시 세탁소 입구로 돌아왔다. 녹틸루카들은 뒤뚱뒤뚱 걸어서 일렬로 동굴을 빠져나가고 있었다. 세탁기는 몇 대를 제외하고는 작동을 멈춘 상태였다.

“우리 말고 다른 손님이 또 왔나 보군.”

달러구트가 아틀라스의 동굴 집 쪽을 가리켰다.

페니는 그가 가리킨 쪽에서 놀라운 사람들을 발견했다. 이 공간과 전혀 어울리지 않는 옷차림의 남자가 눈에 띄었다. 분명 틀어 올린 머리에 도포 자락이었다. 채도가 낮은 청색 도포를 걸치고 가느다란 명주실 허리띠를 두른 남자는, 짧은 머리를 하고 몸에 딱 맞는 양장을 입은 키 큰 여자와 함께 있었다. 페니는 언젠가 신문 기사에서 봤던 도제의 모습을 기억했다. 그는 ‘죽은 자가 나오는 꿈’을 만드는 제작자로, 좀처럼 모습을 드러내지 않는 것으로 유명했다. 페니는 그런 그가 바로 지금 눈앞에, 야스누즈 오트라와 함께 있다는 게 믿기지 않았다.

그들은 아틀라스와 무어라 이야기를 주고받다가 동시에 달러구트와 페니를 돌아봤다.

페니는 도제를 처음으로 가까이에서 볼 수 있었다. 그의 길고 날카로운 눈매와 요즘 사람 같지 않은 분위기가 유난히 현대적인 스타일의 오트라와 도드라지게 대비되면서, 과거와 현재의 사람이 세탁기 모양을 한 타임머신 안에서 툭 튀어나온 것 같았다.

도제는 페니의 얼굴을 묵묵히 응시했고, 페니는 그가 만드는 꿈에 대한 선입견 때문인지 서늘한 기운에 몸이 굳어버릴 것 같았다. 다행히 오트라가 페니를 알아보고 짧은 정적을 깼다.

"페니 씨?"

페니는 무슨 말을 해야 할까 고민하던 끝에 화젯거리를 겨우 생각해냈다.

"어… 그게… 그러니까, 두 분도 파자마 파티에 오시나요?"

지금으로선 가장 자연스러운 대화 주제였다.

"아, 들었어요. '추억'을 테마로 여러 제작자들이 꿈을 준비하고 있다고요. 그들에게도 분명히 기회가 될 테니까요. 달러구트 님, 저와 도제도 참가해도 될까요?"

오트라가 얇은 소재의 블라우스 소매를 걷어 올리면서 적극적으로 말했다.

"자네들이 도와준다면 더욱 풍성한 파티가 될 거야."

"추억을 테마로 하다니. 우리 선조들께서 들었다면 아주 감동하셨을 거야. 우린 추억을 아주 소중하게 여기는 사람들이니까. 추억은 떠올리면 떠올릴수록 더 견고하고 단단해지는 성질이 있지. 축제가 끝날 무렵에는 이 세탁소도 한층 더 밝게 빛날 걸세. 물론 빨래도 더 잘 마를 테고."

아틀라스는 동굴 집을 등지고 서서 환하게 웃었다.

"달러구트 님, 소인이 추억으로 등을 만들어봐도 되겠습니까?"

잠자코 있던 도제의 첫 마디였다.

페니는 그의 특이한 말투는 둘째치고, 목소리도 정말 옛날 사람 같다고 생각했다.

"망자들의 추억 결정을 모아다가 등으로 쓰면 참 좋겠다 싶었지요. 축제와 잘 어울릴 것 같은데, 어떠신지요."

"죽은 사람들의 추억으로 만든 등이라…. 외부 사람들이 들으면 딱 주마등을 떠올리겠구먼."

달러구트가 난처해했다.

"주마등이 무엇인지요?"

"아닐세. 너무나 자네다운 아이템이지만 축제와는 어울리지 않을 것 같아. 그래… 그렇다면, 돌아가신 분과의 추억을 담은 꿈을 만들어보는 게 어떤가?"

달러구트가 완곡하게 도제의 제안을 거절했다.

"그건 그렇고 파티 테마를 추억으로 한 데는, 역시 2층 매니저인 비고 마이어스 그 사람의 입김이 작용했겠죠? 그분 고집이 보통이 아니잖아요."

오트라가 분위기를 바꾸며 물었다.

"비고도 원하긴 했지. 하지만 이렇게 결정되게끔 영리하게 유도한 건 여기 있는 페니야."

"역시! 막심이 페니 씨를 마음에 들어 할 만하네요. 어머, 내가 주책이죠? 젊은 사람들 얘기라면 나도 모르게 주책맞게 떠들게 된다니까요."

페니는 오트라의 갑작스러운 얘기에 뭐라고 답해야 할지 몰라 눈을 끔뻑거렸다.

"막심이? 난 그 녀석이 도통 뭘 하고 다니는지도 모르겠어."

아틀라스가 껄껄 웃었다.

"막심은 요즘 잘 안 오죠? 하나뿐인 아들이 코빼기도 안 보여서 서운하겠어요, 아틀라스."

페니는 깜짝 놀랐다. 아틀라스와 막심은 외관상으로 그다지 닮은 구석이 없었다.

“서운하긴. 어쨌거나 그 녀석은 이 애비보다 훨씬 나은 사람으로 컸어. 부모로서 그만한 행복이 어디 있겠니.”

“아틀라스 님이 막심 씨의 아버지라고요? 그럼 그분도 이 동굴에서 자랐나요?”

“맞아요. 덕분에 나도 어릴 때부터 막심을 봐왔죠. 도제도 마찬가지예요. 여긴 어릴 때부터 우리 아지트였어요. 아틀라스는 우리한테도 친아버지나 다름없어요.”

오트라가 자신보다 훨씬 왜소한 아틀라스를 한쪽 팔로 다정하게 껴안으면서 말했다.

“아틀라스, 도제도 그땐 참 귀여웠는데… 그렇죠? 말투는 그때도 특이했지만요.”

“평소에 만나는 죽은 이들에게 예를 갖추다 보니 이런 말투가 되고 말았소. 워낙 어려서부터 많은 죽음을 목격해왔으니….”

“오랜만에 옛 생각을 하니까 그립네요. 여기만 오면 그렇게 추억에 잠긴다니까요. 어릴 때 우리 엄마 아빠는 다른 사람에게 돈을 빌릴 때 항상 내 핑계를 댔어요. 키우는 데 돈이 많이 든다나 뭐라나. 근데 보통 다른 부모님들은 그러지 않는다는 거예요. 난 우리 집에 누가 오면 기분이 좋은데도 불쌍한 표정을 지었어요. 그러면 부모님들의 얘기가 좀 더 잘 풀린다는 걸 알게 됐거든요. 그런데도 항상 나한테 쓰는 돈을 아까워했죠.”

오트라가 아무 일도 아닌 것처럼 과거 이야기를 했다.

"갑자기 이런 얘기를 꺼내면 저 젊은 친구가 불편해하지 않겠소. 나도 아는 걸 왜 모르시오?"

도제가 페니를 넌지시 보면서 말했다.

"이런, 내가 또 주책을 부렸네요. 지난번에 페니 씨와 개인적으로 일을 처리한 후에, 페니 씨가 부쩍 가깝게 느껴져서 그래요. 그리고 가진 것에 대한 만족감보다 못 가진 것에 대한 갈망이 동기 부여로는 훨씬 쓸 만했어요. 덕분에 이렇게 잘됐잖아요? 내가 나 자신에게 얼마나 잘해주고 있는지는 우리 집에 와봐서 알죠?"

페니는 야스누즈 오트라의 대저택을 떠올렸다.

"너희가 잘 자라서 얼마나 다행인지 몰라. 막심은 이 애비 때문에 동굴에서 유년 시절을 보냈고, 도제도 고생이 참 많았지. 삶과 죽음이 멀리 있지 않은데, 고작 죽음을 본다는 이유로 얼마나 갖은 수모를 당했는지…."

아틀라스가 굳은살이 박인 손으로 눈가를 훔치면서 오트라와 도제를 애틋하게 봤다.

"소인, 이제는 아무렇지도 않습니다. 여기는 꿈꾸지 않는 자들의 그림자가 쉬어가는 곳, 그리고 그림자처럼 어둑한 우리의 마음이 쉬어가는 곳이지요. 나무가 뿌리를 내리는 데는 시간이 걸리는 법. 숲에 이유 없이 겨울이 찾아오듯 때로는 내 잘못이 아니어도 고통은 오고 가지요. 첫 겨울에는 누구도 모를 수밖에요. 그러니 다들 이곳에서 쉬어가는 사람들을 너무 안타까워 마십시오. 그들도 시간이 지나면 자연스레 평안에 다다를 겁니다."

페니는 그제야 안심했다. 그렇지 않아도 녹틸루카 세탁소에 단골

손님을 두고 돌아서는 발걸음이 무거웠던 터였다.

유년 시절을 이 동굴에서 보낸 막심과 오트라 그리고 도제는 서로 다른 모습으로 굳건히 살고 있다. 지금 여기 머무르는 손님들도 결국엔 이들처럼 괜찮아질 것이다. 그들이 한참을 서서 이야기를 나누자, 눈치를 보던 밤그림자들이 또다시 찾아와 기웃거렸다. 멋모르고 기웃거리는 귀여운 그림자들을, 페니는 굳이 내쫓고 싶지 않았다.

18장

초대형 파자마 파티

더위가 완전히 꺾이고 아침저녁으로 가을바람이 시원하게 불었다. 드디어 파자마 파티의 첫날 아침이 환하게 밝았다.

만반의 준비를 끝낸 직원들은 각자의 자리에서 잔뜩 상기된 얼굴로 손님을 기다렸다.

"자, 이제 이 문을 열면 파티가 정말로 시작되는 거야! 하나, 둘, 셋!"

웨더 아주머니가 가게 입구의 문을 활짝 바깥으로 열어젖혔다. 눈앞에 펼쳐진 풍경에 직원들의 입에서 탄성이 터져 나왔다.

페니는 벅찬 마음으로 가게 입구에 섰다. 그들이 지난 몇 달 동안 준비한 장식과 알록달록한 부스, 전국에서 한달음에 달려온 푸드트럭이 질서 정연하게 거리를 가득 메우고 있었다.

침실용 슬리퍼나 수면 양말만 신은 사람들이 아침 일찍부터 쏟아져 나왔다. 평상복을 입은 사람은 아무도 없었다. 처음에는 잠옷 차림으로 밖에 나온 것을 어색해하던 사람들도 서로의 색다른 모습을 보면서 깔깔 웃으며 만족스러워했다. 그들은 도로 위에 잔뜩 나와 있는 침대 위로 올라가도 되는 건지 머뭇거렸다. 그러다 어느 중학생 무리가 새하얀 킹사이즈 침대에 올라가 베개 싸움을 시작한 것을 신호탄으로, 모든 사람이 가족, 친구와 함께 근처의 침대를 찜해서 왁자지껄 떠들고 놀기 시작했다.

페니는 가방에 챙겨온 새 잠옷을 꺼내 입고 싶어서 견딜 수가 없었다. "퇴근 시간까지 못 기다리겠어요. 앞치마는 벗어던지고 당장 잠옷을 입고 뛰쳐나가고 싶어요. 오늘따라 왜 이렇게 시간이 안 가는 거죠?"

페니가 웨더 아주머니와 함께 프런트에 서서 울상을 지었다.

"페니, 나도 얼른 퇴근해서 우리 애들이랑 같이 파티를 즐기고 싶어. 그렇지, 모태일이랑 같이 부스 전체를 한 번 점검하고 오지 않겠니? 나갔다 오렴."

"정말 그래도 돼요? 감사해요, 웨더 아주머니!"

웨더가 씩 웃으면서 1층 로비의 유리창에 달라붙어 바깥만 바라보고 있던 모태일을 불렀다.

"모태일! 거기서 그러고 있지 말고 페니랑 같이 나갔다 오렴. 벌써 그런 불상사는 없었으면 좋겠지만, 혹시 소품이 망가진 곳이 있으면 나한테 꼭 전달해줘. 각 부스에서 필요한 게 있는지도 알아봐주고."

"그럴까요? 듣던 중 반가운 소리예요. 그렇지 않아도 몰래 뛰쳐나가 버릴까 하던 참이었어요."

페니와 모태일은 일부러 제작자들의 부스까지 직진하지 않고, 빙빙 둘러서 파티 현장을 구경하면서 천천히 걸어갔다.

길 한가운데 벌러덩 누워도 뭐라고 하는 어른도 없고, 아침부터 밤늦게까지 친구들이랑 놀 수 있는 좋은 핑곗거리가 생겼으므로 소년소녀들의 표정이 특히 밝았다.

다른 도시에서 일부러 찾아온 사람들도 섞여 있는 것 같았다. 그들은 수면안대를 선글라스처럼 이마 위쪽에 멋스럽게 걸치고 있었다.

"나도 질 수 없지."

모태일은 양쪽 바지 주머니에서 동그랗게 말아놓은 수면 양말을 한 짝씩 꺼냈다. 그는 부드러운 양말을 신고 반질반질하게 닦아놓은 도로 위에서 아이스 스케이트를 타는 것처럼 미끄러지는 행동을 반복하며 저만치 앞서갔다.

"페니! 얼른 와!"

"너 그러다가 크게 넘어질지도 몰라."

페니가 좇아가면서 모태일에게 경고했다.

"뭐 어때. 여기서 넘어져봐야 푹신한 침대 위로 엎어지는 게 전부일걸. 온 사방이 침대랑 이불이잖아."

페니와 모태일은 금세 '추억'을 테마로 한 꿈을 파는 부스가 모여 있는 곳에 도착했다.

그들은 사랑이 흘러넘치는 분위기의 핑크빛 부스에 다가갔다. 장식만 봐도 어떤 제작자의 부스인지 짐작이 갔다.

"페니, 모태일! 잘 왔어요. 우리 부스가 제일 눈에 띄죠?"

까까머리의 키스 그루어가 두 사람을 보고 반가워했다. 그는 혼자가 아니었다. 셀린 글럭, 척 데일과 함께였다. 촉각에 타고난 재주가 있다는 공통점을 가진 제작자들이었다.

"결국 세 분이 같이 만드셨군요. 이건 어떤 추억을 담은 꿈이죠? 세 분의 취향이 모두 들어가 있나요?"

모태일이 판매대 위의 꿈 상자 하나를 집어 들고 말했다.

흰색에 가까운 아주 연한 분홍빛의 포장지는 부스 안에 틀어놓은 서정적인 배경음악과 어우러져 아련한 느낌을 자아냈다.

"우리가 축제를 기념해서 만든 꿈은 '첫사랑과의 추억'이야."

"그럼 셀린 글럭 님의 취향과는 거리가 멀겠군요. 글럭 님은 이런 것보다야 박진감이 넘치고 치고받고 싸우거나 쫓고 쫓기는 타입을 좋아하시잖아요." 모태일이 말했다.

"걱정 마요. 끝부분에 제 취향도 섞었어요. 원래의 추억보다 스릴 넘치는 꿈을 꿀 수 있을 거예요. 완전히 추억을 있는 그대로 되살리거나 희미해진 감각들만 보완하는 형식으로 만들까도 생각해봤지만, 그래도 우리 특기를 살리고 싶어서 촉각에 신경을 많이 썼어요. 감각적으로 완전히 그 시절로 돌아간 느낌이 들 거라고 확신해요."

셀린 글럭이 자신만만하게 말했다. 그녀는 부스의 장식과 잘 어울리는 핑크색 셔츠를 입고 있었다.

그들이 이야기를 나누는 중에도 많은 사람들이 부스에 찾아왔다.

"손님 맞이하느라 이제부터 눈코 뜰 새 없이 바쁘시겠어요. 저흰 이만 가볼게요. 다른 부스들도 둘러보려면 부지런히 움직여야 해서요. 저희가 도와드릴 일이 있으면 언제든지 백화점으로 와서 말씀하시고요." 페니가 밀려드는 손님들을 피해 한 발 물러나면서 말했다.

"보시다시피 우린 아무 문제 없어요. 일손이 필요하면 부탁하도록 할게요."

척 데일이 매력적인 미소를 지으면서 배웅했다.

페니와 모태일이 떠나자마자 부스에 도착한 30대 중반의 남자 손님은 '첫사랑과의 추억'을 가리키면서 척 데일에게 물었다.

"정말 첫사랑이 꿈에 나오나요?"

"물론이죠. 손님은 오늘 밤 꿈속에서 소년 시절로 돌아가게 될 거예요."

남자는 부푼 기대를 안고 망설임 없이 꿈을 집어 들었다. 그리고 잠시 후 깊은 잠에 빠졌다.

✦

남자는 꿈속에서 고등학교 시절을 보냈던 동네의 골목길을 걷고 있었다. 그는 첫사랑과 같이 있었다. 같은 동네에 살던 두 사람은 하굣길에 늘 함께였다.

남자는 꿈속에서 그 시절 그때와 같은 마음으로 여자를 바라보고 있었다. 밤공기의 감촉과 가로등의 불빛이 걷고 있는 두 사람을 감쌌다. 추억 속의 골목길과 닮았을 뿐 실제 모습과 다른 부분도 많았지만, 꿈에서 그의 몰입감을 깰 정도는 아니었다.

두 사람은 책가방을 메고 팔이 닿을 듯 말 듯 아슬아슬한 거리를 유지하고 걸었다. 특별한 화제가 없이도 둘 사이에 웃음소리와 실없는 말장난이 끊이질 않았다. 앞을 보며 걷다가 살짝 곁눈질로 보게 되는 여자의 옆모습이 사랑스러웠다.

하굣길은 버스로 10분 정도 걸리는, 혼자 걷기에는 제법 먼 거리였는데 같이 얘기하면서 걷다 보면 중간에 길이 뚝 떨어져 나간 게 아닐까 싶을 정도로 짧게 느껴졌다.

꿈속에서도 마찬가지로 금세 그녀의 집 앞에 도착하고 말았다. 이대로 목적지 없이 동네를 몇 바퀴는 더 돌아도 가시지 않을 만큼 진한 아쉬움이 두 사람을 맴돌았다.

그녀가 못내 아쉬운 표정으로 집으로 들어가려는데, 갑자기 남자의 마음속에서 강한 용기가 피어올랐다. 여자에게 한 발짝 다가가 볼가까이 입술을 대려는 순간, 현관문이 벌컥 열리더니 여자의 아버지가 나타났다. 남자는 그녀 아버지가 상황 파악을 하고 얼굴이 붉으락푸르락해지는 것을 보자 당황하고 말았다. 여자는 남자를 급히 밀어냈고, 남자는 부리나케 골목을 달렸다.

남자는 골목을 내달리는 내내 학창 시절 즐겨 신던 운동화의 밑창이 바닥과 맞닿는 느낌, 숨이 차서 헉헉거리며 교복 상의를 붙잡고 책가방을 고쳐 메는 그 모든 감촉을 생생하게 느꼈다.

꿈속의 남자는 틀림없이 15년 전 고등학생이었다. 골목의 끝에서 '하… 도망치지 말고 당당하게 인사드릴걸.' 하고 후회했던 그 감정마저도 당시의 남자와 똑같았다.

아침이 되어 자연스럽게 잠에서 깬 남자는, 꿈에 나온 광경을 더

듣으며 한참 동안 추억에 잠겨 있었다. 실제 추억을 바탕으로 한 꿈이라, 평소에 꿨던 다른 꿈처럼 일어나자마자 머릿속에서 연기처럼 사라지지도 않았다. 기억을 떠올리는 수준을 넘어서 이렇게나 생동감 넘치게 체험했다는 사실이 놀라웠다. 다 잊은 줄만 알았는데…. 다시 돌아갈 수 없는 시절을 예고 없이 꿈에서 만난 기쁨은 쉽게 사그라지지 않았다.

'앞으로만 흘러가는 인생에 이런 깜짝 선물이 또 어디 있을까?'

✦

그 후 3일 동안, 키스 그루어와 그 친구들의 '첫사랑과의 추억이 나오는 꿈'을 판매하는 부스와 셰프 그랑봉이 운영하는 '그리운 추억의 맛'이라는 꿈을 판매하는 부스는 엄청난 인기를 끌었다. 백화점의 직원들도 가서 도와야 할 정도였다.

가구점에서 협찬한 침대와 침구들은 소품 담당인 웨더 아주머니의 철저한 감시 속에서 대부분 깨끗하게 잘 유지되고 있었는데, 신발 가게 앞에 설치한 앤티크 침대만 항상 지저분했다.

"저길 봐. 침대 위에 포도 껍질에다 과자 포장지가 한 무더기야. 베개 귀퉁이도 벌써 다 뜯어졌어. 또 레프라혼 요정들의 짓이라면 이번엔 그냥 넘어가지 않을 거야."

침대 위에서 옹기종기 모여 손가락 마디만 한 베개를 들고 베개 싸움을 하던 요정들은, 페니와 모태일이 씩씩거리며 다가오자 다른 곳으로 잽싸게 날아가버렸다.

레프라혼 요정들은 주로 '하늘을 나는 꿈'을 만들었지만, 하늘을 정말로 날아본 추억을 가진 사람은 없었기 때문에 이번 파티에서 아무런 꿈도 선보일 수 없었다. 그들은 그 화풀이로 가장 화끈하게 파티를 즐기겠다며 이 침대 저 침대 위를 날아다니면서 소동을 피웠다.

페니는 이불을 한 번 털어내고 앤티크 침대 머리맡의 장식용 거울을 하얀 천으로 쓰윽 닦았다.

모태일과 페니는 부지런히 각 행사 부스들을 점검하고 백화점에 상황을 보고하느라고 며칠 동안 하루에 몇만 보씩 걸어 다녔다. 의도치 않은 걷기 다이어트로 얼굴이 홀쭉해진 모태일은 턱선을 침대 거울에 비춰보면서 흡족한 표정을 지었다.

"페니, 나 이목구비가 몰라보게 또렷해진 것 같지 않아?"

자신감이 부쩍 오른 모태일은 많은 여성의 관심을 끌기 위해 새로 장만한 고급 실크 잠옷을 차려입고 주위를 의식하며 종일 돌아다녔지만, 기대하는 로맨틱한 일은 하나도 일어나지 않았다.

나름대로 파티를 신나게 즐기고 있는 모태일과는 달리, 페니의 머릿속은 날이 지날수록 걱정으로 뿌옇게 흐려지고 있었다. 파티는 큰 문제 없이 성황리에 치러지고 있었지만, 녹틸루카 세탁소에서 따로 초대장을 전달했던 330번, 620번 손님이 아직 보이지 않았던 것이다. 이대로 파티가 끝날 때까지 손님들이 돌아오지 않는다면, 영영 단골손님을 잃게 될지도 모른다는 생각이 페니를 불안하게 했다.

페니는 매트리스의 스프링이 부서져라 방방 뛰어노는 아이들을 지나, 다시 백화점으로 돌아왔다.

로비에는 귀한 손님들이 와 있었다. 전설의 꿈 제작자인 야스누즈 오트라와 도제, 아가냅 코코가 한자리에 모여, 꿈 상자를 가득 실은 수레 앞에서 달러구트와 이야기를 나누고 있었다.

"시간이 촉박했는데 이렇게 질 좋은 꿈을 만들어주실 줄은 몰랐어요. 다들 정말 대단하군요. 이 달러구트가 여러분들께 큰 신세를 졌어요."

"시간은 그 정도면 충분했어요. 제가 괜히 전설이겠어요?"

야스누즈 오트라는 아무렇지 않게 대답했지만, 정작 옆에 있던 도제가 민망한 듯 헛기침을 했다.

"어떻게 본인 입으로 그런 말을 하시오."

"요즘 같은 시대에 그렇게 쑥스러워하면 안 돼. 스스로 당당해져야지."

"자신감을 다시 찾은 것 같군요, 오트라."

달러구트가 흐뭇하게 웃었다.

"지난번에 페니 씨가 저를 찾아오지 않았다면, 지금쯤 녹틸루카 세탁소에 틀어박혀서 아틀라스와 술이나 진탕 마시고 있었을 거예요. 파티에 참여하지도 않고요. 그럼 정말 오랫동안 후회했겠죠. 덕분에 이제 '타인의 삶 시리즈'의 방향을 잡았어요. 준비를 마치면 곧 '타인의 삶: 정식판'을 출시할 예정이에요. 그때 잘 부탁드려요."

"1층 진열대의 가장 좋은 자리를 비워놓을게요."

"나도 불러줘서 고마워, 달러구트."

여전히 아기처럼 뽀얀 볼을 가진 아가냅 코코가 달러구트의 손을 맞잡았다.

"아가냅, 고맙다니? 그건 내가 할 소리야. 무리한 건 아니겠지? 꿈을 꽤 많이 만들어왔군. 우리 나이엔 과로를 조심해야 해."

"그렇지 않아도 나랑 나이가 비슷한 니콜라스가 여기저기서 활약하는 걸 보고 몸이 근질거렸어. 알다시피 그 친구가 올해 뉴스에 제법 나왔잖아. 아직도 혈기 왕성하더라고. 나도 가만히 있을 수가 있어야지. 마침 축제에 내놓을 꿈을 만들어달라고 해서 오래간만에 아주 신나게 일했어."

"다들 어떤 추억을 꿈으로 준비하셨어요?" 페니가 달러구트를 도와 수레 위의 꿈 상자를 바닥으로 내리면서 물었다.

"한번 맞혀보렴."

"도제 님은 돌아가신 분들과의 추억을 담으셨을 것 같은데, 다른 분의 작품은 잘 모르겠어요."

"아가냅은 '태몽'을 다시 한번 부모님들에게 선물하기로 했어. 아이가 많이 자란 상태에서 또다시 태몽을 꾸는 것도 제법 좋은 추억이 될 거라고 생각했단다. 처음 아이가 부부에게 와주었을 때의 감동을 재현하는 데 그보다 좋은 방법이 어디 있겠니?"

"그럼 오트라 님의 꿈은요? 저번처럼 타인의 추억을 대신 체험하게 되나요?"

"그건 한꺼번에 많이 만들 수 있는 꿈이 아니라서 말이야. 이번엔 다른 사람의 시점으로 꾸는 꿈이 아니야. 오트라가 아주 잘 만드는 꿈이 또 하나 있잖니? 바로 긴 시간을 압축해서 하룻밤 안에 체험할 수 있는 꿈 말이야."

꿈 백화점의 1층 로비에 전설의 꿈 제작자들이 추억을 테마로 만들어온 꿈들이 진열됐다. 한발 늦게 마련한 탓에 손님이 생각보다 많이 모이지 않자, 모태일이 자진해서 손님을 모셔오겠다고 호언장담하면서 백화점 밖으로 나갔다. 그는 지나가는 손님들을 일일이 붙잡아 말 그대로 '추억팔이'를 하기 시작했다.

"손님, 제 얘길 한번 들어보세요. 좋은 꿈에는 세 가지 조건이 있어요. 첫째, 회수할 수 있는 꿈값이 있을 것. 즉 감정이 다양하게 나타날 것! 둘째, 다시 봐도 좋은 영화처럼 다시 꿔도 의미가 있을 것! 셋째, 꿈꾸는 사람 개개인을 위한 맞춤 형태일 것! 이 모든 걸 완벽하게 만족하는 단 하나의 꿈이 뭔지 아세요?"

"뭔데요?"

"추억이에요, 추억."

그는 파티의 테마를 정할 때 직원들끼리 나누었던 이야기를 똑똑하게 활용했다. 그냥 지나치려던 사람들이 백화점 안으로 속속 들어오고 있었는데, 사실 모태일의 이야기를 듣고 들어왔다기보다는 그의 요란한 몸짓과 말투 때문에 가게 안에는 더 재밌는 행사가 있는 줄 알고 착각해서 들어오는 사람이 더 많아 보였다.

"그냥 잊기엔 너무나 아까운 추억들! 잊고 있던 기억들마저 모조리 떠올릴 수 있게 될 거예요! 과거로 타임머신을 타고 날아갔다 올 수 있는 기회! 달러구트 꿈 백화점으로 지금 당장 오세요!"

그래도 모태일의 이 멘트만큼은 손님들의 구매욕을 제대로 자극한 것 같았다.

"그럼 우리도 한번 사볼까?"

사람들이 줄지어 그들이 준비한 꿈을 사기 시작했다. 아이가 있는 젊은 부모들이 주로 아가냅 코코의 꿈을 샀고, 나이가 지긋한 사람들은 그리운 이와의 재회를 기대하며 도제의 꿈을 샀다.

페니는 사람들 중에서 드디어 그토록 기다리던 반가운 얼굴을 발견했다. 녹틸루카 세탁소에서 만났던 330번 손님과 620번 손님이었다. 페니는 그들이 야스누즈 오트라가 만든 꿈을 가져가는 것을 보고 그제야 안도했다. 그들은 오늘 밤, 길었던 지난 세월을 한 편의 영화처럼 압축한 멋진 꿈을 꾸게 될 것이다.

✦

은퇴 후 무기력증에 빠졌던 여자는 꿈속에서 아주 평범했던 하루하루를 되새기고 있었다.

출근 시간에 맞춰 힘겹게 일어나고, 주말에는 힘든 평일을 보상받듯이 달콤한 늦잠을 자려다가 애들이 찾는 소리에 남편과 함께 벌떡 일어나던 순간들이 스쳐 지나갔다. 우당탕 난리를 피우며 바쁘게 출근을 준비하고, 나가는 길에 쓰레기를 버리다가 마주치며 인사하던 이웃의 얼굴도 등장했다.

남편과 함께 아이들이나 집안의 대소사에 관해 함께 의논하고, 번갈아 등장하는 기쁜 일과 걱정스러운 일에 웃고 울면서 서로를 다독이던 순간도 섞여 있었다.

날씨가 좋으면 좋은 대로, 흐리면 흐린 대로 이유를 찾아가며 그날에 어울리는 음식을 차려 먹고, 철마다 피어나는 꽃과 제철 음식에 감사하던 일상도 매끄럽게 흘러갔다.

회사 생활에서 있었던 성취의 순간과 실망스러운 순간, 동료들과 나누었던 시시콜콜한 이야기도 시간순으로 나타났다.

꿈속의 여자는 신혼살림을 마련했던 단칸방에서도 다시 살았고, 첫 아이를 낳고 이사했던 두 칸짜리 녹색 대문집에서도 살았다. 누워서 보는 천장의 울퉁불퉁한 부분과 서서 샤워할 때 바라보던 특이한 무늬의 타일까지 선명하게 되살아났다.

실제로 각 장면을 볼 수 있는 시간은 찰나였다. 하지만 등장하는 모든 장소가 여자가 충분히 머물렀던 인생의 거점이었으므로, 잠든 여자는 꿈을 꾸면서 그와 관련한 많은 기억을 함께 떠올릴 수 있었다.

"여보, 어제 꿈에 우리 예전에 살던 집이 보이더라. 우리 예전에 살던 방 두 칸짜리, 2층에 주인이 살던 녹색 대문집. 기억나?"

잠에서 깬 여자는 남편에게 말했다. 남편은 일찌감치 일어나서 맨손 체조를 하고 있었다. 남편의 까맣게 염색한 머릿밑에, 뽀얗게 흰머리가 다시 자라고 있었다.

"녹색 대문집? 당연히 기억나지. 그 집 주인 이름이랑 월급날 시켜 먹던 치킨집 전화번호까지 기억해. 나도 가끔 거기 살던 때가 꿈에 나와. 당신이 그 집에서 이사 나올 때 많이 울었지. 내가 '더 넓은 집으로 가는데 왜 우냐.'고 물으니까 싱글벙글 웃다가, 갑자기 또 걸레질하다가 바닥에 쭈그리고 앉아서 울고 그랬잖아. 큰애가 당신한테 '엄마 울지 마.' 하면서 같이 울던 게 눈에 선해. 이사 가느라 대문을 활짝 열어놨는데 온 동네가 떠나가라고 목청껏 울었잖아."

남편이 여자의 옆에 걸터앉아서 옛 생각을 하며 웃었다.

"그땐 왜 그랬나 몰라. 짐을 다 들어내고 나니까 내 목소리랑 당신 목소리가 텅 빈 집 안에 울리는데, 그게 너무 이상하고 싫은 거야. 내가 거기서 밥 먹고, 당신이랑 떠들고 애들 재우고 청소하느라 돌아다니고, 웃고 울고 했던 추억들이 짐이랑 같이 몽땅 들어내진 거 같더라고. 그리고 그 집한테 너무 고마웠어. 우리 가족이 제일 고생했을 때잖아. 이사갈 때까지 잘 품어준 게 고마워서 울었나 봐."

"맞아. 참, 우리가 제일 처음 살았던 집도 기억해? 내가 총각 때 혼자 살던 코딱지만 한 월세방 말이야. 정말 벽이랑 천장이랑 바닥밖에 없는 초라한 집이었어. 그땐 당신한테 같이 살자고 보여주기도 부끄러운 집이었는데, 난 사실 그 집도 그리워. 그 왜, 여름에 이불 빨래가 안 말라서 덜 마른 이불 위에 잠깐 누워서 시답잖은 얘길 하다가 그대로 잠들어버렸잖아. 나는 그 기억이 왜 이렇게 좋은지 몰라."

남편은 여자보다 더 신나서 얘기를 이어갔다.

"참 별걸 다 기억한다. 그러고 보면 큰맘 먹고 값비싼 호텔에서 묵었던 날은 조식이 맛있었다는 것 외엔 아무것도 기억이 안 나는데, 아무 날도 아닌 평범한 날에 우리 애들이랑 김밥 만들어 먹고 호박전 부쳐 먹었던 건 왜 이렇게 생생할까? 아유, 얘기하다 보니까 우리 참 재미나게도 살았다."

"그래. 재미나게 오래 잘 살아왔지. 당신이랑 내가 함께 지낸 지 정말 오래됐어."

"그래서, 지겨워?"

여자가 장난스럽게 말했다.

"으이구, 또 그런다. 지겹긴 뭐가 지겨워? 내 추억이 당신 추억이라서 좋다는 뜻이지."

남편이 여자의 손등 위에 손을 포개고 토닥였다.

언제나 인생은 99.9퍼센트의 일상과 0.1퍼센트의 낯선 순간이었다. 이제 더 이상 기대되는 일이 없다고 슬퍼하기엔 99.9퍼센트의 일상이 너무도 소중했다. 계절이 바뀌는 것도, 외출했다 돌아오는 길도, 매일 먹는 끼니와 매일 보는 얼굴도.

그제야 여자는 내 삶이 다 어디로 갔냐 묻는 것도, 앞으로 살아갈 기쁨이 무엇인지 묻는 것도 실은 답을 모두 알고 있는 질문이었다는 생각이 들었다.

✦

620번 손님인 젊은 남자도 꿈속에서 지난 추억을 마주하고 있었다. 꿈속의 그는 수능시험을 만족스럽게 치르지 못해서 재수를 결심했던 19세 연말, 딱 그 무렵이었다.

심란했던 남자는 '에라 모르겠다!' 하며 양말 하나 챙기지 않고 무박 2일로 친구들과 해돋이를 보러 갔었는데, 그때의 모든 순간을 꿈에서 다시 겪고 있었다.

기차의 가장 저렴한 좌석에 앞뒤로 붙어 앉아 다른 사람들의 눈치를 보면서 유치한 농담을 하며 킬킬 웃고, 도착할 때까지 한숨 자려다가 차체에서 풍기는 매캐한 기름 냄새에 속이 울렁거렸던 것마저 완벽하게 재현됐다. 꿈이라고는 전혀 상상할 수 없을 정도였다.

남자와 친구들은 해가 뜨는 걸 기다리다가 추위를 이기지 못하고 들어갔던 건물 바닥에 쭈그리고 앉아 있다가 깜빡 잠이 들어버렸다. 그리고 눈을 떴을 때 이미 동그랗게 떠버린 해를 보고 허탈하게 한참을 웃고, 다 떠버린 해에다 소원을 빌었다.

인생에서 가장 중대하다고 믿어 의심치 않았던 대입시험에서 겪은 실패 앞에서, 19세의 남자가 갖고 있던 소원은 아주 뚜렷했다.

"지나고 나면 아무것도 아니었다고 느껴지게 해주세요."

그리고 집으로 돌아왔을 때, 다른 말은 없이 여행은 즐거웠느냐고 묻던 부모님의 얼굴이 그려졌다. 그에게 바라는 것 따윈 아무것도 없는 너무도 따뜻한 얼굴이었다.

잠에서 깬 남자는 꿈 전부를 기억하지는 못했다. 하지만 그 시절 빌었던 소원만큼은 기억했다. 그 소원이 이루어졌다는 걸 지금의 남자는 알고 있었다. 후회 없이 공부한 1년과 좋은 결과가 지금의 그를 있게 했다. 당시엔 쓰라리게만 느껴졌던 경험들이, 이제 와 돌이켜보면 남자의 형태를 다른 사람과 다른 모양으로 잡아나가는 밑 작업이었다. 남자는 부딪혀서 깨지고 갈려 나가더라도 그 밑에 남는 조각이 결국에 어떤 모양으로 완성될지 꼭 확인하고 싶었다. 그러려면 힘껏 부딪혀보는 수밖에 없었다. 지금 남자에게 필요한 주문은 딱 하나였다.

"지나고 나면 아무 일도 아니야. 내가 그렇게 만들 거니까."

✦

파자마 파티를 다녀간 사람들의 수만큼 다양한 추억들이 각자의 꿈속에 나타났다. 그것들은 분명 그들의 머릿속에 있었지만, 일부러 꺼내 보지 않으면 곰팡내 나는 책장에 언제까지나 모셔져 있을 법한, 옛날 사진첩 같은 머릿속 한쪽 구석의 기억들이었다.

저런 애랑은 평생 가도 못 친해지겠다고 생각했던 지금 절친과의 첫 만남의 장면도, 늘 만감이 교차하던 고단한 날들의 퇴근길 풍경도, 사람들은 각자 다른 추억을 마주했지만 공통점이 딱 하나 있었다.

어떤 기억도 추억이 되고 나니 사소한 기쁨과 슬픔 따위는 경계가 흐릿해지고, 그 자체로 아름다웠다.

"이 추억은 분명 내 것이 맞는데, 어디에 있다가 어젯밤 꿈에 나에게 다시 돌아온 걸까?"

파티에 다녀간 사람들은 꿈에서 깬 뒤, 오랜만에 지난날을 돌아보는 시간을 가졌다.

✦

일주일 내내 진행된 파티는 이제 마지막 하루만을 남겨두고 있었다. 기다렸던 단골손님이 모두 다녀간 것을 확인하고 나서야 페니는 다른 사람들처럼 파티를 즐겼다.

'꿈 신기술 체험 부스'는 매일 다른 연구원들이 나와서 새로운 제품이나 꿈을 제작하는 신기술을 소개하고 있었다.

페니는 젊은 연구원이 나긋하게 설명해주는 것을 들으면서 아이스크림을 먹고 있었다.

"제가 꾸준히 연구하고 있는 분야는, 꿈을 꾸고 있는 도중에 깨지 않고 다음 꿈으로 넘어가는, 그러니까 흔히들 '꿈속의 꿈'이라고 부르는 분야입니다. 게다가 기분 좋은 꿈을 꾸다가 불상사가 생겨서 잠에서 깨더라도 10분 안에 다시 잠들면 꿈을 이어서 꿀 수 있도록 하는 기술 개발에도 박차를 가하고 있습니다. 부스 안으로 들어가서 체험해보시겠어요? 체험 시간은 30분 정도 소요됩니다."

"아니에요. 체험은 됐어요. 설명 감사합니다."

페니는 30분이나 부스 안에서 잠을 자면서 남은 축제를 허비하고 싶지 않았다. 대신 그녀는 온갖 모양의 드림캐처를 팔고 있는 노점으로 눈길을 돌렸다. 악몽은 막아주고 좋은 꿈만 꾸게 해준다는 예쁜 드림캐처들이 크기별로 수백 개쯤 진열되어 있었다.

"여기 있는 제일 커다란 드림캐처는 전원을 연결해서 사용하는 거예요?"

"네. 이건 정말로 악몽의 기운을 감지하는 진짜 드림캐처예요."

상인이 연결된 전원을 켜자마자 드림캐처의 깃털이 요란하게 회전하기 시작했다. 너무 요란하게 빙글거려 벌레를 쫓는 데 더 적합해 보일 정도였다.

"평소엔 이렇게 빙글빙글 돌다가, 악몽의 기운이 조금이라도 포착되면 시끄럽게 경고음이 울리죠."

페니는 차라리 평범한 드림캐처를 사는 게 낫겠다고 생각했다.

그때 갑자기 빙글빙글 돌아가던 드림캐처에서 귀청이 찢어질 것 같은 경고음이 울렸다.

"이게 갑자기 왜 이러지?"

드림캐처 판매상이 주위를 두리번거렸다. 마침 니콜라스와 함께 주변을 지나가던 막심이 깜짝 놀라서 그 자리에 그대로 굳어 있었다.

"아, 막심 씨 때문에 울리는 거였군요. 죄송해요. 조금만 떨어져주세요. 아시다시피 악몽의 기운을 감지하는 물건이라…."

당황한 막심이 상인의 말에 드림캐처에서 엉거주춤하게 뒷걸음질하다가 바닥에 깔린 카펫에 걸려 넘어질 뻔했다. 그러자 몇몇 사람이 참지 못하고 키득거렸다. 게다가 막심이 기우뚱하며 얼떨결에 드림캐처의 깃털 장식을 손으로 잡자, 드림캐처는 절규하듯 더 크게 울부짖었다.

페니는 막심이 안절부절못하는 모습을 보자 괜히 마음이 불편했다. 악몽을 만든다고 해서 막심까지 악몽 같은 사람 취급을 받는 건 안쓰러웠다.

"전원을 꺼버려요!"

페니가 소리쳤다. 하지만 니콜라스가 이미 드림캐처 전원을 발로 차서 거칠게 꺼버린 뒤였다.

"이런 싸구려 잡동사니 같으니라고."

막심은 뭐가 그리 죄송한지 연신 고개를 숙였고, 그대로 도망치듯 사라졌다.

페니는 고단한 몸을 이끌고 가게로 돌아왔다. 너무 많이 먹어서 배가 터질 것 같았고 얼마나 많은 사람과 맞닥뜨렸는지 정신이 하나도 없었다.

썸머와 모그베리는 아직도 성향테스트를 해주느라고 눈코 뜰 새가 없었다. 외부 손님들까지 줄을 설 정도로 뜻밖의 인기를 누리고 있었다. 그때 초록색 옷을 입은 민원관리국의 직원들도 줄을 서서 와글와글 잡담을 나누며 웃고 있었다. 그들은 민원관리국 안에서 봤을 때와는 다르게 무척 들떠 보였다.

페니는 줄을 서 있는 사람들을 요리조리 피해 프런트에 서 있는 달러구트의 옆에 섰다.

"달러구트 님도 성향테스트를 해보셨나요? 달러구트 님이라면 역시 '세 번째 제자' 유형으로 나오겠죠?"

"물론 해봤지. 여러 번 해보았어. 모그베리가 자그마치 다섯 번이나 테스트를 해주었단다. 그때마다 다른 유형으로 나오더구나."

"정말요? 그거 의외네요. 저는 두 번째 제자 유형이에요. 아마 지금 해도 그대로일 것 같아요. 그런데 말이에요. 저도 아틀라스 님의 동굴과 막심 씨가 하는 일을 좋아하긴 하지만, 정말로 두 번째 제자 유형의 사람들도 다른 사람들만큼 또렷한 장점을 가지고 있는 걸까요?"

"무슨 일이라도 있었니?"

"막심 씨는 지난 트라우마를 다시 떠올리게 하는 악몽을 만들잖아요. 아틀라스 님은 평생 동굴에 살면서 추억을 가꾸고 있고요. 두 분 다 소신 있게 일하고 계시지만, 어쩐지 외로운 일인 것 같아서요."

페니는 조금 전 드림캐처 앞에서 어쩔 줄 몰라 하던 막심의 모습을 떠올리면서 말했다.

"내 생각엔 과거를 중시하는 그들의 성향과 외로움은 크게 관련이 없는 것 같구나. 나도 막심이 처음 동굴 밖으로 나와서 악몽 제작소를 차렸을 때는 조금 걱정했단다. 혼자서 외로울 것 같았거든. 그런데 너도 봤다시피 올해 니콜라스와 막심이 죄책감을 담은 포춘쿠키를 만드는 모습을 보고 마음이 많이 놓였어. 같은 목표를 가지고 함께 일할 사람을 스스로 찾았다는 거니까. 그럼 더 이상 외로울 리가 없지. 아틀라스도 마찬가지란다. 녹틸루카들과 함께 일하고 있잖니. 나도 올해 페니 너와 같은 목표를 가진 덕분에 외롭지 않고 든든했어. 네 덕분에 많은 단골손님을 되찾은 것 같구나. 정말 수고 많았다, 페니."

"그렇게 말씀해주시니까 마음이 편해요."

"그리고 성향테스트 말인데, 테스트 결과로 네 성향을 딱 잘라 구분 지을 필요는 없단다. 이건 그러라고 만든 게 아니야."

달러구트가 겉옷 주머니에서 새것처럼 보이는 성향테스트 카드를 꺼냈다.

"달러구트 님도 그걸 갖고 계셨어요?"

"제작하는 데 참여도 했단다. 기념으로 몇 개를 받았지. 책을 사면 덤으로 주는 상품치고는 아주 잘 만든 물건이지? 자, 여기 케이스 바닥을 보렴."

그는 카드 케이스를 뒤집어 바닥 면을 페니에게 보여줬다.

'지금의 행복에 충실하기 위해 현재를 살고
아직 만나지 못한 행복을 위해 미래를 기대해야 하며,
지나고 나서야 깨닫는 행복을 위해 과거를 되새기며 살아야 한다.'

"이 테스트 카드는 고유한 성향을 알아보는 도구가 아니야. 지금 어떤 방식으로 살아가고 있는지, 자신이 어떤 상황에 처해 있는지를 손쉽게 확인하는 도구지. 테스트할 때마다 결과가 바뀌는 게 오히려 당연하단다."

달러구트가 케이스에서 카드를 꺼냈다. 완전히 겹쳐 있는 카드는 현재의 조각을 품에 간직한 시간의 신의 모습을 담고 있었다. 우연인지는 몰라도 불투명하게 겹쳐진 카드가 어렴풋하게 빛을 튕겨내며 뿌연 거울처럼 페니를 비췄다.

"나는 가끔 이런 생각을 한단다. 세 제자가 세 명의 각기 다른 사람이 아니라, 시절에 따라 변하는 사람의 세 가지 모습이 아닐까 하고. 태어난 그 순간부터 '내 시간이 오롯이 존재하기에 시간의 신은 나 자신이다.'라고 생각하면 내가 나인 게 너무 대단하게 느껴지지 않니?"

"와, 정말 그렇게 해석할 수도 있겠어요."

페니는 현재와 과거, 미래 모두를 가졌다는 충만함으로 몸이 기분 좋게 따뜻해지는 것 같았다.

"손님들도 우리도 전부 마찬가지야. 현재에 충실하게 살아갈 때가 있고, 과거에 연연하게 될 때가 있고, 앞만 보며 달려나갈 때도 있지. 다들 그런 때가 있는 법이야. 그러니까 우리는 기다려야 한단다. 사람들이 지금 당장 꿈을 꾸러 오지 않더라도, 살다 보면 꿈이 필요할 때가 생기게 마련이거든."

"네. 무슨 말씀인지 알겠어요."

"달러구트 님! 준비한 꿈들이 전부 매진되고 있어요. 이게 다 제가 밖에서 열심히 손님을 모았기 때문이에요. 내년 연봉협상 때 잊으시면 안 돼요!" 모태일이 멀리서 소리쳤다.

"모태일은 여전히 기운이 넘치는구나. 이런 이벤트 한 번으로 모든 단골손님이 당장 돌아오지는 않을 거야. 여전히 민원관리국에도, 또 세탁소에도 사람들이 많겠지. 하지만 우리는 갖가지 꿈을 마련해 놓고 그저 기다리면 된단다. 그건…."

"다들 그럴 때가 있기 때문이죠. 그렇죠?"

그때, 프런트에 다가온 손님이 페니와 달러구트에게 눈인사를 보내고 가게 밖으로 나가려고 했다. 손님은 빈손이었다.

"손님, 마음에 드는 꿈을 찾지 못하셨나요?"

"네, 오늘은 어쩐지 꿈을 안 꾸고 자도 좋을 것 같아서요."

손님이 겸연쩍게 씨익 웃었다.

"맞아요. 그런 날도 있죠." 페니가 여유롭게 대답했다.

"가게 점원분이 그렇게 말씀하시니까 의외네요. 저를 붙잡으실 거라고 생각했는데요." 손님이 나가던 걸음을 멈추고 페니를 돌아보며 말했다.

"급할 거 없죠. 우린 매일 만날 거잖아요."

페니의 얼굴에는 미소가 가득했다. 그 표정이 옆에 있는 달러구트의 표정과 제법 닮아 있었다.

"손님, 꿈 백화점은 항상 여기 있을 거예요."

에필로그 3

올해의 꿈 시상식

파자마 파티 이후로 상점가 전체는 전에 없던 호황을 맞이했다. 달러구트 꿈 백화점뿐만 아니라 파티에 참여했던 모든 가게의 매출이 눈에 띄게 성장했다.

그중에서도 가장 눈에 띄는 성장을 이룬 것은 고급 침구류와 침대를 생산하는 '베드타운'이었다. '베드타운'에서 신상 침대와 침구 세트를 파티의 소품으로 아낌없이 내어놓은 덕분에, 사람들은 부스러기가 잔뜩 떨어지는 감자칩이나 국물 있는 면 요리를 침대 위에서 먹는 호사를 누릴 수 있었고 그런 소소한 비행이야말로 사람들에게 큰 만족감을 주었던 것이다. 파티에서의 즐거운 경험이 '베드타운'의 침구 세트에 대한 호감으로 자연스럽게 이어졌고, 그들의 침구 세트는 재고가 풀렸다 하면 곧바로 품절이 되기 일쑤였다.

한편 달러구트 꿈 백화점의 직원들 사이에서는 최근 들어 2층의 매출이 크게 신장한 것이 화제였다. 파티가 끝나고 석 달 정도 지난 현재, 1층의 매출을 넘어설 정도였다.

그 비결은 비고 마이어스와 2층 직원들이 야심 차게 시작한 '각인 서비스'였다. 비고 마이어스를 필두로 한 2층 직원들은 파티가 끝난 이후에도, 그동안 상대적으로 덜 주목받았던 일상 코너의 인기를 유지할 만한 아이디어가 없는지 밤낮으로 고민했다. 그러다가 꿈을 구매한 손님에게 즉석에서 각인 서비스를 해주는 방법을 생각해낸 것이다. 그들은 레이저 각인기를 구비해, 인조 가죽 케이스에 제작자의 이름 대신 구매자의 이름을 새겨주었다.

"추억을 만든 것은 과거의 손님 '본인'이기 때문에, 당연히 이 꿈의 제작자는 손님이지요. 우리는 모두 그 어떤 제작자보다 훌륭한 꿈 제작자예요. 제작하는 사람도 판매하는 사람도 매일을 살아가는 당신 없이는 훌륭한 작품을 완성할 수 없답니다."

비고가 이렇게 말하면서 꿈 상자를 건네면, 손님들은 감격한 표정으로 인조 가죽 위에 각인된 자신의 이름을 요리조리 살피면서 가게를 나섰다.

"모태일이 저런 멘트를 했으면 별로 감동적이지 않았을 거야. 비고 님처럼 빈말이라곤 전혀 못 할 것 같은 사람이어야 통하는 방법이지."

스피도는 2층의 인기 비결을 자기 나름대로 해석했는데, 모태일을 제외하고는 모두가 그런 것 같다며 맞장구를 쳤다. 모태일은 2층의 인기 덕분에 5층 할인 코너로 오는 상품의 수가 줄어들자 못마땅한 눈치였다.

"번지르르한 말로 상품을 파는 건 우리 5층의 특기라고요. 좀 살살하세요, 비고 님."

하지만 2층 추억 코너의 인기 비결은 그뿐만이 아니었다.

무해한 성분만을 담았다는 인증 마크까지 떡하니 박아놓아서, 역동적이거나 다소 자극적인 꿈들을 사러 3층에 온 자녀들이 부모님의 손에 이끌려 2층으로 오기도 했다.

"엄마, 꿈은 제가 꾸고 싶은 걸 꾸게 해주세요."

"딱 하나만 엄마가 권하는 꿈으로 사보렴. 넌 벌써 일주일 치 꿈을 네 맘대로 골랐잖아."

페니는 일간지 〈꿈보다 해몽〉에서 '자신의 생일을 스스로 축하하는 방법'의 하나로 달러구트 꿈 백화점 2층 추억 코너에서 제작자로 자신의 이름이 새겨진 꿈을 스스로에게 선물하는 것이 최신 유행이라는 특집 기사를 발견하기도 했다.

이런 분위기가 연말까지 꾸준히 이어져서, 연말 시상식을 큰 화면으로 보기 위해 달러구트 꿈 백화점에 모인 사람들 사이에서도 '비고 마이어스'와 '2층 추억 코너'에 대한 이야기가 끊이질 않았다.

"비고 마이어스가 꿈 상자의 제작자 기입란에 자기 이름을 잔뜩 새겨서 혼자 히죽히죽 웃고 있는 걸 봤어. 추억 코너의 꿈에 각인 서비스를 해주는 아이디어는 아마도 제작자가 되지 못한 자기 자신을 달래려고 고안해낸 걸 거야."

레프라혼 요정들이 의자 등받이 위에 참새처럼 쪼르르 앉아서 쑥덕거렸다. 근처에 앉아 있던 페니는 최대한 차가운 눈초리로 요정들을 쏘아봤다. 올해 비고에 대해 꽤 많이 알게 된 이후로 이러쿵저러쿵하는 얘기에 함부로 오르내리는 게 무척 불편했다.

연말 시상식을 재밌게 관람하는 데는 꿈 백화점만 한 공간이 없다는 소문이 퍼졌는지, 예년보다 더 많은 사람들이 로비에서 '올해의 꿈 시상식'을 기다리고 있었다. 녹틸루카는 물론이고 평소에는 상점가에서 보기 힘든 제작자들 몇몇도 보였다.

길을 지나던 동물들과 손님들이 가게 입구 앞에 옹기종기 모여서 백화점 안을 기웃거렸다.

"괜찮으면 들어와서 함께 보시죠."

달러구트는 흔쾌히 모두를 가게 안으로 불러들였다. 얼핏 봐도 새로 들어온 사람 수에 비해 의자가 턱없이 모자랐다. 눈치 빠른 달러구트가 짧게 손뼉을 한 번 치고 사람들에게 외쳤다.

"의자를 치워버리고 오늘은 다 같이 바닥에 앉으면 어때요? 다행히 돗자리는 많이 있어요."

달러구트의 말이 끝나기 무섭게 직원들이 일사불란하게 움직여서 많은 자리를 만들어냈다.

웨더가 조명의 밝기를 평소보다 두 단계 정도 낮추고, 파자마 파티에 쓰고 남은 양초를 군데군데 보기 좋게 배치했다. 한층 아늑해진 분위기에 웅성거림이 잦아들었다. 페니는 녹틸루카 아쌈과 함께 한 돗자리에 발을 쭉 뻗고 편하게 앉았다.

어디선가 노오란 치즈색 고양이 한 마리가 나타나 아쌈의 무릎 위로 기어 올라가더니 자리를 잡고 웅크렸다.

"편한 자리가 어디인지 아는군."

페니는 달러구트가 빔 프로젝터에 화면을 띄우려고 애쓰는 모습을 지켜보고 있었다. 그는 프로젝터에 연결할 케이블 두 가닥을 들고 한참 고민하더니, 놀랍게도 한 번에 맞게 꽂았는지 초대형 스크린에 선명한 방송 화면이 나타났다. 바로 옆 돗자리에 앉은 웨더 아주머니가 달러구트에게 엄지를 척 들어 보였다.

"달러구트 님, 여기 빈자리가 있어요. 앉으세요."

웨더 아주머니와 달러구트는 도제와 야스누즈 오트라가 앉아 있는 돗자리에 함께 앉았다. 도제는 야스누즈 오트라의 성화에 억지로 끌려왔는지 돌처럼 굳어 있었는데, 스피도가 그의 옆에 들러붙어 귀찮게 했다.

"도제 님, 옷은 보통 어디서 사세요? 그 틀어 올린 머리를 풀면 저처럼 긴 머리가 되나요? 같은 색상의 도포만 입는 건 콘셉트인가요? 저도 똑같은 옷 돌려 입는 걸 좋아하는데. 우린 닮은 점이 많은 것 같아요."

"소인이 입는 옷은 콘셉트가 아닙니다. 그저 좋아서 입는 것뿐입니다만…."

페니는 스피도가 비집고 들어와서 자리를 잡고 앉을까 봐 도제가 티 안 나게 몸을 움직여서 빈 곳을 없애는 걸 똑똑히 보았다.

페니와 아쌈의 주변에 앉아 있는 유명인은 도제와 야스누즈 오트라뿐만이 아니었다. 아쌈의 등 뒤에는 킥 슬럼버가 '동물들이 꾸는 꿈'을 만드는 애니모라 반쵸와 함께 앉아 있었다. 아쌈은 킥 슬럼버의 오랜 팬이었다. 반쵸와 늘 함께 다니는 개들이 바닥을 뒹굴면서 장난을 쳤고, 아쌈은 개들을 구경하는 척하면서 힐끔힐끔 고개를 돌려 킥 슬럼버를 쳐다봤다.

"스크린 속보다 여기가 더 시상식 같아, 페니."

"긴장 풀어, 아쌈."

아쌈은 심호흡을 하면서 무릎에 앉은 고양이를 쓰다듬었다.

"내가 어떻게 이 상황에 긴장을 안 할 수가 있어? 내 뒤에 누가 앉아 있는지 보고도 그러는 거야?"

"그래. 네 심정도 이해는 가."

페니는 킥 슬럼버와 애니모라 반쵸가 시상식에 참석하지 않고 이 자리에 있는 게 의아했다. 반쵸는 작년에 '12월의 베스트셀러' 부문 수상자였고, 킥 슬럼버는 무려 '그랑프리' 수상자였기 때문이다.

"다들 얼른 화면을 봐주세요. 곧 비고 님이 등장할 거예요."

2층 직원들이 호들갑을 떨었다.

시상식은 한창 진행 중이었다. 무대 위의 사회자가 베스트셀러 수상자를 발표하고 있었다.

"오래 기다리셨습니다. 이달의 베스트셀러 수상작은 꿈 백화점 2층 '추억 코너'의 꿈들입니다! 제작자는 꿈을 꾸는 사람 자신이기 때문에 수상자를 지정할 수 없었습니다. 대신, 꿈 백화점 2층의 매니저인 비고 마이어스 씨께서 대리 수상하시겠습니다."

눈에 띄는 판매량 때문에 다들 예상하던 결과였다. 사람들은 크게 놀라지는 않았지만, 2층 직원들을 보면서 건배를 외치거나 환호성을 보내며 축하를 아끼지 않았다.

화면 속의 비고는 가게에 출근할 때 입고 다니는 것과 똑같은 정장 차림이었는데, 오늘은 목에 나비넥타이를 맸다는 점만 달랐다. 비고는 긴장했는지 상을 받은 뒤 수상 소감을 말하지 않고 무대에서 바로 내려가다가, 사회자에게 붙잡혀서 다시 무대로 올라오고 있었다.

"그냥 가시면 안 되죠. 짧은 소감 한마디도 괜찮아요. 자, 여기요. 다시 마이크를 드릴게요. 비고 마이어스 씨가 긴장했나 봅니다. 여러분, 박수 한번 주세요."

비고는 다시 무대 중앙에 섰다. 그는 콧수염을 매만지면서 무슨 말을 할까 잠깐 고민했다.

"엄밀히 말하면 제가 받은 상은 아니기 때문에… 소감을 말하기가 쑥스럽습니다. '올해의 꿈 시상식'에서 상을 받는 게 꿈이었는데, 오래 살다 보니 이렇게나마 꿈을 이루게 되는군요. 달러구트 꿈 백화점 2층의 평범하지만 특별한 꿈들을 앞으로도 많이 사랑해주시면 감사하겠습니다. 음… 이제 내려가도 되죠?"

비고는 짧은 수상 소감을 말하고는 냉큼 무대 아래로 내려가버렸다.

"수상 소감까지 무뚝뚝하게 하시면 어떡한담! 그래도 평소보다 기분이 훨씬 좋아 보이셨어. 난 알아볼 수 있지."

모그베리가 무알코올 맥주를 마시면서 말했다. 그녀는 애니모라 반쵸의 개들을 쓰다듬으면서 킥 슬럼버가 앉아 있는 돗자리 위에 쭈그려 앉았다.

"두 분은 올해 시상식에서는 노미네이트 된 작품이 없는 거죠? 아쉬우시겠어요."

모그베리가 슬럼버와 반쵸를 보면서 말했다. 그에 대한 킥 슬럼버의 대답이 의외였다.

"우린 내년에 그랑프리를 받게 될 거예요."

"'우리'요? 두 분이 같이 새로운 꿈을 만드시려고요?"

옆에 있던 페니가 되물었다.

"그래요. 우리 두 사람이 새로운 프로젝트를 준비 중이에요. 그렇죠, 반쵸?"

"네. 정말 영광이에요. 킥 슬럼버 님은 동물이 아니지만 동물처럼 느낄 수 있는 꿈을 만들고, 저는 완전히 동물의 입장에서 꿈을 만들잖아요. 그걸 완벽하게 조합해서 만들 만한 꿈이 있더라고요."

"그게 어떤 꿈인데요?"

"페니 씨, 동물이지만 동물답게 살아본 적 없는 동물들에 대해 아세요?"

"동물이지만 동물… 뭐라고요? 저한텐 왜 이렇게 알쏭달쏭하게 퀴즈를 내는 사람이 많을까요?"

"하하. 미안해요. 질문이 너무 뜬금없었죠? 저희는 '동물원에 갇혀 있는 친구들을 위한 꿈'을 만들 거예요. 인생의 3분의 1이라도 원래 있었어야 할 곳에서 지낼 수 있길 바라면서요."

"와, 그런 꿈을 만들 수 있을 거라곤 생각도 못 해봤어요! 만약 정말 출시된다면, 동물원에서 자고 있는 동물을 유리창을 두드려서 깨우는 일은 절대 없어야겠네요. 공들여 만든 꿈에서 깨면 너무 아깝잖아요."

페니는 내년에 4층에 들어올 신상품이 무척 기대됐다.

시상식은 어느새 '올해의 그랑프리' 발표만을 남겨두고 있었는데, 어쩐 일인지 긴장감이 하나도 없었다. 사람들은 모두 그랑프리 수상자가 누구일지 아는 것 같았다.

"아쌈, 이번 그랑프리는 어떤 꿈일까?"

"너 그 소문 못 들었어?"

"무슨 소문?"

"아가냅 코코 님이 완전히 전성기 때의 컨디션을 회복했대. 그럼 적수가 없잖아."

아쌈의 대답과 동시에 사회자가 수상자를 발표했다.

"올해 영예의 그랑프리는… 아가냅 코코의 '다시 꾸는 태몽'입니다!"

우렁찬 박수 소리와 함께 곱게 차려입은 아가냅 코코가 경호원의 에스코트를 받으면서 무대 위로 올라가고 있었다.

"이번 추억을 테마로 한 파자마 파티에서, 아가냅 코코는 부모님에게 처음 아이를 가졌을 때의 뭉클함을 담은 태몽을 나누어주었는데요. 아이를 가졌던 당시의 감동을 다시 느낄 수 있는 경이로운 꿈이라는 평가를 받았습니다. 자세한 이야기는 수상 소감과 함께 수상자에게 직접 들어보시죠."

아가냅 코코는 아담한 키에 맞춰서 마이크 스탠드를 조절하고 말문을 열었다.

"이 늙은이가 살아생전에 또 그랑프리를 받게 되는군요. 아직 미래가 창창한가 봅니다. 이번 꿈을 만들며 임신 테스트기의 두 줄을 확인했을 때의 감동, 처음 초음파 사진을 받았을 때의 감동을 되살리면서 저도 느낀 바가 많아요. 다들 처음 만난 순간의 감동으로 곁에 있는 사람을 대할 수 있다면 얼마나 좋겠어요? 저도 이 일을 처음 시작했을 때의 감동으로 앞으로도 즐겁게 일하고 싶네요. 전국의 나이 많은 제작자 여러분! 저를 보고 자극받고 계시지요?"

그때 객석의 니콜라스가 자리에서 일어나 아가냅 코코에게 박수를 보내는 모습이 카메라에 잡혔다.

그는 여간해선 시상식에 참석하지 않는데, 올해는 격식 있는 옷까지 갖춰 입고 자리를 지키고 있었다. 게다가 니콜라스가 화면에 잡힐 때마다 옆에 앉아 있던 막심이 얼굴을 붉히는 모습도 함께 포착됐다.

"아가냅 코코 여사께서는 아직도 전성기가 끝나지 않으셨나 봅니다."

도제가 박수를 치며 감탄했다.

"좋았어. 나도 늦지 않았겠지? 내년엔 '타인의 삶: 정식판'으로 그랑프리를 노려봐야겠어."

오트라가 코트 깃을 빳빳하게 세우면서 비장하게 말했다.

시계는 거의 자정을 가리키고 있었다. 페니는 카운트다운을 기다리면서, 아가냅 코코의 말처럼 내년에도 이 일을 처음 시작했을 때의 감동으로 즐겁게 일하고 싶다고 속으로 빌었다. 그리고 내년에도, 내후년에도 달러구트 꿈 백화점에서 여기 모인 사람들과 함께 연말 시상식을 볼 수 있기를 바랐다.

에필로그 4

막심과 드림캐처

왁자지껄한 연말이 지나가고 새로운 한 해가 시작됐다. 나날이 기온이 뚝뚝 떨어졌고 오늘은 진눈깨비까지 흩날리고 있었다. 페니는 눈발에 젖은 축축한 털장갑을 그냥 손에서 빼버렸다. 손끝이 너무 시려 빨리 목적지에 도착하고 싶은 마음뿐이었다.

페니는 자기 몸통만 한 종이가방을 불편하게 끌어안고 뒤뚱뒤뚱 걸어가고 있었다. 종이가방의 연약한 손잡이가 무게를 이기지 못하고 끊어진 지 오래였다.

페니는 자신이 쓸데없는 오지랖을 부리는 건 아닌지 계속해서 고민하다가, 어느새 목적지인 막심의 악몽 제작소 앞에 도착해 있었다. 가을부터 치우지 않았는지 얼어붙은 낙엽 더미가 뒹굴고 있고, 못 쓰는 물건들이 잔뜩 나와 있었다. 한 가지 달라진 점이 있다면 처음 방문했을 때와는 다르게 창문에 진회색 커튼이 쳐져 있다는 것이었다. 그 커튼은 원래 칠흑처럼 새까만 색이었다.

입구의 계단참에 올라선 페니는 막상 들어가지 못하고 시린 발만 동동 구르고 있었다. 막심을 마주치면 뭐라고 말해야 할지 생각하고 있는데, 문이 벌컥 열렸다.

"페니 씨? 여긴 어쩐 일로…."

굵은 털실로 짠 회색 스웨터를 입은 막심이 페니를 보고 깜짝 놀란 얼굴로 서 있었다.

"아, 안녕하세요."

"왔으면 노크라도 하시지, 왜 추운데 밖에 서 계세요? 들어오세요."

"아, 날이 많이 쌀쌀하긴 하죠? 사실은 쌀쌀한 게 아니라 엄청 춥네요. 눈도 오고… 겨울이라 그런가 봐요. 겨울은 원래 춥잖아요. 저기, 그게 아니라 안에 들어가지 않고 이것만 드리고 갈 거예요."

페니가 엉거주춤하게 들고 있던 종이가방을 내밀면서 횡설수설했다.

"뭘 가져오셨는지는 모르겠지만, 이 추운 날에 꽁꽁 얼어 있는 손님을 그대로 돌려보낼 순 없어요. 어서 들어오세요."

막심은 페니를 억지로 잡아끌지는 않았다. 하지만 이렇게 서 있다간 막심과 페니 모두 눈사람이 되어버릴 게 분명했다. 막심의 발밑으로 한층 굵어진 눈발이 사락사락 쌓이고 있었다. 페니는 속으로 괜히 찾아왔다고 후회하면서 어색하게 막심의 악몽 제작소로 들어갔다.

제작소는 예전에 달러구트와 찾아왔을 때보다 복잡해 보였다. 꿈을 만들 때 쓰는 재료들을 둘 곳이 부족했는지 벽에 못 보던 선반이 새로 달려 있었고, 선반 위도 모자라 아래의 빈 공간에 고리를 달아서 망에 넣을 수 있는 재료들을 모아 걸어놓기도 했다. 작업용 테이블 위에는 행성처럼 여러 가지 오묘한 색깔이 뒤섞인 작은 배경 덩어리들이 아직 뜯지 않은 투명 케이스 안에 조용히 잠들어 있었다.

"거기 앉아 계세요. 따뜻한 차라도 끓여드릴게요."

막심이 작업용 테이블과 의자를 가리켰다.

페니는 막심이 차를 끓이는 동안, 종이가방에 들어 있는 물건을 꺼낼까 말까 한참을 고민했다.

"자, 여기. 제가 일할 때 즐겨 마시는 허브티예요. 특별한 효과는 없지만 향이 좋아요. 그런데, 어떤 일로 찾아오셨죠? 꿈 백화점의 직원들께서 제작자들 모두에게 직접 새해 인사라도 하러 다니는 건 아닐 테고요. 바쁘신 분들이니까요. 사실 놀랐어요. 혼자서 저를 찾아오셔서요."

페니는 상냥한 표정의 막심을 힐끗 쳐다보고, 이것저것 재지 않고 찾아온 용건을 밝히기로 마음먹었다.

"이걸 보고 절대 비웃거나 놀리시면 안 돼요."

페니는 심호흡을 한 번 하고 종이가방에서 물건을 꺼냈다. 무언가 주렁주렁 엮여 있는 큼직한 물건이 테이블 위에 모습을 드러냈다.

"이건 드림캐처잖아요?"

"네, 맞아요! 드림캐처예요."

페니는 막심이 물건의 정체를 알아보았다는 사실이 너무 기뻐서 활짝 웃고 말았다. 페니는 직접 만든 드림캐처가 너무나 엉성했기 때문에 보여주길 망설였는데, 어찌 됐든 용도를 알아볼 수 있는 정도라는 사실에 훨씬 마음이 놓였다.

"이걸 페니 씨가 직접 만든 거예요?"

"이렇게 엉망인 드림캐처를 어디서 팔겠어요?"

페니가 드림캐처에 어설프게 매단 장식들을 막심에게 자세히 보여주면서 머쓱하게 웃었다. 마크라메로 만든 원형 고리에 깃털 장식, 구슬, 조개껍데기가 과하게 엮여 있었는데, 서툰 매듭 실력을 가리려고 주렁주렁 매달아놓은 장식들을 겨우 지탱하고 있는 원형 고리가 안쓰러울 지경이었다.

"정말 예뻐요."

막심은 드림캐처를 처음 보는 사람처럼 넋을 놓고 보고 있었다. 그 표정은 절대로 연기일 수가 없었다.

페니는 이게 무슨 재료 낭비냐고 놀리면서 한바탕 웃을 줄 알았는데, 너무나 의외의 반응을 보이는 그의 모습에 적잖이 당황하고 말았다.

"그런데 저한테 왜 이걸 주시는 거예요? 그것도 직접 만든 귀한 물건을요."

그리고 당황한 기색을 숨길 새도 없이, 막심의 입에서 걱정하던 질문이 나오고야 말았다. 페니는 이 질문에 대답할 자신이 없어서 막심의 제작소에 찾아올지 말지 며칠이나 고민했었다.

"별다른 뜻은 없어요. 아니요, 별다른 뜻이 있긴 하죠. 그러니까 제 말은, 부담 가지실 필요는 없다는 거예요. 실은 지난번 파자마 파티에서 말이에요…. 아마 마지막 날이었을 거예요. 막심 씨가 드림캐처 앞에서 난처해하는 걸 봤거든요. 그래서 아무 기능이 없는… 기능도 없고 볼품도 없다는 게 문제이긴 하지만요. 아무튼 제가 직접 만든 드림캐처는 괜찮을 것 같아서 이렇게….”

페니는 악몽의 기운을 감지하고 요란하게 울어대던 드림캐처와 당황해서 어쩔 줄을 모르던 막심의 모습을 떠올리면서 조심스럽게 말했다.

막심은 아무 말이 없었다.

“저, 혹시 불편하게 했다면 그냥 가져갈게요. 저는 그저…”

페니가 우물쭈물하자 막심이 황급히 손을 내저었다.

“아니에요! 이런 상황에서 어떻게 말해야 하는지 몰라서 그래요. 이렇게 기뻤던 적이 없거든요. 너무 기쁜데, 이 정도로 기쁜 적이 한 번도 없었다면 이 순간을 대체 어떻게 표현해야 하죠?”

막심이 진지하게 물었다.

“뭘 또 그렇게까지…. 어쨌든 선물이 마음에 드신다는 거죠? 다행이에요.”

페니는 드림캐처를 들고 자리에서 일어나 막심의 작업실 안을 휙 둘러봤다.

“어디 보자, 여기 빈 고리에 걸어놓으면 좋겠어요.”

페니가 진회색 암막 커튼을 등지고 서서 각종 재료가 매달려 있는 높은 선반을 가리켰다.

“자, 이렇게 걸어놓고 보면…. 제법 그럴듯하네요! 막심 씨도 여기 와서 보세요.”

막심이 페니와 마찬가지로 창가를 등지고 섰다. 매달린 새하얀 드림캐처의 원 안으로, 막심이 일하는 공간이 시야에 쏙 들어왔다.

“이제 여기서 만든 꿈들은 이 드림캐처를 통과해서 사람들에게 도움이 되는 좋은 꿈이 되어 세상 밖으로 나갈 거예요."

"와… 정말 근사해요."

막심은 허리를 굽히고 구부정한 자세로 드림캐처를 보면서 서 있었다. 흔한 음악도 틀어놓지 않은 작업실 안에 적막이 흘렀다.

페니는 더 이상 할 말이 없었다. 역시 혼자 찾아온 건 성급했다는 생각이 밀려들었다. 막심은 아직도 정지 화면처럼 가만히 있었다. 그가 수다스럽게 다른 말을 할 것 같지도 않았으므로, 페니가 어떻게든 대화를 이어나가거나 지금이라도 "실례가 많았습니다." 하고 문을 박차고 나가야 이 어색함이 깨질 것 같았다.

페니가 아무 말이나 하려고 입을 떼려는 데, 의외로 막심이 먼저 침묵을 깼다.

"페니 씨는 꿈 백화점에서 일하는 게 만족스러우세요?"

"네? 갑자기 그건 왜…."

"궁금해서요. 알고 싶어요."

"음, 정말 좋아요. 물론 피곤하고 골치 아플 때도 있긴 해요. 그래도 많은 사람들이 살아가는 모습을 곁에서 지켜볼 수 있다는 게 기뻐요. 막심 씨는 어때요? 꿈 제작자로 사는 게 좋으세요? 아 참, 이건 답이 정해져 있는 질문이네요. 녹틸루카 세탁소에서 아틀라스 님에게 전해 들었어요. 제작자가 되려고 동굴을 벗어나서 혼자서 엄청 애쓰셨다고요. 그건 이 일이 좋으니까 할 수 있는 행동이었겠죠."

"아버지한테 들으셨군요. 쑥스럽네요. 네, 맞아요. 꿈을 만드는 일은 정말 매력적이에요."

"그럼 질문을 바꿔볼게요! 동굴을 벗어난 이후에 언제가 가장 좋았어요?"

"지금요. 지금이 제일 좋아요."

막심이 대답이 녹음되어 있는 자동응답기처럼 한 치의 망설임도 없이 답했다. 페니는 말문이 막혀서 아직 식지 않은 차를 무리해서 들이켰다.

"그런데, 페니 씨. 방금 굉장히 기쁜 순간에 그걸 어떻게 표현해야 할지 생각났어요."

"어떻게 표현하시려고요?"

"굉장히 두 번째 제자의 후손다운 말이긴 해요."

"어떤 말인데요?"

"오늘, 평생 기억할 만한 좋은 추억이 생긴 것 같아요. 앞으로 좋은 꿈을 꿀 때, 배경은 항상 지금 앉아 있는 이 공간일 거예요."

페니는 이렇게 낯간지러운 말을 마지막으로 들어본 게 대체 언제인지도 잘 기억나지 않았다. 막심은 대체 어떻게 이렇게 말할 수 있는 걸까? 하지만 페니가 이틀 밤을 꼬박 새워 드림캐처를 만든 것과 막심의 낯간지러운 말 중에 어느 쪽이 더 우세한지는 굳이 비교해보지 않아도 답을 알 것 같았다. 페니는 스스로 그걸 깨닫고 실없이 웃음을 터뜨렸다.

그때 선반 고리에 달아놓은 드림캐처가 공중에서 빙그르르 돌더니 장식이 서로 부딪치며 잘그락거리는 소리를 냈다. 그건 아직 긴장이 덜 풀린 두 사람의 웃음소리와 제법 잘 어울리는 효과음이었다.

《달러구트 꿈 백화점》 마침.

200만 부 기념 합본호 아메리칸드림 에디션

달러구트 꿈 백화점

2024년 12월 2일 초판 1쇄 발행

지은이 이미예
펴낸이 이원주

책임편집 강소라, 이채은 **디자인** 진미나
기획개발실 김유경, 강동욱, 박인애, 류지혜, 조아라, 최연서, 고정용
마케팅실 양근모, 권금숙, 양봉호, 이도경 **온라인홍보팀** 신하은, 현나래, 최혜빈
디자인실 윤민지, 정은예 **디지털콘텐츠팀** 최은정 **해외기획팀** 우정민, 배혜림, 정혜인
경영지원실 홍성택, 강신우, 김현우, 이윤재 **제작팀** 이진영
펴낸곳 팩토리나인 **출판신고** 2006년 9월 25일 제406-2006-000210호
주소 서울시 마포구 월드컵북로 396 누리꿈스퀘어 비즈니스타워 18층
전화 02-6712-9800 **팩스** 02-6712-9810 **이메일** info@smpk.kr

ISBN 979-11-94246-44-2 (03810)

SALE
ON
DREAMS
SOLD IN
BLACK & WHITE
5
3